ଶିଷ୍ଟାଚାର

ଶିଷ୍ଟାଚାର

(କ୍ଷୁଦ୍ରଗଳ୍ପ ସଙ୍କଳନ)

ଡକ୍ତର ବିଜ୍ଞାନୀ ଦାସ

ବ୍ଲାକ୍ ଇଗଲ୍ ବୁକ୍ସ

ଭୁବନେଶ୍ୱର, ଓଡ଼ିଶା

BLACK EAGLE BOOKS
Dublin, USA

ଶିଷ୍ଟାଚାର / ଡକ୍ଟର ବିଜ୍ଞାନୀ ଦାସ

ବ୍ଲାକ୍ ଇଗଲ୍ ବୁକ୍ସ : ଭୁବନେଶ୍ୱର, ଓଡ଼ିଶା ● ଡ଼ବଲିନ୍, ଯୁକ୍ତରାଷ୍ଟ ଆମେରିକା

 BLACK EAGLE BOOKS

USA address:
7464 Wisdom Lane
Dublin, OH 43016

India address:
E/312, Trident Galaxy, Kalinga Nagar,
Bhubaneswar-751003, Odisha, India

E-mail: info@blackeaglebooks.org
Website: www.blackeaglebooks.org

First International Edition Published by
BLACK EAGLE BOOKS, 2024

SHISTACHARA
by **Dr Bigyani Das**

Cover & Interior Design: Ezy's Publication

ISBN- 978-1-64560-281-1 (Paperback)

Printed in the United States of America

ମୋର ଦୁଇଜଣ ପ୍ରିୟସାଙ୍ଗ ଜୟୀ (ଜୟଶ୍ରୀ ନାୟକ) ଓ
ଇଲା (ଇଲା ପଟ୍ଟନାୟକ)ଙ୍କ ସ୍ମୃତିରେ ମୁଁ ମୋର ଏ ପୁସ୍ତକ
ଶିଷ୍ଟାଚାର ଉତ୍ସର୍ଗ କରୁଛି।

ଶିଷ୍ଟାଚାରର ତତ୍ତ୍ୱ

ଶିଷ୍ଟାଚାର ବା ଆଚରଣ ବିଧି ଭାରତୀୟ ସଂସ୍କୃତିର ମେରୁଦଣ୍ଡ। ସମାଜରେ ବିଭିନ୍ନ ପାରମ୍ପରିକ କାର୍ଯ୍ୟକଳାପରେ କେମିତି ଆଚରଣ କରାଯିବ, ସେ ସମ୍ବନ୍ଧରେ କିଛିଟା ସାମାଜିକ ନିୟମ ରହିଛି। ସେସବୁ ନିୟମ ଏକ ସୁସ୍ଥ ସମାଜକୁ ପରିକଳ୍ପନା କରି ନିର୍ଦ୍ଧାରଣ କରାଯାଇଛି। ଯଦିଓ, କେତେଗୁଡ଼ିଏ ଆଚରଣ ବିଧି ପୁରୁଷକେନ୍ଦ୍ରିକ ଓ ପୁରୁଷକୁ ନାରୀ ତୁଳନାରେ ଅଧିକ ସ୍ୱାଧୀନତା ଦେଇ ସ୍ଥିରୀକୃତ, ତେବେ ବର୍ତ୍ତମାନର ସମାଜରେ ସେସବୁ ତାରତମ୍ୟ କିଛି ପରିମାଣରେ ଦୂରୀଭୂତ ହୋଇଛି।

ଆମ ଓଡ଼ିଆ ପରିବାରରେ କେଉଁ ସ୍ଥାନରେ କିଭଳି ଆଚରଣ କରିବା ଉଚିତ, ସେସବୁ ଲିଖିତ ନହେଲେ ବି ଦେଖିଶୁଣି ସମସ୍ତେ ଶିଖିଯାଆନ୍ତି। ଯିଏ ନିୟମ ଉଲ୍ଲଂଘନ କରେ, ତାପାଇଁ ବେଲେବେଲେ କଠୋର ଦଣ୍ଡ ବିଧାନ କରାଯାଇଥାଏ। ଯଥା, ଶାଶୁ, ଶ୍ୱଶୁରଙ୍କ କଥାରେ ବୋହୂର ଜବାବ ଦେବା, ଗୁରୁଜନ ଠିଆ ହୋଇଥିଲେ, ବସିଯିବା, ଗୁରୁଜନ ମାନେ ଖାଇବା ପୂର୍ବରୁ ଖାଇଦେବା, ଶିକ୍ଷକଙ୍କୁ ତିରସ୍କାର କରି କହିବା ଇତ୍ୟାଦି କେତେକ ଆଚରଣକୁ ଆମ ଓଡ଼ିଆ ପରମ୍ପରାରେ ନିୟମ ଉଲ୍ଲଂଘନ କରିବା ରୂପେ ବିଚାର କରାଯାଏ। ଘରେ ଅତିଥିମାନଙ୍କର ସେବା କରିବା ଓ ସେମାନଙ୍କୁ ସମ୍ମାନ ଦେବା ଆମ ଓଡ଼ିଆ ଚଳଣିର ଆଉ ଏକ ମୁଖ୍ୟ ପରିଚିତି। ନିଜ ଘରେ, ନିଜ ସଂପର୍କରେ, ବିଦ୍ୟାଳୟରେ, କାର୍ଯ୍ୟାଳୟରେ, ରାସ୍ତାରେ, ପର୍ବପର୍ବାଣୀରେ, ଦେବସ୍ଥାନରେ, କେଉଁଭଳି ଆଚରଣ କରିବା ଉଚିତ, ସେ ସମ୍ବନ୍ଧରେ ଅଛ ବହୁତ ସମସ୍ତେ ପ୍ରାୟ ଜାଣନ୍ତି। ଆମେରିକାରେ ରହି କେତେକ ଚଳଣିକୁ ଆମେ ଅତିରିକ୍ତ ବୋଲି ଭାବନ୍ତି ସତ, ତେବେ ପ୍ରତ୍ୟେକ ଚଳଣି ସେ ସମୟର ସମାଜର ସୁସ୍ଥତାକୁ ନେଇ ବିଚାରକୁ ଅଣାଯାଇଥାଏ ଓ ସମାଜରେ ପ୍ରଚଳିତ କରାଯାଏ। କାର୍ଯ୍ୟାଳୟରେ ଉପରିସ୍ଥ କର୍ମଚାରୀକୁ ଦେବତୁଲ୍ୟ ସମ୍ମାନ ଦେବା ପାଶ୍ଚାତ୍ୟ ସମାଜରେ ଅତିରିକ୍ତ ମନେହୁଏ, ତେବେ ପାଶ୍ଚାତ୍ୟ ସମାଜରେ ପ୍ରତି ପୁରୁଷ ଯେମିତି ନାରୀକୁ ପ୍ରଥମେ ଦ୍ୱାର ଖୋଲି ଗୃହ ପ୍ରବେଶ କରାନ୍ତି, ସେଇଟା ଭାରତୀୟମାନଙ୍କୁ ବି ଅତିରିକ୍ତ ବୋଧହୁଏ।

ଉପଯୁକ୍ତ ଅଭିବାଦନ, ଉପଯୁକ୍ତ ପରିଧାନ, ଉପଯୁକ୍ତ ମାନ୍ୟ, ଭୋଜନ ସମୟରେ ଉପଯୁକ୍ତ ବିଧି ପାଳନ, ଉପଯୁକ୍ତ ବଚନ, ଉପଯୁକ୍ତ ଧ୍ୟାନ, ଏସବୁ ଆମମାନଙ୍କୁ ଛୋଟବେଳୁ ପାଠ୍ୟକ୍ରମ ସହିତ ଗଳ୍ପ ଛଳରେ, ଗୀତ ଛଳରେ ଓ ନାଟକ ଛଳରେ ଶିଖାଇ ଦିଆଯାଏ। କେତେକ ମାନନ୍ତି, କେତେକ ଅମାନ୍ୟ କରନ୍ତି। ଅମାନ୍ୟ କରୁଥିବା ବ୍ୟକ୍ତି ନିନ୍ଦିତ ହୁଏ, ଦଣ୍ଡ ପାଏ ଓ ସମାଜରୁ ବହିଷ୍କୃତ ହୁଏ।

ତେବେ ଆଜିର ଏ ଯନ୍ତ୍ରଯୁଗରେ ପ୍ରତି ମୁହୂର୍ତ୍ତରେ ଶିଷ୍ଟାଚାରର ଉଲଂଘନ ଘଟୁଛି। ଦେବସ୍ଥାନରେ ପୂଜା, ମନ୍ତ୍ର ଓ ଏକ ଶାନ୍ତ, ମଧୁର ବାତାବରଣ ପରିବର୍ତ୍ତେ ଏବେ ଡିଜେ ସଙ୍ଗୀତ, ଉଭଟ ନୃତ୍ୟ ଇତ୍ୟାଦି ପରିବେଷଣ କରାଯାଉଛି। ବାହାଘର, ବ୍ରତଘର, ଜନ୍ମଦିନ ଇତ୍ୟାଦି ଭଲି ଶୁଭ କାର୍ଯ୍ୟରେ ମାଂସ ଓ ମଦିରା ସେବନକୁ ଅଧିକ ପ୍ରାଧାନ୍ୟ ଦିଆଯାଉଛି।

ଆମେରିକା ଭଲି ପାଶ୍ଚାତ୍ୟ ସମାଜରେ ଭାରତୀୟ ଶିଷ୍ଟାଚାର ଏକାଭଲି ପାଳିତ ନହେଲେ ମଧ୍ୟ, କେତେକ ଶିଷ୍ଟାଚାରର ଚଳଣି ଅଛି। ବିଶିଷ୍ଟ ସମୟର ବେଶ, ପୋଷାକ, ଆତିଥେୟତା, କଥାବାର୍ତ୍ତା, ବ୍ୟବସାୟିକ ବେଶଭୂଷା, ଭୋଜନ ଶୈଳୀ, ସ୍ୱାଗତ, ବିଦାୟ ଇତ୍ୟାଦି ସମୟର ଔପଚାରିକତା ସମସ୍ତେ ପାଳନ କରିଥାନ୍ତି। ଏସବୁ ପାଳନ ନକଲେ, ସେମାନଙ୍କୁ ମଧ୍ୟ ତାଙ୍କ ସମାଜରେ ନିନ୍ଦା କରାଯାଏ।

ଏବେ ମୋବାଇଲ୍‌ର ପ୍ରଚଳନ ଶିଷ୍ଟାଚାର ବିରୁଦ୍ଧରେ ଆଉ ଗୋଟିଏ ସମସ୍ୟା ସୃଷ୍ଟି କରିଛି। ଆମେରିକାର ଚଳଣିରେ କିଏ ସାଙ୍ଗସାଥୀ କି ପରିବାରବର୍ଗ ଭୋଜନାଳୟରେ ହେଉ କିମ୍ବା ଗୃହରେ ହେଉ, ଏକତ୍ର ଭୋଜନ କରିବା ସମୟରେ ମୋବାଇଲ୍‌ ଫୋନ୍‌ ବ୍ୟବହାର କରିବା ମନା। ତେବେ ଅନେକ ଭାରତୀୟ ବଂଶୋଭବ ବ୍ୟକ୍ତି ସେ ଶାଳୀନତା ଭୁଲିଯାଆନ୍ତି ଓ ମୋବାଇଲ୍‌ ଫୋନ୍‌କୁ ସବୁବେଳେ ଦେଖୁଥାଆନ୍ତି। ସେମିତି ଯେ କୌଣସି ଉତ୍ସବ, ମହୋତ୍ସବ କି ପୂଜା ସମୟରେ ଅନେକଙ୍କୁ ମୋବାଇଲ୍‌ ଫୋନ୍‌ ମଧ୍ୟରେ ମଜ୍ଜିଯାଇଥିବାର ପରିଲକ୍ଷିତ ହୁଏ। ଏମିତି ସବୁ ଶାଳୀନତା ବିହୀନ ଆଚରଣ ପରିଲକ୍ଷିତ କରି ମୁଁ ବେଳେବେଳେ ଅତିଷ୍ଠ ହୋଇପଡ଼େ। ଯଦିଓ ଅନ୍ୟଙ୍କୁ ଦେଖିଦେଖି କେତେକ ଭୁଲ୍‌ ଆଚରଣକୁ ମୁଁ ବି ନିଜ ଇଚ୍ଛା ବିରୁଦ୍ଧରେ ଆପଣେଇ ନିଏ, ତେବେ ମତେ ସେତେବେଳେ ଅପରାଧୀ ଭଲି ଅନୁଭବ ହୁଏ।

ସେଇଭଲି ମୋର କିଛି ଚିନ୍ତା ଓ ଅନୁଭକୁ ନେଇ ମୁଁ ଏ "ଶିଷ୍ଟାଚାର" ପୁସ୍ତକଟିର ପରିକଳ୍ପନା କରିଛି। ଆଶା, ଏ ପୁସ୍ତକଟିର ସମସ୍ତ ଗଳ୍ପ ଆପଣମାନଙ୍କ ମନକୁ ଛୁଇଁପାରିବ।

ବିଜ୍ଞାନୀ ଦାସ

ଡେଟନ୍‌, ମେରୀଲାଣ୍ଡ

ମେ ୩୦, ୨୦୨୪

ସୂଚୀ

ଅନ୍ତରଙ୍ଗ ବନ୍ଧୁ

ସମସ୍ତେ ତାଙ୍କୁ ଅବିନାଶଙ୍କର ଅନ୍ତରଙ୍ଗ ବନ୍ଧୁ ଭାବେ ଜାଣିଥିଲେ । ତେଣୁ ପଚାରିଦେଲେ, "ଅବିନାଶ ବାବୁ କାହିଁକି ଦିଶୁନାହାଁନ୍ତି ?"

କଣ କହିବେ ହଠାତ୍ କିଛି ଭାବି ପାରିଲେନି ରତିକାନ୍ତ । ଅବିନାଶ ସହିତ ଯେ ଗତ ତିନିବର୍ଷ ହେଲାଣି ସମ୍ପର୍କ ଖରାପ, ସେକଥା କାହାକୁ ସହଜରେ ବୁଝେଇ ହେବନି । କ୍ଷୀରନୀର ଭଳି ସବୁବେଲେ ଯୋଡ଼ି ହୋଇ କାମ କରୁଥିବା ଦୁଇଜଣ ବନ୍ଧୁ ଯେ ଏମିତି ବିପରୀତ ଦିଗରେ ଯିବେ, କିଏ ଅବା ସେ କଥା ବିଶ୍ୱାସ କରିବ ? ହେଲେ ସେମିତି ଘଟିଥିଲା । ଏମିତି ଭାବେ ଘଟିଥିଲା ଯେ, ତା'ର ସବିଶେଷ ବିବରଣୀ ନଦେଲେ ଆଉ ଜଣକୁ ସହଜରେ ବୁଝେଇ ହେବନି ।

ସେଇଟା ଥିଲା ଶନିବାର, ମେ ମାସ ୨୭ ତାରିଖ, ରତିକାନ୍ତ ବାବୁଙ୍କର ବଡ଼ ପୁଅ ରାହୁଲର ବାହାଘର ଉତ୍ସବ । ସେ ଉତ୍ସବ ବାଲ୍ଟିମୋର ଏୟାରପୋର୍ଟ ପାଖ ସ୍ଥିତ ହିଲ୍ଟନ୍ ହୋଟେଲରେ ଅନୁଷ୍ଠିତ ହେଉଥିଲା । କେତେକେତେ ଲୋକ ଆମେରିକାର ବିଭିନ୍ନ ରାଜ୍ୟରୁ ଏ ବାହାଘରରେ ଯୋଗ ଦେବାପାଇଁ ଆସିଛନ୍ତି । କେତେ ଜଣ ସଂପର୍କୀୟ ଅନ୍ୟାନ୍ୟ ଦେଶ ମାନଙ୍କରୁ ବି ଆସିଛନ୍ତି । ରତିକାନ୍ତ ବାବୁଙ୍କର ବଡ଼ ପରିବାର । ବାପାଙ୍କର ସାତ ଭାଇ, ଦୁଇ ଭଉଣୀ, ସମସ୍ତେ ଜୀବିତ । ଆଉ ସେମାଙ୍କର ପିଲା, ଛୁଆ, ବନ୍ଧୁବାନ୍ଧବ, ଏମିତି ସବୁ ମିଶେଇଦେଲେ ନିଜ ପରିବାରର ୧୦୦ ଜଣ ଲୋକ ବାହାରିଯିବେ । ଏବେ ସେମାନଙ୍କ ମଧ୍ୟରୁ ଅନେକ ବିଭିନ୍ନ ଦେଶରେ ବସବାସ କରୁଛନ୍ତି; କିଏ ଇଂଲାଣ୍ଡରେ, କିଏ ଫ୍ରାନ୍ସରେ , କିଏ ମାଲୟେସିଆରେ ତ କିଏ ଅଷ୍ଟ୍ରେଲିଆରେ । ସେମାନଙ୍କ ମଧ୍ୟରୁ ଅନେକ ଆସିଛନ୍ତି । ଏବେ ଟିକେ କୋଭିଡ୍ ଉର କମିଛି । ତେଣୁ ଦେଶବିଦେଶ ଯିବାଆସିବା ଜାରି ରହିଛି । ପରିବାରର ୧୦-୧୨ ଜଣ ଭାରତରୁ ମଧ୍ୟ ଆସିଛନ୍ତି । ହେଲେ, ତାଙ୍କର ଏତେ ଭଲ ସାଙ୍ଗ ଅବିନାଶ, ଯିଏ

ମାତ୍ର ୨୦ ମାଇଲ୍ ଦୂରରେ ରହେ, ଏ ବାହାଘରକୁ ଆସିନି । ଆସିବ କଣ, ତାକୁ ତ ନିମନ୍ତ୍ରଣ କରାଯାଇନଥିଲା । ତାକୁ ନିମନ୍ତ୍ରଣ କରାଯିବ କି ନା, ସେ ନେଇ ଘରେ କିଛିଦିନ ଗୋଟିଏ ପାଲା ଚାଲିଲା । ଶେଷରେ ନିଷ୍ପତ୍ତି ନିଆଗଲା, ନା, ଥାଉ । ସିଏ କେମିତି ପ୍ରତିକ୍ରିୟା ଦେଖାଇବେ କିଏ ଜାଣେ ?

ଭାବିଲେ ବେଳେବେଳେ ହସ ମାଡ଼େ, ପୁଣି କୋହ ଆସେ । ଏତେ ଭଲ ସାଙ୍ଗ, ହେଲେ ସାମାନ୍ୟ ସରସ୍ୱତୀ ପୂଜାର ଘଟଣାକୁ ନେଇ, କଥା ଏତେ ଦୂର ଚାଲିଗଲା ଯେ, ଏବେ ସେମାନେ କେହି କାହାର ମୁହଁ ଦେଖିବାକୁ ବି ଚାହାନ୍ତିନି । ହୁଏତ ସେଭଳି ପରିସ୍ଥିତିକୁ ଅଟକାଇ ପାରିଥାନ୍ତା । କିନ୍ତୁ ସେମିତି ହେଲାନି ।

ଇଏ ୨୦୨୦ ମସିହାର କଥା । ସେବର୍ଷ ସରସ୍ୱତୀ ପୂଜା ବୁଧବାର, ଜାନୁୟାରୀ ୨୯ ତାରିଖରେ ପଡ଼ିଥାଏ । କିନ୍ତୁ ଓଡ଼ିଆ ଅନୁଷ୍ଠାନ ଫେବ୍ରୁୟାରୀ ୧ ତାରିଖ, ଶନିବାର ଦିନ ପାଳନ କରିବାର ସିଦ୍ଧାନ୍ତ ନେଇଥିଲା । ଦାମିନୀ ଅପା ସରସ୍ୱତୀ ପୂଜା କମିଟିର ଦାୟିତ୍ୱ ନେଇଥାଆନ୍ତି । ପୂଜା ଯୋଜନା ଦାୟିତ୍ୱରେ ଥାଆନ୍ତି ରତିକାନ୍ତ ବାବୁ ଓ ଅବିନାଶ । ସାଂସ୍କୃତିକ କାର୍ଯ୍ୟକ୍ରମର ଦାୟିତ୍ୱରେ ଥାଆନ୍ତି ରତିକାନ୍ତ ବାବୁଙ୍କ ପତ୍ନୀ ରାନୁ ଓ ଅବିନାଶଙ୍କ ପତ୍ନୀ ଭାନୁ । ଦାମିନୀ ଅପାଙ୍କର କଡ଼ା ନିର୍ଦ୍ଦେଶ ଥାଏ, "ଏଇଟା ଓଡ଼ିଆ ଉତ୍ସବ । ତେଣୁ ସବୁକିଛିରେ ଆମ ଓଡ଼ିଶା ଓ ଓଡ଼ିଆ ଯେମିତି ପ୍ରଦର୍ଶିତ ହେବ, ସେଇ ଖିଆଲ ରଖିବ । ସିଏ ସାଜସଜା ହେଉ କି ସାଂସ୍କୃତିକ କାର୍ଯ୍ୟକ୍ରମ ହେଉ ।"

ସେତେବେଳେ କୋଭିଡ୍ ଚାଇନାରେ ହୋଇଛି ବୋଲି ଶୁଣାଯାଉଥାଏ । କିନ୍ତୁ ଆମେରିକାରେ ସେମିତି କିଛି କଟକଣା ନଥାଏ । ଅତଏବ, ମହା ଆଡ଼ମ୍ବରରେ ସରସ୍ୱତୀ ପୂଜା ହେବାର ଯୋଜନା ରହିଲା । ସବୁ କାମ ୨୦୧୯ ନଭେମ୍ବରରୁ ଆରମ୍ଭ ହୋଇଗଲା । ଭାନୁ ଓ ରାନୁ ମିଶି, ସବୁ ଓଡ଼ିଆ ମାନଙ୍କର ସେଲଫୋନ ନମ୍ବର ସଂଗ୍ରହକଲେ । ସେସବୁକୁ ଗୋଟିଏ ହ୍ୱାଟ୍ସଆପ୍ ଗ୍ରୁପ୍ କରି ରଖିଲେ । ସେଇଥିରେ ସମସ୍ତଙ୍କୁ ଯୋଗାଯୋଗ କଲେ । ରାନୁ ଭଲ ଲେଖାଲେଖି କରେ । ତେଣୁ ସିଏ ସେଥିରେ ସମସ୍ତଙ୍କୁ ସରସ୍ୱତୀ ପୂଜା ପାଇଁ ଖୋଲା ହାତରେ ଚାନ୍ଦା ଦେବାପାଇଁ ଅନୁରୋଧ କଲା । କିଛି ବ୍ୟକ୍ତିଙ୍କୁ ଫୋନ୍ କରି ବି ଅନୁରୋଧ କଲା । ସମସ୍ତେ ମୁକ୍ତ ହସ୍ତରେ ଦାନ କରିବାକୁ ରାଜିହେଲେ । ସବୁକିଛି ଠିକ୍ଠାକ୍ ଚାଲିଥିଲା । ହେଲେ ଜାନୁୟାରୀ ୧୫ ତାରିଖ ବେଳକୁ, ଦେଖିବା ବେଳକୁ ସାଂସ୍କୃତିକ କାର୍ଯ୍ୟକ୍ରମରେ ଅଧିକାଂଶ ପିଲା ଓ ବଡ଼ ହିନ୍ଦୀ ଭାଷାରେ ଗାଇବାକୁ ଓ ନାଚ କରିବାକୁ ଲେଖିଛନ୍ତି । ରାନୁ କହିଲା, "ଭାନୁ, ସେ ପିଲାମାନଙ୍କର ପିତାମାତାଙ୍କୁ ଜଣେଇଦିଅ,

ସେମାନେ ଓଡ଼ିଆରେ କିଛି କରନ୍ତୁ; ନହେଲେ ଆମେ ହିନ୍ଦୀ ଭାଷାରେ କିଛି ନାଚ, ଗୀତ କାର୍ଯ୍ୟକ୍ରମ ରଖ୍ବୁନି। ଆଉ ଯେଉଁ ବୟସ୍କମାନେ ବି ହିନ୍ଦୀ କି ଅନ୍ୟ ଭାଷାରେ କିଛି କରିବାକୁ କହୁଛନ୍ତି, ସେମାନଙ୍କୁ ମଧ୍ୟ ଜଣେଇଦିଅ।"

ଭାନୁ ସେ ସମସ୍ତଙ୍କୁ ଫୋନରେ ଡାକି ଜଣେଇଦେଲା ଓ ଅନୁରୋଧ କଲା ଯେ ସେମାନେ ଓଡ଼ିଆ ଭାଷାରେ ହିଁ ଯାହା କରିବାର କରନ୍ତୁ। ହିନ୍ଦୀ ଭାଷାରେ କି ଅନ୍ୟ ଭାଷାରେ ନୁହେଁ। କିନ୍ତୁ ସେ ପିତାମାତା ମାନେ ଓ ବୟସ୍କ ଓଡ଼ିଆମାନେ ମଣିଲେନାହିଁ। କହିଲେ, "ସରସ୍ଵତୀ ପୂଜା ତ ଆମ ଚାନ୍ଦାରେ ହେଉଛି; ଆମ ଡୋନେସନ୍ ଅର୍ଥରେ ହେଉଛି। ଆଉ ସେ ଦାମିନୀ ଅପା ଯାହା ଚାହିଁବେ, ସେମିତି କାହିଁକି ହେବ ? ଏଟା କଣ ତାଙ୍କର ବ୍ୟକ୍ତିଗତ ଉସ୍ବ ଯେ ସିଏ ଯାହା ଚାହିଁବେ, ସେମିତି ହେବ ?" ସେମାନେ ଭାନୁକୁ ତ ଯାହା କହିଲେକହିଲେ, ସବୁକଥା ସେ ହ୍ଵାଟ୍ସଆପ୍ ଗ୍ରୁପରେ ଲେଖ୍ଲେ। "ଆମେମାନେ ୫୦୦, ହଜାର ଡଲାର୍ ଚାନ୍ଦା ଦେଉଛୁ; ଆଉ ଆମ ପିଲା କିଛି ସାଂସ୍କୃତିକ କାର୍ଯ୍ୟକ୍ରମ ଯଦି ସେ ଉସ୍ବରେ କରିବାକୁ ଚାହିଁଲେ, ଅନ୍ୟ ଲୋକ ଏତେ ପ୍ରଭୁତ୍ୱ ଦେଖେଇବାକୁ କିଏ ?" ଯାହାର ଯାହା ଇଚ୍ଛା, ତାହା କହିଗଲେ। ଚାରିପାଞ୍ଚ ଦିନ ମଧ୍ୟରେ ଏଇଟା ପୂରା ଓଡ଼ିଆ ଗାଁ ମାନଙ୍କରେ କଳିଝଗଡ଼ା ଭଲି ଲାଗିଲା। ଜଣଙ୍କର ପଦେ ହେଲେ, ଆଉ ଜଣଙ୍କର ଦୁଇପଦ। ଏମିତି, ପଦେ, ଦୁଇପଦ ହେଇ କଥା ଏତେଦୂର ବଢ଼ିଗଲା ଯେ, ସମ୍ଭାଳିହେଲାନି। ରାନୁ ଯଦି ସେଥିରେ ଓଡ଼ିଆ ଭାଷାକୁ ପ୍ରାଧାନ୍ୟ ଦେଇ ପଦେ ଲେଖ୍ଲା ତ, ଦଶପଦ ଶୁଣିଲା। "ଭାରି ଆଇଲେ ଗୋଟେ ଓଡ଼ିଆ ପ୍ରୀତି ଦେଖେଇବାକୁ। ତାହେଲେ ଓଡ଼ିଶାରେ ନରହି ଏ ଦେଶକୁ ଆସୁଥ୍ଲ କାହିଁକି ?" ସେଇସବୁ କଥାରୁ ରତିକାନ୍ତ ଓ ରାନୁର ବି ଘରେ ସବୁଦିନ ଝଗଡ଼ା ହେଲା।

"ଯିଏ ଯେଉଁ ଭାଷାରେ କରୁଛି କରୁ, ତମର ସେଥିରେ କଣ ଯାଉଛି ?"

"କିନ୍ତୁ ଦାମିନୀ ଅପା ତ ଏଇଟା ପ୍ରଥମରୁ ପରିଷ୍କାର କରିଦେଇଛନ୍ତି ନା, ଯାହା ବି ସାଂସ୍କୃତିକ କାର୍ଯ୍ୟକ୍ରମ ହେବ, ଓଡ଼ିଆ ଭାଷାରେ ହେବ।"

"ଏଇଟା କଣ ଦାମିନୀ ଅପାଙ୍କର ଘରୋଇ ଉସ୍ବ ନା କଣ ? ସିଏ ଯାହା ଚାହିଁବେ, ତାହା ହେବ ? ଆରେ ଏଟା ଆମ ଓଡ଼ିଆ ସମାଜକୁ ନେଇ ହେଉଛି। ସମାଜ ଯାହା ଚାହିଁବ, ତାହା ହବ।"

"ଘରୋଇ ଉସ୍ବ ନହେଲେ ବି ଏଇଟାକୁ ଆମେ ଓଡ଼ିଆ ଅନୁଷ୍ଠାନର ସରସ୍ଵତୀ ପୂଜା କହୁଛନ୍ତି ନା ? ତାହେଲେ ଓଡ଼ିଆ ଭାଷା ନରହି ଓଡ଼ିଆ ଅନୁଷ୍ଠାନର ମାନେ କଣ ?"

"ଦେଖ, ତମକୁ ବୁଝେଇ ହବନି। ତମେ ଯାଅ, ସେ ଦାମିନୀ ଅପା ସହିତ ମିଶି ଏକାଏକା ସରସ୍ୱତୀ ପୂଜା କର।"

ଅସଲ କଥା ହେଲା, ରତିକାନ୍ତ ଶାନ୍ତିପ୍ରିୟ ଲୋକ। ଯେଉଁଠି ବାତାବରଣ ଅନୁକୂଳ, ଯେଉଁଠି ସ୍ନେହ, ଆଦର, ବନ୍ଧୁତା, ସେଠି ସିଏ ଏମିତି ଏକମନ, ଏକପ୍ରାଣ ହୋଇ କାମ କରି ଦେଖାନ୍ତି ଯେ, ତାଙ୍କର ଅନୁରୂପ କେହି ଏମିତି କାମ କରିପାରିବେ ବୋଲି ମନେହୁଏନି। କିନ୍ତୁ ଟିକେ ଯୁକ୍ତିତର୍କ, ପ୍ରତିକୂଳ ପରିବେଶ ହେଲେ, ସିଏ ସେଠି ମିଶି ରହିବାକୁ ଚାହାଁନ୍ତିନି। ତାଙ୍କ ମତରେ, "ଏସବୁ ଆମେ ନିଜ ସଉକ ପାଇଁ କରୁଛନ୍ତି, ନିଜ ମନରେ ଖୁସି ଓ ଶାନ୍ତି ଆଣିବାକୁ କରୁଛନ୍ତି; ସେଥିରେ ଯଦି ଏମିତି ଅସନ୍ତୋଷ ରହିବ, ଏତେ ମନୋମାଲିନ୍ୟ ରହିବ, ତେବେ ସତରେ ଏତେ ଖଟିବାର ଅର୍ଥ କଣ? ଇଏତ ଆଉ ଆମ ଦାନାପାଣି ନୁହେଁ କି ବୃଭି ନୁହେଁ ଯେ, ଆମେ ସେଥିପାଇଁ ଖାପଖୁଆଇ ଚଳିବାକୁ ବାଧ୍ୟ।"

କିନ୍ତୁ ରାନୁ ଅଲଗା ରକମର। ଯାହା ଦାୟିତ୍ୱ ନେଇଛି ମାନେ, ତାକୁ ଯେମିତି ହେଲେ ବି ତୁଲେଇବ। ଯାହାବି ପ୍ରତିବନ୍ଧକ ଆସୁନା କାହିଁକି, ଯିଏ ଯାହା କହୁନା କାହିଁକି, ସିଏ ସମସ୍ତଙ୍କ କଥା ଶୁଣିବ, ସବୁ ବାଧାକୁ ସାମନା କରିବ ଓ ନିଜର କଥା ରଖିବ। ସେଇଥି ପାଇଁ ରତିକାନ୍ତ ଓ ରାନୁର ସମୟ ସମୟରେ ଝଗଡ଼ା ହୁଏ, ମନୋମାଲିନ୍ୟ ହୁଏ। ଉଭୟ, ଉଭୟଙ୍କ ବିଚାରରେ ରୁହନ୍ତି। କିଛିଦିନ ରାଗରୁଷା ଚାଲେ। ପୁଣି ପ୍ରେମ ସେସବୁକୁ ବିଲୁପ୍ତ କରିଦିଏ ଓ ସଂସାର ଆଗ ଭଳି ଗତି କରେ।

ରାନୁ ଦାମିନୀ ଅପାଙ୍କ ସହିତ ଫୋନରେ କଥା ହେଲା। ସିଏ କହିଲେ, "ତମେ ସେ ହ୍ୱାଟ୍‌ସଆପ୍‌ ଗ୍ରୁପରେ କିଛି ଲେଖନି। କାରଣ, ଏ ଲେଖାଲେଖ ଦ୍ୱାରା କିଛି ନୂଆ ଓଡ଼ିଆ ପରିବାର ଆମ ଓଡ଼ିଆ ସମାଜରେ ମିଶିବାକୁ ଇଚ୍ଛା କରିବେନି। ଆଉ ଅନ୍ୟମାନେ ତ ଚାହିଁ ବସିଛନ୍ତି, କିଛି ଗୋଟିଏ ଲେଖ୍‌କି ନିଜ ପ୍ରସିଦ୍ଧି ସାବ୍ୟସ୍ତ କରିବେ, ଅନ୍ୟକୁ ବେଜିତ୍‌ କରି ସେମାନେ ଖୁସି ପାଆନ୍ତି। ଆମେ ଯେମିତି ଭାବିଛନ୍ତି, ସେମିତି ଆମ ଭାଷା ଓ ଆମ ସଂସ୍କୃତିକୁ ନେଇ କାମ କରିବା। ହ୍ୱାଟ୍‌ସଆପ୍‌ ଗ୍ରୁପରେ ତମେ ତ ଦାୟିତ୍ୱରେ ଅଛନା, ଯେଉଁମାନେ ଏମିତି ଲେଖୁଛନ୍ତି, ପ୍ରଥମେ ସେମାନଙ୍କୁ ଫୋନ୍‌ କରି କଥା ହୋଇଯାଅ। ଯଦି ସେମାନେ ନ ବୁଝୁଛନ୍ତି, ତେବେ ଆଉ ଗୋଟିଏ ଆଲୋଚନା, ସମାଲୋଚନା ପାଇଁ ହ୍ୱାଟ୍‌ସଆପ୍‌ ଗ୍ରୁପଟିଏ କର ଓ ଏ ହ୍ୱାଟ୍‌ସଆପ୍‌ ଗ୍ରୁପକୁ କେବଳ ସରସ୍ୱତୀ ପୂଜା ସମ୍ବନ୍ଧୀୟ ବାର୍ତ୍ତା ପଠାଇବା ପାଇଁ ବ୍ୟବହାର କର।"

ରାନୁ ଯେତେବେଳେ ଏ ବିଷୟରେ ଭାନୁ ସହିତ ଆଲୋଚନା କଲା, ଭାନୁ ଏକମତ ହେଲାନି। ତା'ର କାରଣ ହେଲା, ହିନ୍ଦୀ ଗୀତରେ ଯେଉଁ କେତେଜଣ

ନାଚିବାକୁ କହିଥିଲେ, ସେମାନେ ସବୁ ଭାନୁର ଅତି ଭଲ ସାଙ୍ଗ। ସେମାନେ ସମସ୍ତେ ଭୁବନେଶ୍ୱରରୁ ଏକା ସ୍କୁଲରେ ପଢ଼ିଛନ୍ତି। ତାଙ୍କ ଭିତରେ ଜଣେ ଥିଲେ, ଯିଏ ଭାନୁର ଦୂର ସଂପର୍କୀୟ ଭାଇ ଓ ସିଏ ଜଣେ ମିରଟ୍‌ର ଝିଅକୁ ବାହା ହୋଇଥିଲେ। ଭାନୁ ଯୁକ୍ତି କଲା, "ହେଲେ ସେମାନେ ତ ଠିକ୍‌ କଥା କହୁଛନ୍ତି। ପ୍ରଥମେ ତ ସେମାନେ ହିଁ ମୋଟା ଅଙ୍କର ଚାନ୍ଦା ଦେଉଛନ୍ତି। ଆଉ ତାଙ୍କ ପିଲାମାନେ ସବୁ ପ୍ରତି ସପ୍ତାହରେ ସମୟ ଦେଇ, ଅର୍ଥ ଖର୍ଚ୍ଚ କରି ହିନ୍ଦୀ ଭାଷାରେ ଗୀତ, ନାଚ ଶିଖୁଛନ୍ତି। ଆମ ଓଡ଼ିଆ ଭାଷାରେ ତ ସେମିତି କିଛି ଶିଖେଇବାର ବ୍ୟବସ୍ଥା ନାହିଁ; ତେଣୁ ହଠାତ୍‌ ତାଙ୍କ ଉପରେ ଏମିତି ଭାଷାର ଚାପ ପକେଇଦେଲେ, ସେମାନେ କଣ କରିବେ ?"

ସେଇ ଗୋଟିଏ କାରଣରୁ ଏମିତି ଘଟଣା ଘଟିଲା ଯେ, ରାନୁ, ରତିକାନ୍ତ, ଦାମିନୀ ଅପା ଓ ଅନ୍ୟ କେତେଜଣ ଗୋଟିଏ ପଟେ ରହିଲେ ଓ ଭାନୁ, ଅବିନାଶ, ଏବଂ ଭାନୁର ସାଙ୍ଗ ମାନେ ଅନ୍ୟ ପଟେ ରହିଗଲେ। ସରସ୍ୱତୀ ପୂଜା ତ ହେଲା, ହେଲେ ସେଥିରେ କାହା ମନରେ ସରସତା ନଥିଲା। ଗୋଟିଏ ଆପୋଷ ବୁଝାମଣା ହେଲା ଯେ, ସବୁ ଓଡ଼ିଆ ଭାଷାର କାର୍ଯ୍ୟକ୍ରମ ପ୍ରଥମେ ହେବ ଓ ଅନ୍ୟାନ୍ୟ ଭାଷାର କାର୍ଯ୍ୟକ୍ରମ ତାପରେ ହେବ। ଦାମିନୀ ଅପା, ରାନୁ ଓ ଅନ୍ୟମାନେ ଯିଏ ସବୁ ଓଡ଼ିଆ ଭାଷାର କାର୍ଯ୍ୟକ୍ରମର ସପକ୍ଷରେ ଥିଲେ, ସେମାନେ ସେସବୁ ପ୍ରଥମେ କରେଇଦେଇ ନିଜର କର୍ତ୍ତବ୍ୟ ସଂପାଦନ କରି ନଖାଇ ଘରକୁ ଫେରିଗଲେ। ଯେଉଁମାନେ ଅନ୍ୟ ଭାଷାର କାର୍ଯ୍ୟକ୍ରମ ସପକ୍ଷରେ ଥିଲେ, ସେମାନେ ଡେରିରେ ପହଞ୍ଚିଲେ ଓ କାର୍ଯ୍ୟକ୍ରମ ପରେ ଖାଇପିଇ ଆରାମରେ ଡେରିରେ ଫେରିଲେ। ଏତେଦିନର ସଂପର୍କ କ୍ଷଣକରେ ନଷ୍ଟଭ୍ରଷ୍ଟ ହୋଇଗଲା। ସ୍ତ୍ରୀ ଲୋକମାନଙ୍କର ଝଗଡ଼ାରେ ଦୁଇ ସାଙ୍ଗ ବି ଫସିଗଲେ। ସମସ୍ତଙ୍କର ଯୁକ୍ତି ସେମାନଙ୍କ ନିଜନିଜ ଦୃଷ୍ଟିକୋଣରୁ ଠିକ୍‌ ଥିଲା। କିନ୍ତୁ କେହି କାହା ସହିତ ସାଲିସ୍‌ କରିବାକୁ ନାରାଜ।

ସବୁ ସଂପର୍କ ଏମିତି। କାଚ କଣ୍ଢେଇ ଭଳି। ଟିକେ ଆଘାତର ଚାପରେ ଭାଙ୍ଗିଯାଏ; ସେ ଭଙ୍ଗାକୁ ସହଜରେ ଜୋଡ଼ିହୁଏନି। ତେଣୁ ସବୁ ସଂପର୍କକୁ ସତର୍କତାର ସହିତ ସାଇତି ରଖିବା ଦରକାର। ପାନରୁ ସାମାନ୍ୟ ଚୁନ ଖସିଗଲେ, ଦୃଢ଼ ସଂପର୍କ ବି ଟଳମଳ ହୋଇଯାଇପାରେ।

ଉଭୟ ପରିବାରର ସଂପର୍କ ବିଗତ ପଚିଶି ବର୍ଷର। ଭାନୁର ପ୍ରଥମ ଝିଅର ନାମ କରଣ ହିଁ ରାନୁ କରିଛି। ସେତେବେଳକୁ ରାନୁର ଦୁଇଟି ପୁଅ ହୋଇସାରିଥିଲେ। ସିଏ ଯେତେବେଳେ ଜାଣିଲା ଭାନୁର ଝିଅ ହେବ ବୋଲି, ଅନେକ ଖୁସି ହୋଇ ଯାଇଥିଲା। କଥା ହେଲା, ଅବିନାଶ ଓ ଭାନୁ ଟିକେ ଡେରିରେ ପିଲାପିଲି କରିବାକୁ ଚାହିଁଥିଲେ।

ତେଣୁ ସେମାନଙ୍କର ପ୍ରଥମ ଝିଅ ପ୍ରଜ୍ଞା, ରାନୁ ଓ ରତିକାନ୍ତଙ୍କର ପ୍ରଥମ ପୁଅ ଅପେକ୍ଷା ପାଞ୍ଚବର୍ଷ ସାନ । ହେଲେ ସେମାନଙ୍କର ପ୍ରଥମ ଝିଅ ହେବା ସମୟରେ ଉଭୟ ଅବିନାଶ ଓ ଭାନୁ ପନ୍ଦର ଦିନ କାଳ ରତିକାନ୍ତଙ୍କ ପାଖରେ ରହିଥିଲେ । ସେତେବେଳେ ଏତେ ସୁବିଧା ନଥିଲା । ଭାନୁର ଘରୁ କି ଅବିନାଶଙ୍କ ଘରୁ କେହି ଆସିପାରିନଥିଲେ । ଭାନୁର ପ୍ରଥମ ଝିଅ ସିଜରିଆନ୍ ହୋଇ ଜନ୍ମ ନେଇଥିଲା । ତେଣୁ ସାଙ୍ଗ ଭିତରେ ଅନ୍ତରଙ୍ଗ କହିଲେ, ରତିକାନ୍ତ ଓ ରାନୁ । ସେତେବେଳେ ସେମାନେ ଏମିତି ଚଳିଥିଲେ ଯେମିତି ରାନୁ ଓ ଭାନୁ ଦୁଇ ଭଉଣୀ କି ଦୁଇ ଯାଆ । ଝିଅ ପ୍ରଜ୍ଞାର ସବୁ କିଛି କରିଛି ରାନୁ । ହସ୍ପିଟାଲରୁ ଆସିବା ପରେ ତଥାପି ଭାନୁର ଯନ୍ତ୍ରଣା ପୂରାପୂରି ଉପଶମ ହୋଇନଥାଏ । ତେଣୁ ଛୋଟ ପିଲାଟିର ଦାୟିତ୍ୱ ରାନୁ ହିଁ ନେଇଗଲା । ସେତେବେଳକୁ ରାନୁ ବାହାରେ ଚାକିରି କରୁନଥିଲା । ଭଲ ଲାଗୁଥିଲା ଯେ ପରଦେଶରେ ସିଏ କାହାର ଏତେ ନିଜର ହୋଇପାରିଛି ।

ସମୟ ଗଡ଼ିଚାଲିଲା । ଉଭୟ ପରିବାରର ସମ୍ପର୍କ ସବୁବେଳେ ପ୍ରଗାଢ଼ ରହି ଆସିଥିଲା । ଧୀରେଧୀରେ ସହରରେ ଓଡ଼ିଆମାନଙ୍କ ସଂଖ୍ୟା ବଢ଼ୁଥିଲା । ଉଭୟ ସାଙ୍ଗ ମିଶି ନୂଆ ଓଡ଼ିଆମାନଙ୍କୁ ଥଇଥାନ କରନ୍ତି । କିଛିଦିନ ଘରେ ରଖାନ୍ତି; ତାପରେ ଆପାର୍ଟମେଣ୍ଟ ଦେଖାନ୍ତି; ଗାଡ଼ି ନଥିଲେ କିଣେଇ ଦିଅନ୍ତି । ଅବଶ୍ୟ ୨୦୦୫ ପରେ ସେସବୁରେ ଟିକେ ପରିବର୍ତନ ଆସିଲା । ଲୋକଙ୍କ ପାଖରେ ସେଲଫୋନ ରହିଲା ଓ ଇଣ୍ଟରନେଟ ଓ ୱେବପେଜ୍‌ର ବ୍ୟବହାର ବଢ଼ିଲା । ସେଇଥିରୁ ସେମାନେ ନୂଆ ସହର ବିଷୟରେ ବହୁତ କିଛି ଜାଣିଯାଆନ୍ତି । ୨୦୧୦ ପରେ ଓଡ଼ିଆଙ୍କ ସଂଖ୍ୟା ବହୁତ ପରିମାଣରେ ବଢ଼ିଚାଲିଲା । ଉଭୟଙ୍କ ପରିବାରର ଦୂର ସଂପର୍କୀୟ କିଛି ବ୍ୟକ୍ତି ସହରକୁ ଆସିଲେ । ଉଭୟଙ୍କର କିଛି ପୁରୁଣା ସାଙ୍ଗ ମଧ ସହରକୁ ଆସିଗଲେ । ଉଭୟ ପରିବାର ଏସବୁ ଭିତରେ ବ୍ୟସ୍ତ ରହିଗଲେ ବି, ନିଜନିଜ ଭିତରେ ଥିବା ବନ୍ଧୁତା ପଣ ବଜାୟ ରଖିଥିଲେ । ଆଉ ଦେଖ, ୨୦୨୦ରେ ସାମାନ୍ୟ ଘଟଣାକୁ ନେଇ, ଏତେଦିନର ସମ୍ପର୍କ ଭୁଷୁଡ଼ି ପଡ଼ିଲା ।

୨୦୨୦ ମାର୍ଚ୍ଚ ମାସରୁ କରୋନା ବ୍ୟାପିଲା । ଲୋକମାନେ ନିଜନିଜ ଘରେ ଆବଦ୍ଧ ହୋଇ ରହିଲେ । ରାନୁ ଶୁଣିଥିଲା, ଭାନୁର ମା' ଓଡ଼ିଶାରେ କରୋନାରେ ଚାଲିଗଲେ । ଭାନୁ ସେଥିପାଇଁ ଜୁମରେ ଗୋଟିଏ ଶ୍ରଦ୍ଧାଞ୍ଜଳି କାର୍ଯ୍ୟକ୍ରମ ରଖିଥିଲା । ହେଲେ ରାନୁକୁ କି ରତିକାନ୍ତଙ୍କୁ ଡାକିନଥିଲା । ଭାନୁର ମା'ଙ୍କୁ ରାନୁ ଓ ରତିକାନ୍ତ ଭଲରେ ଜାଣନ୍ତି । ସିଏ ଭାନୁର ମା' କି ରାନୁର ମା' ଅଧିକାଂଶ ଲୋକ ଜାଣିପାରନ୍ତିନି । ମାଉସୀ ୪-୫ ଥର ଆମେରିକା ଆସିଛନ୍ତି ଓ ସେ ସମୟରେ ଅଧାଦିନ ରାନୁ ଘରେ

ରହିଯାନ୍ତି । ରାନୁ ଛୋଟ ଥିବା ସମୟରେ ନିଜର ମା'ଙ୍କୁ ହରାଇଥିଲା । ଭାନୁର ମା' ଏକଥା ଜାଣିଥିଲେ । ସେଇଥିପାଇଁ ସିଏ ରାନୁକୁ ନିଜ ଝିଅ ଭଳି ସ୍ନେହ ଦିଅନ୍ତି । ମାଉସୀଙ୍କର ଦେହାନ୍ତ ଖବର ପାଇ ରାନୁ ବି କାନ୍ଦିଥିଲା । କିନ୍ତୁ ଭାନୁ ଯେ ତାକୁ ଏକଥା ଜଣେଇଲାନି କି ଜୁମ୍ କାର୍ଯ୍ୟକ୍ରମରେ ଡାକିଲାନି, ସେ ଘଟଣା ତାକୁ ଅଧିକ ବାଧିଥିଲା ।

ତେଣୁ ରାନୁ ଓ ରତିକାନ୍ତଙ୍କର ବଡ଼ ପୁଅ ରାହୁଲର ବାହାଘର ସମୟରେ ଯେତେବେଳେ ଭାନୁ ଓ ଅବିନାଶଙ୍କୁ ନିମନ୍ତ୍ରଣ କରାଯିବ କି ନାହିଁ ବିଷୟରେ କଥା ଉଠିଲା, ରାନୁ କହିଲା, "ନା, କେବେ ନୁହେଁ । ସେମାନେ ଗୋଟିଏ ଛୋଟ କଥାକୁ ନେଇ ଏତେ ଦୂର ଯାଇପାରିଲେ; ଗୋଟିଏ ଖୁସିର ସମୟରେ ସେମାନଙ୍କୁ ଡାକି ସେ ସବୁ ମୁହୂର୍ତ୍ତକୁ ମନେପକେଇବାକୁ ମୁଁ ଚାହେଁନି ।"

ଯେଉଁମାନେ ସମସ୍ତେ ରତିକାନ୍ତ ଓ ରାନୁଙ୍କୁ ଅବିନାଶ ଓ ଭାନୁଙ୍କ ବିଷୟରେ ପଚାରିଥିଲେ, ତିନ-ଚାରି ଘଣ୍ଟା ମଧରେ ସେମାନେ ଅନ୍ୟମାନଙ୍କ ଠାରୁ ସବୁ ଖବର ପାଇଯାଇଥିଲେ ।

ବାହାଘର ସରିଥିଲା । ରିସେପ୍ସନ୍ ବି ସରିଥିଲା । ବାହାଘର ପରଦିନର ଘଟଣା । ପୁଅ, ବୋହୂ ହୋଟେଲରୁ ଘରକୁ ଆସିବେ । ସକାଳୁସକାଳୁ ନିଜ ଘରକୁ ଫେରି ଯାଇଥିଲେ ରାନୁ ଓ ରତିକାନ୍ତ । ପୁଅ, ବୋହୂଙ୍କ ଆସିବା ନେଇ ସେମାନଙ୍କ ସ୍ୱାଗତ ପାଇଁ କିଛି ବିଧି ପାଳନର ସମସ୍ତ ବ୍ୟବସ୍ଥା କରିବାର ଥିଲା । ସେଦିନ ଘରକୁ କେବଳ ନିଜ ପରିବାର ଲୋକଙ୍କୁ ଓ ସଂପର୍କୀୟଙ୍କୁ ନିମନ୍ତ୍ରଣ କରିଥିଲେ ସେମାନେ । ସମସ୍ତେ ପ୍ରାୟ ବାରଟା ବେଳକୁ ପହଞ୍ଚି ସାରିଥିଲେ । ପୁଅ, ବୋହୂଙ୍କର ବାରଟା ତିରିଶିରେ ପହଞ୍ଚିବା କଥା । ସେମାନେ ଆସିବା ବେଳେ ସ୍ୱାଗତ କରିବା ପାଇଁ ବନ୍ଦାଣ ଥାଲି ସଜେଇ ରାନୁ ଆସୁଆସୁ ଦୁଆର ବନ୍ଦରେ ପ୍ରଜ୍ଞାକୁ ଦେଖି ଚମକିପଡ଼ିଲା । ପ୍ରଜ୍ଞା ରାହୁଲକୁ କହୁଥିଲା, "ଭାଉଜଙ୍କୁ କହିଛ ତ ରାହୁଲ ଭାଇ, ନଣଦପୁଟୁଲି ନ ମିଳିଲେ, ମୁଁ ଏ ବନ୍ଦ ଛାଡୁନି କି ଭାଉଜଙ୍କୁ ଭିତରକୁ ଯିବାକୁ ଦେବିନି ।"

ଉଭୟ ଖୁସି ଆଉ ଲୁହରେ ରାନୁ ଓ ରତିକାନ୍ତଙ୍କ ଆଖି ଛଳଛଳ ହୋଇଆସିଲା । ଏଇ ଝିଅକୁ ସିଏ ଛୋଟବେଳୁ କହି ଆସିଥିଲେ, "ରାହୁଲ ଭାଇର ବାହାଘରରେ ନଣଦପୁଟୁଲି ତୋର ଓ ରାକେଶ ଭାଇର ବାହାଘରରେ ନଣଦପୁଟୁଲି ତୋ ସାନ ଭଉଣୀ ଦିବ୍ୟାର ।"

ସେଇକଥା ଆଜି ସିଏ ଭୁଲି ଯାଇଥିଲେ । କିନ୍ତୁ ପ୍ରଜ୍ଞା ମନେରଖିଛି । ସିଏ ସେକଥା ଭୁଲିନି । ସିଏ ତା' ଭାଇକୁ ଭୁଲିନି । ନିଜ ବାପା, ମା'ଙ୍କ ସହିତ ଏମାନଙ୍କର ମନୋମାଲିନ୍ୟ ସତ୍ତ୍ୱେ ବି ସିଏ ଆସିଛି ସ୍ନେହ ବାଣ୍ଟିବା ପାଇଁ, ସଂପର୍କ ରଖିବା ପାଇଁ ।

ଉଭୟ ରାନୁ ଓ ରତିକାନ୍ତ ପ୍ରଜ୍ଞାକୁ କୋଳେଇନେଲେ। ନୂଆବୋହୂଟି ଗୋଟିଏ ସୁନ୍ଦର ପର୍ସ ପ୍ରଜ୍ଞା ହାତରେ ଦେଇ କହିଲା, "ଖୋଲି ଦେଖ ନଣଦ ରାଣୀ, ତା' ଭିତରେ ତମ ପାଇଁ କଣ ସବୁ ଅଛି।"

ଭାଇର ଚିତ୍ରପଟ

ରତିକାନ୍ତ ହସିବ କି କାନ୍ଦିବ କିଛି ବୁଝିପାରିଲାନି । ଏମିତିରେ ତ ତା'ର କାନ୍ଦିବା ଉଚିତ; କାରଣ ତା'ର ବଡ଼ ଭାଇ ସୁକାନ୍ତଙ୍କର ଦେହାନ୍ତ ହୋଇଗଲା । ହେଲେ ସେ ଭାଇଙ୍କର ଦେହାନ୍ତ ଏପରି ଭାବେ ହେଲା ଯେ, ସେ କଥା ନିଜ ଘରେ ଜଣେଇବା ପାଇଁ ମଧ୍ୟ ତାକୁ ଖରାପ ଲାଗିଲା । ନନ୍ଦା କଣ ଭାବିବେ ? ତା'ର ଯେଉଁ ପିଲା ଦୁଇଟି ହାଇସ୍କୁଲରେ ପଢୁଛନ୍ତି, ସେମାନେ କଣ ଏସବୁ ଜାଣିବା ଉଚିତ ? ସେମାନେ କଣ ଜାଣିବା ଉଚିତ ଯେ, ସେମାନଙ୍କର ବଡ଼ବାପା ଏମିତି ସବୁ ଅସାମାଜିକ, ଚୋରାଧନ୍ଦା କରୁଥିବା ଏକ ସଂସ୍ଥା ସହିତ ସଂପୃକ୍ତ ଥିଲେ ?

ଭଲ ହୋଇଛି ଯେ ବାପା, ବୋଉ ଏସବୁ ଦେଖିବାକୁ ଜୀବନ ଧରି ରହିନାହାନ୍ତି । ନହେଲେ ଦୁଃଖରେ, ଲଜ୍ଜାରେ, ଅପମାନରେ ସେମାନେ ମଥା ଉଠେଇ ଚାଲିପାରିନଥାନ୍ତେ । ହେଲେ ଭାଇ ଏମିତି ଏକ ସଂସ୍ଥା ସହିତ କାହିଁକି ସଂପୃକ୍ତ ଥିଲେ ? ସିଏ କଣ ସଂସ୍ଥାର ଏ ଦିଗ ବିଷୟରେ କିଛି ଜାଣିନଥିଲେ ? କି ଜାଣିଶୁଣି ନୀରବ ରହିଥିଲେ ? ତାଙ୍କର କଣ ଅଭାବ ଥିଲା ? ରତିକାନ୍ତ ଏ ବିଷୟରେ ଆଗରୁ କେମିତି କିଛି ଆଭାସ ପାଇନଥିଲା ?

ଏକଥା ଖୁଡ଼ୀ ଫୋନ୍ କରି ଜଣେଇଥିଲେ । କହିଲେ, "ଭଲ ଯେ ଆମେ ଓଡ଼ିଶାରେ ନାହୁଁ । ନହେଲେ ଗାଁରେ କି କଟକ ଘରେ ଥିଲେ ଏବେ ସମସ୍ତଙ୍କ ଛି, ଛାକର ଶୁଣୁଥାନ୍ତୁ । ସୁକାନ୍ତ ଏମିତି କାହିଁକି କଲେ ? ଏତେ ପାଠ ପଢ଼ି, ଏତେ ଭଲ ଚାକିରି ଛାଡ଼ି ସନ୍ୟାସ ଧର୍ମ ନେଲା । ସମସ୍ତେ ଆମେ ସହି ରହିଥିଲୁ । ପୁଣି ତାଙ୍କ ଭିତରୁ ଜଣେ ସନ୍ୟାସିନୀଙ୍କୁ ବିବାହ କଲା । କଣ ନା, ଏଇଟା ସାତ୍ତ୍ୱିକ, ଧର୍ମ ବିବାହ । ଏଥିରେ କାମନା, ବାସନା ନାହିଁ । ସେସବୁ ଠିକ୍ ଥିଲା । ହେଲେ ଏବେ ଏ କିଳଙ୍କାରୀ । ଭଲ, ତମେ ଆମେରିକାରେ ଅଛ । ଏସବୁଠାରୁ ଦୂରରେ ।"

ରତିକାନ୍ତ କଣ ଆଉ କହିବ ? ଭଲ ହୋଇଛି, ସିଏ ନନ୍ଦାଙ୍କୁ କିଛି ଜଣେଇନାହିଁ । ରତିକାନ୍ତ କିନ୍ତୁ ଜାଣିଛି, ନନ୍ଦା ଏସବୁ ଖୁବ୍‍ଶୀଘ୍ର ଜାଣିଯିବେ । ଆଜିକାଲି ଯେମିତି ଭାବେ ଇଣ୍ଟରନେଟ୍‍ରେ, ଫେସ୍‍ବୁକ୍‍ ମାଧ୍ୟମରେ ଓ ୟୁ-ଟିଉବରେ ଭିଡ଼ିଓ ମାଧ୍ୟମରେ ଖବର ସବୁ ପ୍ରସାରିତ ହେଉଛି, ସେଇଥ୍ରୁ ନନ୍ଦା ତ ନିଶ୍ଚେ ଖବର ପାଇଯିବେ । ଏକଥା ସତ ଯେ, ନନ୍ଦା ଅନ୍ୟ ଦେଶରେ ବଢ଼ିଛନ୍ତି ଓ ଓଡ଼ିଶାର କି ଭାରତର ଟିକିନିଖ୍ ଖବର ଉପରେ ତାଙ୍କର ଧ୍ୟାନ ନଥାଏ । ସିଏ ତାଙ୍କ କାମ, ପିଲାଛୁଆ, ସଂସାରରେ ବ୍ୟସ୍ତ । ରତିକାନ୍ତର ବଡ଼ ଭାଇ ସନ୍ୟାସୀ ହୋଇଯାଇଛନ୍ତି ବୋଲି ସିଏ ଶୁଣିଥିଲେ । କିନ୍ତୁ ଏପର୍ଯ୍ୟନ୍ତ ତାଙ୍କୁ ଭେଟିନାହାନ୍ତି । ଯାହାବି ଭେଟିଥାନ୍ତେ, ସେମାନଙ୍କର ଭାରତ ଯିବା ସମୟ ସହିତ ଭାଇଙ୍କ ସଂସ୍ଥାର କାର୍ଯ୍ୟକ୍ରମର ସମୟ ସମାନ୍ତରାଲ ଭାବେ ଚାଲୁଥିଲା । ଏହାପରେ କରୋନାରେ ତ ତିନିବର୍ଷ ବିତିଗଲା । ସେ ସମୟ ଭିତରେ ସେମାନେ ଆଉ ଭାରତ ଯାଇନାହାନ୍ତି । ସୁକାନ୍ତ ଭାଇଙ୍କର କିଛି ସାଙ୍ଗସାଥୀ ଏବେ ଆମେରିକାରେ ରହନ୍ତି । ସେମାନେ ମଝିରେ ମଝିରେ ଜଣେଇଥିଲେ ଯେ ସୁକାନ୍ତ ଭାଇ କୁଆଡ଼େ ପ୍ରବଚନ ଦେବାପାଇଁ ଆମେରିକା ଆସିବାର ଯୋଜନା କରୁଛନ୍ତି ଓ ସେଥ୍ପାଇଁ ସେମାନଙ୍କୁ ଯୋଗାଯୋଗ କରିଛନ୍ତି । ହୁଏତ ରତିକାନ୍ତ ତାଙ୍କୁ ସବୁବେଳେ ବିରୋଧ କରେ ବୋଲି ସିଏ ରତିକାନ୍ତକୁ ସାହସ କରି ଏ ବିଷୟରେ କହିନାହାନ୍ତି । ଏବେ ଭାଇଙ୍କର ସେ ସାଙ୍ଗମାନେ ମଧ୍ୟ ଖବର ପାଇଯିବେଣି ତାଙ୍କ ଦେହାନ୍ତ ବିଷୟରେ । କଣ କରିବା ଉଚିତ, କଣ ନ କରିବା, ଏ ବିଷୟରେ ଚିନ୍ତା କରି ମୁଣ୍ଡ ବିନ୍ଧିଲାଣି ।

ଖବର ଥିଲା ଏମିତି । ଉତ୍ତରପ୍ରଦେଶର ଲକ୍ଷ୍ମୀ ସହରର କେଉଁ ଏକ ଆଶ୍ରମରେ ଚଢ଼ାଉ କରାଗଲା । ସେତିକି ବେଳେ ଭାଇ ପ୍ରବଚନ ଦେବାପାଇଁ ଉତ୍ତରପ୍ରଦେଶ ଯାଇଥିଲେ । ତାଙ୍କ ସହିତ ଆଉ କିଛି ସନ୍ୟାସୀ ଓ ସନ୍ୟାସିନୀ ମଧ୍ୟ ଥିଲେ । ସେ ଆଶ୍ରମକୁ ସେ ସଂସ୍ଥାର ମୁଖ୍ୟ ଆନନ୍ଦ ମହାରାଜ ମଧ୍ୟ ଆସିଥାନ୍ତି । ମୁଖ୍ୟଙ୍କ ନାମରେ କିଏ ଜଣେ ଆରୋପ ଆଣି ପୋଲିସ୍‍କୁ ଜଣାଇଥିଲା ଓ ପୋଲିସ୍ ସେ ଆଶ୍ରମକୁ ଚଢ଼ାଉ କରିଥିଲା । ଆଶ୍ରମରୁ ଅନେକ କିଛି ମାଦକ ଦ୍ରବ୍ୟ, ଗଞ୍ଜେଇ ଓ ବିଦେଶୀ ଡ୍ରଗ୍ସ ମିଳିଲା । ସଂସ୍ଥାର ମୁଖ୍ୟ ଆନନ୍ଦ ମହାରାଜଙ୍କୁ ଆରେଷ୍ଟ କରିବାକୁ ଅର୍ଡର ଆସିଲା । କିନ୍ତୁ ଆଶ୍ରମର ପରିଚାଳକ, ସେ ଗଞ୍ଜେଇ, ଡ୍ରଗ୍ସ ଇତ୍ୟାଦିକୁ ଜାଲିଦେବା ପାଇଁ ଯୋଜନା କରି ସେଥ୍ରେ ନିଆଁ ଲଗେଇ ଦେଇଥିଲେ । ସେ ନିଆଁ ଅଣାୟତ ହୋଇ ବ୍ୟାପିଗଲା । ସୁଡ଼ଙ୍ଗ ଦେଇ ଆଶ୍ରମ ମୁଖ୍ୟ ଓ ଅନ୍ୟ ସନ୍ୟାସୀ, ସନ୍ୟାସିନୀ ମାନେ ବାହାରୁ ଥିବା ସମୟରେ ନିଆଁରେ ପୋଡ଼ି ହୋଇ କିଛି ଲୋକ ମରିଗଲେ । ସେମାନଙ୍କ ଭିତରେ ଭାଇ ଥିଲେ ।

ହୁଏତ ଘଟଣାଟା ଏତିକି। ହେଲେ ଅନ୍ୟ କେତେକ ବିରୋଧୀ ସଂସ୍କାର ବ୍ୟକ୍ତିମାନେ ଏଇ ଆଳରେ ଭାଇଙ୍କ ସଂସ୍କାର ଯେତେ ଅବିଗୁଣ ଗାଇବାରେ ଲାଗିଲେ। ସେମାନେ ବିଦେଶୀ ସଂସ୍କାରୁ ଅର୍ଥ ଆଣନ୍ତି। ବିଦେଶରୁ ଆସୁଥିବା ସେମାନଙ୍କ ପୃଷ୍ଟପୋଷକ ମାନଙ୍କୁ ନିଶା ଓ ନାରୀ ଯୋଗାନ୍ତି। ଯେତେ ରକମର ଅପକର୍ମ କରି ଅର୍ଥ ରୋଜଗାର କରନ୍ତି। ନହେଲେ ସନ୍ୟାସୀ ହୋଇ ଏତେ ଏତେ ସଂପତ୍ତିର ମାଲିକ କେମିତି ହୋଇଛନ୍ତି ?

ଏସବୁ ଯାହା ହେଲା, ସେଥିରେ ଅତିରଞ୍ଜିତ ହୋଇ ବି କିଛି କଥା ମିଶିଗଲା। ସେସବୁ ତ ଯାହା ହେଲା ହେଲା ସଂସ୍କାକୁ ନେଇ, ହେଲେ ଭାଇଙ୍କ ନାମରେ ଯାହା ସବୁ ମିଛ କଥା ଜୋଡ଼ି ଦିଆଗଲା, ସେସବୁକୁ ଶୁଣି ରତିକାନ୍ତର ଛାତି ବିଦାରିତ ହେଉଥିଲା, ହୃଦୟ କ୍ରୋଧ ଜର୍ଜରିତ ହେଉଥିଲା।

ଆଜି ଭଳି ଏକ ସୁନ୍ଦର ଦିନରେ ଏମିତି ସବୁ ଘଟିବାର ଥିଲା। ୨୦୨୩ ମସିହାର, ମେ ମାସ ୫ ତାରିଖ, ଶୁକ୍ରବାରର ଏକ ସୁନ୍ଦର ଅପରାହ୍ନ। ପାଗ ବି ଭଲ ଥାଏ। ଆକାଶ ନିର୍ମଳ। ଅନ୍ୟ ଦିନ ହୋଇଥିଲେ, ଆଜି ଶୀଘ୍ର କାମ ସାରି ରତିକାନ୍ତ ଅଫିସରୁ ଫେରିଥାନ୍ତା। ହେଲେ ସେଦିନ କାମ ସରିବା ପରେ ରତିକାନ୍ତ ନନ୍ଦାଙ୍କୁ ଫୋନ୍ କରି କହିଲା, "ଆଜି ମୁଁ ଟିକେ ଡେରିରେ ଫେରିବି। ତମେ ସମସ୍ତେ ଦିନର ସାରିଦେଇଥିବ। ମୁଁ ଏଠି କିଛି ମଗେଇ ଖାଇନେବି।"

ନନ୍ଦା ଆଶ୍ଚର୍ଯ୍ୟ ହେଲେନି। ରତିକାନ୍ତ ବେଳେବେଳେ କାମ ସାରିବାକୁ ଡେରି ପର୍ଯ୍ୟନ୍ତ ରହିଯାଏ। ତେଣୁ ସିଏ ପିଲାମାନଙ୍କ ସହିତ ଦିନର ସାରିଦେଲେ। ରତିକାନ୍ତ ପାଇଁ ବି ଖାଇବା ଘୋଡ଼େଇ ରଖି ଅନ୍ୟ ସବୁ ଫ୍ରିଜ୍ ଭିତରେ ସାଇତିରଖିଲେ।

ରତିକାନ୍ତର କାମରେ ମନ ଲାଗିଲାନି। ଭାଇଙ୍କ କଥା ମନେପଡ଼ିଲା। କେତେ ସୁନ୍ଦର ଥିଲା ସେ ପିଲାଦିନ। ଭାଇ ତା' ପାଇଁ ଆଦର୍ଶ ଥିଲେ। କେଉଁ ଧାତୁରେ ତାଙ୍କ ମୁଣ୍ଡ ଗଢ଼ା ହୋଇଥିଲା କେଜାଣି ସବୁ କାମରେ ଧୁରନ୍ଧର। ଖାଲି ପାଠରେ ନୁହେଁ, ଖେଳକୁଦ, ସଙ୍ଗୀତ, ବକ୍ତୃତା, ସବୁଠରେ ତୀକ୍ଷ୍ଣ। ଗାଁ ମନ୍ଦିରରେ କୀର୍ତନରେ ଭାଗ ନେଉନେଉ ସିଏ ଯେମିତି ଭାବେ ମୃଦଙ୍ଗ ଓ ହାରମୋନିୟମ ବଜେଇବା ଶିଖିଗଲେ, ଓ ତାପରେ ତାଙ୍କୁ ସବୁ କୀର୍ତନ ଓ ଭଜନ ସମାରୋହରେ ଡକରା ପଡ଼ିଲା, ସେଇଟା ବଡ଼ ଆଶ୍ଚର୍ଯ୍ୟର କଥା। ହେଲେ ସପ୍ତମ ପରେ ସିଏ କଟକ ଗଲେ ପଢ଼ିବାକୁ। ବୃତ୍ତି ପାଉଥିଲେ ସେତେବେଳକୁ ଦାଦା କଟକରେ ଚାକିରି କରୁଥିଲେ ଓ ଖୁଡ଼ୀ ବି ସେଠି ରହୁଥିଲେ।

ଭାଇଙ୍କୁ ଉଦାହରଣ ଭାବେ ରଖି ରତିକାନ୍ତର ପାଠପଢ଼ା ଓ ସଙ୍ଗୀତ ଦିଗରେ ଆଗ୍ରହ ଆସିଥିଲା। ସମସ୍ତେ ତାକୁ ସ୍କୁଲରେ ସୁକାନ୍ତର ଭାଇ ଭାବେ ଚିହ୍ନୁଥିଲେ ଓ

ସମ୍ମାନ ଦେଉଥିଲେ। ସିଏ ବି ନିଜକୁ ସେ ସମ୍ମାନର ଅଧିକାରୀ ଭାବେ ଯୋଗ୍ୟତା ହାସଲ କରିବା ଚେଷ୍ଟାରେ ଥିଲା। ଭାଇ କଟକରୁ ଗାଁକୁ ଆସିବାବେଳେ ରତିକାନ୍ତ ପାଇଁ କେତେ ସବୁ ଶିକ୍ଷଣୀୟ ପୁସ୍ତକ ଆଣୁଥିଲେ। ରତିକାନ୍ତକୁ ସିଏ ଅନେକ ସ୍ନେହ ଦେଉଥିଲେ। କହୁଥିଲେ, "ମନ ଦେଇ ପଢ଼। ତୁ ବି ବୃଭି ପାଇବୁ ଓ ମୋ ଭଲି କଟକରେ ରହି ପଢ଼ିବୁ।"

ଭାଇଙ୍କର ଉତ୍ସାହ ପାଇ ରତିକାନ୍ତ ମଧ୍ୟ ସେମିତି ମେଧାବୀ ହେଲା। ମେଧା ବୃଭି ପାଇ କଟକରେ ପଢ଼ିଲା। ଭାଇ ରେଭେନ୍ସା କଲେଜରୁ ପ୍ରଥମ ଶ୍ରେଣୀରେ ଆଇ.ଏସ୍.ସି., ବି.ଏସ୍.ସି. ପାସ୍ କରି ଦିଲ୍ଲୀ ଗଲେ ମାଷ୍ଟର୍ସ କରିବା ପାଇଁ। ତାପରେ ଭାରତ ସରକାରଙ୍କର ଏକ ଗବେଷଣା କେନ୍ଦ୍ରରେ ତାଙ୍କୁ ଚାକିରି ମିଲିଗଲା। ତାଙ୍କୁ ଚାକିରି ମିଲିଗଲା ପରେ ରତିକାନ୍ତର ସମସ୍ତ ପଢ଼ା ଖର୍ଚ୍ଚ ସିଏ ବହନ କରିବା ଦାୟିତ୍ୱ ନେଲେ। ରତିକାନ୍ତ ବାଙ୍ଗାଲୋରରେ ଇଞ୍ଜିନିୟରିଙ୍ ପଢ଼ିଲା। ତାପରେ ମାଷ୍ଟର୍ସ କରିବା ପାଇଁ ଆମେରିକା ଆସିଲା। ସେତେବେଳେ ମଧ୍ୟ ତା'ର ପଢ଼ାଖର୍ଚ୍ଚର ସମସ୍ତ ଦାୟିତ୍ୱ ଭାଇ ବହନ କରୁଥିଲେ। କହୁଥିଲେ, "ରତିଟା ଆମର ବଡ଼ ବ୍ରିଲିଆଣ୍ଟ ପିଲା। ମୁଁ ଚାହେଁ, ମୋ ଭାଇ ଯେତେ ପଢ଼ୁଚି, ପଢ଼ୁ। ଗୋଟିଏ ବଡ଼ ବୈଜ୍ଞାନିକ ହୋଇ ବାହାରୁ। କିଏ ଜାଣେ, ଆମ ରତି ଦିନେ ନୋବେଲ୍ ପ୍ରାଇଜ୍ ପାଇବନି ବୋଲି।"

ରତିକାନ୍ତର ଯେତେ ଉତ୍ସାହ, ପ୍ରେରଣା ସବୁ ସେଇ ଭାଇ। ହେଲେ ହଠାତ୍ ଗୋଟିଏ ଅଲଗା ଖବର ଆସିଲା। ବାପା ଥରେ ଫୋନ୍ କରି ଜଣେଇଲେ, "ସୁକାନ୍ତର ଗୋଟିଏ କିଛି ହେଇଚି। ତା' ପାଇଁ ଯେତେ ବାହାଘର ପ୍ରସ୍ତାବ ଆସୁଛି, ସବୁ ମନା କରିଦେଉଛି। ଆମେ ବି ତାକୁ ପଚାରିଲୁ – ଯଦି ତୁ କାହାକୁ ଠିକ୍ କରିଛୁ ବାହା ହେବାକୁ ତ ଆମର କିଛି ଆପଭି ନାହିଁ। ହେଲେ ସେଥିରେ ବି ସିଏ ରାଜି ନୁହେଁ।"

ରତିକାନ୍ତ ବୁଝେଇଲା, "ଭାଇ ହୁଏତ କିଛିଦିନ ସ୍ୱାଧୀନ ଭାବେ ରହିବାକୁ ଇଚ୍ଛା କରୁଛନ୍ତି। ସିଏ କିଛିଦିନ ସ୍ୱାଧୀନ ଭାବେ ରୁହନ୍ତୁ। ମଉଜ, ମଜ୍ଲିସ୍ କରନ୍ତୁ। ତାପରେ ସିଏ ରାଜିହେବେନି ?"

ବାପା କିନ୍ତୁ ଚିନ୍ତିତ ଥିଲେ। କହିଲେ, "ତୋ ଦାଦାର ଜଣେ ବନ୍ଧୁ ଦିଲ୍ଲୀରେ ରୁହନ୍ତି। ସିଏ କହୁଥିଲେ, ସୁକାନ୍ତ କୁଆଡ଼େ ସେଠି ଗୋଟିଏ ଆଶ୍ରମକୁ ସବୁବେଳେ ଯିବାଆସିବା କରୁଛି। ଗେରୁଆ ପୋଷାକ ପିନ୍ଧୁଛି। ମାଲା ଜପ କରୁଛି।"

"ଭାଇ, ପୁଣି ମାଲା ଜପ କରୁଛନ୍ତି ? ତମେ ବାପା ଏମିତି ଉଡ଼ା ଖବରରେ ବିଶ୍ୱାସ କାହିଁକି କରୁଛ ? ମୁଁ ତାଙ୍କୁ ଥରେ ଡାକିବି। ତାଙ୍କ ସହିତ କଥା ହେଲେ ଜଣାପଡ଼ିବ।"

ରତିକାନ୍ତ ଯେତେ ଫୋନ୍ ଲଗେଇଲେ ବି ଭାଇ ଜମା ଧରୁନଥିଲେ। ସିଏ ଏକଥା ବାପାଙ୍କୁ ଜଣେଇବ କି ନାହିଁ କିଛି ବୁଝିପାରିଲା ନାହିଁ। ଦାଦାଙ୍କୁ ଫୋନ୍ କଲା। "ଦାଦା, ଭାଇଙ୍କ ସହିତ ଆପଣ କଥା ହୋଇଥିଲେ କି ? ମୁଁ ଯେତେ ଫୋନ୍ ଲଗାଉଛି, ଲାଗୁନି।"

ଦାଦା କହିଲେ, "ସିଏ ଏବେ ନୈନିତାଲ୍ ଯାଇଛି, ତା' ବସାରେ ନାହିଁ। ତାପରେ ନୈନିତାଲ୍ ପାହାଡ଼ିଆ ଜାଗା, ସେଠାରୁ ଫୋନ୍ କରିବା ସୁବିଧା ହେଉନଥିବ ବୋଧହୁଏ; ନହେଲେ ତତେ ତ ଜଣେଇଥାଆନ୍ତା।"

ଦାଦାଙ୍କ କଥାରୁ ସିଏ ଆଶ୍ୱସ୍ତ ହେଲା। ଦାଦା ବାପାଙ୍କୁ ବି ସେକଥା ଜଣେଇଦେଇଥିଲେ।

କିନ୍ତୁ ସେଇଟା ଥିଲା ଭାଇଙ୍କର ପ୍ରଥମ ସତ୍ସଙ୍ଗ ଯାତ୍ରା। ଏସବୁ ପରେ ଜଣାପଡ଼ିଥିଲା। ସେଇ ଯାତ୍ରାରେ ତାଙ୍କ ଜୀବନ ବଦଳିଗଲା। ସେଠି ଜଣେ ସାଧ୍ୱୀଙ୍କ ସହିତ ତାଙ୍କର ବନ୍ଧୁତା ହୋଇଗଲା। ଏମିତି ବନ୍ଧୁତା ହେଉହେଉ, ସେ ସାଧ୍ୱୀଙ୍କ ସହିତ ପ୍ରେମ ହେଲା ଓ ବିବାହ ହୋଇଗଲା। ସେ ସଂସ୍ଥାର ନିୟମରେ ବିବାହ କେବଳ ଏକ ସଂପର୍କର ନାମ ଦେବାକୁ, କିନ୍ତୁ ପ୍ରକୃତରେ ତଥାକଥିତ ସ୍ୱାମୀ, ସ୍ତ୍ରୀଙ୍କ ମଧ୍ୟରେ ରହୁଥିବା ଦୈହିକ ସଂପର୍କ ସେମାନଙ୍କ ମଧ୍ୟରେ ରହିବ ନାହିଁ।

ସେ ସାଧ୍ୱୀ ଥିଲେ ନୈନିତାଲ ସତ୍ସଙ୍ଗର ପ୍ରଯୋଜିକା। ସୁକାନ୍ତ ଭାଇ ତାଙ୍କୁ କୁଆଡ଼େ ଅନେକ ରକମର ପ୍ରଶ୍ନ ପଚାରି ଉତ୍ତର ଚାହିଁଥିଲେ। ଭାଇ ତ ସହଜେ ଜଣେ ଉଚ୍ଚକୋଟିର ବୈଜ୍ଞାନିକ ଥିଲେ। ତାପରେ ଜିଜ୍ଞାସୁ ମଧ୍ୟ। ଆଧ୍ୟାତ୍ମିକ ଦିଗକୁ ନେଇ ଯେଉଁ ସବୁ ପ୍ରଶ୍ନ ତାଙ୍କ ମନରେ ଥିଲା, ସିଏ କିଛି ନ ଭାବି, ଚିନ୍ତା ନକରି ଅନାବିଳ ଚିତ୍ତରେ ସେସବୁ ପ୍ରଶ୍ନ ପଚାରି ପକାଉଥିଲେ। କିଛି ପ୍ରଶ୍ନର ଉତ୍ତର ସେ ସାଧ୍ୱୀଙ୍କ ପାଖରେ ନଥିଲା। ସିଏ ସେ ବିଷୟରେ ଅନୁଧ୍ୟାନ କରିବାକୁ କିଛି ସମୟ ନେଉଥିଲେ ଓ ପରେ ସେ ପ୍ରଶ୍ନର ଉତ୍ତର ଦେଉଥିଲେ। ଏହି ଭଳି ଜଣେ ବିଦୁଷୀ ନାରୀଙ୍କ ସୁନ୍ଦରତା, ପ୍ରବଚନ ଶୈଳୀ ଓ ଜ୍ଞାନ ଆହରଣ ଓ ପ୍ରଚାରର ଶୈଳୀରେ ସୁକାନ୍ତ ବିମୋହିତ ହୋଇଥିଲେ। ସେଇଭଳି ସୁକାନ୍ତଙ୍କର ଭାବନା, ଚିନ୍ତା କରିବାର ଶକ୍ତି ଓ ପ୍ରଶ୍ନ ପଚାରିବାର ଶୈଳୀରେ ମୁଗ୍ଧ ହୋଇଥିଲେ ସେ ସାଧ୍ୱୀ। ନୈନିତାଲରୁ ବାହାରି ଭାରତର ବିଭିନ୍ନ ରାଜ୍ୟମାନଙ୍କରେ ନିଜର ଧର୍ମ ପ୍ରଚାର ଓ ଆଶ୍ରମ ପ୍ରତିଷ୍ଠାର ଦାୟିତ୍ୱ ତାଙ୍କୁ ଅର୍ପଣ କରିଥିଲେ ତାଙ୍କର ଗୁରୁ ମହାରାଜ। ହେଲେ ଜଣେ ସୁନ୍ଦରୀ ଯୁବତୀଙ୍କ ସୁରକ୍ଷା ଚିନ୍ତା ବି ଭାବିବାର ବିଷୟ। କାରଣ ଆମେମାନେ ଈଶ୍ୱରଙ୍କ ଉପରେ ଯେତେ ବିଶ୍ୱାସ କଲେ ମଧ୍ୟ, କିଛି ଚିର ସତ୍ୟକୁ ତ ଗ୍ରହଣ କରିବାକୁ ପଡ଼ିବ। ହୁଏତ ସତ୍ୟଯୁଗରେ

ସୀତା ନିଜ ସତୀପଣର ମର୍ଯ୍ୟାଦା ରଖିବା ପାଇଁ ଅଗ୍ନିରେ ଝାସ ଦେଇ ଜୀବନ୍ତ ରହିଲେ । କିନ୍ତୁ ଏ ଯୁଗରେ କୌଣସି ସତୀ ନାରୀ ସେମିତି ଦୁଃସାହସ କରିବନି । ସିଏ ଯେତେ ସତୀ, ସାଧ୍ୱୀ ହୋଇଥାଉ ନା କାହିଁକି, ନିଆଁରେ ପଶିଲେ ଯେ ପୋଡ଼ି ହୋଇ ମରିବ, ସେ କଥା ସତ୍ୟ । ସେମିତି ବସୁଦେବ ନିଜ ନବଜାତ ପୁତ୍ରକୁ ଧରି ଉଚ୍ଛୁଳା ଯମୁନା ନଈ ଭିତରେ ପଶିବାଟା ଏ ଯୁଗରେ ଗ୍ରହଣୀୟ ହେବନାହିଁ । ଉଚ୍ଛୁଳା ନଈରେ ପଶିଲେ ଯେ ଜଣେ ଭାସିଯିବ, ଜଳ ଭଉଁରୀ ଭିତରେ ରୁନ୍ଧି ହୋଇ ମରିଯିବ, ସେକଥା ଚିରସତ୍ୟ ।

ସେଇଭଳି ଏକ ସତ୍ୟ ଥିଲା । ସେ ସାଧ୍ୱୀ ଆଧ୍ୟାତ୍ମିକ ଦିଗରେ ନିଜକୁ ପ୍ରତିଷ୍ଠା କରେଇବାର ଲକ୍ଷ୍ୟ ରଖିଥିଲେ । କିନ୍ତୁ ସେଠାରେ ପ୍ରତିବନ୍ଧକ ଥିଲା ନିଜର ଅପରୂପ ସୌନ୍ଦର୍ଯ୍ୟ । ସେ ସୌନ୍ଦର୍ଯ୍ୟକୁ କେହି ବି ବିକୃତ ମସ୍ତିଷ୍କ ମଣିଷ କ୍ଷଣକରେ କଳଙ୍କରେ ପରିଣତ କରିଦେବ । ସେ ସୌନ୍ଦର୍ଯ୍ୟକୁ ସୁରକ୍ଷା ଦରକାର ଥିଲା । ସୁକାନ୍ତ ଭାଇଙ୍କ ଠାରେ ସେ ସାଧ୍ୱୀ ସେଇ ସୁରକ୍ଷା କବଚ ଦେଖିଲେ । ସେମିତି ଏକ ସୁଯୋଗ ଆସିଲା ।

ସେ ସାଧ୍ୱୀଙ୍କର ନାମ ରଖା ଯାଇଥିଲା ରାଧାଦେବୀ । ତାଙ୍କର ପ୍ରକୃତ ନାମ ଶ୍ୱେତା ରାୟ, ମୂଳ ବଙ୍ଗାଳୀ ପରିବାରର, ବମ୍ବେରେ ଜନ୍ମ ଓ ସମସ୍ତ ଶିକ୍ଷା ବମ୍ବେରେ । ଆଧ୍ୟାତ୍ମିକତା ଖୋଜିଖୋଜି କିଛିଦିନ ସିଏ ଇସ୍କନ୍ ମନ୍ଦିର ଯିବାଆସିବା କରୁଥିଲେ । ତାପରେ ତାଙ୍କୁ ସଦାନନ୍ଦ ସଂସ୍ଥାର ଏକ ପ୍ରବଚନ ଶୁଣିବାର ସୁଯୋଗ ମିଳିଥିଲା । ସେଇଥିରେ ସିଏ ଏତେ ମୋହିତ ହୋଇଗଲେ ଯେ, ଘର ଛାଡ଼ି ସେ ସଂସ୍ଥାରେ ଯୋଗ ଦେଇଥିଲେ । ସହରର ଜୀବନ ତାଙ୍କୁ ବିରକ୍ତ କରୁଥିଲା । ସେଥିପାଇଁ ସେ ନୈନିତାଲରେ ରହିବା ପସନ୍ଦ କଲେ । ତାଙ୍କର ଶିକ୍ଷା, ଦୀକ୍ଷା, ଶୁଦ୍ଧ ହିନ୍ଦୀ, ପଞ୍ଜାବୀ, ମରାଠୀ ଓ ବଙ୍ଗଳା ଭାଷାରେ ଦକ୍ଷତା ଦେଖି ସଦାନନ୍ଦ ସଂସ୍ଥାର ସଂସ୍ଥାପକ ଆନନ୍ଦ ପ୍ରଭୁ ତାଙ୍କୁ ସଂସ୍ଥାର ଅନେକ କାର୍ଯ୍ୟଭାର ଦେଇଥିଲେ । ସେଇଥିରୁ ଗୋଟିଏ ଦାୟିତ୍ୱ ଥିଲା ପ୍ରତିବର୍ଷ ମାର୍ଚ୍ଚ ମାସରେ ନୈନିତାଲରେ ସତ୍‌ସଙ୍ଗ । ୨୦୦୫ରୁ ନୈନିତାଲରେ ସତ୍‌ସଙ୍ଗ ଶିବିର ସହିତ କିଛି ମେଳା ମହୋସବ ମଧ ଚାଲିଲା । ସେ ମହୋସବର ଦାୟିତ୍ୱ ଦିଆଗଲା ସୁକାନ୍ତ ଭାଇଙ୍କୁ । ରାଧା ଦେବୀଙ୍କୁ ସୁକାନ୍ତ ଭାଇଙ୍କ ସହିତ ଘଣ୍ଟାଘଣ୍ଟା ଧରି ଏକାନ୍ତରେ କାମ କରିବାକୁ ସୁଯୋଗ ମିଳିଲା । କାମ ସରିବା ପରେ ପ୍ରତି ରାତ୍ରରେ ସମସ୍ତେ ପ୍ରାର୍ଥନା ଗାଇ ଶୋଇବାକୁ ଯାଆନ୍ତି । ଦିନେ ପ୍ରାର୍ଥନା ସଭା ସରିବା ପରେ ପ୍ରାୟ ସମସ୍ତ ଭକ୍ତ ଚାଲିଯାଇଥିଲେ । ବସି ରହିଥିଲେ ସୁକାନ୍ତ । ତାଙ୍କର ଜିଜ୍ଞାସୁ ମନ ପ୍ରଶ୍ନ କଲା, "ଦେବୀ, ଏହା ପରେ ଆପଣଙ୍କ ଲକ୍ଷ୍ୟ କଣ ? ଆପଣ ସାଧ୍ୱୀ ଭାବେ କଣ ଅର୍ଜନ କରିବା ଚାହାନ୍ତି ? କାହିଁକି ଏତେ ଉଚ୍ଚଶିକ୍ଷିତ ହୋଇ ଆପଣ ଏ ଦିଗରେ ଉତ୍ସାହିତ ହେଲେ ?"

ସହାସ୍ୟ ବଦନରେ ରାଧାଦେବୀ ଉତ୍ତର ଦେଲେ, "ତୁମ ସମସ୍ତ ପ୍ରଶ୍ନର ଉତ୍ତର ତ ମୁଁ ଦେବି। ତେବେ ତମର ପ୍ରଥମ ପ୍ରଶ୍ନର ଉତ୍ତରରେ ତମଠାରୁ ମୁଁ କିଛି ସାହାଯ୍ୟ ଚାହୁଁଛି। ତମକୁ ଯେଉଁ ଆଦେଶ ଦେବି, ପାଳନ କରିବ ?"

"ନିଶ୍ଚୟ ଦେବୀ। ଆପଣ ମୋର ଗୁରୁ। ମୁଁ ଆପଣଙ୍କର ଶିଷ୍ୟ। କୁହନ୍ତୁ, ମୋ ପାଇଁ କି ଆଦେଶ ?"

ସୁକାନ୍ତ ଭାଇଙ୍କର ଏମିତି ପ୍ରଶ୍ନରେ ରାଧାଦେବୀ ଆଦେଶ ଦେଇଥିଲେ, "ତୁମେ ମୋତେ ବିବାହ କର। ଆସନ୍ତା କାଲି ଆମର ଆରାଧ୍ୟ ଦେବତା ରାଧାକୃଷ୍ଣଙ୍କ ମନ୍ଦିରରେ ଆମେ ବିବାହ କରିବା। ତାପରେ ମୁଁ ତୁମର ସବୁ ପ୍ରଶ୍ନର ଉତ୍ତର ଦେବି।"

କିଛି ଆଗପଛ ନ ବିଚାରି ସୁକାନ୍ତ ଭାଇ "ହଁ" କହିଦେଲେ। ସେଇଠି ତାଙ୍କର ବିବାହ ସରିଗଲା।

ସେତେବେଳକୁ ସୁକାନ୍ତ ଭାଇଙ୍କର ଘର ପ୍ରତି କିଛିଟା ଆକର୍ଷଣ ଥିଲା। ଗୋଟିଏ ଚାପରେ ଆସି ବାହା ତ ହୋଇଗଲେ। କିନ୍ତୁ ବାପା, ବୋଉଙ୍କୁ ତ ଜଣେଇବାକୁ ପଡ଼ିବ।

ବାପା, ବୋଉ ଏ କଥା ଯେତେବେଳେ ଶୁଣିଲେ, ସେତେବେଳେ ବେହୋସ୍ ହୋଇଗଲେ। ଭାଗ୍ୟକୁ ସେ ସମୟରେ ଦାଦା, ଖୁଡ଼ୀ ଗାଁରେ ଥିଲେ। ସେମାନେ ତାଙ୍କୁ ସମ୍ଭାଳି ଗାଡ଼ିରେ କଟକ ନେଇଆସିଲେ ଓ ଡାକ୍ତରଙ୍କୁ ଦେଖାଇଲେ।

ବାପା, ବୋଉଙ୍କ ଖବର ପାଇ ସୁକାନ୍ତ ଭାଇ ମଧ୍ୟ କଟକ ଆସିଥିଲେ ଓ ସମସ୍ତଙ୍କୁ ଅନେକ ବୁଝାସୁଝା କରେଇଥିଲେ। "ଦେଖନ୍ତୁ, ମତେ ବୁଝିବାକୁ ଚେଷ୍ଟାକରନ୍ତୁ। ମୋର ଇଚ୍ଛା, ଆଶା ଅନ୍ୟ ପ୍ରକାରର। ମୁଁ ଆଧ୍ୟାମ୍ବିକ ଜ୍ଞାନ ଅର୍ଜନ କରିବାକୁ ଚାହେଁ। ସେଥିପାଇଁ ମୋର ସମସ୍ତଙ୍କ ସାହାଯ୍ୟ ଦରକାର। ଆପଣମାନଙ୍କର ମଧ୍ୟ ସାହାଯ୍ୟ ଦରକାର। ଓଡ଼ିଶାରେ ସଦାନନ୍ଦ ସଂସ୍ଥା ଏକ ଆଶ୍ରମ ସ୍ଥାପନ କରିବା ପ୍ରଚେଷ୍ଟାରେ ଅଛନ୍ତି। ସେଥିପାଇଁ, ଦେବୀଜୀଙ୍କୁ ନେଇ ଆପଣମାନଙ୍କୁ ମୁଁ ସାହାଯ୍ୟ ମାଗିବାକୁ ଆସିବି।"

ସେଇ ଯେଉଁ ଧକ୍କା ବାପା, ବୋଉ ପାଇଲେ, ସେଥିରେ ସେମାନଙ୍କର ମନୋବଳ ଭାଙ୍ଗି ଯାଇଥିଲା। ଏହାର କିଛିଦିନ ପରେ ସୁକାନ୍ତ ଭାଇ ନିଜ ଚାକିରି ଛାଡ଼ିଦେଲେ ଓ ସଂସ୍ଥାରେ ସ୍ଥାୟୀ ଭାବେ ସାମିଲ୍ ହେଲେ। ବୋଉ ଥରେ ଅନ୍ୟମନସ୍କ ହୋଇ ରାସ୍ତାରେ ଚାଲୁଚାଲୁ ଗାଡ଼ି ଧକ୍କାରେ ପ୍ରାଣ ହରେଇଲା। ବୋଉ ପ୍ରାଣ ହରେଇବା ପରେ ବାପା ଆହୁରି ମ୍ରିୟମାଣ ହୋଇପଡ଼ିଲେ। ବୋଉ ଯିବାର ପ୍ରାୟ ବର୍ଷକ ପରେ ବାପା ମଧ୍ୟ ପ୍ରାଣତ୍ୟାଗ କଲେ। ରତିକାନ୍ତ ବାପା, ମା ଛେଉଣ୍ଡ ହୋଇଗଲା। ଖୁଡ଼ୀଙ୍କ

ଠାରୁ ସମସ୍ତ ଘଟଣା ଜଣାପଡ଼ିଲା। ସେତେବେଳକୁ ଭିସା ଅସୁବିଧା ପାଇଁ ରତିକାନ୍ତ ଭାରତ ଯାଇପାରିନଥିଲା। ତେବେ ବାପାଙ୍କର ପ୍ରଥମ ବର୍ଷ ଶ୍ରାଦ୍ଧକୁ ସିଏ ଯାଇଥିଲା। ସୁକାନ୍ତ ଭାଇ କିନ୍ତୁ ଆସିନଥିଲେ। ସନ୍ୟାସୀଙ୍କର ଘର, ଦ୍ୱାର ଓ ସଂପର୍କ କଣ?

ରତିକାନ୍ତ ଏ ସନ୍ୟାସୀ ମାନଙ୍କର ଜୀବନର ଲକ୍ଷ୍ୟ ସଂପର୍କରେ କିଛି ବୁଝେନି। ହେଲେ ସିଏ ସୁକାନ୍ତ ଭାଇର ସଂସ୍ଥାକୁ ମନେମନେ ଅଭିଶାପ ଦିଏ। ଯେଉଁ ସଂସ୍ଥା ତା' ଭାଇକୁ ଛଡ଼େଇନେଲା, ଯେଉଁ ସଂସ୍ଥା ତା'ର ପିତାମାତାଙ୍କର ମୃତ୍ୟୁର କାରଣ, ସେ ସଂସ୍ଥାର ନାମ ମଧ୍ୟ ଶୁଣିବାକୁ ଚାହେଁନି ରତିକାନ୍ତ।

ରତିକାନ୍ତ ଶୁଣିଥିଲା, ଏବେ ସେ ସଂସ୍ଥାର ତିନି, ଚାରିଟି ଆଶ୍ରମ ଓଡ଼ିଶାରେ ପ୍ରତିଷ୍ଠା ହେଲାଣି। ଏବେ ସୁକାନ୍ତ ଭାଇ ସେ ସଂସ୍ଥାର ଜଣେ ମୁଖ୍ୟ ସାଧକ। ତାଙ୍କର ଧର୍ମପତ୍ନୀ ରାଧାଦେବୀ ମଧ୍ୟ ସେ ସଂସ୍ଥାର ଜଣେ ମୁଖ୍ୟ ସାଧ୍ୱୀ। ଆଶ୍ରମ ପରିଚାଳନା କମିଟିରେ ଉଭୟ ବରିଷ୍ଠ ସଭ୍ୟ।

ରତିକାନ୍ତ ସୁକାନ୍ତ ଭାଇଙ୍କ ବିଷୟରେ ଅନେକ କଥା, ତାଙ୍କ ସାଧକ ଜୀବନର ଗୌରବ ଗାଥା, ଭାଇଙ୍କର ଅନ୍ୟ ସାଙ୍ଗମାନଙ୍କ ଠାରୁ ଶୁଣେ। ହେଲେ ନିଜେ କେବେ ସିଏ ତାଙ୍କୁ କ୍ଷମା କରିନି। ରତିକାନ୍ତ ଡେରିରେ ବାହାହେଲା। ତା' ବାହାଘର ଏଇ ଆମେରିକା ଦେଶରେ ଗୋଟିଏ ହିନ୍ଦୁ ମନ୍ଦିରରେ ହୋଇଥିଲା। ବାହାଘର ବେଳକୁ ଦାଦା, ଖୁଡ଼ିଙ୍କର ଭିସା କରାଇ ସେମାନଙ୍କୁ ଆଣିଥିଲା। ଏବେ ନିଜ ସ୍ତ୍ରୀ, ପିଲାଙ୍କୁ ଛାଡ଼ି ରତିକାନ୍ତର ପରିବାର କହିଲେ, ତା' ଦାଦା, ଖୁଡ଼ି ଓ ସେମାନଙ୍କର ଗୋଟିଏ ଝିଅ ଆଲି ଅପାକୁ ହିଁ ବୁଝାଏ।

ଆଉ ଏ ସୁକାନ୍ତ ଭାଇ? ବେଳେବେଳେ ସିଏ ମନେ ପଡ଼ନ୍ତି। ତାଙ୍କର ସେ ଛାତ୍ରବେଳର ବୁଦ୍ଧିବନ୍ତ ଚେହେରା, କଲେଜରେ ପଢ଼ୁଥିବା ସମୟର ସେ ଆମୃବିଶ୍ୱାସ ଭାବର ଛବି ଯେତେବେଳେ ହୃଦୟପଟରେ ଭାସିଆସେ, ସେତେବେଳେ ରତିକାନ୍ତ ଆମ୍ଭହରା ହୋଇଯାଏ। ଇଚ୍ଛା କରେ, ସୁକାନ୍ତ ଭାଇ ସେ ସଦାନନ୍ଦ ସଂସ୍ଥା ଛାଡ଼ିଦେଇ ପୁଣି ନିଜପରି ହୋଇଯାଆନ୍ତେ କି?

ହେଲେ ଆଜି ଅନୁଭବ ହେଲା, ସେ ସ୍ୱପ୍ନ ଆଉ କେବେ ପୂରଣ ହେବନି। ସୁକାନ୍ତ ଭାଇ ଯେଉଁ ଦେଶକୁ ଯାଇଛନ୍ତି, ସେଠାରୁ କେହି ପ୍ରତ୍ୟାବର୍ତ୍ତନ କରନ୍ତିନି।

ତା' ହୃଦୟରେ ଥିବା ଭାଇର ଚିତ୍ରପଟରେ କିଏ ଯେମିତି କାଳି ବୋତଲଟା ଢାଳିଦେଲା?

ଚିହ୍ନା ଅଚିହ୍ନା

ଏଇଟା କଣ ବୟସଗତ ବ୍ୟାଧି ନା' ସାଧାରଣ କଥା ? କଣ ପାଇଁ କେଜାଣି ଅନେକଙ୍କୁ ଚିହ୍ନିପାରୁନଥିଲା ସବିତା। ଅନେକ ଚିହ୍ନାଚିହ୍ନା ମନେହେଉଥିଲେ, କିନ୍ତୁ ସେମାନଙ୍କ ନାମ ମନେପଡୁନଥିଲା। ସେମାନେ କିନ୍ତୁ ସବିତାକୁ ଚିହ୍ନିଗଲେ ଓ 'ଭାଉଜ', 'ଅପା', 'ନାନୀ' ଓ 'ସବିତା' ନାମରେ ସମ୍ବୋଧନ କରି କଥୋପକଥନ ଆରମ୍ଭ କରିଦେଲେ। ସିଏ ଯେ ସେମାନଙ୍କୁ ଚିହ୍ନା ପାରିଲାନି, ସେ ବିଷୟରେ କାହାକୁ ଜାଣିବାକୁ ଦେଲାନି ସବିତା, ବରଂ ସେମାନଙ୍କ କଥୋପକଥନରୁ ଠଉରାଇ ସେମାନଙ୍କୁ ଚିହ୍ନିଦେଲା ଓ ଗପଶପ ଆରମ୍ଭ କରିଦେଲା।

ହୁଏତ ଏଇଟା ସେ ସମସ୍ତଙ୍କୁ ଦଶ, ପନ୍ଦର ବର୍ଷ ବ୍ୟବଧାନରେ ଦେଖୁଥିବାରୁ ହେଉଥିଲା। ଅନେକଙ୍କୁ ସେ ୩୦ ବର୍ଷରୁ ଅଧିକ ହେବ ଭେଟିନଥିଲା। ସେମାନେ ସମସ୍ତେ ତା' ନିଜର ଥିଲେ। କିଏ ବଡ଼ବାପାଙ୍କ ତରଫରୁ ତ କିଏ ସାନବାପାଙ୍କ ତରଫରୁ ସଂପର୍କୀୟ। କିଏ ମାମୁଙ୍କ ତରଫରୁ ସଂପର୍କୀୟ ଥିଲେ ତ କିଏ ପିଉସୀଙ୍କ ତରଫରୁ ସଂପର୍କୀୟ ଥିଲେ। ଏ ମଧ୍ୟରେ ଅନେକ ସଂପର୍କୀୟ ମରଶରୀର ତ୍ୟାଗ କରିଥିଲେ। ଅନେକ ସଂପର୍କୀୟ ଜନ୍ମ ହୋଇଥିଲେ।

ବାପରେ ବାପ। ଏତେବଡ଼ ପରିବାର ? ମୁଣ୍ଡ ଝିମ୍‌ଝିମ୍‌ କରିଗଲା। କାହାକୁ ସିଏ ମନେରଖିପାରୁନଥିଲା। ଖୁଡ଼ୀ ଗୋଟିଏ ଝିଅକୁ ଆଣି ଚିହ୍ନେଇ ଦେଇ କହିଯାଇଥିଲେ, "ଇଏ ପାରର ଝିଅ। ଏବେ ବାଙ୍ଗାଲୋରରେ କାମ କରୁଛି। ଆମେରିକା ଯିବାର ଅଛି ତାର। ହେଲେ ତା' ଘରେ ସମସ୍ତେ ଚାହୁଁଛନ୍ତି ସିଏ ବାହାହୋଇ ଯାଉ। ନହେଲେ ବାହା ହେଉହେଉ ବୁଢ଼ୀ ହେଇଯିବ। ତୋର ଯଦି କିଏ ସାଙ୍ଗସାଥୀ ଅଛନ୍ତି, ତାହେଲେ ତାଙ୍କ ସହିତ ୟା ବାହାଘର ପାଇଁ ଟିକେ ଦେଖାଦେଖି କରିବୁ ତ।"

"ହେଲେ ପାର କିଏ ?" ଖୁଡ଼ୀଙ୍କୁ ଏକଥା ପଚାରିବାକୁ ଚାହିଁଲେ ବି ପଚାରି ପାରିଲାନି ସବିତା । କାଲେ ପାରକୁ ସିଏ ଜାଣିଥିବ । ହୁଏତ ପାର ତା'ର ଘନିଷ୍ଠ ସଂପର୍କୀୟ ହୋଇଥାଇପାରେ । ଏବେ ଯଦି ସିଏ ତାକୁ ନ ଜାଣିଥିବାର ଦେଖାଇ ପ୍ରଶ୍ନଟିଏ କରେ, ତେବେ ସମସ୍ତେ ଭାବିବେ ଯେ ଆମେରିକାରେ ରହି ସିଏ ଉପରମୁହାଁ ହୋଇଯାଇଛି । ନିଜ ସଂପର୍କର ଲୋକଙ୍କୁ ଭୁଲିଯାଇଛି । ଅବଶ୍ୟ, ସେଇଟା ସତକଥା ନୁହେଁ । ଆମେରିକାରେ ଯେ ଟିକେ ଫୁରୁସତ୍ ନାହିଁ, ସେକଥା କଣ କିଏ ବୁଝିବ ? "ନ ଦେଖିଲା ଓଉ ଛ ଫେଡ଼ା ।" ନ ଦେଖିବା ଜିନିଷ ଦୂରରୁ ଅଲଗା ଦିଶେ । ଆମେରିକା ଏକ ବିଭବଶାଳୀ ଦେଶ । ସେଠି ସମସ୍ତଙ୍କର ଘର ଭରପୂର, କୌଣସିଥିରେ କିଛି ଅସୁବିଧା ନାହିଁ । ଉଭା ଯେତେ, ପୋତା ସେତେ । ଯେତେ ଖାଅ, ପିଅ, ମଉଜ, ମସ୍ତି କର, ବୁଲି ଯାଅ, ହୋଟେଲରେ ରୁହ, ମନଇଚ୍ଛା ଫଳରସ ପିଅ, କୋକ୍ ପିଅ । ଏକଥା ବି କିଛି ପିଲାମାନେ ପଚାରି ଦେଇସାରିଲେଣି । "ଦେଇ, ତମେ ସେଠି ପାଣି ପିଅନା ନାହିଁ ? ନା ସବୁବେଳେ ଜୁସ୍ ପିଅ । ସେଠିତ ଜୁସ୍ ବହୁତ ଶସ୍ତା ।" ଏଭଳି ପ୍ରଶ୍ନର କଣ ଉତ୍ତର ଦେବ, ବୁଝିପାରିଲାନି ସବିତା । ଭାବିଲା, କହିଦେବ, "ଏବେ ମୁଁ ସବୁ ଜଗିରଖି ପିଉଛି । ବିଶେଷ ଭାବେ ପାଣି ହିଁ ପିଉଛି । ନହେଲେ ଦେହରେ ଶର୍କରା ଭାଗ ବୃଦ୍ଧି ପାଇଯିବ ।" ହେଲେ ସେ ଏସବୁ କହିଲାନି । ବରଂ ସେମାନଙ୍କୁ ଉତ୍ସାହିତ କରି କହିଲା, "ତମେମାନେ ମନଦେଇ ପାଠ ପଢ । କଲେଜ ଶିକ୍ଷା ପରେ ତମେମାନେ ଉଚ୍ଚଶିକ୍ଷା ପାଇଁ ଆମେରିକା ଗଲେ ଏସବୁ କଥା ନିଜେ ଦେଖିବନି । ସେଠି ଲୋକ ସବୁ କଣ କଣ ଖାଆନ୍ତି, କଣ ପିଅନ୍ତି, କଣ କେମିତି କରନ୍ତି, ତମେ ସବୁ ନିଜେ ଦେଖି ଜାଣିଯିବ ।"

ସେ ପିଲାମାନେ ଉତ୍ସାହିତ ହେଲେ । ତାପରେ ସବିତାକୁ ଘେରି ବସି ପଚାରିଲେ, "ତମେ କେମିତି ଆମେରିକା ଗଲ, ଆମକୁ ଟିକେ କୁହନା ।"

ପିଲାମାନଙ୍କର ସରଳତାରେ ଭାବପ୍ରବଣ ହୋଇଗଲା ସବିତା । ଟିକେ ବଡ଼ ହୋଇଗଲେ, ସେମିତି ସରଳ ବିଶ୍ୱାସ, ସରଳ ମନ ଆଉ କେବେ ଫେରିବନି । ଇଚ୍ଛାହେଲା କହିଦେବାକୁ, "ଆମେରିକା ଦେଶରେ ସବୁ ଏତେ ଭଲ ଥାଇ ବି ପ୍ରତିଦିନ ଏବେ ଅତର୍କିତ ଭାବେ ବନ୍ଦୁକ ଫୁଟୁଛି । କେତେବେଳେ ସ୍କୁଲରେ ତ କେତେବେଳେ ଚର୍ଚ୍ଚରେ; କେତେବେଳେ ଦୋକାନ ଭିତରେ ତ କେତେବେଳେ ସିନେମା ହଲରେ । ତମେମାନେ ଏଠି ଅଛ, ଭଲରେ ଅଛ । ସେ ଦେଶରେ ଏବେ ପିତାମାତା ମାନେ ପିଲାମାନଙ୍କୁ ସ୍କୁଲ ପଠେଇ ସାରିବା ପରେ ସଦାସର୍ବଦା ଶଙ୍କିତ ହୋଇ ରହୁଛନ୍ତି ।"

ହେଲେ ମନକଥା ମନରେ ରଖି ସିଏ ଟିକେ ହସିଦେଲା ଓ ପିଲାମାନଙ୍କୁ ତେତିଶି ବର୍ଷ ତଳେ ଘଟିଥିବା ନିଜ ଆମେରିକା ଯାତ୍ରାର କାହାଣୀ ଶୁଣେଇଲା ।

ତେବେ ସବିତାର ଗାଁରେ, ତା' ପରିବାରରେ ଯେ ପରିବର୍ତ୍ତନ ଘଟିନଥିଲା, ସେକଥା କହିହେବନି। ତାଙ୍କ ଗାଁର ମାଟି ଘର ଏବେ ତିନି ମହଲା କୋଠା। ସେଠି ଆଉ ଢିଙ୍କି ଶାଳ ନାହିଁ କି ଦେଇପିଣ୍ଡ ନାହିଁ। ସେମାନଙ୍କର ଷଠିଘର ସବୁ ଖୋଲା ହୋଇ କୋଉଠି କେଜାଣି କେଉଁ ସିନ୍ଦୁକରେ ଭର୍ତ୍ତି ହୋଇ ରହିଥିବ। ଜେଜେମା ସେସବୁ ସାଇତି ରଖ୍ଥିଲା। ହେଲେ ସିଏ ଯିବା ପରେ କେହି ଆଉ ସେକଥା ଭାବିନାହାନ୍ତି। ଭାବିବେ ବା କେମିତି ? କାହାକୁ ଆଉ ବେଳ ଅଛି ?

ବାପା, ସାନବାପା, ଦାଦା, ତିନି ଭାଇ। ସେସବୁକୁ ଲକ୍ଷ୍ୟ କରି କୋଠା ତିଆରି କରାଯାଇଥିଲା। ହେଲେ ସେଠି ଅଧିକାଂଶ ସମୟରେ କେହି ରହନ୍ତିନି। ତେଣୁ ରକ୍ଷଣାବେକ୍ଷଣ ଅଭାବରୁ ସେ ଘରର ସୁନ୍ଦରତା ଅନେକାଂଶରେ ନଷ୍ଟ ହୋଇଯାଇଛି। କୋଉଠି ପାଣି ବେସିନ୍ କାମ କରୁନି ତ କୋଉଠି ଗାଧୁଆ ଘରେ ପାଣି ନିଷ୍କାସନ ହୋଇପାରୁନି। ତେବେ ସମସ୍ତେ ଗାଁକୁ ଯିବାର ଯୋଜନା ହେବାରୁ ଦାଦା ପୂର୍ବରୁ ଦୁଇ ସପ୍ତାହ ଯାଇ ଗାଁରେ ରହିଥିଲେ। ଲୋକ ଲଗେଇ ସବୁ ମରାମତ କରିଥିଲେ। ଏବେ ପରିବାରର ଅନେକ ଲୋକ ଆସିସାରିଥିଲେ। ଆଉ କିଛି ଲୋକ କାଲି ଭିତରେ ପହଞ୍ଚିଯିବେ। ପହରିଦିନ ସାନବାପାଙ୍କ ବଡ଼ ନାତୁଣୀ, ମାନେ ସବିତାର ଝିଆରୀ ସୋନିର ମଙ୍ଗଳପାଗ। ଯଦିଓ ବାହାଘର ଭୁବନେଶ୍ୱରରେ ହେବ, ଓ ସମସ୍ତେ ଯାଇ ଭୁବନେଶ୍ୱର ଘରେ କି ହୋଟେଲରେ ରହିବେ, ତେବେ ଗାଁ ସହିତ ଯୋଗାଯୋଗ ରଖ୍ବାର କେତୋଟି ମୌଳିକ ସିଦ୍ଧାନ୍ତ ସମସ୍ତେ ନେଇଛନ୍ତି। ଯଥା ଘରର କିଛିକିଛି ସଂସ୍କାର ଜନିତ କାର୍ଯ୍ୟକ୍ରମ ସବୁ ଗାଁରେ ହେବ। ଯେମିତିକି ଜେଜେମା ଓ ଜେଜେବାପାଙ୍କ ଶ୍ରାଦ୍ଧ ଗାଁରେ ହେବ। ସମସ୍ତଙ୍କର ମଙ୍ଗଳପାଗ ଗାଁରେ ହେବ। ନୂଆ ଜନ୍ମ ହେଉଥିବା ପିଲାମାନଙ୍କର ପ୍ରଥମ ଜନ୍ମଦିନ ଗାଁରେ ପାଳନ କରାଯିବ। ଯଦିଓ ଏ ତୃତୀୟ କଥାଟି ସମସ୍ତଙ୍କ ପାଇଁ କରିହୁଏନି। କାରଣ ଯେଉଁମାନେ ବିଦେଶରେ ଅଛନ୍ତି, ସେମାନେ ତ ଆଉ ଜନ୍ମଦିନ ପାଇଁ ଗାଁକୁ ଆସିପାରିବେନି। ତେଣୁ ସେମାନଙ୍କ ପରିବାରରେ ନୂଆ ପିଲା ଜନ୍ମ ହେଲେ, ସେମାନେ ଯେତେବେଲେ ଓଡ଼ିଶା ଆସିବେ, ସେତେବେଲେ ଗାଁକୁ ଯାଇ ଠାକୁର ଘରେ ପୂଜା କରେଇବେ ଓ ଗାଁରେ ଭୋଜି କରେଇବେ ବୋଲି ଗୋଟିଏ ମାନସିକ ଚୁକ୍ତି କରିନେଇଛନ୍ତି।

ଜାନୁୟାରୀ ମାସ। ଗାଁରେ ପାଗ ବହୁତ ଭଲ ଥାଏ। ସୋନିକୁ ଗାଁର କିଛି ଝିଅ ଡାକିବାକୁ ଆସିଲେ। ସେଇଠି ସବିତା ଠିଆହୋଇଥିଲା। ସୋନି କହିଲା, "ଦେଖ, ମୁଁ ଯାଉଛି, କିଏ ଯଦି ପଚାରନ୍ତି କହିଦେବ, ମୁଁ ଗାଁର ପାର୍ଲର ଦେଖ୍ବାକୁ ଯାଉଛି। ଯଦି ମନକୁ ଯିବ ତ, ସିଏ ପହରିଦିନ ମେକ୍ଅପ୍ କରିବାକୁ ଆସିବ।"

ସବିତା ତଟସ୍ଥ ହୋଇ ରହିଗଲା। ତାଙ୍କ ଗାଁରେ ପାର୍ଲର୍ ଅଛି ? ବଡ଼ ଅସମ୍ଭବ ଲାଗିଲା। ଏହି ସମୟରେ ଜଣେ ଅଜଣା ସ୍ତ୍ରୀ ଲୋକ ସେଇବାଟ ଦେଇ ଯାଉଯାଉ କହିଲେ, "ଆଲୋ ଏମିତି ଆଶ୍ଚର୍ଯ୍ୟ କଣ ପାଇଁ ହେଉଛୁ ? ତୁ କଣ ଭାବୁଛୁ ଆମ ଗାଁ ଆଉ ପୁରୁଣା ଗାଁ ହେଇକି ଅଛି ? ଏବେ ଏଠି କଣ ନ ଅଛି କହନୁ। ଛକକୁ ଯିବୁ ତ ଆରିସା ପିଠା, କାକରା ପିଠା, ମଣ୍ଡା ପିଠା, ସବୁ ବିକ୍ରି ହେଉଛି। ଘରେ ଆଉ କେହି ପିଠା ଗଢ଼ୁନାହାନ୍ତି। ତୁ ଏବେ ପାର୍ଲର୍ ଯିବୁ ତ, ଚାଲୋ। ସୋନିର ମଙ୍ଗଳପାଗ ପାଇଁ ଚକମକ ହେଇ ଆସିବୁ।"

ସବିତା ଆଶ୍ଚର୍ଯ୍ୟହେଲା। ଏ ସ୍ତ୍ରୀ ଲୋକ ଜଣକ କିଏ ? ସବିତା ସହିତ କଥା ହେଉଛି ଯେମିତି ସିଏ ତାକୁ ଅତି ଭଲଭାବେ ଜାଣିଛି। ହେଲେ ସବିତା ତ ତାକୁ ଜାଣିନି।

ସେ ସ୍ତ୍ରୀ ଲୋକ ପୁଣି ଆରମ୍ଭକଲେ, "ଆଲୋ ଚିହ୍ନିପାରୁନୁ ନା କଣ ? ହଁ ମ। ତୁ ତ ଏବେ ଫରେନର ହେଇଛୁ। ଆଖିରେ ପଶ୍ମୀ ଲାଗିଯାଇଛି। ଆଉ ଆମ ସମସ୍ତଙ୍କୁ ଚିହ୍ନିବୁ କେମିତି ?"

ଖୁଡ଼ୀ ସେ ସମୟରେ ସେଇ ବାଟ ଦେଇ ଯାଉଥିଲେ। ସେ ସ୍ତ୍ରୀ ଲୋକକୁ କହିଲେ, "ଆଚ୍ଛା ପାର, ତମେ ଆସିଗଲ, ଭଲ କଲା। ଟିକେ ସବିତାକୁ ନେଇ ଗାଁ ବୁଲେଇ ଆଣ। ସିଏ ତ ବହୁତ ଦିନ ହେଲା ଗାଁକୁ ଆସିନଥିଲା। ତା' ପରେ ପୁଣି ଏ କରୋନା ପାଇଁ ତିନି ବର୍ଷ ଧରି ଓଡ଼ିଶାକୁ ବି ଆସିନଥିଲା। ହାଇସ୍କୁଲ ଆଡ଼େ ବି ଟିକେ ନେଇ ବୁଲେଇ ଆଣିବ। କେମିତି ନୂଆ ଡିଜାଇନ୍ ହୋଇଛି, ଟିକେ ଦେଖିଆସିବ।"

ସବିତା ସେ ସ୍ତ୍ରୀ ଲୋକକୁ ପୁଣି ନିରୀକ୍ଷଣ କରି ଦେଖିଲା। ହଠାତ୍ କିଛି କଥା ମନେ ପଡ଼ିଗଲା। ସେ ସ୍ତ୍ରୀ ଲୋକର ଗାଲରେ କଳାଜାଇ। ସେତେବେଳେ ଓଡ଼ିଆ ସିନେମା ଗୌରୀରେ ଗୋଟିଏ ଗୀତ ବାହାରିଥିଲା, "ଗୋରା ଗୋରା ଗାଲେ ମୋର କଳା କଳାଜାଇ"। ସେଇ ଗୀତ ଗାଇ ସେମାନେ ଏ ଝିଅକୁ ଚିଡ଼ୋଉଥିଲେ। ଝିଅ ତେବେ ସେ ବ୍ରାହ୍ମଣ ସାହିର ପରମିତା, ପରମିତା ପଣ୍ଡା।

ଏକଥା ମନକୁ ଆସିବାରୁ ତାକୁ ହସମାଡ଼ିଲା। କାରଣ ଏ ପରମିତା ପଛରେ ପାଖ ଗାଁର ଶଶାଙ୍କ ପଡ଼ିଯାଇଥିଲା। ଏବେ ସେ ଶଶାଙ୍କ କଣ କରୁଛି କେଜାଣି ?

ଏବେ ସେ ପାର ଆସି ସିଧା ସବିତାର କାନ୍ଧରେ ହାତ ପକେଇଦେଇ ପଚାରିଲା, "ଏବେ ମନେମନେ କଣ ଭାବି ହସୁଛୁ ଶୁଣେ। କଣ ଶଶାଙ୍କ କଥା ମନେ ପକେଇକି ?"

ସବିତା ଆଶ୍ଚର୍ଯ୍ୟ। ଏ ପାର କଣ ଗୁଣୀଗାରେଡ଼ି ବିଦ୍ୟା ଜାଣିଛି ନା କଣ ? ହଠାତ୍ କେମିତି ସବିତାର ମନ ପଢ଼ିନେଲା ?

ସବିତା ବି ଠଚ୍ଚାମଜା ମୁଡ଼କୁ ଆସିଗଲା। ସେମିତି ମଜାକରି କହିଲା, "ହଁ, ମୁଁ ଏବେ ତତେ ଚିହ୍ନିଲି। କେମିତି କହ ତ? ତୋ ଗାଲରେ ସେ କଳାଜାଇ ଦେଖ୍‌ ଓ ସେ କଳାଜାଇ ଗୀତ ମନେ ପକେଇ, ଆଉ ତୋର ସେ ଶଶାଙ୍କୁ ମନେ ପକେଇ।"

ଖୁଡ଼ୀ ଚାଲିଯାଇଥିଲେ। ଏବେ ଦୁଇ ସାଙ୍ଗ ଏକାଠି ଥିଲେ। ପାର କହିଲା, "ଚାଲେ, ଗାଁ ଆଡ଼େ ବୁଲିଯିବା। ଯାଉଯାଉ ଗପଶପ ହୋଇଯିବା। ତତେ ତ ମୁଁ ପଇଁତିରିଶି ବର୍ଷ ପରେ ଦେଖୁଛି। ଲାଗୁଛି, ଯେମିତି ଇଏ ଗୋଟିଏ ସପନ।"

ସବିତା ପଚାରିଲା, "ତୋ କଥା କହ ତ? ସେ ଶଶାଙ୍କ ଏବେ କଣ କରୁଛି?"

ପାର କହିଲା, "କରିବ କଣ, ମାଳା ଜପୁଛି।"

ସବିତା – "ମାନେ, ତୁ ତାକୁ ବାହା ହେଲୁନା, ଆଉ କାହାକୁ ବାହା ହେଲୁ?"

ପାର – "ତାକୁ, ମାନେ ତାଙ୍କୁ ହିଁ ବାହା ହେଇଥିଲି। ସବୁ କିଛି ଠିକ୍‌ଠାକ୍‌ ଥିଲା। ହେଲେ ଏବେ ସିଏ ସନ୍ୟାସ ଦୀକ୍ଷା ନେଇଛନ୍ତି। ଗୋଟିଏ ଆଶ୍ରମ କରି ସେଠି ଜପ, ତପ, ସାଧନା, ଯଜ୍ଞ ସବୁ କରୁଛନ୍ତି। ମୁଁ ମୋ ପିଲାମାନଙ୍କ ପାଖରେ ସମୟ କାଟୁଛି, କେତେବେଳେ ପୁଅ ପାଖରେ ବାଙ୍ଗାଲୋରରେ ତ, କେତେବେଳେ ଝିଅ ପାଖରେ ଦିଲ୍ଲୀରେ। ଆଉ ଗୋଟିଏ ଝିଅ ଅଛି। ବାହା ହେଇନି। ସିଏ ଏବେ ଛ ମାସ ପରେ ଆମେରିକା ଯିବ ବୋଲି କହୁଥିଲା। ଦେଖାଯାଉ କଣ ହୋଉଚି। ସିଏ ଗଲେ, ତା' ସାଙ୍ଗରେ ଆମେରିକା ଚାଲିଯିବି। ଗଲେ ତୋ ପାଖରେ ଯାଇ କିଛିଦିନ ରହିବି।"

ପାର ଯେତେ ସହଜରେ କହିଦେଲା, ସବିତା ସେତେ ସହଜରେ ଗ୍ରହଣ କରିପାରିଲାନି। ଏତେ ବଡ଼ କଥା? ଅଥଚ, ଏତେ ସହଜରେ ଏ ପାର କେମିତି ଗ୍ରହଣ କରିନେଇଛି? ଯେମିତି ଏଇଟା ତାପାଇଁ ଏତେ ବଡ଼ କଥା ନୁହେଁ।

ଉଭୟ ସାଙ୍ଗ ଗାଁ ବୁଲୁବୁଲୁ ଅନେକ ସୁଖଦୁଃଖ ହେଲେ। ସେଥିରୁ ଯାହା ବୁଝାପଡ଼ିଲା ଯେ ପାରର ସ୍ୱାମୀ ଶଶାଙ୍କ କେମିଷ୍ଟ୍ରିରେ ଏମ୍.ଏସ୍.ସି. ପାସ୍ କରି ଗୋଟିଏ କଲେଜରେ ପଢ଼ାଉଥିଲେ। ପାର ସ୍କୁଲରେ ଶିକ୍ଷୟିତ୍ରୀ ଭାବେ କାମ କରୁଥିଲା। ସେମାନଙ୍କର ପିଲାମାନେ ସମସ୍ତେ ଉଚ୍ଚଶିକ୍ଷିତ ଓ ଓଡ଼ିଶା ବାହାରେ କାର୍ଯ୍ୟରତ। ପାଞ୍ଚବର୍ଷ ତଳେ ଶଶାଙ୍କ ରିଟାୟାର୍ଡ୍ କଲେ। ତା ପରଠାରୁ ସିଏ ସେ ମଠ, ଅଶ୍ରମ, ଜପତପରେ ଲାଗିଛନ୍ତି। ଆଉ ସଂସାର ପ୍ରତି ଆଗ୍ରହ ଦେଖାଉନାହାନ୍ତି। ସମସ୍ତଙ୍କୁ କହିଲେ, "ମୋର ସଂସାର ଧର୍ମ ସରିଛି। ମୁଁ ଏବେ ବାନପ୍ରସ୍ଥ ଧର୍ମ ପାଳନ କରିବି ଓ ତାପରେ ସଂପୂର୍ଣ୍ଣ ସନ୍ୟାସ ନେବି।" ସେଇଆ କହିକି ସିଏ ଏବେ ସେ ଆଶ୍ରମ ପାଇଁ ନିଜକୁ ଉସ୍ର୍ଗ କରିଦେଇଛନ୍ତି।

ସବିତା ପଚାରିଥିଲା, "ତେବେ ପିଲାମାନଙ୍କ ବାହାଘରରେ, ବନ୍ଧୁବାନ୍ଧବ,

ସାଙ୍ଗସାଥୀଙ୍କ ପିଲାଙ୍କ ବାହାଘର, ବ୍ରତଘର ଭଳି ଉସ୍ତବରେ ସିଏ ଆସି ଯୋଗ ଦେଉଛନ୍ତି ନା ନାହିଁ ?"

ପାର ଉତ୍ତର ଦେଇଥିଲା, "ଯଦି ତାଙ୍କ ପାଖରେ ସମୟ ଥିବ ତ, ଟିକେ ଆସି ଆଶୀର୍ବାଦ କରିଦେଇ ଯିବେ। କିଛି ଭୋଜିଭାତରେ ଖାଇବେନି କି ଅଧିକ ସମୟ ରହିବେନି।" ମୁଁ ବି ଆଉ ତାଙ୍କ କଥା ଭାବୁନି। ଏଇ ପିଲାମାନଙ୍କ ସଂସାରରେ ନିଜକୁ ହଜେଇ ଦେଇଛି।

ସ୍ମୃତିପଟରେ ଭାସିଆସିଲା ସେ ଶଶାଙ୍କର ଛବି। ସିଏ ଆର ଗାଁର ହୋଇଥିବାରୁ ସେମାନେ ତା' ନାଁ ଧରି ତା' ବିଷୟରେ ଅନ୍ୟମାନଙ୍କ ସହିତ କଥାବାର୍ତ୍ତା କରନ୍ତି। "ଭାଇ", "ମଉସା", "ଦାଦା", "ବଡ଼ବାପା" କିଛି ସଂପର୍କ ଯୋଡ଼ନ୍ତିନି। ଶଶାଙ୍କ ପାଣି ସେମାନଙ୍କ ଠାରୁ ୫-୬ ବର୍ଷ ବଡ଼ ହେବ। ସିଏ ସବିତାର ସବା ବଡ଼ଭାଇର ସାଙ୍ଗ। ସେଇ ହିସାବରେ ବେଳେବେଳେ ସବିତାର ଘରକୁ ଓ ତାଙ୍କ ଗାଁକୁ ଆସେ। ଶଶାଙ୍କ ଡେଙ୍ଗା, ଗୋରା ଓ ଦେଖିବାକୁ ଭାରି ସୁନ୍ଦର। ତା' ସହିତ ସିଏ ଭଲ ଗୀତ ଗାଏ। ସେଥିପାଇଁ ଗାଁ ଭିତରେ କିଛି ପର୍ବପର୍ବାଣୀ ହେଲେ, ଶଶାଙ୍କକୁ ଗୀତ ଗାଇବାକୁ ଡକାଯାଏ। ତାଙ୍କ ସ୍କୁଲରେ ଡ୍ରାମା ହେଲେ, ଶଶାଙ୍କ ସେ ଡ୍ରାମାରେ ଗୀତ ଗାଏ, ବେଳେବେଳେ ହିରୋ ହୁଏ। ସମସ୍ତେ ଶଶାଙ୍କକୁ ଭଲପାଆନ୍ତି। ସବିତା ଘରେ ତ ତା'ର ଅନେକ ପ୍ରଶଂସା। ସିଏ ବ୍ରାହ୍ମଣ ଘର ପିଲା ବୋଲି ସବିତା ଘରର ବାସନରେ ଅନ୍ନ ଖାଏନି। ହେଲେ ଘରେ କିଛି ପିଠାପଣା ହେଲେ, ବୋଉ କଦଳୀପତ୍ରରେ ବାଢ଼ିଦିଏ ଓ ସିଏ ଖାଏ। ସେ ସମୟରେ ଗାଁରେ ସମସ୍ତେ ସମସ୍ତଙ୍କୁ ତୁ, ତା କରି କହନ୍ତି ତେଣୁ ଶଶାଙ୍କ ହେଉ କି ତା' ନିଜ ବଡ଼ ଭାଇ ହେଉ, ସମସ୍ତଙ୍କୁ ସବିତା ଓ ଅନ୍ୟମାନେ ତୁ, ତା, ସମ୍ବୋଧନ ହିଁ କରନ୍ତି।

ସବିତାର ସାଙ୍ଗ ପାରକୁ ସେ ଶଶାଙ୍କ ସବିତା ଘରେ ଦେଖି ଭଲପାଇଯାଇଥିଲା। ସେକଥା ସେ ଶଶାଙ୍କର ସାନ ଭଉଣୀ ସୁଶୀ ସେମାନଙ୍କୁ ଜଣେଇଥିଲା। ହେଲେ ସେ ବୟସରେ ସେମାନେ ଖାଲି ଠଟ୍ଟାତାମସା କରୁଥିଲେ। ପ୍ରେମ ଭଳି ଏକ ଗଭୀର ଶବ୍ଦର ବିଶ୍ଳେଷଣ କି ତର୍ଜମା କରିବାକୁ ଭୟ କରୁଥିଲେ। ସବିତା ହାଇସ୍କୁଲ୍ ପରେ କଟକରେ ରହି କଲେଜରେ ପଢ଼ିଲା। ପାର ତା' ମାମୁ ଘର ଗାଁ କଲେଜରେ ପଢ଼ୁଥିଲା। ତାପରେ ଆଉ କଣ ଘଟିଛି, ସବିତା ଜାଣିନି। କାରଣ, ତା' ଜୀବନରେ କାହା ବିଷୟରେ ଜାଣିବା ପାଇଁ ସମୟ ବାହାର କରିପାରିନି। ନିଜ ଜୀବନର ଜଞ୍ଜାଳ ଏତେ ଯେ, ତା' ଭିତରେ ନିଜେ କେମିତି ବଞ୍ଚିବ, ସେଇ କଥାକୁ ନେଇ ସବୁବେଳେ ଚିନ୍ତା। ଆମେରିକା ଦେଶରେ ନା' ସଂପର୍କ ସ୍ଥାୟୀ, ନା' ଚାକିରି ସ୍ଥାୟୀ। ପାନରୁ ଚୁନ ଖସିଗଲେ, ସବୁ

ମୁହୂର୍ତ୍କ ମଧରେ ଶେଷ ହୋଇଯିବ, ସଂପର୍କ ବି, ଚାକିରି ବି। ସେଇ ଦୁଇଟିକୁ ବାନ୍ଧି ରଖିବାର ପ୍ରଚେଷ୍ଟାରେ ନିତିନିତି ସଂଗ୍ରାମ। ଏବେ ପିଲାମାନେ ସମସ୍ତେ ହାଇସ୍କୁଲ୍ ସାରି, କଲେଜ ସାରି ଚାକିରି କଲେଣି। ଚାକିରି ସ୍ଥାୟୀ ନହେଲେ ବି ସ୍ଥାୟୀ ଭଳି। ସ୍ୱାମୀ ସଂଗ୍ରାମଙ୍କର ଚାକିରିରେ ସ୍ଥାୟିତ୍ୱ ପରେ ସିଏ ଟିକେ ଖୁସି ରହୁଛନ୍ତି; ଆଉ ଆଗ ଭଳି ଟିକେଟିକେ କଥାରେ ତାଙ୍କର ରାଗ ପଞ୍ଚମକୁ ଉଠିଯାଉନି। ସବିତା ତ ଭାବିଥିଲା ୨୦୨୦ରେ ଓଡ଼ିଶା ଆସିବ ବୋଲି। ହେଲେ କରୋନା ପାଇଁ ସବୁ ଯୋଜନା ବାତିଲ୍ ହୋଇଗଲା। ଏବେ ଏ ସୋନିର ବାହାଘର ପାଇଁ ସମସ୍ତଙ୍କର ନୂଆ ଉନ୍ମାଦନା ଜାଗିଛି। ସବୁ ଭାଇ ଭଉଣୀ କାହିଁ କେତେବର୍ଷ ପରେ ଏକାଠି ହେବେ। ଯିଏ ଯେଉଁଠି ଥାଉନା କାହିଁକି ସମସ୍ତେ ଆସିବେ। ଏଇଆ କହି ଉଭୟ ବୋଉ ଓ ଖୁଡ଼ୀ ସବିତାକୁ କେତେ ଅନୁରୋଧ କରିଥିଲେ। "ତୋ ସାଙ୍ଗ ସବୁ ଏଠି ରିଟାୟାର୍ଡ କଲେଣି। ଆଉ ତୁ କଣ ଏତେ ଖଟୁଛୁ ଯେ। ଯାହାବି ହେଉ, ତୁ ନିଶ୍ଚୟ ସୋନି ବାହାଘରକୁ ଆସିବୁ। ଆମେମାନେ ଆଉ କେତେଦିନ ବା ବଞ୍ଚିଥିବୁ। ତମ ଭାଇଭଉଣୀ ସମସ୍ତଙ୍କୁ ଏକା ସାଥିରେ ଦେଖିଲେ ଟିକେ ଖୁସି ହେବୁ।"

ଏମିତି ଭାବୁଭାବୁ ଓ ଗପୁଗପୁ କେତେବେଳେ ଯେ ସେମାନେ ଆସି ବିଲ ମଝିରେ ଥିବା ଗୋଟିଏ ଦୁଇ ମହଲା କୋଠା ଘରେ ପହଞ୍ଚି ଗଲେଣି, ଜଣା ପଡ଼ିଲାନି। ପାର କବାଟ ଖଟଖଟ କଲା। କବାଟ ଖୋଲି ଜଣେ ପନ୍ଦର, ଷୋହଳ ବରଷର ପିଲା ନମସ୍କାର କଲା। ପାର ପଚାରିଲା, "ମହାରାଜଙ୍କର ପରା ଆଜି ଆସିବାର ଥିଲା? ସିଏ ଆସଲେଣି କି?"

"ମହାରାଜ ଦୁଇଘଣ୍ଟା ତଳେ ପହଞ୍ଚିଲେ। ଏବେ ସିଏ ବିଶ୍ରାମ କରୁଛନ୍ତି। ଆପଣ ବସନ୍ତୁ। ମୁଁ ଡାକିଦେଉଛି।"

ସବିତା ଓ ପାର ସେ ଦାଣ୍ଡ ଘରେ ଅପେକ୍ଷା କରି ରହିଲେ। ସବିତା ସେ ଦାଣ୍ଡ ଘରର ସବୁଆଡ଼େ ଆଖି ବୁଲେଇ ଆଣିଲା। କି ମଡ଼ର୍ଷ ଡିଜାଇନ୍‌ର କୋଠରି ମ? ସେମାନେ ଯେଉଁ ସୋଫାରେ ବସିଲେ, ସେ ସୋଫା ମଧ ସବିତାର ଆମେରିକା ଘରର ସୋଫା ତୁଲନାରେ ମୂଲ୍ୟବାନ ମନେ ହେଉଥିଲା। ସେ କୋଠରିରେ ସବୁ କାନ୍ଥକୁ ଲାଗି ଆଲମାରୀ ଖଞ୍ଜା ହୋଇଥିଲା ଓ ପ୍ରତି ଆଲମାରୀ ଭିତରେ ଆଧାମ୍ନିକ ଚିନ୍ତାଧାରର ପୁସ୍ତକ ମାନ ରହିଥିଲା। ଯଥା, ଗୀତା, ଭାଗବତ, ବିଭିନ୍ନ ଶାସ୍ତ୍ର, ପୁରାଣ କେବଳ ଓଡ଼ିଆ ଭାଷାରେ ନୁହେଁ, ବଙ୍ଗଳା, ହିନ୍ଦୀ ଓ ଇଂରାଜୀ ଭାଷାରେ ମଧ ରହିଥିଲା। ପ୍ରତି କୋଣରେ ଗୋଟିଏ ଲେଖାଏଁ ଟେବୁଲ୍ ଓ ଚେୟାର ରଖାଯାଇଥିଲା। ସେସବୁ ଟେବୁଲ୍ ଉପରେ କିଛି ଆଧାମ୍ନିକ ଚେତନାର ମାଗାଜିନ୍ ସବୁ ଥୁଆ ହୋଇଥିଲା। କିଛି

ସମୟ ପରେ ଯେଉଁ ପିଲାଟି କବାଟ ଖୋଲିଥିଲା, ସିଏ ଆସି ଡାକିଲା, "ମହାରାଜ ଆପଣଙ୍କୁ ଡାକୁଛନ୍ତି।"

ସବିତା ଓ ପାର ଭିତରକୁ ଗଲେ। ସେଠି ସେମାନେ ସେଠିକାର ସାଧନା କୋଠରିକୁ ଗଲେ। ସେଇଠି ମହାରାଜ ବସିଥିଲେ। ପାର ମହାରାଜଙ୍କୁ ଭୂମିଷ୍ଠ ପ୍ରଣାମ କଲା। ପାର ଦେଖାଦେଖି ସବିତା ବି ମହାରାଜଙ୍କୁ ଭୂମିଷ୍ଠ ପ୍ରଣାମ କଲା। ମହାରାଜ ମୁହଁରେ ଖୁସିର ଝଲକ ଦେଖାଇ କହିଲେ, "ଆରେ ସବିତା, ତୁ ଆସିଛୁ। ବହୁତ ଭଲକଲୁ। କେମିତି ଅଛୁ? ତୁ ଏକା ଆସିଛୁ ନା, ସମସ୍ତେ ମିଶି ଆସିଛ?"

ସେ ମହାରାଜଙ୍କର ଏତାଦୃଶ କଥା ସହିତ ତାଙ୍କ ଚେହେରା ମିଶୁନଥିଲା। ମୁହଁରେ ଲମ୍ବା ଦାଢ଼ି। ସିଏ ପୁଣି ଧଳା ହୋଇଯାଇଛି। ଶରୀରରେ ଗୋଟିଏ ଧଳା ପଞ୍ଜାବୀ ଓ ଗୋଟିଏ ଗୈରିକ ଚାଦର ଘୋଡ଼େଇଥାନ୍ତି। ଲାଗୁଥାନ୍ତି ଜଣେ ସାଧକଙ୍କ ଭଳି। ହେଲେ କଥାବାର୍ତ୍ତା କରୁଛନ୍ତି ସାଧାରଣ ଲୋକଙ୍କ ଭଳି। ପାର ସବିତା ପାଇଁ ସବୁ ସହଜ କରିଦେଲା। ସବିତାକୁ କହିଲା, "ଇଏ ହେଲେ ସୁଦାମା ମହାରାଜ, ଓରଫ ଶଶାଙ୍କ ମହାରାଜ।"

ସବିତା କହିଲା, "ମାନେ, ତୋ ସ୍ୱାମୀ?"

ପାର କହିଲା, "ମୋ ସ୍ୱାମୀ ଥିଲେ, ଏବେ କିନ୍ତୁ ସିଏ କେବଳ ମହାରାଜ। ମହାରାଜଙ୍କର ସଂପର୍କ କଣ। ତେବେ ତୋ ଭାଇର ଅନୁରୋଧ ଭାଙ୍ଗି ନପାରି ସିଏ ଆସିଛନ୍ତି ସୋନିକୁ ଆଶୀର୍ବାଦ କରିବେ ବୋଲି।"

ସବିତା ତଟସ୍ଥ ରହିଗଲା। ସେଦିନର ସେ କନ୍ଦର୍ପ ଭଳି ସୌମ୍ୟ ଚେହେରା ବହନ କରିଥିବା ଶଶାଙ୍କ ପାଣି ଆଜି ଏକ ଶୁଣ୍ଠୁଧାରୀ ମହାରାଜ। ସେଦିନର ଅକ୍ଷୟ ମହାନ୍ତିଙ୍କ ହିଟ୍‌ଗୀତ "ସାବିସାବି" ଓ "ଫୁଲେଇରାଣୀ ସଜଫୁଲ" ଗୀତ ଗାଉଥିବା ଶଶାଙ୍କର ଆଜି ଏମିତି ଅବସ୍ଥା? ଆଉ ଏ ପାର କେମିତି ପୁଣି ନିଜ ସ୍ୱାମୀ ସହିତ କଥାବାର୍ତ୍ତା କରୁଛି? ଯେମିତି ଅଜଣା, ଅଶୁଣା, ଦୁଇଟି ମଣିଷ।

ସବିତାକୁ ଏମିତି ବିହ୍ୱଳ ଓ ଆଶ୍ଚର୍ଯ୍ୟାନ୍ବିତ ହୋଇ ଚାହିଁ ରହିଥିବା ଦେଖି ସୁଦାମା ମହାରାଜ ମୃଦୁମୃଦୁ ହସୁଥିଲେ। "ତିରିଶ ବର୍ଷ କାଳ ରସାୟନ ବିଜ୍ଞାନ ପଢେଇପଢେଇ ଅବସର ନେବା ପରେ ଚିନ୍ତା କଲି, ଜୀବନର ଲକ୍ଷ୍ୟ ଆଉ କଣ। ଏବେ ବାନପ୍ରସ୍ଥ ଓ ତାପରେ ଯତିବ୍ରତ ନେବା ଭଲ ହେବ। ଏବେ ଆମ ପିଲାମାନଙ୍କର ସମୟ, ଆମ ଛାତ୍ର ମାନଙ୍କର ସମୟ, ସେମାନେ ରାଜୁତି କରିବେ, ଚାକିରି କରିବେ, ରାଜ୍ୟର, ଦେଶର ଇକୋନୋମିକୁ ଚଲେଇବେ। ତେଣୁ ରିଟାୟାର୍ଡ ପରେ ମୁଁ ସାଧନା ଦିଗକୁ ଆପଣାର କଲି।"

ସବିତା – "ପାର କଥା ଟିକେ ମନକୁ ଆଣିଲେନି ? ତା'ର କଣ ହେବ; ତା' ମନ କେମିତି ହେଉଥିବ । ଏକାଟିଆ ସିଏ କେମିତି ଜୀବନ ଅତିବାହିତ କରିବ ?"

ସୁଦାମା ମହାରାଜ ସେମିତି ମୃଦୁମୃଦୁ ହସି ଉତ୍ତର ଦେଲେ, "ମୁଁ ବି ତାଙ୍କୁ କହିଥିଲି ବାନପ୍ରସ୍ଥ ନେବା ପାଇଁ । ହେଲେ ସିଏ ତ ଏବେ ମାୟା ବିଜଡ଼ିତ । ମୋ ପିଲା, ମୋ ନାତି, ମୋ ନାତୁଣୀ ହେଇ ସଂସାର ମାୟାରେ ଘାରି ହେଉଛନ୍ତି । ତାଙ୍କର ଯାହା ଇଚ୍ଛା ସିଏ କରିବେ ।"

ସବିତା ମୁହଁରେ ଭାଷା ନଥିଲା । ସିଏ ଏ ଯେଉଁ ସଂପର୍କର ଦୃଶ୍ୟ ଏଠି ଦେଖିଲା, ଛାଡ଼ପତ୍ର ସେଇ ଏକା ଭଳି ଜିନିଷ ନୁହେଁ କି ? ହୁଏତ ଛାଡ଼ପତ୍ର ପାଇଁ ଓକିଲ, କୋର୍ଟ, କଚେରିର ଦରକାର ପଡ଼େ, ଆଉ ଇଏ ସ୍ୱେଚ୍ଛାକୃତ ଛାଡ଼ପତ୍ର । ସଂପର୍କ ଅଛି, ପୁଣି ସଂପର୍କ ନାହିଁ; ବନ୍ଧନ ଅଛି, ପୁଣି ବନ୍ଧନ ନାହିଁ; ବୁଝାମଣା ଅଛି, ପୁଣି ବୁଝାମଣା ନାହିଁ; ପ୍ରେମ ଅଛି, ପୁଣି ପ୍ରେମ ନାହିଁ ।

ମହାରାଜ ସେ ପିଲାଟିକୁ କହିଲେ, "ବାବା ହରି, ମା' ମାନଙ୍କ ପାଇଁ କିଛି ଜଳଖିଆର ବ୍ୟବସ୍ଥା କର ।" ହରି ବୋଲି ପିଲାଟି ରୋଷେଇ ଘରକୁ ଗଲା ।

ପାର ଜଣେଇଲା, "ମହାରାଜ ତାଙ୍କର ସମସ୍ତ ପୈତୃକ ସଂପତ୍ତି ବିକି ଏଠି ଘର କରିଛନ୍ତି । ଲୋକ ଗହଳିରୁ ଦୂରରେ ରହିବେ । ସାଧନା କରିବେ । ତେବେ ତାଙ୍କ ଆଶ୍ରମ ଗଢ଼ୁଛନ୍ତି ରନ୍‌ଗିରିରେ । ସେଇ ଆଶ୍ରମରେ ସିଏ ଅଧିକାଂଶ ଦିନ ରହନ୍ତି । ଏଠିକୁ ବି ବେଳେବେଳେ ଆସନ୍ତି ।

ଏହା ପରେ ପାର ମହାରାଜଙ୍କୁ ଆଶ୍ରମ ବିଷୟରେ କିଛି ପ୍ରଶ୍ନ ପଚାରିଲା । କାମ କେମିତି ହେଉଛି । ପରବର୍ତ୍ତୀ ସାଧନା ଶିବିର କେବେ ଆରମ୍ଭ ହେଉଛି । ଏଭଳି ପଚାରି ସାରି ନିଜ ପିଲାମାନଙ୍କ ବିଷୟରେ ଖବର ଦେଲା । ସାନ ଝିଅର ସବୁ ଠିକ୍ ହୋଇଗଲା । ଛ ମାସ ପରେ ସିଏ ଆମେରିକା ଯିବ ।

ସବିତା ସେଇଠି ନିର୍ବିକାର ଭାବେ ବସି ରହିଥିଲା । ଏ ସଂପର୍କ, ଏ ପରିବର୍ତ୍ତନ, ଏ ପରିବେଶ, ଯାହା ତା'ର ଚିହ୍ନା ଥିଲା, ଏବେ ସେସବୁ ଅଚିହ୍ନା ଲାଗୁଥିଲା । ସିଏ ଏ ସଂପର୍କକୁ ବୁଝିପାରୁନଥିଲା । ଏ ଜୀବନକୁ ବୁଝିପାରୁନଥିଲା । ଏତେଦିନ ଧରି ଆତ୍ମକେନ୍ଦ୍ରିକ ହୋଇ ରହିଥିବା, ନିଜ ସମସ୍ୟା ଭିତରେ ଅଟକି ଯାଇଥିବା ମଣିଷଟିଏ ଆଜି ଅନ୍ୟକୁ ଚିହ୍ନିବାକୁ ଚେଷ୍ଟା କରୁଛି, ହେଲେ ଲାଗୁଛି ଯେମିତି ସବୁ ଭ୍ରମ, ଭ୍ରମ, କେବଳ ଭ୍ରମ ।

ନୌକା ବିହାର

ଆକାଶରେ ଜହ୍ନ ହସୁଥିଲା । ତାରକା ମେଳରେ ଜହ୍ନ ଦିଶୁଥିଲା ବଡ଼ ଆକର୍ଷଣୀୟ, ବଡ଼ ଲୋଭନୀୟ । ରାତିର ଜଳରାଶି ଉପରେ ଜହ୍ନ ଜୋଛନାର ପ୍ରତିବିମ୍ବ ବଡ଼ ଚମତ୍କାର ଦିଶୁଥିଲା । ନୌକାଘରର କୋଠରି ଭିତରେ ଶୀତତାପ ନିୟନ୍ତ୍ରଣକାରୀ ଯନ୍ତ୍ର ଜୋରରେ ଚାଲୁଥିଲା । ଝରକାରୁ ପରଦା ଖୋଲି ବାହାରକୁ ଦେଖିବାକୁ ଖୁବ୍ ଭଲ ଲାଗୁଥିଲା । ବିସ୍ତୃତ ଜଳରାଶି ଉପରେ ଜହ୍ନର ପ୍ରତିବିମ୍ବ ଯେମିତି କେଉଁ ଏକ କୁହୁକ ରାଇଜକୁ ଟାଣି ନେଇଯାଉଥିଲା । ଜଳରାଶିର କୂଳରେ ଥିବା ଘରମାନଙ୍କର କୋଠରିରେ ଜଳୁଥିବା ବିଜୁଳିବତୀ ମଧ୍ୟ ଦେଖାଯାଉଥିଲା ।

ସେତେବେଳକୁ ରାତି ଦୁଇଟା । କୃଷ୍ଣପକ୍ଷ ନବମୀ ତିଥିର ଜହ୍ନ, ଡେରିରେ ଉଇଁଥିଲା । ତନୁଜାର ନିଦ ଭାଙ୍ଗିଯାଇଥିଲା । ନୌକାଟି କୂଳରେ ହିଁ ଥିଲା । କୂଳରେ ଥିବା ଘର ଆଗରେ ଥିବା ଆଲୁଅ ଦିଶୁଥିଲା ।

ତନୁଜା ଅଧୈର୍ଯ୍ୟ ହୋଇ ପ୍ରକାଶଙ୍କୁ ଡାକିଲା । "ପ୍ରକାଶ, ଉଠ ଟିକେ, ଏ ସୌନ୍ଦର୍ଯ୍ୟକୁ ଦେଖନିଅ ।"

ପ୍ରକାଶ ସେତେବେଳେ ଘୁଙ୍ଗୁଡ଼ି ମାରୁଥିଲେ । ନିଦରେ କଣ ବିଲିବିଲି ହେଉଥିଲେ । ତନୁଜାର ଡାକରେ ତାଙ୍କ ନିଦ ଭାଙ୍ଗିଗଲା । ସିଏ ବିଗିଡ଼ି ଯାଇ କହିଲେ, "କେତେଟା ବାଜିଛି ? କଣ ସକାଳ ହୋଇଗଲାଣି ?"

"ନା, ସକାଳ ହୋଇନି । ଏବେ ରାତି ସାଢେ ଦୁଇଟା । କିନ୍ତୁ ଆକାଶରେ ଏବେ ଜହ୍ନ ଉଇଁଛି । ଚାରିଆଡ଼ ବଡ଼ ସୁନ୍ଦର ଦିଶୁଛି ।"

"ଜହ୍ନକୁ କଣ କେବେ ଦେଖିନୁ ନା କଣ ? ଏମିତି ରଙ୍କୁଣୀ ଭଲି ହେଉଛୁ । ଗାଁରେ ବଢ଼ିଛୁ ପରା । ସେଠି ତ ଜହ୍ନକୁ ମନଇଚ୍ଛା ଦେଖିବାର ସୁଯୋଗ । ମତେ ଶୋଇବାକୁ ଦେ । ପୁଣି ସକାଳୁ ଶୀଘ୍ର ଉଠିବାକୁ ପଡ଼ିବ । ବାକ୍ସପତ୍ର ସଜାଡ଼ିବାକୁ ପଡ଼ିବ ।"

ତନୁଜା ଆଉ ପ୍ରକାଶଙ୍କୁ ଉଠାଇବା ଦିଗରେ ମନ ଦେଲାନି। ହୁଏତ ତନୁଜାର ମନଟା କବି, ଲେଖକର ମନ ତ। ସେଥିପାଇଁ ଛୋଟଛୋଟ କଥା ବି ତା'ର ଧ୍ୟାନ ଆକର୍ଷଣ କରେ। ପ୍ରକାଶ ବାସ୍ତବବାଦୀ। ଇଏ ଯେ ନୌକା-ଘରୁ ଜହ୍ନକୁ ଦେଖିବାର ଅନୁଭୂତି, ନୌକାବିହାର ସମୟର ଜହ୍ନ, ଏସବୁ କଥା ତାଙ୍କ ମନକୁ ପ୍ରଭାବିତ କରିବନି। ଏଣୁ କିଛି ସମୟ ସିଏ ଏକାଏକା ସେ ଜହ୍ନକୁ ଦେଖିଲା।

ଆଜି ଏକ ବଡ଼ ସୁନ୍ଦର ଅନୁଭବ ରହିଲା। ନୌକାରେ ରାତିଟିଏ କାଟିବାର ଅନୁଭବ। ରାତି ପ୍ରାୟ ସାଢ଼େ ନଅଟା ବେଳକୁ ନୌକାଚାଳକ ନୌକାକୁ ବିସ୍ତୃତ ଜଳରାଶିର ମଝିକୁ ନେଇଆସିଥିଲା। ଚାରିଆଡ଼େ ଶାନ୍ତ, ମଧୁର ପରିବେଶ। ସେ ପରିବେଶରେ ମନ ମଧ୍ୟ ଶାନ୍ତ ହୋଇଆସିଲା। ସେତେବେଳକୁ ପ୍ରକାଶ ଓ ତନୁଜା ଶୋଇବାକୁ ପ୍ରସ୍ତୁତି କରୁଥିଲେ। କିନ୍ତୁ ନୌକାଚାଳନାର ଗତି ବାରି କୋଠରି ଭିତରୁ ବାହାରି ବାରଣ୍ଡାକୁ ଆସିଲେ ଓ ବାରଣ୍ଡାରେ ବୁଲିବୁଲି ବାହାରକୁ ଦେଖିଲେ। ରାତିରେ ତ ଆଉ କିଛି ଦେଖିବାର ନଥିଲା। କେବଳ ଜଳରାଶି ଉପରେ ଗତିଶୀଳ ନୌକା ମାନଙ୍କର ଆଲୋକର ପ୍ରତିବିମ୍ବ ଓ ରାତ୍ରିର ଆକାଶକୁ ଦେଖିବା ଛଡ଼ା ଆଉ କୁଆଡ଼େ କିଛି ନାହିଁ। ଚାରିଆଡ଼େ ନିଃଶବ୍ଦ। କେବଳ ନୌକାଚାଳନାର ଶବ୍ଦ ଓ ଜଳରାଶି ଉପରେ ନୌକାର ଗତିର ଶବ୍ଦ।

ପ୍ରକାଶ କହିଲେ, "ସୋନିକୁ ଡାକିଲେ ହୁଅନ୍ତା। ବହୁତ ଭଲ ଲାଗୁଛି। ସୋନି ଓ ବ୍ରାୟାନ୍ ମଧ୍ୟ ଟିକେ ଏ ନୀରବତା, ଏ ଜଳରାଶି ଉପରେ ଆଲୋକର ଏ ପ୍ରତିବିମ୍ବ ଦେଖନ୍ତେ। ଆଉ କଣ କେବେ ଦେଖିବାକୁ ପାଇବେ?"

"ଅଳ୍ପ ସମୟ ପୂର୍ବରୁ ସୋନି ତ ତା' ପୁଅକୁ ଶୁଆଉଥିଲା। ପୁଅ ଭଲରେ ଶୋଇପଡ଼ିଲେ ବାହାରକୁ ଆସିବ ବୋଧହୁଏ। ହେଲେ ଆଜି ଏ ଗରମରେ ଏତେବାଟ ମାର୍କେଟ୍କୁ ଚାଲିଚାଲି ଯାଇ ସେମାନେ ସବୁ ବହୁତ କ୍ଲାନ୍ତ। ହୁଏତ ସେମାନେ ବି ଶୋଇପଡ଼ିଲେଣି କି କଣ?"

ଏମିତି କହି ତନୁଜା ପଚାରିଲା, "ଟିକେ ଉପର ଡେକ୍କୁ ଯାଇ ଦେଖିବା କି?"

ଯଦିଓ ତନୁଜା ଏମିତି କହିଲା, ତେବେ ତା ମନରେ ସବୁବେଳେ ଡର ଥାଏ। ଏଠି ଏ ନୌକା/ଡଙ୍ଗା ଘରେ ସେମାନେ ଏକା। କେହି କୁଆଡ଼େ ନାହାନ୍ତି। କାଲେ ସେମାନେ ଉପରେ ଥିବାବେଳେ ସେ ନୌକା ଦାୟିତ୍ୱରେ ଥିବା ଲୋକଙ୍କ ଭିତରୁ କିଏ ଚୋରି କରିନେବ? କିଏ ଦେଖିବ? ସୋନି ଓ ବ୍ରାୟାନ୍ ତ ଅନ୍ୟ କୋଠରିରେ ଅଛନ୍ତି। ଭିତରପଟୁ କବାଟ ଦେଇଦେଇଛନ୍ତି।

ଭୟ ଥିଲେ ବି ତନୁଜା ମନକୁ ବୁଝାଉଥାଏ । "ନା ମ । ଏମାନେ ଚୋରି କାହିଁକି କରିବେ ? ତାହେଲେ ଆମ ଟ୍ରାଭଲ ଏଜେନ୍ସୀ ଏମାନଙ୍କ ମାଧ୍ୟମରେ କାହିଁକି ବୁକିଙ୍ଗ କରିଥାନ୍ତା ?"

ଏମିତି ଭାବି ସେମାନେ ଉପର ମହଲାର ଡେକ୍‌କୁ ଗଲେ । ହେଲେ ସେତେବେଳେ ଡେକ୍ ଉପରେ ବିଛଣା ପଡ଼ିଥିଲା । ଉପରର ତମ୍ବୁ ପଡ଼ିଯାଇଥିଲା । ଡଙ୍ଗାରେ କାମ କରୁଥିବା ଦୁଇଜଣଙ୍କ ମଧ୍ୟରୁ ଜଣେ ଶୋଇଥିଲା ବୋଧହୁଏ ।

ତେଣୁ ସେମାନେ ତଳକୁ ଆସିଲେ ଓ ବାରଣ୍ଡାରେ ପଦଚାରଣ କଲେ । ପ୍ରାୟ ଅଧଘଣ୍ଟାଏ ପର୍ଯ୍ୟନ୍ତ ନୌକାଟି ଜଳରାଶି ମଧ୍ୟରେ ଆଗକୁ ଯାଇ ପୁଣି ଫେରିବାକୁ ପ୍ରସ୍ତୁତି କଲା ।

ଏସବୁ ଅନୁଭବ ସ୍ୱପ୍ନ ପରି ଲାଗୁଥିଲା ।

ଏମିତି ନୁହେଁ କି ତନୁଜା କେବେ ନୌକାରେ ବସିନି କି ନୌକାବିହାର କରିନି । ସିଏ ବିଭିନ୍ନ ସ୍ଥାନରେ ନୌକାରେ ବସି ଯାତ୍ରା କରିଛି । ଛୋଟବେଳରୁ ନୌକାରେ ବସି ଅନେକ ଥର ବ୍ରାହ୍ମଣୀ ନଦୀ ପାର ହୋଇଛି । ସେତେବେଳେ ସେସବୁ ଆବଶ୍ୟକତା ଥିଲା, ସଉକ ନୁହେଁ । ଗାଁ ଗାଁ ଭିତରେ ଗମନାଗମନ ପାଇଁ ପୋଲ ତିଆରି ହୋଇନଥିଲା । ବର୍ଷାଦିନେ ନଦରେ ପାଣି ଆସିଲେ, ନୌକା ହିଁ ଯାତାୟତ ପାଇଁ ଏକମାତ୍ର ସହାୟ । ଏମିତିରେ ଦେଖିଲେ ତନୁଜା ସେ ସମୟରେ ନୌକାରେ ବସି ଅନେକ ନଦୀ ପାର ହୋଇଛି ।

ଆମେରିକାରେ ହେଉ କି ୟୁରୋପରେ ହେଉ, ଯେଉଁ ସ୍ଥାନକୁ ତନୁଜା ଯାଇଛି, ସେଠିକାର ହ୍ରଦରେ, ସମୁଦ୍ରରେ ନୌକାରେ ବସି ସେଠି ମଜା ନେଇଛି । ସେସବୁ ଯାତ୍ରା କେତେବେଳେ ଘଣ୍ଟାଏ ପାଇଁ ତ କେବେକେବେ ଦୁଇତିନି ଘଣ୍ଟା ପାଇଁ ଥାଏ । ଇଟାଲିରେ ତ ସେମାନେ ପୂରା ଗୋଟିଏ ଦିନ ନୌକାରେ ଯାତ୍ରା କରିଥିଲେ, ଭେନିସ୍‌ରୁ ବାହାରି ମୁରାନୋ, ବୁରାନୋ ଦ୍ୱୀପ ସବୁ ପରିଦର୍ଶନ କରିଥିଲେ । ତେବେ ଏ ନୌକାବିହାର ଅଲଗା ।

ଏଠି ନୌକାରେ ଘର ରହିଛି । ସେ ଘରେ ଡ୍ରଇଂ ରୁମ୍ ଅଛି, ରୋଷେଇଘର ଅଛି, ଶୋଇବା ଘର ଅଛି, ଗାଧୁଆ ଘର ଅଛି, ଶୀତତାପ ନିୟନ୍ତ୍ରଣକାରୀ ଯନ୍ତ୍ର ଅଛି, ଘର ଭଳି ସବୁ ସୁବିଧା ଅଛି । ଉପରେ ଏକ ବାଲକୋନୀ ରହିଛି । ସେଠି ଚେୟାର ଟେବୁଲ୍ ପଡ଼ିଛି, ଟିଭି ରହିଛି, ସଂଗୀତ ପ୍ରୋଗ୍ରାମ୍ ପାଇଁ ସମସ୍ତ ସରଞ୍ଜାମ ରହିଛି । ଅତିଥିମାନେ ସେଠି ନାଚ, ଗୀତର ସମସ୍ତ ବନ୍ଦୋବସ୍ତ କରିପାରିବେ । ପାଣି ଉପରେ ନୌକା ଚାଲିବ । ନୌକା ଭିତରେ ଘର ଥିବ । ଘରେ ମଣିଷମାନେ ସବୁକିଛି କରୁଥିବେ ।

ଖାଉଥିବେ, ଶୋଉଥିବେ, ଗୀତ ଶୁଣୁଥିବେ, ବ୍ୟାୟାମ କରୁଥିବେ, ଗପସପ କରୁଥିବେ। ଏଭଳି ଅନୁଭବ ତନୁଜା ଜୀବନରେ ପ୍ରଥମ। ତେଣୁ ତାକୁ ଭଲ ଲାଗୁଥିଲା।

ପ୍ରଥମେ ଯେତେବେଳେ କେରଳ ଭ୍ରମଣର ଯୋଜନା ସେମାନେ କରିଥିଲେ, ସୁବିଧା ପାଇଁ ଟ୍ରାଭଲ ଏଜେନସୀ ମାଧ୍ୟମରେ ସମସ୍ତ ବୁକିଙ୍ଗ୍ କରିଥିଲେ। ସେଥିରେ ଏ ନୌକାଘରେ ରହିବାର ଯୋଜନା ମଧ୍ୟ ଥିଲା। ତନୁଜା ଯାଇ ଗୁଗୁଲରେ ଖୋଜିଥିଲା ଓ ନୌକାଘର କଣ, କେମିତି ବୁଝିଥିଲା। ତେବେ, ପଢ଼ିବା ଜ୍ଞାନ ଓ ଅନୁଭବର ଜ୍ଞାନ ମଧ୍ୟରେ ଅନେକ ପାର୍ଥକ୍ୟ। ସେଦିନ ଥିଲା ୨୦୨୪ ମସିହା ଜାନୁୟାରୀ ୪ ତାରିଖ। ସେମାନେ ଆଲେପିର ନୌକାଘରକୁ ଆସିବା ପାଇଁ ମୁନାରରୁ ସାଢ଼େ ୮ଟା ବେଳକୁ ବାହାରିଥିଲେ। ବାଟରେ କେବଳ ଗୋଟିଏ କେରଳ ହାଣ୍ଡଲୁମ ଦୋକାନରେ ଅଟକିଥିଲେ କିଛି ହାଣ୍ଡଲୁମ ଜିନିଷ କିଣିବା ପାଇଁ। ତନୁଜା ୭ ଖଣ୍ଡ ଶାଢ଼ୀ କିଣିଲା। କିଛି ଉପହାର ରୂପେ ଦେବାପାଇଁ ଓ କିଛି ନିଜ ପାଇଁ। ତାପରେ ସେମାନେ ଆଲେପି ଅଭିମୁଖେ ଯାତ୍ରା କରିଥିଲେ। ସେ ନୌକାଘର ବା ବୋଟ୍ ହାଉସର ଠିକଣା ଏମିତି ଥିଲା ଯେ, ଡ୍ରାଇଭରକୁ ଗୁଗୁଲରେ ଠିକଣା ଦେଖିବାକୁ ଅସୁବିଧା ହେଉଥିଲା। କିନ୍ତୁ ତନୁଜାର ଭାଇ ଦେଇଥିବା ଫୋନ୍ ମାଧ୍ୟମରେ ସୋନି ଠିକଣା ଲଗେଇଦେଲା। ସେଇ ଠିକଣାକୁ ଅନୁସରଣ କରି ଡ୍ରାଇଭର ଗାଡ଼ି ଚଲେଇଲା। ତେବେ ସେଇ ଠିକଣା ଯେତେବେଳେ ସେମାନଙ୍କୁ ଏକ ଗ୍ରାମ ଭିତରକୁ ନେଇଗଲା, ତନୁଜା ଚମକିପଡ଼ିଲା। "ଆରେ, ଆମେ ତ ଆସି କେଉଁ ଗାଆଁରେ ପଶିଗଲେଣି, ତୁ ଠିକଣା ଠିକ୍ ଭାବେ ଲଗେଇଛୁ ତ ସୋନି ?"

ସୋନି କହିଲା, "ହଁ ତ। ଏଇ ଠିକଣା ତ ପାପା ମତେ ଫର୍ଓ୍ୱାର୍ଡ କରିଥିଲେ। ଏଇ ଠିକଣା ସେ ଟ୍ରାଭଲ୍ ଏଜେନସୀ ଦେଇଥିଲା ଓ ଏଇ ଠିକଣା ଡ୍ରାଇଭର ମଧ୍ୟ ଦେଇଥିଲେ। ଆଉ ଭୁଲ୍ ହେବ କେମିତି ?"

"ହେଲେ ଯାତ୍ରୀମାନଙ୍କ ପାଇଁ ଉଦ୍ଦିଷ୍ଟ ଦର୍ଶନୀୟ ସ୍ଥାନକୁ କଣ ଏମିତି ସବୁ ଗାଁ ରାସ୍ତା ଦେଇ ଯିବାକୁ ପଡ଼େ ? ମତେ ତ କାହିଁକି ଲାଗୁନି।"

ଡ୍ରାଇଭର କହିଲା, "ହଁ ଏମିତି ଗାଁ ରାସ୍ତା ଦେଇ ଯିବାକୁ ହୁଏ। ଏବେ କିନ୍ତୁ ଅନେକ ସବୁ ରାସ୍ତା ପରିବର୍ତ୍ତନ ହୋଇଛି। ତେଣୁ ମୁଁ ଚିହ୍ନିପାରୁନି।"

ଗାଡ଼ି ସେ ଗୁଗୁଲ କହୁଥିବା କଥାକୁ ଅନୁସରଣ କରି ଚାଲୁଥାଏ। ରାସ୍ତା ସବୁ ଅଣ ଓସାରିଆ। କେଉଁଠି ଖାଲ ତ କେଉଁଠି ଢିପ। ଆରପଟରୁ ଗାଡ଼ି ଆସୁଥିବା ବେଳେ ଅତ୍ୟନ୍ତ ସାବଧାନତାର ସହିତ ଗାଡ଼ି ଚଲେଇବାକୁ ପଡ଼ିବ। ନହେଲେ ସେସବୁ ଗାଡ଼ି ସହିତ ନିଜ ଗାଡ଼ି ଲାଗିଯିବାର ସମ୍ଭାବନା ଅଛି। ମଝିରେ ମଝିରେ ରାସ୍ତା ଭୁଲିଯିବା

ଭଲି ମନେ ହେଉଥାଏ। ଡ୍ରାଇଭର ସେ ସମୟରେ ନୌକାଘରର ମାଲିକଙ୍କ ସହିତ ଯୋଗାଯୋଗ କରୁଥାଏ। ସିଏ ଯେମିତି ବତାଉଥାନ୍ତି, ସେମିତି ପୁଣି ବଙ୍କାଉଥାଏ। ଏମିତି ଗାଉଁଲିଆ ରାସ୍ତାରେ ଅଧଘଣ୍ଟାଏ ଖଣ୍ଡ ଯିବା ପରେ ଡ୍ରାଇଭର ଗାଡ଼ି ନେଇ ଜଣକ ଘର ଦାଣ୍ଡରେ ରଖ୍ଲା। ହଁ, ସେଇଟା ଓଡ଼ିଶାରେ ତନୁଜା ଘର ଆଗର ଦାଣ୍ଡ ଭଲି ଦିଶୁଥିଲା। ତେବେ ତନୁଜା ଘରର ଦାଣ୍ଡ ତ ଓସାରିଆ। ଏ ଦାଣ୍ଡଟି ଅଣ ଓସାରିଆ। ଗାଡ଼ି ରଖ୍ବା ସ୍ଥାନରେ କାଦୁଅ ଥାଏ। ଗାଡ଼ି ରହିବା ପରେ ଦୁଇଜଣ ଭଦ୍ରଲୋକ ଆସିଲେ ଓ ଗାଡ଼ି ଭିତରୁ ସମସ୍ତ ବାକ୍ସପତ୍ର ଧରି ଆଗରେ ଦିଶୁଥିବା ନୌକା ଆଡ଼କୁ ଚାଲିଲେ। ସେମାନେ ଲୁଙ୍ଗି ଓ ଗଞ୍ଜି ପିନ୍ଧିଥାନ୍ତି। ଗାଁର ସାଧାରଣ ଲୋକଙ୍କ ଭଲି ଦିଶୁଥାନ୍ତି। ରାସ୍ତା ସବୁ ମାଟି ରାସ୍ତା। ବଡ଼ ଅସନା। ତେବେ ସେଇ ରାସ୍ତା ଦେଇ ସେମାନେ ସେ ଡଙ୍ଗା ଭିତରକୁ ଗଲେ। ଡ୍ରାଇଭର ବିଦାୟ ନେଇ ଫେରିଗଲା। ଆସନ୍ତା କାଲି ସକାଳ ୮ଟା ୩୦ରେ ଆସି ସେମାନଙ୍କୁ କୋଟିନ୍ ନେଇଯିବ ବୋଲି ସମୟ ଦେଇଗଲା।

ନୌକା ଭିତରେ ପଶିଯିବା ମାତ୍ରେ ବଡ଼ ଚମତ୍କାର ଲାଗିଲା। ପ୍ରଥମେ ସ୍ୱାଗତ ପାଇଁ ଡ୍ରଇଂରୁମ୍ ରହିଥିଲା। ସେ ଡ୍ରଇଂରୁମରେ ଟେବୁଲ୍ ଚେୟାର ପଡ଼ିଥିଲା ଓ ଡାଇନିଂ ପାଇଁ ସମସ୍ତ ବ୍ୟବସ୍ଥା ଥିଲା। ଦୁଇଟି ପାଣିବୋତଲ, ୫ଟି ଗ୍ଲାସ୍ ଓ ଗୋଟିଏ ଝୁଡ଼ିରେ କିଛି ଫଳ ରହିଥିଲା। ସେଠି ଗୋଟିଏ ଟିଭି ଥିଲା ଓ ସେ ରୁମର ଦୁଇ ପାର୍ଶ୍ୱରେ ମଧ ବେଞ୍ଚ ରହିଥିଲା। ପ୍ରଥମେ ଡ୍ରଇଂରୁମ୍‌କୁ ଦେଖ୍ ସେମାନଙ୍କୁ ଭଲଲାଗିଲା।

ସେ ଦୁଇଜଣ ଭଦ୍ରଲୋକ ସମସ୍ତ ବାକ୍ସପତ୍ର ନେଇ ଶୋଇବା ଘର ମାନଙ୍କରେ ରଖ୍‌ଦେଇଥିଲେ। ସେଠ୍‌ରୁ ପ୍ରଥମ ଶୋଇବାଘରେ ତନୁଜା ଓ ପ୍ରକାଶଙ୍କ ବାକ୍ସ ସମସ୍ତ ରଖ୍, ସୋନି ଓ ବ୍ରାୟାନ୍ ସେମାନଙ୍କ ବାକ୍ସ ସବୁ ଦ୍ୱିତୀୟ ଶୟନ କୋଠରିକୁ ନେଇଗଲେ। ସେ କୋଠରି ମାନଙ୍କରେ ହୋଟେଲ୍ ରୁମ୍ ଭଲି ବିଛଣା ପଡ଼ିଥିଲା ଓ ଅନ୍ୟ ସମସ୍ତ ସୁବିଧା ଥିଲା। କୋଠରିକୁ ଲାଗି ଗାଧୁଆଘର ଓ ଲାଟ୍ରିନ୍। ସେମାନେ ତଉଲିଆ ଓ ସାବୁନ୍ ମଧ ରଖ୍‌ଥାନ୍ତି। ସମସ୍ତେ ପ୍ରଥମେ ଧୁଆଧୁଇ ହୋଇ ଡ୍ରଇଂରୁମ୍‌କୁ ଆସିଲେ। ସେଠି ମଧାହ୍ନ ଭୋଜନ ପାଇଁ ଖାଦ୍ୟ ପ୍ରସ୍ତୁତ ହୋଇ ରହିଥିଲା। ଭାତ, ସମ୍ବର, ବିନ୍ ଭଜା ଓ ଭେଣ୍ଡି ଭଜା ସହିତ କାକୁଡ଼ି ଓ ଟମାଟୋର ସାଲାଡ୍ ରହିଥିଲା। ସେମାନେ ଖାଉଥିବା ସମୟରେ ରୋଷେଇ ଦାୟିତ୍ୱରେ ଥିବା ଭଦ୍ରବ୍ୟକ୍ତି ଜଣକ ଆସି ରାତ୍ରି ଭୋଜନ ବିଷୟରେ ପଚାରି ଦେଇଗଲେ। ନୌକା ଯାଉଥିବା ରାସ୍ତାରେ ଏକ ମାଛବଜାର ପଡ଼ିବ। ଯଦି ଦରକାର, ତନୁଜାର ପରିବାର ମାଛବଜାରକୁ ଯାଇ ମନପସନ୍ଦର ମାଛ କିଣିପାରିବେ ଓ ସେଇ ମାଛରେ ରାତ୍ରିଭୋଜନ ପାଇଁ ମାଛଭଜା

ପ୍ରସ୍ତୁତ ହେବ। ହେଲେ ସେମାନଙ୍କ ଭିତରୁ ଦୁଇଜଣ ନିରାମିଷାଶୀ ଜାଣିବା ପରେ ସେମାନେ ରାତ୍ରିଭୋଜନ ପାଇଁ ଅନ୍ୟ ସବୁ ଖାଦ୍ୟସାମଗ୍ରୀର ଯୋଜନାକଲେ। କିନ୍ତୁ ସୋନି ଓ ବ୍ରାୟାନ୍‌ଙ୍କ ପାଇଁ ସ୍ୱତନ୍ତ୍ର ମାଛଭଜା ପ୍ରସ୍ତୁତ କରିବା ପାଇଁ କହିଲେ। ସେଥିପାଇଁ ସେମାନଙ୍କୁ ମାଛବଜାରରେ ଅଟକିବା ଦରକାର ନାହିଁ। ତେବେ ନୌକା ଅଟକିବା ରାସ୍ତାରେ ମାଲସ୍ ହେବାପାଇଁ ସୁବିଧା ଅଛି ବୋଲି ଜଣେଇଲେ। ପ୍ରକାଶ ଓ ସୋନି ମାଲସ୍ ହେବା ପାଇଁ ଯିବାକୁ ଚାହିଁଲେ। ଜିନିଷପତ୍ର ବିଷୟରେ ଚିନ୍ତା କରି ତନୁଜା ନୌକାରେ ରହିବ ବୋଲି ସ୍ଥିରକଲା। ଆଦିର ଦାୟିତ୍ୱ ନେବ ବୋଲି ବ୍ରାୟାନ୍ ମଧ୍ୟ ନୌକା ଭିତରେ ରହିବ ବୋଲି ସ୍ଥିରକଲା।

ନୌକା ଚାଲୁଥାଏ। ବିସ୍ତୃତ ଜଳରାଶି। ସେମାନଙ୍କ ନୌକା ଭଲି ଆଉ କେତୋଟି ନୌକା ମଧ୍ୟ ସେମାନଙ୍କର ଦୃଷ୍ଟିଗୋଚର ହେଲା। କିଛି ନୌକାରେ ଘର ଥାଏ। ଆଉ କିଛି ନୌକା କେବଳ ଦିନବେଲା ଯାତ୍ରୀମାନଙ୍କ ପାଇଁ ଉଦ୍ଦିଷ୍ଟ ଥିଲା। ସେସବୁ ନୌକାରେ ଘର ନଥିଲା। କେବଳ ଯାତ୍ରୀମାନେ ବସିବା ପାଇଁ ବେଞ୍ଚ ଓ ଟେବୁଲ୍ ଥିଲା। ଉପରେ ଥିବା ବାଲକୋନୀକୁ ଯାଇ ସେମାନେ ସବୁ ନୌକା ଓ ନୌକାର ଭିତରକୁ ଭଲଭାବେ ଦେଖିପାରୁଥିଲେ। କିଛି ସମୟ ପରେ ଗୋଟିଏ ବଜାର ଦେଖାଗଲା। ସେତେବେଲକୁ ପ୍ରାୟ ଚାରିଟା ବାଜିଥାଏ। ନୌକା ଚାଲକ ଜଣେଇଦେଲା, "ଏବେ ଏଇଠି ନୌକା ରହିବ। ଯିଏ ମାଲସ୍ ପାଇଁ ବୁକ୍ କରିଛନ୍ତି, ଯାଆନ୍ତୁ। ଘଣ୍ଟାଏ ଭିତରେ ଫେରିବେ।"

ନୌକା ସେଠି ରହିଲା। ସୋନି ଓ ପ୍ରକାଶ ବାହାରକୁ ଗଲେ। ସୋନି ଯିବା ସମୟରେ ଆଦି ବହୁତ କାନ୍ଦିଲା। ଆଦିକୁ ବୁଝେଇବାକୁ ସମୟ ଲାଗିଲା। ତାକୁ ଉପରକୁ କିଛି ସମୟ ନେଇ ସେମାନେ ଖେଲେଇଲେ। ଯେହେତୁ ନୌକାଟି ଅଟକି ଥିଲା, ସେଥିପାଇଁ ସେତେବେଲେ ଶୀତତାପ ନିୟନ୍ତ୍ରଣ ଯନ୍ତ୍ରକୁ ଚାଲୁ କରିବା ମନା। କେବଳ ପଙ୍ଖା ପବନ ଗରମରୁ ଶାନ୍ତିଦେବାକୁ ଯଥେଷ୍ଟ ନଥିଲା। ଏହି ସମୟରେ ଫୋନ୍ ଲଗେଇ ତନୁଜା ତା' ଭାଉଜ ସହିତ କଥା ହେଲା। ଆଦି ଆଉ ଜଣକୁ ଫୋନ୍ ମଧ୍ୟରେ ଦେଖି ତା' ମାଆକୁ କିଛି ସମୟ ପାଇଁ ଭୁଲିଗଲା ଓ କାନ୍ଦ ବନ୍ଦ କଲା। ତା' ନିଜ ଭାଷାରେ କିଛି କହିଗଲା ମଧ୍ୟ। ଉଭୟ ନୌକା ଚାଲକ ଓ ରୋଷେଇଆ ମଧ୍ୟ ବାହାର ମାର୍କେଟକୁ ଯାଇଥିଲେ। ଜାନୁୟାରୀ ମାସରେ ଏମିତି ଗରମ ହେଉଥିବ ବୋଲି ବିଶ୍ୱାସ ହେଉନଥିଲା। ସେମାନେ ବାହାରେ ଦେଢଘଣ୍ଟା ପ୍ରାୟ ରହିଗଲେ। ତାପରେ ସମସ୍ତେ ନୌକାକୁ ଫେରିଲେ। ନୌକା ଚାଲିଲା ଓ ଶୀତତାପ ନିୟନ୍ତ୍ରଣ ଯନ୍ତ୍ର ମଧ୍ୟ ଚାଲିଲା।

ତନୁଜା ପଚାରିଲା, "ମାଳସର ଅଭିଜ୍ଞତା କେମିତି ରହିଲା ?"

"ଭଲ ରହିଲା।" ଉଭୟ ସୋନି ଓ ପ୍ରକାଶ ଉଭରଦେଲେ। ପରେ ପ୍ରକାଶ କହିଲେ, "ଏ ମାଳସ ଆମେରିକା ମାଳସ ଭଳି ସେମିତି ଗୁଣାତ୍ମକ ନୁହେଁ। କିନ୍ତୁ ଗୋଟିଏ ଅଭିଜ୍ଞତା ହେଲା।"

ଆଦି ଏବେ ଖୁସି ଥିଲା। ସିଏ ସମସ୍ତଙ୍କ ସହିତ ଲୁଚକାଳି ଖେଳ ଖେଳିଲା। ପ୍ରକାଶ ବାଟରୁ କିଛି ଆଟୁଆ କିଣିଥିଲେ। ସେମାନେ ସେଇଆକୁ ଖାଇଲେ। ଆଦିକୁ ଆଟୁଆ ଭଲଲାଗିଲା। କିଛି ସମୟ ପରେ, ରୋଷେଇ ଦାୟିତ୍ୱରେ ଥିବା ଭଦ୍ରବ୍ୟକ୍ତି ଚାହା ଓ ପାଉଁରୁଟି ପକୁଡ଼ି ଆଣି ଟେବୁଲ୍ ଉପରେ ରଖିଲେ। ସମସ୍ତେ ସେସବୁ ଖାଇ ଆନନ୍ଦିତ ହେଲେ। ବିଶେଷ କରି ଆଦିକୁ ପାଉଁରୁଟି ପକୁଡ଼ି ଭଲଲାଗିଲା। ସେମାନେ ଅପରାହ୍ନର ଚାହା ପିଉଥିବା ବେଳେ ନୌକାଟି ଚାଲୁଥିଲା। ଜଳରାଶିର ଉଭୟ ପାର୍ଶ୍ୱରେ ଥିବା ବିଲ, ନଦୀଆଗଛ ଓ ଘରସବୁ ବହୁତ ସୁନ୍ଦର ଦିଶୁଥାନ୍ତି। ସନ୍ଧ୍ୟାବେଳକୁ ନୌକାଟି ଯେଉଁସ୍ଥାନରୁ ବାହାରିଥିଲା, ସେଇ ସ୍ଥାନକୁ ଫେରିଆସିଲା। ନୌକାଚାଳକ ଆସି ପଚାରିଲେ, "ଏବେ ଆପଣମାନେ ଯଦି ପାଖ ବଜାର ବୁଲିବାକୁ ଚାହିଁବେ, ବୁଲିପାରିବେ।"

ତନୁଜାର କୁଆଡ଼େ ଯିବାକୁ ଇଚ୍ଛାନଥିଲା। ତେବେ ପ୍ରକାଶ ଓ ସୋନିଙ୍କର ଆଗ୍ରହ ହେଲା। ସେମାନେ ବାହାରିବାରୁ ବ୍ରାୟାନ୍ ମଧ ବାହାରିଲା। ଏବେ ତନୁଜା ମଧ ବାହାରିଲା। ସେମାନେ ସବୁ ବାକ୍ସରେ ତାଲା ପକେଇଦେଲେ। ଆଉ ଯାହା ପର୍ସ, ୱାଲେଟ୍ ଇତ୍ୟାଦି ନିଜ ହାତରେ ଧରି ମାର୍କେଟ୍ ବାହାରିଲେ। ନୌକାଚାଳକ ସେମାନଙ୍କ ସହିତ ଯିବେ ବୋଲି ବାହାରିଲେ। ନହେଲେ ନୂଆ ଲୋକ, କୁଆଡ଼େ ଯିବେ, କେମିତି ଜାଣିବେ ? ସେଇ ସମୟ ଭିତରେ ରୋଷେଇଆ ରୋଷେଇ ସାରିଦେବ ଓ ସେମାନେ ଫେରି ରାତ୍ରଭୋଜନ କରିବେ। ଗାଁ ଗହଳିର ରାସ୍ତା ସବୁ। ଅଣ ଓସାରିଆ। ଏସବୁ ଭିତରେ ଯେ ଭଲ ମାର୍କେଟ୍ କୋଉଠି ଥିବ, ଜଣାପଡ଼ୁନଥିଲା। ଅବଶ୍ୟ ବିଜୁଳି ଆଲୁଅରେ ରାସ୍ତା ଦିଶୁଥାଏ, ତେବେ ମଧ ସ୍ଥାନେସ୍ଥାନେ ଅନ୍ଧାର ଥିଲା। ପ୍ରାୟ ଅଧଘଣ୍ଟାଏ ଚାଲିବା ପରେ ବି କିଛି ନଦେଖି ସମସ୍ତେ ହତାଶ ହେଲେ। "ସତରେ ମାର୍କେଟ୍ ଅଛି ନା ନାହିଁ।" ଆଦି କାଖ ହୋଇଥାଏ, ତଥାପି ଗରମ ହେଉଥାଏ ଓ ମଶା ଖାଉଥାନ୍ତି ବୋଲି ବୋଧହୁଏ ବେଲେବେଲେ ବିରକ୍ତ ହେଉଥାଏ।

କିଛି ସମୟ ପରେ ନୌକା ଚାଳକ ନେଇ ଗୋଟିଏ ନଡ଼ିଆତେଲ ଦୋକାନରେ ପହଞ୍ଚାଇଦେଲେ। ସେଠି ଗୋଟା ନଡ଼ିଆରୁ ତେଲ ପ୍ରସ୍ତୁତି ହେବାର କାରଖାନା ଥିଲା। ସେ ଦୋକାନର ସାମନାରେ ଗୋଟିଏ ବିରାଟ ପଡ଼ିଆ ଥାଏ। ସେ ପଡ଼ିଆରେ ନଡ଼ିଆ

ସଢେଇ ସବୁ ଗଦା ହୋଇ ପଡ଼ିଥାଏ। ପ୍ରକାଶ ତନୁଜାକୁ ପଚାରିଲେ, "ନଡ଼ିଆ ତେଲ କିଣିବା ?" ତନୁଜା ଓଲଟି ପ୍ରଶ୍ନକଲା, "ହେଲେ ଏ ତେଲକୁ ବିମାନରେ ନେବ କେମିତି ?"

ଏବେ ପ୍ରକାଶଙ୍କ ମୁଣ୍ଡରେ ସେଇକଥା ପଶିଲା। ତେଣୁ ସିଏ ଛୋଟ ସାଇଜ୍‌ର ପ୍ଲାଷ୍ଟିକ୍ ବୋତଲରେ ଥିବା ଚାରି ପ୍ୟାକ୍ ନଡ଼ିଆ ତେଲ କିଣିଲେ। ସେସବୁ ବିମାନରେ ଯାଇପାରିବ।

ସେଠାରୁ ପୁଣି କିଛି ଦୂର ଚାଲିଲା ପରେ କେରଳ ସରକାରଙ୍କର ହ୍ୟାଣ୍ଡଲୁମ୍ ଦୋକାନ ଆସିଲା। ସେ ଦୋକାନରେ ଶାଢ଼ୀ ବୁଣିବାର ଯନ୍ତ୍ର ମଧ୍ୟ ଥିଲା। ସେ ଦୋକାନ ଭିତରେ ପଶି ସମସ୍ତେ ଶାଢ଼ୀ ଓ ବିଭିନ୍ନ ପୋଷାକପତ୍ର ଦେଖିଲେ। ଆଦି ସେଠି ଅନ୍ୟ ଗ୍ରାହକ ମାନଙ୍କର ଛୁଆମାନଙ୍କ ସହିତ ଖେଳିବାରେ ଲାଗିଲା। ସୋନି ଓ ବ୍ରାୟାନ୍ ତାକୁ ପାଲି କରି ଜଗିଥାଆନ୍ତି। ପ୍ରକାଶ ତାଙ୍କ ପାଇଁ ଏକ ସାର୍ଟ ଓ ଧୋତି କିଣିଲେ। ସୋନି ଓ ବ୍ରାୟାନ୍ କିଛି କିଣିବାକୁ ଚାହିଁଲେନି। ତନୁଜା ଦୁଇଟି ହ୍ୟାଣ୍ଡଲୁମ୍ ଶାଢ଼ୀ କିଣିଲା। ତାପରେ ସେମାନେ ମୁଖ୍ୟ ବଜାର ସ୍ଟ୍ରିଟକୁ ଗଲେ। ସେଠାରେ ବିଭିନ୍ନ ଖାଦ୍ୟ ସାମଗ୍ରୀ ବିକ୍ରୀ ହେଉଥିଲା। ନୌକାଚାଳକ ସେଠି ତାଙ୍କର ଜଣେ ସାଙ୍ଗଙ୍କ ଦୋକାନକୁ ଯାଇ ସାଙ୍ଗକୁ କିଛି ସମୟ ପାଇଁ ସାହାଯ୍ୟକଲେ। ସେଠି ଅନ୍ୟାନ୍ୟ ସଂଗ୍ରହଯୋଗ୍ୟ ସାମଗ୍ରୀ ସବୁ ରହିଥିଲା। ହେଲେ ସେସବୁ ବାକ୍ସରେ କେମିତି ଭର୍ତ୍ତିକରି ନେବେ, ସେଇ ଚିନ୍ତା କରି ସେମାନେ କିଛି କିଣିଲେନି। ତାପରେ ସମସ୍ତେ ଫେରିଲେ। ଯେତିକି ବାଟ ଯାଇଥିଲେ, ସେତିକି ବାଟ ପୁଣି ଚାଲିଚାଲି ଫେରିବାକୁ ପଡ଼ିଲା। ଆଦି ଚାହିଁଲା ତା' ମା କୋଳକୁ ଯିବ। ସେଥିପାଇଁ ବେଳେବେଳେ କାନ୍ଦିଲା। ତଥାପି ସେ ଗରମ, ଗୁଲୁଗୁଲି ଓ ଖାଲଢିପ ରାସ୍ତା ପାର କରି ସେମାନେ ଯେତେବେଳେ ନୌକା ଭିତରେ ପଶିଗଲେ, ବହୁତ ଶାନ୍ତି ଲାଗିଲା। ନୌକା ଭିତରେ ସେତେବେଳେ ଏ.ସି. ଚାଲୁଥିଲା ଓ ଖାଦ୍ୟ ପ୍ରସ୍ତୁତି ଚାଲୁଥିଲା। ସେମାନେ କିଛି ସମୟ ନୌକାର ବାରଣ୍ଡାରେ ବୁଲିଲେ। ନୌକାଟି ମଙ୍ଗ ଲଗେଇ ସେଇ ଏକ ସ୍ଥାନରେ ରହିଥିଲା। ତାପରେ ରାତ୍ରିଭୋଜନ ପରିବେଷଣ କରାଗଲା।

ସୋନିକୁ ମାଛ ଭଜା ବହୁତ ପସନ୍ଦ ଆସିଲା। ସିଏ ଖୁସି ହୋଇ କହିଲା, "ଏ ବୋଟ୍ ହାଉସରେ ମୋର ଏଇ ମାଛର ସ୍ୱାଦ ସ୍ମୃତି ହୋଇ ରହିବ।"

ବ୍ରାୟାନ୍ କହିଲା, "ମୋର ମଧ୍ୟ।"

ତନୁଜା ପଚାରିଲା, "କେବଳ ଖାଦ୍ୟ ସ୍ମୃତିରେ ରହିବ ? ଅନୁଭୂତି ନୁହେଁ ?"

ସୋନି କହିଲା, "ଅନୁଭୂତି ବି ରହିବ। ଭଏତ ଆମ ସମସ୍ତଙ୍କର ପ୍ରଥମ ବୋଟ୍‌ହାଉସ୍‌ ରହଣି ନା।"

ପ୍ରକାଶ ମତାମତ ଦେଲେ, "ସତ କଥା। ଏ ସବୁ ସୋନି ପାଇଁ ସମ୍ଭବ ହେଲା। ସିଏ ହିଁ ଚାହିଁଲା, କେରଳ ଭ୍ରମଣ କରିବାକୁ ଆଉ ବୋଟ୍ ହାଉସରେ ରହିବାକୁ। ନହେଲେ, ଆମେ ତ ଏତେ ବର୍ଷ ହେଲାଣି, ସେମିତି କିଛି ଭାବି ହିଁ ନଥିଲୁ।"

ଦିନର ସରୁସରୁ ରାତି ନଅଟା ବାଜିଯାଇଥିଲା। ଆଦିର ଶୋଇବା ସମୟ ହୋଇଥିଲା। ବ୍ରାୟାନ୍ କହିଲା, "ମୁଁ ବି ଶୋଇବାକୁ ଯାଉଛି।"

ତନୁଜା ମନେ ପକେଇଦେଲା, "କାଲି ସକାଳୁ ଶୀଘ୍ର ଉଠି ସବୁ ପ୍ରସ୍ତୁତ ହୋଇଯିବ। ବାକ୍ସପତ୍ର ସଜାଡ଼ିଦେବ। କାରଣ ସେ ଡ୍ରାଇଭର ସାଢ଼େ ଆଠଟା ବେଳକୁ ପହଞ୍ଚିବ।"

ସେମାନେ ଯିବାପରେ ପ୍ରକାଶ ଓ ତନୁଜା ନିଜ କୋଠରିକୁ ଆସିଲେ। ଶୋଇବାର ପ୍ରସ୍ତୁତି କରୁଥିଲେ ତ ଡଙ୍ଗା ଚାଲିବାର ଅନୁଭବ ହେଲା। ତାପରେ ପ୍ରକାଶ ଓ ତନୁଜା ନ ଶୋଇ ବାରଣ୍ଡାରେ କିଛି ସମୟ ବୁଲି ରାତ୍ରିରେ ନୌକାବିହାରର ଅନୁଭୂତି ସଂଗ୍ରହକଲେ।

ତାପରେ ନିଜ କୋଠରିକୁ ଆସି ଶୋଇଥିଲେ।

ଅଧରାତିରେ ତନୁଜାର ନିଦ ଭାଙ୍ଗିଥିଲା ଓ ସିଏ ଜହ୍ନ ଦେଖିଥିଲା। ତାପରେ ପୁଣି ଶୋଇପଡ଼ିଥିଲା।

ଭୋରରୁ ଯେତେବେଳେ ତନୁଜାର ନିଦ ଭାଙ୍ଗିଲା, ସେତେବେଳେ କୋଠରିର ଝରକା ପରଦା ଖୋଲି ବାହାରକୁ ଦେଖିବାବେଲକୁ ବାହାରେ ବର୍ଷା ହେଉଥିଲା। ସେଇ ବର୍ଷାକୁ କିଛି ସମୟ ଚାହିଁ ରହିଲା ତନୁଜା। ସତରେ ବଡ଼ ଅଭୁଲା ଏ ଅନୁଭୂତି। ହେଲେ ସକାଳୁ ସେମାନଙ୍କୁ ଏ ବୋଟ୍ ହାଉସରୁ ବାହାରିବାକୁ ପଡ଼ିବ। ଦିନସାରା ବୁଲାବୁଲି କରି କୋଚିନ୍‌ର ରେଡ଼ିସନ୍ ବ୍ଲୁ ହୋଟେଲକୁ ଯିବାକୁ ପଡ଼ିବ। ସେଠି ପୁଣି ସେ ବଡ଼ ସହରର ମାୟାଜାଲରେ ଜୀବନ ଛନ୍ଦି ହୋଇଯିବ। ପ୍ରକୃତି ରହିଯିବ କେତେ ପଛରେ ?

ରାତି ତଥାପି ବାକି ଥିଲା। ଇଚ୍ଛା ହେଲା ରୁମର ଲାଇଟ୍ ଅନ୍ କରି ବାକ୍ସପତ୍ର ସଜାଡ଼ିଦେବାକୁ। କିନ୍ତୁ ପ୍ରକାଶ ଶୋଇଥିଲେ। ସିଏ ଶୋଇବାବେଳେ ଲାଇଟକୁ ଜମା ପସନ୍ଦ କରନ୍ତିନି। ଏବେ ବାଧ୍ୟ ହୋଇ ତନୁଜା ପୁଣି ଆସି ବିଛଣାରେ ଗଡ଼ପଡ଼ ହେଲା। ନୂଆ ଜାଗାରେ ନିଦ ଏମିତି ହିଁ ମଝିରେ ମଝିରେ ଭାଙ୍ଗିଯାଏ। ବିଛଣାରେ ଗଡ଼ପଡ଼ ହେଉହେଉ ପୁଣି ନିଦ ଆସିଗଲା।

ଏବେ ଯେତେବେଳେ ତନୁଜାର ନିଦ ଭାଙ୍ଗିଲା, ସେତେବେଳକୁ ସମସ୍ତେ ଉଠିସାରିଥିଲେ। ପ୍ରକାଶ ଉଠି, ନିତ୍ୟକର୍ମ ସାରି, ବାକ୍ସପତ୍ର ସଜାଡ଼ି ଯିବାକୁ ପ୍ରସ୍ତୁତ ହୋଇ ରହିଥିଲେ। କୋଠରି ବାହାରୁ ସୋନି, ବ୍ରାୟାନ୍ ଓ ଆଦିଙ୍କର କଥାବାର୍ତ୍ତା ଓ ବୁଲୁଥିବାର ଶବ୍ଦ ଆସୁଥିଲା। ପ୍ରକାଶ କୋଠରି ଭିତରକୁ ଆଦିକୁ ଧରି ଆସିଲେ ଓ ଆଦିକୁ କହିଲେ, "ଏବେ ଆଈକୁ ଗୁଡ୍ ମର୍ଣ୍ଣିଙ୍ କହି ଉଠା।" ଆଦି ଆସି ତନୁଜା ଉପରେ ଚଢ଼ିଲା ଓ ତନୁଜା ତାକୁ ଟିକେ ଗେଲ କରି ଉଠିବସିଲା। ସେଲ ଫୋନ୍ ପାଖ ଟେବୁଲ ଉପରେ ଥିଲା। ତାକୁ ଚେକ୍ କରି ଦେଖିବାବେଳକୁ ୬ଟା ୪୫ ମିନିଟ୍। ଏବେ ସିଏ ସିଧା ଉଠିଲା ଓ ନିତ୍ୟକର୍ମ ସାରି ଗାଧୋଇବାକୁ ଯିବାକୁ ପ୍ରସ୍ତୁତି କଲା। ପ୍ରକାଶଙ୍କୁ କହିଲା, "ତମେ ଯଦି ବାହାରକୁ ଯାଉଛ ତ ଯାଅ। ମୁଁ କବାଟ ଦେବି। ଗାଧୋଇ ସାରି ପ୍ରସ୍ତୁତ ହୋଇସାରିଲା ପରେ କବାଟ ଖୋଲିବି।"

ପ୍ରକାଶ ଆଦିକୁ ନେଇ ବାହାରକୁ ଚାଲିଗଲେ। କୋଠରିର କବାଟ ବନ୍ଦ କରି ତନୁଜା ଗାଧୁଆଆଘରକୁ ଯାଇ ଗାଧୁଆ ସାରିଲା। ଭଲ ଗରମ ପାଣି ଆସୁଥିଲା। ନୌକାଟିରେ ଏତେ ସୁବିଧା ଦେଖି ତନୁଜା ବହୁତ ଖୁସି ହେଉଥିଲା।

ତନୁଜା ପ୍ରସ୍ତୁତ ହୋଇ କୋଠରି ଭିତରୁ ବାହାରିବା ପରେ, ବ୍ରେକ୍‌ଫାଷ୍ଟ ପ୍ରସ୍ତୁତ ହୋଇ ରହିଥିଲା। ଇଟାଲି, ସମ୍ବର, ଚଟଣୀ ସହିତ ବ୍ରେଡ୍ ଟୋଷ୍ଟ ଓ ଫଳ ମଧ୍ୟ ଥିଲା। ବ୍ରେକ୍‌ଫାଷ୍ଟ ପରେ ନୌକାର ରୋଷେଇଆ ଗରମ ଚାହା ନେଇ ଆସିଲେ ଓ ଆଦି ପାଇଁ ଉଷ୍ମ କ୍ଷୀର ମଧ୍ୟ ଆଣିଦେଲେ। ସମସ୍ତେ ଭଲରେ ବ୍ରେକ୍‌ଫାଷ୍ଟ ସାରି ନିଜନିଜର ବାକ୍ସ ଓ ଅନ୍ୟାନ୍ୟ ଜିନିଷପତ୍ର ସଜାଡ଼ିବାକୁ ନିଜନିଜର କୋଠରିକୁ ଗଲେ।

ଏହି ସମୟରେ ନୌକାଟି ପୁଣି ଗତିଶୀଳ ହେଲା ଓ ଜଳରାଶିର ମଧ୍ୟସ୍ଥଳୀକୁ ଆସିଲା। ବିଦାୟ ପୂର୍ବରୁ ଏଇଟା ସେମାନଙ୍କର ନୌକାଗୃହରେ ଶେଷ ନୌକାବିହାର।

ତନୁଜା ନିଜ ମତ ରଖିଲା, "ଯାହା ବି ହେଉ, ସୋନିକୁ ଯେତେ ଧନ୍ୟବାଦ ଦେଲେ ବି କମ୍ ହେବ। ତା'ର ଜିଦ୍ ପାଇଁ ଆମେ କେରଳ ଆସିବାକୁ ଦୃଢ ହୋଇ ନିଷ୍ପତ୍ତି ନେଲେ ଓ ଏ ନୌକାଘର ରହଣୀ ଓ ନୋକାବିହାର ସମ୍ଭବ ହୋଇପାରିଲା।"

ଗଲା କିଛିଦିନ ଧରି କେରଳରେ କୋଭିଡ୍ ବ୍ୟାପୁଛି ବୋଲି ଓଡ଼ିଶାର ଖବରକାଗଜ ମାନଙ୍କରେ ବାହାରୁଥିଲା। ସେଥିପାଇଁ ସେମାନେ କେରଳ ଯିବେ ନା ଯିବା ସ୍ଥଗିତ କରିବେ, ସେ ବିଷୟରେ ଦୋଦୋପାଞ୍ଚ ଥିଲେ। ଯେହେତୁ ସାଙ୍ଗରେ ଛୋଟପିଲାଟିଏ ଥିଲା, ସେ ନେଇ ଅଧିକ ଚିନ୍ତା ଥିଲା। କିନ୍ତୁ ସୋନି ଜିଦ୍ କରି ଦୃଢ ରହିଲା। ସମସ୍ତେ ତ ଡିସେମ୍ବରରେ କୋଭିଡ୍ ଟୀକା ନେଇଥିଲେ। ତେଣୁ ସାହସ କରି, କୋଭିଡ୍ ପାଇଁ ମୁଖାବରଣ ଓ ସାନିଟାଇଜର ସବୁ ଭର୍ତ୍ତି କରି ଜାନୁଆରୀ ଦୁଇ

ତାରିଖରେ ସେମାନେ ସମସ୍ତେ ଭୁବନେଶ୍ୱର ବିମାନ ବନ୍ଦରରୁ କେରଳ ଅଭିମୁଖେ ଯାତ୍ରା ଆରମ୍ଭ କରିଥିଲେ ।

ତା' ଛଡ଼ା ଆଉ ଗୋଟିଏ କାରଣ ଥିଲା ତନୁଜା ଓ ପ୍ରକାଶଙ୍କ ମନୋବୃତ୍ତି । ଏତେ ବୟସ୍କ ହେଲେ ମଧ୍ୟ, ନିଜ ପାଇଁ କିଛି ଗୋଟିଏ ଅଧିକ ଖର୍ଚ୍ଚ କରିଦେବାକୁ ସେମାନେ କେବେବି ସହଜ ହୋଇପାରନ୍ତିନି । "ହାଁ, ଏ ଶାଢ଼ୀଟା କୋଡ଼ିଏ ହଜାର ଟଙ୍କା । ନା, ନା, ଏ ଶାଢ଼ୀ ମୁଁ କିଣିବିନି । କେତେଥର ଅବା ପିନ୍ଧିବି ? ସେଥିପାଇଁ କୋଡ଼ିଏ ହଜାର ଟଙ୍କା ଦେବି ?"

ଝିଅ ମାନେ ବୁଝାନ୍ତି । "ପାପା, ମାମା, ଟିକେ ନିଜ ପାଇଁ କେବେ ଖୁସି ଦେଖ । ଯଦି ଶାଢ଼ୀଟା ତମକୁ ପସନ୍ଦ ଆସୁଛି ଓ ତମ ଦେହକୁ ମାନୁଛି ତ କିଣ ? ଅର୍ଥ ସଞ୍ଚୟ କରି ଲାଭ କଣ ? ଯଦି ସେ ଅର୍ଥରେ ନିଜ ପାଇଁ ଟିକେ ଖୁସି ଆଣିପାରୁନ ।"

"ଅଧିକ ଦାମ୍‌ର ପୋଷାକ, ଶାଢ଼ୀ, ଗହଣା କଣ ଖୁସି ଆଣି ଦିଏ ? ବରଂ ମନକୁ ଆବଦ୍ଧ କରି ରଖେ । କେତେବେଳେ ଗହଣା କୋଉଠି ହଜିଯିବ କି ? କିଏ ଚୋରି କରିନେବ କି ? ଶାଢ଼ୀରେ ଖାଇବା ବେଳେ କିଛି ପଡ଼ିଯିବ କି ? କୋଉଠି କଣ ଲାଗିକି ଚିରିଯିବ କି ?"

"ତାହେଲେ ତମେ କଣ ଭଲପାଅ ?"

"ମତେ ବୁଲାବୁଲି କରି ପୃଥିବୀର ସ୍ଥାନ ସବୁ ଦେଖିବାକୁ, ଆବିଷ୍କାର କରିବାକୁ ଭଲଲାଗେ । ସୌଭାଗ୍ୟବଶତଃ ମୋ କାମରୁ ମତେ ଅନେକ ଦେଶ ବୁଲିବାର ସୁଯୋଗ ମିଳିଛି, ଅନେକ ସଂସ୍କୃତି ବିଷୟରେ ଜାଣିବାର ସୁଯୋଗ ମିଳିଛି । ହେଲେ ନିଜ ଖର୍ଚ୍ଚରେ ଯିବାକୁ ସାହସ ହୁଏନି । ଏତେ ଖର୍ଚ୍ଚ ? ବିମାନରେ ଯିବାର ଖର୍ଚ୍ଚ, ହୋଟେଲରେ ରହିବାର ଖର୍ଚ୍ଚ, ଖାଇବାର ଖର୍ଚ୍ଚ ଓ ଟ୍ୟାକ୍ସିରେ ବୁଲାବୁଲି କରିବାର ଖର୍ଚ୍ଚ । କଣ କମ୍‌ ହେଲାଣି ?" – ତନୁଜା ନିଜ ବିଷୟରେ ଜଣେଇଥିଲା ।

ଏବେ ସେଇ ପିଲାମାନେ ସବୁ ନେତୃତ୍ୱ ନେଉଛନ୍ତି । ସେମାନଙ୍କ ପାଇଁ ଫାଦରସ ଡେ, ମଦରସ ଡେରେ ଉପହାର ସ୍ୱରୂପ ବ୍ରୋଡ଼୍‌ ଓ୍ୱେ ଶୋ ଦେଖିବା ପାଇଁ ଟିକେଟ୍‌ କିଣି ଦେଉଛନ୍ତି । ସେସବୁ ଖର୍ଚ୍ଚ କରିବାପାଇଁ ପ୍ରକାଶ ଓ ତନୁଜା ନିଜେ କେବେ ପସନ୍ଦ କରିନଥାନ୍ତେ । କହିଥାନ୍ତେ, "ଜଣକ ପିଛା ଦେଢଶହ, ଦୁଇଶହ ଡଲାର୍‌ ଟିକେଟ୍‌ ଦେଇ ଆମେ ଶୋ ଦେଖିବାକୁ ଯିବୁ ? ଥାଉ ।"

ସେଇଭଳି ଯୋଜନା କରି ସୋନି ଜିଦ୍‌ ଧରି ବସିଥିଲା, "ମୁଁ ଏବେ ଭାରତ ଗଲେ, ଆମେ ସବୁ କେରଳ ଯିବା ।"

ଝିଅ, ଜୁଆଇଙ୍କୁ ଖୁସି କରିବାକୁ ପ୍ରକାଶ ଓ ତନୁଜା "ହ" ଭରିଥିଲେ। ତା'
ସହିତ ନାତି ସହିତ ବି ନୂଆ ଅନୁଭୂତି ସୃଷ୍ଟି କରିବାର ଇଚ୍ଛା।

ସେଥିପାଇଁ ସବୁ ଖର୍ଚ୍ଚକୁ ସ୍ୱୀକାର କରିନେଇଥିଲେ। ଅବଶ୍ୟ କୋଭିଡ୍ ସମୟର
ଅଭିଜ୍ଞତା ପରେପରେ ସେମାନେ ନିଜ ପାଇଁ ଖର୍ଚ୍ଚ କରିବାରେ ଟିକେ ମୁକ୍ତ ହସ୍ତ
ହେଉଥିଲେ, ତେବେ ସଂପୂର୍ଣ୍ଣ ରୂପେ ନୁହେଁ। ହେଲେ ସୋନିର ଅନୁରୋଧ ଓ ଜିଦ୍‌
ନିକଟରେ ହାର ମାନିଥିଲେ। ସ୍ରଷ୍ଟା ସୃଷ୍ଟିର କ୍ରୀତଦାସ। ସୃଷ୍ଟିକୁ ଖୁସି ରଖିବାରେ ସ୍ରଷ୍ଟା
କେବେବି କାର୍ପଣ୍ୟ କରେନି।

ସେମିତି ହିଁ ହେଲା।

ସମସ୍ତେ କେରଳ ଭ୍ରମଣ କଲେ। ଆଉ ନୌକାଘରେ ରାତି ବିତାଇବାର
ଅନୁଭୂତି ସହିତ ନୌକାବିହାରର ଏକ ଅବର୍ଣ୍ଣନୀୟ ସ୍ମୃତି ସର୍ଜନା କଲେ।

ଏସବୁ ଭାବି ପ୍ରକାଶ କହିଲେ, "ହଁ ସୋନି, ଏ ନୌକାଘରର ଅନୁଭୂତି
ତତେ ହିଁ ଅର୍ପଣ କରାଯିବା ଉଚିତ।"

ସୋନି କହି ପକେଇଲା, "ହେଲେ ତମେ ତ ସବୁ ଖର୍ଚ୍ଚ କଲ।"

ତନୁଜା ସୋନିର କାନ୍ଧ ଥାପୁଡ଼ାଇ ତାକୁ ନୀରବରେ ପ୍ରଶଂସା ଜଣେଇଲା ଓ
ଚୁପ୍ ରହିବାକୁ ନିର୍ଦ୍ଦେଶ ଦେଲା। ଏହି ସମୟରେ ପ୍ରକାଶଙ୍କ ଫୋନ୍ ମାଧ୍ୟମରେ
ଡ୍ରାଇଭର ଆସି ପହଞ୍ଚି ଯାଇଛି ବୋଲି ବାର୍ତ୍ତା ପହଞ୍ଚିଲା।

ଏତେ ସବୁ କାମ କାହିଁକି

ଆଜି ଶୁକ୍ରବାର, ୨୦୨୩ ମସିହା, ମାର୍ଚ ମାସ ୧୦ ତାରିଖ। ସକାଳୁ ମୁଣ୍ଡ କିଛି କାମ କରୁନଥିଲା। ଏତେ ଗୁଡ଼ିଏ କାମ ଆଖିକୁ ଦିଶୁଥିଲା, ହେଲେ କେଉଁ କାମଟା ପ୍ରଥମେ କରାଯିବ ଓ କେଉଁ ସମୟରେ କରାଯିବ, ସେ ନେଇ ସିଦ୍ଧାନ୍ତ କରିପାରୁନଥିଲା ମାନି। ପିଲାମାନଙ୍କ ପାଇଁ ଟ୍ରଫି ଆଣିବାକୁ ଯିବାକୁ ପଡ଼ିବ ଗେଥର୍ସବର୍ଗ। ସେଇଟା ଘରଠାରୁ ୪୦ ମିନିଟ୍ ଲାଗିବ। ସେଇଟା ଘରର ପଶ୍ଚିମ ଦିଗରେ ଥିଲା। ପ୍ରେସରୁ ସୋଭେନିର୍ ଆଣିବାକୁ ପଡ଼ିବ। ପ୍ରେସଟି ଘରର ପୂର୍ବ ଦିଗରେ କଲମ୍ବିଆ ସହରରେ ଅବସ୍ଥିତ। ପ୍ରେସର ଯେଉଁ ବ୍ୟକ୍ତି ସହିତ ମାନି କଥାବାର୍ତ୍ତା କରିଥିଲା, ସିଏ ହେଲା କାଥ। ସିଏ ଦିନ ଦୁଇଟା ପର୍ଯ୍ୟନ୍ତ କାମ କରେ ଓ ତାପରେ ଘରକୁ ଫେରିଯାଏ। ତେଣୁ ପ୍ରେସରୁ ସମସ୍ତ ସୋଭେନିର୍ ଦୁଇଟା ପୂର୍ବରୁ ସଂଗ୍ରହ କରିବାକୁ ପଡ଼ିବ। ଗୋଟିଏ ଥର ଗେଥର୍ସବର୍ଗ ଯାଇ ମାନି ଟ୍ରାଫିକରେ ପଡ଼ିଥିଲା। ତେଣୁ ସେ ସ୍ଥାନରୁ କାମ ଶୀଘ୍ର ସାରିଦେବା ଭଲ। ଅପରାହ୍ନ ୩ଟା ପରେ ଟ୍ରାଫିକ୍ ବଢ଼ିଯାଏ। ମାନି ଭାବିଥିଲା, କଲମ୍ବିଆ ଯାଇଥିବା ସମୟରେ ଏକା ସାଙ୍ଗରେ ଫ୍ଲାୟର୍ ପ୍ରିଣ୍ଟ କାମ ମଧ ସାରିଦେଇଥାନ୍ତା। କିନ୍ତୁ ଏବେ ସେସବୁ ସମ୍ଭବ ହେବନି, ଯେହେତୁ ଫ୍ଲାୟର୍ କାମ ସରିନି।

ଏଭଳି ଏତେଗୁଡ଼ିଏ କାମ ଯଦି ଏ ସମୟର ପିଲାମାନଙ୍କୁ କରିବାକୁ ଦିଆଯିବ, ସେମାନେ ହୁଏତ ପ୍ରଶ୍ନ କରିବେ, "ଏ କାମ କରିବା ଦ୍ୱାରା ମୋତେ କଣ ମିଳିବ? ମୋର କଣ ଲାଭ ହେବ?"

ସେମିତି ଜଣେ ଛାତ୍ର ପ୍ରଖ୍ୟାତ ଗଣିତଜ୍ଞ ଇଉକ୍ଲିଡ୍ଙ୍କୁ ପଚାରିଥିଲେ, "ଜ୍ୟାମିତି ପଢ଼ିଲେ ମୋର କଣ ଲାଭ ହେବ?" ଇଉକ୍ଲିଡ୍ ଉତ୍ତରରେ ତାଙ୍କର ଜଣେ କର୍ମୀଙ୍କୁ ସେ ଛାତ୍ରକୁ କିଛି ମୁଦ୍ରା ଦେବାକୁ କହିଥିଲେ। ସେମିତି ଆଉ ଏକ କାହାଣୀରେ ରାଜା ଟୋଲେମି ତାଙ୍କୁ ପଚାରିଥିଲେ "ଜ୍ୟାମିତି ଶିଖିବାକୁ କିଛି ସହଜ ରାସ୍ତା ଅଛି କି?"

ଉତ୍ତରରେ ଇଉକ୍ଲିଡ଼୍ କହିଥିଲେ, "ଜ୍ୟାମିତି ଶିଖିବାକୁ କୌଣସି ରାଜକୀୟ ରାସ୍ତା ନାହିଁ ।"

ସେମିତି ସାମାଜିକ କାର୍ଯ୍ୟକ୍ରମରେ ସ୍ୱେଚ୍ଛାସେବୀ ହୋଇ କାମ କରିବାକୁ କିଛି ରାଜକୀୟ ରାସ୍ତା ନାହିଁ । ସେ ରାସ୍ତା କଠିନ ହୋଇପାରେ, ବେଳେବେଳେ ଅତ୍ୟନ୍ତ କଠିନ । ସେ ରାସ୍ତାରେ ବିନା କିଛି ଭୌତିକ ଲାଭ ପ୍ରାପ୍ତିରେ ନିଜର ଶରୀର, ମନ, ଓ ଅର୍ଥ ଖର୍ଚ୍ଚ କରିବାକୁ ପଡ଼େ । ହେଲେ ସାମାଜିକ କାର୍ଯ୍ୟରେ ସ୍ୱେଚ୍ଛାସେବୀ ଭାବେ କାମ କରିବାରେ ଯେଉଁ ପରିତୃପ୍ତି ମିଳେ, ତାହାର ତୁଳନା କରିହେବନି । ସେଇଟା ମାନସିକ ସ୍ୱାସ୍ଥ୍ୟ ପାଇଁ ଭଲ କାମ କରେ ।

ସେଇ ପରିତୃପ୍ତିର ଆଶାରେ ମାନି ବେଳେବେଳେ ବଶୀଭୂତ ହୋଇଯାଏ । ବିନା ବିଶ୍ରାମରେ କାମ କରିଚାଲେ । ଖାଇବା, ପିଇବା, ଶୋଇବାରେ ନୀତି ନିୟମ ରହେନି । ସେସବୁ ଠିକ୍ ଥିଲା, ଯେତେବେଳେ ବୟସ ଥିଲା । ଏବେ ଏ ବୟସ୍କ ଶରୀର ଓ ମନ, ସେସବୁ କାମର ଭାର ନେଲେ କ୍ଲାନ୍ତ ହୋଇପଡ଼ୁଛି । ତଥାପି ସେ ନିଶା ଅଛି ।

ସକାଳେ କେତୋଟି ମିଟିଙ୍ଗ ଥିଲା । ସେସବୁ ବୃଦ୍ଧିଗତ ମିଟିଙ୍ଗ ସବୁକୁ ଅଣଦେଖା କରିହେବନି । ଅତଏବ, ଦିନ ଗୋଟାଏ ପୂର୍ବରୁ କେଉଁଆଡ଼େ ଯାଇହେବନି । ସକାଳ ୯ଟା ପର୍ଯ୍ୟନ୍ତ ସୁମେଧା ସାଂସ୍କୃତିକ କାର୍ଯ୍ୟକ୍ରମରେ ଭାଗ ନେଉଥିବା ପିଲାମାନଙ୍କ ନାମ ଦେଇନଥିଲା କି କାର୍ଯ୍ୟକ୍ରମର କ୍ରମସଂଖ୍ୟା ବି ପଠାଇନଥିଲା । ଏବେ ତାହେଲେ ଫ୍ଲାଏର୍ ପ୍ରସ୍ତୁତ କରିବା ଅସମ୍ଭବ ହେବ । ତେଣୁ ସକାଳେ ପୁଣିଥରେ ଅନୁରୋଧ କରି ସୁମେଧାକୁ ଫୋନ୍ ମାଧ୍ୟମରେ ବାର୍ତ୍ତା ପଠେଇଲା ମାନି । ଆଜି ପୁଣି ମଢ଼ିଆଁ ଝିଅ ଲୋନିର ଭାରତ ଯାତ୍ରା । ସିଏ ସକାଳେ କାମକୁ ଯାଇଥିଲା । ସନ୍ଧ୍ୟା ସାଢ଼େ ଆଠଟାରେ ତା'ର ଫ୍ଲାଇଟ୍ । ତେଣୁ ତାକୁ ଘରୁ ଅପରାହ୍ନ ଚାରିଟା ସୁଦ୍ଧା ବାହାରିବାକୁ ପଡ଼ିବ । ଏ ହୋଲିର ପ୍ରସ୍ତୁତି ନେଇ ମଣିଷ ଏତେ ବ୍ୟସ୍ତ ଯେ, ଘରେ ଦୁଇଦିନ ହେଲା ଭଲରେ ରନ୍ଧାବଢ଼ା ହୋଇନି । ତେଣୁ ମାନି କାର୍ଯ୍ୟସୂଚୀ ତିଆରି କରିଦେଲା । ଦିନ ଗୋଟାଏ ବେଳକୁ ଘରୁ ବାହାରିଯିବ । ପ୍ରଥମେ କଲମ୍ବିଆ ଯାଇ ପ୍ରେସ୍‌ରୁ ସମସ୍ତ ସୋଭେନିର୍ ସଂଗ୍ରହ କରିବ । ସେଇଠାରୁ ସିଏ ଗେଥର୍ସବର୍ଗ ଚାଲିଯିବ ଓ ଟ୍ରଫି ସମସ୍ତ ନେଇଆସିବ । ଘରେ ଯଦି ତିନିଟା ସୁଦ୍ଧା ପହଞ୍ଚିଯାଏ, ତେବେ କିଛି ରୋଷେଇ କରିଦେବ ଓ ଲୋନି ଖାଇକରି ଘରୁ ବାହାରିବ । ତାପରେ ସନ୍ଧ୍ୟା ୬ଟା ବେଳକୁ ସିଏ ହିନ୍ଦୁ ମନ୍ଦିର ଯିବ ଓ ଆସନ୍ତା କାଲିର ହୋଲି ପ୍ରୋଗ୍ରାମ୍ ପାଇଁ ସାଜସଜ୍ଜା କରିବାରେ ସାହାଯ୍ୟ କରିବ ।

ଏମିତି ଭାବି ମାନି ଗୋଟାଏ ବେଳେ ଘରୁ ବାହାରିଲା ଓ ଭଲରେ ଭଲରେ

ପ୍ରେସରେ ପହଞ୍ଚି ସେଠାରୁ ସୋଭେନିର୍ ସମସ୍ତ ସଂଗ୍ରହ କଲା। ଦୋକାନର ପଛପଟ ଖୋଲି ଜଣେ ବ୍ୟକ୍ତି ଆଣି ସୋଭେନିର୍ ସବୁ ଗାଡ଼ି ଭିତରେ ରଖିଦେଲେ। ଖର୍ଚ୍ଚ ବାବଦ ପ୍ରଶ୍ନ ପଚାରିବାରୁ କାଥ୍ କହିଲା, ସିଏ ଆସନ୍ତା ସପ୍ତାହରେ ସବୁ ଅର୍ଥ ସଂଗ୍ରହ କରିବ। ବର୍ତ୍ତମାନ ମାନି ସୋଭେନିର୍ ସବୁ ନେଇଯାଉ। କାଥ୍କୁ ମନେମନେ ଧନ୍ୟବାଦ ଦେଲା ମାନି। ନହେଲେ ପୁଣି ଦୋକାନ ଭିତରକୁ ଯିବାକୁ ପଡ଼ନ୍ତା ଓ କିଛି ସମୟ ସେଠାରେ ଯାଆନ୍ତା। କାଥ୍ର ଏଇ ବିଶ୍ୱାସ ତାକୁ ଭଲ ଲାଗିଲା। ସିଏ କାଥ୍କୁ ଧନ୍ୟବାଦ କହିଲା ଓ ଟ୍ରଫି ଦୋକାନକୁ ଯିବାକୁ ଫୋନ୍ ଖୋଲି ଠିକଣା ଖୋଜିଲା। ହେଲେ ଫୋନରେ ଗୁଗୁଲ୍ ମ୍ୟାପ୍ ଠିକ୍ ଭାବେ କାମ କରୁନଥିଲା ଓ ସେଥିପାଇଁ ମାନି ପୁଣି ଘରକୁ ଯିବାକୁ ଠିକ୍ କଲା। ଘରେ ଅନ୍ତତଃ ସିଏ କମ୍ପ୍ୟୁଟର ଖୋଲି ସେଠାରୁ ଟ୍ରଫି ଦୋକାନକୁ ଯିବାକୁ ବାଟର ସବୁ ବିବରଣୀ ସଂଗ୍ରହ କରିବ ଓ ତାପରେ ଯାଇ ଟ୍ରଫି ଦୋକାନକୁ ଯିବ।

ମାନି ଘରେ ପହଞ୍ଚିବା ବେଳକୁ ଅଜୟ ଖରାବେଳ ଶୋଇବାରୁ ଉଠି ସାରିଥିଲେ। ମାନିକୁ ଦେଖି ପଚାରିଲେ, "ତୁ କଣ ଏତେ ଶୀଘ୍ର ଟ୍ରଫି ସଂଗ୍ରହ କରି ନେଇଆସିଲୁ ?"

ମାନି କହିଲା, "ନା। ମୁଁ ଟ୍ରଫି ଦୋକାନକୁ ଯାଇନି। କେବଳ କଲମ୍ବିଆ ଯାଇ ସୋଭେନିର୍ ସବୁ ନେଇଆସିଲି। ସିଏ ଖର୍ଚ୍ଚପତ୍ର ସବୁ ଆସନ୍ତା ସପ୍ତାହରେ ତୁମ ସହିତ ଛିଡ଼େଇବ। ଟ୍ରଫି ଦୋକାନକୁ ଯିବାପାଇଁ ରାସ୍ତା କଣ ପାଇଁ ଫୋନରେ ଜାଣିପାରିଲିନି। ସେଥିପାଇଁ କମ୍ପ୍ୟୁଟର ଦେଖି ରାସ୍ତାର ବିବରଣୀ ନେବି ଓ ତାପରେ ଯିବି।"

ଏମିତି କହି ମାନି କମ୍ପ୍ୟୁଟର ଖୋଲିଲା। ଟ୍ରଫି ଦୋକାନକୁ ଯିବାପାଇଁ ରାସ୍ତାର ବିବରଣୀ ସଂଗ୍ରହ କଲା। ତା'ର ପ୍ରିଣ୍ଟ ଗୋଟିଏ ନେଇଗଲା। ଏଇ ସମୟରେ ଫୋନରେ ବି ଗୁଗୁଲ୍ ମ୍ୟାପର ପୁରୁଣା ସଂସ୍କରଣଟିଏ ଡାଉନଲୋଡ୍ କରିହେଲା। ହ୍ୱାଟ୍ସଆପ୍ ମାଧମରେ ଫୋନ୍ଟାରେ ଦୁନିଆ ଫଟୋ ଭର୍ତ୍ତି ହୋଇ ସେଠରେ ଆଉ ଜାଗା ନାହିଁ। ସେଥିପାଇଁ ସିଷ୍ଟମ୍ ଅପଡେଟ୍ ହୋଇନି। ସିଷ୍ଟମ୍ ଅପଡେଟ୍ ହୋଇନି ବୋଲି ଗୁଗୁଲ୍ ମ୍ୟାପର ନୂଆ ସଂସ୍କରଣଟା ଡାଉନଲୋଡ୍ ହୋଇପାରୁନଥିଲା। ଏବେ ପୁରୁଣା ସଂସ୍କରଣ ଡାଉନଲୋଡ୍ କରିବାର ବିକଳ୍ପ ଦେଖେଇବାରୁ ସୁବିଧା ହେଲା। ଏବେ ସେଲଫୋନରେ ବି ଗତିପଥ ଦେଖେଇଲା।

ଦୋକାନର ଠିକଣାଟୋ ଫୋନରେ ଭର୍ତ୍ତି କରିଦେବା ପରେ ଫୋନ୍ ରାସ୍ତା ବତେଇ ନେଇଗଲା। କେଉଁଠି ଡାହାଣ ମୋଡ଼, କେଉଁଠି ବାମ ମୋଡ଼, ଏମିତିରେ

ଆଉ ଚିନ୍ତା ରହିଲା ନାହିଁ । ରାସ୍ତା ବି ଟିକେ ଫାଙ୍କା ଥିଲା । ତେଣୁ ଟ୍ରଫି ସଂଗ୍ରହ କରି ଘରେ ପହଞ୍ଚୁପହଞ୍ଚୁ ୩ଟା ୪୫ ହୋଇଥିଲା । ଅଜୟ ସେତେବେଳକୁ ଲୋନିର ଆଟାଚି ଭ୍ୟାନ୍ ଭିତରେ ଭର୍ତ୍ତି କରୁଥିଲେ । ମାନି ପଚାରିଲା, "କଣ ଲୋନି ଫେରି ଆସିଲାଣି ?"

ଅଜୟ ଉତ୍ତରରେ କହିଲେ, "ସିଏ ତ ଫେରିନି, କିନ୍ତୁ ୪ଟା ବେଳକୁ ଫେରି ପହଞ୍ଚିଯିବ ବୋଲି ମେସେଜ୍ ଦେଇଥିଲା ।"

ମାନି ତେଣୁ ଆଉ ବିଳମ୍ବ ନକରି ଫୁଲକୋବି ତଳ ଫ୍ରିଜ୍‌ରୁ ଆଣିଲା ଓ ଭାଜିବାରେ ଲାଗିଗଲା । ଲୋନି ଘରେ ପହଞ୍ଚିବା ବେଳକୁ ଭଜା ସରିଥିଲା । ସିଏ ଗୋଟିଏ ଘୋଡ଼ଣି ଥିବା ପାତ୍ରରେ କିଛି ଭାତ, କୋବି ଭଜା ଓ ଗତ କାଲିର ସିମଲାମିର୍ଚ ଭଜା ମିଶେଇ ପ୍ୟାକ୍ କରିଦେଲା ଓ ଲୋନି ବାଟରେ ଖାଇବା ପାଇଁ ଦେଇଦେଲା । ଏୟାରପୋର୍ଟରେ ପହଞ୍ଚୁପହଞ୍ଚୁ ଏଇନେ ଗାଡ଼ିରେ ଘଣ୍ଟାଟିଏ ଲାଗିବ । ସେଇ ସମୟ ଭିତରେ ସିଏ ଖାଇଦେବ ।

ସ୍ଥିର ହେଲା, ଅଜୟ ଲୋନିକୁ ଏୟାରପୋର୍ଟରେ ଛାଡ଼ି ହିନ୍ଦୁ ମନ୍ଦିରକୁ ସଜାସଜିରେ ସାହାଯ୍ୟ କରିବା ପାଇଁ ଫେରିବେ । ମାନି ଘରୁ ଅନ୍ୟାନ୍ୟ ସଜାସଜି ଉପକରଣ ଧରି ଏକା ହିନ୍ଦୁମନ୍ଦିରରେ ପହଞ୍ଚିଯିବ ।

ଅଜୟ ଓ ଲୋନି ଘର ଛାଡ଼ିବା ପରେ ମାନି ଆଲୁ, ବାଇଗଣ ମିଶେଇ ଭଜା କଲା, ଦୁଇଜଣଙ୍କ ପାଇଁ ରୁଟି କଲା ଓ ତାପରେ ଅଜୟଙ୍କ ପାଇଁ ଗୋଟିଏ ବାଟିରେ ରୁଟି, ଭଜା ଭର୍ତ୍ତି କରି ଗାଡ଼ିରେ ରଖିଲା । ଅଜୟ ଖାଇବାର ସମୟକୁ ନେଇ ବଡ଼ ସଜାଗ । ଟିକେ ଡେରି ହେଲେ ତାଙ୍କର ମିଜାଜ ଖରାପ ହୋଇଯାଏ । ଅଜୟଙ୍କ ପାଇଁ ଖାଇବା ରଖି ସାରିବା ପରେ ସିଏ ଅନ୍ୟ ସବୁ ଉପକରଣ ଗାଡ଼ିରେ ରଖିଲା । ଲୋନି ଏହି ସମୟରେ ଫୋନ୍ କରି କହିଲା, "ତମ କମ୍ପ୍ୟୁଟର୍ ଧରି ଆସିଥିବ ବୋଲି ପାପା କହିଲେ । ସେଠି ସାଉଣ୍ଡ ସିଷ୍ଟମ୍ ଚେକ୍ କରିବେ ।"

ଘଣ୍ଟାରେ ସେତେବେଳକୁ ୫ଟା ବାଜିଥିଲା । ହାତରେ ଆଉ ଘଣ୍ଟାଏ ଥିଲା । ସେଇ ସମୟ ଭିତରେ ମାନି ସାର୍ଟିଫିକେଟ୍ ଓ ପ୍ରୋଗ୍ରାମ୍ ଫ୍ଲାୟରର କାମ ସାରିଦେଲା । ସେସବୁକୁ ଗୋଟିଏ ଜିପ୍ ଡ୍ରାଇଭ୍ ଭିତରେ ରଖିଲା । ବାଟରେ ଯେଉଁ ଷ୍ଟେପଲ୍ସ ଷ୍ଟୋର୍ ଅଛି, ସେଇଠି ଯାଇ କପି କରିଦେବ ବୋଲି ବିଚାର କଲା ।

ଦୁଇଟା ବେଳୁ ଆରମ୍ଭ ହୋଇଥିବା ଝିପିଝିପି ବର୍ଷା ତଥାପି ଲାଗିରହିଥିଲା । ମାନି ଘରୁ ୬ଟା ବେଳକୁ ବାହାରିଲା । ରୁଟ୍ ୨ ୯ରେ ଯାଉଯାଉ ବର୍ଟନ୍ସଭିଲ୍ ପାଖରେ ହଠାତ୍ କିଏ ଜଣେ ଗାଡ଼ି ପଛପଟୁ ବାଡ଼େଇଦେଲା । ସେ ବାଡ଼େଇବାର ତ୍ବରଣରେ ମାନିର ଡାହାଣ ପାଦରୁ ଜୋତା ବାହାରିଗଲା । ମାନିର ମୁଣ୍ଡ ହଠାତ୍ କିଛି

ବିଚାରିପାରିଲାନି । ସେ ସ୍ଥାନଟି ଅନ୍ଧକାର ସ୍ଥାନ ଓ ସେ ସମୟରେ ରୁଟ୍–୨ ୯ରେ ଆଗପଛ ହୋଇ ଗାଡ଼ି ଅନବରତ ଚାଲିଥାଏ । ମାନି ରାସ୍ତା କଡ଼କୁ ଗାଡ଼ି ନେଇ ଆସି ଅପେକ୍ଷାକଲା । ଆଶାଥିଲା, ପଛପଟରେ ଥିବା ଡ୍ରାଇଭର ଯିଏ ଗାଡ଼ିକୁ ପିଟିଛି, ସିଏ ବି ରାସ୍ତା କଡ଼କୁ ଆସିବ ଓ ସେମାନେ ପୋଲିସ୍ ଡାକି ସବୁ ସମାଧାନ କରିବେ । କିନ୍ତୁ ପଛପଟରୁ ପିଟିଥିବା ଡ୍ରାଇଭର ନ ରହି ଚାଲିଗଲା । ଏବେ ସେ ଅନ୍ଧାରରେ ଠିଆ ହୋଇ ରହିବାଟା ଠିକ୍ ବୋଲି ଭାବିଲାନି ମାନି ଓ ସିଏ ସେ ଭଙ୍ଗା ଗାଡ଼ି ଧରି ହିନ୍ଦୁ ମନ୍ଦିର ଅଭିମୁଖେ ଗାଡ଼ି ଚଲେଇଲା । ଜୋତାଟା ସେମିତି ପାଦ ଉପରେ ଝୁଲି ରହିଥାଏ । ସେଇଟା ପୁଣି ଡାହାଣ ଗୋଡ଼ । ତାକୁ ଯତ୍ନର ସହିତ ପରିଚାଳିତ କରି କୌଣସି ମତେ, ରୁଟ୍–୨ ୯ରୁ ଚେରିହିଲ୍ ରାସ୍ତାକୁ ଯିବା ପାଇଁ ସିଏ ବାମ ପଟେ ମୋଡ଼ିନେଲା । ଭାବିଲା, କିଛି ସମୟ ପରେ ତ ସ୍ଟେପଲ୍ସ୍ ସ୍ଟୋର ଆସିବ; ସେଇଠି ଫ୍ଲ୍ୟୁଏର ପ୍ରିଣ୍ଟ କରିବା ସମୟରେ ଜୋତା ସଜାଡ଼ି ଦେବ । ହେଲେ ଯେଉଁ ସ୍ଥାନରେ ସ୍ଟେପଲ୍ସ୍ ସ୍ଟୋର ଥିଲା, ଏବେ ସେଠି ଆଉ ସେ ସ୍ଟୋର ନଥିଲା । ତା ପରିବର୍ତ୍ତେ ଆଉ ଗୋଟାଏ ଆଲ୍ଡ଼ି ସ୍ଟୋର ଖୋଲିଥିଲା । ଏବେ ଆଉ କାହିଁକି ଗାଡ଼ିରୁ ବାହାରିବ ? ତେଣୁ ସେମିତି ହୁଗୁଲା ଜୋତାରେ ଡ୍ରାଇଭ୍ କରି କୌଣସି ମତେ ମାନି ହିନ୍ଦୁ ମନ୍ଦିରରେ ପହଞ୍ଚିଗଲା । ସେଠି ପହଞ୍ଚି ନିନିକୁ ଫୋନ୍ ଲଗେଇଲା ଓ ସେମାନେ ପହଞ୍ଚିଲେଣିକି ବୋଲି ବୁଝିବାକୁ ଚାହିଁଲା । ହେଲେ ନିନି ଫୋନ୍ ଧରିଲାନି । ହୁଏତ ସିଏ ଡ୍ରାଇଭ୍ କରୁଛି । ଏମିତି ଭାବି ସିଏ ଗାଡ଼ି ଭିତରେ ବସିରହିଲା । ବନିକୁ ଫୋନ୍ କଲା । ବନି ଜଗନ୍ନାଥଙ୍କୁ ସଜ କରିବା ଦାୟିତ୍ୱ ନେଇଥିଲା । ବନି କହିଲା, ସେମାନେ ଆଉ ଅଧଘଣ୍ଟାଏ ପରେ ପହଞ୍ଚିବେ । ଏବେ ପୁଣିଥରେ ନିନିକୁ ଫୋନ୍ ଲଗେଇଲା । ହେଲେ ନିନି ଧରିଲାନି । "ହୋଉ, କିଏ ନ ଆସିଥାନ୍ତୁ, ମୁଁ ବରଂ ସବୁ ସାଜସଜା ଉପକରଣ ନେଇ ଅଡ଼ିଟୋରିୟମରେ ରଖିଦେବା ଉଚିତ୍ ।" ଏମିତି ଭାବି ସିଏ ଗାଡ଼ି ଭିତରୁ ବାହାରିଲା । ଗାଡ଼ିର ପଛକୁ ଦେଖି ହାଲୁକ ଶୁଖିଗଲା । ପଛପଟର ବମ୍ପର ଗାଡ଼ିରୁ ପୁରା ବାହାରି ଡାହାଣ ପାର୍ଶ୍ୱରେ ଟିକେ ଲଟକି ରହିଥିଲା । ଗାଡ଼ିର ଡିକି ବି ଭଲଭାବେ ବନ୍ଦ ହେଉନଥିଲା । ଏସବୁ ଦେଖି ଆଖିରେ ଲୁହ ଆସିଗଲା । ଜଗନ୍ନାଥ ସତରେ ଏମିତି ହଟ କାହିଁକି କଲେ ? କୋଉ ଦୋଷରେ ଏମିତି ଦଣ୍ଡ ଦେବାକୁ ଚାହିଁଲେ ? ଭାରି ଅଭିମାନ ହେଲା । ହେଲେ ପୁଣି ମନକୁ ଶାନ୍ତ୍ୱନା ଦେଲା । ଇଏତ ଆଉ ଅଭିମାନର ବେଲ ନୁହେଁ । ମନ ଏପଟସେପଟ କରିଦେଲେ ଆସନ୍ତା କାଲିର ପ୍ରୋଗ୍ରାମ୍ ପୁରା ଗୋଲମାଲ ହୋଇଯିବ ।

ମାନି ଏବେ ସବୁ ସଜାସଜି ଉପକରଣ ଗାଡ଼ିରୁ ବାହାର କରି ମନ୍ଦିରର ଦ୍ୱାର

ପାଖରେ ରଖିଦେଲା। ତାପରେ ଗୋଟିଏ ଗୋଟିଏ ଧରି ଅଡ଼ିଟୋରିୟମ୍ ପାଖକୁ ଗଲା। ସେଠି ସେତେବେଳକୁ ନିନି ଓ ରୂପା ମିଶି ମଞ୍ଚ ସଜାଉଥିଲେ। ମାନି ପଚାରିଲା, "ନିନି, ମୁଁ ତମକୁ ଏତେ ସମୟ ହେଲା ଫୋନ୍ କରୁଛି, ତମେ ନ ଧରିବାରୁ ଭାବିଲି ତମେ ପହଞ୍ଚିନ ବୋଲି।" ନିନି କହିଲା, "ମୁଁ କାମରେ ମନ ଦେଇଥିଲି ତ। ଫୋନ୍‌ଟା ବ୍ୟାଗ୍ ଭିତରେ ରହିଯାଇଛି।"

ସେତେବେଳକୁ ଅଜୟ ବି ପହଞ୍ଚି ଯାଇଥିଲେ ଓ ସେମାନଙ୍କୁ ସାହାଯ୍ୟ କରୁଥିଲେ। ମାନି ନିଜ ଆକ୍ସିଡ଼େଣ୍ଟ ବିଷୟରେ କହିଲା। ଅଜୟ ଯେମିତି ନିଜ ସ୍ଟାଇଲ୍‌ରେ ସବୁବେଳେ ମନ୍ତବ୍ୟ ଦିଅନ୍ତି, ସେମିତି ମାନିକୁ ଦୋଷୀ ସାବ୍ୟସ୍ତ କଲେ; "ତତେ ତ କହୁଥିଲି ମୋ ସାଙ୍ଗରେ ଏୟାରପୋର୍ଟ ଯାଇଥାନ୍ତୁ ଓ ଆମେ ଦୁଇଜଣ ଏକାସାଙ୍ଗରେ ଆସିଥାନ୍ତେ। ହେଲେ ତୋର ସବୁବେଳେ ନିଜର ଅଲଗା ଖିଆଲ। ଏବେ ଭୋଗିଲୁ।" ଯେତିକି ମନଦୁଃଖ ହୋଇଥିଲା, ଏବେ ତାହା ଆହୁରି ବଢ଼ିଲା। ହେଲେ ଦୋଷ ତ ମାନିର ନୁହେଁ। ପଛରୁ ଯଦି କିଏ ଆସି ଏମିତି ପିଟିବ, ସେଥିରେ କାହାର କି ଚାରା ଅଛି? ଏଥିପାଇଁ ତ ଠାକୁର ଦୋଷୀ। ସିଏ ଏମିତି ଯୋଗ କେମିତି କଲେ ଯେ?

ତେବେ ସେସବୁକୁ ମନରୁ କିଛି ସମୟ ଦୂରେଇ ଦେଇ ସେମାନେ ସମସ୍ତେ ମିଲିମିଶି ଅଡ଼ିଟୋରିୟମ୍ ସଜେଇବାରେ ଲାଗିଲେ। ଅଜୟ ମାନିର କଂପ୍ୟୁଟର ବ୍ୟବହାର କରି ଆସନ୍ତା କାଲିର ପ୍ରୋଗ୍ରାମ୍ ପାଇଁ ପ୍ରସ୍ତୁତ ସମସ୍ତ ଗୀତକୁ ଯାଞ୍ଚ କରିଦେଲେ।

ମନ୍ଦିରରୁ ଫେରିବାବେଳକୁ ଅଜୟ ଆକ୍ସିଡ଼େଣ୍ଟ ହୋଇଥିବା ହଣ୍ଡା କ୍ଲାରିଟି କାର୍‌ଟିକୁ ଚଲେଇ ଫେରିଲେ ଓ ମାନି ଭ୍ୟାନ୍ ଧରି ଫେରିଲା।

ଫେରିବା ପରେ ପୁଣି ଥରେ ପ୍ରୋଗ୍ରାମ୍ ଫ୍ଲାୟର ଓ ସାର୍ଟିଫିକେଟ୍‌କୁ ଯାଞ୍ଚ କରିଦେଲା ମାନି। ଆସନ୍ତା କାଲି ସକାଳେ ଯାଇ ସେସବୁକୁ ପ୍ରିଣ୍ଟ କରିଆଣିବ ବୋଲି ମନେମନେ ସ୍ଥିର କରି ସେଦିନ ସିଏ ଶୀଘ୍ର ଶୋଇପଡ଼ିଲା।

ଏମିତି ଅନେକ ଦିନ ହେଲାଣି ସିଏ ପୂରା ବ୍ୟସ୍ତ ରହିଯାଇଛି। ଏବର୍ଷ କିଏ ସେମିତି ଖାଦ୍ୟ ଦାୟିତ୍ୱ ନେବାପାଇଁ ସ୍ୱେଚ୍ଛାସେବୀ ଭାବେ ବାହାରିନଥିଲେ। ଖାଦ୍ୟ ଦାୟିତ୍ୱ ମନ୍ଦିର ମ୍ୟାନେଜର ଶର୍ମାଜୀ ଓ ତାଙ୍କ ସ୍ଟାଫ୍‌ଙ୍କ ଉପରେ ନ୍ୟସ୍ତ ଥିଲା। ହେଲେ ଗତବର୍ଷ ରଥଯାତ୍ରା ସମୟରେ ଖାଇବା କମ୍ ପଡ଼ିଗଲା। ଦେଢଶହ ଲୋକ ଆସିବେ ବୋଲି ଲେଖିଥିଲେ, ହେଲେ ଆସିଲେ ଅଢ଼େଇଶହ। ଖାଦ୍ୟ କମ୍ ପଡ଼ିଲା। ଓଡ଼ିଆ ଲୋକମାନେ ଖାଦ୍ୟ ପ୍ରେମୀ। ସେମାନଙ୍କ ଉତ୍ସବ ମହୋତ୍ସବରେ ଖାଦ୍ୟକୁ ଅଧିକ ପ୍ରାଧାନ୍ୟ ଦିଆଯାଏ। ତେଣୁ କାଲେ ଖାଦ୍ୟ କମ୍ ପଡ଼ିଯିବ, ସେଥିପାଇଁ ମାର୍ଚ୍ଚ ୯

ତାରିଖ ସନ୍ଧ୍ୟାବେଳେ ପଟେଲ୍ ବ୍ରଦର୍ସ ଯାଇ ମାନି ୧୦ଟା ମସଲା ମୁଢି ପ୍ୟାକେଟ୍, ୨ଟି ସାଧା ମୁଢି ପ୍ୟାକେଟ୍ ଓ ୫ଟା ବୁନ୍ଦି ପ୍ୟାକେଟ୍ କିଣି ଆଣିଥିଲା। ତା’ ସହିତ ୬ଟା ବଡ଼ ଦେଶୀ ଦହି ବି କିଣି ଆଣିଥିଲା। ହୁଏତ ଦହି ବାଇଗଣ, କି ଦହି ବୁନ୍ଦି, କି ଦହି ଛେନା ଖଟା ଏମିତି ଗୋଟିଏ କିଛି କରିଦେବ, ଯେଉଁଠାକି ଅଧିକ ଲୋକ ହେଲେ ସମ୍ଭାଲି ନେଇହେବ।

ମାର୍ଚ ୧୧ ତାରିଖ ସକାଳ। ସକାଳୁ ଉଠି ମାନି ସକାଳ ଭୋଜନ ପାଇଁ ସ୍ୱାଘେଟି ଉପମା ତିଆରିକଲା। ପ୍ରାୟ ସାଢେ ଆଠଟା ବେଳକୁ ସକାଳ ଭୋଜନ ଓ ଚାହା ପର୍ବ ସରିଗଲା। ସାଢେ ଆଠଟାରେ ମାନି ଘରୁ ବାହାରି କଲମ୍ବିଆର ସ୍ଟେପଲ୍ସକୁ ଗଲା। ସେତେବେଳକୁ ସ୍ଟେପଲ୍ସ ଭିତରେ ଏତେ ଗହଲି ନଥିଲା। କପି ଓ ପ୍ରିଣ୍ଟିଙ୍ଗ୍ ପାଖରେ କେବଳ ଜଣେ କର୍ମଚାରୀ ଥିଲା। ସେ କର୍ମଚାରୀ ଜଣକ ୨୪-୨୫ ବର୍ଷର ଯୁବକ ଜଣେ। ସିଏ ମାନିକୁ ପ୍ରିଣ୍ଟ କରେଇବାରେ ସାହାଯ୍ୟକଲା। ତେଣୁ ଅତିଶୀଘ୍ର ସେ କାମ ସବୁ ସରିଗଲା। ମାନି ଘରେ ଆସି ପହଞ୍ଚିବା ବେଳକୁ ଦଶଟା ବି ବାଜିନଥିଲା। ଅଜୟ କ୍ଲାର୍କ୍ସଭିଲ୍ ମନ୍ଦିରରେ ପୂଜା କରିବାକୁ ବାହାରିଗଲେ। ମାନି ରୋଷେଇ ଘର ଭଲଭାବେ ସଫା କରି ଗାଧୋଇବାକୁ ଗଲା ଓ ଦୁଇଟି ମ୍ୟାଙ୍ଗୋକେକ୍ (ଆମ୍ବର କେକ୍) ପାଇଁ ସମସ୍ତ ପଦାର୍ଥ ସଜଡ଼ାସଜଡ଼ି କରି ଓଭେନ୍ ଭିତରେ ବସେଇଦେଲା। ତାପରେ ଗୋଟିଗୋଟି କରି ମନେକରି ସମସ୍ତ ଜିନିଷ ଗାଡ଼ିରେ ରଖିଲା। ମୁଢି, ବୁନ୍ଦି, ଦହି, ଟି ଲାଇଟ୍, ଅବିର, ଅବିର ପାଇଁ ଥାଲି, ସୋଭେନିର ପ୍ୟାକେଟ୍, ଟ୍ରଫି ପ୍ୟାକେଟ୍, କଂପ୍ୟୁଟର, ୨୦୧୦ ମସିହାରେ ପ୍ରସ୍ତୁତ ହୋଇଥିବା ଟ୍ରଫି ଇତ୍ୟାଦି ଅନେକ କିଛି। ସିଏ ଆଉ ଦହିର କିଛି ତରକାରି ନକରି ଖାଲି ଦହି ସବୁ ନେଇଗଲା। ତା’ ସହିତ ଚିନି ଓ ଲୁଣ ମଧ୍ୟ ପ୍ୟାକ୍ କରିଦେଲା ଏମିତି ଭାବି କି ଦହିରେ ଚିନି ଓ ଲୁଣ ମିଶେଇ ଖାଲି ସେମିତି ଖାଦ୍ୟ ସହିତ ଦେଇହେବ। ଅଜୟ ସାଢେ ବାରଟା ବେଳକୁ ମନ୍ଦିରୁ ଫେରିଲେ। ସେମାନେ ସାଙ୍ଗ ହୋଇ ମଧ୍ୟାହ୍ନ ଭୋଜନ କଲେ। ତାପରେ ଅଜୟ ଘଣ୍ଟାଟିଏ ପାଇଁ ଶୋଇଲେ। ମାନି କିନ୍ତୁ ନିଜର ଚେକ୍‍ଲିଷ୍ଟ ବାରମ୍ବାର ଚେକ୍ କରୁଥିଲା। ସେମାନେ ଦୁଇଜଣ ପ୍ରାୟ ଦୁଇଟା ବେଳକୁ ନିଜନିଜର ଗାଡ଼ି ଧରି ଘରୁ ବାହାରିଗଲେ।

ମନ୍ଦିରରେ ପହଞ୍ଚିବା ବେଳକୁ ପ୍ରାୟ ତିନିଟା ବାଜିଥିଲା। ପ୍ରୋଗ୍ରାମ୍ ଆରମ୍ଭ ହେବାକୁ ଆହୁରି ଗୋଟିଏ ଘଣ୍ଟା। ତେଣୁ ମାନି ଆରାମରେ ସବୁ ଜିନିଷ ଗାଡ଼ିରୁ ବାହାର କରି ଯଥା ସ୍ଥାନରେ ସଜାଡ଼ି ରଖିପାରିଲା। ଏହି ସମୟରେ ଦେବୁ ଆସି ପହଞ୍ଚିଲା ଓ ସିଏ ଗାଡ଼ି ଭିତରୁ ସମସ୍ତ ଜିନିଷ ବୋହି ଆଣି ଅଡିଟୋରିୟମ୍ ଭିତରେ ରଖିବାରେ ସାହାଯ୍ୟକଲା। ତିନିଟା ପଦରରେ ୫ରାର ଠାକୁରଙ୍କ ଆରତୀ କରାଇବାର

ଥିଲା। ହେଲେ ସାଢେ ତିନିଟା ପର୍ଯ୍ୟନ୍ତ ବି ୫ରାର ଦେଖା ନାହିଁ। କଣ ହେଲା? ଏହି ସମୟରେ ବନି ଆସି ଖବର ଦେଲା, "୫ରା ଅପାଙ୍କ ଗାଡ଼ିକୁ କିଏ ପଛରୁ ପିଟି ଦେଇଛି। ତାଙ୍କର ଆସିବାରେ ଡ଼େରି ହେବ। ତେଣୁ ତମେ ଜଗନ୍ନାଥଙ୍କ ପୂଜା ଓ ଆରତି କରିଦିଅ।"

ଏକଥା ଶୁଣି କଣ କରିବ, ହଠାତ୍ ମାନିର ମୁଣ୍ଡ କାମ କଲାନି। ଜଗନ୍ନାଥ ଏ ସବୁ କାହିଁକି କରୁଛନ୍ତି? ଯେଉଁମାନେ ତାଙ୍କ ସେବାପୂଜା କାର୍ଯ୍ୟ କରିବାର ଦାୟିତ୍ୱ ନେଇଛନ୍ତି, ସେମାନଙ୍କୁ ଏତେ ହଟହଟା କରୁଛନ୍ତି। ହେଲେ ସିଏ ତ ବଡ଼ ଠାକୁର; ପୁଣି ଅଦୃଶ୍ୟ। ତାଙ୍କ ଉପରେ ଅଭିମାନ କଲେ କଣ ବା ଫଳ ମିଳିବ? ଏମିତି ଭାବି ମାନି ଯନ୍ତ୍ରବତ୍ ଆଉ ଦୁଇତିନି ଜଣ ସାଙ୍ଗଙ୍କୁ ଧରି ଜଗନ୍ନାଥଙ୍କ ପୂଜା ଓ ଆରତି ସାରିଦେଲା। ପ୍ରାର୍ଥନା ହଲରୁ ପୂଜା ସାରି ଅଡ଼ିଟୋରିୟମ୍କୁ ଆସିବା ବେଳକୁ ଚାରିଟା ବାଜିଗଲାଣି। ହେଲେ ଗୋଟିଏ ଭଲ କଥା ହେଲା ଯେ, ଅନେକ ଲୋକ ସେତେବେଳକୁ ପହଞ୍ଚି ସାରିଥିଲେ। ତେଣୁ ହୋଲିର ସମସ୍ତ ସାଂସ୍କୃତିକ କାର୍ଯ୍ୟକ୍ରମ ଚାରିଟା ପଦରେ ଆରମ୍ଭ କରିହେଲା ଓ ସମସ୍ତ କାର୍ଯ୍ୟକ୍ରମ ସୁରୁଖୁରୁରେ ଚାଲିଲା।

ସେତେବେଳକୁ ପ୍ରାୟ ସାତଟା ଚାଳିଶି ହେବ। ମଞ୍ଚ ଉପରେ ଉପସ୍ଥିତ ଥାଆନ୍ତି ରେଣୁକା ଓ ରୋହନ। ସେମାନେ ଗୋଟିଏ ଓଡ଼ିଆ ଗୀତ "ଏଇ ଝୁମାଝୁମା ଗୋଲାପୀ ବେଲାରେ" ଆରମ୍ଭ କରିଥାନ୍ତି। ହଠାତ୍ ଫାୟାର୍ ଆଲାରାମ୍ ବାଜିଉଠିଲା। "ହେ ଭଗବାନ୍, ଇଏ କେମିତିକା ସମସ୍ୟା?" ମାନିର ମୁଣ୍ଡ ଗୋଲମାଲ ହୋଇଗଲା। କାଲେ କେଉଁପିଲା ଏମିତି କରିଦେବ ବୋଲି ସିଏ ସମସ୍ତ ପିତାମାତା ମାନଙ୍କ ପାଖକୁ ଏକ ସ୍ୱତନ୍ତ ବାର୍ତା ପଠେଇଥିଲା। ମଞ୍ଚରେ ବି ସେଇକଥା ୨-୩ ଥର ଦୋହରା ହୋଇଥିଲା। ତଥାପି, ଏ ପିତାମାତା ମାନେ କେମିତି ଏମିତି ହୋଇପାରିଲେ, ନିଜ ପିଲାମାନଙ୍କର ଦାୟିତ୍ୱ ଭୁଲିଗଲେ? ଏବେ ଆହୁରି ଚାରିଟି ପ୍ରୋଗ୍ରାମ୍ ବାକି ଥିଲା। ଖୁବ୍ ଶୀଘ୍ର ସବୁ ସରିଯାଇଥାନ୍ତା। ଏବେ କେମିତି କଣ ହେବ, ମାନି ମନରେ ଛନକା ପଶିଲା। ସେଇ ସମୟରେ ମନ୍ଦିରର ମ୍ୟାନେଜର୍ ଶର୍ମାଜୀ ଖାଦ୍ୟ ଖୋଲିଦେଲେ ଓ ସମସ୍ତେ ଖାଇବାରେ ଲାଗିଲେ। ଫାୟାର୍ ଆଲାରାମ୍ ବିରାଟ ଶଢ କରୁଥାଏ। ତା' ଭିତରେ କିଛି ବ୍ୟକ୍ତି ଖାଇବାରେ ଲାଗିଥାଆନ୍ତି। ଯେଉଁ ପିଲାଟି ଫାୟାର୍ ଆଲାରାମ୍ ଟାଣି ଦେଇଥିଲା, ତା'ର ସାଙ୍ଗମାନେ ତା' ବିଷୟରେ ସମସ୍ତଙ୍କୁ କହିଲେ। ଏବେ ଅନେକ ଲୋକ ସେ ପିଲା ଓ ତା' ବାପା ମା'ଙ୍କ ଖାମଖିଆଲି ଢଙ୍ଗ ବିଷୟରେ ଗପିଲେ। ଯେଉଁମାନଙ୍କର ପ୍ରୋଗ୍ରାମ୍ ଶେଷ ଆଡ଼କୁ ଥିଲା, ସେମାନେ ବଡ଼ ବିବ୍ରତ ହୋଇପଡ଼ୁଥାଆନ୍ତି। କାଲେ ସେସବୁ ପ୍ରୋଗ୍ରାମ୍ ହେବ ନା ନାହିଁ! ସେମାନେ ତାଙ୍କ

ବେଶଭୂଷାରେ ରହିଥିବେ ନା ନାହିଁ ? ଶର୍ମାଜୀ ଫାୟାର ଷ୍ଟେସନ୍‌କୁ ଡାକିଥିଲେ। ସେମାନେ ପ୍ରାୟ ୪୦ ମିନିଟ୍ ପରେ ପହଞ୍ଚିଲେ। କିନ୍ତୁ ସାଙ୍ଗେସାଙ୍ଗେ ୫ ମିନିଟ୍ ଭିତରେ ସେମାନେ ସବୁ ସଜାଡ଼ିଦେଲେ। ଫାୟାର ଆଲାରାମ୍ ବନ୍ଦ ହେଲା। ଶେଷ ଚାରୋଟି କାର୍ଯ୍ୟକ୍ରମ ଭଲ ଭାବେ ପରିବେଷିତ ହୋଇପାରିଲା। ହେଲେ ସେତେବେଳକୁ ମାନିର ଶକ୍ତି ଅନେକ ହ୍ରାସ ହୋଇଯାଇଥିଲା। ତଥାପି, ଯାହା ଯେତେ ସବୁ ଘରୁ ସିଏ କାର୍ଯ୍ୟକ୍ରମ ପାଇଁ ନେଇଥିଲା, ସେସବୁକୁ ସଂଗ୍ରହ କରି ତାକୁ ଫେରେଇ ଆଣିବାର କାମ ପୁଣି ଲାଗିଗଲା। ସେଠାରେ ଦୁଇଜଣ ସ୍ୱାମୀ, ସ୍ତ୍ରୀ, ସୁମନ୍ତ ଓ ସୁନନ୍ଦା ତାକୁ ସାହାଯ୍ୟ କଲେ। ମନ୍ଦିର ଛାଡ଼ିବା ବେଳକୁ ରାତି ଦଶଟା ବାଜିଥିଲା। ଘରେ ପହଞ୍ଚିବା ବେଳକୁ ସାଢ଼େ ଦଶ।

ମାନି ଏତେ କ୍ଲାନ୍ତ ଥିଲା ଯେ, ଶାଢ଼ୀ ବଦଳେଇ ସୋଫା ଉପରେ ହିଁ ଶୋଇପଡ଼ିଲା। ଆଉ ଉପର ମହଲାର ଶୋଇବା ଘରକୁ ଯିବାକୁ ଶକ୍ତି ନଥିଲା। ମନକୁ ଆସୁଥିଲା, ଏତେ ସବୁ କାମ ସିଏ କାହିଁକି ନେଉଥିଲା ?

ପଚିଶି ବର୍ଷ ତଳେ ୧୯୯୯ ମସିହାରେ ଗୋଟିଏ ସାଙ୍ଗସାଥୀ ମିଳାମିଶାର ଖିଆଲକୁ ନେଇ ସେମାନେ କିଛି ଓଡ଼ିଆ ସାଙ୍ଗ ମିଶି ୱାଶିଂଟନ୍ ଡିସି ଅଞ୍ଚଳରେ ପ୍ରଥମ ଥର ପାଇଁ ହୋଲି ପାଳିବାର କାର୍ଯ୍ୟକ୍ରମ ଆରମ୍ଭ କରିଥିଲେ। ଆଜି ଏ ଉସ୍ତବ ପଚିଶି ବର୍ଷରେ ପଦାର୍ପଣ କଲା। ସବୁ ବର୍ଷ ଅନେକ ସ୍ୱେଚ୍ଛାସେବୀ ଏ ଉସ୍ତବର ବିଭିନ୍ନ ରକମର ଆୟୋଜନରେ ଦାୟିତ୍ୱ ନେବାକୁ ବାହାରନ୍ତି। କୋଭିଡ୍‌-୧୯ ପାଇଁ ତିନିବର୍ଷ ଧରି ହୋଲି ଜୁମ୍ ମାଧ୍ୟମରେ ପାଳନ କରାଯାଇଥିଲା। ଏଇଟା କୋଭିଡ୍‌-୧୯ ପରେ ପ୍ରଥମ ବଡ଼ ଧରଣର ହୋଲି ପାଳନ। କାରଣ ଗତବର୍ଷ ଛୋଟ ଆକାରରେ ଜଗନ୍ନାଥ ମନ୍ଦିରରେ ବିମାନ ଶୋଭାଯାତ୍ରା ହୋଇ ହୋଲି ପାଳିତ ହୋଇଥିଲା। ଅନ୍ୟ ବର୍ଷ ମାନଙ୍କ ଭଳି ଏବର୍ଷ କିନ୍ତୁ ଏତେ କେହି ସ୍ୱେଚ୍ଛାସେବୀ ଆଗଭର ହୋଇ ବାହାରି ନଥିଲେ। ଅବଶ୍ୟ, ହୋଲି ସାଂସ୍କୃତିକ ଉସ୍ତବରେ ଯୋଗଦାନ କରିବା ପାଇଁ ପ୍ରାୟ ୨୫୦ରୁ ଊର୍ଦ୍ଧ୍ୱ ଲୋକ ରେଜିଷ୍ଟ୍ରେସନ୍ କରିଥିଲେ। ହୁଏତ କୋଭିଡ୍‌-୧୯ର ଆତଙ୍କରେ ସମସ୍ତଙ୍କର ମାନସିକ ପରିବର୍ତ୍ତନ ହୋଇଛି। ଜୀବନରେ କେଉଁଟା କରିବା ଉଚିତ୍, କେଉଁଟାକୁ ପ୍ରାଧାନ୍ୟ ଦେବା ଉଚିତ୍, କେଉଁଟାକୁ ବାଦ୍ ଦେବା ଭଲ, ସେ ସମ୍ବନ୍ଧରେ ସମସ୍ତଙ୍କର ସଚେତନତା ବଢ଼ିଛି। ସେଇଥିପାଇଁ ଅନେକ ଶେଷ ସପ୍ତାହରେ ହିଁ ଇ-ଭାଇଟ୍ ଜରିଆରେ ହୋଲିରେ ଯୋଗଦେଉଛନ୍ତି ବୋଲି ଜଣେଇଲେ। ତିନିବର୍ଷ ପରେ ପୁଣି ନବ ପ୍ରେରଣା, ନବ ଉତ୍ତେଜନାରେ ୨୦୨୩ ମସିହାର ହୋଲି ସମସ୍ତେ ମିଳିମିଶି, ସାଙ୍ଗସାଥୀଙ୍କ ଗହଣରେ ପାଳନ କଲେ। ସେଇଥିପାଇଁ ମାନିର ମନରେ ନିଶା ଚଢ଼ି

ଯାଇଥିଲା। ଯାହାବି ହେଉ, ତା ସାମର୍ଥ୍ୟରେ ସିଏ ସମସ୍ତ ଶକ୍ତି ଦେଇ, ଅର୍ଥ ଦେଇ, ମନ ଦେଇ ଓ ପ୍ରାଣ ଦେଇ ଏ ଉସ୍ସବଟିକୁ ସଫଳ କରାଇବାକୁ ଚେଷ୍ଟା କରିବ। ହୁଏତ ସେଇଥିପାଇଁ ତା'ର ଏତେ କାମ ବଢ଼ିଗଲା।

ଏ ଯେଉଁ ଶାରୀରିକ ଓ ମାନସିକ ପରିଶ୍ରମ ସବୁ ହୋଇଗଲା, ନିଜର ଶାରୀରିକ ଓ ମାନସିକ ସ୍ୱାସ୍ଥ୍ୟକୁ ସନ୍ତୁଲିତ ରଖିବା ପାଇଁ ଏବେ ତାଙ୍କୁ ଅନ୍ତତଃ ଏକମାସ ଧରି ସମସ୍ତ ପ୍ରକାର ଅତିରିକ୍ତ କାର୍ଯ୍ୟରୁ ବିରତି ନେବାକୁ ପଡ଼ିବ। କେବଳ ଯେତିକି ନିହାତି ଦରକାର, ସେତିକି ହିଁ କରିବ।

ମାର୍ଚ୍ଚ ବାର ତାରିଖ, ରବିବାର ଦିନ ସକାଳେ ହୋଲିର ସଫଳତା ପାଇଁ ଶୁଭେଚ୍ଛା ଜଣେଇବାକୁ ସାଙ୍ଗ ସୁମେଧା ଫୋନ୍ କରିଥିଲା। କଥା ଛଳରେ ପଚାରିଦେଲା, "ତମେ ତ ସ୍ଥିର ହୋଇ ବସିବା ବ୍ୟକ୍ତି ନୁହେଁ। ଏବେ ତ ହୋଲି ଗଲା। ପରବର୍ତ୍ତୀ କାର୍ଯ୍ୟ କଣ ସବୁ ମନରେ ଅଛି ?"

ମାନି ହସିଲା। "ସେକଥା ଏବେ ମୁଁ ଚିନ୍ତା କରୁନି। ଆଜି ତ ସମ୍ପୂର୍ଣ୍ଣ ବିଶ୍ରାମ ନେବି। ଆଉ ଗୋଟିଏ ଭଲ ପୁରୁଣା ହିନ୍ଦୀ ସିନେମା ଦେଖିବି।"

ସୁମେଧା ସହିତ କଥା ଶେଷ କରି ସୋଫାରେ ବସି ମାନି ନେଟ୍‌ଫ୍ଲିକ୍‌ସ୍ ଚାନେଲ୍ ଖୋଲି ଏକ ପୁରୁଣା ହିନ୍ଦୀ ସିନେମା "ବନ୍ଦୀ" ଦେଖିଲା।

ନିକିମା ଦିନ

ରାଣୀର ଘରେ ବିରାଟ ପାର୍ଟିର ଆୟୋଜନ ହେଉଛି। ସେଇ ଦିନଟା ହେଲା ୨୦୨୩ ମସିହା, ମେ' ମାସ, ୧୩ ତାରିଖ, ଶନିବାର। ଜଣେ ସାଜସଜ୍ଜା ବିଶେଷଜ୍ଞ କମ୍ପାନୀକୁ ଦାୟିତ୍ୱ ଦିଆଯାଇଛି ଘରର ଭିତର ଓ ବାହାର ସଜେଇଦେବାକୁ। ସେମିତି ଏକ ଭାରତୀୟ ଭୋଜନାଳୟକୁ ଖାଦ୍ୟ ଦାୟିତ୍ୱରେ ରଖାଯାଇଛି। ଅତିଥିଙ୍କ ସ୍ୱାଗତ ଓ ସକ୍ରାର ଦାୟିତ୍ୱରେ ଅଛନ୍ତି ଆଉ ଗୋଟିଏ କମ୍ପାନୀର କର୍ମକର୍ତ୍ତା। ରାଣୀର ଘର ଓ ଘର ପଛପଟର ବଗିଚା ଯେମିତି ଉଠିବ, ପଡ଼ିବ, ସେଇ ଭଲି ବ୍ୟବସ୍ଥା କରାଯାଇଛି। ବଗିଚାର ବାମ ପଟରେ ସ୍ୱତନ୍ତ୍ର ତମ୍ବୁ ପଡ଼ିବାର ଓ ଚେୟାର, ଟେବୁଲ୍ ସଜା ହେବାର ସ୍ଥିର ହୋଇଛି। ବଗିଚାର ପ୍ରବେଶ ଦ୍ୱାର ମଧ୍ୟ ସୁସଜ୍ଜିତ କରାଯିବ ସତେ ଯେମିତି ଏକ ବିବାହ ଉତ୍ସବ।

"ସତରେ କଣ ଚାଲିଛି?"

ସାଙ୍ଗସାଥୀ ସମସ୍ତେ ବିସ୍ମିତ। ସମସ୍ତେ ଚମକୃତ। ଏ ରାଣୀର ମୁଣ୍ଡରେ କଣ ପଶିଗଲା? କିଛି ଗୋଟିଏ କାରଣ ଜାଣିଲେ ସିନା ସେଇ ଅନୁଯାୟୀ ଉପହାର କିଣିବେ। ଅନ୍ଧାରରେ ବାଡ଼ି ବୁଲେଇ, କେତେଜଣ ସାଙ୍ଗ କଣ ରୋଷେଇ କରି ଆସିବେ ବୋଲି ପଚାରିଥିଲେ। ରାଣୀ କହିଲା, "ନା, ଖାଇବା ଗୋଟିଏ ରେଷ୍ଟୁରାଣ୍ଟରୁ ଅର୍ଡର କରାଯାଇଛି। ତମେମାନେ ଆସ, ସମୟକୁ ଉପଭୋଗ କର। ସାଙ୍ଗମାନଙ୍କୁ ଭେଟ। କଥାବାର୍ତ୍ତା କର। ଦୁଃଖସୁଖ ହୁଅ। ସେଇଟା ହିଁ ମଜା।" କେହି ରାଣୀର କଥାରୁ କିଛି ଠଉରାଇ ପାରିଲେନି। ସେମାନେ ତ ଏତେଦିନ ହେଲା ରାଣୀକୁ ଜାଣିଛନ୍ତି। ସେମାନେ ଜାଣିବାରେ ଏ ମେ' ମାସର କୌଣସି ତାରିଖରେ ରାଣୀର ପରିବାରରେ ସେମିତି କିଛି ସ୍ୱତନ୍ତ୍ର ବିଶିଷ୍ଟ ଦିନ ନଥାଏ। ସେମାନଙ୍କ ପିଲାମାନଙ୍କର ଜନ୍ମଦିନ ସବୁ ନଭେମ୍ବର, ଡିସେମ୍ବର ମାସରେ। ସେମାନଙ୍କ ବିବାହ ବାର୍ଷିକୀ

ଜୁଲାଇରେ। ସେମାନଙ୍କର ନିଜର ଜନ୍ମଦିନ ମଧ୍ୟ ସବୁ ଜାନୁୟାରୀରେ। ଆଉ ଏ ମେ ମାସରେ କଣଟା ପଡ଼ିଗଲା ଯେ?

ରାଣୀ ଯେତେବେଳେ ସମସ୍ତଙ୍କୁ ନିମନ୍ତ୍ରଣ ଦେଇଥିଲା, ଜଣେଇଥିଲା, "ଏଇଟା ଗୋଟିଏ ସ୍ୱତନ୍ତ୍ର ନିକିମା ପାର୍ଟି। ଏହାର ପ୍ରକୃତ କାରଣ ପାର୍ଟିରେ ପହଞ୍ଚିବା ପରେ ଜଣେଇଦିଆଯିବ। ହେଲେ ତମମାନଙ୍କୁ ମୋର ସ୍ୱତନ୍ତ୍ର ଅନୁରୋଧ, ନିଶ୍ଚୟ ଆସିବ।"

ସମସ୍ତେ ମଧ୍ୟ ଆସିବାକୁ ସମ୍ମତି ଦେଇଥିଲେ। କାରଣ ଏମିତିରେ ଏଇଟା ବୋଧହୁଏ ବହୁତ ଦିନ ପରେ ରାଣୀ ତରଫରୁ ଏକ ବଡ଼ ପାର୍ଟି। ତାପରେ ମେ' ମାସର ଦ୍ୱିତୀୟ ଶନିବାରରେ ସେମିତି କିଛି ନଥିଲା। ସରସ୍ୱତୀ ପୂଜା ଇତ୍ୟାଦି ସରିଥିଲା ଫେବୃୟାରୀରୁ। ହୋଲି ସରିଥିଲା ମାର୍ଚ୍ଚରୁ। ଆଉ ଯିଏ ବି ସେମିତି ହୋଲି ପାର୍ଟି ସବୁ କରୁଥିଲେ, ସେମାନଙ୍କ ପାର୍ଟି ସବୁ ଏପ୍ରିଲ୍ ଭିତରେ ସରିଗଲା। ସେମିତିରେ ଏପ୍ରିଲ୍ ମାସଟା ବି ଅତ୍ୟନ୍ତ ବ୍ୟସ୍ତ ରହିଲା। ଉତ୍କଳ ଦିବସ, ରାମ ନବମୀ, ପଣା ସଂକ୍ରାନ୍ତି ଏମିତି ହୋଇ କେତେକେତେ ଓଡ଼ିଆ ଉସ୍ତବ, ମହୋସ୍ତବ ଲାଗିରହିଲା। ତାପରେ ଏ ଆମେରିକା ଦେଶରେ ଉସ୍ତବ, ମହୋସ୍ତବ ତ ତିଥିରେ ହୁଏନି। ତେଣୁ ଏମିତି କରି ତିନି, ଚାରିଟା ସପ୍ତାହ ଧରି ସେ ସବୁ ଉସ୍ତବ ପାଳିତ ହେବାରେ ଲାଗିଲା। ଗୋଟିଏ ଶନିବାର ଅନାମ ବାବୁଙ୍କ ଘରେ ହୋଲି ପାଳିତ ହେଲା ତ, ତା' ପରଦିନ ରବିବାରରେ ଶ୍ୟାମ ବାବୁଙ୍କ ଘରେ ହୋଲି ପାଳିତ ହେଲା। ଏମିତି ହୋଇ ସମସ୍ତେ ବହୁତ ବ୍ୟସ୍ତ ରହିଲେ। ହେଲେ ଏବେ ସମସ୍ତେ ଫାଙ୍କା।

ପୁଣି ସବୁ ଉସ୍ତବ, ମହୋସ୍ତବ ଜୁନ୍‌ରୁ ଆରମ୍ଭ ହୋଇଯିବ। ଗ୍ରାଜୁଏସନ, ରଜ, ସ୍ନାନ ଯାତ୍ରା, ରଥଯାତ୍ରା, ବାହାଘର ଏମିତି କେତେ କଣ ଅଗଷ୍ଟ, ସେପ୍ଟେମ୍ବର ପର୍ଯ୍ୟନ୍ତ ଚାଲିବ। ପୁଣି ତାପରେ ଦଶହରା, ଦୀପାବଲି, କୁମାର ପୂର୍ଣ୍ଣିମା, ଥ୍ୟାଙ୍କସ୍‌ଗିଭିଙ୍ଗ ଆସିଯିବ।

ରାଣୀକୁ ନିଜ ପିଲାମାନେ ବି ପଚାରିଥିଲେ। "ତମର ଏ ନିକିମା ପାର୍ଟିର ତାତ୍ପର୍ଯ୍ୟ କଣ? ଏତେ ଖର୍ଚ୍ଚ କରି ଏମିତି ଗୋଟିଏ ପାର୍ଟି କରିବାର କି ଆବଶ୍ୟକତା? ତାପରେ ଏବେ ତ କିଛି ସେମିତି ଓଡ଼ିଆ ପର୍ବପର୍ବାଣୀ ନାହିଁ। ସେ ଅର୍ଥ ଆମ ପାଇଁ ସଞ୍ଚୟ କରିଥିଲେ, ବରଂ ଆମର ନୂଆ ଘର କିଣିବା ସମୟରେ ସାହାଯ୍ୟ କରିଥାନ୍ତା। ଖାଲିଟାରେ ଏତେ ଖର୍ଚ୍ଚ।"

ରାଣୀ ଉତ୍ତରରେ ହସିଦିଏ। କହେ, "ଜୀବନଟା ସାରା ଖାଲି ସଞ୍ଚୟ ପଛରେ ଧାଇଁଧାଇଁ ସବୁବେଳେ ମାନସିକ ଚାପରେ ରହିଲୁ। ଆଉ ସଞ୍ଚୟ କଣ ପାଇଁ? ଏ କୋଭିଡ୍-୧୯ ଆସିଲାନି ଯେ, ବଡ଼ ଶିକ୍ଷା ଦେଇଗଲା। ଜୀବନକୁ ଭଲ ପାଅ;

ଉପଭୋଗ କର। ସମୟର ସଦ୍‌ବ୍ୟବହାର କର; ମିଳିଥିବା ସମୟର ସୁଯୋଗ ନିଅ। ଏବେ ଆମେ ସେ ଜୀବନର ନିଶ୍ଚିତ ସତ୍ୟ ଶିକ୍ଷାକୁ କାର୍ଯ୍ୟକାରୀ କରିବୁ। ତମମାନଙ୍କୁ ଉଚ୍ଚଶିକ୍ଷା ଦେବାରେ ସମୟ ଦେଇଛୁ, ଅର୍ଥ ଖର୍ଚ୍ଚ କରିଛୁ ଓ କରୁଛୁ ମଧ୍ୟ। ତମେମାନେ ଯୋଗ୍ୟ ହୋଇଛ। ଏବେ ନିଜ ଦାୟିତ୍ୱ ନିଜେ ସମ୍ଭାଳିପାରିବ।"

ରାଣୀର ଏସବୁ ଆଶ୍ଚର୍ଯ୍ୟଜନକ ବ୍ୟବହାର ମଧ୍ୟ ତା' ସ୍ୱାମୀ ସତ୍ୟବ୍ରତଙ୍କୁ ବେଲେବେଲେ ଚମକାଇ ଦିଏ। ତା' ନିଜର ଜନ୍ମଦିନ ସିଏ କେବେ ପାଳନ କରିବାକୁ ଦିଏନି। କହେ, "ମଲା ଯା, ମୋର ପୁଣି ଗୋଟିଏ ଜନ୍ମଦିନ ପାଳନ କରାଯିବ। ଲାଜ ନାହିଁ ଯା' ତମମାନଙ୍କ ମୁହଁକୁ। ଦୁନିଆକୁ ଚିଲେଇକି କହିବି – ଦେଖ ଦେଖ, ମୁଁ ବୁଢ଼ୀ ହେବାକୁ ଯାଉଛି। ମୋ ବୟସ ଏବେ ପଚାଶ ଟପିଲାଣି। ଆଉ କେଇଦିନ ପରେ ଚମ ସଙ୍କୁଚିତ ହୋଇଯିବ; କଣ୍ଠ ବି ସେମିତି ସୁଲଳିତ ରହିବନି; ଜୋରରେ ଚାଲିପାରିବିନି; ଦୌଡ଼ିପାରିବିନି, ରୋଷେଇବାସ ବି ବନ୍ଦ ହୋଇଯିବ। କେବେ ନୁହେଁ। ମୋର ଜନ୍ମଦିନ କେବେ ବି ପାଳିତ ହେବନି।"

ଆଉ ଏବେ ଖାଲିଟାରେ ତା'ର ଏତେ ଆଡ଼ମ୍ବରପୂର୍ଣ୍ଣ ପାର୍ଟି। ଅବଶ୍ୟ ଏ ଆଡ଼ମ୍ବରପୂର୍ଣ୍ଣ ପାର୍ଟିରେ ମାଦକଦ୍ରବ୍ୟ ପରିବେଷଣ ମନା। ଆମ୍ବ ପଣା, ଆମ୍ବ ଲସ୍ସି, ଦହି ଲସ୍ସି, କମଳା ଜୁସ୍‌, ଆପଲ ଜୁସ୍‌, ଖଜୁରୀ ଜୁସ୍‌ ଯେତେ ଇଚ୍ଛା ପିଅ। ଚାହା, କଫି ବି ମନ ଇଚ୍ଛା ପିଅ। ମସଲା ଚାହା, ଅଦା ଚାହା, ଲେମ୍ବୁ ଚାହା, ଗୋଲାପ ଚାହା, ଯେଉଁଭଳି ଚାହା ପିଇବାକୁ ଚାହୁଁଛ, ସବୁ ମିଳିବ। ସତ୍ୟବ୍ରତଙ୍କ ଦାଦା ପୁଅ ଭାଇ ଦିଅର ପ୍ରିୟବ୍ରତ ନିୟୁର୍କରେ ରୁହନ୍ତି। ସିଏ ଠଟ୍ଟା କରି କହିଲେ, "ଏ ପାର୍ଟିରେ ତାହେଲେ ହବ କଣ? ଯେହେତୁ ଏ ପାର୍ଟିର କାରଣ କିଛି ନାହିଁ, ତେବେ ଏ ପାର୍ଟିର କାର୍ଯ୍ୟକ୍ରମ କଣ?"

ରାଣୀ ବି ସେମିତି ଠଟ୍ଟା କରି କହିଲା, "କାର୍ଯ୍ୟକ୍ରମ ଜାଣିବା ପାଇଁ ତମ ଭଳି ବ୍ୟକ୍ତିମାନେ ଯେଉଁମାନେ ସବୁବେଲେ ସବୁ ସ୍ଥାନକୁ ଡେରିରେ ଯାଇ ପହଞ୍ଚନ୍ତି, ସେମାନଙ୍କୁ ଠିକ୍ ସମୟରେ ପହଞ୍ଚିବାକୁ ପଡ଼ିବ।"

ଏଇଟା ରାଣୀ ଓ ସତ୍ୟବ୍ରତଙ୍କର ପ୍ରଥମ ଥର ପାଇଁ ବଡ଼ ଧରଣର ପାର୍ଟିର ଆୟୋଜନ। ଜୀବନରେ ଅନେକ ଝଡ଼ଝଞ୍ଝା ବହିଗଲା। ସେଥିପାଇଁ ସେମାନେ ଏଗାର ବର୍ଷ ଧରି ୨୦୦୭ରୁ ୨୦୧୮ ପର୍ଯ୍ୟନ୍ତ ସବୁ ପ୍ରକାରର ସାମାଜିକ ଉସ୍ବ, ମହୋସ୍ବ, ପର୍ବପର୍ବାଣୀରୁ ଦୂରେଇ ରହୁଥିଲେ। ଝିଅର ହାଇସ୍କୁଲ୍ ସରିଲା ୨୦୧୮ରେ। ତାପରେ ସେମାନେ ଟିକେଟିକେ ସାମାଜିକ କାର୍ଯ୍ୟକ୍ରମ, ପୂଜା ଇତ୍ୟାଦିରେ ଯୋଗଦେଲେ। ପିଲାମାନେ ହାଇସ୍କୁଲ ପାସ୍ କରିବା ପରେ ଗ୍ରାଜୁଏସନ୍ ପାର୍ଟ କରିବାକୁ ମନା

କରିଦେଲେ । ଝିଅଟା ତ ମନା କରିଦେଇଥିଲା । ଆଉ ପୁଅଟା ହାଇସ୍କୁଲ୍ ପାସ୍ କଲା ୨୦୨୦ରେ । ସେତେବେଳେ ତ ସାରା ପୃଥିବୀକୁ କରୋନା ଭୂତାଣୁ ନିଜ ଅକ୍ତିଆରକୁ ନେଇଯାଇଥିଲା । ଆଉ ପାର୍ଟି କଣ ହୋଇଥାନ୍ତା ?

ରାଣୀ ଜୀବନରେ ଅନେକ ଦୁଃଖ ସହିଛି । ସଂଘର୍ଷ କରିଛି । ଘରର ତୃତୀୟ ଝିଅ ହୋଇ ଜନ୍ମ ନେବା ସେ ସମୟରେ ଯେମିତି ଏକ ଅପରାଧ ଥିଲା । ଘରେ ତା'ର ସ୍ୱାଗତ ଏକ ଅବାଞ୍ଛିତ ସନ୍ତାନ ରୂପେ ହୋଇଥିଲା । ବାପା, ବୋଉ, ଜେଜେମା, ଜେଜେବାପା ସମସ୍ତେ ଚାହୁଁଥିଲେ ଦୁଇଟା ଝିଅ ପରେ ପୁଅଟିଏ ଜନ୍ମ ହୋଇଥାନ୍ତା କି ? ହେଲେ ଜନ୍ମ ହେଲା ରାଣୀ । ତା'ର ଲାଳନ ପାଳନ ବି ସେମିତି ହେଲା । ବଡ଼ ଭଉଣୀ ରାଧାରାଣୀ, ତା' ତଳ ଭଉଣୀ ବୃନ୍ଦାରାଣୀ ଓ ରାଣୀର ନାମ ରଖା ଯାଇଥିଲା ଶୈଳରାଣୀ ଯେଉଁଟାକୁ ସିଏ ଆମେରିକାରେ ଛୋଟ କରିଦେଇ କେବଳ ରାଣୀ ନାମରେ ପରିଚିତ ହେଉଥିଲା । ଛୋଟ ବେଳରୁ ବଡ଼ ଦୁଇ ଭଉଣୀଙ୍କର ସମସ୍ତ ଜାମାପଟା ପିନ୍ଧି ତା'ର ଶୈଶବ କଟିଛି । ସେମିତି ବହିପତ୍ର ସବୁ ବଡ଼ ଦୁଇ ଭଉଣୀଙ୍କ ଦ୍ୱାରା ବ୍ୟବହୃତ ହୋଇ ତା' ପାଖକୁ ଆସୁଥିଲା । ଖାଇବା, ପିଇବା ବି ସେମିତି । ବଡ଼ ଦୁଇ ଭଉଣୀଙ୍କ କଥା ପ୍ରଥମେ, ତାପରେ ଆସେ ସାନର ପାଳି । ତେବେ ଗୋଟିଏ କଥା ରାଣୀକୁ ସାନ ହୋଇଥିବାରୁ ଭଲ ଲାଗେ ଯେ, ତାକୁ ଘରେ କିଏ ଏତେ ବିଶେଷତ୍ୱ ଦିଅନ୍ତିନି । ସିଏ ଘରେ ଥିଲେ କେତେ, ନଥିଲେ କେତେ, କିଏ ଏତେ ପଚାରନ୍ତିନି । ତେଣୁ ରାଣୀ ଛୋଟବେଳୁ ସ୍ୱାଧୀନ । ମନ ଇଚ୍ଛା ଇଆଡ଼େ ସିଆଡ଼େ ବୁଲେ । ଯାହାର ଯେତେବେଳେ ଦରକାର ପଡ଼େ, ସାହାଯ୍ୟ କରେ । ଚନ୍ଦ୍ର ସାଆନ୍ତ ଓ ମା'ଙ୍କ ପାଇଁ ସେମାନଙ୍କ କଟକରେ ରହୁଥିବା ପୁଅ ପାଖକୁ ଚିଠି ଲେଖା କାମ ସିଏ କରେ ଓ ପୁଅ ପାଖରୁ ଚିଠି ଆସିଲେ, ପଢ଼ିବା କାମ ମଧ୍ୟ ସିଏ କରେ । ସନା ପଣ୍ଡା କକାଙ୍କର ସ୍ତ୍ରୀ ସୁଲତା ଖୁଡ଼ୀ ଘରକୁ ଏକା, ଶାଶୁ, ଶ୍ୱଶୁର ନଥାନ୍ତି । ତାଙ୍କ ଘର ପାଇଟି ସିଏ କରୁଥିବା ବେଳେ ତାଙ୍କ ପିଲା ମାଧୁଆକୁ ବି ରାଣୀ ଜଗି ରହେ । ଏମିତି ଯାହାର ଯେତେବେଳେ କିଛି ଦରକାର ଥାଏ, ଆକୁ ତାକୁ ଡାକିବା, ଦୋକାନରୁ ଟିକେ ଯାଇ ତେଲ, ଲୁଣ ନେଇ ଆସିବା, କିଏ ଘରେ ନଥିଲେ ଘର ଜଗିବା, ଖଳରୁ ଧାନ ବାଛିଦେବା, ଇତ୍ୟାଦି ଅନେକ କାମ ସିଏ କରିଦିଏ । ସେଥିପାଇଁ ନିଜ ଘରେ ଅବାଞ୍ଛିତ ହେଲେ ମଧ୍ୟ ସମସ୍ତଙ୍କ ଘରେ ରାଣୀର ଅନେକ ଆଦର; ଅନେକ ଆବଶ୍ୟକତା ।

ରାଣୀର ବାପା ମାଇନର ସ୍କୁଲରେ ଶିକ୍ଷକ ଥିଲେ । ଦରମା ଯେତେ ମିଳେ, ସେଥିରେ ବିଲ, ବାଡ଼ିର ଆୟ ମିଶି ଘର ଚଳିଯାଏ ସିନା, ସଞ୍ଚୟ ରହେ ନାହିଁ । ସେଥିପାଇଁ ଘରେ ସମସ୍ତେ ସବୁବେଳେ ଚିନ୍ତିତ ରୁହନ୍ତି; ଦୁଃଖରେ ରୁହନ୍ତି; ତିନିତିନିଟା

ଠିଅଙ୍କର ବାହାଘର କେମିତି ହେବ । ଏମିତିରେ ବାପା ବଡ଼ ଭଉଣୀ ରାଧାରାଣୀର ବାହାଘର ସିଏ ମ୍ୟାଟ୍ରିକ୍ ପାସ୍ କରିବା ପରେ କରିଦେଲେ । ବାପା ଚାହୁଁଥିଲେ କଲେଜରେ ପଢ଼େଇବାକୁ । ହେଲେ ସେତେବେଳେ ଗାଁରେ ତ କଲେଜ ନଥିଲା । ଆଉ କଟକରେ ରଖି କଲେଜରେ ପଢ଼େଇବାର ସାହସ ସିଏ ଜୁଟେଇ ପାରିଲେନି । ପ୍ରଥମରେ ତ ଖର୍ଚ୍ଚ, ପୁଣି ତାପରେ ଏକାଟିଆ ଠିଅଟାକୁ ଏତେ ଦୂର ଛାଡ଼ିବେ । ଏମିତିରେ ଭିଣୋଇ ପାଖ ଗ୍ରାମର ଥିଲେ ଓ ହାଇସ୍କୁଲ୍‌ର ଶିକ୍ଷକ ଭାବେ ନିଯୁକ୍ତି ପାଇଥିଲେ । ଭଲ ପାତ୍ର; ହାତଛଡ଼ା କରିବାର ନୁହେଁ ।

ବୃନ୍ଦା ଦେଈ କିନ୍ତୁ କଲେଜ ଗଲା । ବୃନ୍ଦା ଦେଈ ପ୍ରଥମ ଶ୍ରେଣୀରେ ମ୍ୟାଟ୍ରିକ୍ ପାସ୍ କରିଥିଲା । ବାପା ଖୁସି ହୋଇଥିଲେ । ରାଧା ଦେଈର ମାମୁ ଶ୍ୱଶୁର ସେତେବେଳେ କଟକରେ ରହୁଥିଲେ ଓ ସିଏ ସବୁ ବୁଝାବୁଝି କରି ବୃନ୍ଦା ଦେଈର କଲେଜ ଆଡ଼୍‌ମିଶନ୍ କରେଇ ଦେଇଥିଲେ । ହେଲେ ବୃନ୍ଦା ଦେଈ ପାଇଁ ଯେଉଁ ଖର୍ଚ୍ଚ ହେଉଥିଲା ଓ ଘରେ ଯେଉଁ ଭଳି ଦ୍ୱନ୍ଦ ଓ ଅସନ୍ତୋଷ ଲାଗି ରହୁଥିଲା, ସେସବୁ ଦେଖି ରାଣୀ ବୁଝିଯାଇଥିଲା ଯେ, ତା' ପାଠପଢ଼ା ହୁଏତ ସମ୍ଭବ ହେବନାହିଁ । ତେବେ ଈଶ୍ୱରଙ୍କର ରାଣୀ ପାଇଁ ଆଶୀର୍ବାଦ ରହିଥିଲା । ସିଏ ସପ୍ତମ ଶ୍ରେଣୀରେ ବୃତ୍ତି ପାଇ ସମସ୍ତଙ୍କର ଶ୍ରଦ୍ଧାଭାଜନ ହୋଇଥିଲା । ସ୍କୁଲ୍‌ର ଶିକ୍ଷକ, ଶିକ୍ଷୟିତ୍ରୀ ମାନେ ତାକୁ ସ୍ନେହ କରୁଥିଲେ । କେବଳ ଯେ ରାଣୀ ପାଠରେ ଭଲ କରୁଥିଲା ତାହା ନୁହେଁ; ସବୁ ବିଷୟରେ ସିଏ ଅଗ୍ରଣୀ ଥିଲା । ରାଣୀ ହାଇସ୍କୁଲ୍ ମଧ୍ୟ ବହୁତ ଭଲ ନମ୍ବର ରଖି ପ୍ରଥମ ଶ୍ରେଣୀରେ ଉତ୍ତୀର୍ଣ୍ଣ ହୋଇଥିଲା । ତେଣୁ ସିଏ କଲେଜରେ ମଧ୍ୟ ବୃତ୍ତି ପାଇଲା ଓ ତା' ବଡ଼ ଭିଣୋଇ ଯିଏ କି ନିଜେ ଜଣେ ଶିକ୍ଷକ ଥିଲେ, ରାଣୀର ପଢ଼ାପଢ଼ି ପାଇଁ ଦରକାର ବେଳେ ସାହାଯ୍ୟ କରିବେ ବୋଲି ପ୍ରତିଶ୍ରୁତି ଦେଲେ ।

ରାଣୀ କଟକରେ ହଷ୍ଟେଲରେ ରହି କଲେଜରେ ପଢ଼ିଲା । ତା'ର ପାଠପଢ଼ା ହିଁ ତାକୁ ପରିଚୟ ଆଣିଦେଲା । ତାକୁ ସବୁ ସମୟରେ ବୃତ୍ତି ମିଳିଲା ଓ ସିଏ ଆଉ ଖର୍ଚ୍ଚ ପାଇଁ କାହା ଉପରେ ନିର୍ଭର କଲାନି । କଲେଜ ସାରି ସିଏ ଦିଲ୍ଲୀ ଗଲା ମାଷ୍ଟରସ୍ କରିବା ପାଇଁ । ସେଇଠି ପରିଚୟ ହୋଇଥିଲା ସତ୍ୟବ୍ରତଙ୍କ ସହିତ । ଜୀବନରେ ଏପର୍ଯ୍ୟନ୍ତ ଏତେ ସ୍ନେହ ସିଏ କାହାଠାରୁ ପାଇନଥିଲା । ତେଣୁ ସତ୍ୟବ୍ରତଙ୍କର ଟିକିଏ ସ୍ନେହରେ, ଭଲ ପାଇବାରେ ସିଏ ତରଳିଗଲା ଓ ବୃନ୍ଦା ଦେଈର ବାହାଘର ନ ହେଉଣୁ ସିଏ ଘରେ ଖାଲି ଖବରଟିଏ ଦେଈ ସତ୍ୟବ୍ରତଙ୍କୁ ବାହା ହୋଇପଡ଼ିଲା । ସତ୍ୟବ୍ରତଙ୍କର ପରିବାର ବି ଅଲଗା ରକମର । ସେମାନେ ସମସ୍ତେ ସ୍ୱାଧୀନଚେତା । ତାଙ୍କ ଘରେ ତାଙ୍କ ବାପା, ମା' ପିଲାମାନଙ୍କ କାମରେ ହସ୍ତକ୍ଷେପ କରନ୍ତିନି । ତେଣୁ ପୁଅର ଯେଉଁଠି

ମର୍ଜ, ଯେମିତି ମର୍ଜ, ବାହା ହୋଇଗଲା; ସେଠାରେ ସମସ୍ତେ ଖୁସି। ଝିଅର ବାପା, ମା'ଙ୍କୁ ଖୋଜା ଗଲାନି କି ଭୋଜିଭାତ ହେଲାନି। ରେଜେଷ୍ଟ୍ରି ବାହାଘର ହୋଇଗଲା। ବାହାଘରର ଦୁଇବର୍ଷ ପରେ ସତ୍ୟବ୍ରତଙ୍କ କମ୍ପାନୀ ତାଙ୍କୁ କାଲିଫର୍ଣ୍ଣିଆ ପଠେଇଥିଲା। ତାଙ୍କ ସହିତ ରାଣୀ ବି ଆସିଲା। ତା'ର ଠିକ୍‌ଠାକ୍‌ ଭିସା ନ ଥିବାରୁ ସିଏ କିଛିଦିନ କାମ କରୁନଥିଲା। ତାପରେ ସେମାନେ ମେରୀଲାଣ୍ଡ ଆସିଲେ। ସେଇଠି ତା'ର ବଡ଼ ଝିଅ ଜନ୍ମ ହେଲା। ଝିଅକୁ ଦୁଇବର୍ଷ ହେବା ପରେ ରାଣୀ ମାଷ୍ଟରସ୍ କରିବ ବୋଲି ଭାବି କଲେଜରେ ନାମ ଲେଖେଇଲା। ସେତିକିବେଳେ ସିଏ ଶୈଳରାଣୀକୁ ବଦଲାଇ ନିଜ ନାଁ ଖାଲି ରାଣୀ କରିଦେଲା। ପ୍ରଥମରେ ତ ସିଏ ଭଲ ଛାତ୍ରୀ ଥିଲା। ତେଣୁ ଦୁଇବର୍ଷରେ ମାଷ୍ଟରସ୍ ସାରିଦେଲା। ହେଲେ ସେଇ ସମୟରେ ଆଉ ଗୋଟିଏ ଜଟିଳତା ଆସିଲା। ସେମାନଙ୍କର ପୁଅଟିଏ ଜନ୍ମ ହେଲା ଓ ତା' ପରେପରେ ସତ୍ୟବ୍ରତଙ୍କ କମ୍ପାନୀ ଆଉ ଗୋଟିଏ କମ୍ପାନୀକୁ ବିକ୍ରି ହୋଇଗଲା ଓ ସେଇଥିରେ ସତ୍ୟବ୍ରତଙ୍କର ଚାକିରି ଚାଲିଗଲା। ତାପରେ ଜୀବନ ଏମିତି କଠୋର ସମୟ ଦେଇ ପ୍ରବାହିତ ହେଲା ଯେ କହିହେବନି। ଛୋଟ ପିଲାକୁ ନେଇ କେମିତି କଣ କରିବେ; ଉଭୟଙ୍କର ହାଲୁକ ଶୁଖ୍‌ଗଲା। ସେଇ ସମୟରୁ ହିଁ ଉଭୟ ସ୍ୱାମୀ, ସ୍ତ୍ରୀ ଓଡ଼ିଆ ସାମାଜିକ ଉତ୍ସବ, ମହୋତ୍ସବରୁ, ସବୁଠାରୁ ଦୂରେଇଗଲେ। ନିଜର ଦାନାପାଣିର ବ୍ୟବସ୍ଥା ଠିକ୍ ଥିଲେ ସିନା ସାଙ୍ଗସାଥୀ, ମେଳ, ସମାଜ, ଖୁସି, ପର୍ବପର୍ବାଣିର ଚିନ୍ତା ଆସିବ। ହେଲେ ନିଜର ଦାନାପାଣି ଯେତେବେଳେ ସଙ୍କଟରେ, ସେତେବେଳେ ଆଉ କିଏ ସେ ସାଙ୍ଗମେଳ, ସମାଜ, ପର୍ବପର୍ବାଣିକୁ ପଚାରେ। ପେଟକୁ ଦାନା, ପିନ୍ଧିବାକୁ କନା ଯୋଗାଡ଼ କରିବା ଯେତେବେଳେ କଷ୍ଟକର ହୋଇଯାଏ, ସେତେବେଳେ ସ୍ନେହ, ମମତା ବି ସେମିତି କଠୋରତା ଓ ଉଦାସୀନତାରେ ପରିଣତ ହୋଇଯାନ୍ତି। ସେମିତି ପାଲଟି ଯାଇଥିଲେ ସତ୍ୟବ୍ରତ ଓ ରାଣୀ। ଟିକେଟିକେ କଥାରେ ମାନ, ଅଭିମାନ, ପ୍ରତିବାଦ ବାହାରୁଥିଲା ଓ ସେମାନଙ୍କ ସମ୍ପର୍କ ଯେ ତିଷ୍ଟି ରହିବା କଷ୍ଟ ଏମିତି ମନେ ହେଉଥିଲା।

ସମୟ ବଡ଼ ବଳବାନ। ସେଥି କାହାର ଦୁଃଖ କି କାହାର ସୁଖ ଚିରସ୍ଥାୟୀ ରହେନାହିଁ। ସମୟ ବଦଳିଯାଏ; ଭାଗ୍ୟ ବଦଳିଯାଏ। ସତ୍ୟବ୍ରତ ଆଉ ରାଣୀ ସେ ସମୟ ପାର କରିଗଲେ। ସତ୍ୟବ୍ରତ କିଛି କୋର୍ସ କଲେ ଓ ଏକ ଅସ୍ଥାୟୀ ଚାକିରିରେ କାମ କରୁଥିଲେ। ପିଲାମାନେ ସ୍କୁଲ୍ ଯିବା ପରେ ରାଣୀ ମଧ୍ୟ କାମ ଖୋଜିବାରେ ଲାଗିଲା ଓ ଭାଗ୍ୟବଶତଃ ତାକୁ ଗୋଟିଏ ଭାରତୀୟ କମ୍ପାନୀରେ ଚାକିରି ମିଳିଗଲା। ୨୦୧୫ ବେଳକୁ ସେମାନେ ନିଜନିଜର ଚାକିରିରେ ସ୍ଥାୟୀ ହୋଇଯାଇଥିଲେ, ଆମେରିକାର ନାଗରିକତ୍ୱ ପ୍ରାପ୍ତ କରିଥିଲେ ଓ ରୋଜଗାର ବି ଭଲ ଥିଲା। ତଥାପି

ସେମାନେ କେବଳ ଅଳ୍ପ କେତେକ ସାଙ୍ଗସାଥୀଙ୍କ ସହିତ ମିଶୁଥିଲେ ଓ ନିଜକୁ ନିଜ ବ୍ୟବସାୟିକ କ୍ଷେତ୍ରରେ ପ୍ରତିଷ୍ଠା କରିବାକୁ ଉଦ୍ୟମ କରୁଥିଲେ। ଏବେ ସେମାନେ ଭଡ଼ାଘର ବଦଳରେ ନିଜର ଘର କିଣିଲେ, ତାହା ପୁଣି ତିନି ଏକର ଜମିରେ। ସେମାନେ ଘର ପଛପଟେ ଏକ ସୁନ୍ଦର ବଗିଚା କରାଇଲେ। ଏବେ ସେମାନେ ଖୁସି। ଜୀବନରେ ଯାହା ପାଇବାର ଇଚ୍ଛା କରିଥିଲେ, ଏବେ ସବୁ ମିଳିଯାଇଛି। ରାଣୀର ବଡ଼ ଇଚ୍ଛା ଥାଏ, ସବୁ ସାଙ୍ଗସାଥୀଙ୍କୁ ଡାକି ସେ ବଗିଚାରେ ଗୋଟିଏ ଅତି ସୁନ୍ଦର ଗାର୍ଡେନ୍ ପାର୍ଟି କରନ୍ତା। ରାଣୀର ଜୀବନରେ କେବେ ବି କିଛି ଜାକଜମକରେ ହୋଇନି। ଅବଶ୍ୟ ସେମାନେ ବାହାରକୁ ବୁଲି ଯାଇଛନ୍ତି, ବଡ଼ବଡ଼ ହୋଟେଲରେ ରହିଛନ୍ତି , ରିସୋର୍ଟରେ ରହିଛନ୍ତି, ତେବେ ସେଇଟା ବ୍ୟକ୍ତିଗତ ଭାବେ କି କାହାର ବାହାଘର କି କୌଣସି ଉତ୍ସବକୁ ନେଇ। ହେଲେ ନିଜ ପାଇଁ କିଛି ଉତ୍ସବ, ମହୋତ୍ସବ ଏପର୍ଯ୍ୟନ୍ତ ହୋଇନି।

ଠିକ୍ ଯେତେବେଳେ ରାଣୀ ଓ ସତ୍ୟବ୍ରତ ଜୀବନରେ ସୁଖ ଅନୁଭବ କରିବା ପାଇଁ, ସାମାଜିକ ଜୀବନର ସୁଖ ସ୍ୱାଦ ଚାଖିବା ପାଇଁ ଓ ସାଙ୍ଗସାଥୀ ଗହଣରେ ମଜା କରିବା ପାଇଁ ସବୁଥିରେ ସାମିଲ୍ ହେବାକୁ ବାହାରି ଆସିଲେ, କେଉଁଠୁ ଥିଲା କେଜାଣି ଆସିଗଲା କରୋନା। ଉଭୟ କିଛିଦିନ ସ୍ତବ୍ଧ ପାଲଟିଗଲେ ଯେମିତି। ହେଲେ ଗୋଟିଏ କଥା ଭଲ ହେଲା। ସେ ସମୟରେ ସେମାନେ ସବୁ ସାଙ୍ଗସାଥୀ, ସଂପର୍କୀୟଙ୍କ ସହିତ ସଂପର୍କ ଜୋଡ଼ିଲେ। ଫୋନ୍ କରି ଡାକିଲେ; ଗପିଲେ, ଯେଉଁ କିଛି ବର୍ଷ ସେମାନେ ସମସ୍ତଙ୍କ ଠାରୁ ଦୂରେଇ ଯାଇଥିଲେ, ସେ ସମୟର ସମସ୍ତ ବ୍ୟବଧାନକୁ ପୁଣି ଜୋଡ଼ିଦେଲେ। କରୋନା ଭୂତାଣୁ ନିୟନ୍ତ୍ରଣକୁ ଆସିବା ପରେ ସେମାନେ ଭାବିଥିଲେ ସମସ୍ତଙ୍କୁ ନିଜ ଘରକୁ ଡାକିବେ, ଟିକେ ଖୁସି କରିବେ, ଅନ୍ୟକୁ ଖୁସି ଦେବେ। ହେଲେ ସମୟ ଯେମିତି ସେମାନଙ୍କ ସହିତ ବାଦ ସାଧୁଥିଲା। ଆଜି ଅମକ, କାଲି ସମକ, ହୋଇ ସବୁ ମାସ, ସବୁ ସପ୍ତାହ ଶେଷର ଶନିବାର, ରବିବାର ବ୍ୟସ୍ତ। ଏ ମାସରେ କେଉଁ ସାଙ୍ଗ ଭାରତ ଗଲାଣି, ଆସନ୍ତା ମାସରେ କିଏ ୟୁରୋପ ବୁଲିବାକୁ ଯିବ। ଏ ମାସରେ ମକର ସଂକ୍ରାନ୍ତି ହେଲାଣି ତ, ଆସନ୍ତା ମାସରେ ସରସ୍ୱତୀ ପୂଜା ହେବ। ଏମିତି ହୋଇହୋଇ ମେ ମାସଟିକୁ ପାଇଲେ ସେମାନେ। ସେଥିପାଇଁ ଏ ଆୟୋଜନ।

ସେଦିନ ପାର୍ଟି କିନ୍ତୁ ଖୁବ୍ ଜମିଲା। ଏତେ ସୁନ୍ଦର ଆୟୋଜନ। ହେଲେ କାହାକୁ କୌଣସି କଥା ପାଇଁ ତରତର ହେବାର ନାହିଁ। ମନଇଚ୍ଛା ଯିଏ ଯେଉଁଠି ବୁଲି, ଗପକର, ଫଟୋ ବୁଥରେ ଫଟୋ ଉଠାଅ, ଖାଅ, ପିଅ, ଆନନ୍ଦ କର। ଡିନର କିନ୍ତୁ ଠିକ୍ ସାତଟାରେ ପରିବେଷଣ କରାଯିବ ଓ ସେ ସମୟରେ ରହିବ ସେ ଅଜଣା

କାର୍ଯ୍ୟକ୍ରମ। ରାଣୀ ସେଦିନ ରାଣୀ ଭଳି ସଜେଇ ହୋଇଥାଏ। ସତ୍ୟବ୍ରତ ବି ରାଜ ପୋଷାକରେ ସଜେଇ ହୋଇଥାନ୍ତି। ସାଙ୍ଗମାନେ ପଚାରିଲେ, "ରାଣୀ, ସତ କହିଲ, ଆଜି କଣ? କିଛି ତ ଅଛି। ନହେଲେ ତମେ ଏମିତି ରାଜରାଣୀ ଭଳି ସଜେଇ ହୋଇଛ ଯେ? ଆଉ ସତ୍ୟବ୍ରତ, ସିଏ ବି ଏମିତି ରାଜ ପୋଷାକରେ। କଥା କଣ?"

ସେମାନଙ୍କ ପ୍ରଶ୍ନରେ ବଡ଼ ଆମୋଦ ଅନୁଭବ କରୁଥାନ୍ତି ସତ୍ୟବ୍ରତ ଓ ରାଣୀ। ଏମିତି କି ସେମାନଙ୍କ ପିଲାମାନେ ବି କିଛି କହୁନଥାନ୍ତି। ଯିଏ ଯାହାର ଯାହା ଉପହାର ସବୁ ଧରି ଆସିଥିଲେ, ଦେଲେ। ସତ୍ୟବ୍ରତ ଓ ରାଣୀ ମଧ୍ୟ ଅତି ଆଦର ସହକାରେ ସେ ଉପହାର ସବୁ ଗ୍ରହଣ କଲେ। ସାତଟା ବେଳକୁ ଡିନର୍ ଦିଆଗଲା। ରେଷ୍ଟୁରାଣ୍ଟ ଦ୍ୱାରା ନିୟୋଜିତ କର୍ମୀମାନେ ସେ ଦାୟିତ୍ୱ ନେଇଥାନ୍ତି। ଏହି ସମୟରେ ମଞ୍ଚରେ ପରିବେଷିତ ହେଲା ଅର୍କେଷ୍ଟା, ରାଗ ଭୈରବୀ। ଏମିତି ଗୋଟିଗୋଟି କରି ସାତଟି ରାଗ ଓ ସାତଟି ରାଗରେ ପରିବେଷିତ ହେଲା ସାତଟି ଓଡ଼ିଆ ଗୀତ। ସମୟ କେମିତି ବିତିଗଲା, କାହାକୁ ଜଣାପଡ଼ିଲାନି। ପ୍ରୋଗ୍ରାମ୍ ଶେଷରେ କେବଳ ତିନି ମିନିଟ୍ ପାଇଁ ରାଣୀ ଓ ସତ୍ୟବ୍ରତ କିଛି କହିଲେ; ସମସ୍ତଙ୍କୁ ଧନ୍ୟବାଦ ଦେଲେ ଓ ଶୁଭରାତ୍ରି ଜଣେଇଲେ। ପାର୍ଟିର କାରଣ ବିଷୟରେ ଦୁଇଟି ବାକ୍ୟ କହିଲେ; "ଏଇଟା ହେଲା ଏକ ନିକିମା ଦିନର ପାର୍ଟି। ଏ ନିକିମା ଶବ୍ଦଟି ଆମ ବରୀ ଅଞ୍ଚଲର ଗାଉଁଲି ଶବ୍ଦ। ନିକିମାର ଅର୍ଥ ହେଲା, ଯେଉଁ ଦିନ, ଯେଉଁ ସମୟର କିଛି ବିଶେଷତ୍ୱ ନଥାଏ; ସେଦିନ ନା' କୌଣସି ତିଥିର ଦିନ, ନା କୌଣସି ଓସା, ବ୍ରତର ଦିନ କି କାହାର ଜନ୍ମଦିନ, ବାହାଘର ବାର୍ଷିକୀ କି ଶ୍ରାଦ୍ଧ। ଏ ପାର୍ଟିର କାରଣ ହେଲା, ଏମିତି ଏକ ବିଶେଷତ୍ୱ ବିହୀନ ଦିବସକୁ ବିଶେଷତ୍ୱ ଦେବା ଓ ସଂପୂର୍ଣ୍ଣ ଆନନ୍ଦ, ଖେଦ ବିହୀନ ଆନନ୍ଦ ଅନୁଭବ କରିବା।"

ଫେରିବା ବେଳକୁ ସମସ୍ତଙ୍କ ପାଟିରେ ସେହି ଗୋଟିଏ କଥା, "ସତରେ ରାଣୀଟା କେତେ ବୁଦ୍ଧିମତୀ। ଆଜି ପର୍ଯ୍ୟନ୍ତ ମୁଁ ଯେତେ ପାର୍ଟି ଯାଇଛି, ରାଣୀର ନିକିମା ପାର୍ଟି ସବୁ ପାର୍ଟି ଠାରୁ ନିଆରା, ସବୁ ପାର୍ଟି ଠାରୁ ଆନନ୍ଦଦାୟକ।"

ଶିଷ୍ଟାଚାର

ବେଳେବେଳେ ନନ୍ଦିନୀର ମନେହୁଏ କି ଏବେ ସମସ୍ତେ ସାଧାରଣ ଶିଷ୍ଟାଚାର ଭୁଲିଗଲେଣି। ଯଦିଓ ସମସ୍ତଙ୍କ ଦେଖାଦେଖି ସିଏ ବି ସେଭଳି ଶିଷ୍ଟାଚାର ଭୁଲିବା ଅଭ୍ୟାସ କଲାଣି, ତଥାପି କାହିଁକି କେଜାଣି ଆଜି ତାକୁ କେମିତି ମାଡ଼ିପଡ଼ିଲା। ଖରାପ ଲାଗିଲା ଯେ, ପାର୍ଟି ନ ସରୁଣୁ, କେକ୍ କଟା ନ ହେଉଣୁ ସେମାନଙ୍କୁ ଶୀଘ୍ରଶୀଘ୍ର ଖାଇସାରି ଘରକୁ ଫେରିବାକୁ ପଡ଼ିଲା। ନହେଲେ, ଏପଟେ ଅନ୍ୟ ଯେଉଁ କାମଟି ରହିଥିଲା, ସେସବୁରେ ଶିଷ୍ଟାଚାର ଭାଙ୍ଗିବାକୁ ପଡ଼ିଥାଆନ୍ତା। ଯଦି ଲୋକଙ୍କୁ କହିଛ ଗୋଟିଏ ସମୟରେ ପହଞ୍ଚିବାକୁ, ଆଉ ଆବାହକ ହୋଇ ତମେ ପହଞ୍ଚିବ ଡେରିରେ, ସେଇଟା କେଉଁ ରକମର ସଭ୍ୟତା ?

ସେମାନେ ପ୍ରୋଗ୍ରାମ୍ ସବୁର ସମୟ ନିର୍ଘଣ୍ଟ ଆଗରୁ ଦେଖିଥିଲେ। ସେସବୁ ଅନୁଯାୟୀ ଗୋଟାଏ ବେଳେ ଜଳଖିଆ, ଦେଢଟା ବେଳକୁ ଭାଷଣ, ଗୀତ ଇତ୍ୟାଦି ପ୍ରୋଗ୍ରାମ୍, ଅଢେଇଟା ବେଳକୁ ଖରାବେଳ ଭୋଜନ, ସାଢେ ତିନିଟା ବେଳକୁ କେକ୍ କଟା ଓ ପାଞ୍ଚଟା ବେଳକୁ ସମାପ୍ତ। ହେଲେ ସେମିତି ହେଲାନି। ଲୋକ ସବୁ ମନଇଚ୍ଛା ପହଞ୍ଚୁଥିଲେ ଓ ଦେଢଟା ବେଳର ପ୍ରୋଗ୍ରାମ୍ ଆରମ୍ଭ ହେଲା ସାଢେ ଦୁଇଟାରେ। ସେଇଟା ଆରମ୍ଭ କରିବାକୁ ହିଁ କିଛି ସମୟ ଲାଗିଗଲା। ନିମନ୍ତ୍ରିତ ବ୍ୟକ୍ତିମାନେ ଏତେମାତ୍ରାରେ ଗପୁଥିଲେ ଯେ, ବାରମ୍ବାର ମାଇକରେ ଘୋଷଣା କଲେ ମଧ୍ୟ, କେହି ପାଟି ବନ୍ଦ କରିବାକୁ ନାରାଜ। ଏମିତିରେ ବାତାବରଣରେ ଶାନ୍ତି ଆଣିବାକୁ ଲାଗିଗଲା ପଇଁଚାଳିଶୀ ମିନିଟ୍। ତିନିଟା ହେବାମାତ୍ରେ ନନ୍ଦିନୀ ପ୍ରକାଶଙ୍କୁ ଘଡ଼ି ଦେଖେଇ ଠାର ମାରିଦେଲା। ପ୍ରକାଶ ବି ନିଜ ଘଡ଼ିକୁ ଦେଖିଲେ ଓ ନନ୍ଦିନୀର କାନରେ ଫୁସଫୁସ୍ କରି କହିଲେ, "ଯାହାବି ହେଉ, ଆମକୁ ଚାରିଟା ବେଳକୁ ଏଠାରୁ ବାହାରିଯିବାକୁ ପଡ଼ିବ।"

ସେଇଟା ଥିଲା ଅରୁଣ ଓ ଆନିକ୍ ବଡ଼ପୁଅ ଅନନ୍ତର ହାଇସ୍କୁଲ୍ ଗ୍ରାଜୁଏସନ୍

ପାର୍ଟି। ଏ ଯୁକ୍ତରାଷ୍ଟ୍ର ଆମେରିକାରେ ସେ ଗ୍ରାଜୁଏସନ୍ ପାର୍ଟି ବଡ଼ ଧରଣର କରାଯାଏ। ଏମିତି ନୁହେଁ କି ସମସ୍ତେ କରନ୍ତି। କେଉଁ ସମୟରେ ପିଲାମାନେ ମନା କରିଦିଅନ୍ତି ତ କେଉଁ କ୍ଷେତ୍ରରେ ପିତାମାତା ମାନେ ଖର୍ଚ୍ଚ ଓ ଆୟୋଜନ କରିବାର କାର୍ଯ୍ୟ ବହୁଳତାକୁ ଡରି ଛୋଟ ଆକାରରେ ମନ୍ଦିରରେ ପୂଜାଟିଏ କରି ସାରିଦିଅନ୍ତି। ହେଲେ ଯେଉଁମାନେ ବଡ଼ବଡ଼ ପାର୍ଟିର ଆୟୋଜନ କରନ୍ତି, ସେମାନଙ୍କର ମଧ୍ୟ ମହତ ଉଦ୍ଦେଶ୍ୟ ଥାଏ। କାରଣ ଏ ହାଇସ୍କୁଲ୍ ପର୍ଯ୍ୟନ୍ତ ପିଲାମାନେ ବାପା ମାଙ୍କ କଥା ଟିକେଟିକେ ମାନୁଥାଆନ୍ତି। ପିଲାଙ୍କ ପାଇଁ ବାପା, ମାଙ୍କର କିଛି ଗୋଟିଏ କରିବାର ସେଇଟା ଶେଷ ସୁଯୋଗ। କଲେଜ ଯିବା ପରେ କଣ ହେବ, କିଛି କହିହେବନି। ପିଲାମାନେ ନିଜ ହାତରେ ନିଜେ ଚଉଦ ପା' ହୋଇଯିବେ। ତାପରେ ଧରାଛୁଆଁ ଦେବେକି ନା ସେକଥା କହିହୁଏନି। ଆଉ ବାହା ହେବେ କି ନା, ବାହାହେଲେ, ବାପା, ମାଙ୍କ ଇଚ୍ଛା ଅନୁଯାୟୀ କାର୍ଯ୍ୟକ୍ରମ ହେବ ନା ନିଜ ଇଚ୍ଛା ଅନୁଯାୟୀ କରିବେ, ସେକଥା ତ ଆୟତ୍ତର ବାହାରେ।

ଅରୁଣ ଓ ଆନି ନିଜ ପିଲା ପାଇଁ ଏ ଯେଉଁ ପାର୍ଟିର ଆୟୋଜନ କରିଥିଲେ, ସେଇଟା କୌଣସି ବାହାଘର ପାର୍ଟିରୁ କମ୍ ନୁହେଁ। ପ୍ରାୟ ତିନିଶହ ଅତିଥି ଆସିଥାନ୍ତି। ପାର୍ଟି କୋଠରି ଅତି ସୁନ୍ଦର ଭାବେ ସଜା ହୋଇଥାଏ। କେଉଁ ଭଲି ପୋଷାକ ସମସ୍ତେ ପିନ୍ଧିକି ଆସିବେ, ସେ ବିଷୟରେ ବି ସମସ୍ତଙ୍କୁ ପୂର୍ବରୁ ସୂଚନା ଦିଆଯାଇଥାଏ। ତେଣୁ ସମସ୍ତେ ଅତି ସୁନ୍ଦର ଭାବେ ସଜେଇ ହୋଇ ଆସିଥାଆନ୍ତି।

ଏମିତିରେ ତ ଓଡ଼ିଶାରେ ଏବେ ସବୁ ଶିଷ୍ଟାଚାର ପୂରା ଗଲାଣି ବୋଲି ମାନିବାକୁ ହେବ। କାରଣ, ବିବାହ ଇତ୍ୟାଦି ଭୋଜି ସମୟରେ କିଏ କେତେବେଲେ ଆସେ, ଯାଏ, ଉପହାରଟିଏ ଧରେଇଦିଏ ଓ ଖାଏ, ସେଥିରେ କୌଣସି ବିଶେଷ କଥା ନଥାଏ। ଏମିତିକି ବେଲେବେଲେ ନିମନ୍ତ୍ରିତ ଅତିଥିମାନେ ଏତେ ମାତ୍ରାରେ ଖାଇଦିଅନ୍ତି ଯେ, ପରବର୍ତ୍ତୀ ଲୋକମାନଙ୍କ ପାଇଁ ଖାଇବା ସରିଯାଇଥାଏ। ଏସବୁ ହୁଏ ଅତି ସ୍ୱାଦିଷ୍ଟ ଓ ବ୍ୟୟବହୁଳ ଖାଦ୍ୟପଦାର୍ଥକୁ ନେଇ, ଯଥା ମାଛ, ମାଂସ ଇତ୍ୟାଦି ଆମିଷ ତରକାରୀ କି ରସଗୋଲା ଭଲି ମିଠାକୁ ନେଇ। ଆଉ ଅତିଥିମାନେ କଣ କରନ୍ତି, ଯୋଇଟି ଖାଆନ୍ତି, ସେଇଟି ଗୋଟିଏ କଣରେ ନେଇ ଅଇଁଠା ଥାଲି ଫୋପାଡ଼ି ଦିଅନ୍ତି। ବେଲେବେଲେ ଆବାହକ ମାନେ ସ୍ୱତନ୍ତ୍ର ବ୍ୟବସ୍ଥା ରଖିଥିଲେ ମଧ୍ୟ, ସମସ୍ତେ ତାକୁ ଅଣଦେଖା କରି ନିଜ ମନଇଚ୍ଛା କାମ କରନ୍ତି। ଏ ଯୁଗରେ ସେସବୁ ବଦଅଭ୍ୟାସ ସହିତ ଜୋଡ଼ି ହୋଇଯାଇଛି ସେଲ୍‌ଫି। ସମସ୍ତଙ୍କ ହାତରେ ମୋବାଇଲ୍। ସମସ୍ତେ ଆଜିକାଲି ୟୁ-ଟିୟୁବରେ ଭିଡ଼ିଓଟିଏ ଅପଲୋଡ୍ କରିଦେଇ ହିରୋ, ହିରୋଇନ୍

ହୋଇଗଲେ ବୋଲି ଭାବନ୍ତି। ଏଣୁ ବିବାହ ସମୟର ସାଜସଜ୍ଜା, ରଙ୍ଗବେରଙ୍ଗ ଆଲୁଅ, ସେଲ୍‌ଫି ଓ ଭିଡିଓ ପାଇଁ ଅନୁକୂଳ ପରିସ୍ଥିତି ସୃଷ୍ଟିକରେ।

ଏବେ ଆମେରିକାରେ ମଧ ସେମିତି ଔପଚାରିକତାର ଅଭାବ ଦେଖାଗଲାଣି। ମନଇଚ୍ଛା ଗପ କରୁଥିବେ। ଯିଏ ନିମନ୍ତ୍ରଣ କରିଛି, ସିଏ କଣ ପ୍ରୋଗ୍ରାମ୍ ରଖିଛି, କଣ କହୁଛି, କେତେବେଲେ କଣ ସବୁ ହେବାର ଅଛି, ସେକଥା ଦେଖିବାର ନାହିଁ। ଆସିବେ ଡେରିରେ, ଗପ ଆରମ୍ଭ କରିଦେବେ, କାହା କଥା କିଛି ନିଜେ ତ ଶୁଣିବେନି, ଏବଂ ନିମନ୍ତ୍ରଣ କରିଥିବା ବ୍ୟକ୍ତି ଯାହା କହୁଥିବ, ତାକୁ ବି ଅନ୍ୟ କାହାକୁ ଶୁଣେଇଦେବେନି। ସେମିତି ହିଁ ହେଲା। ଅନନ୍ତର ପାର୍ଟିରେ ଖରାବେଲର ଭୋଜନ ଆରମ୍ଭ ହେଉହେଉ ତିନିଟା ପଇଁଚାଳିଶି ବାଜିଗଲା। ଛନକା ପଶିଲା ନନ୍ଦିନୀ ମନରେ। ସେତେବେଲକୁ ସୁନନ୍ଦା ମଞ୍ଚ ଉପରକୁ ଗୀତ ଗାଇବାକୁ ଆସୁଥାଏ ଓ ପ୍ରକାଶ କେତେ ଜଣ ସାଙ୍ଗଙ୍କ ସହିତ ଗପୁଥାଆନ୍ତି। କିଏ ଜଣେ ଗୀତ ଆରମ୍ଭ କରିବାବେଲେ ଖାଇବା ପାଇଁ ଉଠିଯିବା ଏକ ଅସଭ୍ୟ ଆଚରଣ ବୋଲି ନନ୍ଦିନୀର ଡିକ୍‌ସିନାରୀରେ ଥାଏ। ହେଲେ ଆଜି ସିଏ ସେଭଲି ଆଚରଣ କରିବାକୁ ବାଧ୍ୟହେଲା। ସିଏ ଖାଇବା ପାଇଁ ଧାଡିରେ ଠିଆ ହେବାକୁ ବାହାରିବା ସମୟରେ, ପ୍ରକାଶଙ୍କୁ ଟିକେ ଚିମୁଟିଦେଲା ଓ ସିଏ ସେକଥା ବୁଝିପାରିଲେ। ଗପ ଶେଷ କରି ସିଏ ବି ଯାଇ ନନ୍ଦିନୀର ପଛରେ ପ୍ଲେଟ୍‌ଟିଏ ଧରି ଠିଆ ହୋଇପଡିଲେ। ଏମିତିରେ ପ୍ରାୟ ଚାରିଟା ବେଲକୁ ସେମାନଙ୍କ ଭୋଜନ ସରିଗଲା ଓ ସେମାନେ ତରତର ହୋଇ ପାର୍ଟି କୋଠରିରୁ ବାହାରିଆସିଲେ।

ଘରେ ଆସି ପହଞ୍ଚୁ ପହଞ୍ଚୁ ୫ଟା ୧୫। ପ୍ରକାଶ କହିଲେ, "ଟିକେ ଚାହା କର। ପିଇଦେଇ ମନ୍ଦିର ଯିବା।" ଅଗତ୍ୟା ନନ୍ଦିନୀକୁ ଚାହା ତିଆରି କରିବାକୁ ପଡିଲା। ଚାହା ପିଇ ପ୍ରକାଶ ମନ୍ଦିର ଚାଲିଗଲେ। ଅନ୍ତତଃ ଆୟୋଜକ ହିସାବରେ ଜଣେ ତ ଠିକ୍ ସମୟରେ ଉପସ୍ଥିତ ରହିଥିବା ଉଚିତ୍। ମନ୍ଦିର ଯିବା ପୂର୍ବରୁ ନନ୍ଦିନୀର କେତେଟା ନିୟମ ଥାଏ। ସିଏ ସମସ୍ତ ଅନ୍ତର୍ବାସ ବଦଲାଏ। ଆଉଥରେ ଦାନ୍ତ ଘଷେ, ଅଣ୍ଟାରୁ ପାଦ ପର୍ଯ୍ୟନ୍ତ ଗାଧାଏ ଓ ଧୁଆ ବସ୍ତ୍ର ପିନ୍ଧି ଯାଏ। ଆଗରୁ ସିଏ ଖାଦ୍ୟ ପ୍ରସ୍ତୁତ କରି ପାର୍ଟିକୁ ଯାଇଥିଲା। ତେଣୁ ଶୁଦ୍ଧ ବସନ ପରିଧାନ କରି ସିଏ ସମସ୍ତ ଖାଦ୍ୟ ପଦାର୍ଥ ଯନରେ ଗାଡି ଭିତରେ ରଖିଲା ଓ ଘରୁ ପାଞ୍ଚଟା ୫୦ରେ ବାହାରିଗଲା। ନିଜକୁ ଖରାପ ଲାଗୁଥାଏ ଭାବିକି କି ହୁଏତ କିଛି ଲୋକ ଆସିସାରିବେଣି। ହେଲେ ମନ୍ଦିରରେ ପହଞ୍ଚି ଦେଖିବା ବେଲକୁ କେହି ବି ନଥିଲେ। ମନଟା ମରିଗଲା। ଏମିତିରେ ସାତଟା ପର୍ଯ୍ୟନ୍ତ କେହି ଆସିନଥିଲେ। ସାତଟା ପରେପରେ ଆଉ ପାଞ୍ଚଟି ପରିବାର ଆସି

ଭିନ୍ନଭିନ୍ନ ସମୟରେ ଯୋଗଦେଲେ। ଏବେ ଭଲଲାଗିଲା। ଭଜନ ଓ ଆରତୀ ଠିକ୍‌ଠାକ୍‌ ହେଲା। ତାପରେ ସମସ୍ତେ ପ୍ରସାଦ ସେବନ କରି ନିଜନିଜ ଘରକୁ ଫେରିଲେ।

ଏମିତି ଏବେ ଅନେକ ସ୍ଥାନରେ ଘଟୁଛି। ଲୋକଙ୍କର ପୂଜା, ଭଜନ, ଇତ୍ୟାଦିରେ ଆଗ୍ରହ ଏତେଟା ନାହିଁ। କିନ୍ତୁ ଲୋକଙ୍କ ସହିତ ମିଶିବା, ଗପିବା ଓ ଖୁଆପିଆରେ ଆଗ୍ରହ। ତେଣୁ ପ୍ରାୟତଃ ଆଜିକାଲି ଅନେକ ସେମିତି କରୁଛନ୍ତି। ଯଦିଓ ଆଜିକାଲି ଗୋଟିଏ ଦିନ ଭିତରେ ସେପରି ଅନେକ କିଛି ପ୍ରୋଗ୍ରାମ୍‌ ରହିଯାଉଛି ଓ ଅନେକଙ୍କୁ ଗୋଟିଏ ନୁହେଁ, ଦୁଇ କି ତିନିଟା ଇଭେଣ୍ଟକୁ ଯିବାକୁ ପଡ଼ୁଛି; ସେଥିରେ ଆଉ ଏତେ ଶିଷ୍ଟାଚାର କଥା କିଏ ଭାବୁଛି। ଏମିତି ସମୟରେ ପହଞ୍ଚିଯାଅ, ଯେଉଁ ସମୟରେ ସବୁକିଛିରେ ଉପସ୍ଥିତି ବଜାୟ ରହିବ। ପୂଜାରେ କିଛି ସମୟ ସାମିଲ୍‌ ହେବ, ପ୍ରସାଦ ବି ମିଳିବ ଓ ସାଙ୍ଗସାଥୀଙ୍କ ସହିତ ଗପଶପ ବି। ଏବେ ନନ୍ଦିନୀ ବି ବେଲେବେଲେ ସେମିତି ଭାବୁଛି। କିଏ କୌଣସି ପୂଜାକୁ ୧୦ଟା ବେଲେ ଡାକିଥିଲେ, ସିଏ ହିସାବ କରି ୧୧ଟାରେ ପହଞ୍ଚିବାକୁ ଭାବୁଛି। ତା ଅର୍ଥ, ଘଣ୍ଟାଏ ପୂଜାରେ ରହିପାରିବ; ଆଉ ଘଣ୍ଟାଏ ପ୍ରସାଦ ଓ ଗପଶପରେ ବିତାଇ ଘରକୁ ଫେରିବାକୁ ପଡ଼ିବ। କାରଣ ବାହାରେ ଅଧିକ ସମୟ ରହିଗଲେ, ତା'ର ଘରେ ଅନେକ କାମ ବିଶୃଙ୍ଖଳିତ ହୋଇଯାଉଛି।

ତା' ପର ସପ୍ତାହରେ ଜଣକର ଜନ୍ମଦିନ ଥାଏ। ପିଲାଟିକୁ ଦୁଇବର୍ଷ ପୂରିଲା। କୋଭିଡ୍‌ ଚାଲିଥିଲା ବୋଲି ଗତବର୍ଷ ତା'ର ପିତାମାତା ସେ ଜନ୍ମଦିନ ଭଲରେ କରିପାରିନଥିଲେ। ତେଣୁ ଏବର୍ଷ ସେମାନେ ଅତି ଆଡ଼ମ୍ବରରେ କରିବାକୁ ଆୟୋଜନ କରିଥିଲେ ଓ ଅନେକ ଲୋକଙ୍କୁ ଡାକିଥିଲେ। ସେଥିପାଇଁ ଗୋଟିଏ କମ୍ୟୁନିଟି ସେଣ୍ଟର ଭଡ଼ା ନେଇଥିଲେ। ସେଣ୍ଟରଟି ଭଲରେ ସଜା ହୋଇଥାଏ। ପିଲାଟିର ଅଜା, ଆଇ ଓଡ଼ିଶାରୁ ଆସିଥାନ୍ତି। କିଛି ବନ୍ଧୁବାନ୍ଧବ, ସାଙ୍ଗସାଥୀ ମଧ୍ୟ ଯୁକ୍ତରାଷ୍ଟ ଆମେରିକାର ଅନ୍ୟ ରାଜ୍ୟମାନଙ୍କରୁ ଆସିଥାଆନ୍ତି। ପିଲାର ଜନ୍ମଦିନ ତ; କଣ ଆଉ କାର୍ଯ୍ୟକ୍ରମ ରୁହନ୍ତା ? ଯିଏ ଆସିଲେ, ସମସ୍ତେ ଉପହାର ଦେଇ, ପିଲାଟି ସହିତ ଫଟୋ ଉଠାଇଲେ। ତାପରେ ଯେତେବେଲେ କେକ୍‌ କଟା ସମୟ, ହଠାତ୍‌ ଦେଖିବା ବେଲକୁ କିଛିଲୋକ ଦିଶିଲେନି। ଦେଖୁଦେଖୁ ସେମାନେ ଗୋଟିଏ କଣରେ ବସି ତାସ୍‌ ଖେଳୁଛନ୍ତି। ଏସବୁ ଦେଖି ପ୍ରକାଶ ସତରେ ରାଗିଗଲେ। ଯଦିଓ ଏଇଟା ତାଙ୍କ ପାର୍ଟି ନୁହେଁ, ଅନ୍ୟ ଜଣକର ପାର୍ଟି; ତଥାପି ଲୋକମାନେ ଏମିତି ଅଶିଷ୍ଟ ହୋଇପାରନ୍ତି କେମିତି ? ଜଣକର ଜନ୍ମଦିନକୁ ଆସିଛ, କିନ୍ତୁ ତା' କେକ୍‌ କାଟିବା ସମୟରେ ନ ରହି ତମେ ତାସ୍‌ ଖେଳିବ; ତାହେଲେ ପାର୍ଟିକୁ ଆସୁଥିଲ କାହିଁକି ? ପିଲାଟିର ପିତାମାତା କଣ ଭାବିଥିବେ କେଜାଣି; ହେଲେ

ତା'ର ଅଜା କିନ୍ତୁ ଏଇଟିକୁ ଅପସନ୍ଦ କଲେ। କେକ୍ କଟା ସରିବାପରେ ଆସି ତାସ୍ ଖେଳୁଥିବା ବ୍ୟକ୍ତିମାନଙ୍କୁ ପଚାରିଲେ, "କଣ ଏ ପାର୍ଟିରେ ଆପଣମାନେ ବୋର୍ ହୋଇଗଲେ ନା' କଣ ? ହଁ, ପିଲାଟିର ଜନ୍ମଦିନ ପାର୍ଟି ତ; ସେଥିରେ ଆଉ ଲୋକଙ୍କ ମନ ବହଲେଇବା ପାଇଁ କଣ ବା ଅଧିକ କରିହେବ ? ହେଲେ ବି ଜମା ଦୁଇଘଣ୍ଟାର କଥା। କିନ୍ତୁ ଆପଣମାନେ ବଡ଼ ତାସ୍ ଖେଳ ପ୍ରେମୀ ବୋଧହୁଏ। ତାସ୍ ଖେଳୁଥିବା ସମୟରେ ସେଥିରେ ମଜ୍ଜିଯାଆନ୍ତି। ହଉ ଖେଳନ୍ତୁ।"

ତାସ୍ ଖେଳୁଥିବା ସେ ବ୍ୟକ୍ତିମାନେ ସମସ୍ତେ ଉଚ୍ଚଶିକ୍ଷିତ ଓ ଉଚ୍ଚ ପଦବୀରେ ଆସୀନ। ହେଲେବି ଏ ସାମାନ୍ୟ ସୌଜନ୍ୟର ଅଭାବ ଦେଖି ନନ୍ଦିନୀ ମଧ୍ୟ ମନେମନେ ଚିନ୍ତାକଲା, "ସତରେ ମଣିଷର ଏଭଳି ଆଚରଣ କାହିଁକି ?"

ପ୍ରକାଶଙ୍କୁ ଏବେ ଆଉ ଘରେ କିଛି ଆୟୋଜନ କରିବାକୁ ଭଲଲାଗୁନି। କାରଣ, ଅନେକ ସମୟରେ ସିଏ ଦେଖୁଛନ୍ତି, କିଛି ଲୋକଙ୍କର କୌଣସି କଥାରେ ମନ ରହୁନାହିଁ। ସେମାନେ ଏତେ ମାତ୍ରାରେ ବୋର୍ ହେଉଛନ୍ତି ଯେ ଯାଇ ଗୋଟିଏ କୋଣରେ ତାସ୍ ଖେଳୁଛନ୍ତି, ନହେଲେ ବାହାରକୁ ଯାଇ ଫୋନରେ ଗପ କରୁଛନ୍ତି, ନହେଲେ କିଛି ପାଖ ଦୋକାନକୁ ଡ୍ରାଇଭ୍ କରି ଯାଇ କଫି ପିଉଛନ୍ତି କି ଫେସ୍‌ବୁକରେ ଭିଡ଼ିଓ ଦେଖୁଛନ୍ତି। ସେମାନଙ୍କର ଏମିତି ଆଚରଣ ଦେଖି ପ୍ରକାଶ ବେଳେବେଳେ ମନ୍ତବ୍ୟ ଦିଅନ୍ତି, "ଦେଖ, ଲୋକଙ୍କୁ ଡାକିବ ଡାକିବ ବୋଲି କେତେ ଯୋଜନା କରୁଛ, କେତେ ବ୍ୟସ୍ତ ରହୁଛ, ଦିନସାରା ଖଟୁଛ; ହେଲେ ତୁମ ପାର୍ଟିକୁ ଆସୁଥିବା ଲୋକ ଏମିତି ବୋର୍ ହେଉଛନ୍ତି ଯେ, କେବଳ ଉପସ୍ଥାନଟିଏ ପକେଇ ନିଜନିଜ କାମରେ ଲାଗିପଡ଼ୁଛନ୍ତି। ତେଣେ ପାର୍ଟିର ଉଦ୍ଦେଶ୍ୟ ଚୁଲିକି ଯାଉଛି। ଏଣୁ ଘରେ କିଛି ଆୟୋଜନ କରିବା ହିଁ ବୃଥା।"

ଆଜିକାଲି କେତେଜଣ ସେଭଳି ବୋର୍ ହେଉଥିବା ଲୋକଙ୍କ ପାଇଁ ସ୍ୱତନ୍ତ୍ର ବ୍ୟବସ୍ଥା କରୁଛନ୍ତି। ଛୋଟ ପିଲାର ଜନ୍ମଦିନରେ ବି ଦାରୁ ପରିବେଷଣ କରାଯାଉଛି। ନାଚ, ଗୀତ, ମସ୍ତି ବି ଜୋରରେ ଚାଲୁଛି। ଯେମିତି ଆଜିକାଲି ବିବାହ ସମୟରେ ସଙ୍ଗୀତ ପାର୍ଟି ଚାଲୁଛି, ସେମିତି ଛୋଟପିଲାର ଜନ୍ମଦିନରେ ବି ସଙ୍ଗୀତ ପାର୍ଟି ଚାଲୁଛି। ନହେଲେ କିଏ ତାସ୍ ଖେଳିବ। କିଏ ବସି ଫେସ୍‌ବୁକ୍ ଦେଖିବ। କିଏ ସେଥିରୁ ଲାଇଭ୍ ଭିଡ଼ିଓ କରି ୟୁ-ଟିୟୁବରେ ଛାଡ଼ିବ। ଏମିତି କେତେ ସବୁ।

ଅଗଷ୍ଟ ମାସ ୧ ତାରିଖ। ପ୍ରକାଶ ଆସି ପଚାରିଲେ, "ମନୁର ଇ-ଭାଇଟ୍ ଦେଖିଥିଲ ? ତା' ଭଉଣୀ, ଭିଣୋଇ ଏବେ ଆମେରିକା ଆସିଛନ୍ତି।"

"କଣ ସେଥିପାଇଁ ମନୁ ପାର୍ଟି ରଖିଛି ନା କଣ ?" - ନନ୍ଦିନୀ ପଚାରିଲା।

"ଠିକ୍‌ ସେମିତି କଥା ନୁହେଁ; ହେଲେବି ସେଇଭଳି କଥା ।" – ପ୍ରକାଶ ଜଣେଇଲେ ।

"ଏମିତି ଗୌରଚନ୍ଦିକା ନକରି ଠିକ୍‌ ଭାବେ କୁହ । ମନୁକୁ ତ ପାର୍ଟି କରିବା ପାଇଁ ଗୋଟିଏ ବାହାନା ଦରକାର । ତାହେଲେ ସିଏ ଟିକେ ଚକ୍‌ମକ୍‌ ହୋଇ ସଜେଇ ହେବ ଓ ନାଚିବ । ଜଣାପଡ଼ୁଛି, ଭଉଣୀ, ଭିଣୋଇଙ୍କ ସ୍ୱାଗତାର୍ଥେ କିଛି ଗୋଟିଏ କରିବାକୁ ତା' ମୁଣ୍ଡରେ ପଶିଛି ।"

ନନ୍ଦିନୀର ଏମିତି ବିଶଦ କଥା ଶୁଣି ପ୍ରକାଶ ହସିଲେ । "ତମ ଅନୁମାନ ଅନେକାଂଶରେ ଠିକ୍‌ । ଯଦିଓ ଶତକଡ଼ା ଶହେଭାଗ ଠିକ୍‌ ନୁହେଁ । ମନୁ ତା' ଭଉଣୀର ଏକବର୍ଷର ପୁଅର ଜନ୍ମଦିନ ପାଇଁ ପାର୍ଟି ରଖିଛି ଓ ସେ ପାର୍ଟିର ଡ୍ରେସ୍‌ କୋଡ୍‌ ବି ଦେଇଛି । ସେଇ ଡ୍ରେସ୍‌ କୋଡ୍‌ ଦେଖି ମତେ ହସମାଡ଼ିଲା । ଆମମାନଙ୍କର ଜନ୍ମଦିନରେ ଚକୁଲି ତିଆରି କରି ମୋ ଜେଜେମା ସାହିରେ ବାଣ୍ଟୁଥିଲା । ମୋର ତ ଇଚ୍ଛାହେଉଛି ଏ ଯୁଗର ଶିଶୁଟିଏ ହେଇ ଜନ୍ମ ହେବାକୁ । ତାହେଲେ ମୋ ଜନ୍ମଦିନ ବି ଏମିତି ଜାକଜମକରେ ହୁଅନ୍ତା ।"

ନନ୍ଦିନୀ – "ସେଇଟା କଣ ସମସ୍ତଙ୍କ ଜୀବନରେ ଘଟୁଛି । କେତେ ପୁଣି ଗରୀବ ଲୋକ ଅଛନ୍ତି । ସେମାନଙ୍କ ଘରେ ପିଲାଟିଏ ଜନ୍ମହେଲେ କଣ ଏତେ ଆଡ଼ମ୍ବର ହେଉଛି ? ଖାଲି ଏ ଯୁଗର ଶିଶୁଟିଏ ହୋଇ ଜନ୍ମନେଲେ ଯେ ସବୁ ସୁଖ ମିଳିଯିବ, ସେମିତି ନୁହେଁ । ଥିଲାବାଲା ଘରେ ଜନ୍ମ ନେବାର ସୌଭାଗ୍ୟ ବି ମିଳିବା ଦରକାର । ତେଣୁ ତମ ପରଜନ୍ମରେ ସେମିତି ଥିଲାବାଲା ଘରେ ଶିଶୁଟିଏ ହୋଇ ଜନ୍ମହେବାକୁ ଭଗବାନଙ୍କ ପାଖରେ ଆଜିଠାରୁ ମାନସିକ କର ।"

ପ୍ରକାଶ ପଚାରିଲେ, "ଅଗଷ୍ଟ ୧୬ ତାରିଖ ଶନିବାର ଦିନ ତମର କିଛି ନାହିଁ ତ ?"

ନନ୍ଦିନୀ – "ପାର୍ଟି କେତେବେଲେ ଓ କୋଉଠି ?"

ପ୍ରକାଶ – "ପାର୍ଟି ସନ୍ଧ୍ୟା ୫ଟା ବେଲେ ଓ କଲମ୍ବିଆର ଡବଲ୍‌ ଟ୍ରି ହୋଟେଲର ବଲରୁମରେ ।"

ନନ୍ଦିନୀ – "ସତରେ ନା' କଣ ? ଗୋଟିଏ ବର୍ଷ ପିଲାର ଜନ୍ମଦିନ, ସିଏ ପୁଣି ହୋଟେଲରେ ?"

ପ୍ରକାଶ – "ଆରେ, ଇଏ ପରା ଯୁବପିଢ଼ି; ଅୟସରେ ବଢ଼ିଛନ୍ତି; ଅୟସ କଣ ଜାଣିଛନ୍ତି । ଆଉ କଣ ଆମ ଭଲି ଚୁଡ଼ା ଖାଇ ବଢ଼ିଛନ୍ତି । ଆମେ ଚୁଡ଼ା ହେଲେ, ଏମାନେ ଚୌମିନ୍‌ । ତମେ ଯିବ ଯଦି କୁହ, ମୁଁ ଆର୍‌.ଏସ୍‌.ଭି.ପି. କରିଦେବି ।"

ନନ୍ଦିନୀ – "ପ୍ରୋଗ୍ରାମ୍ କଣ ?"

ପ୍ରକାଶ – "ସେଠିକୁ ଗଲେ ଠିକ୍ ଭାବେ ଜାଣିବ । ତେବେ, ୫ଟା ବେଳେ ଜଳଖିଆ, ଛଟାରୁ ସାତଟା ପ୍ରୋଗ୍ରାମ୍ । ସାତଟାରେ କେକ୍ କଟା ଓ ଡିନର୍ । ସାଢେ ଆଠଟାରୁ ମେହେଫିଲ୍ । ତମେ ଇ-ଭାଇଟ୍ ପାଇଥିବ ମ । ହୁଏତ ସ୍ପାମ୍କୁ ଯାଇଥିବ । ଟିକେ ଚେକ୍ କରିବ ।"

ନନ୍ଦିନୀ – "କଣ କହିଲ ? ମେହେଫିଲ୍ । ସିଏ ପରା ଗୋଟିଏ ବର୍ଷର ଛୁଆ । ସିଏ ଶୋଇବନି କି ?"

ପ୍ରକାଶ – "ଛୁଆ ତା'ର ଶୋଉ । ଅତିଥି ମାନେ ମେହେଫିଲର ମଜା ନେବେ । ମନୁ ସେ ଦାୟିତ୍ୱ ନେବ । ପିଲା ଖାଲି କେକ୍ କାଟିବା ସମୟରେ ଚେଇଁ ଥିଲେ ହେଲା ।"

ନନ୍ଦିନୀ – "ତମେ ଆର୍.ଏସ୍.ଭି.ପି. କରିଦିଅ । ଦେଖିବା, ବର୍ଷେ ଛୁଆର ଜନ୍ମଦିନ ହୋଟେଲରେ କେମିତି ପାଳନ କରାଯାଉଛି । ଆମ ଜୀବନରେ ତ ଏପର୍ଯ୍ୟନ୍ତ ସେମିତି କିଛି ଅନୁଭବ କରିନାହାନ୍ତି । ଏଇଟା ପ୍ରଥମ ଅନୁଭବ ହେବ । ଆମେ ଯାଇ ସାଢେ ପାଞ୍ଚଟା, ଛଅଟା ବେଳକୁ ପହଞ୍ଚିବା ।"

ଅଗଷ୍ଟ ମାସ ୧୨ ତାରିଖ । ନନ୍ଦିନୀ ଓ ପ୍ରକାଶ ଯାଇ ସାଢେ ପାଞ୍ଚଟାରେ ଡବଲ୍ ଟ୍ରି ହୋଟେଲରେ ପହଞ୍ଚିଗଲେ । ସେତେବେଳକୁ ପ୍ରାୟତଃ ୫୦-୬୦ ଜଣ ଅତିଥି ପହଞ୍ଚି ଯାଇଥିଲେ । ସମସ୍ତେ ଜଳଖିଆ ଖାଉଥିଲେ ଓ ନିଜନିଜ ଭିତରେ ଗପଶପ ହେଉଥିଲେ । ବଲ୍‌ରୁମ୍ ବନ୍ଦ ଥିଲା । ପାଞ୍ଚଟା ପଇଁଚାଳିଶି ବେଳକୁ ଖୋଲିବ ବୋଲି ଜଣେ ସାଙ୍ଗ କହିଲା । ସିଏ ମନୁର ଭଲ ସାଙ୍ଗ ଓ ସିଏ ସମସ୍ତଙ୍କୁ ସ୍ୱାଗତ କରିବା ଦାୟିତ୍ୱରେ ଥିଲା । ମନୁ ହୁଏତ ଏବେ ବ୍ୟସ୍ତ ଥିବ । ଲବିରେ ହିଁ ଏ ଜଳଖିଆ ପର୍ବ ଚାଲିଥିଲା । ୧୦ ମିନିଟ୍ ଭିତରେ ୧୦୦-୨୦୦ ଖଣ୍ଡ ଲୋକ ପହଞ୍ଚିଗଲେ । ପାଞ୍ଚଟା ପଚାଶ ବେଳକୁ ବଲ୍‌ରୁମ୍ ଖୋଲିଲା ।

"ବାବାରେ, ଆଖି ଖୋସି ହୋଇଯାଉଛି । ଇଏ କଣ ? ଏତେ ସାଜସଜା ? ଏତେ ଆୟୋଜନ ?"

ମନୁ ତ ସେଇ ସଦା ଚଲଚଞ୍ଚଳ ଚପଳଛନ୍ଦା ମନୁ । ଆଜି ଗୋଟିଏ ଫିକା ଗୋଲାପୀ ଶାଢୀରେ ଅତି ସୁନ୍ଦର ଦିଶୁଥିଲା ।

ଡିଜେ ଦାୟିତ୍ୱରେ ଥିବା ପଞ୍ଜାବୀ ଭଦ୍ରବ୍ୟକ୍ତି ଜଣକ ହିନ୍ଦୀ ଭାଷାର ଅତି ସୁନ୍ଦର ଜନ୍ମଦିନର ଗୀତଟିଏ ବଜେଇଦେଲେ । ତାପରେ ଆଉ କିଛି ଜନ୍ମଦିନର ଗୀତ ମଧ ଗୋଟିଏ ପରେ ଗୋଟିଏ ବାଜିଚାଲିଲା । ବାତାବରଣରେ ମାଦକତା ଭରିଗଲା । ସେଇ

ଭିତରେ ସେ ବର୍ଷକର ପିଲାଟି ତା ବାପା, ମା', ମାଉସୀ ଓ ମଉସାଙ୍କ ଗହଣରେ କେକ୍ କାଟିଲା। ସମସ୍ତେ ହାପି ବାର୍ଥଡେ଼ କହିଲେ। ସେ ପିଲାଟିର ଅନେକ ଫଟୋ ନିଆଗଲା। ଉପସ୍ଥିତ ସମସ୍ତ ଅତିଥିଙ୍କର ମଧ ପିଲାଟି ସହିତ ଫଟୋ ନିଆଗଲା। ତାପରେ ଆରମ୍ଭ ହେଲା ମନୁର ସ୍ୱାଗତ ଭାଷଣ, ନିଜ ଭଉଣୀ ଓ ଭିଣୋଇଙ୍କୁ ଚିହ୍ନେଇଦେଲା ସମସ୍ତଙ୍କ ସହିତ। ସ୍ୱାଗତ ଭାଷଣ ପରେ ମନୁର ସ୍ୱାମୀ ଆସି ପ୍ରୋଗ୍ରାମ୍ ଆରମ୍ଭକଲା। କେତୋଟି ନାଚ, କେତୋଟି ଗୀତ; ଏସବୁ ଭିତରେ ପିଲାଟିର ଖାଇବା ଓ ଶୋଇବା ବେଳ ହୋଇଗଲା। ତା' ବାପା, ମା' ଛୁଆଟିକୁ ଧରି ହୋଟେଲରେ ବୁକ୍ ହୋଇଥିବା ରୁମ୍କୁ ଚାଲିଗଲେ। ସେତେବେଳକୁ ୬ଟା ୫୫ ହୋଇଥିଲା। ଶେଷରେ ମନୁ ଜଣେଇଲା, "ସାତଟା ବେଳେ ଡିନର୍ ପରିବେଷଣ ହେବ। ଡିନର୍ ପରେ ମେହେଫିଲ୍ ୧୧ଟା ପର୍ଯ୍ୟନ୍ତ ଚାଲିବ।"

ସେଇଆ ହିଁ ହେଲା। ଡିନରରେ ଖାଦ୍ୟ ଭଲ ଥିଲା। ପ୍ରକାଶ ଓ ନନ୍ଦିନୀ ମଧ ଏ ସମାରୋହକୁ ବହୁତ ଉପଭୋଗ କଲେ। ହେଲେ ଡିନର୍ ପରେ ଦେଖିବା ବେଳକୁ କେତେକ ବ୍ୟକ୍ତି ବାର୍ ଯାଇ ମଦ ପିଉଛନ୍ତି। କିଛି ଚିହ୍ନାଜଣା ଓଡ଼ିଆଙ୍କ ସହିତ କରିଡ଼ରରେ ଭେଟ ହୋଇଗଲା। ନମସ୍କାର କରି ଭଲମନ୍ଦ ପଚାରିବାକୁ ଯାଉଛନ୍ତି ତ, ସେମାନେ ଏମିତି ଭାବେ କଥାବାର୍ତ୍ତା କଲେ, ଯେଉଁଥିରୁ କିଛି ଗଡ଼ବଡ଼ ଅଛି ବୋଲି ପ୍ରକାଶ ଅନୁମାନ କରିନେଲେ। ଏତିକି ବେଳେ ତାଙ୍କ ମଧରୁ ଜଣଙ୍କର ପତ୍ନୀ ରାନୁ ଅପା ଆସି ତାଙ୍କ ସ୍ୱାମୀଙ୍କର ହାତ ଧରି ଟାଣିନେଲେ ଓ ତାଗିଦ୍ କଲେ, "ତମେ ବାର୍କୁ ଯାଇ କଣ ପାଇଁ ପିଇଲ? ରାତିରେ ଏତେ ବାଟ ଡ୍ରାଇଭ୍ କରି ଫେରିବନି ବୋଲି ହୋଟେଲରେ ରୁମ୍ ବୁକ୍ କଲ। କଣ ଏଇ ପିଇବା ପାଇଁ? ତମେ କିନ୍ତୁ ଏମିତି ଅବସ୍ଥାରେ ସେ ମେହେଫିଲ୍କୁ ଯାଇପାରିବନି। ସିଧା ରୁମ୍କୁ ଆସ।" ଏମିତି କହି ସିଏ ତାଙ୍କ ସ୍ୱାମୀଙ୍କ ହାତ ଧରି ଟାଣିଟାଣି ନେଇ ଏଲିଭେଟର ଆଡ଼କୁ ଗଲେ।

ନନ୍ଦିନୀ ମନେମନେ ରାନୁଅପାଙ୍କୁ ଧନ୍ୟବାଦ ଦେଲା। ଯାହାହେଉ, ସିଏ ଗୋଟିଏ ଭଲକାମ କଲେ। ନହେଲେ ଦେଖ ତ ଏ ଭାଇନାଙ୍କୁ? ଗୋଟିଏ ବର୍ଷକର ପିଲାର ଜନ୍ମଦିନ ପାର୍ଟିକୁ ଆସିଛନ୍ତି। ସେଠି ବି ମଦ ପିଇବେ? ଏମିତି ନିଶା? ଏମିତି ଆସକ୍ତି? ଏମିତି ଗୋଟିଏ ଘଟଣା ତ ଗତ ଜୁଲାଇ ମାସରେ ଥିବା ଓସା କନଭେନସନର ମେହେଫିଲ ସମୟରେ ଘଟିଥିଲା। ଜଣେ ଲୋକ ମଦ ପିଇ ଆସି ଯାହାକୁ ନାହିଁ ତାକୁ ମନକୁ ଯାହା ଆସିଲା କହିଗଲା। ସେ ଲୋକ ପୁଣି ଆସି ନନ୍ଦିନୀ ଓ ପ୍ରକାଶଙ୍କ ପାଖରେ ବସିଗଲା। ସେ ମଦର ଗନ୍ଧରେ ସେ ଦୁଇଜଣ ସେଠି ବସିପାରିଲେନି। ଚାରିପାଞ୍ଚ ଧାଡ଼ି ପଛକୁ ଆସି ବସିଲେ। ମନରେ ପ୍ରଶ୍ନ ଆସିଲା, "ଏମିତି କାହିଁକି?

କୁଆଡ଼େ ଗଲା ସେ ସଂଯମ। ହଁ, ତମର ଯଦି ମଦ ପିଇବାକୁ ଇଚ୍ଛା ହେଲା ତ ନିଜ ରୁମ୍‌ରେ ବସି ପିଇଥାନ୍ତ କି ହୋଟେଲ୍‌ର ବାର୍ ଯାଇ ବସି ପିଇଥାନ୍ତ। ମେହେଫିଲ୍‌କୁ ଆସିଲ କାହିଁକି?"

ଆଜି ବି ସେମିତି ପ୍ରଶ୍ନ ନନ୍ଦିନୀ ମନକୁ ଆସିଲା, "ଏମିତ କାହିଁକି? ସାଧାରଣ ଶିଷ୍ଟାଚାରର ଏମିତି ଅଭାବ କାହିଁକି?"

ନନ୍ଦିନୀର ମୁହଁ ଦେଖି ମନକଥା ପଢିନେଲେ ପ୍ରକାଶ। କହିଲେ, "ଆମେ ଆଉ ସେ ମେହେଫିଲ୍ ପାଇଁ ରହିବାନି। ଚାଲ ଘରକୁ ଫେରିଯିବା।"

ନୃତ୍ୟ ସଂପର୍କ

ସେଇଟା ଥିଲା ୨୦୨୩ ମସିହା, ଶନିବାର, ଜୁନ୍ ୧୭ ତାରିଖ। ଚପଲା କ୍ଲାସ୍‌ର ସମସ୍ତ ନୃତ୍ୟବନ୍ଧୁମାନେ ଅନେକ ପରିମାଣରେ ଉତ୍ସାହିତ ଥିଲେ। ସେମାନେ ସମସ୍ତେ ବୟସ୍କ; ଅନେକଙ୍କର ବୟସ ପଚାଶରୁ ଅଧିକ। ଦୁଇଜଣ ସେମାନଙ୍କ ମଧ୍ୟରୁ ଚାଳିଶୀ ପାଖାପାଖି। ସେମାନେ ସମସ୍ତେ ଏକ ନୂଆ ଧରଣର ପୋଷାକରେ ସଜ୍ଜିତ ଥାଆନ୍ତି। ସେମାନଙ୍କ ପୋଷାକ ସମସ୍ତଙ୍କ ଠାରୁ ନିଆରା ଲାଗୁଥାଏ। ପୋଷାକର ମୁଖ୍ୟ ଆକର୍ଷଣ ଥାଏ ଗୋଲାପି ରଙ୍ଗର ପରର ସ୍କାର୍ଫ, ଯେଉଁଟାକି ସେମାନଙ୍କର ଗଲା ମଣ୍ଡନ କରି ଦୁଇ କଡ଼ରେ ଅଣ୍ଟା ପର୍ଯ୍ୟନ୍ତ ଝୁଲି ରହିଥାଏ। ଏମିତିରେ ତ ଅନ୍ୟ ସମସ୍ତ ଗ୍ରୁପ୍ ସେଇ ସବୁ ଏକା ଧରଣର, ଚକମକିଆ, ରଙ୍ଗବେରଙ୍ଗର ଲେହେଙ୍ଗା, ଘାଗରା, ଇତ୍ୟାଦି ପିନ୍ଧି ନାଚ କରିବାକୁ ପ୍ରସ୍ତୁତ ଥାଆନ୍ତି। କିନ୍ତୁ ଚପଲାର ଗ୍ରୁପ୍ ଉପରେ ସମସ୍ତଙ୍କର ନଜର ଲାଖ୍ ଯାଉଥାଏ। କେବଳ ସେମାନଙ୍କର ପୋଷାକକୁ ଦେଖ। କଳା ଟି-ସାର୍ଟ, ଧଳା ସ୍କର୍ଟ ଓ କଳା ଟି-ସାର୍ଟ ଉପରେ ଗୋଲାପି ରଙ୍ଗର ପକ୍ଷୀପରର ସ୍କାର୍ଫ ସହିତ କେଶରେ ଧଳାଫୁଲ ସେମାନଙ୍କ ବେଶଭୂଷାକୁ ଆହୁରି ଆକର୍ଷଣୀୟ କରିଥାଏ।

ସେମାନେ ସମସ୍ତେ ପରିବେଷଣ କରିବାକୁ ପ୍ରସ୍ତୁତ କରିଥାନ୍ତି ହେଲେନ୍‌ର ଏକ ଗୀତ, ୧୯୬୯ର ପୁରୁଣା ହିନ୍ଦୀ ସିନେମା ଇନ୍ତକାମର "ଆ ଜାନେ ଜା" ଗୀତ। ପ୍ରଥମେ ଯେତେବେଳେ ନୃତ୍ୟ ଶିକ୍ଷକ ଏ ଗୀତଟି ଶିଖେଇବାକୁ ଆରମ୍ଭ କରିଥିଲେ, ଚପଲାକୁ ପସନ୍ଦ ଆସୁନଥିଲା। ଏ ବୟସ୍କ ଚେହେରାରେ ଏମିତି ଏକ ଗୀତରେ କିଏ ନାଚିବ ମ ? ତେବେ କ୍ଲାସ୍‌ର ଅନ୍ୟ ସମସ୍ତେ ଏ ଗୀତଟିକୁ ପସନ୍ଦ କଲେ, କହିଲେ, "ଗୀତଟା ସିନା ପୁରୁଣା, କିନ୍ତୁ ଏଭଳି ଏକ ଗୀତରେ ନାଚିବା ଆମ ପାଇଁ ଏକ ନୂତନ ଅନୁଭୂତି ହେବ।" କ୍ଲାସ୍‌ର ସମସ୍ତେ ଯେତେବେଳେ ଏ ଗୀତ ପସନ୍ଦ କଲେ, ଆଉ କଣ କାଳିଗାଈର ଭିନ୍ନ ଗୋଠ କରି ଚପଲା ଅଡ଼ି ବସିଥାନ୍ତା ?

ଏଇ ନାଚଟି ଶିଖିବା ଆରମ୍ଭ କରିବା ସମୟରେ ସେମାନେ ଥିଲେ ୭ ଜଣ। କିନ୍ତୁ ସେଥିରୁ ଦୁଇଜଣ ପ୍ରଥମେ ଓହରିଗଲେ। ସେମାନଙ୍କର ବିଦେଶ ଭ୍ରମଣ କରିବାର ଯୋଜନା ଥିଲା ଓ ନାଚ ପାଇଁ ସମୟ ଦେଇପାରିବେନି ବୋଲି ଆଗ୍ରହ ରଖିଲେନି। ଆଉ ଜଣେ ସାଙ୍ଗର ପୁଅର ଗ୍ରାଜୁଏସନ୍ ଥିଲା ଜୁନ୍ ୧୭ ତାରିଖ ଦିନ, ସିଏ ବି ମନ ବଲେଇଲାନି। ଯଦିଓ ସିଏ ସବୁ କ୍ଲାସକୁ ଆସୁଥିଲା ଓ ଅଭ୍ୟାସ କରୁଥିଲା, ତେବେ ପରିବେଷଣରେ ରହିପାରିଲାନି। ସେମାନେ ୪ ଜଣ ବଲିଲେ। ସେମାନଙ୍କ ସହିତ ମିଶିଗଲା ଜରମାନ୍‌ଟାଉନ୍‌ର ଜଣେ ସ୍ତ୍ରୀ ଲୋକ। ସିଏ ସେଠି ତା' କ୍ଲାସରେ କେବଲ ଜଣେ ହିଁ ଥିଲା। ଏମିତି ହୋଇ ସେମାନେ ପାଞ୍ଚଜଣ ସେଇ "ଆ ଜାନେ ଜା" ନୃତ୍ୟଟି ପରିବେଷଣ କରିଥିଲେ। ସେ ନୃତ୍ୟଟି ସମସ୍ତଙ୍କୁ ଏତେ ଭଲଲାଗିଥିଲା ଯେ ଆର୍ୟା ନାଚ ସଂସ୍ଥାର ମାଲିକାଣୀ, ରୁପାଲ୍ ସେମାନଙ୍କର ସାକ୍ଷାତକାର ନେବାକୁ ଚାହିଁଲା। ସତରେ ଅନେକ ଭଲ ଲାଗୁଥିଲା। ବିଶେଷ କରି ଚପଲାକୁ ଏ ସବୁ ମଜା ଲାଗୁଥିଲା। ପରିଣତ ବୟସରେ ଏମିତି ସବୁ ରୋମାଞ୍ଚକର, ନୃତ୍ୟ ପରିବେଷଣ କରିବା, ତା ନିଜ ବୟସକୁ କୋଡ଼ିଏ-ତିରିଶି ବର୍ଷ ପଛକୁ ଫେରାଇ ନେଇ ଯାଉଥିଲା ଓ ଶରୀରରେ ସେମିତି ଶକ୍ତି ଓ ବିଚକ୍ଷଣତା ଭରି ଦେଉଥିଲା।

ସେଦିନର ପରିବେଷିତ ୧୫-୧୬ଟି ନୃତ୍ୟର ନିର୍ଦ୍ଦେଶକ ଥିଲେ କେବଲ ଜଣେ ମାତ୍ର ଶିକ୍ଷକ। ସିଏ ବିଚରା ଧଦି ହୋଇ ସାରା ସପ୍ତାହ ଯାକ ଏ ସହର, ସେ ସହର ହୋଇ ନୃତ୍ୟ ଶିକ୍ଷା ପ୍ରଦାନ କରୁଥିଲେ। ଅନ୍ୟ କିଛି ଶିକ୍ଷକ ଆର୍ୟା ସଂସ୍ଥା ଛାଡ଼ି ନିଜନିଜର ସଂସ୍ଥା ଖୋଲିଥିଲେ ଓ ଅନେକ ଆର୍ୟା ଛାତ୍ରଛାତ୍ରୀ ମାନଙ୍କୁ ଯୋଗାଯୋଗ କରି ନିଜ ସଂସ୍ଥାରେ ନାଚ ଶିଖିବାକୁ ପ୍ରବର୍ତ୍ତାଉଥିଲେ। ସେଦିନ ସମସ୍ତେ ସେ ଶିକ୍ଷକ ମୋହସିନ୍‌ଙ୍କର ଅନେକ ପ୍ରଶଂସା କଲେ। କିନ୍ତୁ ଚପଲା ଅନୁଭବ କରୁଥିଲା, ଏତେ ସବୁ ପ୍ରଶଂସା ଭିତରେ କିଛି ଯେମିତି କେଉଁଠି ଫାଙ୍କ ପଡ଼ିଯାଇଛି। ଦୀପର ସଲିତା ଯେମିତି ଲିଭିବା ପୂର୍ବରୁ ଖୁବ୍ ଜୋରରେ ଜଲିଉଠେ, ମୋହସିନ୍‌ଙ୍କର ସେଦିନର ଭୂରିଭୂରି ପ୍ରଶଂସା, ଛାତ୍ରଛାତ୍ରୀ ମାନଙ୍କ ସ୍ନେହ, ଶ୍ରଦ୍ଧା ଓ ଦର୍ଶକ ମାନଙ୍କ କରତାଲି ସେମିତି ହିଁ ଜଲି ଉଠିଥିଲା।

କାରଣ ସେଇ ଜୁନ୍ ମାସ ହିଁ ଆର୍ୟା ନାଚ କଂପାନୀ ସହିତ ମୋହସିନ୍‌ଙ୍କର ଶେଷ ମାସ ଥିଲା।

କୋଭିଡ୍ ସମୟରେ ଯେତେବେଲେ ଜୁମରେ କ୍ଲାସ ଚାଲିଥିଲା, ସେତେବେଲେ ଅନେକ ଛାତ୍ରଛାତ୍ରୀ ନାଚ ଛାଡ଼ିଦେଲେ। ଯଦି ଛାତ୍ରଛାତ୍ରୀ ନାହାନ୍ତି, ତେବେ ଆୟ କେଉଁଠୁ ହେବ? ସେ ସମୟରେ ହୁଏତ ଆର୍ୟା ସଂସ୍ଥାର ଅନେକ

ଶିକ୍ଷକ, ଶିକ୍ଷୟିତ୍ରୀ ବଡ଼ କଠିନ ସମୟ ଦେଇ ଗତି କରିଛନ୍ତି । ସେମାନଙ୍କ ମାସିକ ଦରମା କମିଯାଇଛି ଓ ଦୈନିକ ଚଳଣିରେ ଅସୁବିଧା ହୋଇଛି । ଯଦିଓ ସେମାନଙ୍କ କହିବା ଅନୁସାରେ ଆର୍ଯ୍ୟା ସଂସ୍ଥାକୁ ସରକାରୀ ଅନୁଦାନ ମିଳିଛି, ବିଭିନ୍ନ ସଂସ୍ଥାରୁ ସାହାଯ୍ୟ ମିଳିଛି, ତେବେ କେତେ ମିଳିଛି, ସେଇଟା ପ୍ରକୃତରେ କେହି ଜାଣନ୍ତିନି, କେବଳ ଅନୁମାନ କରନ୍ତି । ମଣିଷ ଯେତେବେଳେ ହଇରାଣ ହୁଏ, ତା'ର ଦୈନିକ ଗୁଜୁରାଣ ମେଣ୍ଟାଇବାରେ ସନ୍ତୁଷ୍ଟ ନରହେ, ସେତେବେଳେ କେତେ ଆଉ ଆଦର୍ଶ ଓ ସଚ୍ଚୋଟ ପଣିଆକୁ ପାଥେୟ କରି ବଞ୍ଚିପାରିବ ? ସେଥିପାଇଁ ଅନେକ ନୃତ୍ୟ ଶିକ୍ଷକ, ଶିକ୍ଷୟିତ୍ରୀ ମାନେ ଆର୍ଯ୍ୟା ସଂସ୍ଥା ଛାଡ଼ି ସ୍ୱାଧୀନ ଭାବେ ନିଜନିଜର ନାଚ କ୍ଲାସ୍ ଖୋଲିଦେଲେ । ମୋହ୍‍ସିନ୍ କିନ୍ତୁ ଜୁନ୍ ୨୦୨୩ ପର୍ଯ୍ୟନ୍ତ ଆର୍ଯ୍ୟା ସହିତ ରହିଥିଲେ ।

ଜୁନ୍ ୨୫ ତାରିଖ, ରବିବାର ଦିନ ଚପଲା ଗ୍ରୁପ୍‍ର ଶେଷ କ୍ଲାସ୍ ଥିଲା । ସେଇ କ୍ଲାସରେ ସମସ୍ତେ କିଛି କିଛି ନୂଆ ନୃତ୍ୟ ଭଙ୍ଗୀ ସବୁ ଶିଖିଲେ । ବାର୍ଷିକ ଉତ୍ସବ ତ ସରିଛି, ଆଉ ଗୋଟିଏ କ୍ଲାସରେ କଣ ବା କିଏ ଶିଖିବ ? ଅବଶିଷ୍ଟ ସମୟ କେବଳ ଗପଶପରେ ବିତିଲା । ଗପଶପ ସମୟରେ ମୋହ୍‍ସିନ୍ କହିଲେ, "ମୁଁ ଆଉ ଏ ମାସ ପରଠାରୁ ଆର୍ଯ୍ୟା ସହିତ ନଥିବି ।"

ସେଇଥିରୁ ଜଣେ ସାଙ୍ଗ ରଜନୀ ପଚାରିଲା, "ନଥିବ ମାନେ କଣ କରିବ ? କୁଆଡ଼େ ଯିବ ?"

"ମତେ ରୂପାଲ୍ ମାଡ଼ାମ୍ କାଲିଫର୍ଣ୍ଟିଆ ଯିବାକୁ କହୁଛନ୍ତି । ହେଲେ ମେରୀଲାଣ୍ଡରେ ମୁଁ ଆଠ ବର୍ଷ ରହିଲିଣି । ଏଠି ସମସ୍ତ ଛାତ୍ରଛାତ୍ରୀ ଓ ସେମାନଙ୍କ ପିତାମାତାଙ୍କ ସହିତ ଏକ ରକମର ସଂପର୍କ ହୋଇଗଲାଣି । ଏବେ ମତେ ମେରୀଲାଣ୍ଡ ଛାଡ଼ି କାଲିଫର୍ଣ୍ଟିଆ ଯିବାକୁ ଭଲଲାଗୁନି ।"

"ତେବେ କଣ ଭାରତ ଫେରିଯିବ ?"

"ନା, ଭାରତ ତ ଫେରିବିନି, ଭାବୁଛି ଆର୍ଯ୍ୟା ସଂସ୍ଥା ଛାଡ଼ି ଦେଇ ନିଜ ସଂସ୍ଥା ଖୋଲିବି ।"

"ସେଇଟା କଣ ସହଜ ହେବ ? ତମ ପାଖକୁ ଛାତ୍ରଛାତ୍ରୀ ଆସିବେ ? ଯଥେଷ୍ଟ ରୋଜଗାର ହୋଇ ଗୁଜୁରାଣ ମେଣ୍ଟିପାରିବ ?"

"କେତେ ଜଣ ଛାତ୍ରଛାତ୍ରୀଙ୍କର ପିତାମାତା ଆଶ୍ୱାସନା ଦେଇଛନ୍ତି । ସେମାନଙ୍କ ସାହାଯ୍ୟ ନେବି । ହେଲେ ଆପଣମାନଙ୍କ ସାହାଯ୍ୟ ବି ଦରକାର କରୁଛି । ଯଦି ମୋର ନୂଆ ସ୍କୁଲ ହୁଏ, ତେବେ ଆପଣମାନେ ସମସ୍ତେ ମୋ ସ୍କୁଲକୁ ଆସିବେ ତ ?"

ଅନ୍ୟ ସମସ୍ତେ କହିଲେ, "ନିଶ୍ଚୟ ଆସିବୁ ।"

ଚପଲା ବି "ଆସିବୁ" ବୋଲି କହିଲା, କିନ୍ତୁ ପର ମୁହୂର୍ତ୍ତରେ ମନେ ପକେଇଲା, "ଆରେ ମୁଁ ତ ସେପଟେମ୍ବର ପାଇଁ ଆର୍ୟା ସହିତ ରେଜିଷ୍ଟ୍ରେସନ୍ କରିସାରିଛି । ସେମାନେ କଣ ସେ ରେଜିଷ୍ଟ୍ରେସନ୍ ଫି ଫେରେଇବେ ?"

ସେଦିନ କ୍ଲାସ୍ ସରିବା ପରେ ବାହାରକୁ ଆସି ସେମାନେ, ନୃତ୍ୟ ବନ୍ଧୁମାନେ, ସମସ୍ତେ ପରସ୍ପର ସହିତ କଥା ହେଲେ । "ମୋହସିନ୍ ଜଣେ ଭଲ ଶିକ୍ଷକ । ତାଙ୍କୁ ଆମମାନଙ୍କର ସାହାଯ୍ୟ କରିବା ଆବଶ୍ୟକ । ସିଏ ଯଦି କାଲିଫର୍ଣ୍ଟିଆ ନ ଯାଇ ଏଠି ଆର୍ୟା ସହିତ ରହନ୍ତି ତ ଭଲ, ଆମେ ସମସ୍ତେ ତାଙ୍କ କ୍ଲାସରେ ରହିବା । ଆଉ ସିଏ ଯଦି ଅଲଗା ସଂସ୍ଥା କରି ନାଚ ଶିଖାନ୍ତି ତ, ଆମେମାନେ ତାଙ୍କ ସଂସ୍ଥା ସହିତ ରହିବା ।"

ଚପଲାର ମୁଣ୍ଡ କିଛି କାମ କରୁନଥିଲା । ଏତେ ସହଜ ଜିନିଷଟା ହଠାତ୍ ଏତେ ଜଟିଲ ହୋଇଯିବ ବୋଲି ସିଏ ଆଶା କରିନଥିଲା । ଏ ନାଚ ଶିଖିବା ତା'ର କେବଳ ବ୍ୟାୟାମ ପାଇଁ, ଶରୀରକୁ ସୁସ୍ଥ ଓ ତାଜା ରଖିବା ପାଇଁ । କେଉଁଠି ଯାଇ ନୃତ୍ୟ ପରିବେଷଣ କରିବା ମୂଳ ଉଦ୍ଦେଶ୍ୟ ନୁହେଁ । ହେଲେବି ସେମିତି କରିବାକୁ ପଡ଼େ, ଯେହେତୁ ସେଇଟା ହେଲା ଶିଖିବାର ଗୋଟିଏ ଦିଗ । ପରିବେଷଣ କରିବାର ନଥିଲେ, ସେମାନେ ଠିକ୍ ଭାବେ କିଛି ଶିଖିବେନି । ହେଲେ ସେ ସହଜ, ସରଳ ପ୍ରକ୍ରିୟାରେ ଯେ ଏମିତି ଏକ ପ୍ରତିବନ୍ଧକ ଆସିଯିବ, ସେକଥା ଚପଲା ମୁଣ୍ଡରେ ପଶୁନଥିଲା । ଏ କୋଭିଡ୍ ପାଇଁ ଏମିତି ସବୁ କଥା । ସେ କୋଭିଡ୍ ହିଁ ସମସ୍ତଙ୍କର ଜୀବିକା ଉପରେ ଆଖି ପକେଇଦେଲା । ନହେଲେ ତ ସବୁ ଠିକ୍‌ଠାକ୍ ଥିଲା । ଆର୍ୟା ସଂସ୍ଥାର କାର୍ଯ୍ୟନିର୍ବାହୀ ରୂପାଲ୍ ପ୍ରତି ଚପଲାର ଭଲ ଧାରଣା ଥାଏ । ଜଣେ ସ୍ତ୍ରୀ ଲୋକ ଭାରତୀୟ ନୃତ୍ୟ ଶୈଳୀକୁ ନେଇ ସାରା ଆମେରିକାରେ ନୃତ୍ୟ ଶିଖାଇବାର ସ୍ୱପ୍ନ ଦେଖିପାରିଛି, ସେଇଟା କଣ କମ୍ କଥା ? ଭାରତରୁ ଶିକ୍ଷକମାନଙ୍କ ପାଇଁ ଭିସା ବ୍ୟବସ୍ଥା କରି ଅଣେଇବା, କେଉଁ ସହରରେ କେଉଁ ଶିକ୍ଷକ ରହିବେ, ସେ ବିଷୟରେ ଭାବିବା, ସେମାନଙ୍କର ରହିବା, ଦରମା ଇତ୍ୟାଦି ବିଷୟରେ ବୁଝିବା, କିଛି କମ୍ କଥା ନୁହେଁ । ସେଥିପାଇଁ ଆର୍ୟା ସଂସ୍ଥା ଛାଡ଼ି ଆଉ କେଉଁଠି ଶିଖିବା କଥା ସିଏ ଭାବିପାରେନି । ଯଦିଓ କୋଭିଡ୍ ସମୟରେ ଜୁମ୍ ମାଧ୍ୟମରେ ଶିଖିବାକୁ ତାକୁ ବି ଅସୁବିଧା ହେଉଥିଲା, ତଥାପି ଶିକ୍ଷକଙ୍କର ଦରମା ବିଷୟ ଚିନ୍ତା କରି ସିଏ କୋଭିଡ୍ ସମୟରେ ବି ଆର୍ୟା ସହିତ ରହିଥିଲା ।

ଚପଲା ଯେମିତି ଭାବୁଥିଲା, ଅନ୍ୟମାନେ ମଧ ସେମିତି ଭାବୁଥିଲେ । ସେମାନେ ସମସ୍ତେ ନୃତ୍ୟ ବନ୍ଧୁ । ଚପଲା ଏକା ଓଡ଼ିଶାର । ଗୀତା ଉତ୍ତରପ୍ରଦେଶର ଝିଅ, ଲୋପା ଗୁଜୁରାଟୀ, କିନ୍ତୁ ତା'ର ପରିବାରର ସମସ୍ତେ ଦକ୍ଷିଣ ଆଫ୍ରିକାରେ ଅବସ୍ଥାପିତ । ଯାମିନୀ ଓ ରାଧିକା ତାମିଲନାଡୁର ଝିଅ । ଏଇମାନେ ସମସ୍ତେ କୋଭିଡ୍

ସମୟରେ ମଧ୍ୟ ନୃତ୍ୟବନ୍ଧୁ ରହିଥିଲେ। କୋଭିଡ୍ ପୂର୍ବରୁ ସେମାନଙ୍କ କ୍ଲାସରେ ଥିଲେ ସମୁଦାୟ ୧୬ ଜଣ ଝିଅ। ଉପରୋକ୍ତ ସ୍ତ୍ରୀ ଲୋକମାନଙ୍କ ବ୍ୟତୀତ ସେ କ୍ଲାସରେ ଥିଲେ ୫ ଜଣ ଗୁଜୁରାଟର, ୨ ଜଣ ରାଜସ୍ଥାନର, ଜଣେ ଆନ୍ଧ୍ରର, ଜଣେ ମହାରାଷ୍ଟ୍ରର, ଜଣେ କୃଷ୍ଣକାୟ ଆମେରିକାନ୍ ଓ ଜଣେ ପଞ୍ଜାବର। କୋଭିଡ୍ ସମୟରେ ପ୍ରାୟ ସାତ ମାସ ପର୍ଯ୍ୟନ୍ତ ସମସ୍ତେ ଜୁମ୍‌ର କ୍ଲାସରେ ରହିଥିଲେ। ତେବେ କୋଭିଡ୍ କଟକଣା ଯେହେତୁ କ୍ରମାଗତ ଭାବେ ଲାଗିରହିଲା, ଅନେକ ସେଥିପାଇଁ ବନ୍ଦ କରିଦେଲେ କାରଣ ଜୁମ୍‌ରେ ଡାହାଣ, ବାମ ଠଉରାଇବାରେ ସେମାନଙ୍କୁ କଷ୍ଟ ହେଲା। ତାପରେ ଯେଉଁ ୬ ମାସରେ ଥରେ ଆର୍ଯ୍ୟ। ସଂସ୍କାର ଶୀତକାଲୀନ ଓ ଗ୍ରୀଷ୍ମକାଲୀନ ସମାରୋହ ଜୁମ୍‌ରେ ରହୁଥିଲା, ସେଥିରେ ନାଚିବା ସମୟରେ ସମସ୍ତେ ହଡ଼ବଡ଼େଇ ଯାଉଥିଲେ। କିଛି ଠଉରାଇପାରୁନଥିଲେ। ଶେଷରେ ଅତିଷ୍ଠ ହୋଇ ସେମାନେ ବିଦାୟ ନେଲେ।

୨୦୨୧ ମସିହା ମାର୍ଚ୍ଚ ୨୬ ତାରିଖରେ ଜୁମ୍ ମାଧ୍ୟମରେ ଆର୍ଯ୍ୟା ଡ୍ୟାନ୍ସ କ°ପାନୀର ଗୋଟିଏ ସମାରୋହ ହୋଇଥିଲା। ସେ ପ୍ରୋଗ୍ରାମ୍ ପର୍ଯ୍ୟନ୍ତ ସେମାନଙ୍କୁ ଜୁମ୍ ମାଧ୍ୟମରେ ନାଚ ଶିଖାଉଥିଲେ ସେମାନଙ୍କର ଶିକ୍ଷକ ରୋହନ୍। ୨୦୨୧ ମସିହା ମାର୍ଚ୍ଚ ପରେ ରୋହନ୍ ନିଉଜର୍ସୀ ଚାଲିଗଲେ ଓ ଅନ୍ୟ ଗ୍ରୁପ୍ ମାନଙ୍କୁ ନାଚ ଶିଖାଇବାର ଦାୟିତ୍ୱ ନେଲେ। ଚପଲା ଗ୍ରୁପର କ୍ଲାସ ନେଲେ ଆଉ ଜଣେ ଶିକ୍ଷକ। ତାଙ୍କ ନା ମୋହସିନ୍।

୨୦୨୧ ଏପ୍ରିଲ୍ ବେଳକୁ ଭାରତରେ କୋଭିଡ୍‌ର ଦ୍ୱିତୀୟ ପ୍ରବାହ ଚାଲିଥିଲା। ସେ ସମୟରେ ୟାମିନୀର ବାପା କୋଭିଡ୍‌ରେ ଆକ୍ରାନ୍ତ ହେଲେ। କିଛିଦିନ ୟାମିନୀ ଅନୁପସ୍ଥିତ ରହିଲା। ନାଚକ୍ଲାସରେ ରାଧିକା ୟାମିନୀର ବାପାଙ୍କ ସ୍ୱାସ୍ଥ୍ୟ ବିଷୟରେ ବିବରଣୀ ଦେଉଥିଲା। ଶେଷରେ ଦିନେ ଖବରଦେଲା ଯେ, ୟାମିନୀର ବାପା ଶେଷନିଃଶ୍ୱାସ ତ୍ୟାଗକଲେ। ୟାମିନୀ ଏମିତିରେ ତିନି ମାସ ପର୍ଯ୍ୟନ୍ତ କ୍ଲାସ କଲାନି।

କ୍ଲାସ ଯେହେତୁ ଜୁମ୍‌ରେ ହେଉଥିଲା, ମଝିରେ ମଝିରେ ଟେକ୍ସାସରୁ, କାଲିଫର୍ଣ୍ଣିଆରୁ, ମିଚିଗାନ୍‌ରୁ ଓ ଆମେରିକାର ଅନ୍ୟ ରାଜ୍ୟମାନଙ୍କରୁ ଜଣେଜଣେ ଯୋଗ ଦେଉଥିଲେ, ପୁଣି ବିଦାୟ ନେଉଥିଲେ। ୨୦୨୧ ଅଗଷ୍ଟ ମାସ ବେଳକୁ, ସମସ୍ତେ ପ୍ରାୟ କୋଭିଡ୍-୧୯ ଟୀକା ନେଇସାରିଥିଲେ। ତେଣୁ ଆର୍ଯ୍ୟା ଡ୍ୟାନ୍ସ କ°ପାନୀ ସେପଟେମ୍ବର ୨୦୨୧ରୁ ସମସ୍ତ କ୍ଲାସ ଷ୍ଟୁଡିଓରେ ଆରମ୍ଭ କରିବାକୁ ସ୍ଥିରକଲା। ସମସ୍ତଙ୍କୁ ଚେତାବନୀ ବି ଦିଆଗଲା ଯେ ଶ୍ରେଣୀଗୃହରେ ମାସ୍କ ପିନ୍ଧିବେ ଓ ସାନିଟାଇଜର ବ୍ୟବହାର କରିବେ। ପ୍ରବେଶ ସମୟରେ ଶିକ୍ଷକ/ଶିକ୍ଷୟିତ୍ରୀ ସେମାନଙ୍କର ଶରୀରର ଉଷ୍ମାପ ମାପିବେ ଓ ତାପରେ ସେମାନେ ଭିତରକୁ ଯାଇପାରିବେ। ସମସ୍ତଙ୍କୁ ସାମାଜିକ

ଦୂରତା ମଧ୍ୟ ରକ୍ଷା କରିବାକୁ ନିର୍ଦ୍ଦେଶ ଦିଆଗଲା । ଚପଲାର କ୍ଲାସ୍ ଆରମ୍ଭହେଲା ସେପ୍ଟେମ୍ବର ୧୮ ତାରିଖ ଶନିବାର ଦିନଠାରୁ । ସମସ୍ତେ ଶ୍ରେଣୀରେ ସତର୍କତା ଅବଲମ୍ବନ କରୁଥିଲେ, ମୁହଁରେ ମୁଖା ପିନ୍ଧୁଥିଲେ, ପରସ୍ପରଠାରୁ ଦୂରତା ରକ୍ଷା କରୁଥିଲେ । ଏମିତି କିଛିଦିନ ଚାଲିଲା । ତାପରେ ଆସିଲା କୋଭିଡ୍‌ର ଆଉ ଏକ ପ୍ରତିରୂପ ଓମିକ୍‌ନ୍‌ର ପ୍ରବାହ । ସେତେବେଳେ ପ୍ରାୟ ମାସକ ପାଇଁ ସବୁ କ୍ଲାସ ଜୁମରେ ହେଲା; ଅବଶ୍ୟ ସେଥିରୁ ପନ୍ଦର ଦିନ କ୍ରିସ୍‌ମାସ୍ ପାଇଁ ଛୁଟି ଥିଲା । କିନ୍ତୁ ସେ ବର୍ଷର ଶୀତକାଳୀନ ସମାରୋହ ଆଉ ଲୋକଙ୍କ ଗହଳରେ ହୋଇପାରିଲାନି, ହେଲା ଜୁମରେ । ୨୦୨୨ ଫେବ୍ରୁଆରୀ ବେଳକୁ କ୍ଲାସରେ ଆଉ ଦୁଇଜଣ ଯୋଗ ଦେଲେ । ସେମାନେ ଅନ୍ୟ ଏକ ଶ୍ରେଣୀରେ ଥିଲେ । ତେବେ ସେ ଶ୍ରେଣୀର ସମୟ ଦିନରୁ ରାତିକୁ ବଦଳିଯିବାରୁ, ସେମାନେ ଚପଲାର କ୍ଲାସରେ ରହିଲେ । ଏବେ କ୍ଲାସ୍ ହେଉଥିଲା ପ୍ରତି ରବିବାର ଦିନ, ଅପରାହ୍ନ ଦୁଇଟା ବେଳେ ।

ଏମିତି ହୋଇ ସବୁ ଚାଲିଥିଲା । ହେଲେ ମଧ୍ୟ କୋଭିଡ୍ ପୂର୍ବରୁ ଯେତେ ସଂଖ୍ୟାରେ ଛାତ୍ରଛାତ୍ରୀ ଥିଲେ, ସେତେ ଆଉ ରହିଲେନି । ହୁଏତ ସମସ୍ତଙ୍କ ଜୀବନରେ କିଛି ଅଲଗା ରକମର ପରିବର୍ତ୍ତନ ଆସିଲା, ମନରେ ଅଲଗା ରକମର ଖିଆଲ ଆସିଲା । ସେଇଥିପାଇଁ ହୁଏତ ନୃତ୍ୟ ଶିକ୍ଷକମାନଙ୍କୁ ଠିକ୍ ରୂପେ ପାରିଶ୍ରମିକ ମିଳୁନଥିଲା । ଯଦି କ୍ଲାସରେ ପନ୍ଦର ଜଣଙ୍କ ବଦଳରେ ସାତ ଜଣ ରହିଲେ, ତେବେ ଆୟ ତ କମିଲା ନା । ଆଉ ସେଇ ଅନୁସାରେ ଶିକ୍ଷକମାନଙ୍କ ଦରମା ମଧ୍ୟ । ଏଭଳି ସମୟ ଦେଇ କିଛିଦିନ ଚାଲିଲା । କ୍ଲାସରେ କେତେଜଣ ସବୁବେଳେ ସବୁକଥା ଜାଣିବାକୁ ଚାହାନ୍ତି । ସମସ୍ତେ ଯେତେବେଳେ ରୋହନ ଠାରୁ ମେସେଜ୍ ପାଇଲେ ତା' କ୍ଲାସରେ ଯୋଗ ଦେବାପାଇଁ, ସମସ୍ତଙ୍କର ଆର୍ୟା ବିଷୟରେ ଅଧିକ ଜାଣିବାର ଆଗ୍ରହ ବଢିଲା । ସେତେବେଳେ ଶିକ୍ଷକ ମୋହସିନ୍ ଆର୍ୟା ସଂସ୍ଥା ପ୍ରତି ଅନୁରକ୍ତ ଥିଲେ । ଆର୍ୟା ସଂସ୍ଥାର ବିରୁଦ୍ଧରେ କିଛି କହନ୍ତିନି । ଅନ୍ୟ ନୃତ୍ୟ ଶିକ୍ଷକ ଶିକ୍ଷୟିତ୍ରୀ ମାନଙ୍କ ବିଷୟରେ ପଚାରିଲେ, ସେମାନଙ୍କର ଜୀବନ ସଂଘର୍ଷ ବିଷୟରେ କହନ୍ତି ।

ଭାରତର ପ୍ରଧାନ ମନ୍ତ୍ରୀ ମୋଦି ଯେତେବେଳେ ଜୁନ ୨୦୨୩ରେ ୱାସିଂଟନ୍ ଡିସି ଆସିବାର ଯୋଜନା ହେଲା, ସେତେବେଳେ ତାଙ୍କ ପ୍ରୋଗ୍ରାମ୍ ପାଇଁ ଆର୍ୟା ସଂସ୍ଥା ତରଫରୁ ନୃତ୍ୟ ପ୍ରଦର୍ଶନ ପାଇଁ ଅଭ୍ୟାସ ଚାଲିଲା । କିନ୍ତୁ ସେଇ ସମୟରେ ଶିକ୍ଷକ ମୋହସିନଙ୍କୁ ସଂସ୍ଥା ଅଣଦେଖା କରି ସେ ନୃତ୍ୟର ଦାୟିତ୍ୱ ଅନ୍ୟ ଜଣେ ଶିକ୍ଷୟିତ୍ରୀଙ୍କୁ ଦେଲେ । ସେଇକଥାଟା ମୋହସିନଙ୍କୁ ଅନେକ ବାଧିଲା । ଆର୍ୟାର ଖରାପ ସମୟରେ ସିଏ ତା' ସହିତ ଥିଲେ । ସପ୍ତାହର ସାତଦିନ ଯାକ ଅକ୍ଲାନ୍ତ ପରିଶ୍ରମ କରି

ମେରୀଲାଣ୍ଡ ଓ ଭରଜିନିଆର ବିଭିନ୍ନ ସହରରେ ନାଚ ଶିଖାଇବାକୁ ଯାଉଥିଲେ। କିନ୍ତୁ ଯେତେବେଳେ ଟିକେ ସମ୍ମାନର କଥା ଆସିଲା, ମୋଦିଙ୍କ ଭଳି ଅତିଥିଙ୍କର ପ୍ରୋଗ୍ରାମରେ ନିଜର ଭୂମିକା ରଖିବାର ସମୟ ଆସିଲା, ସେତେବେଳେ ତାଙ୍କୁ ଅଣଦେଖା କରାଗଲା।

ତାପରେ ଆସିଲା ଆଉ ଏକ ଖରାପ ସମ୍ବାଦ; ମୋହସିନ୍‌ଙ୍କୁ କାଲିଫର୍ଣ୍ଡିଆ ପଠାଇଦେବାର ପ୍ରସ୍ତାବ।

ଏ ସବୁ ଭିତରେ ଦୁଇମାସ ବିତିଯାଇଥିଲା। ଏଠିକାର ଗ୍ରୀଷ୍ମ ସମୟରେ, ଅର୍ଥାତ୍‌ ଜୁଲାଇ ଓ ଅଗଷ୍ଟରେ ସମସ୍ତ ଶିକ୍ଷାନୁଷ୍ଠାନ ବନ୍ଦ ରହେ। ସମସ୍ତେ ପ୍ରାୟ ଛୁଟି କଟାଇବାକୁ ଅନ୍ୟ ସହର, ଦେଶ ଇତ୍ୟାଦି ଯାତ୍ରା କରନ୍ତି। ତେଣୁ ଆର୍ଯ୍ୟା କ୍ଲାସ ବି ବନ୍ଦ ରହେ। ତେବେ କୋଭିଡ୍‌ ପରଠାରୁ ସମସ୍ତେ ଜୁମ୍‌ ସହିତ ପରିଚିତ ହୋଇଗଲେ। ତେଣୁ ଜୁଲାଇ ଓ ଅଗଷ୍ଟରେ ଆର୍ଯ୍ୟା ଜୁମ୍‌ ମାଧ୍ୟମରେ ନାଚ କ୍ଲାସ ଜାରି ରଖିଥିଲା। ଏବର୍ଷ ଚପଲାକୁ ସେଥିପାଇଁ ସମୟ ନଥିଲା। ତେଣୁ ସିଏ ଯୋଗ ଦେଇନଥିଲା। ହଠାତ୍‌ ସେପଟେମ୍ବରରେ ମୋହସିନଙ୍କ ଠାରୁ ଏକ ମେସେଜ୍‌ ମିଳିଲା। ସିଏ ଜଣେ ଛାତ୍ରଙ୍କ ପିତାମାତାଙ୍କ ସାହାଯ୍ୟରେ "ତାଲ୍‌ ଏକାଡେମୀ" ନାମକ ଏକ ନୃତ୍ୟ ଅନୁଷ୍ଠାନ ଗଢ଼ିଛନ୍ତି ଓ ତାର କ୍ଲାସ ଆରମ୍ଭ ହେଉଛି ସେପଟେମ୍ବର ୧୦ରୁ; କଲମ୍ବିଆ ସହରର ଏକ ନୃତ୍ୟ ଷ୍ଟୁଡ଼ିଓରୁ।

ରାଧିକା ମଧ୍ୟ ସେମାନଙ୍କର ନାଚ ହ୍ୱାଟ୍ସଆପ୍ ଗ୍ରୁପରେ ଖବର ଦେଇ ସମସ୍ତଙ୍କୁ ଜଣେଇଲା ଓ ସିଏ ପ୍ରଥମ କ୍ଲାସକୁ ଯାଉଛି ବୋଲି ଲେଖିଲା। ଚପଲା ସେ ନୂଆ ଅନୁଷ୍ଠାନ ଓ କ୍ଲାସ ବିଷୟରେ ଆଗ୍ରହ ରଖି ପ୍ରଥମ କ୍ଲାସରେ ଯୋଗଦେବାକୁ ଗଲା। ଷ୍ଟୁଡ଼ିଓଟି ଚପଲାର ପସନ୍ଦ ଆସିଲା। ସେ ଷ୍ଟୁଡ଼ିଓଟି ଏକ କାରାଟେ ଶିଖାଇବାର ଷ୍ଟୁଡ଼ିଓ। ସେ ହଲର ଦୁଇପାର୍ଶ୍ୱରେ ବଡ଼ ସାଇଜ୍‌ର ଦର୍ପଣ ଲାଗିଥିଲା। ସେପଟେମ୍ବର ମାସର ସେ ପ୍ରଥମ କ୍ଲାସରେ କେବଳ ଦୁଇଜଣ ଥିଲେ, ରାଧିକା ଓ ଚପଲା। ଶିକ୍ଷକ ମୋହସିନ୍‌ ଅତି ଦକ୍ଷ ଶିକ୍ଷକ, ସିଏ ନିଜ ଶୈଳୀରେ ଏକ ନୂଆ ଗୀତରେ ନୃତ୍ୟ ଶିକ୍ଷା ଦେଲେ। କ୍ଲାସ ପରେ ଚପଲା ତାଲ୍‌ ଏକାଡେମୀର ପ୍ରତିଷ୍ଠାତା ମିଷ୍ଟର ଆକାଶ ଶର୍ମାଙ୍କ ସହିତ ପରିଚିତ ହେଲା ଓ ମୋହସିନ୍‌ଙ୍କୁ ସାହାଯ୍ୟ କରିଥିବାରୁ ତାଙ୍କୁ ଧନ୍ୟବାଦ ଦେଲା।

ଦ୍ୱିତୀୟ କ୍ଲାସରେ ରାଧିକା ଅନୁପସ୍ଥିତ ଥିଲା। ତେବେ ଅନ୍ୟ ନୂଆ ଦୁଇଜଣ ଛାତ୍ରୀ ଯୋଗ ଦେଇଥିଲେ, ଓ ପୁରୁଣା ଜଣେ ନୃତ୍ୟ ବନ୍ଧୁ ଉପସ୍ଥିତ ଥିଲେ।

ଆର୍ଯ୍ୟା ଠାରୁ ବି ଚପଲା ଖବର ପାଇଲା। ଚପଲା ଯେଉଁ ଶନିବାରର ସକାଳ କ୍ଲାସ ପାଇଁ ରେଜିଷ୍ଟ୍ରେସନ୍‌ କରିଥିଲା, ଛାତ୍ରଛାତ୍ରୀଙ୍କ ଅଭାବ ପାଇଁ ସେ କ୍ଲାସ ଆଉ

ହୋଇପାରିବନି । ବୟସ୍କଙ୍କ ପାଇଁ ସେ କ୍ଲାସ୍ କଲମ୍ବିଆରେ ପ୍ରତି ରବିବାର ରାତିରେ ୮ଟା ୩୦ରୁ ୯ଟା ୩୦ ପର୍ଯ୍ୟନ୍ତ ଚାଲିବ ।

ଚପଲା ବିଚଲିତ ହେଲା । କଣ କରିବ କିଛି ବୁଝିପାରିଲାନି । ବିଶେଷତଃ ରବିବାର ରାତ୍ରିରେ କୌଣସି କ୍ଲାସ୍ କରିବାରେ ଆଗ୍ରହ ତାର ନଥିଲା । ତାପରେ ଦେଖିଲା ଯେ ନିଜ ଘର ପାଖ ସହର କ୍ଲାର୍କସ୍ବିଲରେ ପ୍ରତି ବୁଧବାର ରାତିରେ ବୟସ୍କଙ୍କ ପାଇଁ କ୍ଲାସ୍ ହେବ । ଥରେ ପରୀକ୍ଷା କରିବା ପାଇଁ ସେପଟେମ୍ବର ୨୦ ତାରିଖ, ବୁଧବାର ଦିନ ଚପଲା ସେ କ୍ଲାସକୁ ଗଲା । ସେଠି କେହି ବି ନଥିଲେ । କେବଳ ଦୁଇଜଣ ଶିକ୍ଷକ ମହଜୁଦ୍ ଥିଲେ । ଚପଲା ପଚାରିଲା, "କଣ ଏ କ୍ଲାସରେ କେହି ଛାତ୍ରୀ ନାହାନ୍ତି ?"

ସେମାନେ କହିଲେ, "ନା । ତାପରେ ଏଇଟା ନୂଆ ଷ୍ଟୁଡ଼ିଓ ତ, ହୁଏତ ଅନେକ ଜାଣିନାହାନ୍ତି ।"

"ଆଉ ପିଲାମାନଙ୍କ କ୍ଲାସ୍ । ସେଥିରେ ଛାତ୍ରଛାତ୍ରୀ ଅଛନ୍ତି ନା ନାହିଁ ?"

"ହଁ, ସେଥିରେ ଛାତ୍ରଛାତ୍ରୀ ଅଛନ୍ତି । କେବଳ ବୟସ୍କଙ୍କ କ୍ଲାସରେ ଏପର୍ଯ୍ୟନ୍ତ କେହି ନାହାନ୍ତି ।"

"କଲମ୍ବିଆର ସେ ରବିବାର ରାତି କ୍ଲାସରେ ଛାତ୍ରୀ ହେଉଛନ୍ତି ?"

"ହଁ, ସେ କ୍ଲାସ୍ ଠିକ୍ ଚାଲିଛି । କେବଳ ଏଇ କ୍ଲାସରେ ଏପର୍ଯ୍ୟନ୍ତ ଆମେ କାହାକୁ ଦେଖିନୁ । ଆଜି ଆପଣଙ୍କ ସହିତ ଦେଖାହେଲା ।"

ସେ ଦୁଇଜଣ ଅଳ୍ପ ବୟସର ପିଲା ମନେ ହେଉଥିଲେ; ହୁଏତ ୨୫–୩୦ ବର୍ଷ ହେବ କି କଣ । ତାଙ୍କ ଭିତରୁ ଜଣେ ରାଜସ୍ଥାନର ଥିଲା ଓ ଜଣେ ଗୁଜୁରାଟର । କିନ୍ତୁ ଉଭୟ ବମ୍ବେରେ ହିଁ ନାଚ ଶିଖାଉଥିଲେ । ସେମାନଙ୍କ ସହିତ ପ୍ରାୟ ୧୫ ମିନିଟ୍ କଥାବାର୍ତ୍ତା କଲା ଚପଲା । ସେ ସମୟ ଭିତରେ ଅନ୍ୟ କେହି ନ ପହଞ୍ଚିବାରୁ ଚପଲା ଫେରିବାକୁ ଚାହିଁଲା । ସେ ନୂଆ ଶିକ୍ଷକଙ୍କ ମଧ୍ୟରୁ ଜଣେ ଚପଲାର ନାମ ଓ ଇମେଲ୍ ରଖିଲା । ଯଦି ସେ କ୍ଲାସକୁ ଅନ୍ୟ ଛାତ୍ରଛାତ୍ରୀ ମାନେ ଆସନ୍ତି, ତେବେ ସେମାନେ ଚପଲାକୁ ଜଣେଇବେ ବୋଲି କହିଲା ।

ଏଣୁ ଚପଲା ସ୍ଥିରକଲା ଯେ ସିଏ ମୋହସିନ୍ର କ୍ଲାସରେ ହିଁ ରହିଥିବ । ଯଦି ଆର୍ୟା ଠାରୁ ଖବର ଆସେ, ତେବେ ୨–୩ ମାସ ପାଇଁ ସିଏ ଉଭୟ ସ୍ଥାନକୁ ନୃତ୍ୟ ଶିକ୍ଷା ପାଇଁ ଯିବ ।

ଆର୍ୟା ଠାରୁ ଆଉ କିଛି ଖବର ଆସିନଥିଲା ।

ଅକଟୋବର ୧ ତାରିଖର କ୍ଲାସରେ କିଛି ନୂଆ ଛାତ୍ରୀ ଯୋଗ ଦେଇଥିଲେ ।

ସେମାନଙ୍କୁ ମିଶେଇ କ୍ଲାସରେ ୧୨ ଜଣ ହୋଇଗଲେ। କ୍ଲାସ୍ ଶେଷରେ ସେମାନେ ପୁରୁଣା ନୃତ୍ୟବନ୍ଧୁ ମାନେ ଯେବେ ଗପିଲେ, ରାଧିକା କହିଲା, "ମୋହସିନ୍‌ଙ୍କୁ କହିବା, ସିଏ ୨ଟି କ୍ଲାସ୍ କରନ୍ତୁ। ନହେଲେ ଏତେ ଜଣଙ୍କ ସହିତ କ୍ଲାସ୍ କରିବା କଠିନ ହୋଇଯିବ। କିଏ କେଉଁ କ୍ଲାସରେ ଅନୁପସ୍ଥିତ ରହିଲା ତ, ସେଇ ଏକା ଶିକ୍ଷା ବାରମ୍ବାର ଦୋହରେଇବାକୁ ପଡ଼ିବ। ତାହେଲେ ଲାଭ କଣ?"

ଅକଟୋବର ୮ ତାରିଖରେ ମୋହସିନ୍‌ଙ୍କର ବୟସ୍କଙ୍କ ପାଇଁ ଉଦ୍ଦିଷ୍ଟ କ୍ଲାସରେ କୋଠରି ଭର୍ତ୍ତି। ସମସ୍ତଙ୍କୁ ମିଶାଇ ଚପଲାର କ୍ଲାସରେ ପ୍ରାୟ ୧୭ ଜଣ ଥିଲେ। ସେଥିରୁ ସେମାନେ ପୁରୁଣା ନୃତ୍ୟବନ୍ଧୁ ପାଞ୍ଚ ଜଣ ଥିଲେ ଓ ଅନେକ ନୂଆ ସ୍ତ୍ରୀ ଲୋକମାନେ ଯୋଗ ଦେଇଥିଲେ। ନୂଆ ସ୍ତ୍ରୀ ଲୋକମାନଙ୍କ ବୟସ ସବୁ ୩୦ରୁ ୬୦ ଭିତରେ ହେବ। ତେବେ ସମସ୍ତଙ୍କ ମନରେ ଫୁର୍ତ୍ତି ଥିଲା। ସମସ୍ତେ ଏକା ସାଙ୍ଗରେ ଅଭ୍ୟାସ କରୁଥିବା ସମୟରେ ଭାରି ଉପଭୋଗ କରୁଥିଲେ। ଚପଲାକୁ ସେ ଅନୁଭୂତି ଭଲଲାଗିଲା।

ଯାହାହେଉ ମୋହସିନ୍ କୂଳରେ ଲାଗିଗଲେ। ମୋହସିନ୍‌ଙ୍କର ଏ ଯେଉଁ ନୂଆ ଚେଷ୍ଟା, ନୂଆ ଚାକିରି, ସେ ଚେଷ୍ଟାର ସଫଳ ଭବିଷ୍ୟତ ପାଇଁ ଚପଲା ମନେମନେ ଈଶ୍ୱରଙ୍କ ନିକଟରେ ପ୍ରାର୍ଥନା କଲା।

ଲୋପାମୁଦ୍ରାର ଝିଅ

ସେ ଝିଅଟିର ନାଆଁଟା କାହିଁକି କେଜାଣି ଉପେନ୍ଦ୍ରଙ୍କର ମନରେ ରହୁନଥିଲା । ଯେତେବେଳେ ତା' କଥାଟି ପଡ଼େ, କି ତା' ବିଷୟରେ କିଛି କହିବାକୁ ସିଏ ଚାହାନ୍ତି, ଲୋପାମୁଦ୍ରାର ଝିଅ ବୋଲି କୁହନ୍ତି । ଲୋପାମୁଦ୍ରାର ଝିଅର ଉଦାହରଣ ସମସ୍ତଙ୍କୁ, ବିଶେଷ କରି ନିଜ ଝିଅମାନଙ୍କୁ ଦିଅନ୍ତି, "ଦେଖ ତମେମାନେ, କେତେ ଗୁଣର ସେ ଝିଅଟି; ଭଲ ପଢୁଛି, ଭଲ ନାଚୁଛି, ଓଡ଼ିଆରେ କଥାବାର୍ତ୍ତା କରୁଛି ଓ ଭଲ ଭଜନ ଗାଉଛି ମଧ୍ୟ । ଆଉ ତମେମାନେ, ଖାଲି ଅୟସ କରିବ, ସାଙ୍ଗସାଥୀଙ୍କ ମେଳରେ ମଜା ମସ୍ତି କରିବ, ଟିଭି ଦେଖ୍ୱ, ଭିଡ଼ିଓ ଗେମ୍ ଖେଳିବ । ଟିକେ ତାଠାରୁ କିଛି ଶିଖ ।"

"ତମେ ସେ ଯୋବାନୀ କଥା କହୁଛ ତ?" ନନ୍ଦିତା ପଚାରନ୍ତି ।

"ହଁ, ସେ ନାଁଟା କାହିଁକି ମୋର ମନେ ରହେନି କି ପାଟିରେ ପଶେନି ।"

"ଭାରୀ ଭଲ ଝିଅଟିଏ । ସିଏ ଗୋଟିଏ ଦେବଗୁଣ ନେଇ ଜନ୍ମ ହୋଇଛି । ନହେଲେ ଦେଖନ୍ତୁ, ଏତେ ଛୋଟ ବେଳୁ ଏତେ ଗୁଣର କେମିତି ହୋଇଛି । ଭଗବାନ ତାକୁ ଆଶୀର୍ବାଦ କରନ୍ତୁ ।" - ନନ୍ଦିତା ଏମିତି ମନ୍ତବ୍ୟ ଦେଇ ସେଠାରୁ ଚାଲିଯାଆନ୍ତି ।

ଉପେନ୍ଦ୍ରଙ୍କୁ କଣ ଦୋଷ ଦେବ, ଯୋବାନୀ ନାଆଁଟା ଅନେକଙ୍କ ପାଟିରେ ପଶେନି । ଅନେକ ତାର ଅର୍ଥ ବି ବୁଝିପାରନ୍ତିନି; ପଚାରନ୍ତି, "କହିଲ ନନ୍ଦିତା, ଏ ନାଁଟାର ଅର୍ଥ କଣ?" ନନ୍ଦିତା କହେ, "ଯୋବାନୀ ଗୋଟିଏ ସଂସ୍କୃତ ଶବ୍ଦ । ତାର ଅର୍ଥ ହେଲା, ଚିର ତାରୁଣ୍ୟ, ଚିର ସତେଜ" । ସତରେ ସେମିତି ହିଁ ଯୋବାନୀ । ସଦା ହସହସ, ଖୁସିବାସିଆ ପିଲାଟି ।

କେତେଥର ନନ୍ଦିତାଙ୍କ ମନରେ ବି ଆସିଛି, ନିଜ ପିଲାମାନେ ସେମିତି ଗୁଣର ହୁଅନ୍ତେନି ନା । ହେଲେ ଯେତେ ଚେଷ୍ଟା କଲେ ବି ନାଚ, ଗୀତ ପ୍ରତି ପିଲାମାନଙ୍କର ଆଗ୍ରହ ଆସେନି । ଆଉ ସେମାନେ ବି ବାପା, ମା' ହୋଇ ନିଜ ଚାକିରିରେ ସ୍ଥାୟିତ୍ୱ

ଜାରି ପାଇଁ ନିତିଦିନ ପରିଶ୍ରମ, ଯୁଦ୍ଧ କରନ୍ତି; ପିଲାମାନଙ୍କ ପଛରେ ଅଧିକ ଲାଗିହୁଏନି। ତାପରେ ଭାବନ୍ତି, "ହଁ, ଭଗବାନ ସବୁ ଗୁଣ ସମସ୍ତଙ୍କୁ ଦେଇନଥାନ୍ତି; ଯୋବାନୀ ଉପରେ ସରସ୍ୱତୀଙ୍କର କୃପା ଅଛି। ସେଇଟା ଈଶ୍ୱର ଦତ୍ତ।" ବଡ଼ମାନଙ୍କଠାରୁ ଶୁଣିଶୁଣି ସେ ପିଲା ଗୀତ ମନେ ରଖିଦିଏ, ସ୍ୱର ମନେ ରଖିଦିଏ। ହେଲେ ତାଙ୍କ ନିଜ ଦୁଇଝିଅଙ୍କୁ ଯେତେଚେଷ୍ଟା କଲେ ବି ସେମାନଙ୍କଠାରେ ସିଏ ସେ ଆଗ୍ରହ ଦେଖନ୍ତିନି।

ବାପାଙ୍କ ତୁଳନା ଶୁଣି ବଡ଼ଝିଅ ରାଣୀ କହେ, "ସେଇଠି ହିଁ ସବୁ କଥା ଅଛି ବାବା। ଦେଖତ ଲୋପା ମାଉସୀ ତାଙ୍କ ଝିଅର ନାଆଁଟା କେମିତି ରଖିଛନ୍ତି। ସେ ନାଆଁଟା ଏତେ ଅଦ୍ୱିତୀୟ ଯେ, ତମ ଭଳି କଲେଜର ପ୍ରଫେସରଙ୍କ ପାଟିରେ ବି ପଶୁନି। ସେ ଝିଅ ତ ସେମିତି ହବନା। ସେ ନାଆଁ ପାଇଁ। ଆଉ ତମେ ଆମମାନଙ୍କ ନାଆଁ ସବୁ କେମିତି ରଖିଛ, ରାଣୀ, ବାଣୀ। ଯିଏ ନାହିଁ ସିଏ କହିଦେବ। ଏମିତି ସାଧାରଣ ନାଆଁର ପିଲା ଆଉ କଣ ଅସାଧାରଣ ହେବେ?"

ଉପେନ୍ଦ୍ର ଓ ଝିଅ ମାନଙ୍କର ଏମିତି ଯୁକ୍ତି ଚାଲିଲେ ବେଳେବେଳେ ନନ୍ଦିତା ବିଚଳିତ ହୋଇଯାଆନ୍ତି। କାରଣ, ଝିଅମାନେ ଆଉ ଯାହା ହୁଅନ୍ତୁ, ନ ହୁଅନ୍ତୁ କଥା କହିବାରେ ବିଚକ୍ଷଣ, ଯୁକ୍ତିତର୍କ କରିବାରେ ବିଚକ୍ଷଣ। ବାପା ଯୁକ୍ତିରେ ନ ହାରିବା ପର୍ଯ୍ୟନ୍ତ ସେମାନେ ନଛୋଡ଼ବନ୍ଦା। ଏସବୁ ଭିତରେ ହୋମ୍‌ୱର୍କ କରିବାକୁ ସମୟ କାଳେ ହେବନି, ସେଥିପାଇଁ ନନ୍ଦିତା ଯାଇ ମଝିରେ ପଶିଯାଆନ୍ତି। "ଆରେ ରାଣୀ, ବାଣୀ, ତମମାନଙ୍କ ପ୍ରିୟ ସୁପ୍ ହେଇଗଲା। ଆସ, ଗରମଗରମ ପିଇଦିଅ, ତାପରେ ଯାଇ ହୋମ୍‌ୱର୍କ କରିବ।"

ଏମିତି ବାପାଙ୍କର ଯୋବାନୀ ବିଷୟରେ ପ୍ରଶଂସା ଶୁଣିଶୁଣି ଝିଅ ଦୁହିଙ୍କର ସେ ଝିଅଟା ପ୍ରତି ଈର୍ଷା ବଢେ। ତେଣୁ ଲୋପାମୁଦ୍ରାର ପରିବାର ସହିତ ଯେତେବେଳେ ଭେଟହୁଏ, ରାଣୀ ଓ ବାଣୀ ଯୋବାନୀ ସହିତ ଏତେଟା ମିଶନ୍ତିନି। ଯଦିଓ ତା' ସହିତ ଝଗଡ଼ା କରନ୍ତିନି, ହେଲେ ସେମାନେ ଅନ୍ୟ ପିଲାମାନଙ୍କ ସହିତ ମିଶି ବିଭିନ୍ନ ଗେମ୍ ଖେଳନ୍ତି ଓ ଖୁସି ହୁଅନ୍ତି। ଅବଶ୍ୟ ଯୋବାନୀ ଏମିତି ସବୁ ପାରିବାରିକ ମିଳନରେ ବ୍ୟସ୍ତ ରହିଯାଏ; କାହା ଅନୁରୋଧରେ ଗୀତଟିଏ ଗାଇଦିଏ ତ କାହା ଅନୁରୋଧରେ ନାଚଟିଏ କରିପକାଏ। ତାକୁ ତା' ବୟସର ପିଲାଙ୍କ ସହିତ ମିଶିବା ପାଇଁ ସମୟ କମ୍ ମିଳେ। ସେ ଝିଅଟା ହିଁ ସେମିତି। ସମସ୍ତଙ୍କୁ ସମ୍ମାନ ଦିଏ, ହସିହସି କଥା କୁହେ। ତା' ମାଆର ସବୁ ସାଙ୍ଗମାନଙ୍କୁ ଆଣ୍ଟି ବଦଳରେ ମାଉସୀ ସମ୍ବୋଧନ କରେ।

ଯୋବାନୀ ଯେତେବେଳେ କୈଶୋରରେ ପାଦଦେଲା, ସେତେବେଳେ ସିଏ ତା' ବୟସର ଅନ୍ୟ ଝିଅମାନଙ୍କ ଭଳି ବେଢଙ୍ଗ ପୋଷାକପତ୍ର ପିନ୍ଧେନି। ରାଣୀ ଯୋବାନୀ ବୟସର, ହେଲେ ସିଏ କାହା କଥା ଶୁଣେନି; ତା'ର ଯାହା ଇଚ୍ଛା, ସିଏ

ସେମିତି ପିନ୍ଧିବ। ବେଲେବେଲେ ନନ୍ଦିତା ପାଟିତୁଣ୍ଡ କଲେ, ସିଏ ଅଯଥାରେ ଯୁକ୍ତିତର୍କ କରିବ। ରାଣୀକୁ ଦେଖି ବାଣୀ ବି ସେଇଭଳି ହେଲା। ନିଜ ମନ ଅନୁଯାୟୀ କାମ କରିବ, ବାପା, ମା'ଙ୍କ ସହିତ ଯୁକ୍ତି କରିବ। ସେ ଦୁଇଜଣଙ୍କ ମୁଣ୍ଡରେ ଏମିତି ଈର୍ଷା ପଶିଗଲା ଯେ, ଯୋବାନୀ ଯାହା କରିବ, ସେମାନେ ତା'ର ବିପରୀତ କରିବେ।

ଲୋପାମୁଦ୍ରା ନନ୍ଦିତାର ମାଉସୀ ଝିଅ ଭଉଣୀ, ସିଏ ପୁଣି ଦୂର ସଂପର୍କରେ। କାରଣ, ପ୍ରକୃତରେ ଲୋପାମୁଦ୍ରାର ମା' ନନ୍ଦିତାର ମା'ଙ୍କର ପିଉସୀ ଝିଅ ଭଉଣୀ। ଦୂର ସଂପର୍କ ହେଲେ ବି ଯେହେତୁ ୩-୪ ଘଣ୍ଟା ବ୍ୟବଧାନରେ ରହନ୍ତି, ସେମାନଙ୍କର ଦେଖାସାକ୍ଷାତ ଅନେକଥର ହୁଏ। ପିଲାମାନେ ଛୋଟ ଥିବାବେଲେ, ପ୍ରାୟତଃ ଥ୍ୟାଙ୍କସଗିଭିଙ୍ଗ, କ୍ରିସ୍ମାସ ସମୟରେ ସେମାନେ ମିଶନ୍ତି। ଅନ୍ୟ ସାଙ୍ଗସାଥୀ ବି ଆସନ୍ତି।

ହାଇସ୍କୁଲ୍ ପରେ ଯୋବାନୀ ହାର୍ଭାର୍ଡ୍ ବିଶ୍ୱବିଦ୍ୟାଳୟରେ ପଦାର୍ଥବିଜ୍ଞାନ ଓ ଜୀବବିଜ୍ଞାନ ନେଇ ପଢିଲା। ତା' ପାଇଁ ସମସ୍ତେ ଖୁସିହେଲେ; ଲୋପାମୁଦ୍ରାର ଭାଗ୍ୟକୁ ଧନ୍ୟ କହିଲେ। ଏମିତିରେ ଲୋପାମୁଦ୍ରା ବେଶୀ ପଢାପଢି କରିନଥିଲା। ବିଏ ପାସ୍ କରୁକରୁ ତାର ବାହାଘର ହୋଇଯାଇଥିଲା। ତାର ସ୍ୱାମୀ କିନ୍ତୁ ଉଚ୍ଚଶିକ୍ଷିତ ଓ ପଦାର୍ଥବିଜ୍ଞାନରେ ଜଣେ ଗବେଷକ ରୂପେ କାର୍ଯ୍ୟରତ ଥିଲେ। ଲୋପାମୁଦ୍ରା ସ୍ଥାନୀୟ କମ୍ୟୁନିଟି କଲେଜରେ କିଛି କୋର୍ସ କରି ପାଖ ହସପିଟାଲରେ ଟେକ୍ନିକାଲ୍ ଷ୍ଟାଫ୍ ଭାବେ କାମ କରୁଥିଲା। ତେଣୁ ନିଜ ଝିଅ ପାଇଁ ସିଏ ବହୁତ ଖୁସି ଥିଲା। ଯୋବାନୀର ଗ୍ରାଜୁଏସନ୍ ପାର୍ଟିରେ ସମସ୍ତେ ଯୋବାନୀ ସହିତ ଲୋପାମୁଦ୍ରାକୁ ଧନ୍ୟଧନ୍ୟ କହିଲେ। ଏ ବିଦେଶରେ ଏମିତି ଏକ ସଫଳକାମୀ ଝିଅର ମା' ହିସାବରେ ଲୋପାମୁଦ୍ରା ମଧ ନିଜ ଭାଗ୍ୟକୁ ଧନ୍ୟବାଦ ଦେଉଥିଲା। ନନ୍ଦିତାକୁ ବି ସେ କହିଥିଲା, "ଦେଖ ନନ୍ଦୁ, ବାପା, ମା' ମୋ ପ୍ରତି କେମିତି ଅବିଚାର କରିଥିଲେ, ସବୁ ଭାଇମାନଙ୍କୁ ଉଚ୍ଚଶିକ୍ଷା ଦେଲେ, ହେଲେ ମତେ ବିଏ ପାସ୍ କରୁକରୁ ବାହାଘର କରିଦେଲେ। ମୁଁ କିନ୍ତୁ ଆଜି ବହୁତ ଖୁସି। ଭଗବାନ ଯୋବାନୀକୁ ଏମିତି ଆଶୀର୍ବାଦ କରିଥାନ୍ତୁ।"

ହାଇସ୍କୁଲ୍ ଶେଷ ବର୍ଷ ବେଳକୁ, ରାଣୀ କେମିତି କେଜାଣି ଅତି ବୁଝିଲାସୁଝିଲା ହୋଇଗଲା। ତାର ବିଚାର ବୁଦ୍ଧିରେ ପରିପକ୍ୱତା ଆସିଗଲା। ଯୋବାନୀର ଏ ସଫଳତାରେ ରାଣୀ ଆଉ ଈର୍ଷା କରିବା ଭଳି ମାନସିକତାରେ ନଥିଲା। ସିଏ ବରଂ ଯୋବାନୀର ଖୁସିରେ ଖୁସି ହୋଇଥିଲା ଓ ଯୋବାନୀର କଜନ୍ ଭଉଣୀ ଭାବେ ତାର ଗ୍ରାଜୁଏସନ୍ ପାର୍ଟିରେ ବହୁତ ମର୍ମସ୍ପର୍ଶୀ ବକ୍ତବ୍ୟ ରଖିଥିଲା। କାରଣ ସେତେବେଳକୁ ସିଏ ନିଜର ଲକ୍ଷ୍ୟ ସ୍ଥିର କରିନେଇଥିଲା ଓ ସେଇ ଦିଗରେ ପଢାପଢି କରିବା ପାଇଁ ତାଦ୍ୱାରା ସ୍ଥିରୀକୃତ ସ୍ଥାନୀୟ କଲେଜରେ ପଢିଲା।

ରାଣୀ କଲେଜ ଯିବାର ତିନିବର୍ଷ ପରେ ବାଣୀ ମଧ୍ୟ ହାଇସ୍କୁଲ୍ ଶେଷ କରି କଲେଜ ଗଲା ଓ ଅର୍ଥନୀତି ଅର୍ଥାତ୍ ଇକୋନୋମିକ୍ସ ପଢିଲା ।

ଉପେନ୍ଦ୍ରଙ୍କର ଇଚ୍ଛା ଥିଲା ତାଙ୍କ ଦୁଇ ଝିଅ ବଡ଼ ହୋଇ ତାଙ୍କ ଭଳି ଉଚ୍ଚଶିକ୍ଷିତ ହୁଅନ୍ତୁ, ୟୁନିଭରସିଟିରେ ପ୍ରଫେସର ହୁଅନ୍ତୁ । ହେଲେ ଦୁଇଜଣଙ୍କ ମଧ୍ୟରୁ କାହାର ବି ସେ ଦିଗରେ ଆଗ୍ରହ ନଥିଲା । ରାଣୀ କଲେଜ ଶେଷ କରି ଆଇନ ପଢିବା ପାଇଁ ସ୍ଥିର କଲା । ବାଣୀ ଚାରିବର୍ଷ କଲେଜ ପରେ ଗୋଟିଏ କଂପାନୀରେ ଚାକିରି ପାଇ କାଲିଫର୍ଣ୍ଣିଆ ଚାଲିଗଲା ।

ଯୋବାନୀ କଲେଜ ଯିବା ପରେ ଆଉ ତା' ସହିତ ଏତେ ଭେଟ ହୁଏନି । ସେ ପିଲାଟା ହିଁ ସେମିତି । ଖାଲି ପଢୁଥିବ; ନହେଲେ ଗୀତ ଗାଇବ ଓ ନାଚିବ । ଏଇ ତିନୋଟି କାମରେ ତାର ଆଗ୍ରହ ଓ ଦକ୍ଷତା ବି । କଲେଜ ଯିବା ପରେ, ଛୁଟି ସମୟରେ, ଥ୍ୟାଙ୍କ୍ସଗିଭିଙ୍ଗ୍ ହେଉ କି କ୍ରିଷ୍ମାସ ଛୁଟି ହେଉ, ସିଏ କିଛି କାର୍ଯ୍ୟକ୍ରମକୁ ନେଇ ବ୍ୟସ୍ତ ରହିଯାଏ । ବେଲେବେଲେ ସମୟ ବାହାର କରି ଓଡ଼ିଶା ଚାଲିଯାଏ, ସେଠି ବିଶିଷ୍ଟ ଓଡ଼ିଶୀ ଗୁରୁଙ୍କ ଠାରୁ ତାଲିମ୍ ନେବାକୁ ।

କଲେଜ ପରେ ଯୋବାନୀ ମେଡ଼ିକାଲ ପଢିବାକୁ ସ୍ଥିର କଲା । ତା' ବାପା, ମା'ଙ୍କର ଗୋଡ଼ ତଲେ ଲାଗୁନଥିଲା ।

ମେଡ଼ିକାଲ୍ ଶେଷ କରି ସିଏ ଜଣେ ଦକ୍ଷ ଡାକ୍ତରାଣୀ ହେଲା । ଅବଶ୍ୟ ସେଥିପାଇଁ ଡେରିରେ ବାହା ହେଲା । ତଥାପି ଦେଖିବାକୁ ଗଲେ, ଜଣେ ସଫଳ ଝିଅ ହୋଇ ବାହାରିଲା ସିଏ ।

ଉପେନ୍ଦ୍ର ସବୁବେଲେ ସେ ଝିଅର ପ୍ରଶଂସାରେ ଶତମୁଖ ହୋଇଉଠନ୍ତି । ଯେଉଁ ଓଡ଼ିଆ କାର୍ଯ୍ୟକ୍ରମକୁ ଯାଆନ୍ତି, ଫେରି କୁହନ୍ତି, "ଏପର୍ଯ୍ୟନ୍ତ ଲୋପାମୁଦ୍ରାର ଝିଅ ଭଳି କେହି ନାଚିପାରିନାହାନ୍ତି ।" ତା' ନାଆଁଟା ତାଙ୍କ ପାଟିରେ ନ ପଶିଲେ ବି, ସିଏ ଲୋପାମୁଦ୍ରାର ଝିଅ କହି ସମସ୍ତଙ୍କୁ ତାର ଉଦାହରଣ ଦିଅନ୍ତି ।

ଏ ଭିତରେ କେତେବର୍ଷ ବିତିଗଲାଣି । ରାଣୀ କଲେଜ ସାରି ଆଇନ୍ ପଢିଲା । ଏବେ ସିଏ ଜଣେ ଦକ୍ଷ ଓକିଲ । ୱାସିଂଟନ୍ ଡିସିରେ ଏକ କଂପାନୀ ପାଇଁ କାମ କରେ । ତା' ଜୀବନକୁ ନେଇ ସିଏ ଖୁସି ଥାଏ । ସିଏ ତା' କଂପାନୀରେ କାମ କରୁଥିବା ଆଉ ଜଣେ ଓକିଲଙ୍କୁ ଭଲ ପାଇ ବାହା ହୋଇପଡ଼ିଲା । ତାର ଏବେ ଦୁଇଟି ପିଲା, ଗୋଟିଏ ପୁଅ ଓ ଗୋଟିଏ ଝିଅ ।

ବାଣୀ ମଧ୍ୟ ତା' ଜୀବନରେ ସଫଳ ହୋଇଛି । ସିଏ ସେମିତି ତା' କଂପାନୀରେ

କାମ କରୁଥିବା ଜଣେ ଭାରତୀୟ ଆମେରିକାନ୍ ଇଞ୍ଜିନିୟରଙ୍କୁ ବାହା ହୋଇପଡ଼ିଲା। ତାର ଗୋଟିଏ ଝିଅ।

ଲୋପାମୁଦ୍ରା ସହିତ ଯେବେ ୨୦୧୫ରେ ଦେଖା ହୋଇଥିଲା, ସେତେବେଳେ ସିଏ ଯୋବାନୀ ପାଇଁ ଚିନ୍ତିତ ଥିଲା। ନନ୍ଦିତାଙ୍କୁ କହିଲା, "ନନ୍ଦୁ, ମୁଁ କଣ କରିବି କିଛି ବୁଝିପାରୁନି। ଝିଅଟାର ପିଲାଛୁଆ କିଛି ହେଉନି। ସେଥିପାଇଁ ସିଏ ଟିକେ ଉଦାସ ରହୁଛି। କୌଣସିଥିରେ ସରସତା ନାହିଁ।"

"ହେଲେ ସିଏ ତ ନିଜେ ଡାକ୍ତରାଣୀ। ଆଜିକାଲି ଡାକ୍ତରୀ ବିଦ୍ୟା କେତେ ଆଗେଇଗଲାଣି। ଅସମ୍ଭବକୁ ସମ୍ଭବ କରୁଛି। ଆଉ ଇଏ ଗୋଟିଏ କଥା ? ଯୋବାନୀ ଭଳି ଝିଅ ଏଇ ସାମାନ୍ୟ କଥାଟା ପାଇଁ ଉଦାସ ରହିବ ?"

"ତୁ ଯାହା କହିଲୁ ସତ ଯେ, ହେଲେ ନ ଦେଖିଲେ ବିଶ୍ୱାସ କରିପାରିବୁନି। ସେ ଝିଅଟା ମୁହଁରେ ସରସତା ହିଁ ନାହିଁ। ଦିନସାରା ତ ଖଟୁଛି। ରୋଗୀ ଦେଖୁଛି। ସନ୍ଦର୍ଭ ଲେଖୁଛି। କିନ୍ତୁ ବେଳେବେଳେ ଏମିତି ଗମ୍ଭୀର ହୋଇ ବସିରହୁଛି ଯେ, ସିଏ ଯେମିତି ଯୋବାନୀ ନୁହେଁ; ଆଉ କିଏ ଜଣେ, ସେମିତି ମନେହେଉଛି।"

ନନ୍ଦିତା ପରାମର୍ଶ ଦେଲେ, "ଯଦି ସେମିତି କିଛି ଶାରୀରିକ ସମସ୍ୟା ଥାଏ ତ, ଯୋବାନୀ ସରୋଗାସୀରେ ପିଲାଟିଏ ପାଇଁ ଚେଷ୍ଟା କରିପାରିବ। ନହେଲେ ଆଡ଼ପଟ୍ କରିପାରିବ। ସେଥିପାଇଁ ତାର ଉଦାସ ରହିବା କଣ ଦରକାର ? ତୁ ତାକୁ ବୁଝେଇକି ଦେଖ ତ।"

ଲୋପାମୁଦ୍ରାର ମୁହଁ କାନ୍ଦକାନ୍ଦ ହୋଇଗଲା। "ଏତେ ବୁଝିଲାସୁଝିଲା ଝିଅ ସିଏ; ତାକୁ ମୁଁ କଣ ବା ବୁଝେଇବି। ମୁଁ ତ ମୂର୍ଖ। ହେଲେ ମୁଁ ତା' ମୁହଁ ଦେଖି ବୁଝିପାରେ ଯେ ସିଏ ଖୁସି ନାହିଁ; କୌଣସି କଥାକୁ ନେଇ ଚିନ୍ତିତ ଅଛି, ଦୁଃଖୀ ଅଛି।"

"ତା ସ୍ୱାମୀ ସହିତ ଆଉ କିଛି ମନୋମାଳିନ୍ୟ ହୋଇନି ତ ? ସିଏ ବି ଆଉ ଗୋଟିଏ କାରଣ ହୋଇପାରେ।"

ନନ୍ଦିତାଙ୍କର ଏ ପ୍ରଶ୍ନରେ ଲୋପାମୁଦ୍ରା ମୁହଁରେ ହସ ଫୁଟେଇଲା। "ଜୁଆଁଇ ଆମର କୋଟିକରେ ଗୋଟିଏ। ମତେ ତ ଏମିତି ଲାଗୁଛି ଯେ ଜୁଆଁଇ ନଥିଲେ, ଯୋବାନୀ କିଛି ଗୋଟିଏ ଭୁଲ୍ ପଦକ୍ଷେପ ନେଇସାରନ୍ତାଣି। ଜୁଆଁଇ ତାର ମନ ବହଲେଇବା ପାଇଁ ଗୋଡ଼େଗୋଡ଼େ ବୁଲନ୍ତି। ଆଉ ସିଏ ଯଦି କୁଆଡ଼େ ଯାଆନ୍ତି, ସେତେବେଳେ ମତେ ଡିଉଟି ଦେଇଯାଆନ୍ତି।"

ନନ୍ଦିତା ଏକଥା ଆସି ଉପେନ୍ଦ୍ରଙ୍କୁ ଜଣେଇଥିଲେ। ରାଣୀ ଓ ବାଣୀ ମଧ୍ୟ ଜାଣିଲେ। ହେଲେ ସେମାନେ ତ ଆଉ ଛୋଟ ନଥିଲେ; ଯିଏକି ଯୋବାନୀର

ଟିକେ କିଛି ଖୁଣ ଦେଖିଲେ ଯାଇ ବାପାଙ୍କୁ କୁହନ୍ତେ, "ଦେଖ ତ, ତମେ ଯୋବାନୀକୁ ଏତେ ଉପରେ ଟେକି ରଖ ନା। ଏବେ କୁହ, ଆମେ ଭଲ ନା, ଯୋବାନୀ ଭଲ।" ଏବେ ସେମାନେ ଯୋବାନୀ ପାଇଁ ଚିନ୍ତିତ ଥିଲେ। ରାଣୀ କହିଲା, "ମା, ମୁଁ ଏମିତି କିଛି କେସ୍ ହ୍ୟାଣ୍ଡଲ୍ କରିଛି। ଅନେକ ବ୍ୟକ୍ତି ସଫଳତାର ଶୀର୍ଷରେ ପହଞ୍ଚି ମଧ୍ୟ, ଛୋଟଛୋଟ କାରଣ ପାଇଁ ଭୁଲ୍ ପଦକ୍ଷେପ ନେଉଛନ୍ତି। ଯୋବାନୀ ସେମିତି କିଛି ନକରୁ। ମୁଁ ତା' ସହିତ କଥା ହେବି।"

"ହେଲେ ତୁ ତାକୁ କହିବୁନି ଯେ ତା' ମା ମୋତେ ଏସବୁ କହିଛି ବୋଲି। ନହେଲେ ସିଏ କଣ ଭାବିବ କିଏ ଜାଣେ।"

ରାଣୀ ଓ ବାଣୀ ପ୍ରତିଶ୍ରୁତି ଦେଲେ ଯେ ସେମାନେ ସେସବୁ କିଛି ଜଣେଇବେନି। ହେଲେ ସାଙ୍ଗ ହିସାବରେ ଭଲମନ୍ଦ ପଚାରିବେ ଓ ସେଇ ସୂତ୍ରରେ ତା' ମନକଥା ଜାଣିବାକୁ ଚାହିଁବେ।

୨୦୧୯ ମସିହାରେ ଲୋପାମୁଦ୍ରା ସହିତ ଗୋଟିଏ ବାହାଘରରେ ଦେଖାହେଲା। ଯୋବାନୀ ଆସିଥିଲା। ସତରେ ତାକୁ ଚିହ୍ନି ହେଉନଥିଲା। ତାର ଚିର ପରିଚିତ ହସହସ ମୁହଁ ବଦଳରେ ଏକ ଗମ୍ଭୀର ମୁହଁ ଦିଶୁଥିଲା। କିଛି ମାଉସୀ ମାନେ ଆଗପଛ କିଛି ନଭାବି ପଚାରିଦେଲେ, "ହେ ଯୋବାନୀ, ଏମିତି ଗମ୍ଭୀର କାହିଁକି ଦିଶୁଛୁ। ସବୁ ଠିକ୍ ଅଛି ତ ?"

ମାଉସୀ ମାନଙ୍କର ଏମିତି କୌତୁହଲ ଦେଖି, ଯୋବାନୀ ମୁହଁରେ ହସ ଫୁଟାଇଲା। ସେତେବେଳେ ତା' ମୁହଁରେ ଚମକ ଆସିଲା। ଏକ ଅପୂର୍ବ ଜ୍ୟୋତିରେ ତା ମୁହଁ ଝଲସିଉଠିଲା। କିନ୍ତୁ ପର ମୁହୂର୍ତ୍ତରେ ସେଠରେ କୁହୁଡ଼ିର ଆସ୍ତରଣ ବସିଗଲା। ସେଠର ସେ ବାହାଘରରେ ଗୋଟିଏ ବିପରୀତ କଥା ଦେଖାଗଲା। ସେ ବାହାଘରରେ ରାଣୀ ଓ ବାଣୀ ଉଭୟ ଯୋବାନୀ ସହିତ ନୃତ୍ୟ କଲେ ଓ ଏତେ ସୁନ୍ଦର ନୃତ୍ୟ କଲେ ଯେ, ଉପେନ୍ଦ୍ର ପାଟି ଆଁ କରି ରହିଗଲେ।"

ଉପେନ୍ଦ୍ର ପଚାରିଲେ, "ଆରେ ମା' ରାଣୀ ଓ ବାଣୀ, ଇଏ କେମିତି ସମ୍ଭବ ହେଲା ? ତମେ ଦୁଇଜଣ, ପୁଣି ନୃତ୍ୟ; ପୁଣି ଏତେ ସୁନ୍ଦର ନୃତ୍ୟ।"

ରାଣୀ ଜଣେଇଲା, ଯୋବାନୀ ସେସବୁ ଶିଖେଇଛି। ଏବେ ସେମାନେ ଯୋବାନୀକୁ ଈର୍ଷା କରୁନାହାନ୍ତି, ବରଂ ତାକୁ ଖୁସି ଦେଖିବାକୁ ଚାହୁଁଛନ୍ତି। ସେଥିପାଇଁ ସେମାନେ ଯୋବାନୀ ସହିତ ନାଚ କରିବାକୁ ମଙ୍ଗିଲେ, କାରଣ, ସିଏ ଜମା ବି ନାଚ କରିବାକୁ ଚାହୁଁନଥିଲା। ଏ ଦୁଇଜଣ ଆଗ୍ରହ ଦେଖେଇବାରୁ, ସିଏ ମଙ୍ଗିଲା ଓ ଏମାନଙ୍କ ସହିତ ଖୋଲା ହେଲା। ଅସଲରେ ତାର ପିଲାଟିଏ ନାହିଁ ବୋଲି ସିଏ ଅନେକ

ଚେଷ୍ଟା କଲାଣି। କେତେଟା ଆଡ଼ପସନ୍ ଏଜେନ୍ସୀ ସହିତ କଥାବାର୍ତ୍ତା କଲାଣି। ଏମିତି କି ସରୋଗାସୀ ଏଜେନ୍ସୀ ସହିତ ବି ଯୋଗାଯୋଗ କଲାଣି। ହେଲେ କୋଉଠି କିଛି ଠିକ୍ ହେଉନି। ସେଥିପାଇଁ ସିଏ ଡିପ୍ରେସଡ୍ ହୋଇଯାଉଛି।"

ଏତେ ସଫଳତା ଅର୍ଜନ କରିଥିବା ନାରୀଟିଏ ଯେ ଏମିତି ଏକ କାରଣରୁ ଡିପ୍ରେସଡ୍ ରହିପାରେ ସେକଥା ବିଶ୍ୱାସ ହେଉନଥିଲା। ଅସଲରେ ଯିଏ ଯେଉଁ କଥା ଅନୁଭବ ନକରେ, ସେସବୁ କଥା ଶତକଡ଼ା ଶହେଭାଗ ବୁଝିବାକୁ ତା' ପକ୍ଷରେ ସମ୍ଭବ ହୁଏନି।

ପ୍ରାୟତଃ ସବୁ ସମୟରେ ଅନେକ ଲୋକ ସମସ୍ତ ଘଟଣା ସାଧାରଣ ମଣିଷର କ୍ରିୟା, ପ୍ରତିକ୍ରିୟାକୁ ନେଇ ବିଚାର କରନ୍ତି। କିନ୍ତୁ ସେ ସାଧାରଣ ଭିତରେ ଯେ କିଞ୍ଚିତା ଅଲଗା, ଅସାଧାରଣ, ନୂତନ, ଓ ପୃଥକ୍ କ୍ରିୟା, ପ୍ରତିକ୍ରିୟା ଏବଂ ମନସ୍ତତ୍ତ୍ୱ ରହିଥାଏ, ସେସବୁ ଭୁକ୍ତଭୋଗୀ ନହେଲେ ବିଚାରକୁ ଆଣିବା କଷ୍ଟ ହୋଇପଡ଼େ। ଏଣୁ ଯୋବାନୀ ଭଲି ଜଣେ ଏତେ ସଫଳତା ପ୍ରାପ୍ତ କରିଥିବା ନାରୀ ଯେ ଏମିତି ଏକ ଘଟଣାକୁ ନେଇ ଏତେଟା ପ୍ରତିକ୍ରିୟା ଦେଖାଉଥିବ, ସେଇଟା ସହଜରେ ଅନୁମେୟ ନୁହେଁ। ଆଜିକାଲି ଅନେକ ଦମ୍ପତି ନିନେ ଇଚ୍ଛା କରି ସନ୍ତାନର ଜନକଜନନୀ ହେବାକୁ ଚାହୁଁନାହାଁନ୍ତି। ସହଜରେ ଏ ଆମେରିକା ଦେଶରେ ସନ୍ତାନର ଲାଳନପାଳନ ବଡ଼ ଖର୍ଚ୍ଚସାପେକ୍ଷ, ଓ ତା ସହିତ ନିଜ କ୍ୟାରିଅରରେ ଉପରକୁ ଚଢ଼ିବାରେ ମଧ ବାଧା ସୃଷ୍ଟି କରିଥାଏ। ସେଥିପାଇଁ ଏ ଯୁଗରେ ଅନେକ ଯୁବକଯୁବତୀ ବାହା ହେବାକୁ ତ ରାଜି ହେଉଛନ୍ତି, କିନ୍ତୁ ସନ୍ତାନଟିଏ ଜନ୍ମଦେବାପାଇଁ ସମୟ ଗଡ଼େଇ ଚାଲିଛନ୍ତି। ଯଦି ସବୁ ଠିକ୍‍ଠାକ୍, ଅନୁକୂଳ ପରିବେଶ ହେଲା ତ ସନ୍ତାନ ପାଇଁ ଚେଷ୍ଟା କରିବେ, ନହେଲେ ନାହିଁ। କାହିଁକି ଆଉ ଅଧିକ ଜଞ୍ଜାଳ ନିଜ ପାଇଁ ଖଞ୍ଜିବେ, ବରଂ ଜୀବନକୁ ଉପଭୋଗ କରିବେ। ଏ ଶ୍ରେଣୀର ନାରୀ, ପୁରୁଷଙ୍କୁ ସନ୍ତାନ ସନ୍ତତି ଅଧିକ ଜଞ୍ଜାଳ ବୋଲି ମନେ ହୁଅନ୍ତି। ଏସବୁ ମାନସିକତା କେବଳ ଆମେରିକାରେ ନୁହେଁ, ଭାରତରେ ବି ଦେଖାଦେଉଛି। ହେଲେ ସେଇମାନଙ୍କ ଭିତରେ ବି ଯୋବାନୀ ଭଲି ମାନସିକତାର ନାରୀ ଅଛନ୍ତି, ଯିଏ ସନ୍ତାନଟିଏ ପାଇଁ ଏମିତି ଝୁରିପାରେ। ସେଇଟା ହିଁ ଏ ପୃଥିବୀର ବୈଚିତ୍ର।

ସେ ବାହାଘର ପରେ ଲୋପାମୁଦ୍ରା ଜଣେଇଥିଲା, "ରାଣୀକୁ ଆଉ ବାଣୀକୁ ଯେତେ ଧନ୍ୟବାଦ ଦେଲେ ବି କମ୍ ହବ। ସେମାନେ ନଥିଲେ ଯୋବାନୀକୁ ନିୟନ୍ତ୍ରଣ କରିବା ବଡ଼ କଷ୍ଟକର ହୋଇଥାନ୍ତା। ସେମାନଙ୍କ ପାଇଁ ସେ ବାହାଘର ବେଳେ ସିଏ ଟିକେ ଖୁସି ରହିଲା।"

ଲୋପାମୁଦ୍ରାରୁ ଯାହା ଜଣାପଡ଼ିଲା ଯେତେବେଳେ ପିତାମାତା ଓ ସନ୍ତାନ ସନ୍ତତିଙ୍କର ସ୍ନେହ ଭାବ, ସଂପର୍କ ବିଷୟରେ କିଞ୍ଚିଟା ବି ଭାବପୂର୍ଣ୍ଣ, ଇମୋସ୍ନାଲ କଥା ଆଲୋଚନା ହୁଏ, ଯୋବାନୀ ଭାବୁକ ହୋଇଯାଏ ଓ ଅତ୍ୟନ୍ତ ଦୁଃଖ ଅନୁଭବ କରେ। ସେଥିପାଇଁ ସେ ବାହାଘର ସମୟରେ ସମସ୍ତଙ୍କର ମଧୁର ଭାବପୂର୍ଣ୍ଣ ସଂପର୍କ ଦେଖି ସିଏ ନିଜକୁ ଭାଗ୍ୟହୀନା ଭାବିଲା ଓ ଉଦାସୀନତାର ପ୍ରଭାବକୁ ଚାଲିଗଲା। ରାଣୀ ଓ ବାଣୀ ନଥିଲେ, ଘଟଣା ହୁଏତ ଅଣାୟତ ହୋଇଯାଇଥାନ୍ତା।

୨୦୨୦ରେ କରୋନା ସାରା ପୃଥିବୀକୁ ଆତଙ୍କିତ କଲା। ସମସ୍ତେ ଘରେ ଗୃହବନ୍ଦୀ ଭଳି ରହିଲେ। ଯୋବାନୀ ଓ ତା' ସ୍ୱାମୀ ଅନେକ ରୋଗୀଙ୍କୁ ବଞ୍ଚେଇଲେ। ଦୁଇଦୁଇଥର କରୋନାରେ ଆକ୍ରାନ୍ତ ହୋଇ ବି ସେମାନେ ବଞ୍ଚିରହିଲେ।

୨୦୨୧ ମେ ମାସ ବେଳକୁ ସମସ୍ତେ ଟୀକା ନେଇସାରିଥିଲେ। ଅଗଷ୍ଟ ମାସ ବେଳକୁ ଖୁସି ଖବର ଆସିଲା, ବାଣୀ ଦ୍ୱିତୀୟ ସନ୍ତାନର ମା' ହେବାକୁ ଯାଉଛି। ବାଣୀ ଓ ତା' ସ୍ୱାମୀ ଏବେ ମେରୀଲାଣ୍ଡରେ ଚାକିରି ପାଇଛନ୍ତି ଓ ଉଭୟ ନଭେମ୍ବର ବେଳକୁ ମେରୀଲାଣ୍ଡ ଆସିବେ। କରୋନା ଜନିତ ଦୁଃଖରେ ବି ଉଭୟ ଉପେନ୍ଦ୍ର ଓ ନନ୍ଦିତା ଖୁସି ହୋଇଗଲେ। ଯାହାହେଉ, ବାଣୀ ଏବେ ପାଖକୁ ଆସିଯିବ। ପୁଣି ଘରକୁ ଗୋଟିଏ କୁନି ପିଲାଟିଏ ଆସିବ।

୨୦୨୧ ଶେଷ ବେଳକୁ ଡିସେମ୍ବର ୨୫ ତାରିଖରେ ନନ୍ଦିତା ଘରେ ଗୋଟିଏ ପାର୍ଟି ରଖିବେ ବୋଲି ସ୍ଥିରକଲେ। ଅଳ୍ପ କିଛି ସାଙ୍ଗସାଥୀଙ୍କୁ ନିମନ୍ତ୍ରଣ କରିଥିଲେ କାରଣ ସେ ସମୟରେ କରୋନାର ପ୍ରତିରୂପ ଓମିକ୍ରନ୍ ବ୍ୟାପୁଥିଲା। ଡିସେମ୍ବର ୧୫ ତାରିଖରେ ରାଣୀ ଫୋନ୍ କରି କହିଲା, "ମାମା, ମୁଁ ୧୭ ତାରିଖରେ ଭାରତ ଯାଉଛି; ୨୫ ତାରିଖ ପାର୍ଟିକୁ ଆସିପାରିବିନି।"

ନନ୍ଦିତା ଆଶ୍ଚର୍ଯ୍ୟ ହୋଇଗଲେ। "ତୁ ତ ଆଗରୁ କିଛି କହିନଥିଲୁ। ହଠାତ୍ କେମିତି ଭାରତ ଯାଉଛୁ? ଏକା ଯାଉଛୁ ନା ସମସ୍ତେ ଯାଉଛ? ସେଠି ମାମୁକୁ କି ଦାଦାକୁ ଜଣେଇଛୁ ନା ନାହିଁ?"

ଏମିତି ଅନେକ ପ୍ରଶ୍ନ ପଚାରି ସାରିବା ପରେ ରାଣୀ ଉତ୍ତରଦେଲା, "ମୁଁ ଏକା ଗୋଟିଏ କାମରେ ଯାଉଛି। ରମେଶ ଓ ପିଲାମାନେ ଏଠି ରହିବେ। ପାର୍ଟିକୁ ଯିବେ।"

"ହେଲେ ତୋ ବିନା ପାର୍ଟି କେମିତି ହେବ? ତୁ ବାଣୀକୁ ଜଣେଇଛୁ ନା ନାହିଁ?"

"ହଁ, ସିଏ ଜାଣିଛି।"

ଡିସେମ୍ବର ୨୫ ତାରିଖର ପାର୍ଟି ପାଇଁ ଯେତେ ଆଗ୍ରହ, ଉତ୍ତେଜନା ଥିଲା

ନନ୍ଦିତାଙ୍କ ମନରେ, ରାଣୀର ଅନୁପସ୍ଥିତି କଥା ଭାବିଦେବା ପରେ, ସେସବୁ କମିଗଲା। ତଥାପି, କାମ କଥା। ଯଦି କିଛି ବ୍ୟବସାୟିକ କାମରେ ଯିବାକୁ ପଡ଼ିବ, ତାକୁ ତ ଅଟକାଇ ହେବନି।

ଡ଼ିସେମ୍ବର ୨୫ ତାରିଖରେ ରାଣୀର ସ୍ୱାମୀ ରମେଶ ଓ ପିଲାମାନେ ସମସ୍ତେ ଆସିଥିଲେ। ପାର୍ଟି ସରିବା ପରେ ଓ ଅନ୍ୟମାନେ ଯିବା ପରେ ନନ୍ଦିତା ତାଙ୍କୁ ପଚାରିଦେଲେ, "ଏମିତି କଣ କାମ ପଡ଼ିଲା ଯେ, ଛୁଟିବେଳେ, ପୁଣି ଓମିକ୍ରନ୍ ପ୍ରତିରୂପ ବ୍ୟାପୁଥିବା ବେଳେ ରାଣୀ ଭାରତ ଗଲା ?"

ରମେଶ ଯାହା ଉତ୍ତରଦେଲେ, ସେସବୁ ଶୁଣି ନନ୍ଦିତା ଚମକିପଡ଼ିଲେ। "ଯୋବାନୀ ସରୋଗାସି ମାଧ୍ୟମରେ ଗୋଟିଏ କନ୍ୟା ସନ୍ତାନର ମା' ହୋଇଛି। ସେ ନେଇ କିଛି ଆଇନ୍‌ଗତ ସମସ୍ୟା ରହିଛି। ସେଥିପାଇଁ ରାଣୀ, ଯୋବାନୀ ଓ ଯୋବାନୀର ପରିବାର ସହିତ ଭାରତ ଯାଇଛି। ସେସବୁ ଆଇନ୍‌ଗତ ସମସ୍ୟାର ସମାଧାନ କରେଇ ସେମାନେ ସେ କନ୍ୟା ସନ୍ତାନକୁ ଆମେରିକା ଆଣିବେ।"

"ହେଲେ ରାଣୀ ମତେ ଏକଥା ଜଣେଇଲାନି କାହିଁକି ?"

"ଆପଣ କାଲେ ଅନ୍ୟମାନଙ୍କ ଆଗରେ କହିଦେବେ ? ହେଲେ ମାମା, ମୋର ଅନୁରୋଧ, ଆପଣ କାହା ଆଗରେ ବି କହିବେନି। ଯୋବାନୀ ସୁସ୍ଥ ଅବସ୍ଥାରେ ପିଲାକୁ ନେଇ ଭାରତ ଫେରିଲେ, ରାଣୀ ସବୁକଥା ଆପଣଙ୍କୁ ନିଜେ କହିବେ।"

ମନ ଭିତରେ ନିଜ ସନ୍ତାନ ପାଇଁ ଅନେକ ଆଶୀର୍ବାଦ ଝରିଗଲା। ନନ୍ଦିତା ଭାବିଲେ ଉପେନ୍ଦ୍ରଙ୍କୁ ଜଣେଇବେ। ପୁଣି ଚିନ୍ତାକଲେ, କାଲେ ଉପେନ୍ଦ୍ର କାହା ଆଗରେ କହିଦେବେ। ଏ ଓଡ଼ିଆ ସମାଜ କଥା, ଯଦି ଗୋଟିଏ କାନରୁ ଦୁଇକାନ ହୁଏ ତ, ଗପୁଗପୁ ସାରା ଓଡ଼ିଆ ସମାଜର ଲୋକ ଏକଥା ଜାଣିଯିବେ। ଏତେଦିନ ପରେ ଯୋବାନୀ ଜୀବନରେ କିଛି ଖୁସି ଆସିବାକୁ ଯାଉଛି। ସେ ଖୁସିରେ ପୋକ ପକେଇବାକୁ ନନ୍ଦିତା କିଏ ?

ରମେଶଙ୍କ ସହିତ କଥାବାର୍ତ୍ତା ସାରି ନନ୍ଦିତା ସମାନ ପ୍ରଶ୍ନ ବାଣୀକୁ ପଚାରିଲେ, "ଅପା କାହିଁକି ଭାରତ ଯାଇଛି, ତତେ କିଛି କହିଛି ?"

ବାଣୀ 'ହଁ' କହିଲା। ଟିକେ ଖେଞ୍ଜିକି ବି କହିଦେଲା। "ତମେ ଓ ବାବା ସିନା ରାଣୀ ଅପା ଓକିଲ ହେବାରେ ଖୁସି ନଥିଲ, ହେଲେ ରାଣୀ ଅପା ଓକିଲ ହୋଇ ଯେମିତି ସବୁ କାମ କରୁଛି ନା, ସେସବୁ ଜାଣିଲେ ତମେ ଚକିତ ହୋଇପଡ଼ିବ। ଏବେ ଯୋବାନୀ ପାଇଁ ସିଏ ଯାହା କରୁଛି, ସେକଥା ପ୍ରଫେସର ହୋଇ କରିପାରିନଥାନ୍ତା। ବୁଝିଲ ତ।"

ନନ୍ଦିତା ଯେ ସେସବୁ ବୁଝିନଥିଲେ ସେମିତି ନୁହେଁ। ତଥାପି କାହିଁକି କେଜାଣି ପ୍ରତି ଭାରତୀୟ ପିତାମାତାଙ୍କର ଇଚ୍ଛାଥାଏ ପିଲାମାନେ ଡାକ୍ତର, ଇଞ୍ଜିନିଅର୍ କି କଲେଜ ପ୍ରଫେସର ହୁଅନ୍ତୁ। ନନ୍ଦିତା ବି ସେମିତି ଇଚ୍ଛା କରିଥିଲେ। ଏପର୍ଯ୍ୟନ୍ତ ଉପେନ୍ଦ୍ର ସେଇ କାରଣକୁ ନେଇ ମନର କ୍ଷୋଭ ପ୍ରକାଶ କରନ୍ତି। ଏବେ ପୁଣିଥରେ ନନ୍ଦିତା ନିଜକୁ ବୁଝେଇଲେ, କୌଣସି କାମ, କୌଣସି ପେଶା ଛୋଟ ନୁହେଁ। ସବୁ ବୃତ୍ତିରେ ଅସାଧାରଣ, ଉନ୍ନତ ଧରଣର କାମ କରିବାପାଇଁ ସୁଯୋଗ ରହିଛି, ବିଶେଷ ଅବଦାନ କରିବାର ସୁଯୋଗ ରହିଛି, କେବଳ ଯେ ଜଣେ ଡାକ୍ତର, ଇଞ୍ଜିନିଅର୍ କି ପ୍ରଫେସର ହୋଇଗଲେ, ବଡ଼ କଥା ହୋଇଗଲା ସେମିତି ନୁହେଁ। ଏ ସମାଜର, ରାଜ୍ୟର, ଦେଶର ଉନ୍ନତି ପାଇଁ ସବୁ ରକମର ପେଶାର ଗୁରୁତ୍ୱ ରହିଛି।

ନନ୍ଦିତା ଏକଥା ମଧ୍ୟ ବୁଝିଗଲେ ଯେ ପିଲାମାନେ ସେମାନଙ୍କଠାରୁ କଥା କାହିଁକି ଲୁଚେଇଥିଲେ। ଓଡ଼ିଆ ଲୋକମାନେ ଗପୁଡ଼ି; ଗପୁଗପୁ କେତେବେଳେ ଅତି ଗୁପ୍ତକଥା ଅନ୍ୟମାନଙ୍କ ଆଗରେ ବଖାଣି ଦେଇଥିବେ ଯେ, ନିଜେ ବି ଜାଣିନଥିବେ। ଆଉ ସେ ଗୁପ୍ତକଥା ଜାଣି ଅନ୍ୟ କିଛି ଲୋକ ଅନ୍ୟ ସମୟରେ ଫାଇଦା ଉଠେଇବେ, ଥଟ୍ଟା ମଜା କରିବେ। ବେଲେବେଲେ ଭଲକଥାକୁ ବି ଅଲଗା ଅର୍ଥରେ ନେବେ। "ହଉ, ଠିକ୍ ଅଛି। ପିଲାମାନେ ନ କହିଲେ ନାହିଁ। ଯୋବାନୀ ଜୀବନରେ ସବୁକିଛି ଠିକ୍ ହୋଇଯାଉ। ସେତିକି ହିଁ ଲୋଡ଼ା, ଈଶ୍ୱରଙ୍କ ନିକଟରେ ପ୍ରାର୍ଥନା।"

ଜାନୁଆରୀ ୧୫ ତାରିଖ ବେଲକୁ ରାଣୀ ଫେରି ଆସିଥିଲା। ଘରକୁ ଆସି ସବୁକଥା ବାପା, ମା'ଙ୍କୁ ଜଣେଇଲା। "ଯୋବାନୀ ଏବେ ମା' ହୋଇଛି ମାମା। ସିଏ ବହୁତ ଖୁସି ଅଛି। ତେବେ ଏତେ ଛୋଟପିଲାଟିଏ ତ, ଏବେ ସିଏ କିଛିଦିନ ହସ୍ପିଟାଲରେ ସ୍ୱତନ୍ତ୍ର ତତ୍ତ୍ୱାବଧାନରେ ରହିବ। ତାପରେ ଦେଖ୍ୱ ତମେ, ଲୋପାମୁଦ୍ରା ମାଉସୀ କେମିତି ପାର୍ଟି ଦେବେ ତମକୁ। ଆଉ ମୁଁ, ମୁଁ ତ ତାର ଗଡ଼୍‌ମଦର୍ ମାନେ ଧର୍ମମାତା ହେବି।"

ଉପେନ୍ଦ୍ର ସେଦିନ ଲୋପାମୁଦ୍ରାର ଝିଅ ବଦଳରେ ନିଜ ଝିଅର ପ୍ରଶଂସାରେ ଶତମୁଖ ହୋଇଗଲେ। "ମୁଁ ତୋ ପାଇଁ ବହୁତ ଗର୍ବିତ ଅନୁଭବ କରୁଛି ରାଣୀ। ତୁ ମୋ ଭଲି ପ୍ରଫେସର ନ ହେଲୁ କଣ ହେଲା, ଓକିଲ ହୋଇ ଯେମିତି ଉପକାର ସେ ଲୋପାମୁଦ୍ରାର ଝିଅ ପାଇଁ କଲୁ, ସେ ଉପକାରର ଉପମା ନାହିଁ।"

ଏମିତି କହି ଉପେନ୍ଦ୍ର ରାଣୀ ଓ ବାଣୀଙ୍କୁ ଛାତିରେ ଭିଡ଼ି ଧରିଲେ।

ସଂଯୋଗ

୨୦୨୩ ମସିହା ଜୁନ୍ ମାସ ୨୧ ତାରିଖ, ବୁଧବାର। ହଠାତ୍ ଫୋନରେ ଗୋଟିଏ ମେସେଜ୍ ଆସିଲା। ସେଥିରେ ଇନ୍ଭାଇଟ୍ ଲିଙ୍କ୍ ଟିଏ ଥିଲା। ଇଂରାଜୀରେ ଲେଖା ଥିଲା, ''ତୁମକୁ ସ୍ୱାଗତ। ତୁମକୁ ବିବାହ ପାଇଁ ନିମନ୍ତ୍ରଣ ରହିଲା। ତୁମେ ନିଶ୍ଚୟ ନିମନ୍ତ୍ରଣ ରକ୍ଷା କରିବ, ସେ ବିଷୟରେ ଜଣାଇ ସୁମନା ଓ ରାକେଶଙ୍କୁ ସୂଚନା ଦିଅ। ଧନ୍ୟବାଦ।''

ନନ୍ଦିତା ହଠାତ୍ ଆଶ୍ଚର୍ଯ୍ୟ ହୋଇଗଲା। ସୁମନା ଓ ରାକେଶଙ୍କର ସତରେ କଣ ବାହାଘର ହେଉଛି ? କାହିଁ ସେ ବିଷୟରେ ତ ଏହା ଭିତରେ କିଛି ଶୁଣା ଯାଉନଥିଲା। ଛୋଟ ଓଡ଼ିଆ ଗୋଷ୍ଠୀ ଏଠି। କାହାର କିଛି ହେଲେ, ସବୁ ଜଣା ପଡ଼ିଯାଏ। ହେଲେ ସୁମନା ଓ ରାକେଶଙ୍କ ପ୍ରେମ ବିଷୟରେ ତ ଏପର୍ଯ୍ୟନ୍ତ କିଛି ଶୁଣା ଯାଉନଥିଲା। ହଠାତ୍ ବିବାହ କେମିତି ?

ଇନ୍ଭାଇଟ୍ ଖୋଲି ଦେଖିବା ବେଳକୁ ସତରେ ବିବାହର ନିମନ୍ତ୍ରଣ ପତ୍ର ଟିଏ। ବିବାହ ହେବ ହିନ୍ଦୁ ମନ୍ଦିରରେ। ଜୁନ୍ ୨୮ ତାରିଖ, ବୁଧବାର ଦିନ। ବିବାହ ଉତ୍ସବ ଅପରାହ୍ନ ୨ଟା। ବିବାହ ପରେ ରିସେପ୍ସନ୍ ହେବ।

ଖବର ତ ଠିକ୍ ଲାଗୁଥିଲା। ସତ ଭଳି ଲାଗୁଥିଲା। ହେଲେ ସତ କି ନୁହେଁ, କି ଉଡ଼ା ଖବର, ସେ ବିଷୟରେ ନିଶ୍ଚିତ ହେବାକୁ ନନ୍ଦିତା ରେଖା ପାଖକୁ ସେ ମେସେଜ୍ ପଠେଇ ପଚାରିଲା, ''ଏ ଖବର କଣ ସତ ନା ସ୍ୱାମ୍ ? ''

ରେଖା ଜଣେଇଲା ଯେ ସିଏ ବି ସେମିତି ମେସେଜ୍ ପାଇଛି। ଲାଗୁଛି ସେଇଟା ସତ ଖବର।

ବୁଧବାର ଦିନ ନନ୍ଦିତାର ଅନେକ କାମ ଥାଏ, ମିଟିଙ୍ଗ୍ ମଧ ଥାଏ। ହେଲେ ଏମିତି ଏକ ସୁନ୍ଦର ସମାରୋହରେ ଯୋଗଦେବା ତ ନିହାତି ଆବଶ୍ୟକ। କାରଣ

ଉଭୟ ନନ୍ଦିତା ଓ ରେଖା ଏ ଘଟଣାର ସୂତ୍ରଧାର। ସେମାନେ ଯେଉଁ ସାମାନ୍ୟ ସଂଯୋଗ ଘଟାଇଥିଲେ, ସେ ସଂଯୋଗ ଯେ ଆଜି ଏକ ଶୁଭ ଘଟଣା ଘଟାଇବାକୁ ସକ୍ଷମ ହୋଇଛି, ସେକଥା ନିଜେ ଅନୁଭବ ନକଲେ ବୁଝିହେବନି।

ସେଇଟା ଥିଲା ୨୦୨୨ ମସିହା, ଅଗଷ୍ଟ ମାସ ୧୨ ତାରିଖ। ଓସା ୱ୍ୟାସିଂଟନ୍ ଡିସି ଚାପ୍ଟର ତରଫରୁ ଓଡ଼ିଶାର କଳାକାର ଅର୍ଚିତା ସାହୁ, ସବ୍ୟସାଚୀ ମିଶ୍ର, ଏଲିନା ସାମନ୍ତରାୟ, ଅସୀମା ପଣ୍ଡା ଓ ଜୋଜୋଙ୍କ ପାଇଁ ଧିନା-ଧିନ୍-ଧା ପ୍ରୋଗ୍ରାମର ଆୟୋଜନ କରାଯାଇଥିଲା। ପ୍ରୋଗ୍ରାମ୍ ଆରମ୍ଭ ହେବା ପୂର୍ବରୁ ଜଳଖିଆ ଓ ଚାହାର ବ୍ୟବସ୍ଥା ଥିଲା। ନନ୍ଦିତା ଓ ତାର ସ୍ୱାମୀ ଗୋଟିଏ ଟେବୁଲରେ ଅନ୍ୟମାନଙ୍କ ସହିତ ମିଶି ଗପ କରୁଥିଲେ ଓ ଜଳଖିଆର ମଜା ନେଉଥିଲେ। ସେଇ ସମୟରେ ରେଖା ପହଞ୍ଚି ଦୁଇଜଣ ବୟସ୍କ ଦଂପତିଙ୍କୁ ନନ୍ଦିତା ସହିତ ପରିଚୟ କରେଇଦେଲା ଓ କହିଲା, "ଏମାନେ ହେଲେ ସୁମନାର ବାପା, ମା। ସେମାନେ ସୁମନାର ବିବାହ ନେଇ ବଡ଼ ବ୍ୟସ୍ତ ଅଛନ୍ତି। ତମେ କିଛି ଗୋଟିଏ ସଂଯୋଗ କର ତ ଭାଉଜ।" ତାପରେ ସୁମନାର ବାପା ଓ ମାଙ୍କୁ କହିଲା, "ଇଏ ହେଲେ ନନ୍ଦିତା ଭାଉଜ। ଏ ଅଞ୍ଚଳରେ ଅନେକ କଥାର ଯୋଗସୂତ୍ର ଘଟାନ୍ତି। ତାଙ୍କ ସହିତ କଥା ହୁଅନ୍ତୁ। କିଛି ସମ୍ଭାବନା ମିଳିପାରେ।"

ରେଖାର ଏ କଥା ଶୁଣି ସୁମନାର ବାପା, ମା ବଡ଼ ଆଶାୟୀ ଦିଶିଲେ। ନନ୍ଦିତା ଯେ ଗୋଟିଏ କରିତ୍କର୍ମା ମଣିଷ, ସେ ନେଇ ତାଙ୍କ ମୁହଁରେ ବିଶ୍ୱାସର ଯେଉଁ ଛଟା ଦେଖିଲା ସିଏ, ତାକୁ ଦେଖି ଟିକେ ହଡ଼ବଡ଼ ହୋଇଗଲା। ହଁ, ସମସ୍ତଙ୍କୁ ସାହାଯ୍ୟ କରିବାକୁ ଭଲପାଏ ନନ୍ଦିତା। ତା' ଦ୍ୱାରା ଯଦି କିଛି କାହାର ମଙ୍ଗଳ ହୋଇପାରିଲା, ସେସବୁ ତାକୁ ଅନେକ ଖୁସି ଦିଏ। ସେଥିପାଇଁ ସିଏ ଭାବିଲା। କିଏ ଆଉ ତା' ଚିହ୍ନା ଜଣା ଭିତରେ ଅବିବାହିତ ଅଛି ଯେ ? ଝିଅର ବୟସ ପଇଁଚାଳିଶ। ଯେଉଁ କେତେଜଣଙ୍କ କଥା ପ୍ରଥମେ ମନକୁ ଆସିଲା, ସେସବୁ ହେଇପାରିବନି ବୋଲି ଲାଗିଲା। କାରଣ ସେମାନେ ସବୁ ବୟସରେ ଛୋଟ ହେବେ। ଅବଶ୍ୟ ଏ ଯୁଗରେ ଓ ଏ ଦେଶରେ ଛୋଟବଡ଼ କିଛି ବାଛବିଚାର ନାହିଁ। ସେ ଯାହାବି ହେଉ ବଲିଉଡ୍ ହିରୋଇନ୍ ପ୍ରିୟାଙ୍କା ଚୋପ୍ରା ତାଠାରୁ ଦଶବର୍ଷ ସାନ ନିକ୍ ଜୋନାସ୍କୁ ବାହା ହେବା ପରେ, ଭାରତୀୟ ମାନଙ୍କର ବିବାହ ବିଷୟରେ ପୁଥ, ଝିଅଙ୍କର ବୟସର ବ୍ୟବଧାନକୁ ନେଇ ଯେଉଁ ବିଚାରବୋଧ ଥିଲା, ତାହା ପରିବର୍ତିତ ହୋଇଛି। ଏବେ ସେମାନେ ପ୍ରେମ ବିଷୟରେ ମୁକ୍ତ ଆକାଶର ବିହଙ୍ଗ। ଯେଉଁ ଆଡ଼େ ମନ ଉଡ଼ିବାକୁ ଚାହିଁବ, ସେଇଆଡ଼େ ଉଡ଼ିଯିବ। ସେଠି ଅନ୍ୟ କିଛି ଚିନ୍ତା, ଅନ୍ୟ କିଛି ବାଧା, ଅନ୍ୟ କିଛି ସୀମାରେଖା ନଥିବ।

ଯାହା କଥା ନନ୍ଦିତାର ମନକୁ ଆସିଲା, ସିଏ ହେଲା ରାକେଶ। କିନ୍ତୁ ରାକେଶ ତ ବାହା ହବନି ବୋଲି ସିଦ୍ଧାନ୍ତ ନେଇଛି।

ଏମିତି ସବୁ ଭାବନା ନନ୍ଦିତାର ମନକୁ ଆସୁଥିବା ବେଳେ, ଧୀନା-ଧୀନ୍-ଧା ପ୍ରୋଗ୍ରାମ୍ ଆରମ୍ଭ ହେବାର ଖବର ଆସିଲା ଓ ସମସ୍ତଙ୍କୁ ଅଡ଼ିଟୋରିୟମ୍ ଭିତରକୁ ଯିବାକୁ ଅନୁରୋଧ କରାଗଲା। ନନ୍ଦିତା ସୁମନାର ବାପା, ମାଙ୍କୁ କହିଲା, "ଏବେ ଆସନ୍ତୁ ପ୍ରୋଗ୍ରାମ୍ ଦେଖ଼ିବାକୁ ଯିବା। ପ୍ରୋଗ୍ରାମ୍ ପରେ ଦିନର ସମୟରେ ଗୋଟିଏ ଟେବୁଲରେ ବସିବା ଓ ଏ ବିଷୟରେ ଆଲୋଚନା କରିବା।"

ପ୍ରୋଗ୍ରାମ୍ ସରିବା ପରେ ଦିନର ସମୟରେ ସେମାନେ ସମସ୍ତେ ଗୋଟିଏ ଟେବୁଲରେ ବସିଲେ। ରେଖା, ନନ୍ଦିତା, ଓ ସୁମନାର ବାପା, ମା' ସମସ୍ତେ ଏ ବିଷୟରେ କଥାବାର୍ତ୍ତା ହେଲେ। ନନ୍ଦିତା କହିଲା, "ମୋ ଦୃଷ୍ଟିରେ ଜଣେ ଅଛି, ଯିଏ କି ସୁମନାର ବୟସକୁ ଠିକ୍ ଭାବେ ମେଳ ଖାଇବ। ତା' ନାଁ ହେଲା ରାକେଶ ମହାନ୍ତି। ହେଲେ ସେ ପିଲାଟି ଏପର୍ଯ୍ୟନ୍ତ ବାହାହେବାକୁ ମନା କରି ଆସୁଛି। ରାଜି ହେବକି ନା ମୁଁ ଜାଣିନି। ତଥାପି ଆମର ସାଙ୍ଗମାନେ ଯିଏ ଅଛନ୍ତି ସେମାନଙ୍କୁ ଲଗେଇ ମୁଁ ଏ ପ୍ରସ୍ତାବଟି ପକେଇପାରିବି।"

ସେଇ ଟେବୁଲରେ ଆଉ ଜଣେ ଦଂପତି ବସିଥିଲେ। ସେମାନଙ୍କ ମଧ୍ୟରୁ ସେ ସ୍ତ୍ରୀ ଲୋକ ଜଣକ ପଚାରିଲେ, "ଆପଣ କଣ ଭର୍ଜିନିଆର ରାକେଶ ମହାନ୍ତିଙ୍କ କଥା କହୁଛନ୍ତି ?"

"ହଁ। ଆପଣ କଣ ତାଙ୍କୁ ଜାଣନ୍ତି ?" – ନନ୍ଦିତା ପଚାରିଲା।

"ହଁ, ସିଏ ମୋର ଦେଢ଼ଶୁର ହେବେ। ମୁଁ ପଦ୍ମା, ପେନ୍‌ସିଲଭାନିଆରେ ରହେ। ମୋ ସ୍ୱାମୀଙ୍କର ବଡ଼ବାପାଙ୍କ ପୁଅ ଭାଇ ସିଏ। ସିଏ ଆଗେ ବାହାହେବାକୁ ମନା କରି ଆସୁଥିଲେ। କିନ୍ତୁ ଏବେ ବିବାହ କରିବାକୁ ଆଗ୍ରହୀ ଅଛନ୍ତି।"

"ତାହେଲେ ତ ଭଲ କଥା। ରାକେଶର ମା' ଯେତେବେଳେ ମତେ ଦେଖନ୍ତି, ତା'ର ବିବାହ ପ୍ରସଙ୍ଗ ଉଠେଇ କାନ୍ଦନ୍ତି। ଆପଣମାନେ ତା'ର ସଂପର୍କୀୟ ଜାଣି ଖୁସି ଲାଗିଲା। ତେବେ ଏ ବିବାହ ପ୍ରସ୍ତାବ ଦିଅନ୍ତୁ ତାକୁ।"

ନନ୍ଦିତା ଆଉ ମଧ୍ୟ ଜାଣିଲା ଯେ ସେମାନେ ଏବେ ରାକେଶ ସହିତ ହିଁ ରହୁଛନ୍ତି।

ରେଖା ଓ ନନ୍ଦିତା ଆଲୋଚନା କଲେ। ତାପରେ ନନ୍ଦିତା ରାକେଶର ଭାଇ ଓ ଭାଇବୋହୂ ପଦ୍ମାଙ୍କୁ ଅନୁରୋଧ କଲା, "ଦେଖନ୍ତୁ, ଆଜି ତ ଶନିବାର, ଆସନ୍ତା କାଲି ରବିବାର, ଛୁଟି ଅଛି। ଆପଣ ତ ରାକେଶ ପାଖରେ ରହୁଛନ୍ତି। ଆଉ ସୁମନାର ବାପା,

ମା ଏବେ ତା' ସହିତ ଅଛନ୍ତି। ଆପଣମାନେ କଥାବାର୍ତା ହୋଇ କାଲି ମିଶନ୍ତୁ ନା। ଶୁଭସ୍ୟ ଶୀଘ୍ରମ୍। ପୁଣି ଏ ସଂଯୋଗ କେବେ ଆସିବ କି ନା।"

ନନ୍ଦିତା ଓ ରେଖା ଏ ଆଲୋଚନା ପାଇଁ ସୁମନାର ବାପା, ମାଙ୍କୁ ବି ଅନୁରୋଧ କଲେ। "ଦେଖନ୍ତୁ, ରାକେଶ ଏ ପର୍ଯ୍ୟନ୍ତ ବିବାହ ପାଇଁ ମନା କରି ଆସିଛି। ତେଣୁ ସିଏ ଏଥରେ ଯଦି ବି ରାଜି ନହୁଏ, ମନଦୁଃଖ କରିବେନି। ହେଲେ ଚେଷ୍ଟା କରନ୍ତୁ ଓ ମିଶନ୍ତୁ। ଫଳାଫଳ ଯାହା ବି ହେବ ଗ୍ରହଣ କରିବେ।"

ନନ୍ଦିତା ଏଇଥିପାଇଁ ଏମିତି କହିଲା ଯେ, ବିଫଳତା ପାଇଁ ସେମାନେ ପ୍ରସ୍ତୁତ ହୋଇ ରହିବେ। ନହେଲେ ବିଫଳତା ବିଷୟରେ ଭାବି ସେମାନେ କୌଣସି ସଂପର୍କରେ ଆଗେଇବେନି। ପ୍ରଥମରୁ ହିଁ ପରାଜୟ ସ୍ୱୀକାର କରିନେବେ। ଏମିତି ଅନେକ ସ୍ଥାନରେ ଘଟୁଛି। କାଲେ ହାରିଯିବେ, ସେମିତି ଭାବି ଅନେକ ପ୍ରତିଦ୍ୱନ୍ଦିତାକୁ ଡରିଯାଆନ୍ତି, ଜୀବନରେ ବଡ଼ କିଛି ପଦକ୍ଷେପ ନେବାକୁ ଭୟକରନ୍ତି। ଜୀବନ ଯଦି ଭଲରେ ଚାଲୁଛି, ସେମିତି ଚାଲୁଥାଉ। ଅଧିକ କଣ ଦରକାର ଯେ, ତା ପାଇଁ ଜଣେ ଏମିତି ସଙ୍କଟକୁ ନିମନ୍ତ୍ରଣ କରିବାକୁ ଯିବ। ସେଥିପାଇଁ ନନ୍ଦିତା ସେମାନଙ୍କୁ ବୁଝେଇଲା। "ଆପଣମାନଙ୍କ ହାତରେ ଅଛି ଚେଷ୍ଟା କରିବା, ଆପଣମାନେ ଚେଷ୍ଟା କରନ୍ତୁ। ଯଦି କାମକଲା ତ ଭଲ, ଯଦି ନକଲା, ତେବେ କାହାର କିଛି କ୍ଷତି ହେବାର ନାହିଁ। କିନ୍ତୁ ଯଦି ଚେଷ୍ଟା ନ କରିବେ, ତେବେ ଆଉ ଫଳାଫଳ କଥା ଭାବିପାରିବେ କେମିତି ?

ସେଦିନର କଥା ସେତିକି ଥିଲା। ତାପରେ ସେମାନେ ଭେଟିଲେ କି ନା, ପ୍ରସ୍ତାବ କିଛି ଆଗକୁ ଗଲା କି ନା, ସେ ବିଷୟରେ କିଛି ଖବର ପାଇନଥିଲା ନନ୍ଦିତା। ଭାବୁଥିଲା, ରାକେଶର ବୃତ୍ତି ସଫ୍ଟୱେର ଓ ସୁମନା ଜଣେ ବୈଜ୍ଞାନିକ, ସେମାନଙ୍କର ଯୋଡ଼ି ମିଶିଲା କି ନାହିଁ କିଏ ଜାଣେ ? ଯଦି ଈଶ୍ୱରଙ୍କ ଇଚ୍ଛା ଥାଏ ତ ସବୁ ସେଇମତେ ହେବ।

ଦଶ ମାସ ପରେ ଏ ଶୁଭ ଖବର ଆସିଲା। ନନ୍ଦିତା ବହୁତ ଖୁସି ହୋଇଗଲା ଓ ଜୁନ୍ ୨୮ ତାରିଖର ସେ ଶୁଭ ମୁହୂର୍ତକୁ ଅପେକ୍ଷା କରିରହିଲା।

ସ୍ମୃତିରେ ଭାସିଆସିଲା ରାକେଶର ମା'ଙ୍କର କାନ୍ଦକାନ୍ଦ ମୁହଁ। କେତେଥର ତାଙ୍କ ସହିତ ଦେଖା ହୋଇଛି। ହିନ୍ଦୁ ମନ୍ଦିରର ଭଜନ ପ୍ରୋଗ୍ରାମରେ, ରଥଯାତ୍ରାରେ ଓ ଓସାର ବଣଭୋଜିରେ। ଯେତେବେଲେ ଦେଖନ୍ତି, ଟିକେ ଲୁହ ଝରାନ୍ତି। କୁହନ୍ତି, "ପୁଅଟା ସବୁ ଭଲ, ହେଲେ କଣ ପାଇଁ କେଜାଣି ବାହା ହେବାକୁ ଜମା ମାଗୁନି। ତାର ସାଙ୍ଗ ସମସ୍ତେ ବାହା ହୋଇ ପିଲାଛୁଆର ବାପା, ମା ହେଲେଣି। ହେଲେ ଯେତେ ପ୍ରସ୍ତାବ ଆଣିଲେ ସିଏ ସବୁକୁ ମନା କରିଦେଉଛି।"

ନନ୍ଦିତା ପ୍ରବୋଧନା ଦେବକୁ କୁହେ, "ଆପଣ ଜଗନ୍ନାଥଙ୍କ ଠାରେ ବିଶ୍ୱାସ ରଖନ୍ତୁ ମାଉସୀ। ତାଙ୍କ ପାଖରେ ମାନସିକଟିଏ କରନ୍ତୁ। ସିଏ ଆପଣଙ୍କ ପ୍ରାର୍ଥନା ନିଶ୍ଚୟ ଶୁଣିବେ। କେବେନା କେବେ ରାକେଶର ମନ ବଦଳିବ ଓ ସିଏ ବାହାହେବାକୁ ଆଗ୍ରହୀ ହେବ।"

ନନ୍ଦିତାର ସେମିତି ପ୍ରବୋଧନା ଦେବା ପଛରେ ବିଶ୍ୱାସଟିଏ ବି ଥିଲା। ସେମିତି ଆଉ ଜଣେ ମାଉସୀ ତାଙ୍କ ପୁଅ ପାଇଁ ବ୍ୟସ୍ତ ହେଉଥିଲେ। ନନ୍ଦିତା ତାଙ୍କୁ ସେମିତି କହିଥିଲା। ଆଉ ସତକୁ ସତ, ଜଗନ୍ନାଥ କେମିତି ମାୟା କଲେ କେଜାଣି ତାଙ୍କ ପୁଅର ବାହାଘର ଜୁଟିଗଲା। ସେ ବାହାଘର ମଧ ଜଗନ୍ନାଥଙ୍କ ପାଖରେ ସେଇ ମନ୍ଦିରରେ ହୋଇଥିଲା। ଅବଶ୍ୟ ଏକଥା ସତ ଯେ, ଈଶ୍ୱରଙ୍କ ଠାରେ ବିଶ୍ୱାସ ଅସାଧ୍ୟସାଧନ କରାଇଦେଇପାରେ। ନନ୍ଦିତା କହିଦେଲା ବୋଲି ଯେ ହୋଇଗଲା ସେମିତି କିଛି ନୁହେଁ। ତେବେ ନନ୍ଦିତା ମାଧ୍ୟମରେ ଯେ ଜଗନ୍ନାଥ ଏମିତି ନ କୁହାଇଲେ, ସେକଥା କିଏ ଜାଣେ ?

ନନ୍ଦିତା ଭାବୁଥିଲା, ସେ ମାଉସୀ ନିଶ୍ଚୟ ବହୁତ ଖୁସି ଥିବେ। ସେ ଦୁଇ ମାଉସୀଙ୍କର ମୁହଁ ଦେଖିବାପାଇଁ ଜୁନ୍ ୨୮ ତାରିଖକୁ ସିଏ ଆଗ୍ରହରେ ଅପେକ୍ଷା କରିରହିଲା।

ଜୁନ୍ ୨୮ ତାରିଖ ବୁଧବାର। ପାଗ ବହୁତ ଭଲଥାଏ। ସତେ ଯେମିତି ରାକେଶ ଓ ସୁମନାର ବିବାହରେ ପ୍ରକୃତି ଖୁସି ହୋଇ ଏମିତି ଏକ ସୁନ୍ଦର ପାଗର ଉପହାର ଭେଟିଦେଇଛି। ନନ୍ଦିତା ଯାଇ ଦଶ ମିନିଟ୍ ବିଳମ୍ବରେ, ୨ଟା ୧୦ରେ ପହଞ୍ଚିଲା। ସେତେବେଳକୁ ବାହାଘର ଶୋଭାଯାତ୍ରା ଆରମ୍ଭ ହୋଇଯାଇଥାଏ। ବୁଧବାର ହେଲେ ମଧ, ସାଙ୍ଗସାଥୀ ମାନେ କାର୍ଯ୍ୟରୁ ଛୁଟିନେଇ ବିବାହରେ ଯୋଗଦେବାକୁ ଆସିଥାନ୍ତି ଓ ଗୀତ, ନାଚରେ ମନ୍ଦିର ମୁଖ୍ୟଦ୍ୱାର ସାମନାରେ ଶୋଭାଯାତ୍ରା ଆରମ୍ଭ କରିଦେଇଥାନ୍ତି। ରାକେଶର କିଛି ସାଙ୍ଗ ନନ୍ଦିତାକୁ ନାଚରେ ସାମିଲ୍ ହେବାପାଇଁ ଟାଣିନେଲେ। ସେତେବେଳକୁ ସେମାନେ ସବୁ ଖବର ପାଇଯାଇଥିଲେ ଯେ ଏ ବିବାହର ସୂତ୍ରଧର ଭାବେ ନନ୍ଦିତାର ବିଶିଷ୍ଟ ଭୂମିକା ରହିଛି।

ଶୋଭାଯାତ୍ରା ପରେ ବର, କନ୍ୟାକୁ ସ୍ୱାଗତ କରି ଅଡିଟୋରିୟମ ଭିତରକୁ ଅଣାଗଲା। ସେଠି ଅଡିଟୋରିୟମର ମଞ୍ଚକୁ ପ୍ରଫେସନାଲ ଡେକୋରେଟର ଦ୍ୱାରା ସଜା ଯାଇଥିଲା। ସେଠରେ ବେଦି, ବେଦି ଉପରେ ହୋମକୁଣ୍ଡ, କବୁଙ୍କ ପାଇଁ ଓ ବରକନ୍ୟାଙ୍କ ବସିବୋ ପାଇଁ ଉଦ୍ଦିଷ୍ଟ ସ୍ଥାନ ମାନ ବହୁତ ସୁନ୍ଦର ଭାବେ ସ୍ଥାପନ କରାଯାଇଥିଲା। ଅଡିଟୋରିୟମ ଭିତରେ ଚେୟାର୍, ଟେବୁଲ୍ ସବୁ ସେମିତି ଧଳା

ସିଲ୍କ୍ କପଡ଼ାରେ ଆବୃତ କରି ଓ ମଝିରେ ଫୁଲଦାନୀ ମାନ ରଖି ସଜା ଯାଇଥିଲା। ବରକନ୍ୟାକୁ ସ୍ୱାଗତ କରି ବେଦି ଉପରକୁ ଆଣିବା ସମୟରେ ନନ୍ଦିତା ରାକେଶର ମା'ଙ୍କୁ ଖୋଜିଲା। ରାକେଶର ଭାଇବୋହୂ ପଦ୍ମା, ଯିଏ ଏ ସୂତ୍ରଧାରରେ ସାମିଲ ଥିଲେ, କହିଲେ, "ସିଏ ଆସିପାରିନାହାନ୍ତି। ତାଙ୍କ ଦେହ ଖରାପ ଅଛି।" ନନ୍ଦିତାର ମନ ମରିଗଲା। "ଦେଖ ତ ଭଗବାନଙ୍କର ବିଚାର। ଯେଉଁ ପୁଅର ବାହାଘର ପାଇଁ ଏତେ ବ୍ୟାକୁଳ ଥିଲେ ସିଏ, ଜଗନ୍ନାଥଙ୍କ ପାଖରେ ମାନସିକ ରଖିଥିଲେ, ସେ ପୁଅର ବାହାଘର ହେଲା, ହେଲେ ସିଏ ଦେଖି ପାରିଲେନି କି ଆଶୀର୍ବାଦ ଦେବାକୁ ଆସିପାରିଲେନି।"

ପଦ୍ମା ପୁଣି କହିଲେ, "ବାହାଘର ଜୁମ୍ ମାଧ୍ୟମରେ ଟେଲିକାଷ୍ଟ କରାଯାଉଛି। ସେମାନେ ସବୁ ସେଇଠୁ ଦେଖୁଥିବେ। ଭିଡ଼ିଓ ମଧ୍ୟ ୟୁଟିଉବରେ ରହିବେ। ତାକୁ ମଧ୍ୟ ଦେଖିପାରିବେ।"

ଝିଅର ବାପା, ମା ମଧ୍ୟ ଶାରୀରିକ ଅସୁସ୍ଥତା ପାଇଁ ବାହାଘରରେ ଯୋଗଦାନ କରିବାକୁ ଆସିପାରିନଥିଲେ। ଝିଅକୁ କନ୍ୟାଦାନ କଲେ ତାର ଭାଇ ଓ ଭାଉଜ। ପୁଅ ତରଫରୁ ସେମିତି ଜଣେ ସଂପର୍କୀୟ ବିବାହରେ ପିତାମାତାର କାର୍ଯ୍ୟ ତୁଲେଇଲେ।

ବାହାଘର ବହୁତ ଭଲରେ, ହସଖୁସିରେ, ସାଙ୍ଗମାନଙ୍କ ଗହଳିରେ ଓ ସାଙ୍ଗମାନଙ୍କ ସହଯୋଗରେ ସଂପନ୍ନ ହେଲା। ବାହାଘର ପରେ ରିସେପ୍‌ସନ୍ ମଧ୍ୟ ବଡ଼ ଧୂମ୍‌ଧାମରେ ହେଲା। ମନ୍ଦିରରେ ବିବାହ ହେଲା ସତ, ହେଲେ ଭୋଜିରେ ଅନେକ ରକମର ବିନା ପିଆଜ, ରସୁଣର ସୁସ୍ୱାଦୁ ନିରାମିଷ ଖାଦ୍ୟ ରହିଥିଲା। ଅସଲରେ ସେ ବିବାହ ଭୋଜିର ଖାଦ୍ୟ ହିଁ ସବୁଠାରୁ ଭଲ ଥିଲା।

ରିସେପ୍‌ସନ୍ ବେଳକୁ ଆହୁରି ଅଧିକ ସାଙ୍ଗସାଥୀ ଆସିଗଲେ। ସେମାନେ ଦିନର କାମ ସାରି ଡ଼େରିରେ ରିସେପ୍‌ସନ୍ ବେଳକୁ ପହଞ୍ଚିଲେ। ସର୍ବମୋଟ ଦୁଇଶହ ପାଖାପାଖି ବ୍ୟକ୍ତି ରିସେପ୍‌ସନ୍ ବେଳକୁ ଉପସ୍ଥିତ ଥିଲେ। ଯେଉଁମାନେ ସବୁ ବାହାଘର ପାଇଁ ଦୁଇଟା ବେଳକୁ ଆସିଥିଲେ, ସେମାନେ ସବୁ ଶାଢ଼ୀ, ଗହଣା ବଦଲେଇବା ପାଇଁ ଡ୍ରେସିଙ୍ଗ୍ ରୁମ୍‌କୁ ଗଲେ। ନନ୍ଦିତାକୁ ପଚାରିଲେ, "ଅପା, ତମେ କଣ ଶାଢ଼ୀ ବଦଲେଇବନି? ତମେ ପରା ସୂତ୍ରଧର; ତମକୁ ଟିକେ ଅଧିକ ଭଲଭାବେ ସଜେଇ ହୋଇ ରହିବା ଉଚିତ୍। ରାକେଶ ଓ ସୁମନା, ପାଖରେ ଥିବା ମେରିଅଟ୍ ହୋଟେଲରେ କିଛି ରୁମ୍ ବୁକ୍ କରିଥିଲେ। ରିସେପ୍‌ସନ୍ ପାଇଁ ପ୍ରସ୍ତୁତ ହେବାକୁ ସେମାନେ ହୋଟେଲ ଚାଲିଗଲେ। ଆଉ ଅନ୍ୟ ଯେଉଁମାନେ ଥିଲେ, ମଜା, ମସ୍ତି ଓ ଫଟୋ ଉଠାଇବାରେ ସମୟ ବିତାଇଲେ। ନନ୍ଦିତା ରିସେପ୍‌ସନ୍ ପାଇଁ ଅଲଗା ଶାଢ଼ୀଟିଏ କାର ଭିତରେ

ରଖିଥିଲା । ସିଏ ଯାଇ ସେ ଶାଢ଼ୀ କାର୍ ଭିତରୁ ଆଣିଲା ଓ ଡ୍ରେସିଙ୍ ରୁମରେ ସଜ ହେଲା ।

ରାକେଶ ଓ ସୁମନା ହୋଟେଲରୁ ଫେରୁଫେରୁ ୭ଟା ବାଜିଗଲା । ବରଂ ଡେରି ହେଉ, ସେମାନେ ପହଞ୍ଚିବା ପରେ ପୁଣି ସମସ୍ତଙ୍କ ମନରେ ଉସ୍ସାହ ଭରିଆସିଲା । ସମସ୍ତେ ଯାଇ ସେମାନଙ୍କ ସହିତ ଫଟୋ ଉଠେଇଲେ ।

ରିସେପ୍ସନ୍ ବେଳେ ବରକନ୍ୟାଙ୍କୁ ଦେଖି ନନ୍ଦିତା ଭାବୁଥିଲା, ସତରେ କି ସୁନ୍ଦର ଜୋଡ଼ି ମ ! ଏତେଦିନ ଧରି ଈଶ୍ୱର କଣ ପାଇଁ ଏମାନଙ୍କୁ ମିଶେଇନଥିଲେ । କଣ ନନ୍ଦିତାକୁ ସୂତ୍ରଧର କରିବା ପାଇଁ ?

ରାକେଶ ଓ ସୁମନାଙ୍କର ଜୋଡ଼ି ଏମିତି ଚିରଦିନ ପାଇଁ ଦୃଢ଼ ରହୁ । ଏତିକି ପ୍ରାର୍ଥନା କରି ସିଏ ମନ୍ଦିର ଭିତରକୁ ଗଲା ଓ ସବୁ ଦେବାଦେବୀ ମାନଙ୍କୁ ପ୍ରଣତି ଢାଲିଲା ।

ସୁନା କଲସୀ

ନ୍ୟୁୟର୍କ ସହରର ସେଣ୍ଟାଲ୍ ପାର୍କରେ ସିଏ ଏକାଏକା ବୁଲୁଥିଲା। ଦିନ ଥାଏ ଶନିବାର, ୨୦୨୨ ମସିହାର ସେପ୍ଟେମ୍ବର ୩ ତାରିଖ। ଅପରାହ୍ନ ସମୟଟା ବଡ଼ ମନୋମୁଗ୍ଧକର ହୋଇଥାଏ। ସେଣ୍ଟାଲ୍ ପାର୍କରେ ସେଦିନ ଅନେକ ଲୋକଙ୍କ ସମାଗମ। କିଏ ଜଣେ ତାକୁ ଡାକିଲା ଭଳି ମନେହେଲା। ସୋନା ଚାରିଆଡ଼େ ଚାହିଁଲା। ହେଲେ ସେମିତି କାହାକୁ ଦେଖିଲାନି, ଯିଏ ତାକୁ ଡାକିଥିବ। ଆଗପଟେ ଦୁଇଜଣ ଝିଅ ଗପସପ କରି ଯାଉଥିଲେ। ଜଣେ ଅନ୍ୟ ଜଣକୁ କହୁଥିଲା, "ସୋନା, ତୁ କି ଧ୍ୟାନରେ ଥିଲୁ ଯେ, ମୁଁ ତତେ ଏତେ ଡାକିଲା ପରେ ବି ତୁ ଶୁଣିପାରିନଥିଲୁ!" ଏବେ ସୋନା ବୁଝିଲା, ସିଏ ଆଉ ଜଣେ ସୋନା, ଏଠି ତାକୁ କେହି ଡାକୁନଥିଲେ। ଆଉ ଡାକିଲେ ବି ତାକୁ ଆମାଣ୍ଟା ବୋଲି ଡାକିବେ। ସୋନା ବୋଲି କାହିଁକି ଡାକିବେ?

ସୋନାର ମନେ ଅଛି, ସିଏ ଦିନେ ଅନାଥ ଥିଲା। ଅନାଥ ଅର୍ଥ ଯେ ତା'ର ପିତାମାତା କେହି ନଥିଲେ, ସେମିତି ନୁହେଁ। ତେବେ, ତା'ର ପିତା କିଏ ସିଏ ଜାଣେନି। ହୋସ ହେବାଠାରୁ ସିଏ କେବଳ ମା'କୁ ହିଁ ଜାଣିଥିଲା। ମା' ଜଣେ ଭିକାରୁଣୀ ଥିଲା। ପୁରୀ ବଡ଼ଦାଣ୍ଡରେ ଭିକ ମାଗିବା ଥିଲା ତା' ମାର ପ୍ରତିଦିନର ଚାକିରି। ସିଏ ସୋନାକୁ ବି ନେଇ ନିଜ ପାଖରେ ବସାଉଥିଲା। ସୋନାକୁ ଦୟା କରି କେବେକେବେ ଗ୍ରାହକମାନେ ଅଧିକ କିଛି ଦାନ କରିପକାଉଥିଲେ। ସୋନାର ପିଲା ମନ ବେଲେବେଲେ ଅବାଧ୍ୟ ହୁଏ। ଗୋଟିଏ ସ୍ଥାନରେ ଅଧିକ ସମୟ ବସି ରହିବାକୁ ମନ କହେନି। ସିଏ ବେଲେବେଲେ ଇଆଡ଼େ ସିଆଡ଼େ ଚାଲିଯାଏ। ତେବେ ଶେଷକୁ ମା' ପାଖକୁ ଫେରିଆସେ। ରାତି କଟେଇବାକୁ ସିଏ ମା' ସହିତ ମଠକୁ ଫେରେ। ମଠରେ କେତେ ଦୟାଲୁ ବାବା ଓ ମାତା ମାନେ ଥାନ୍ତି। ତାଙ୍କ ଭିତରେ ଜଣେ ଥାନ୍ତି

ଲଳିତା ମାତା, ଯିଏ ସୋନାର ମା'କୁ ଦୟା ଦେଖାନ୍ତି । ସେମାନେ କୋଉଠି ଗୋଟିଏ ପିଣ୍ଡା କଣରେ ସୋନାର ମା' ଓ ସୋନାକୁ ଶୋଇବାକୁ ଦିଅନ୍ତି । ଏମିତି ଦିନ କଟିଯାଏ ।

ଶେଷକୁ ଗୋଟିଏ ଦୁର୍ଭାଗ୍ୟର ଦିନ ଆସିଲା । ଦୁର୍ଭାଗ୍ୟ କି ସୌଭାଗ୍ୟ କହିହେବନି । ଦୁର୍ଭାଗ୍ୟ ଏଥିପାଇଁ କି ସିଏ ତା' ମା' ଠାରୁ ଅଲଗା ହୋଇଗଲା । ସୌଭାଗ୍ୟ ଏଥିପାଇଁ କି ତାକୁ ଏକ ଅନାଥାଶ୍ରମକୁ ନିଆଗଲା । ସେଦିନ ସିଏ ମା'କୁ ଛାଡ଼ି ସମୁଦ୍ର କୂଳରେ ବୁଲୁବୁଲୁ ଫେରିବାକୁ ବାଟ ଭୁଲିଗଲା । ରାତି ହେବାରୁ ଛନକା ପଶିଲା । ପେଟରେ ପ୍ରବଳ ଭୋକ । ସିଏ ବିକଳରେ କାନ୍ଦିଲା । ତା' କାନ୍ଦ ଶୁଣି ହଠାତ୍ ଅନେକ ଲୋକ ରୁଣ୍ଡ ହୋଇଗଲେ । ସେମାନଙ୍କ ମଧ୍ୟରେ ଗୋଟିଏ ସରକାରୀ ସଂସ୍ଥାର ମାଲିକାଣୀ ଥିଲେ । ସିଏ ସରକାରଙ୍କ ଶିଶୁ ବିଭାଗକୁ ଡକେଇ ସୋନାକୁ ସେମାନଙ୍କ ଜିମା ଦେଲେ । ତା' ପରଦିନ ଠାରୁ ସୋନା ଭୁବନେଶ୍ୱର ଚାଲିଆସିଲା ଓ ଏକ ଅନାଥାଶ୍ରମରେ ରହିଲା । ସେତେବେଳକୁ ସୋନାର ବୟସ ୬ ବର୍ଷ । ସୋନାର ମା' ତାକୁ ଖୋଜିଥିଲା କି ନା ସିଏ ଜାଣିନି । ସମସ୍ତଙ୍କୁ ସିଏ ବଡ଼ଦାଣ୍ଡର ଠିକଣା କହିଲା, ହେଲେ କେହି ତାକୁ ଯେମିତି ବୁଝିପାରିଲେନି । ତେବେ ସେଇ ଅନାଥାଶ୍ରମରେ ସୋନାର ଶିକ୍ଷା ଆରମ୍ଭହେଲା । ସିଏ ସ୍କୁଲକୁ ଗଲା, ପରିଷ୍କାର ପୋଷାକ ପିନ୍ଧିଲା, ପାଠ ପଢ଼ିଲା ଓ ତାକୁ ଦିନକୁ ତିନି ଓଳି ଭଲ ଖାଦ୍ୟ ମିଳିଲା । ସୋନାର ଖୁସି କହିଲେ ନସରେ । ମା' ଯଦି ସୋନା ପାଖରେ ଆସି ରହିଥାନ୍ତା, ତେବେ କେତେ ଭଲ ହୁଅନ୍ତା । ହେଲେ ମା'ର ଠିକଣା ସିଏ ତ ଜାଣିନି । କେବଳ ଜାଣିଛି ଲଳିତା ମଠ; ରାତି ହେଲେ ମା' ସେଠି ଶୋଇବାକୁ ଯାଏ । ହେଲେ ଅନ୍ୟମାନେ କେହି ତାକୁ ବୁଝିପାରନ୍ତିନି ।

ତେବେ ଦୁଇ ବର୍ଷ ପରେ ଆଉ ଗୋଟିଏ ବିଶେଷ ସୌଭାଗ୍ୟର ଦିନ ପହଞ୍ଚିଲା । ସେଦିନ ସୋନା ମୁଣ୍ଡରେ ହାତୀ ସୁନା କଳସ ଢାଳିଲା ଓ ସୋନାକୁ ରାଜକନ୍ୟାର ମୁକୁଟ ପିନ୍ଧେଇଦିଆଗଲା । ଆମେରିକାରୁ ଜଣେ ଦ˚ପତି ସୋନାକୁ ନିଜ ଝିଅ ରୂପେ ପୋଷ୍ୟ କରିବେ ବୋଲି ଅନାଥାଶ୍ରମକୁ ଜଣେଇଲେ । ତାପରେ ଛଅମାସ ଭିତରେ ସୋନା ଆମେରିକା ଆସିଲା । ସେଠି ମିଷ୍ଟର ମାଇକେଲ୍ ଉଇଲ୍‍ସନ୍ ଓ ତାଙ୍କର ଓଡ଼ିଆ ବ˚ଶୋଭବ ପତ୍ନୀ ରାଣୀ ମହାପାତ୍ରଙ୍କର ଝିଅର ପରିଚୟ ତାକୁ ମିଳିଲା । ସେମାନଙ୍କର ରଡ଼୍‍ନି ବୋଲି ଜଣେ ପୁତ୍ର ଥାଏ । ତେବେ ଅନ୍ୟ କେହି ପିଲା ନଥାନ୍ତି । ସେମାନେ କଣ ପାଇଁ ଯେ ସୋନାକୁ ନିଜ ଝିଅ କରିବାକୁ ବାଛିଲେ, ସେକଥା ସୋନା ଜାଣେନି, ହେଲେ ସିଏ ଅନେକ ଖୁସି । ତା' ବାଲ୍ୟକାଲରୁ ସିଏ ଯେଉଁ ଦାରିଦ୍ର୍ୟ, ଘୃଣା, ଲାଞ୍ଛନା ଆଦି ସହିଛି, ସେ ତୁଲନାରେ ସିଏ ଏ ଯେଉଁ ନବ ଜନ୍ମ ପାଇଛି, ସେଥିପାଇଁ ଭଗବାନଙ୍କୁ

ସିଏ ବହୁତ ଧନ୍ୟବାଦ ଦିଏ। ସୋନାର ନାମ ବଦଳିଗଲା, ପରିଚୟ ବଦଳିଗଲା। ତାର ନାମ ରଖାଗଲା ଆମାଣ୍ଡା। ତାର ପରିଚୟ ହେଲା, ଆମାଣ୍ଡା ଉଇଲ୍‌ସନ୍, ମିଷ୍ଟର ମାଇକେଲ୍ ଉଇଲ୍‌ସନ୍ ଓ ରାଣୀ ମହାପାତ୍ରଙ୍କର କନ୍ୟା।

ସୋନା ଯେଉଁ ସହରରେ ରହେ, ସେଠି ପାଖାଆଖରେ ଅନେକ ଓଡ଼ିଆ ରହନ୍ତି। ଓଡ଼ିଆ ମାନଙ୍କର ପର୍ବପର୍ବାଣୀ ପାଳନ କରନ୍ତି। ହେଲେ ତାର ବାବା, ମା' କେହି ସେସବୁ ଓଡ଼ିଆ ଉତ୍ସବକୁ ଯାଆନ୍ତିନି। ସିଏ ସବୁ କିଛି ବବି ମାଉସୀ ଠାରୁ ଯାହା ଶୁଣେ। ଓଡ଼ିଶାରୁ ଆସିବାର ତିନି ମାସ ପରେ ରଥଯାତ୍ରା ପଡ଼ିଲା। ଆମାଣ୍ଡା ମାଙ୍କୁ ପଚାରିଥିଲା, "ମା, ଆମେ ରଥଯାତ୍ରା ଦେଖୁ ଯିବା?" ମା କହିଲେ, "ନା, ଆମେ ଭେକେସନ୍ କରିବାକୁ କାନାଡ଼ା ଯିବା।" ସେବର୍ଷ ସେମାନେ ସମସ୍ତେ କାନାଡ଼ା ଗଲେ। ଆଇ ସେତେବେଳକୁ ବଞ୍ଚିଥିଲେ। ସିଏ ବବି ମାଉସୀଙ୍କ ସହିତ ରଥଯାତ୍ରା ଦେଖୁ ଯାଇଥିଲେ। ଆମାଣ୍ଡା କାନାଡ଼ାରୁ ଫେରିବା ପରେ ଆଇ ପଚାରିଲେ, "ଏଠି ରଥଯାତ୍ରା ବହୁତ ଭଲହେଲା। ଭଲ ଖାଇବାପିଇବା ସହିତ, ଭଜନ ପ୍ରୋଗ୍ରାମ୍ ବି ଥିଲା। ଆଉ ତମେମାନେ ସେଠି କଣ ଦେଖିଲ?"

"ଆମେମାନେ ସେଠି ବହୁତ ମଜା କଲୁ ଆଇ। ଡଙ୍ଗାରେ ବୁଲିଲୁ, ପାହାଡ଼ ଚଢ଼ିଲୁ। ମୁଁ ମୋ ଜୀବନରେ ପ୍ରଥମ ଥର ପାଇଁ ଏତେ ବରଫ ଦେଖିଲି। ହେଲେ ମୋର ରଥଯାତ୍ରାକୁ ଯିବାକୁ ମନ ଥିଲା।"

ଆଇ କାନ୍ଧ ଥାପୁଡ଼େଇ କହିଲେ, "ଆସନ୍ତା ବର୍ଷ ତୁ ରଥଯାତ୍ରା ଦେଖିବାକୁ ଯିବୁ। ତୋ ମା' ଛୋଟ ଥିବାବେଳେ, ଏଠି ଓଡ଼ିଆ ଲୋକ କମ୍ ଥିଲେ। ରଥଯାତ୍ରାର ପ୍ରଶ୍ନ ତ ନଥିଲା। ସେଥିପାଇଁ ସିଏ ଏସବୁ କିଛି ଜାଣିନି। ହେଲେ ଏବେ ଓଡ଼ିଆ ଲୋକ ସବୁ ସହରରେ ଭର୍ତି। ତେଣୁ ସବୁ କିଛି ପର୍ବ ପାଳୁଛନ୍ତି। ତୋ ମା' ତ ସେସବୁକୁ ଯିବନି। ହେଲେ ତୁ ବବି ମାଉସୀ କି ମୋ ସାଥୀରେ ଯିବୁ।"

ସୋନା ବହୁତ ଖୁସିହେଲା। ସେଇ ଆଇ ହିଁ ତାକୁ ପ୍ରଥମେ ସୁନାକଲସୀ କଥା ମନେପକେଇ ଦେଇଥିଲେ। ସିଏ ଏଠାକୁ ଆସିବାର ପରେପରେ ବବି ମାଉସୀ, ତାଙ୍କ ଘରକୁ ସମସ୍ତଙ୍କୁ ଡାକିଥିଲେ। ସେଇଠି ପ୍ରଥମେ ସୋନା ଅର୍ଥାତ୍ ଆମାଣ୍ଡାକୁ ଭେଟିଥିଲେ ସମସ୍ତେ। ତାକୁ ଦେଖି ପ୍ରଥମେ ସମସ୍ତେ ଆଶ୍ଚର୍ଯ୍ୟ ହେଲେ। ସେଇଟା ଥିଲା ତା' ଦେହର ରଙ୍ଗକୁ ନେଇ। ତା ଦେହର ରଙ୍ଗ କଳା ଥିଲା, ସେଥିପାଇଁ ଅନେକ ପରିବାର ତାକୁ ପୋଷ୍ୟ ଭାବେ ଗ୍ରହଣ କରିବାକୁ ପସନ୍ଦ କରିନଥିଲେ। କିନ୍ତୁ ଏଇ ବାବା, ମା, ତା' ଦେହର ରଙ୍ଗ ବିଷୟରେ ନ ଭାବି ତାକୁ ହଠାତ୍ ପୋଷ୍ୟ କରିବା ପାଇଁ ସ୍ଥିର କରିନେଲେ। ସେଇ ମନସ୍ତତ୍ତ୍ୱ ଏପର୍ଯ୍ୟନ୍ତ ସିଏ ବୁଝିପାରିନି। ତେବେ

ଆଈ ତାଙ୍କୁ ପ୍ରଥମେ ପସନ୍ଦ କରୁନଥିଲେ। ସିଏ ବବି ମାଉସୀଙ୍କୁ କହୁଥିବାର ସୋନା ଶୁଣିଥିଲା, "ରାଣୀର ତ ଯାହା ପସନ୍ଦ ହେବ, ସିଏ କରିବ। ଯଦି ପୋଷ୍ୟ କରି ଆଣିଲୁ, ତେବେ ସୁନ୍ଦର ଝିଅଟିଏ ହେଲେ ପୋଷ୍ୟ କରିଥାନ୍ତୁ। ଶେଷକୁ ନେଇ ସୁନା କଳସୀ ଏଇ କାଳି ଝିଅଟି ମୁଣ୍ଡରେ ଭାଙ୍ଗିଦେଲା।" ବବି ମାଉସୀ ବୁଝେଇଲେ, "ବଡ଼ମା, ସେକଥା ପାଇଁ ତମେ ଚିନ୍ତାକରନି। ରାଣୀ ଗୋଟିଏ ପୁଣ୍ୟ କର୍ମ କରିଛି, ସେ ନେଇ ଖୁସି ହୁଅ। ଭଗବାନ ତାଙ୍କୁ ଆଶୀର୍ବାଦ କରନ୍ତୁ ଓ ଏ ଝିଅଟିକୁ ବି।"

ଆଈ ତାପରେ ଧୀରେଧୀରେ ସୋନାକୁ ଗ୍ରହଣ କରିବାକୁ ଚେଷ୍ଟା କଲେ। ସେଇ ଆଙ୍କ କଥା ଭାବି ବେଳେବେଳେ ସୋନା ବ୍ୟସ୍ତ ହୁଏ। ମା'ଙ୍କୁ ପଚାରେ, "ମା, ଆଈ କଣପାଇଁ ଏକା ରହୁଛନ୍ତି? ଆମ ସହିତ କାହିଁକି ରହୁନାହାନ୍ତି? ସିଏ ଏତେ ବୟସ୍କା ହେଲେଣି। ତାଙ୍କ ହାତରେ ଗୋଡ଼ରେ ବଳ ନାହିଁ। ତାଙ୍କୁ ଏକା ରହିବାର ଦେଖିଲେ ମତେ କାନ୍ଦ ମାଡ଼ୁଛି।"

ମା' ବୁଝେଇଥିଲେ। "ଏ ଦେଶରେ ସେମିତି ସମସ୍ତେ ରୁହନ୍ତି; ସ୍ୱାଧୀନ ଭାବେ ରହିବାକୁ ସମସ୍ତଙ୍କର ଇଚ୍ଛା। ତାଙ୍କୁ ବାଧ୍ୟ କଲେ ବି ସିଏ ଆମମାନଙ୍କ ସହିତ ରହିବାକୁ ଚାହିଁବନି। ହେଲେ ଆମେ ତାଙ୍କୁ ପ୍ରତି ସପ୍ତାହରେ ଦେଖ୍ଆସିବା।"

ସେମାନେ ସମସ୍ତେ ସେଇ ନିୟମ ପାଳନ କରୁଥିଲେ। ଆଙ୍କୁ ପ୍ରତି ସପ୍ତାହରେ ଥରେ ଦେଖ୍ବାଲୁ ଯାଉଥିଲେ। ହେଲେ ସୋନା ଆଙ୍କୁ ଯେବେ ଭେଟିବାକୁ ଯାଏ, ତାଙ୍କୁ ଛାଡ଼ି ଆସିବାକୁ ଇଚ୍ଛାକରେନି। ତା' ଆଖିରେ ଲୁହ ଆସିଯାଏ। ଏତେ ବାର୍ଦ୍ଧକ୍ୟ ବୟସରେ ଦେହମୁଣ୍ଡର ଯନ୍ କିଏ ନେଉଥିବ? ଘର କାମଦାମ କିଏ କରୁଥିବ? ଭଲ ରୋଷେଇ କରି କିଏ ଖୁଆଉଥିବ?

ସେଇଭଳି ଥିଲା ଆଙ୍କଙ୍କର ଜୀବନ। ଥରେ ସିଏ ଗାଧୋଉଗାଧୋଉ ପଡ଼ିଗଲେ। ତାଙ୍କ ଗୋଡ଼ ଜଖମ ହୋଇଗଲା। ସିଏ କିଛିଦିନ ନର୍ସିଂହୋମରେ ରହିଲେ। ଭଲ ହୋଇ ଘରକୁ ଫେରିବା ପରେ କିଛିଦିନ ସେମାନଙ୍କ ପାଖରେ ରହିଥିଲେ। ସେତେବେଳେ ଆଙ୍କଙ୍କ ସହିତ ସୋନାର ବନ୍ଧୁତା ହୋଇଗଲା। ସ୍କୁଲରୁ ଘରକୁ ଫେରିଲେ, ଆଙ୍କଙ୍କ ସହିତ ସିଏ କିଛି ସମୟ ପାଇଁ ବସିଯାଏ। ଆଈ ଗପନ୍ତି ତାଙ୍କ ସମୟର ଓଡ଼ିଶାର କଥା; ଅନେକ ସବୁ ଅସୁବିଧାର କଥା, ବନ୍ୟା, ବାତ୍ୟା, ୱଢ଼, ଦୁର୍ଭିକ୍ଷ, ହଇଜା ଓ ବସନ୍ତ ରୋଗ ବ୍ୟାପିଥିବାର କଥା। ସୋନାକୁ କହନ୍ତି, "ହେଲେ ଏବେ କୁଆଡ଼େ ସବୁ ବଦଳିଗଲାଣି। ମୁଁ ତ ୧୦ ବର୍ଷ ହେଲାଣି ଆଉ କୁଆଡ଼େ ଯିବାଆସିବା କରିପାରୁନି। ଯାହା ସମସ୍ତଙ୍କଠାରୁ ଶୁଣୁଛି, କେତେସବୁ ପରିବର୍ତ୍ତନ ଘଟିଗଲାଣି।"

ସୋନା ବି ମନ ଖୋଲିଦିଏ। କହେ, "ଆଈ, ସତରେ ମୁଁ ବଡ଼ ଭାଗ୍ୟବତୀ। ମୋ ମା' ଜଗନ୍ନାଥ ମନ୍ଦିର ସାମନାରେ ଭିକ ମାଗୁଥିଲା। ମୁଁ ତା' ପାଖରେ ହିଁ ବସୁଥିଲି। କେତେବେଳେ ଖାଇବାକୁ ମିଳେ ତ କେତେବେଳେ ଭୋକ ଉପାସରେ ରହିବାକୁ ପଡ଼େ। ହେଲେ ମୁଁ କାଳିଆ ସାଆନ୍ତଙ୍କୁ ସବୁବେଳେ ଡାକେ। ସେଇଥିପାଇଁ ବୋଧହୁଏ ହାତୀ ମୋ ମୁଣ୍ଡରେ ସୁନାକଳସୀ ଢାଳିଲା। ବାବା, ମା' ମୋତେ ପୋଷ୍ୟକଲେ। ମୁଁ ଏ ନୂଆ ଦେଶ ଦେଖିଲି। କେତେକେତେ ସବୁ ନୂଆ ଅନୁଭବ ପାଇଲି। ହେଲେ ମୋ ସାଙ୍ଗମାନେ ହୁଏତ ସମାନ ଜୀବନ ବଞ୍ଚୁଥିବେ। ମୁଁ ବଡ଼ ହେଲେ ସେମାନଙ୍କ ପାଇଁ କାମ କରିବି।"

ଆଈ ପଚାରନ୍ତି, "ତୋ ବାପାକୁ କେବେ ତୁ ଦେଖିଛୁ ନା ନାହିଁ?"

ସୋନା ଆଖିରେ ଲୁହ ଆସେ, "ନା ଆଈ, ମୋ ବାପା କିଏ ମୁଁ ଦେଖିନି କି ଜାଣିନି। ତେବେ ବାବା ହିଁ ମୋ ବାପା। ସିଏ ମୋର ଯେମିତି ଯତ୍ନ ନିଅନ୍ତି, ନିଜ ବାପା ମାନେ ସେମିତି ଯତ୍ନ ନେଉଥିବେ କି ନା ଜାଣିନି।"

ଆଈ କୁହନ୍ତି, "ହଁ, ସେ ପିଲାଟି ବହୁତ ଭଲ। ଆମେରିକାନ୍ ହେଲେ କଣ ହେଲା, ତା ହୃଦୟ ବହୁତ ବଡ଼। ତୋ ଅଜାଙ୍କର ସିଏ ଅନେକ ଯତ୍ନ ନେଇଛି। ଭଗବାନ ତାକୁ ଆଶୀର୍ବାଦ କରନ୍ତୁ।"

ଆଈ ଟିକେ ଭଲ ହୋଇ ଆସିବା ପରେ ନିଜ ଆପାର୍ଟମେଣ୍ଟକୁ ଫେରିଗଲେ। ପୁଣି ସେମାନଙ୍କର ସପ୍ତାହରେ ଥରେ ଯିବାଆସିବା ଚାଲିଲା। ଆଈ ମଝିରେ ମଝିରେ ଫୋନ୍ କରି ଭଲ ଅଛନ୍ତି ବୋଲି ଜଣାନ୍ତି।

ସେଇଟା ଥିଲା ୨୦୧୦ ମସିହାର ଅକ୍ଟୋବର ମାସ। ନୂଆନୂଆ ଥଣ୍ଡା ପଡ଼ିଥାଏ। ପ୍ରତି ବୁଧବାର ଦିନ ଆଈ ଫୋନ୍ କରନ୍ତି। ସେଥର ଅକ୍ଟୋବର ୧୩ ତାରିଖ ବୁଧବାର ଦିନ ଆଈ କାହିଁକି ଫୋନ୍ କଲେନି। ଗୁରୁବାର ଦିନ ମା' ଫୋନ୍ କଲେ। ସିଏ ଧରିଲେନି କି କିଛି ଜବାବ ଦେଲେନି। ସେତେବେଳେ ବାବା ତାଙ୍କ ବୃତ୍ତି ପାଇଁ ଅନ୍ୟ ରାଜ୍ୟକୁ ଯାଇଥିଲେ। ତେଣୁ ଦୁଇଜଣ ପିଲାଙ୍କୁ ନେଇ ମା' ଆଉ ଆଈଙ୍କ ପାଖକୁ ଯାଇ ବୁଝିବାକୁ ସାହସ କଲେନି। ଶନିବାର ଦିନ ବାବା ଫେରିଆସିଲେ। ସେଦିନ ବି ଆଈଙ୍କ ଫୋନ୍ ଲାଗିଲାନି। ସମସ୍ତେ ଅପରାହ୍ନରେ ଆଈଙ୍କ ପାଖକୁ ଯିବାକୁ ସ୍ଥିରକଲେ। ଆଈଙ୍କ ଆପାର୍ଟମେଣ୍ଟର କଲିଙ୍ଗ୍ ବେଲ୍ ବଜେଇଲେ ବି କେହି କବାଟ ଖୋଲିଲେନି। ତେଣୁ ମା'ଙ୍କ ପାଖରେ ଯେଉଁ ଡୁପ୍ଲିକେଟ୍ ଚାବି ଥିଲା, ସେଇଥାକୁ ବ୍ୟବହାର କରି ସେମାନେ କବାଟ ଖୋଲିଲେ। ଆଈ କୁଆଡ଼େ ଗଲେ? ସମସ୍ତେ ତାଙ୍କୁ ଡାକୁଥାନ୍ତି; ହେଲେ ସିଏ ଜବାବ ଦେଉନ୍ଥାନ୍ତି। ଶେଷରେ ଦେଖିବା ବେଳକୁ

ସିଏ ତାଙ୍କ ଶୋଇବା ଘରେ ତଳେ ମୁହଁମାଡ଼ି ପଡ଼ିଛନ୍ତି। ତାଙ୍କ ଦେହରେ ପ୍ରାଣ ନଥିବା ଭଳି ମନେ ହେଉଥିଲା। ବାବା ୯୧୧ ଡାକିଲେ। ଏମରଜେନ୍ସି ମେଡ଼ିକାଲ୍ ଟିମ୍ ଆସି ପରୀକ୍ଷା କରି ଦେଖିଲେ। ଆଈଙ୍କର ଜୀବନ ନଥିଲା। ଘଟଣା ଏମିତି ଘଟିଯିବ ବୋଲି ସୋନା ଭାବିପାରିନଥିଲା।

ଆଈଙ୍କର ସଂସ୍କାର ସେମିତି ଅକ୍ଷରେ କରିଦିଆଗଲା। କେବଳ ୧୦-୧୨ ଓଡ଼ିଆ ପରିବାର ଶେଷ ସଂସ୍କାରରେ ଯୋଗ ଦେଇଥିଲେ। ବାବା, ମା'ଙ୍କର ଓଡ଼ିଆ ସଂପ୍ରଦାୟ ସହିତ ଏତେଟା ମିଳାମିଶା ନଥିଲା। ଯଦିଓ ଅଜା ବଞ୍ଚିଥିବା ସମୟରେ ଓଡ଼ିଆମାନଙ୍କ ସହିତ ମିଳାମିଶା କରୁଥିଲେ ଓ ଓଡ଼ିଶାର ବିଶ୍ୱବିଦ୍ୟାଳୟ ମାନଙ୍କରେ ଅନେକ ମେଧାବୃତ୍ତି ଫଣ୍ଡ ଖୋଲିଥିଲେ। କିନ୍ତୁ ତାଙ୍କ ଦେହାନ୍ତ ପରେ, ସବୁ କିଛି ବଦଳିଗଲା।

ଆଈଙ୍କ ଦେହାନ୍ତ ପରେ ସୋନା କିଛିଦିନ ଉଦାସ ରହିଲା। ସେଇ ଆଈ ତା' ପାଇଁ ଥିଲେ ଓଡ଼ିଶା ସଂସ୍କୃତି ଓ ଓଡ଼ିଆ ଭାଷା ସହିତ ସମ୍ପର୍କ ରଖିବାର ସୂତ୍ରଧାର। ତାଙ୍କ ଯିବାପରେ ସୋନା ଆଉ କାହା ସହିତ ଓଡ଼ିଆ ଭାଷାରେ କଥାବାର୍ତ୍ତା କରିବାର ସୁଯୋଗ ପାଉନଥିଲା। ବବି ମାଉସୀ କେବେକେବେ ମାସକରେ ଥରେ ଦେଖାହୁଅନ୍ତି। ସେତେବେଳେ ସିଏ ବାବାଙ୍କୁ ସମ୍ମାନ କରି ଇଂରାଜୀରେ କଥାହୁଅନ୍ତି, ନହେଲେ କାଳେ ବାବା ବୁଝିନପାରି ନିଜକୁ ଅପମାନିତ ମନେକରିବେ।

ଏ ଭିତରେ ୧୩ ବର୍ଷ କେମିତି ବିତିଗଲା ଜଣାପଡ଼ିଲାନି। ଏବେ ସୋନା ବୋଲି ଝିଅଟିର ଜୀବନ ଝାପ୍ସା ହୋଇ ଆସିଲାଣି। ଏବେ ସିଏ ଆମାଣ୍ଡା। ଆମାଣ୍ଡା ଏବେ ପ୍ରାପ୍ତବୟସ୍କା। ହାଇସ୍କୁଲ୍ ଓ କଲେଜ ସାରି ସିଏ ମେଡ଼ିକାଲ୍ କଲେଜର ଛାତ୍ରୀ ହେଲା। ଏବେ ରେସିଡେନ୍ସୀ ସାରି ଚାକିରି ଖୋଜୁଛି। କଲେଜ ସମୟରୁ ତାର ଗୋଟିଏ ପୁଅ ସହିତ ନୀରବ ପ୍ରେମ ରହିଆସିଥିଲା। ଏବେ ସେ ପ୍ରେମ ପ୍ରକାଶିତ ହୋଇଆସୁଛି। ତାର ପୁରୁଷବନ୍ଧୁଙ୍କ ନାମ ହେଲା ରବି ଠାକୁର। ରବିଙ୍କର ବାବା ଓ ମା' ଅରବିନ୍ଦ ଓ ରୂପା ଠାକୁର। କେବଳ ସେଇ ବଂଶ ପରମ୍ପରାକୁ ଡରି ଆମାଣ୍ଡା ରବିକୁ ନିଜର ପ୍ରକୃତ ପରିଚୟ କେବେ ଦେଇନଥିଲା। ରବିର ପରିବାର ବୁଝିଥିଲେ ଯେ ଆମାଣ୍ଡା ଜଣେ ମିଶ୍ର ଜାତିର ବାଳିକା, ହେଲେ ସିଏ ଯେ ତା'ର ପିତାମାତାଙ୍କର ଜନ୍ମିତ ସନ୍ତାନ ନୁହେଁ, ପାଳିତ ସନ୍ତାନ ସେକଥା ଜଣେଇବାକୁ ଆମାଣ୍ଡାକୁ ଡର ଲାଗୁଥିଲା।

ଆଜି ରବି ତାକୁ ସେଣ୍ଟ୍ରାଲ୍‌ପାର୍କରେ ଭେଟିବେ। ସେଥିପାଇଁ ସିଏ ନର୍ଭସ୍ ଅଛି। ଖାଲି କନକନ ଛନଛନ ହେଉଛି। ରବି କଣ ତାକୁ ପ୍ରପୋଜ୍ କରିଦେବେ ନା'

କଣ ? ଏବେ ତ ରେସିଡେନ୍‌ସୀ ସରିଲାଣି, ଆଉ ଡେରି କାହିଁକି ? ହେଲେ ରବିଙ୍କର ପରିବାର କଣ ତାକୁ ଗ୍ରହଣ କରିବେ। ଯଦିଓ ତାର ରୂପ ରଙ୍ଗରେ କିଞ୍ଚିଟା ପରିବର୍ତ୍ତନ ଆସିଛି, ତଥାପି ତ ସିଏ ଜଣେ କାଳି ଝିଅ। ତାପରେ ଜାତିଗୋତ୍ର ବିହୀନ ଜଣେ ପୋଷ୍ୟା କନ୍ୟା। ରବିଙ୍କର ପରିବାର ବଙ୍ଗାଳୀ ବ୍ରାହ୍ମଣ। ଯଦିଓ ଏ ଦେଶରେ ଜାତିଗୋତ୍ର ଏତେ କେହି ଦେଖନ୍ତିନି, ତେବେ ମଧ ତାକୁ ବୋହୂ ଭାବେ ଗ୍ରହଣ କରିବାରେ ଯେଉଁସବୁ ପ୍ରତିବନ୍ଧକ ରହିଛି, ସେସବୁକୁତ ଅଗ୍ରାହ୍ୟ କରିହେବନି। ଆମାଣ୍ଡା ତୁଲନାରେ ରବି ଅନେକ ସୁନ୍ଦର। ଡେଙ୍ଗା, ଗୋରା ଓ ସୌମ୍ୟକାନ୍ତ। ତାଙ୍କୁ ଥରେ ଦେଖିଦେଲେ ମଣିଷର ଆଖି ଲାଖିଯିବ। ସିଏ ଯେ ଆମାଣ୍ଡାକୁ କାହିଁକି ଭଲ ପାଇଲେ, ଆମାଣ୍ଡା ଜାଣିନି। ହେଲେ କଲେଜ ସମୟରୁ ସେମାନେ ମିଶି ଅନେକ ପ୍ରୋଜେକ୍‌ଟ ଏକା ସାଙ୍ଗରେ କରିଛନ୍ତି। ଏକତ୍ର ରାତିରାତି ପ୍ରୋଜେକ୍‌ଟ୍ ପାଇଁ ବିତାଇଛନ୍ତି। ସେଇଥିରୁ ସିଏ ଆମାଣ୍ଡାର ଦରଦୀ ହୃଦୟର ପରିଚୟ ପାଇଛନ୍ତି ଓ ତା ହୃଦୟ ପାଇଁ ହିଁ ନିଜ ହୃଦୟକୁ ବାଜି ଲଗେଇ ଦେଇଛନ୍ତି।

ଘଣ୍ଟାରେ ଚାରିଟା ବାଜିଲା। ରବି କଣ ଭୁଲିଗଲେ ନା କଣ ? ଏତେବେଳକୁ ତ ତାଙ୍କର ପହଞ୍ଚିଯିବା କଥା। ଆମାଣ୍ଡା ବି ତାଙ୍କୁ ନିଜର ଲୋକେସନ୍ ପଠେଇଥିଲା। ହୁଏତ ଟ୍ରେନରେ ଗହଳି ଅଛି। କି କିଛି ଗୋଟିଏ ଘଟିଛି। ଏ ନ୍ୟୁୟର୍କ ସହରରେ ସବୁବେଳେ କିଛିନା କିଛି ଘଟୁଥାଏ। ବିଶେଷତଃ କୋଭିଡ୍ ହେବା ପରଠାରୁ, ଜାତିଆଣ ହିଂସାଠାରୁ ଆରମ୍ଭ କରି ଧାର୍ମିକ ଓ ରାଜନୈତିକ ହିଂସାକାଣ୍ଡ ଏଠି ପ୍ରତି ମୁହୂର୍ତ୍ତରେ ଘଟୁଛି। ହୁଏତ ସେମିତି କିଛି ହେଲା; ସେଥିପାଇଁ ଟ୍ରେନ୍ ବିଲମ୍ବ ହେଲା।

ରବି ଆସି ଆମାଣ୍ଡାର ଆଖିକୁ ବୁଜି ଧରିଲେ। ଆମାଣ୍ଡା ହଡ଼ବଡ଼େଇ ଗଲା। ହୁଏତ କିଏ ଚୋର, ଦୁର୍ବୃତ୍ତ ଚୋରି କରିବା ଯୋଜନାରେ ଅଛି କି କଣ। ଏମିତି ଭାବି ସିଏ ସେ ଚୋରର ହାତ ଖୋଲିବାକୁ ଉଦ୍ୟତ ହେବା କ୍ଷଣି ରବିଙ୍କୁ ଦେଖି ଆଶ୍ୱସ୍ତ ହେଲା। ରବିଙ୍କୁ ତାଗିଦ୍ କରି କହିଲା, "ଏମିତି କଣ କିଏ କରନ୍ତି ? ମୁଁ ଡରିଗଲି। କିଏ ଚୋର ବୋଲି ଭାବିନେଲି।"

"ଭାବିଲ ତ ଠିକ୍ ଭାବିଛ। ମୁଁ ତ ତମ ମନ ଚୋରି କରିନେଇଛି ନା। ସେଇ ଦୃଷ୍ଟିରୁ ଚୋର ବି ହେଲି।"

"ଆଛା କୁହ, କଣ ସରପ୍ରାଇଜ୍ ଦେବ ବୋଲି କହୁଥିଲ ମୋତେ ?" - ଆମାଣ୍ଡା ପଚାରିଲା।

"ସରପ୍ରାଇଜ୍ ମାନେ, ବହୁତ ଭଲ ସରପ୍ରାଇଜ୍। ଆମ ହସ୍ପିଟାଲ ତରଫରୁ ଆମେ କିଛି ଡାକ୍ତର ଡିସେମ୍ବର ମାସରେ ଓଡ଼ିଶା ଯାଉଛୁ। ବିଶେଷ କରି ପୁରୀ। ସେଠି

ସଂକ୍ରାମକ ରୋଗ ବିଷୟରେ ଗୋଟିଏ କନ୍‌ଫରେନ୍‌ସ୍ ହେବାର ଅଛି। ମୁଁ ଭାବୁଛି, ତମେ ଆସିଲେ ଭଲହୁଅନ୍ତା।"

ଆମାଣ୍ଡାର ହୃଦୟରେ ଆଲୋଡ଼ନ ଖେଳିଗଲା। "ପୁରୀ, ସତରେ?"

"ହଁ, ପୁରୀ। ହେଲେ ତମେ ଏମିତି ପୁଲକିତ ହେଲ, ଯେମିତି ଲାଗିଲା, ପୁରୀ ଶବ୍ଦ ସହିତ ତମର ଭାବନା ଜଡ଼ିତ ଅଛି?"

ଉତ୍ତରରେ ଆମାଣ୍ଡା ଜଣେଇଲା, "ମୁଁ ନିଶ୍ଚୟ ଯିବି। ହେଲେ କୁହ ତ ତମେ କାହିଁକି ଯିବାକୁ ସ୍ଥିର କଲ?"

"ସେଇଟା ମୋର ସିକ୍ରେଟ୍। ହେଲେ ତମେ ଜାଣିଲେ କ୍ଷତି ନାହିଁ। ପୁରୀ ମୋର ଜନ୍ମସ୍ଥାନ। ମୋ ବାବା, ମା' ମତେ ପୁରୀର ଏକ ଅନାଥାଶ୍ରମରୁ ପୋଷ୍ୟ କରି ପିଲାବେଳେ ଆଣିଥିଲେ।"

"କଣ? ତମେ ଅରବିନ୍ଦ ଅଙ୍କଲଙ୍କର ନିଜ ସନ୍ତାନ ନୁହଁ?" - ଆମାଣ୍ଡା ଆଶ୍ଚର୍ଯ୍ୟ ହୋଇ ପଚାରିଲା।

"ହଁ, ସେଇଟା ସତ। ସମସ୍ତେ କୁହନ୍ତି ମୁଁ ବାବାଙ୍କ ଭଳି ଦିଶେ। ମୋ ଆଖି ମା'ଙ୍କ ଭଳି। ଦେଖିବାକୁ ଗଲେ ସମସ୍ତ ଭାରତୀୟ ଅଛ ବହୁତ ଏକା ଭଳି ଦିଶନ୍ତି। ତେଣୁ ସହଜରେ କିଏ ଏ ସମ୍ପର୍କ ମୂଳର କାହାଣୀ ବିଷୟରେ ଭାବନ୍ତିନି।" - ରବି ଉତ୍ତରଦେଲେ।

"ଆଶ୍ଚର୍ଯ୍ୟ। ଏମିତି କେମିତି ହେବ?" - ଆମାଣ୍ଡା ତଥାପି ଚକିତ ଥାଏ। ଇଏ ଯାହା ସିଏ ଶୁଣୁଛି, ସେକଥା ବିଶ୍ୱାସ କରିବ ନା ନାହିଁ, କିଛି ଭାବିପାରୁନଥାଏ।

"ଏଥିରେ ଆଶ୍ଚର୍ଯ୍ୟ ହେବାର କଣ ଅଛି? ଏ ଦେଶର ପିଲାମାନେ ଅଧିକାଂଶ ଏମିତି। ପୋଷ୍ୟ ସନ୍ତାନ। ମୁଁ ଅନ୍ୟ ଦେଶରୁ ପୋଷ୍ୟ ହୋଇ ଆସିଛି। ଅନେକ ଏ ଦେଶର ହୋଇ ବି ପୋଷ୍ୟ ସନ୍ତାନ ଭାବେ ରହିଛନ୍ତି। କେବଳ ସେଇଟା ପାର୍ଥକ୍ୟ।"

ରବିଙ୍କର ଏ ସ୍ୱୀକାରୋକ୍ତି ପରେ ଆମାଣ୍ଡା କଣ କହିବ, ବୁଝିପାରିଲାନି। ରବିଙ୍କ ହାତକୁ ଜୋରକରି ଭିଡ଼ି ଧରିଲା। ଜଗନ୍ନାଥ ଆଜି ପୁଣି ଥରେ ତା' ମୁଣ୍ଡରେ ରବି ତରଫରୁ ସୁନାକଳଶୀ ଢାଳିବାର ଯୋଜନା କରିଛନ୍ତି। ନହେଲେ ସେମାନଙ୍କ ଜୀବନରେ ଏତେ ସାମଞ୍ଜସ୍ୟ କେମିତି ରହିଥାନ୍ତା? ଆଉ ସେମାନେ କାହିଁକି କଲେଜରେ ପରସ୍ପରକୁ ଭେଟିଥାନ୍ତେ, ଏକା କଲେଜରେ ମେଡ଼ିକାଲ୍ ପଢ଼ୁଥାନ୍ତେ ଓ ଶେଷରେ ପରସ୍ପର ପ୍ରତି ଆକୃଷ୍ଟ ହୋଇଥାନ୍ତେ?

ରବି ପଚାରିଲେ, "ତମେ ସୁସ୍ଥ ଅଛ ତ ଆମାଣ୍ଡା? ଏମିତି ଥରୁଛ ଯେ?"

"ମୁଁ ସୁସ୍ଥ ଅଛି। ହେଲେ ମୁଁ ଏବେ ତମକୁ ଯାହା କହିବି, ତମେ ଶୁଣି ସୁସ୍ଥ ରହିବ ନା ଥିବ ମୁଁ ଜାଣିନି। କିନ୍ତୁ ମୋର ତମକୁ କହିଦେବା ଉଚିତ୍।"

"କୁହ ତେବେ। ଏତେ ଗୌରଚନ୍ଦ୍ରିକା କାହିଁକି ?"

ଆମାଣ୍ଡା ତାପରେ ରବିଙ୍କ ସାମନାରେ ନିଜର ଜୀବନ କାହାଣୀ ବଖାଣିଗଲା। କାହାଣୀର ଶେଷ ଆଡ଼କୁ ଉଭୟଙ୍କ ଆଖିରେ ଆଖିଏ ଲେଖାଏଁ ଲୁହ।

"ଈଶ୍ୱର ଯାହା କରନ୍ତି, ପ୍ରାଣୀର ମଙ୍ଗଳ ପାଇଁ।" – ଉଭୟଙ୍କ ମୁହଁରୁ ଏକା ସାଙ୍ଗରେ ଏହି ସ୍ୱୀକାରୋକ୍ତି ବାହାରିଥିଲା। ପାଖ ଗଛରୁ ଝିଟିପିଟି ଟିଏ ଶବ୍ଦ କଲା। ସତେ ଯେମିତି "ସତ ସତ" ବୋଲି କହିଲା।

ଶ୍ରୀମତୀ ପଦ୍ମାଳୟା

ସେ ନାରୀ ଜଣକର ବ୍ୟବହାର ଦେଖି ମୁଁ ଆଶ୍ଚର୍ଯ୍ୟ ହେଲି। କିଏ ସେ? ଏମିତି କଣ ପାଇଁ କରୁଛି? ସିଏ ଅନେକ ହାଣ୍ଡି ଓ ଡବା ଧରି ଘର ସାମନାରେ ଥିବା ଦାଣ୍ଡରେ ଭୋଜି ନିକଟରେ ପହଞ୍ଜିଲା ଓ ବାଲ୍ଟିରେ ବଢା ହେବାକୁ ଥିବା ଅନେକ ରକମର ଖାଦ୍ୟ ପଦାର୍ଥ ସବୁ ତା ହାଣ୍ଡି ଓ ଡବା ଭିତରେ ଭର୍ତ୍ତି କଲା। ସେତେବେଳକୁ ପ୍ରାୟ ତିନିଟା ବାଜିଯାଇଥିଲା ଓ ଭୋଜିର ଖୁଆପିଆ ସରିଆସୁଥିଲା। "ସିଏ କିଏ? ସିଏ ଏମିତି କାହିଁକି କରୁଛି? କାହାରିକୁ ପଚରାଉଚରା ନାହିଁ। ନିଜେ ମାଲିକାଣୀ ଭଲି, ଘରଲୋକଙ୍କ ବିନା ଅନୁମତିରେ ନିଜେନିଜେ ବାଢି ନେଉଛି।"

ନଣନ୍ଦ ଭାନୁ କହିଲେ, "ସିଏ ସେମିତି ଗୋଟିଏ ଜବରଦସ୍ତ ସ୍ତ୍ରୀ ଲୋକ। ତା ନାଁ ପଦ୍ମାଳୟା। ସମସ୍ତଙ୍କ ଭୋଜିରେ ସିଏ ସେମିତି କରେ। ବିନା ନିମନ୍ତ୍ରଣରେ ପଶିଯାଏ ଓ ସବୁ ଖାଦ୍ୟ ପଦାର୍ଥ ଧରି ଘରକୁ ଯାଏ। ସେଇଥରେ ତାର ଚାରିପାଞ୍ଚ ଦିନ ଚଳିଯାଏ।"

ଏମିତି ଅଜବ ଘଟଣା ମୁଁ ପୂର୍ବରୁ ଦେଖିନଥିଲି କି ଶୁଣିନଥିଲି। ଜଣେ ସ୍ତ୍ରୀ ଲୋକ ଏମିତି ଜବରଦସ୍ତ କରିପାରିବ ଓ ଅଲାଜୁକ ହୋଇପାରିବ, ସେମିତି ଧାରଣା ମୋର ନଥିଲା। ମୁଁ ପଚାରିଲି, "ତାକୁ କଣ କେହି ଆକଟ କରନ୍ତିନି? ଏମିତି କେମିତି ଅନ୍ୟ ଜଣକର ଭୋଜିରେ ପଶି ଜଣେ ଜବରଦସ୍ତ ଖାଦ୍ୟପଦାର୍ଥ ନେଇପାରିବ?"

ଭାନୁ ସେ ସ୍ତ୍ରୀ ଲୋକର ଅସଲ ପରିଚୟ ଦେଲେ। ସିଏ ସ୍ବାମୀ ପରିତ୍ୟକ୍ତା ଓ ଚାରି ଝିଅଙ୍କର ଜନନୀ। ନିଜେ ଅନ୍ୟ ପୁରୁଷଙ୍କୁ ଫସେଇ ବ୍ଲାକମେଲ କରେ ଓ ଝିଅମାନଙ୍କୁ ବି ସେମିତି କାମରେ ଲଗେଇଦେଇଛି। ତାର ଏ ପ୍ରକୃତି ପାଇଁ ସମସ୍ତେ ତାକୁ ଡରନ୍ତି। କାଲେ କେଉଁ ପୁରୁଷ ନାରେ ମିଛସତ ଲଗେଇ ପୋଲିସରେ ଅଭିଯୋଗ କରିବ ଓ ମିଛରେ ଜଣେ ଭଦ୍ର ମଣିଷ ସେ ଜାଲ ଭିତରେ ଫସିଯିବ, ସେଇ ଭୟରେ ସମସ୍ତେ ନୀରବ ରହନ୍ତି। ଆଜିକାଲିର ଏ ଯେଉଁ ମୋବାଇଲ ଫୋନ, ସୋସିଆଲ

ମିଡ଼ିଆ, ଫେସ୍‌ବୁକ୍‌, ୟୁଟିଉବ ସବୁ ରାଜୁତି କରୁଛନ୍ତି, ବିଚରା ଭଦ୍ର ମଣିଷଟିଏ ଥରେ ଛନ୍ଦି ହୋଇଗଲେ ସେଥିରୁ ମୁକୁଳିବା ମୁସ୍କିଲ୍‌ ହୋଇଯିବ। ସମାଜରେ ସମ୍ମାନ ହାନିଠାରୁ ଆରମ୍ଭ କରି ପରିବାରର ବଦନାମ ପର୍ଯ୍ୟନ୍ତ ସବୁ କିଛି ଘଟିଯିବ। ସମସ୍ତେ ସ୍ତ୍ରୀ ଲୋକଟିକୁ ସମବେଦନା ଦେଖେଇବେ। "ନିଆଁ ନଥାଇ କଣ ଧୂଆଁ ବାହାରେ", ଏମିତି କେତେ ସବୁ ନୀତିବାକ୍ୟ ଶୁଣେଇ ବିଚରା ମଣିଷଟାକୁ ଦଂଶୀ ପକେଇବେ। ମିଛ କଣ, ସତ କଣ ବୁଝିବା ପୂର୍ବରୁ, କିଛି ପ୍ରମାଣ ହେବା ପୂର୍ବରୁ ବିଚରା ମଣିଷଟିର ଜୀବନରେ ସମସ୍ତ ବିପର୍ଯ୍ୟୟ ଆସିଯାଇଥିବ। ସେଇଥିପାଇଁ ତାକୁ କେହି କିଛି କହନ୍ତିନି। ତାର ଯାହା ଇଚ୍ଛା ସିଏ କରେ। ସମସ୍ତଙ୍କର ଭୋଜିରେ ଜବରଦସ୍ତ ପଶେ ଓ ପାଞ୍ଚ, ଛଅ ଦିନର ଖାଦ୍ୟପଦାର୍ଥ ଧରି ଘରକୁ ଯାଏ।

ମୋର ଇଚ୍ଛା ହେଲା ମୁଁ ସେ ସ୍ତ୍ରୀ ଲୋକଟିକୁ ଅଟକାନ୍ତି। ବୁଝେଇ କହନ୍ତି, "ଦେଖ, ଏସବୁ ଭଲ ନୁହେଁ। ଏମିତି ଅନିମନ୍ତ୍ରିତ ଜବରଦସ୍ତ ଅନ୍ୟମାନଙ୍କ ବ୍ୟକ୍ତିଗତ କାମରେ, ଭୋଜିରେ, ମହୋତ୍ସବରେ ଯାଇ ଖାଦ୍ୟ ସବୁ ନିଜ ଘରକୁ ବୋହିନେବା ସମ୍ମାନଜନକ କାମ ନୁହେଁ। ଏଭଳି ଆଚରଣ ସମସ୍ତ ନାରୀ ସମାଜ ପାଇଁ ଏକ ଲଜ୍ଜାଜନକ କଥା।"

ହେଲେ ମୁଁ ସମସ୍ତ କଥା ଜାଣିନଥିବାରୁ ଚୁପ୍‌ ରହିଲି ଓ କିଛି କହିପାରିଲିନି। ତେବେ ମତେ ଭଲଲାଗୁନଥିଲା। ଜୀବନସାରା ସ୍ତ୍ରୀ ଲୋକଙ୍କ ସପକ୍ଷରେ ମୁଁ ଅନେକ ବିକ୍ଷୋଭ କରିଛି, ପରିବର୍ତ୍ତନ ପାଇଁ ନେତୃତ୍ୱ ନେଇଛି, କେତେ କାହାଣୀ ଲେଖିଛି ଓ ଭାଷଣ ଦେଇଛି। ଆଉ ମୋ ସାମନାରେ ଜଣେ ସ୍ତ୍ରୀ ଲୋକ ଏତେ ନୀଚ କାମ କରୁଛି। ମତେ ଭଲଲାଗିଲାନି।

ଏଇ ସମୟରେ ସେ ସ୍ତ୍ରୀ ଲୋକଟି ବାରଣ୍ଡାକୁ ଆସିଲା। ଆମ ଘରେ କାମ କରୁଥିବା ସୁକାନ୍ତିକୁ କହିଲା, "ହେ ସୁକାନ୍ତି, ଘରେ ଖିରି ଥିବ ଆଣିଲୁ। ଭୋଜି ଜାଗାରେ ଖିରି ନାହିଁ।"

ସୁକାନ୍ତି କହିଲା, "ଖିରି ତ ଘରେ ନାହିଁ। ଭୋଜି ଜାଗାରେ ଯଦି ନାହିଁ, ତେବେ ସରିଯାଇଥିବ।"

ସେ ସ୍ତ୍ରୀ ଲୋକ ଏଥର ଧମକେଇ କହିଲା, "ହେ, ମିଛ କହନା। ଯାଇକରି ଦେଖ। ରୋଷେଇଘରେ ଖିରି ଥିବ, ଆଣିକରି ଦେ ମତେ।"

ସୁକାନ୍ତି ପୁଣି ଉତ୍ତରଦେଲା, "କହିଲି ତ ନାହିଁ ବୋଲି। ଆଉ ଦେଖିବି କଣ?"

ସେ ସ୍ତ୍ରୀ ଲୋକ ପୁଣି ଜବରଦସ୍ତ କଳି କରିବା ଭଳି ଆଦେଶ ଦେଲା, "କହିଲି ତ ଖିରି ଆଣିକି ଦେ। ମତେ ମିଛ କଥା ଗୁଡ଼ା କାହିଁକି କହୁଛୁ?"

ମୁଁ ଭାବିଲି ତାକୁ କହିବି, "ହେ, ତୁ ଆମ ଘରେ କିଏ? ଜବରଦସ୍ତ ଆମ ଘରେ ପଶିଯାଇ ଆମ ଘରୁ ଖାଦ୍ୟ ନେବାକୁ ଜିଦ୍ କରୁଛୁ। ଆମେମାନେ ଏଠି ବସିଛୁ, ଆମମାନଙ୍କର ଅନୁମତି ବି ଲୋଡୁନୁ।"

ମତେ ଏମିତି ଲାଗିଲା କି ଯେଉଁ ଭଳି ଢଙ୍ଗରେ ସିଏ କଥାବାର୍ତ୍ତା କରୁଥିଲା, ସିଧା ସିଏ ଆମ ରୋଷେଇ ଘରକୁ ପଶିଯିବ ଓ ଖାରି ଖୋଜିବ। ରକ୍ଷା ଯେ ସିଏ ସେମିତି କଲାନି। ସିଏ ଯଦି ସେମିତି କରିଥାନ୍ତା, ମୁଁ ନିଶ୍ଚୟ ଉଠିଯାଇଥାନ୍ତି ଓ ତାକୁ ଅଟକାଇଥାନ୍ତି। ସିଏ ସୁକାନ୍ତୀ ସହିତ ଅନେକ ସମୟ ଯୁକ୍ତିତର୍କ କଲା ଓ ତାପରେ ପଳେଇଗଲା।

ଯାହା ହେଉ ଗୋଟିଏ ଅପ୍ରୀତିକର ପରିସ୍ଥିତିରୁ ମଣିଷ ମୁକ୍ତି ପାଇଲା। ନହେଲେ ଏମିତି ଏକ ସୁଖୀ, ଶୁଭ ଘଟଣା ସମୟରେ ଏମିତି ଜଣେ ସ୍ତ୍ରୀ ଲୋକ ପାଇଁ କିଛି ଗୋଟିଏ ଅପ୍ରୀତିକର ପରିସ୍ଥିତି ଘଟୁ, ସେଇଟା କେହି ଚାହୁଁନଥିଲେ। ବିଶେଷ କରି ସନ୍ଧ୍ୟା ବେଳକୁ ମେଜିକ୍ ଶୋ ଓ ନାଚ ପ୍ରୋଗ୍ରାମ୍ ରହିଥିଲା। ସମସ୍ତେ ଦିନର ଭୋଜି ପରେ ସନ୍ଧ୍ୟାରେ ସେ ପ୍ରୋଗ୍ରାମ୍ ଦେଖିବାକୁ ଉତ୍ସାହିତ ଥିଲେ। କିଛିଲୋକ ଖାଇସାରି ବିଶ୍ରାମ ନେଉଥିଲେ ଓ ଖଟରେ ଗଡ଼ପଡ଼ ହେଉଥିଲେ।

ସେ ଦିନଟି ଥିଲା ୨୦୨୩ ମସିହା ଡିସେମ୍ବର ୩୦ ତାରିଖ, ଶନିବାର। ଆମେ ଗାଁରେ ଗୋଟିଏ ଭୋଜି ଦେଉଥିଲୁ। ଅସଲରେ ଆମ ଝିଅର ବିବାହ ୨୦୧୯ ଅଗଷ୍ଟ ମାସରେ ହୋଇଥିଲା। ଆମେ ୨୦୨୦ ଜାନୁଆରୀରେ ଝିଅ ଓ ଜୁଆଁଇକୁ ନେଇ, ଓଡ଼ିଶା ଯାଇ ଗାଁରେ ଏକ ଭୋଜି ଦେବାକୁ ଓ ବିବାହର ଅନ୍ୟ କିଛି ଶୁଭ ବିଧ୍ ପାଳନ କରିବାକୁ ସ୍ଥିର କରିଥିଲୁ। କିନ୍ତୁ ସେଇ ସମୟରେ ଚାଇନା ଓ ୟୁରୋପରେ କୋଭିଡ୍ ବ୍ୟାପୁଥିବାର ଶୁଣାଗଲା ଓ ତାପରେ ମାର୍ଚ ମାସ ଠାରୁ କୋଭିଡ୍ ଭୟ ପୃଥିବୀକୁ ପ୍ରାୟ ଦୁଇ ବର୍ଷ ପର୍ଯ୍ୟନ୍ତ ନିଜ ଅକ୍ତିଆରରେ ରଖିଲା। ଭିନ୍ନଭିନ୍ନ ପ୍ରତିରୂପରେ ସାରା ବିଶ୍ୱରେ ଆତଙ୍କ ଖେଳାଇଦେଲା। ଯଦିଓ ଟୀକା ନେବା ପରେ ସମସ୍ତେ ଟିକେଟିକେ ସଙ୍ଗରୋଧ କଟକଣା କମେଇଲେ ଓ ଦେଶବିଦେଶ ଯାତ୍ରା କଲେ, ତେବେ ଆମ ପାଇଁ ଝିଅ, ଜୁଆଁଇକୁ ନେଇ ଯାତ୍ରା କରିବା ପାଇଁ ସମୟ ଅନୁକୂଳ ନଥିଲା। ସେ ଭିତରେ ଝିଅର ପୁଅଟିଏ ଜନ୍ମ ହେଲା। ତେଣୁ ୨୦୨୩ ଡିସେମ୍ବର ମାସରେ ସମସ୍ତେ ଓଡ଼ିଶା ଯିବା ପାଇଁ ସ୍ଥିରକଲୁ। ଯଦିଓ ଅନ୍ୟ ମାସ ତୁଳନାରେ ଡିସେମ୍ବରରେ ଯାତ୍ରାର ଟିକେଟ୍ ଅଧିକ ଦାମ୍ ଦେଇ କିଣିବାକୁ ପଡ଼ିଲା, ପ୍ରାୟତଃ ଅଢେଇ ଗୁଣ ଦାମ ଦେଇ ସମସ୍ତେ ଟିକେଟ୍ କିଣି ଯାତ୍ରା ପାଇଁ ପ୍ରସ୍ତୁତ ହୋଇ ରହିଲୁ। ଆମେମାନେ ସମସ୍ତେ ଚାକିରି କରୁ। ନିଜନିଜର କର୍ମକ୍ଷେତ୍ରରେ ନିଜ ଅନୁପସ୍ଥିତିରେ ସୁଚାରୁ ରୂପେ କାର୍ଯ୍ୟ

ସଂପାଦନ ପାଇଁ ଆଗତୁରା ଜଣେଇବାର ଆବଶ୍ୟକତା ଥିଲା। ମୋ ଝିଅ ଯେହେତୁ ଯୁନିଭର୍ସିଟିରେ ପଢ଼ାଏ, ତାକୁ ଯେ କୌଣସି ସମୟରେ ଛୁଟି ନେଇ କୁଆଡ଼େ ଯିବାର ସ୍ୱାଧୀନତା ମିଳେନି। ଛୁଟି କେବଳ ଡିସେମ୍ବର-ଜାନୁଆରୀ ଓ ଜୁନ୍-ଅଗଷ୍ଟ ଭିତରେ ମିଳେ। ଜୁନ୍‌ରୁ ଅଗଷ୍ଟ ଭିତରେ ଗରମ ପାଇଁ ଓ ବର୍ଷା ପାଇଁ ଓଡ଼ିଶା ଯାତ୍ରା ଅସମ୍ଭବ ହୋଇପଡ଼େ। ସେଥିପାଇଁ ଅଧିକ ଟିକେଟ୍ ଖର୍ଚ୍ଚର ମାନସିକ ଅବସାଦକୁ ଭୁଲି ଆମେ ଆମ ଯାତ୍ରାର ପ୍ରତ୍ୟେକ ଦିନର ଏକ କାର୍ଯ୍ୟସୂଚୀ ପ୍ରସ୍ତୁତ କଲୁ। ସେଇ କାର୍ଯ୍ୟସୂଚୀ ଅନୁଯାୟୀ, ଝିଅ, ଜୁଆଁଇ ଓ ନାତି ପାଇଁ ଡିସେମ୍ବର ୩୦ ତାରିଖ ଶନିବାର ଦିନ ଗାଁରେ ଏକ ଭୋଜି ଦେବାକୁ ସ୍ଥିରକଲୁ।

ହେଲେ ଭୋଜି ଅତି ସରଳ ରୂପେ କରିବାକୁ ଚାହୁଁଥିଲୁ। ଭୋଜି ବ୍ୟତୀତ ଆଉ କିଛି ବିଧି କରିବାକୁ ଇଚ୍ଛା ନଥିଲା। କାରଣ ହେଲା, ବାହାଘର ବେଳେ ଚିତା ସୁନ୍ଦର। ଏତେଦିନ ପରେ ଏମିତି ସବୁ ବିଧି ଓ ପାର୍ଟି କରିବାର ମନ ମରିଯାଇଥିଲା। ଦ୍ୱିତୀୟ କାରଣ ହେଲା, ଏ ସମୟରେ ଅନ୍ୟ ଝିଅମାନେ କି ପୁତୁରା, ଝିଆରୀମାନେ କେହି ନଥିଲେ। ସମସ୍ତେ ଏକାସାଙ୍ଗରେ ଥିଲେ, ସେମାନଙ୍କୁ ଦେଖିକି ପେଟ ପୂରିଯାଏ। ମନରେ ଓ ଶରୀରରେ ଶକ୍ତି ଆସେ। କଣ ଗୋଟିଏ ନୂଆ କରିବା ପାଇଁ, କୁଆଡ଼େ ମିଶିକରି ବୁଲି ଯିବାପାଇଁ ଇଚ୍ଛା ହୁଏ। ଘରର ଅନ୍ୟ ପିଲାମାନଙ୍କ ଅନୁପସ୍ଥିତିରେ କିଞ୍ଚିତା ଅଭାବ ଅନୁଭୂତ ହେଉଥିଲା। ତେଣୁ ଘରେ ଗହଳଚହଳ ଥିଲେ ବି ତା' ମଧ୍ୟରେ କିଞ୍ଚିତା ଶୂନ୍ୟତା ମଧ୍ୟ ଥିଲା। ଏମିତି ଦେଖିଲେ ସବୁ କିଛି ଅତି ଆଡ଼ମ୍ବରପୂର୍ଣ୍ଣ ନଥିଲେ ବି, ଘରେ ଓ ବାହାରେ ଉସ୍ବର ବାତାବରଣ ରହିଥିଲା। ଘର ଆଗର ଦାଣ୍ଡ ଓ ଭୋଜି ଖାଇବା ସ୍ଥାନ ସମସ୍ତ ରଙ୍ଗୀନ କପଡ଼ାରେ ଓ ଆଲୁଅରେ ସଜା ଯାଇଥିଲା ଏବଂ ବଙ୍ଗାଲାରେ ବେଲୁନ୍‌ର ତୋରଣଟିଏ ତିଆରି କରାଯାଇଥିଲା। ପରିବେଶରେ ଉସ୍ବର ଆନନ୍ଦ ଓ ସୁନ୍ଦରତା ଥିଲା। କିଛି ବନ୍ଧୁବାନ୍ଧବଙ୍କୁ ଅନେକ ଦିନ ପରେ ଦେଖି ଭଲଲାଗିଲା। ହେଲେ ଖାଲି ଭୋଜି ହେଉହେଉ, ଏକ ମେଜିକ୍ ଶୋ ହେବ ବୋଲି ସ୍ଥିର ହେଲା ଓ ସେ ମେଜିକ୍ ଶୋ ଭିତରେ କିଞ୍ଚିତା ନାଚ ପ୍ରୋଗ୍ରାମ୍ ରହିବ ବୋଲି ମଧ୍ୟ ବ୍ୟବସ୍ଥା କରାଗଲା। ସେସବୁ ବ୍ୟବସ୍ଥା ଅତି କମ୍ ସମୟ ଭିତରେ ସ୍ଥିର ହୋଇଗଲା।

ଗ୍ରାମବାସୀ ଓ ବନ୍ଧୁବାନ୍ଧବଙ୍କୁ ମିଶାଇ ପ୍ରାୟ ପାଞ୍ଚଶହ ବ୍ୟକ୍ତିଙ୍କ ପାଇଁ ମଧ୍ୟାହ୍ନ ଭୋଜନର ବ୍ୟବସ୍ଥା କରାଯାଇଥିଲା। ଘରର ଓ ପଡ଼ିଶାର କିଛି ଲୋକ ଖାଇପିଇ ସାରି ବଙ୍ଗାଲାରେ ବସି ଗପଶପ କରୁଥିଲେ। ମାଇକରେ ଗୀତ ବାଜୁଥିଲା ଓ ସନ୍ଧ୍ୟାବେଳେ ମେଜିକ୍ ଶୋ ହେବ ବୋଲି ପାଖ ଗ୍ରାମମାନଙ୍କରେ ପ୍ରଚାର କରାଯାଉଥିଲା।

ଏମିତି ଏକ ସମୟରେ ପଦ୍ମାଳୟା ଆସି ପହଞ୍ଚି ଯାଇଥିଲା ଓ ଯେତେ ଖାଦ୍ୟ

ପଦାର୍ଥ ନେଇ ହେବ, ସେସବୁ ନେଇ, ଖିରି ପାଇଁ ସୁକାନ୍ତୀ ସହିତ ଯୁକ୍ତିତର୍କ କରି ପ୍ରସ୍ଥାନ କଲା।

ପରେ ସମସ୍ତେ ସେ ସ୍ତ୍ରୀ ଲୋକ ବିଷୟରେ ଅନେକ କିଛି କହିଲେ। ଗାଁରେ ପ୍ରାୟ ପ୍ରତି ମାସରେ ତିନି ଚାରିଟା ଭୋଜି ହେଉଛି। କାହାର ଜନ୍ମଦିନ ତ, କାହାର ଶ୍ରାଦ୍ଧ। କିଏ ସରସ୍ୱତୀ ପୂଜା କଲାଣି ତ କିଏ ହୋଲି କଲାଣି। କାହା ଘରେ ବାହାଘର ତ, କାହା ଘରେ ଏକୋଇଶା ପୂଜା। ସେ ସ୍ତ୍ରୀ ଲୋକ ଜଣକ ଚାରି ପାଞ୍ଚ ଖଣ୍ଡ ଗାଁର ସମସ୍ତ ଭୋଜିର ହିସାବ ରଖେ। ଯେଉଁଠି ଭୋଜି ହେଉଥାଏ, ସେଠି ଡ଼େକ୍‌ଚି, ହାଣ୍ଡି, ଡବା ଧରି ପହଞ୍ଚିଯାଏ। ଚାରିପାଞ୍ଚ ଦିନର ଖାଦ୍ୟ ଭର୍ତ୍ତି କରି ଘରକୁ ଆଣେ। ସେଥିରେ ତାର ଓ ତା' ଝିଅମାନଙ୍କର ଏମିତି ବର୍ଷକର ଖୁଆପିଆ ହୋଇଯାଏ।

ସତରେ, ପଦ୍ମାଲୟା ତ ନିଜ ଜୀବନରୁ ଅର୍ଥନୀତି ଶିଖାଇଆଛି। ତାର ଓ ତା ପରିବାରର ବର୍ଷକର ଖାଇବା ଖର୍ଚ୍ଚ ଶୂନ୍‌ ନହେଲେ ବି ଶୂନ୍‌ ଭଳି। ଏଇଟା ତ ଏକ ବଡ଼ ସଫଳତା।

ତଥାପି ମୁଁ ଭାବୁଥିଲି, "ଇଏ କେମିତି ଜୀବନ ? ଆଜିକାଲି ସମାଜ କେତେ ଆଗେଇଲାଣି। ସ୍ତ୍ରୀ ଲୋକମାନଙ୍କର ଶିକ୍ଷା ଓ ସୁବିଧା ପାଇଁ ଉଭୟ କେନ୍ଦ୍ର ଓ ରାଜ୍ୟ ସରକାର ଯୋଜନା ଉପରେ ଯୋଜନା କରି ଚାଲିଛନ୍ତି। ତଥାପି ଏମାନେ ଏମିତି ଏକ ଜୀବନକୁ କାହିଁକି ବାଛୁଛନ୍ତି ?"

ପଦ୍ମାଲୟା ଯିବା ପରେ ମଧ ତା'ର ସ୍ମୃତି ମୋ ମୁଣ୍ଡରେ ରହିଲା। ହଁ, ଏକଥା ସତ ଯେ, ଭୋଜିଭାତରେ ଅନେକ କିଛି ଖାଦ୍ୟ ବଳେ। ତାକୁ ନେଇ ଯଦି କିଏ ଖାଇଲା କି ଅନ୍ୟକୁ ଖୁଆଇଲା, ସେଥିରେ ଗୃହକର୍ତ୍ତା ସମସ୍ତେ ନିଶ୍ଚୟ ଖୁସି ହେବେ। ସେଇ ଏକା କଥା ପଦ୍ମାଲୟା ଭଲଭାବେ ବି କରିପାରନ୍ତା। ସିଏ ଯଦି ଭଦ୍ର ଭାବେ ବ୍ୟବହାର କରନ୍ତା ଓ ନିଜପାଇଁ ଏକ ଭଲ ପ୍ରତିଛବି ସମସ୍ତଙ୍କ ପାଖରେ ତିଆରି କରି ରଖିଥାନ୍ତା, ଅନ୍ୟମାନେ ମଧ ତାକୁ ଭଦ୍ର ଭାବେ ନିମନ୍ତ୍ରଣ କରନ୍ତେ ଓ ଯାଚି କରି ଖାଦ୍ୟ ତା' ଘରେ ବାଣ୍ଟି ଆସନ୍ତେ। କିନ୍ତୁ ପଦ୍ମାଲୟାର ଚରିତ୍ର ହିଁ ପ୍ରଶ୍ନବାଚୀ। ସିଏ ପାଖଆଖ ଗ୍ରାମର ସମସ୍ତ ପରିବାରକୁ ଡରେଇ ରଖିଛି। ବିଶେଷ କରି ପୁରୁଷମାନେ ତାକୁ କଥା କହିବାକୁ ଡରନ୍ତି। କିଏ ବି ଯଦି ଟିକେ ସମବେଦନା ଦେଖେଇବ ତ ସିଏ ତାକୁ ଭିଡ଼ିଓ କରି ଅନ୍ୟ ଅର୍ଥ କରି ପୋଲିସରେ ଅଭିଯୋଗ ଲେଖିବ ଓ ତାକୁ ବ୍ଲାକମେଲ କରି ଟଙ୍କା ଆଦାୟ କରିବ। କିଏ ଯଦି ଆକଟ କଲା, ତାକୁ ମଧ ସିଏ ଅନ୍ୟ ଅର୍ଥ କରି, ଭିଡ଼ିଓ କରିବ। ସିଏ ଏକା ନୁହେଁ, ତାର ଚାରି ଝିଅ ମଧ ତା'ର ସଙ୍ଗୀ।

ଅଭାବେ ସ୍ୱଭାବ ନଷ୍ଟ। ହୁଏତ ଅଭାବରେ ପଡ଼ି ସିଏ ଏମିତି କରୁଛି। କିଏ

ଜାଣେ ? ମୁଁ ତା' ମନ ଭିତରକୁ ଯେତେ ପଶିବାକୁ ଚେଷ୍ଟା କଲି ସେତେ ବ୍ୟର୍ଥ ହେଲି। ତା' ଭଳି ଅବସ୍ଥାରେ ଥିଲେ ମୁଁ କଣ କରିଥାନ୍ତି, ମୁଁ ଜାଣିନି। ହୁଏତ କେଉଁ ପୁରୁଷ ତାକୁ ନିଶ୍ଚୟ ଖରାପ ବ୍ୟବହାର କରିଛି, କି ତାର ପରିସ୍ଥିତିର ସୁଯୋଗ ନେବାକୁ ଚେଷ୍ଟା କରିଛି। ହୁଏତ ସେଥିପାଇଁ ସିଏ ଏମିତି ଏକ ଜୀବନ ବାଛିଛି। ମଣିଷକୁ ଡରିଲେ, ସେମାନେ ଡରେଇବେ। କିନ୍ତୁ ନିଜେ ଯଦି ସେମାନଙ୍କୁ ଡରେଇବ, ଅନ୍ୟମାନେ ଡରିବେ, ପାଖରେ ପଶିବେନି। ହୁଏତ ସେଥିପାଇଁ ସେ ପଦ୍ମାଳୟା ଏମିତି ଏକ ଅସ୍ତ୍ର ନିଜ ପାଇଁ ଓ ନିଜ ଝିଅଙ୍କ ପାଇଁ ତିଆରି କରିଛି। କିଏ ଜାଣେ ପ୍ରକୃତ ଘଟଣା କଣ ? କିଏ ଜାଣେ ଅନ୍ୟ କାହାର ମନସ୍ତତ୍ତ୍ୱ କେମିତି କାମ କରେ ?

ଜୀବନରେ ମୁଁ ବି ଅନେକ ସମୟରେ ଭୁଲ୍ କରିଛି। ମୋ ଯୋଜନାରେ ଯଦି କିଛି ବି ବ୍ୟତିକ୍ରମ ହୋଇଯାଏ, ମୁଁ ବ୍ୟସ୍ତ ହୋଇଯାଏ ଓ ଚାପଗ୍ରସ୍ତ ହୋଇଯାଏ। କାରଣ ମୋ ସ୍ୱଭାବ ଅନୁଯାୟୀ ସବୁ କାମ ଏକ ନିର୍ଦ୍ଦିଷ୍ଟ ସମୟରେ ହେବା ଉଚିତ। ଠିକ୍ ସମୟରେ ଆରମ୍ଭ ଓ ଠିକ୍ ସମୟରେ ଶେଷ ହେବା ଉଚିତ୍। ଯଦିଓ ସେସବୁ କାମ ପାଇଁ ମୁଁ ଆଗରୁ ପ୍ରସ୍ତୁତି କରେ ଓ ଯୋଜନା କରେ, ତେବେ ଅନ୍ୟ କିଛି କାରଣରୁ ସେସବୁ ସେମିତି ଭାବେ ହୁଏନି। ସେ ସମୟରେ ମୁଁ ଚାପଗ୍ରସ୍ତ ରହେ। ଯଦିଓ ମୁଁ ଜାଣେ, ଚାପଗ୍ରସ୍ତ ହେବା ଭଲ ନୁହେଁ, ତଥାପି ସମସ୍ୟାର ସମାଧାନ ନ ହେବା ପର୍ଯ୍ୟନ୍ତ ମୋ ମୁଣ୍ଡରେ ସେ ଚାପ ରହେ। ସେଇ ମୁହୂର୍ତ୍ତରେ ଆଉ କିଛି ବିଶୃଙ୍ଖଳା ଆସିଲେ, ମୁଁ ଆଉ କୌଣସିଥିରେ ମୁଣ୍ଡ ପୁରେଇପାରେନି। ଘରେ ରୋଷେଇ ହେଲା କି ନାହିଁ, ଘରେ କିଏ ଅତିଥ୍ ଅଛନ୍ତି କି ନାହିଁ, କାହାର କଣ ଦରକାର, ସେସବୁ ମୋ ମୁଣ୍ଡରେ ପଶେନି। ଏମିତି କି ନିଜର ଆବଶ୍ୟକତା ମଧ୍ୟ ଭୁଲିଯାଏ। ଆଉ ମୋତେ ଚାପଗ୍ରସ୍ତ କରିବା ଦିଗରେ ଅନେକ ସମୟରେ ମୋ ପରିବାରର ଅନ୍ୟ ସଦସ୍ୟଙ୍କର, ବିଶେଷ କରି ମୋ ସ୍ୱାମୀଙ୍କର ଅକସ୍ମାତ୍ ଘଟଣା ଘଟାଇବା ପ୍ରକୃତି ଇନ୍ଧନ ଯୋଗାଏ। ଅନେକ ସମୟରେ ସିଏ ହଠାତ୍ କିଛି ଗୋଟିଏ ନୂଆ କରିବାର ନିର୍ଣ୍ଣୟ ନେଇଯାନ୍ତି। କାମ ପାଇଁ ଭାବିବାକୁ ସମୟ ନଥାଏ, ଭାବିବା ପୂର୍ବରୁ କିଛି ଘଟିଯାଏ। ଯାହା କିଛି ଯେ କୌଣସି ସମୟରେ ତାଙ୍କ ମୁଣ୍ଡରେ ପଶେ, ସେ ସମୟରେ ସେସବୁ ହେବା ଉଚିତ୍। ସେସବୁର ପ୍ରଭାବ ମୋ ଜୀବନରେ ପଡ଼େ। ମୋ ବ୍ୟବସାୟିକ କାମରେ ମଧ୍ୟ ବାଧା ଆସେ। ସେ ସମୟରେ ବେଳେବେଳେ ମୋର ବ୍ୟବହାର ଠିକ୍ ରହେନି, ଯେଉଁଥିପାଇଁ ମୁଁ ପରେ ବୁଝେ ଓ ଅନୁତାପ କରେ।

ହୁଏତ ପଦ୍ମାଳୟା ମଧ୍ୟ ବୁଝିଛି ଯେ ସିଏ ଯାହା କରୁଛି, ସେସବୁ ଠିକ୍ ନୁହେଁ। କିନ୍ତୁ, ସେସବୁ କରିବା ବ୍ୟତୀତ ତାର ଅନ୍ୟ କିଛି ଉପାୟ ନାହିଁ। ପ୍ରତିଦିନର ଖାଦ୍ୟ

ଯୋଗାଡ଼ କରିବାକୁ ଅର୍ଥ ଦରକାର । ଯଦି ସେ ଅର୍ଥ ତା' ପାଖରେ ନାହିଁ, ତାହେଲେ ଏମିତି ଜବରଦସ୍ତ କରି ସମସ୍ତଙ୍କ ଭୋଜିରୁ ଖାଦ୍ୟ ଯୋଗାଡ଼ କରିବାରେ କ୍ଷତି କଣ ?

ଛାଡ଼, ମୋର ସେଥିରେ ଭାବିବାର କଣ ଅଛି ? ଦୁନିଆରେ ଅନେକ ପ୍ରକୃତିର ମଣିଷ ଅଛନ୍ତି । ନିଜକୁ ଚଳେଇବା ପାଇଁ, ଏ ସଂସାରରେ ବଞ୍ଚିରହିବା ପାଇଁ ନିଜ କାମର ମାର୍ଗ ସେମାନେ ନିଜେ ନିରୂପଣ କରୁଛନ୍ତି । ସେମାନଙ୍କୁ ଭାବି ବସିଲେ, ନିଜ ପାଇଁ ଭାବିବାକୁ ସମୟ ବଳିବନି ।

ସନ୍ଧ୍ୟାବେଳେ ସମସ୍ତେ ମେଜିକ୍ ଶୋ ଦେଖ୍ବାରେ ଓ ନାଚ ଉପଭୋଗ କରିବାରେ ବ୍ୟସ୍ତ ରହିଲେ । ଏମିତିରେ ଗହଳି ଥିଲା । ହେଲେ ପଦ୍ମାଳୟ ସେଠିକୁ ଆସିଥିଲା କି ନାହିଁ ମୁଁ ଜାଣିନି । ତା' ପରଦିନ ଡିସେମ୍ବର ୩୧ ତାରିଖ ରବିବାରରେ, ମଧ୍ୟାହ୍ନ ଭୋଜନ ପରେ ଆମେମାନେ ଭୁବନେଶ୍ୱର ଫେରିଆସିଲୁ । ପଦ୍ମାଳୟର କଥା ସେଇଠି ରହିଗଲା ।

ଭୁବନେଶ୍ୱର ଫେରିବା ବାଟରେ ପାଣିକୋଇଲି ପାଖରେ ତେଲ ଭର୍ତ୍ତି କରିବା ପାଇଁ ଡ୍ରାଇଭର ଅଟକିଲା । ଗ୍ୟାସ୍ ଷ୍ଟେସନର ଜଣେ କର୍ମଚାରୀ ତେଲ ଭର୍ତ୍ତି କରୁଥିବା ବେଳେ ଜଣେ ସ୍ତ୍ରୀ ଲୋକ ଆସିଲା । ସଜେଇ ହୋଇଥାଏ ଏମିତି କି ଯେମିତି ଯାତ୍ରାରେ ପାର୍ଟ କରିବା ପାଇଁ ପ୍ରସ୍ତୁତ ହୋଇଛି । ସିଏ ତା ମୁହଁରେ କେତେ ରକମର ମେକ୍ଅପ୍ ଲଗେଇଥିଲା, ଓଠରେ ଲିପ୍ଷ୍ଟିକ୍, ଓ ଚିକ୍ମିକ୍ ଶାଢ଼ୀ ସାଙ୍ଗକୁ ଗଭାରେ ଫୁଲ ଖୋସିଥିଲା । ସିଏ ଆସି କାର ଝରକାରେ ମୁହଁ ଦେଖେଇ ମୋ ସ୍ୱାମୀଙ୍କୁ ଓ ଜୁଆଁଇକୁ ଟଙ୍କା ମାଗିଲା । ସିଏ ଯେମିତି ଅଭିନୟ ଭଙ୍ଗୀରେ ଓ ଠାଣିରେ କଥାହେଲା, ତାକୁ ଦେଖି ଦୟା କରିବା ବଦଳରେ ମୋ ମନରେ ରାଗ ଓ ଘୃଣା ଆସିଲା । ଭାବିଲି କହିବି, "ବଳ, ବୟସ ଥିବା ସ୍ତ୍ରୀ ଲୋକଟିଏ ତୁ । କିଛି କାମ କରୁନୁ । ସେ ଗ୍ୟାସ୍ ଷ୍ଟେସନରେ ଝାଡ଼ୁପୋଛା କି ବିକାବିକି କରୁନୁ । ଗାଡ଼ି ଧୋଉନୁ । ଗ୍ୟାସ୍ ଭର୍ତ୍ତି କରିବାରେ ସାହାଯ୍ୟ କରୁନୁ । ଆସିକିରି ସଜବାଜ ହେଇ ଟଙ୍କା ମାଗୁଛୁ । ତତେ କିଏ କାହିଁକି ଟଙ୍କା ଦବ ?"

ଡ୍ରାଇଭର ସାବଧାନ କରେଇଦେଲା, "ଝରକା ଖୋଲନ୍ତୁନି କି ସେ ସ୍ତ୍ରୀ ଲୋକ ସହିତ କିଛି କଥାବାର୍ତ୍ତା କରନ୍ତୁନି କି ଟଙ୍କା ଦିଅନ୍ତୁନି ।"

ମୋର ମନେହେଲା, ହୁଏତ ଓଡ଼ିଶାରେ ଏବେ ଅନେକ ସ୍ତ୍ରୀ ଲୋକ ମହିଳା ସଶକ୍ତିକରଣକୁ ଭୁଲ ଅର୍ଥରେ ନେଉଛନ୍ତି । ତାଲିମ୍ ପାଇ ନିଜକୁ କୌଣସି ବୃଭିରେ ଦକ୍ଷ କରାଇବା ପରିବର୍ତ୍ତେ ସେମାନେ ସୁବିଧାବାଦୀ ହେଉଛନ୍ତି ଓ ଭୁଲ ବାଟକୁ ଆପଣାଉଛନ୍ତି । ଗାଁ ଗହଳରେ କେତେକେତେ ବୟସ୍କ ବ୍ୟକ୍ତି ରହୁଛନ୍ତି । ଗାଁ ଗହଳରେ କାହିଁକି, ପ୍ରତି ସହରରେ ମଧ୍ୟ ବୟସ୍କ ବ୍ୟକ୍ତି ରହୁଛନ୍ତି । ସେମାନଙ୍କୁ ସାହାଯ୍ୟ କରି

କଣ ଏମାନେ ନିତିଦିନର ଗୁଜୁରାଣ ମେଣ୍ଟେଇପାରନ୍ତେନି ? କାହା ଘରର ସଫାସଫି ଦାୟିତ୍ୱ ନେଇ, କାହା ଘରେ ରୋଷେଇ କରିବାର ଦାୟିତ୍ୱ ନେଇ ଏମାନେ କଣ ଗୁଜୁରାଣ ମେଣ୍ଟେଇ ପାରନ୍ତେନି ? ଡ୍ରାଇଭର ହୋଇ ତ ଏମାନେ ଭଲ ରୋଜଗାର କରିପାରନ୍ତେ । ହେଲେ ସେସବୁ କାମ କରିବାକୁ ଏମାନେ ମନ କରିବେନି । ସେତେବେଲକୁ ସେମାନଙ୍କ ସ୍ୱାଭିମାନ ଆସିଯିବ । କାହାର ଆଦେଶ ମାନିବା, କାହାର ସେବା କରିବା, ଜଣାଶୁଣା କାହା ଘରେ କାମ କରିବାରେ ସେମାନଙ୍କ ସ୍ୱାଧୀନତା ଚାଲିଯିବ । ହେଲେ ଭିକ ମାଗିବାକୁ, ଅନ୍ୟକୁ ଉରେଇବାକୁ, ଜବରଦସ୍ତ ଅନ୍ୟ ଘରୁ ଖାଦ୍ୟପଦାର୍ଥ ନେବାକୁ ସେମାନଙ୍କୁ ଖରାପ ଲାଗେନି ।

ତାକୁ ଦେଖି ମୋର ପୁଣି ସେ ପଦ୍ମାଲୟା କଥା ମନକୁ ଆସିଲା । ଏମିତି ସବୁ ଚରିତ୍ରଙ୍କୁ ସୁଧାରିବାର କଣ କିଛି ଉପାୟ ନାହିଁ ? ରାଜ୍ୟ ସରକାରଙ୍କର ମହିଳା ସଶକ୍ତୀକରଣ କଣ ଗୋଟିଏ ଛଳନା ? ମିଥ୍ୟା ରାଜନୈତିକ ପ୍ରଚାର ? ଯଦି ରାଜ୍ୟର ଲୋକଙ୍କ ମନରେ ସ୍ୱାଭିମାନ ନାହିଁ, ସ୍ୱାଭିମାନର ସଚେତନତା ନାହିଁ, ତେବେ ସେ ରାଜ୍ୟ ସବୁବେଲେ ପଛୁଆ ହୋଇ ପଡ଼ିରହିବ । ଯେତେ ଗଗନଚୁମ୍ବୀ କୋଠା ଗଢ଼ିଲେ ବି, ଯେତେ ସଡ଼କ ଚଉଡ଼ା କଲେ ବି, ଯେତେ ବାହ୍ୟ ଚାକଚକ୍ୟ ରହିଲେ ବି, ଭିତରଟା ଦୁର୍ବଲ ହୋଇ ରହିବ । ମୁଁ ସେସବୁ ଦେଖୁଥିଲି । ମୋ ଚାରିପଟର ମଣିଷମାନଙ୍କ ଭିତରେ ସ୍ୱାଭିମାନର ଅଭାବ ଦେଖୁଥିଲି ।

ରାସ୍ତାର ଦୁଇପାର୍ଶ୍ୱରେ ନବବର୍ଷର ଶୁଭେଚ୍ଛା ପାଇଁ ଅନେକ ସବୁ ପୋଷ୍ଟର ଲାଗିଥିଲା । ସେ ପୋଷ୍ଟର ମାନଙ୍କରେ ଅନେକ ସ୍ଥାନରେ ମହିଳା ମାନଙ୍କର ଚିତ୍ର ଥିଲା । ସେମାନଙ୍କ ମଧ୍ୟରେ କିଏ ୱାର୍ଡ ମେମ୍ବର, କିଏ ସରପଞ୍ଚ, କିଏ ଏମ୍.ଏଲ୍.ଏ, କିଏ ମନ୍ତ୍ରୀ ତ କିଏ ପୁଣି ସମାଜସେବୀ ଥିଲେ । ସେମାନେ ସମସ୍ତେ ହାତଜୋଡ଼ି ଥିଲେ ଓ ମହିଳା ସଶକ୍ତୀକରଣର ବାର୍ତ୍ତା ଦେଉଥିଲେ ।

ନୂଆବର୍ଷ ୨୦୧୪

ନୂଆବର୍ଷ ୨୦୧୪ ଏବର୍ଷ ତନୁଜା ପାଇଁ ସଂପୂର୍ଣ୍ଣ ଅଲଗା ଥିଲା। ମେରୀଲାଣ୍ଡରେ ଥିବା ବେଳେ, ନୂଆବର୍ଷ ପାଇଁ ସବୁବେଳେ ସେ ପ୍ରସ୍ତୁତ ହୋଇ ରହେ। ସମସ୍ତ ସାଙ୍ଗସାଥୀମାନଙ୍କୁ କି ବାର୍ଡ଼ ପଠେଇବ, ସେ ବାର୍ଡ଼ ସହିତ କି କବିତା ଲେଖାହେବ, ଯେଉଁଟା କି ଅନ୍ୟ ସମସ୍ତ ନୂଆବର୍ଷର କବିତାଠାରୁ ଭିନ୍ନ ଥିବ, ଏସବୁ ବିଚାର ସିଏ ଆଗରୁ କରି ପ୍ରସ୍ତୁତ ରହିଥାଏ। ଡିସେମ୍ବର ୨୫ ତାରିଖ ପରେ ଦୋକାନ ମାନଙ୍କରେ ଦରଦାମ କମିଯାଏ। ସେ ସମୟରେ ସିଏ ଦୋକାନ ଯାଇ କିଛି ଉପହାର କିଣିଆଣି ଘରେ ରଖିଥାଏ। କିଏ ଯଦି ପାର୍ଟି ପାଇଁ ଡାକନ୍ତି, ତେବେ ଆଉ କିଛି ଭାବିବାକୁ ନଥିବ। ନୂଆବର୍ଷ ଦିନ କେଉଁ ମନ୍ଦିର କେତେବେଳେ ଯିବ, ତା'ର ବି ଗୋଟିଏ ତାଲିକା ଥାଏ। ହେଲେ ଏବର୍ଷ ସେମାନେ ସମସ୍ତେ ଓଡ଼ିଶାରେ ଥିଲେ। ତାର ମନ ମୁତାବକ କିଛି କରିବାର ସ୍ୱାଧୀନତା ରହିଥିଲେ ମଧ୍ୟ ସିଏ ଅନ୍ୟମାନଙ୍କୁ ପ୍ରାଧାନ୍ୟ ଦେଉଥିଲା ଓ ସେମାନଙ୍କର ଇଚ୍ଛା ଅନୁଯାୟୀ ସବୁ କାମ କରୁଥିଲା।

ନୂଆବର୍ଷ ୨୦୧୪ର ଆଗମନୀ ପାଇଁ କେତେକେତେ ବନ୍ଧୁଙ୍କର ନିମନ୍ତ୍ରଣ ଗୋଟିଏ ମାସ ଆଗରୁ ଆସିସାରିଥିଲା। ହେଲେ ତନୁଜା ସମସ୍ତଙ୍କୁ ଦୁଃଖର ସହିତ ଆସିପାରିବନି ବୋଲି ଜଣେଇଦେଲା। "ଆମେ ଡିସେମ୍ବର ୨୪ ତାରିଖ ଦିନ ଓଡ଼ିଶା ଯାଉଛୁ। ଏ ବର୍ଷର ସମସ୍ତ ପାର୍ଟି ଓ ବନ୍ଧୁମିଳନର ମଜା ଆମେ ଆଉ ନେଇପାରିବୁନି। ଫେରିଲେ କେବେ ଦେଖି ସମସ୍ତେ ମିଶିବା ଓ ନୂଆବର୍ଷକୁ ଆମ ଘରେ ପାଳିବା।"

ଓଡ଼ିଶାରେ ନୂଆବର୍ଷ କେମିତି ପାଳିବା, ସେ ବିଷୟରେ ବି ତନୁଜା କିଛି ଯୋଜନା କରିଥିଲା। କିନ୍ତୁ ସେ ଯୋଜନା କାର୍ଯ୍ୟକାରୀ ହୋଇପାରିବ କି ନା, ସେ ବିଷୟରେ ତାର ସନ୍ଦେହ ଥିଲା। ସିଏ ଜାଣିଥିଲା ଯେ, ସ୍ୱାମୀ ତନୁୟଙ୍କ ଉପସ୍ଥିତିରେ କେବଳ ତାଙ୍କ କଥା ହିଁ ରହିବ। ତନୁଜାର କୌଣସି କଥା ବି ରହିବନି। ଏ ବୟସରେ

ଏସବୁ କଥାକୁ ନେଇ ଆଉ ଯୁକ୍ତିତର୍କ କରିବା ଭଳି ମାନସିକତା ତାର ନଥିଲା। ତେଣୁ ଯାହା ହେବାର ଥିବ, ହେବ; ନୂଆବର୍ଷ ଯେମିତି ବିତିବ ବିତୁ, କଣ ଟା ଆଉ ବେଦ ଅଶୁଦ୍ଧ ହୋଇଯିବ ଯେ ? ସବୁ ଦିନ ଭଳି ନୂଆବର୍ଷଟା ସେମିତି ଏକ ଦିନଟିଏ। ମାନିଲେ ଦେବତା, ନ ମାନିଲେ ପଥର। ସେମିତି ମାନିଲେ, ନୂଆବର୍ଷ ଗୋଟିଏ ବିରାଟ କଥା। ସେଦିନ ପାର୍ଟି ହେବା ଉଚିତ, ଭଲ ଖାଇବା ହେବା ଉଚିତ, ଭଲ ପିନ୍ଧିବା ଉଚିତ ଓ ସେଇଭଳି ଅନେକ ସବୁ ପ୍ରାଚୁର୍ଯ୍ୟର ତାଲିକା। ଆଉ ନ ମାନିଲେ, "ହଁ, ସେଇ ଏକା ଭଳିଆ ଦିନଟିଏ ତ। ସୂର୍ଯ୍ୟ ସେମିତି ସକାଳୁ ଉଠିବେ, ଅନ୍ୟଦିନ ଭଳି ସେଦିନ ମଧ୍ୟ ମଧ୍ୟାହ୍ନ ହେବ ଓ ସୂର୍ଯ୍ୟାସ୍ତ ହେବ। ଦୋକାନରେ ବିକାକିଣା ହେବ ଓ ଭିକାରୀ ମାନେ ରାସ୍ତାକଡରେ ବସି ଭିକ ମାଗୁଥିବେ।" ଏମିତି ଚିନ୍ତା କରି ତନୁଜା ନିଜକୁ ପ୍ରସ୍ତୁତ କରୁଥିଲା ଓ ମନକୁ ପ୍ରବୋଧନା ଦେଉଥିଲା।

ଡିସେମ୍ବର ୩୧ ତାରିଖ ଦିନ ଅପରାହ୍ନରେ ସେମାନେ ସମସ୍ତେ ଗାଁରୁ ବାହାରି ଭୁବନେଶ୍ୱର ଅଭିମୁଖେ ଯାତ୍ରା କଲେ। ସାଥୀରେ ତନ୍ମୟ, ଝିଅ ଚାରୁ, ତା'ର ଆମେରିକାନ ସ୍ୱାମୀ ଏରିକ ଓ ଦେଢବର୍ଷର ପୁଅ ଆଦି ଥିଲେ। ସକାଳେ ବାହାରିବାକୁ ତନୁଜା ପରାମର୍ଶ ଦେଇଥିଲା, ହେଲେ ତନ୍ମୟ କାଟିଦେଲେ। ଅବଶ୍ୟ ତାଙ୍କ କାଟିବାର କାରଣ ଥିଲା ଓ ସେଥିପାଇଁ ତନୁଜା ଯୁକ୍ତି କଲାନି। ତନୁଜାର ଦିଅର ଦେବ ଓ ସାନ ଯା ସୋନା ଅନ୍ୟ ଗୋଟିଏ ଗାଡ଼ିରେ ବାହାରିଗଲେ। ସେଦିନ ଭୁବେନେଶ୍ୱରରେ ରହୁଥିବା ଝିଆରୀ ସେମାନଙ୍କୁ ରାତ୍ରଭୋଜନ ପାଇଁ ନିମନ୍ତ୍ରଣ କରିଥିଲା। ଦେବ ଓ ସୋନା, ଝିଆରୀର ଆପାର୍ଟମେଣ୍ଟ ପାଖାପାଖି ରହୁଥିଲେ। ଭୁବନେଶ୍ୱର ପୂର୍ବରୁ ସମସ୍ତେ ଟ୍ରାଫିକ୍ ଜାମରେ ପଡ଼ିଗଲେ। ସେଇ ରାସ୍ତାଟା ନନ୍ଦନକାନନ ରାସ୍ତା ଥିଲା ଓ ସମସ୍ତେ ସେଇଦିନ ବଣଭୋଜି କରୁଥିବାରୁ ରାସ୍ତାରେ ଭିଡ଼ ଥିଲା। ଗୋଟିଏ କଥା ତନୁଜା ଜାଣିଲା ଯେ, ଏଠି ନୂଆବର୍ଷ ଦିନ ଆମେରିକା ଭଳି ଛୁଟି ରହେନି। କେବଳ ଡିସେମ୍ବର ୩୧ ତାରିଖ ଦିନଟି ଛୁଟି ରହେ। ସେଥିପାଇଁ ସମସ୍ତେ ବଣଭୋଜି, ଉସ୍ବ, ପାର୍ଟି ଇତ୍ୟାଦି ଡିସେମ୍ବର ୩୧ ତାରିଖ ଦିନ ହିଁ କରିଥାନ୍ତି। ଜାନୁଆରୀ ୧ ତାରିଖ ଦିନ ଯଦି ରବିବାର ନଥାଏ, ତେବେ ସମସ୍ତେ ନିଜନିଜ କାମକୁ ଯାଆନ୍ତି। ତେଣୁ ଦେବଙ୍କର ଆପାର୍ଟମେଣ୍ଟରେ ପହଞ୍ଚୁପହଞ୍ଚୁ ଆଠଟା ବାଜିଗଲା। ସେ ଆପାର୍ଟମେଣ୍ଟରେ ରହିଥିବା ପାର୍କରେ ସେଦିନ ଆପାର୍ଟମେଣ୍ଟର ସମସ୍ତ ଅନ୍ତେବାସୀ ମିଶି ନୂଆବର୍ଷ ପାଳନ କରୁଥିଲେ। ସେଥିପାଇଁ ତଳେ ଦୋକାନ, ବଜାର ବସିଥିଲା ଓ ଗୀତ, ନାଚ ଚାଲିଥିଲା। ସମସ୍ତେ ଭାବିଲେ ପ୍ରଥମେ ଝିଆରୀ ଘରକୁ ଯିବେ, ସେଠି ରାତ୍ରଭୋଜନ ସାରି ଆସି ନୂଆବର୍ଷ ପାଳନ ଉସ୍ବରେ ସାମିଲ ହେବେ। କିନ୍ତୁ ଝିଆରୀ ଘରୁ ଫେରୁଫେରୁ ରାତି

ସାଢେ ଦଶ ବାଜିଗଲା। ସମସ୍ତେ କ୍ଲାନ୍ତି ଅନୁଭବ କରୁଥିଲେ। ତେଣୁ ସମସ୍ତେ ବିଶ୍ରାମ କରିବା ପାଇଁ ପ୍ରସ୍ତୁତି ଆରମ୍ଭକଲେ।

ଦେବଙ୍କର ଆପାର୍ଟମେଣ୍ଟରେ ତିନୋଟି ରୁମ୍ ଥିଲା। ଦୁଇଟି ରୁମ୍ ସହିତ ପ୍ରାଇଭେଟ୍ ବାଥରୁମ୍ ଓ ଲାଟ୍ରିନ୍ ସଂଯୁକ୍ତ ଥିଲା। ଆଉ ଗୋଟିଏ ରୁମରେ ଠାକୁର ପୂଜା ପାଉଥିଲେ ଓ ସେଠି ଗୋଟିଏ ଖଟ ପଡ଼ିଥିଲା। ଆଉ ଗୋଟିଏ ଗାଧୁଆଘର ଓ ପାଇଖାନା କୌଣସି କୋଠରି ସହିତ ସଂଯୁକ୍ତ ନଥିଲା। ଘରକୁ ଆସୁଥିବା ଅତିଥି, ଅଭ୍ୟାଗତଙ୍କ ପାଇଁ ତାହା ଉଦ୍ଦିଷ୍ଟ ଥିଲା। କାଳେ କିଏ ପରିବାରର ଅନ୍ୟ ଲୋକ ଆସିବେ, ସେମିତି ଭାବି ଦେବ ସେ ଆପାର୍ଟମେଣ୍ଟ କ୍ୟାଂପସ୍ ଭିତରେ ଥିବା ଅତିଥିଭବନରେ ଦୁଇଟି କୋଠରି ବୁକ୍ କରିଥିଲେ। ଅନ୍ତତଃ ଏମିତି ଏକ ସୁବିଧା ରହିଛି, ସେଇଟା ବଡ଼ କଥା। ପରିବାରର ବେଶୀ ଲୋକ କିଏ ପହଞ୍ଚିଗଲେ, ଗୃହସ୍ୱାମୀଙ୍କୁ ଆଉ ହଇରାଣ ହେବାକୁ ପଡ଼ିବନି। ତନ୍ମୟ ଅତିଥିଭବନ ଯିବା ପାଇଁ ଅଡ଼ିବସିଲେ। ତେଣୁ ତନୁଜା ବି ତାଙ୍କ ସହିତ ବାହାରିଲା। ଆଉ ନୂଆବର୍ଷ ପାଇଁ ଗୀତ, ନାଚ ଦେଖିବାର ମାନସିକତା ନଥିଲା କି ବାରଟା ପର୍ଯ୍ୟନ୍ତ ଚେଇଁ ରହିବାକୁ ଇଚ୍ଛା ନଥିଲା।

ଦେବଙ୍କ ଆପାର୍ଟମେଣ୍ଟ ଥାଏ ଦଶ ମହଲାରେ। ସେଠୁ ଏଲିଭେଟର ନେଇ ତନୁଜା ଓ ତନ୍ମୟ ତଳକୁ ଆସିଲେ ଓ ଅତିଥିଭବନ ଅର୍ଥାତ୍ ଗେଷ୍ଟହାଉସ୍ ପାଞ୍ଚ ମିନିଟ୍ ଭିତରେ ପହଞ୍ଚିଗଲେ। ସେଠି ଦାୟିତ୍ୱରେ ଥିବା ଗାର୍ଡ଼ଙ୍କ ଠାରୁ ଚାବି ନେଇ ସେମାନେ ଦ୍ୱିତୀୟ ମହଲାରେ ଥିବା ନିଜ ପାଇଁ ଉଦ୍ଦିଷ୍ଟ କୋଠରି ନିକଟକୁ ଗଲେ। ଯେହେତୁ ଦୁଇଟି କୋଠରି ବୁକ୍ ହୋଇଥିଲା, ସେଥିପାଇଁ ତନୁଜା ଅଲଗା କୋଠରିକୁ ଯିବ ବୋଲି ଭାବିଲା। ତାର କାରଣ ହେଲା ତନ୍ମୟ ଶୋଇବା ସମୟରେ ଆଲୁଅ ସହିପାରନ୍ତିନି। ତେଣୁ ତନୁଜା କହିଲା, "ତମେ ଆରାମରେ ୨ ନମ୍ବର କୋଠରିରେ ଶୁଅ। ମୁଁ ୩ ନମ୍ବର କୋଠରିକୁ ଯାଉଛି। ମୋର ମାସ ଶେଷର ଟାଇମ୍ ସିଟ୍ ପୂରଣ କରି ଦସ୍ତଖତ କରିବାର ଅଛି। ସେ କାମ ମୁଁ ସାରିବି। କାରଣ ଆଉ କେତେବେଳେ ସମୟ ମିଳିବ କି ନା। ତାପରେ ଟିକେ ଇ-ଚିଠି ଚେକ୍ କରିବି।"

ଏମିତି କହି ତନୁଜା ୩ ନମ୍ବର କୋଠରିକୁ ଆସିଲା। ସେ କୋଠରିରେ ମଶା ଥିଲେ। କାମୁଡ଼ିବାରୁ ତନୁଜାର ଗୋଡ଼ହାତ କୁଣ୍ଡେଇହେଲା। ହଠାତ୍ ତାର ଦୃଷ୍ଟି ପଡ଼ିଲା ଟେବୁଲ୍ ଉପରେ ମଶା ପାଇଁ ଗୋଟିଏ କିଛି ରହିଛି। ସେଇଟାକୁ ଆଣି ପ୍ଲଗ୍ ସହିତ ସଂଯୁକ୍ତ କରିବାରୁ କେମିତି ଏକ ଗନ୍ଧ ହେଲା। ହେଲେ ମଶା କାମୁଡ଼ାରୁ ଟିକେ ମୁକ୍ତି ମିଳିଲା। ଭିତରେ ଗରମ ହେଉଥିଲା। ଡିସେମ୍ବର ମାସରେ ମଧ ଏମିତି ଗରମ ହେଉଥିବା ଏକ ଅଜବ ଘଟଣା। ସେଥିପାଇଁ ପଙ୍ଖାର ଗତି ବଢ଼େଇ ତନୁଜା ଶୋଇବାକୁ ଚାହିଁଲା।

ସେ କୋଠରିରେ ଶୀତତାପ ନିୟନ୍ତ୍ରଣ ପାଇଁ ଯନ୍ତ ଲାଗିଥିଲେ ବି ସେସବୁ କିଛି କାମ କରୁନଥିଲା। ହେଲେ ବିଛଣାରେ ପଡ଼ିଥିବା ବିଛଣାଚାଦର କି ଘୋଡ଼େଇ ହେବାକୁ ଥିବା କମ୍ବଳ ଜମା ସଫା ବୋଲି ମନେହେଲାନି। ତେଣୁ ହାତ ବାକ୍ସରେ ରହିଥିବା ଗୋଟିଏ ଘରପିନ୍ଧା ଶାଢ଼ୀକୁ ବିଛଣା ଉପରେ ପକେଇ କିଛି ସମୟ ଗୋଡ଼ହାତ ଲମ୍ବେଇ ଶୋଇପଡ଼ିଲା ସିଏ। ଟିକେ ନିଦରେ ଶୋଇପଡ଼ିବା ପରେ ନିଜର ମସ୍ତିଷ୍କ ଠିକ୍ ଭାବେ କାମ କରିବ ବୋଲି ତାର ବିଶ୍ୱାସ ଥିଲା। ଶୋଇବା ପୂର୍ବରୁ ମୋବାଇଲ୍ ଫୋନ୍ ୟାଞ୍ଚ କରି ଦେଖିବା ବେଳକୁ ସେଥିରେ ଅନେକ ଶୁଭକାମନାର ବାର୍ତ୍ତା ଥିଲା। ତନୁଜାର ବାର୍ତ୍ତା ଏପର୍ଯ୍ୟନ୍ତ ପ୍ରସ୍ତୁତ ହୋଇପାରିନଥିଲା। "ଠିକ୍ ଅଛି। ପ୍ରଥମେ ଶୁଏ। ତାପରେ ଦେଖାଯିବ।" ଏମିତି ଭାବି ତନୁଜା ଶୋଇପଡ଼ିଲା।

ଘଣ୍ଟାଏ ପରେ ନିଦ ଭାଙ୍ଗିଗଲା। ନୂଆବର୍ଷ ୨୦୧୪ ଓଡ଼ିଶାର ମାଟିରେ ପାଦ ପକେଇଲା। କେତେସବୁ ବାଣ ଫୁଟିବାର ଶବ୍ଦ କାନରେ ପଡ଼ିଲା। ତନୁଜା ଝରକାର ପରଦାକୁ ଟେକି ବାହାରକୁ ଚାହିଁଲା। କେତେ ଦୂରରୁ ସବୁ ଉପରକୁ ଉଠୁଥିବା ବାଣର ରୋଷଣୀ ଦେଖାଯାଉଥିଲା। ଆପାର୍ଟମେଣ୍ଟ ସ୍ଥିତ ପାର୍କ ପାଖରୁ ମଧ୍ୟ ଜୋରରେ ଶୁଭ ନୂଆବର୍ଷ ବାର୍ତ୍ତାର ଶବ୍ଦ ଆସୁଥିଲା। "ଓଃ, ନୂଆବର୍ଷ ହୋଇଗଲା। ହେଲେ ମୋର ତ ବାର୍ତ୍ତା ଏପର୍ଯ୍ୟନ୍ତ ଲେଖା ସରିନି ! ଠିକ୍ ଅଛି। ଆମେରିକାରେ ତ ଏପର୍ଯ୍ୟନ୍ତ ନୂଆବର୍ଷ ହୋଇନି। ତେଣୁ ଚଳିବ।" – ଏମିତି ଭାବି କବିତାଟିଏ ଲେଖିବାକୁ ବସିଛି ତ ମୋବାଇଲ ବାର୍ତ୍ତା ଆସିବାର ଶବ୍ଦ ଶୁଣାଇଲା। ସେଥିରେ ସାଙ୍ଗ ରାନୁର ବାର୍ତ୍ତା ଥିଲା। "ନୂଆବର୍ଷ ଆଉ ମୋ ପାଇଁ ଶୁଭ ହୋଇ ରହିଲାନି। ବାପା ଚାଲିଗଲେ।" ସେଇ ରାନୁ ଦୁଇଘଣ୍ଟା ପୂର୍ବରୁ ସମସ୍ତଙ୍କୁ ଶୁଭ ନୂଆବର୍ଷର ବାର୍ତ୍ତା ଦେଇଥିଲା। ହଠାତ୍ ଦୁଇ, ତିନି ଘଣ୍ଟାରେ ସବୁ କିଛି ବଦଳିଗଲା। ତନୁଜା ଭାବି ରଖିଥିବା କବିତାର ପଂକ୍ତି ସବୁ ଏବେ ବଦଳିଗଲେ। ଏ ନୂଆର ଆଗମନୀରେ ଆନନ୍ଦ ସହିତ ପୁରୁଣାର ବିଦାୟ ଯେ କେତେ ମର୍ମଭେଦ, ସେକଥା ତାର ହୃଦୟ ଭିତରକୁ ଆନ୍ଦୋଳିତ କଲା। ନୂଆ ଶିଶୁର ଜନ୍ମରେ ସମସ୍ତେ ଖୁସି ହୁଅନ୍ତି। ହେଲେ ନୂଆ କିଛି ଯଦି ଆସିବ, ପୁରୁଣାକୁ ତ ଯିବାକୁ ପଡ଼ିବ। ଏସବୁକୁ ମାନିନେବା ହିଁ ଭଲ। ତେବେ ଦୁଃଖ ତ ଦୁଃଖ, ପିତାମାତାଙ୍କର ତିରୋଧାନ ସନ୍ତାନ ପାଇଁ ଯେ କେତେ ଦୁଃଖମୟ ତାହା, ସନ୍ତାନ ମାନେ ହିଁ ବୁଝନ୍ତି। ଯଦିଓ ରୋଗରେ ପଡ଼ିଥିବା, ବାର୍ଦ୍ଧକ୍ୟରେ ଘାଣ୍ଟି ହେଉଥିବା ପିତାମାତାଙ୍କ ପାଇଁ ତାହା ଏକ ଶାନ୍ତି, ତେବେ ସେସବୁ ସନ୍ତାନମାନଙ୍କ ପକ୍ଷେ ହଠାତ୍ ଗ୍ରହଣ କରି ହୁଏନି।

ତନୁଜା ତା ଟାଇମ୍ ସିଟ୍ ଦସ୍ତଖତ କରିପାରିଲା। କିଛି ଅଫିସିଆଲ୍ ଇ-ବାର୍ତ୍ତା ମଧ୍ୟ ୟାଞ୍ଚ କରି ଉତ୍ତର ଦେଇପାରିଲା। ତାପରେ କବିତା ସଂଯୋଜନା କଲା ଓ

ନୂଆବର୍ଷର ବାର୍ତ୍ତା ଲେଖ୍ଲା। ପ୍ରଥମେ ଭାବିଲା ଆମେରିକାରେ ଥିବା ଓସା ସଂସ୍ଥାର ସଭ୍ୟମାନଙ୍କୁ ସେ ବାର୍ତ୍ତା ପଠେଇବ। ହେଲେ ଇ-ଚିଠି ସବୁ ଖୋଲି ଦେଖିବା ବେଳକୁ ଜଣେ ଓସା ସଭ୍ୟଙ୍କର ତିରୋଧାନର ଖବର ଥିଲା। ତନୁଜା ଆଉ ଏ ଅଶୁଭ ଖବର ସହିତ ଶୁଭକାମନାର ବାର୍ତ୍ତା ପଠେଇପାରିଲାନି। ତା ମନ ବି ମରିଗଲା। ତା ସାଙ୍ଗସାଥୀଙ୍କର ହ୍ଵାଟ୍ସଆପ୍ ଗୋଷ୍ଠିକୁ ବି ଶୁଭକାମନାର ବାର୍ତ୍ତା ପଠେଇପାରିଲାନି, ଯେହେତୁ ସେସବୁ ହ୍ଵାଟ୍ସଆପ୍ ଗୋଷ୍ଠୀରେ ରାନୁ ରହିଥିଲା।

ରାନୁ ପାଇଁ ମନଦୁଃଖ ହେଲା। ଏମିତି ଏକ ଖୁସିର ଦିନରେ ତା ଜୀବନରେ ଦୁଃଖ ପହଞ୍ଚିଲା।

ଆଉ ରାତିସାରା ତନୁଜାକୁ ନିଦ ହେଲାନି। ଭାବିଲା ଯାଇ ତନ୍ମୟଙ୍କୁ ଉଠେଇବ ଓ ଶୁଭ ନୂଆବର୍ଷ କହିବ, ତେବେ ପୁଣି ମନକୁ ଆସିଲା ସେସବୁ ନକରିବାକୁ। ଅନ୍ତତଃ ତନ୍ମୟ ତ ଭଲରେ ଶୋଇଛନ୍ତି, ଶୁଅନ୍ତୁ। ତାଙ୍କ ନିଦରେ ବ୍ୟାଘାତ ଦେବା ଉଚିତ ନୁହେଁ। ଏମିତିରେ ସକାଳ ପାଞ୍ଚଟା ବାଜିଗଲା। ସକାଳ ପାଞ୍ଚଟାରେ ଉଠି ତନୁଜା ୨ ନମ୍ବର କୋଠରିର କବାଟ ବାଡ଼େଇଲା। ତନ୍ମୟ ଶୋଇଥିଲେ। ତାଙ୍କୁ ଭଲନିଦ ହୋଇଛି ବୋଲି କହି ସିଏ ଆଉ ଟିକେ ଶୋଇପଡ଼ିଲେ। ତାଙ୍କ କୋଠରିରେ ସବୁ ଠିକ୍ ରହିଥିବାର ମନେହେଉଥିଲା। ତନୁଜା ଯେହେତୁ ଅନିଦ୍ରା ଥିଲା, କିଛି ସମୟ ପାଇଁ ସିଏ ସେ ବିଛଣାରେ ଗଡ଼ିପଡ଼ିଲା। ତନ୍ମୟ ୬ଟାରେ ଉଠି ନିତ୍ୟକର୍ମ ଓ ଗାଧୁଆ ସାରିଦେଲେ। ତାପରେ ତନୁଜାକୁ ଉଠେଇଲେ। "ଉଠିଯା, ଆମେ ଦେବର ଆପାର୍ଟମେଣ୍ଟକୁ ଯିବା।" ତନୁଜା ଅନିଚ୍ଛା ସତ୍ତ୍ୱେ ଉଠିଲା ଓ ସାଙ୍ଗେସାଙ୍ଗେ ନିତ୍ୟକର୍ମ ସାରି ପ୍ରସ୍ତୁତ ହୋଇଗଲା। ସେମାନେ ଉଭୟ କୋଠରିର ଚାବି ନିଜ ସାଙ୍ଗରେ ନେଇଆସିଲେ, ଯେହେତୁ ଦୁଇଦିନ ପାଇଁ ସେ ଦୁଇଟି କୋଠରି ବୁକ୍ ହୋଇଥିଲା।

ସେମାନେ ପହଞ୍ଚିବା ବେଳକୁ ତନୁଜାର ସାନ ଯାଆ ସୋନି ଚାହା କରୁଥିଲା ଓ ତାପରେ ଦୋସା କରିବା ପାଇଁ ପ୍ରସ୍ତୁତି କରୁଥିଲା। ସେତେବେଳକୁ ସିଏ ଗାଧୋଇ ସାରିଥିଲା। ସମସ୍ତେ ସମସ୍ତଙ୍କୁ "ହାପି ନିଉ ଇୟର" ବା "ଶୁଭ ନବବର୍ଷ" କହି ଅଭିନନ୍ଦନ ଜଣେଇଲେ। ସେତେବେଳକୁ ଚାରୁ, ଏରିକ୍ ଓ ଆଦି ସମସ୍ତେ ଉଠିସାରିଥିଲେ। ସେଦିନର କାର୍ଯ୍ୟକ୍ରମ ବିଷୟରେ ଆଲୋଚନା ଚାଲିଲା। ତନୁଜା ଚାହିଁଥିଲା ପୁରୀ ଯିବାକୁ ଓ ଜଗନ୍ନାଥ ଦର୍ଶନ କରିବାକୁ। କିନ୍ତୁ ସମସ୍ତେ ବାରଣ କଲେ। "ଆଜି ପୁରୀରେ ବହୁତ ଭିଡ଼ ଥିବ। ଆଉ ଯଦି ଭିଡ଼ରେ ପଡ଼ିଗଲ ରାତି ପୂର୍ବରୁ ଫେରିପାରିବନି।" ଚାରୁ ଚାହିଁଲା ଖଣ୍ଡଗିରି, ଉଦୟଗିରି ବୁଲିଯିବାକୁ। ସମସ୍ତେ ସେଠିକୁ ଯିବାକୁ ସ୍ଥିରକଲେ। ସେଇ ଅନୁଯାୟୀ ସମୟ ୧୧ଟା ନିର୍ଦ୍ଧାରିତ ହେଲା ଓ ସେମାନେ

ତନୁଜାର ଭାଇର ଝିଅମାନଙ୍କୁ ବାର୍ତ୍ତା ଦେଇଦେଲେ। ଦେବ ଜଣେଇଲେ ଯେ, ସେମାନେ ସେଦିନ ଟାଙ୍ଗୀ ଯିବେ ଓ ରାତିରେ ଘରକୁ ଫେରିବେ। ତେଣୁ ପ୍ରାଇଭେଟ୍ ଟ୍ୟାକ୍ସି କରି ତନ୍ମୟ, ତନୁଜା ଇତ୍ୟାଦି ବୁଲିବାଲି ସାରି ଘରକୁ ଫେରିବେ। ପଡ଼ିଶା ଘର ଲୋକ ଚାବି ରଖିଥିବେ।

ତନୁଜା ପଚାରିଲା, "ଟାଙ୍ଗୀ ଯିବ? ଭଲ କଥା। ଆମ ପାଇଁ ବ୍ୟସ୍ତ ହୁଅନି। ତମେ ଯେତେବେଲେ ଯିବ, ଯାଅ।"

ତାପରେ ସିଏ ସାନ ଯାଆକୁ ପଚାରିଲା, "କାଲି ତମେ ସବୁ ତଲକୁ ଯାଇ ନୂଆବର୍ଷ ସେଲିବ୍ରେଟ୍ କଲ ତ?"

ସିଏ କହିଲା, "ନାଁ, ଆମେ ସବୁ ଶୋଇପଡ଼ିଲୁ।"

ସିଏ ଦୋସା କରୁଥିଲା ଓ ତନ୍ମୟ ଖାଇବାକୁ ବ୍ୟସ୍ତ ହେଉଥିଲେ। "ଦୋସା ପାଇଁ କଣ ଏତେ ସମୟ ଲାଗୁଚି?"

ଝିଅ ଚାରୁ କହିଲା, "ତମେ ଧୈର୍ଯ୍ୟ ରଖ। ଗୋଟିଗୋଟି କରି ଦୋସା କରିବାକୁ ପଡ଼େ। ସେଥିପାଇଁ ସମୟ ଲାଗେ। ତା ସହିତ ଜଣେଜଣେ ଯଦି ୩–୪ଟା ଖାଇଦେବେ ତ, ଅଧିକ ସମୟ ଲାଗିବ ନା।"

ତନୁଜା ସୋନାକୁ କହିଲା, "ତମେମାନେ ବ୍ୟସ୍ତ ହୁଅନି। ଆମେମାନେ ସବୁ ଚଲେଇନେବୁ। ତମେମାନେ ମଉସା, ମାଉସୀଙ୍କୁ ଯାଇ ଦେଖା କରିଆସ। ତାଙ୍କୁ ଭଲ ଲାଗିବ।"

ତାପରେ ପଚାରିଲା, "ମାଉସୀ କେମିତି ଅଛନ୍ତି? ତାଙ୍କ ଦେହ ଏବେ ଭଲ ଅଛି ତ?"

କିଛିଦିନ ପୂର୍ବରୁ ସୋନାର ମାଆଙ୍କର ଶ୍ୱାସ ଜନିତ ସମସ୍ୟା ଦେଖାଦେଇଥିଲା ଓ ସିଏ ହସ୍ପିଟାଲରେ ଆଡ଼ମିଶନ ହୋଇଥିଲେ। ସେ ଖବର ନଣାନ୍ଦ ତାନି ଦେଇଥିଲେ। ସେତେବେଲେ ସିଏ କୁଆଡ଼େ ଆଇ.ସି.ୟୁରେ ଅନେକ ଦିନ ଧରି ରହିଥିଲେ। ତାପରେ ଅବସ୍ଥା ଟିକେ ସୁଧୁରିଥିଲା ଓ ସେମାନେ ନିଜ ପୁଅ, ବୋହୂଙ୍କ ପାଖରେ ଟାଙ୍ଗୀ ସ୍ଥିତ ଏକ ଆଶ୍ରମରେ ରହୁଥିଲେ।

ସୋନା କହିଲା, "ହଁ ଭଲ ଅଛି।"

ତନୁଜା ଜଣେଇଲା, "କେତେ ଦୁଃଖର କଥା କହତ? ମୋ ସାଙ୍ଗ ରାନୁର ବାପାଙ୍କର ଏ ନୂଆବର୍ଷଟାରେ ଦେହାନ୍ତ ହୋଇଗଲା।"

ସୋନା କହିଲା, "ବହୁତ ଦୁଃଖର କଥା।"

ତାପରେ ସିଏ ଦୋସା କରିବାରେ ବ୍ୟସ୍ତ ରହିଲା। ତନ୍ମୟ, ତନୁଜା ଓ ଅନ୍ୟ

ସମସ୍ତେ ଖାଇପିଇ ଖଣ୍ଡଗିରି ଯିବାକୁ ପ୍ରସ୍ତୁତ ହେବାବେଳେ ଦିଅ'ର ତାଙ୍କର ସେଦିନ ଟାଙ୍ଗୀ ଯିବାର ପ୍ରକୃତ କାରଣ ଜଣେଇଲେ, "ସୋନାର ମାଉସୀଙ୍କର ଦେହାନ୍ତ ହୋଇଗଲା।"

ତନ୍ମୟ ଓ ତନୁଜା ଚମକିପଡ଼ିଲେ, "କଣ? ମାଉସୀଙ୍କର ଦେହାନ୍ତ ହୋଇଗଲା? କେତେବେଳେ? କେମିତି?"

ସେଥିରୁ ଜଣାପଡ଼ିଲା, ମାଉସୀଙ୍କର ଦେହାନ୍ତ ଠିକ୍ ନୂଆବର୍ଷ ପହଞ୍ଚିବା ପୂର୍ବରୁ ହୋଇଗଲା। ଫୋନ୍ ପାଇ, ସେମାନେ କାଲି ରାତି ଅଧରେ ଟାଙ୍ଗୀ ଯାଇ ଫେରି ଆସିଥିଲେ। ଆଜି ପୁରୀରେ ସବୁ ସଂସ୍କାର ହେବ। ସେଥିପାଇଁ ସେମାନେ ଆଜି ପୁରୀ ଯିବେ।

ହଠାତ୍ ତନୁଜାର ମୁଣ୍ଡ ବି କିଛି କାମ କଲାନି। ସୋନା ଏତେ ସବୁ ଦୁଃଖକୁ ଚାପି ରଖି ସେମାନଙ୍କର ଖାଇବାପିଇବା ବିଷୟ ଭାବୁଛି କେମିତି?

ତନୁଜା ସୋନାକୁ କହିଲା, "ଆମେମାନେ ସମସ୍ତେ ପ୍ରାପ୍ତବୟସ୍କ। ନିଜ ଦାୟିତ୍ୱ ନିଜେ ନେଇପାରିବୁ। ହେଲେ ତୁ ଏତେ ସବୁ ଦୁଃଖକୁ ଚାପିରଖି ଆମପାଇଁ କାହିଁକି ବ୍ୟସ୍ତ ହେଉଛୁ?"

ଏତିକି କଥାରେ ସୋନାର ଧୈର୍ଯ୍ୟବନ୍ଧ ଭାଙ୍ଗିଗଲା ଓ ସିଏ କାନ୍ଦିଲା। କାନ୍ଦି ସାରିବା ପରେ କହିଲା, "ବହୁତ କଷ୍ଟ ପାଉଥିଲା ସିଏ। ନିଃଶ୍ୱାସ ନେବାବେଳେ ଅନେକ ଯନ୍ତ୍ରଣା ପାଉଥିଲା।"

ତାପରେ ସିଏ ସବିଶେଷ ବିବରଣୀ ଦେଲା। ରାତି ଅଧରେ ଫୋନ୍ କଲ୍ ଠାରୁ ଆରମ୍ଭ କରି ସେମାନେ ଯିବା ଓ ସକାଳୁ ଫେରିଆସିବା ସବୁ ଯେମିତି ଯନ୍ତ୍ରବତ୍ ହୋଇଗଲା। ଏମିତିକି ଚାରୁ କି ତା' ସ୍ୱାମୀ ମଧ୍ୟ ଜାଣିପାରିନଥିଲେ ଯେ ସେ ରାତି ଭିତରେ ଏତେ ବଡ଼ ଘଟଣା ଘଟିଯାଇଛି।

ତନୁଜା ସେ ପରିସ୍ଥିତି ବୁଝିପାରିଲା। ସମାନ ପରିସ୍ଥିତିର ଅନୁଭବ ତାର ଅଛି। ତା ବୋଉର ଦେହାନ୍ତ ହେବା ସମୟରେ ସିଏ ୨୦୧୫ ମସିହାର ଓସା ସମ୍ମିଳନୀର ଅନେକ ଦାୟିତ୍ୱ ନେଇଥିଲା, ବିଶେଷ କରି ବାର୍ଷିକ ପତ୍ରିକାର ଦାୟିତ୍ୱ। ସେ ସମୟରେ ନିଜକୁ କେମିତି ସ୍ଥିତପ୍ରଜ୍ଞ କରିଦେଇ ସିଏ ସବୁ କାମ ସାରିଲା, ତାପରେ ଓଡ଼ିଶା ଯାତ୍ରା କରିଥିଲା ଓ ପୁଣି ଓଡ଼ିଶାରୁ ଫେରି ସମ୍ମିଳନୀର କାର୍ଯ୍ୟ ଦାୟିତ୍ୱ ସମ୍ଭାଳିଥିଲା, ସେ ପରିସ୍ଥିତିକୁ ଚିନ୍ତା କରି ସିଏ ଏବେବି ବିସ୍ମିତ ହୁଏ। ସେମିତି ସବୁ ହୋଇଯାଏ। ବୟସ ବଢ଼ିବା ସହିତ ଦୁଃଖ ସହିବାର ଶକ୍ତି ଓ ସଂଯମ ଆସିଯାଇଥାଏ। ଜୀବନର ପ୍ରତି ପଦକ୍ଷେପରେ ଦୁଃଖ। କେତେବେଳେ ଚାକିରିରେ ଅସନ୍ତୋଷର ଦୁଃଖ ତ,

କେତେବେଳେ ଶରୀରର କଷ୍ଟ, ଯନ୍ତ୍ରଣାକୁ ନେଇ ଦୁଃଖ। କେତେବେଳେ ଅନ୍ୟ ସହିତ ନିଜକୁ ତୁଳନା କରି ମଣିଷ ମନରେ ଦୁଃଖ ତ, କେତେବେଳେ ପ୍ରିୟଜନଙ୍କୁ ହରାଇ ମଣିଷର ଦୁଃଖ। ହୁଏତ ସୋନା ସେଇଭଳି ପରିସ୍ଥିତି ଦେଇ ଗତି କରୁଛି। ଏଣେ ମାଆଙ୍କର ତିରୋଧାନ, ଅନ୍ୟ ପଟେ ଏତେଦିନ ପରେ ବିଦେଶରୁ ଆସିଥିବା ଦେଢ଼ଶୁର, ଯାଆ ଓ ଝିଆରୀ, ଝିଆରୀ ଜୁଆଁଇଙ୍କ ପାଇଁ କର୍ତ୍ତବ୍ୟ।

ତନୁଜାକୁ ବଡ଼ ଖରାପ ଲାଗିଲା। ଆସନ୍ତା ଦଶ ତାରିଖରେ ହେବାକୁ ଥିବା ଏକ ପାରିବାରିକ ମିଳନୀରେ ମଉସା, ମାଉସୀଙ୍କ ସହିତ ସାକ୍ଷାତ ହେବ ବୋଲି ସିଏ ମନରେ ଭାବିଥିଲା। କାରଣ ଅତିଥିଙ୍କ ତାଲିକା ପ୍ରସ୍ତୁତ କରିବା ସମୟରେ ସେମାନେ ସୋନାର ପିତାମାତା ଓ ସାନ ଭାଇ ଓ ଭାଉଜଙ୍କୁ ତାଲିକାରେ ରଖିଥିଲେ। ହେଲେ ସମୟ ବଡ଼ ବଳବାନ। କେତେବେଳେ ଯେ କଣ ଘଟିଯିବ, ସେସବୁ ବୁଝିବା କଷ୍ଟ। ଆଉ ମାତ୍ର କେତୋଟି ଦିନ। ସେଇ କେତୋଟି ଦିନ ପାଇଁ ମାଉସୀ ଅପେକ୍ଷା କରିପାରିଲେନି। ସିଏ ବା କଣ କରିବେ। ଏସବୁ ତ ଈଶ୍ୱରଙ୍କ ଖେଳ, ସମୟର ଖେଳ। ସୋନା ଓ ଦେବ ମଧ ଶେଷ ସମୟରେ ତାଙ୍କ ସହିତ ରହିପାରିଲେନି। ସେମାନେ ସମସ୍ତେ ଗାଁକୁ ଯାଇଥିଲେ। ଗାଁରେ ୪ ଦିନ ରହିଗଲେ। ହୁଏତ ସୋନା ସେ ସମୟ ତା ମାଆଙ୍କ ସହିତ କଟେଇପାରିଥାନ୍ତା। ହେଲେ ଏତେ ଆଗକୁ ଭବିଷ୍ୟତ କିଏ ଦେଖିଥିଲା ?

ସେଇକଥା ତନୁଜାକୁ ଯେମିତି ଚେତାବନୀ ଦେଇଗଲା। ମନରେ ଯେଉଁ ସମୟରେ ଯେଉଁ କଥା ଆସୁଛି, ଯଦି ସୁଯୋଗ ଅଛି ତ ସେଇ ସମୟରେ ସେକଥା କରିପକା। "ଏବେ ନୁହେଁ, ପରେ କରିବି" ଏମିତି ଭାବି ଆମେ ଅନେକ ସମୟରେ କିଛିକିଛି ଗୁରୁତ୍ୱପୂର୍ଣ୍ଣ କାମକୁ ଅବହେଲା କରି ଘୁଞ୍ଚେଇଦିଅନ୍ତି। ହେଲେ ସେ କାମ କରିବାକୁ ଅନେକ ସମୟରେ ସୁଯୋଗ ଆଉ କେବେ ଆସେନି। ଏଇତ, ମାଉସୀଙ୍କୁ ଦେଖା କରିବାର ଇଚ୍ଛା ଥିଲା। ସେଇଟା ସେମାନେ ଗାଁକୁ ଯିବା ପୂର୍ବରୁ କରିପାରିଥାନ୍ତେ। କିନ୍ତୁ ତନ୍ମୟ ଗାଁକୁ ଯିବାକୁ ତରତର କଲେ ଓ ମାଉସୀଙ୍କ ସହିତ ତ ଜାନୁଆରୀ ଦଶ ତାରିଖ ଦିନ ଦେଖାହେବ, ସେମିତି ଭାବି ସେମାନେ ଆଉ ସେକଥା ଉପରେ ଏତେ ଗୁରୁତ୍ୱ ଦେଲେନି। ଏବେ ମାଉସୀ ସବୁଦିନ ପାଇଁ ପରପାରିକୁ ଚାଲିଗଲେ।

ସେଦିନ ଦେବ ଓ ସୋନା ୧୧ଟା ବେଳକୁ ଟାଙ୍ଗୀ ଗଲେ ଓ ତନ୍ମୟଙ୍କ ପରିବାର ଖଣ୍ଡଗିରି, ଉଦୟଗିରି ବୁଲିବାକୁ ଗଲେ। ନୂଆବର୍ଷ ପାଇଁ ସେସବୁ ସ୍ଥାନରେ ସେଦିନ ଅନେକ ଲୋକଗହଳି। ତା ସାଙ୍ଗକୁ ପ୍ରବଳ ଖରା ଓ ଗରମ। ବୁଲିବାରେ କିଛି ମଜା ଆସିଲାନି। କାରଣ ପ୍ରତି ମୁହୂର୍ତ୍ତରେ ତନ୍ମୟ, "ଦେଖିସାରିଲୁ, ଚାଲ

ଯିବା” କହି ସମସ୍ତଙ୍କୁ ତରତର କରୁଥିଲେ। ତନୁଜାର ଫଟୋ ଉଠାଇବାର ସଉକ। ସେଥିପାଇଁ ତାକୁ ଅନେକ କିଛି ଶୁଣିବାକୁ ପଡୁଥିଲା। କାରଣ ସିଏ ସ୍ଥାନେ ସ୍ଥାନେ ଅଟକି ଯାଉଥିଲା ଓ ଫଟୋ ଉଠାଉଥିଲା। ସେଠି ତନୁଜାର ଭାଇର ଝିଅ ଦୁଇଜଣ ସେମାନଙ୍କ ସହିତ ଯୋଗଦେଲେ। ଯେଉଁଠି ଦେଖିବ, ଖାଲି ସେଲ୍‌ଫି। କେବଳ ଯୁବପିଢ଼ି ନୁହେଁ, ବୁଢ଼ାବୁଢ଼ୀ, ମଧ୍ୟବୟସ୍କ ସମସ୍ତେ ସେଲ୍‌ଫିର ମାୟାରେ ବାୟା। ଲୋକଗହଳିକୁ ସେ ଯେଉଁ ସେଲ୍‌ଫି ହାଁଡ଼ା, ସେଥିପାଇଁ ସେ ସ୍ଥାନରେ ବୁଲିବାରେ ଏତେ ସ୍ୱାଧୀନତା ନଥିଲା। ସେତେବେଳକୁ ସାଢ଼େ ଗୋଟିଏ ହୋଇଯାଇଥିଲା। ସେମାନଙ୍କୁ ଭୋକ ଲାଗୁଥିଲା, ବିଶେଷ କରି ଆଦିକୁ ଭୋକ ଲାଗିଲା ଓ ସିଏ କାନ୍ଦିଲା। ଚାରୁ ତାକୁ ବ୍ୟାଗ୍‌ରୁ ବାହାର କରି କିଛି ବିସ୍କୁଟ୍‌ ଦେଲା। ଆଦି ରୂପ ହେଲା ସତ, ହେଲେ ସିଏ ଅଧିକ ସମସ୍ୟା କରିବା ପୂର୍ବରୁ ଫେରିଯିବା ଭଲ ବୋଲି ଭାବି ସମସ୍ତେ ଫେରିବାର ବିଚାରକଲେ।

ଉଦୟଗିରି ଓ ଖଣ୍ଡଗିରି ବୁଲିସାରି ସେମାନେ କିଛି ଦୋକାନ ଗଲେ ଓ ତାପରେ ଖାଇବା ପାଇଁ ଭବାନୀ ମଲ୍‌ ଗଲେ। ସେ ମଲ୍‌ ଭିତରେ ଯେଉଁ ଭୋଜନାଳୟରେ ସେମାନେ ବସିଲେ, ସିଏ ଖାଦ୍ୟ ପରଶିବାକୁ ଦୁଇଘଣ୍ଟା ନେଇଗଲା। ଏତେ ସବୁ ବୁଲାବୁଲି ଭିତରେ ଶିଶୁ ଆଦି ଅଥୟ ହୋଇପଡ଼ିଥିଲା ଓ ବହୁତ ଜୋର ଶବ୍ଦ କରି କାନ୍ଦିଲା। ଅନ୍ୟ ସମସ୍ତେ ବି ଖାଇବାକୁ ଅପେକ୍ଷା କରିକରି କ୍ଲାନ୍ତ ହୋଇପଡ଼ିଥିଲେ। ଅନେକ ରକମର ଖାଦ୍ୟ ସେମାନେ ଅର୍ଡର କରିଥିଲେ, କିନ୍ତୁ ଆଦିର କାନ୍ଦ ପାଇଁ ଖାଦ୍ୟ ଆସିବା ପରେ ସେମାନେ ଭଲରେ ଖାଇପାରିଲେନି। ତେଣୁ ଖାଇ ନ ପାରିଥିବା ଖାଦ୍ୟ ସବୁ ସେମାନେ ସାଙ୍ଗରେ ନେଇ ଆସିଲେ। ଫେରିବା ବେଳେ କିଛି ଫଳ ବି କିଣି ଆଣିଲେ। ସେଇଥିରେ ରାତିର ଖାଇବା ହୋଇଗଲା। ପୁତୁରୋ ରାଜା ବାଙ୍ଗାଲୋରରୁ ତା ଆଇର ଶେଷକୃତ୍ୟରେ ଭାଗନେବାକୁ ଆସିଥିଲା। ତା ସହିତ ପୁତୁରା ବୋହୂ ମଧ୍ୟ ଥିଲା। ସେମାନେ ସମସ୍ତେ ଦେବ ଓ ସୋନା ସହିତ ରାତି ସାଢ଼େ ଆଠଟା ବେଳକୁ ପେରିଆସିଲେ। ସେମାନେ ପୁରୀରୁ ମହାପ୍ରସାଦ ଧରି ଆସିଥିଲେ। ମହାପ୍ରସାଦ ସେବନ କରୁକରୁ ଦେବ ମାଉସୀଙ୍କର ଶେଷକୃତ୍ୟ ବିଷୟରେ ବିଶଦ ବିବରଣୀ ଦେଲେ। ରାତ୍ରିଭୋଜନ ପରେ ତନ୍ମୟ ଓ ତନୁଜା ଅତିଥିଭବନର ୨ ନମ୍ବର କୋଠରିରେ ଓ ରାଜା ଏବଂ ତା ସ୍ତ୍ରୀ ୩ ନମ୍ବର କୋଠରିରେ ରାତ୍ରିଯାପନ କଲେ। ତା ପରଦିନ ସକାଳୁ ସେମାନଙ୍କର କେରଳ ଯିବାପାଇଁ ଫ୍ଲାଇଟ୍‌ ଥିଲା।

ଏମିତ ଭାବେ ବର୍ଷର ପ୍ରଥମ ଦିନଟି କଟିଗଲା। ନା ମନ୍ଦିର ଯିବା ହେଲା, ନା ଦାନଧର୍ମ। ନା କିଛି ନୂଆବର୍ଷର ବାର୍ତ୍ତା କାହାପାଖକୁ ପଠେଇହେଲା ନା କିଛି ନୂଆବର୍ଷର

ସଂକଳ୍ପ ନେଇହେଲା । ନୂଆବର୍ଷ ୨୦୨୪ ଏମିତି ଏକ ଅବର୍ଣ୍ଣନୀୟ ଅବସାଦ ଭିତରେ କେମିତି ବିତିଗଲା, କିଛି ଜଣାପଡ଼ିଲାନି ।

ଠାକୁରଙ୍କ ଦର୍ଶନ ସିନା ହୋଇପାରିଲାନି, ହେଲେ ସମସ୍ତ ଅବସାଦ ମଧ୍ୟରେ ସେମାନଙ୍କୁ ସେଦିନ ନୂଆବର୍ଷରେ ମହାପ୍ରସାଦ ପାଇବାର ସୁଯୋଗ ମିଳିଥିଲା । ସେଇଟା ହିଁ ଭାଗ୍ୟର କଥା ।

ଅପ୍ରତ୍ୟାଶିତ ପରିଣତି

ଏମିତି କାହା ଜୀବନରେ କେବେ ଘଟିଛି କି ?

ନିଶ୍ଚୟ ଘଟିଥିବ । କାରଣ ଏସବୁ ଘଟଣା ବିରଳ ହେଲେ ବି ଏବେ ପ୍ରାୟ ସାଧାରଣ ହୋଇଗଲାଣି । ତଥାପି ଏମିତି ଏକ ଘଟଣା ନିଜ ଜୀବନରେ ଘଟିବ ବୋଲି କେହି ପୂର୍ବରୁ ଭାବନ୍ତିନି କି ସେ ସବୁ ବିଷୟରେ ଚିନ୍ତା କରି ଘଟଣାର ସମାଧାନ ପ୍ରସ୍ତୁତ କରି ରଖନ୍ତିନି ।

ସେମିତି ଏକ ଘଟଣା ଅପ୍ରତ୍ୟାଶିତ ଭାବେ ଘଟିଗଲା । ପମିର ମୁଣ୍ଡ ଘୂରିଗଲା । ଏବେ କଣ ହେବ ? କେମିତି କଣ ପୁଣି କରିବାକୁ ପଡ଼ିବ ? ଏହାର ସମାଧାନ ପାଇଁ କଣ କରାଯିବ ? ଏମିତି ସବୁ ଚିନ୍ତାରେ ପମି ଚିନ୍ତିତ ହୋଇ କିଛି ସମୟ ନିଜ ଅଫିସ୍ ରୁମ୍‌ର ଚେୟାର ଉପରେ ବସିପଡ଼ିଲା । ଘଟିଲା ତ ଘଟିଲା, ହେଲେ ସମାଧାନ ପାଇଁ କିଛି ଅଧିକ ସମୟ ହେଲେ ରହିଥାନ୍ତା ? ଏବେ ହଠାତ୍ କିଛି ଭାବିବାକୁ ପଡ଼ିବ ।

ଏ ଘଟଣା ହେଲା ୱାସିଂଟନ୍ ଡିସିର ଡଲେସ୍ ଅନ୍ତର୍ଜାତୀୟ ବିମାନବନ୍ଦରରୁ ଏୟାରଇଣ୍ଡିଆ ବିମାନର ବାହାରିବାର ସମୟକୁ ନେଇ । ୨୦୨୩ ଡିସେମ୍ବର ୨୪ ତାରିଖ ଦିନ ସକାଳ ଦଶଟା ପନ୍ଦରରେ ସେ ବିମାନ ଛାଡ଼ିବାର ଥିଲା; ହେଲେ ହଠାତ୍ ଡିସେମ୍ବର ୨୩ ତାରିଖ ଅପରାହ୍ନ ଚାରିଟା ବେଳେ ପମି ଇମେଲ୍ ପାଇଲା ଯେ ସେ ବିମାନ ୨୪ ତାରିଖ ଦିନ ଅପରାହ୍ନ ଚାରିଟା ପନ୍ଦରରେ ବାହାରିବ । ଭାଗ୍ୟ ଭଲ ଯେ ପମି ଇମେଲ୍ ଖୋଲି ଜାଞ୍ଚ କରିଥିଲା । ନହେଲେ ଯଦି ଡେରିରେ ଜାଞ୍ଚ କରିଥାନ୍ତା, ହୁଏତ ଆହୁରି ଅସୁବିଧା ହୋଇଥାନ୍ତା ।

ପୂର୍ବ ବିମାନ ଡିସେମ୍ବର ୨୫ ତାରିଖରେ ଦିଲ୍ଲୀରେ ୧୦ଟା ୩୫ରେ ପହଞ୍ଚିଥାନ୍ତା; ଏବେ ସେ ବିମାନ ପହଞ୍ଚିବ ଅପରାହ୍ନ ୪ଟା ୩୫ରେ । ସେକଥା ଚଳିଥାନ୍ତା, ଯଦି ସେମାନଙ୍କର ଦିଲ୍ଲୀରୁ ଭୁବନେଶ୍ବରକୁ ବିମାନ ୨୫ ତାରିଖ ଦିନ

ଅପରାହ୍ନ ୫ଟା ୫୦ରେ ନଥାନ୍ତା । ସେ ବିମାନ ପୁଣି ବୁକ୍ କରାଯାଇଥିଲା ବିସ୍ତାର ଏୟାରଲାଇନସରେ । ଏସବୁ ବୁକ୍ କରାଯାଇଥିଲା ଇଣ୍ଡିଆନ ଇଗଲ୍ ନାମକ ଏକ ଟ୍ରାଭଲ ଏଜେନସୀ ମାଧ୍ୟମରେ । ଏବେ ଏଇ ସବୁ ଯାତ୍ରା ସମ୍ବନ୍ଧୀୟ ଯୋଗାଯୋଗ, ଯେଉଁଟା ପୂର୍ବରୁ ସହଜ ମନେ ହୋଇଥିଲା, ଧୀରେଧୀରେ ଜଟିଲ ହେବାକୁ ଲାଗିଲା । ଡିସେମ୍ବର ୨୫ ତାରିଖର ବିସ୍ତାର ବିମାନରେ ସେମାନେ ଭୁବନେଶ୍ୱର ଯାଇପାରିବେନି, ଏକଥା ନିଶ୍ଚିତ; କାରଣ, ଅନ୍ତର୍ଜାତୀୟ ବିମାନ ଯାତ୍ରା ଜନିତ ସମସ୍ତ ଜାଞ୍ଚ ସରୁସରୁ ସେପଟେ ବିସ୍ତାର ବିମାନ ଦିଲ୍ଲୀରୁ ଭୁବନେଶ୍ୱର ଅଭିମୁଖେ ବାହାରି ସାରିଥିବ ।

ପମି ଏୟାରଇଣ୍ଡିଆ ଗ୍ରାହକ ସେବାକୁ ଡାକିଲା । ସେଠି ଫୋନ୍ ଧରିଥିବା ମହିଳା ଜଣକ ପରାମର୍ଶ କଲେ କି ଏୟାର ଇଣ୍ଡିଆ ଫ୍ଲାଇଟରେ ସିଏ ତ ସମୟ ବଦଲେଇ ବୁକ୍ କରିଦେବେ, ହେଲେ ବିସ୍ତାର ଫ୍ଲାଇଟ୍ ବିଷୟରେ ସେମାନେ କିଛି କରିପାରିବେନି । କାରଣ, ଫ୍ଲାଇଟ୍ ବୁକିଙ୍ଗ୍ ସେମାନଙ୍କ ଦ୍ୱାରା କରାଯାଇନି । ସିଏ ପରାମର୍ଶ ଦେଲେ ଯେ ପମି ଇଣ୍ଡିଆନ୍ ଇଗଲ୍ର ଗ୍ରାହକ ସେବାକୁ ଡାକି ପରାମର୍ଶ କରି ସମସ୍ତ ବୁକିଙ୍ଗ୍ ପୁନଃନିର୍ଦ୍ଧାରିତ କରୁ ।

ପମି ଇଣ୍ଡିଆନ୍ ଇଗଲ୍ର ଗ୍ରାହକ ସେବାକୁ ଡାକିଲା । ସେମାନେ କହିଲେ, ସେମାନେ ଡିସେମ୍ବର ୨୬ର ବିସ୍ତାର ଫ୍ଲାଇଟରେ ବୁକ୍ କରିଦେଇପାରିବେ । ସେ ଫ୍ଲାଇଟ୍ ସକାଳ ସାତଟାରେ ବାହାରି ନଅଟାରେ ପହଞ୍ଚିବ । ସେଇଟା ହିଁ ଠିକ୍ ରହିବ । ବିସ୍ତାରର ଅନ୍ୟ କୌଣସି ବିମାନ ୨୫ ତାରିଖ ରାତିରେ ଭୁବେନେଶ୍ୱରକୁ ଯିବାକୁ ନଥିଲା । ହେଲେ ପମି ଓ ସାରା ପରିବାର ଡିସେମ୍ବର ୨୫ ତାରିଖରେ ରାତିରେ କୋଉଠି ରହିବେ ? ସେମାନଙ୍କ ସହିତ ଝିଅ ସୋନିର ଦେଢବର୍ଷର ଶିଶୁ ପୁତ୍ର ମଧ୍ୟ ଥିଲା । ତାର ଅର୍ଥ ସେମାନଙ୍କୁ କୌଣସି ହୋଟେଲ୍ ଦେଖିବାକୁ ପଡ଼ିବ । ଏସବୁ କଥା ମୁଣ୍ଡକୁ ଆସିବାମାତ୍ର ହଠାତ୍ ପମି କିଛି ସିଦ୍ଧାନ୍ତରେ ଉପନୀତ ହୋଇପାରିଲାନି । ସିଏ ଅନ୍‍ଲାଇନ୍ ଯାଇ ଦିଲ୍ଲୀରୁ ଭୁବନେଶ୍ୱର ଯାଉଥିବା ସମସ୍ତ ରାତି ବିମାନର ସମୟ ଜାଞ୍ଚ କଲା । ତାପରେ ଇଣ୍ଡିଆନ୍ ଇଗଲ୍ର କର୍ମଚାରୀଙ୍କୁ ପଚାରିଲା, "ଏୟାର ଇଣ୍ଡିଆର ଓ ଇଣ୍ଡିଗୋର ଯେଉଁ ସବୁ ଫ୍ଲାଇଟ୍ ରାତି ସାତଟା ପରେ ଅଛି, ସେସବୁରେ ଆପଣ ବୁକ୍ କରିଦେଇ ପାରିବେନି ।"

ଇଣ୍ଡିଆନ୍ ଇଗଲ୍ର ଏଜେଣ୍ଟ କହିଲେ, "ନାଁ । ସେସବୁ ଏୟାର ଲାଇନ୍ସରେ ଟିକେଟ୍ କଲେ, ନୂଆ ଟିକେଟ୍ ଚାର୍ଜ ପଡ଼ିବ ଓ ଇଣ୍ଟରନେସନାଲ୍ ଫ୍ଲାଇଟ୍ର ଯେଉଁ ସବୁ ଲଗେଜ୍ ସ୍ଥାନାନ୍ତରଣ ବ୍ୟବସ୍ଥା ରହିଛି, ସେସବୁ ସୁବିଧା ମିଳିନପାରେ । ତେଣୁ ସୁବିଧା ହେବ, ଆପଣମାନେ ପରବର୍ତ୍ତୀ ଦିନ ସକାଳ ଫ୍ଲାଇଟ୍ରେ ଯିବାକୁ ରାଜି ହୁଅନ୍ତୁ ।"

ପମି ଭାବିକରି ପୁଣି ଥରେ ଡାକିବ ବୋଲି କହି ଫୋନ୍ ରଖିଲା। ଘରେ ସେତେବେଳେ ପରିବାରର ସମସ୍ତେ ମହଜୁଦ୍ ଥିଲେ। ଝିଅ ସୋନି, ତା'ର ସ୍ୱାମୀ ବ୍ରାୟାନ୍ ଓ ଶିଶୁ ପୁତ୍ର ରାଜ୍‌। ମଝିଆଁ ଝିଅ ଓ ସାନ ଝିଅ ମଧ ସମସ୍ତେ କ୍ରିଷ୍ମାସ୍ ପାଇଁ ଆସିଥିଲେ। ପମି ଯେତେବେଳେ ଏସବୁ କଥା ତାର ସ୍ୱାମୀ ପ୍ରଣବ ଓ ପରିବାରର ଅନ୍ୟମାନଙ୍କୁ କହିଲା, ସମସ୍ତେ ବି ଚିନ୍ତିତ ହୋଇପଡ଼ିଲେ। ସୋନି କହିଲା, "ସେମିତି କେମିତି ହୋଇପାରିବ? ଆମେମାନେ ଜଣଜଣଙ୍କ ପିଛା ଅଢେଇ ହଜାର ଲେଖାଏଁ ଡଲାର୍ ଦେଇ ଟିକେଟ୍ ବୁକ୍ କରିଛୁ, ସେମାନେ ଆମକୁ ଏମିତି ହଇରାଣ କରିପାରିବେନି। ସିଏ ଆସି ଇଣ୍ଡିଆନ୍ ଇଗଲର ଏଜେଣ୍ଟ ସହିତ ଯୁକ୍ତତର୍କ କଲା। "ଆମର ତାହେଲେ ଦିଲ୍ଲୀରେ ରାତିରେ ରହିବାର ବ୍ୟବସ୍ଥା ଆପଣମାନେ କରିବେ ତ? ନା, ଇଣ୍ଡିଆନ୍ ଏୟାର ଲାଇନ୍ସ କରିବ। ଆମେ ରାତିସାରା ରହିବୁ କେଉଁଠି?"

ଇଣ୍ଡିଆନ୍ ଇଗଲର ଏଜେଣ୍ଟ ସେମିତି ଅତ୍ୟନ୍ତ ଭଦ୍ରୋଚିତ କଣ୍ଠରେ ବୁଝେଇଲେ, "ସେ ବ୍ୟବସ୍ଥା ଆପଣମାନେ କରିବେ। ଆମେ ଆଉ କିଛି କରିପାରିବୁନି। କେବଳ ପୁରୁଣା ଟିକେଟ୍ ବଦଳେଇ, ନୂଆ ଟିକେଟ୍‌ର ବଦୋବସ୍ତ କରିପାରିବୁ।"

ସୋନି ଯୁକ୍ତି କଲା, "ଏ ଫ୍ଲାଇଟ୍‌ର ସମୟ ବଦଳିଯିବା ତ ଆମ ଭୁଲ୍ ପାଇଁ ହୋଇନି। ଏୟାର ଲାଇନ୍ସ ପାଇଁ ହୋଇଛି। ତେବେ ସେମାନେ ଆମର ରାତିରେ ରହିବାର ଦାୟିତ୍ୱ କାହିଁକି ନେବେନି? ଆପଣଙ୍କର ମ୍ୟାନେଜରଙ୍କୁ ଡାକନ୍ତୁ। ମୁଁ ତାଙ୍କ ସହିତ କଥା ହେବି।"

ଇଣ୍ଡିଆନ୍ ଇଗଲର ଏଜେଣ୍ଟ ସେମାନଙ୍କ ମ୍ୟାନେଜର ସହିତ ଫୋନ୍ ସଂଯୁକ୍ତ କଲା। ସିଏ ବି ସେମିତି କହିଲେ। ପମି ପୁଣି ଥରେ ଇଣ୍ଡିଆନ୍ ଏୟାର ଲାଇନ୍ସକୁ ଫୋନ୍ ଲଗେଇଲା ଓ ସେମାନେ ସେଇ ଏକା କଥା ଦୋହରାଇଲେ, "ଆପଣମାନଙ୍କର ଟିକେଟ୍ ତ ଆମମାନଙ୍କ ଦ୍ୱାରା ହୋଇନି। ତେଣୁ ଆମେ ଏ ସମ୍ବନ୍ଧରେ କିଛି କରିପାରିବୁନି। ଆପଣମାନେ ଟ୍ରାଭଲ ଏଜେଣ୍ଟ ସହିତ କଥାବାର୍ତ୍ତା କରନ୍ତୁ।"

ଏଭଳି ଯୁକ୍ତିତର୍କରେ ସମୟ ବିତୁଥିଲା। ଆଉଥରେ ଇଣ୍ଡିଆନ୍ ଇଗଲକୁ ଯୋଗାଯୋଗ କରିବାରୁ ସେମାନେ କହିଲେ ଯେ ସେମାନେ ଟିକେଟ୍ ବଦଳେଇ ଡିସେମ୍ବର ୨୭କୁ ସମାନ ସମୟକୁ କରିପାରିବେ, ତାହେଲେ ଆଉ କିଛି ଅସୁବିଧା ହେବନି।

ହେଲେ ଡିସେମ୍ବର ୨୭ରେ ଯଦି ସମାନ ସମସ୍ୟା ଆସେ? ତେବେ କଣ ହେବ? ସେମାନଙ୍କର ତିନିଦିନ ନଷ୍ଟ ହେବ ଓ ଓଡ଼ିଶାରେ ଧାର୍ଯ୍ୟ ହୋଇଥିବା ସମସ୍ତ

କାର୍ଯ୍ୟକ୍ରମ ବି ପଣ୍ଡ ହେବ। ଅତଏବ, ଆଉ ଯୁକ୍ତିତର୍କ ନକରି ସମସ୍ତେ ବିସ୍ତାରରେ ଡିସେମ୍ବର ୨୬ ତାରିଖ ସକାଳ ଫ୍ଲାଇଟରେ ବୁକ୍ କରିବେ ବୋଲି ଧାର୍ଯ୍ୟ କଲେ। ପମି ଇଣ୍ଡିଆନ୍ ଇଗଲର ଏଜେଣ୍ଟଙ୍କୁ ଡାକି ସେକଥା କହିଦେଲା।

କିଛି ସମୟ ପରେ ନୂଆ ବୁକିଙ୍ଗ୍ ଖବର ଇମେଲ ମାଧ୍ୟମରେ ଆସିଗଲା। ଗୋଟିଏ ସମସ୍ୟା ଗଲା। ତାର ପରବର୍ତ୍ତୀ ସମସ୍ୟା ଥିଲା, ଡିସେମ୍ବର ୨୬ ତାରିଖରେ ମଧ୍ୟାହ୍ନ ଭୋଜନ ପାଇଁ ଧାର୍ଯ୍ୟ କରିଥିବା ଏକ ବନ୍ଧୁମିଳନୀକୁ ନେଇ। ସେ ମିଳନୀକୁ ପମିର ୨୦/୩୦ ଜଣ ସାଙ୍ଗସାଥୀ ନିଜ ପରିବାର ସହିତ ଆସି ଯୋଗଦେବାର ଥିଲା। ଏବେ ସେଇଟା ହୋଇପାରିବ କି ନା ସେ ନେଇ ପମି ମନରେ ସନ୍ଦେହ ସୃଷ୍ଟିହେଲା। ସେ ପାର୍ଟିକୁ କ'ଣ ବାତିଲ କରିବାକୁ ପଡ଼ିବ ? ସମସ୍ତଙ୍କୁ ଏ ଫ୍ଲାଇଟ୍ ସମୟ ବଦଳିଯିବା ଘଟଣା ବତାଇ କ୍ଷମା ମାଗିବାକୁ ପଡ଼ିବ ? ପ୍ରଣବଙ୍କୁ ଏକଥା ପଚାରିବାରୁ ସିଏ ଉପଦେଶ ଦେଲେ, "ପାର୍ଟି ଆଉ ବାତିଲ କରନା। ଯଦି ଆମେ ଡିସେମ୍ବର ୨୬ ତାରିଖ ଦିନ ସକାଳ ୯ଟା ବେଳକୁ ପହଞ୍ଚିଯାଇଆନ୍ତି ତ, ତେବେ ପାର୍ଟି ରଖିହେବ। ହୁଏତ ଟିକେ ଡେରିରେ ପହଞ୍ଚିବା। ତେବେ ସେସବୁ ପରେ ଦେଖାଯିବ।"

ପମି ନିଜ ଭାଇକୁ ଏସବୁ ବିଷୟରେ ଖବରଦେଲା ଓ ତାର ପରାମର୍ଶ ଚାହିଁଲା। ସିଏ ମଧ୍ୟ ସମାନ ଉପଦେଶ ଦେଲା। "ଖାଇବା ଅର୍ଡର୍ ସବୁ ଦିଆସରିଛି ଓ ସବୁ ବନ୍ଦୋବସ୍ତ ହୋଇସାରିଛି। ଏ ସମୟରେ ପାର୍ଟି ରଖିବା ହିଁ ଭଲ। ଯଦି କୌଣସି କାରଣ ବଶତଃ ଡିସେମ୍ବର ୨୬ ତାରିଖର ଫ୍ଲାଇଟ୍ ଡେରିରେ ପହଞ୍ଚିବ ତ, ସେତେବେଳେ ଆମେ ଆଉ କିଛି ଭାବିବା।"

ଡିସେମ୍ବର ୨୬ ତାରିଖର ପାର୍ଟି ବିଷୟରେ ଏକ ନିଷ୍ପତ୍ତି ନେଇସାରିବା ପରେ ତୃତୀୟ ସମସ୍ୟା ବିଷୟରେ ସମସ୍ତେ ଚିନ୍ତା କରିବାକୁ ଲାଗିଲେ।

ଏ ଭିତରେ ସମୟ ଯେମିତି ନିଜ ବାଟରେ ଚାଲୁଥିଲା। ପମିକୁ ଆଉ ରାତିରେ ରୋଷେଇ କରିବାକୁ ସମୟ ମିଳିଲାନି। ରାତି ସେତେବେଳକୁ ଆଠଟା ହେଲାଣି। ଦୀର୍ଘ ଚାରି ଘଣ୍ଟା ଏ ଏୟାର ଲାଇନ୍‌ର ଟିକେଟ୍ ସମସ୍ୟା ସମାଧାନ କରୁକରୁ ବିତିଗଲା। ସୋନି କିଛି ପାସ୍ତା ତିଆରି କରିଦେଲା ଓ ପିଲାମାନେ ସେସବୁ ଖାଇଲେ। ପମି ଯାଇ ଦୁଇଟି ରୁଟି କଲା। ଖରାବେଳେ ଯାହା ତରକାରୀ ପତ୍ର ବଳିଥିଲା, ସେସବୁକୁ ମିଶେଇ ପମି ଓ ପ୍ରଣବ ସେମାନଙ୍କର ରାତ୍ରିଭୋଜନ ସାରିଲେ। ତାପରେ ଚାଲିଲା କେଉଁ ହୋଟେଲ ବୁକ୍ କରାଯିବ। ଦିଲ୍ଲୀର ଏୟାରପୋର୍ଟ ପାଖ ହୋଟେଲ ସବୁ ଅଧିକ ଚାର୍ଜ କରୁଥାନ୍ତି। ଟିକେ ଦୂରରେ ଯେଉଁ ସବୁ ହୋଟେଲ ଥିଲା, ସେସବୁ ହୋଟେଲରେ ଶସ୍ତାରେ ସିନା ରହିହେବ, ହେଲେ ଏୟାରପୋର୍ଟରୁ କେମିତି ଯିବେ, କେମିତି

ଫେରିବେ, ରାତ୍ରଭୋଜନ କେଉଁଠି କରିବେ, ଲଗେଜ୍ ବ୍ୟବସ୍ଥା କଣ ହେବ, ଏତେ ସବୁ ଚିନ୍ତା କରି କଣ କରିବେ କିଛି ସ୍ଥିର ହୋଇ ପାରିଲା ନାହିଁ। ଏୟାରପୋର୍ଟରେ ଥିବା ହଲିଡେ଼ ଇନ୍ ଏକ୍ସପ୍ରେସରେ ସମସ୍ତେ ଚେକ୍ କରୁଥିଲେ, ଦୁଇଟି ରୁମ୍ ବୁକ୍ କରିବାକୁ ଚାରିଶହ ଡଲାର ଚାର୍ଜ ପଡ଼ୁଥିଲା। ସେମାନେ ଏୟାରପୋର୍ଟର ପାଖାପାଖି କେତେକ ହୋଟେଲକୁ ଡାକି ବି ବୁଝିଲେ; ସେମାନଙ୍କର ଦରଦାମ ଶୁଣି ଆଖି ଖୋସି ହୋଇଗଲା। ଶେଷରେ ସେମାନେ ଗୋଟିଏ ୱେବସାଇଟରୁ ଚେକ୍ କରି ହଲିଡେ଼ ଇନ୍ ଏକ୍ସପ୍ରେସରେ ଦୁଇଟି ରୁମ୍ ବୁକ୍ କରିଦେଲେ। ସମୁଦାୟ ୩୫୦ ଡଲାର ପଡ଼ିଲା। ପମିକୁ ଭଲ ଲାଗିଲାନି। ପ୍ରଥମେ ତ ଏ ଡିସେମ୍ବର ମାସରେ ଯାଉଥିବାରୁ ଅଢେଇ ଗୁଣ ଅଧିକ ଅର୍ଥ ଖର୍ଚ୍ଚ କରି ଟିକେଟ୍ କରାଯାଇଛି। ଏବେ ତା ଉପରେ ଆହୁରି ଖର୍ଚ୍ଚ।

ଏସବୁରେ ଏତେ ସମୟ ବିତିଗଲା ଯେ, ପମିର ଲଗେଜ୍ ସବୁ ପ୍ୟାକ୍ କରିବାର ଯୋଜନା ରାତି ଏଗାରଟା ପୂର୍ବରୁ କାର୍ଯ୍ୟକାରୀ ହୋଇପାରିଲାନି। ସେତେବେଳକୁ ଆଖିରେ ନିଦ ମାଡ଼ି ଆସିଲାଣି। ତଥାପି ନିଜକୁ କଷ୍ଟେମଷ୍ଟେ ଜାଗ୍ରତ ରଖି ସିଏ କିଛି ଲଗେଜ୍ ପ୍ୟାକ୍ କରିପାରିଲା। ଛୋଟ ପିଲାଟିଏ ସାଥୀରେ ନେଇ ଯାଉଛନ୍ତି। କାଲେ କେତେବେଳେ କଣ ଦରକାର ପଡ଼ିପାରେ ? ସେଥିପାଇଁ ପରିମଳ ସମ୍ବନ୍ଧୀୟ ସମସ୍ତ ସରଞ୍ଜାମ ଗୋଟିଗୋଟି କରି ରଖିବାକୁ ପଡ଼ିଲା। ତେବେ ଦିଲ୍ଲୀରେ ଲଗେଜ୍ ବ୍ୟବସ୍ଥା କେମିତି ରହିବ, ସେଇଆକୁ ନେଇ ମନରେ ଚିନ୍ତା ରହିଥାଏ।

ଡିସେମ୍ବର ୨୩ ତାରିଖର ରାତି ପାହିଲା। ୨୪ ତାରିଖ ଦିନ ସକାଳୁ ଉଠି ସମସ୍ତେ ପ୍ରାତଃଭୋଜନ ପରେ ଆଉ ଯାହା ସବୁ ମନେ ପଡ଼ିଲା, ନିଜନିଜର ଲଗେଜରେ ରଖିଲେ। ମଉଆଁ ଓ ସାନ ଝିଅ ସେମାନଙ୍କୁ ନେଇ ଏୟାରପୋର୍ଟରେ ଛାଡ଼ିବାର ବ୍ୟବସ୍ଥା ଥିଲା। ଘରୁ ସାଢେ଼ ବାରଟା ସୁଦ୍ଧା ବାହାରିବାର ଯୋଜନା ଥିଲା। ସେସବୁ ଠିକ୍ ଭାବେ ହେଲା। ଏସବୁ ଭିତରେ ମନରେ ଯେଉଁ ଆନନ୍ଦ ଓ ଉତ୍ସାହ ଥିଲା, ତାହା ଥିଲା ନାତିକୁ ନେଇ। ତା’ ସହିତ ଆଗତ ଅଢେଇ ସପ୍ତାହର ସମସ୍ତ ସମୟ କାଟିବାର ଯେଉଁ ସୁଖ ମନରେ ରହିଥିଲା, ସେ ତୁଳନାରେ ଆସୁଥିବା ସମସ୍ତ ସମସ୍ୟା ଗୌଣ ମନେ ହେଉଥିଲା।

ଏୟାର ଇଣ୍ଡିଆର ଫ୍ଲାଇଟ୍ ଠିକ୍ ରହିଥିଲା। ସେମାନଙ୍କ ଧାଡ଼ିରେ ତିନିଟି ଲେଖାଏଁ ସିଟ୍ ଥିବାରୁ ପ୍ରଣବଙ୍କୁ ପାଖ ଧାଡ଼ିର ସିଟରେ ବସିବାକୁ ପଡ଼ିଲା। ଅନ୍ୟ ସମସ୍ତେ ଏକା ସାଙ୍ଗରେ ଗୋଟିଏ ଧାଡ଼ିରେ ପାଖାପାଖି ବସିଥିଲେ। ରାଜ୍ ସମସ୍ତ ବ୍ୟକ୍ତିଙ୍କୁ ଦେଖି ବହୁତ ଉତ୍ସାହିତ ହେଉଥିଲା ଓ ତା’ ଶିଶୁ ସୁଲଭ କଣ୍ଠରେ ଗୀତ ଗାଉଥିଲା। ଯଦିଓ ଶୋଇବା ସମୟରେ ଅସହଜ ହେବାରୁ ସିଏ ଟିକେ କାନ୍ଦିଲା,

ତେବେ ମୋଟ ଉପରେ ସିଏ ବହୁତ ଖାପ୍ ଖୁଆଇ ରହିଥିଲା। ଯାତ୍ରା ଠିକ୍‌ଠାକ୍ ରହିଲା। ବିମାନ୍ ଡିସେମ୍ବର ୨୫ ତାରିଖରେ ଦିଲ୍ଲୀରେ ଅପରାହ୍ନ ଚାରିଟା ତିରିଶି ବେଳକୁ ଭଲରେ ପହଞ୍ଚିଲା। ପମି ଓ ତାର ପରିବାରର ସମସ୍ତ ଯାତ୍ରୀ ପାସପୋର୍ଟ ଜାଞ୍ଚ ପରେ ଭିତରକୁ ଆସି ଲଗେଜ୍ ସଂଗ୍ରହ କଲେ ଓ ଇଣ୍ଡିଆନ୍ ଭଗଲ୍ ଏଜେଣ୍ଟ ଦେଇଥିବା ପରାମର୍ଶ ଅନୁଯାୟୀ, ବିସ୍ତାର ଏୟାରଲାଇନ୍‌ସର ଲଗେଜ୍ ରିଚେକ୍ ସ୍ଥାନକୁ ଗଲେ। ହେଲେ ସେଠାରେ ଥିବା ଗାର୍ଡ ସେମାନଙ୍କ ଫ୍ଲାଇଟ୍ ଆସନ୍ତା କାଲି ସକାଳେ ଅଛି ବୋଲି ଜାଣିବା ପରେ ସେମାନଙ୍କୁ ସେଠାରୁ ଫେରେଇଦେଇ କହିଲେ, "ଏ ଲଗେଜ୍ ସବୁ ଆପଣ ଆସନ୍ତା କାଲି ବିସ୍ତାରର କାଉଣ୍ଟର ଯାଇ ଚେକ୍ କରିଦେବେ।"

ପମି ଯୁକ୍ତି କଲା, "ଏସବୁ ତ ଭୁବନେଶ୍ୱର ପର୍ଯ୍ୟନ୍ତ ଚେକ୍ ହୋଇସାରିଛି। ଆମେ କେବଳ ରିଚେକ୍ କରି ହସ୍ତାନ୍ତରଣ କରିବୁ? ବିସ୍ତାର ଏସବୁ ଲଗେଜ୍ ରଖିବନି କାହିଁକି ?"

ସେମାନେ କିନ୍ତୁ ନିଜ ଯୁକ୍ତିରେ ଅଟଳ ରହିଲେ, "ଦେଖନ୍ତୁ, ଆପଣଙ୍କର ଫ୍ଲାଇଟ୍ କାଲି ସକାଳେ ଅଛି। ଆଜିଠାରୁ ସେସବୁ ଲଗେଜ୍ ବିସ୍ତାର ଗ୍ରହଣ କରିପାରିବନି। ଆପଣ ବୁଝିବାକୁ ଚେଷ୍ଟାକରନ୍ତୁ।"

ତାପରେ ବିସ୍ତାରର ଜଣେ କର୍ମଚାରୀ ପଚାରିଲେ, "ଆଛା, ଆପଣମାନେ ଆଜି ରାତିରେ କେଉଁଠି ରହୁଛନ୍ତି ? ଲଗେଜ୍ ସେଇଠି ରଖିପାରିବେ।"

ପ୍ରଣବ କହିଲେ, "ଆମେ ଏଇଠି ହଲିଡେ ଇନ୍ ଏକ୍ସପ୍ରେସ୍ ଏୟାରପୋର୍ଟ ହୋଟେଲରେ ରହିବୁ।"

ସେ କର୍ମଚାରୀ ଜଣକ ସେଇଠି ଛିଡ଼ା ହୋଇଥିବା ଜଣେ ହଲିଡେ ଇନ୍ ହୋଟେଲର କର୍ମଚାରୀଙ୍କ ପାଖକୁ ନେଇଗଲେ ଓ ଜଣେଇଲେ, "ଏବେ ସିଏ ଆପଣଙ୍କୁ ସମସ୍ତ ସାହାଯ୍ୟ କରିବେ।"

ପ୍ରଣବ ହଲିଡେ ଇନ୍ ଏକ୍ସପ୍ରେସରେ ବୁକିଙ୍ ଥିବାର ପ୍ରମାଣ ନିଜ ସେଲଫୋନରୁ ବାହାର କରି ଦେଖେଇଲେ। ହଲିଡେ ଇନ୍‌ର ସେ ଏଜେଣ୍ଟ ଆଉ ଜଣଙ୍କ ସହିତ କଥା ହୋଇ ତାଙ୍କୁ ଡକେଇ ପଠେଇଲେ ଓ ସେ ବ୍ୟକ୍ତି ଜଣକ ଏମାନଙ୍କୁ ମାର୍ଗ ଦର୍ଶାଇ ହୋଟେଲ୍ ଅଭିମୁଖେ ଯାତ୍ରାକଲେ। ହୋଟେଲର ପ୍ରବେଶଦ୍ୱାରେ ପୁଣି ଥରେ ସମସ୍ତଙ୍କର ଲଗେଜ୍ ଜାଞ୍ଚ କରାଗଲା। ତାପରେ ସେମାନେ ଦ୍ୱିତୀୟ ମହଲାକୁ ଗଲେ। ଦ୍ୱିତୀୟ ମହଲାରେ ଥିବା ଗାର୍ଡ ଜଣକ ସେମାନଙ୍କ ପାସପୋର୍ଟ ଜାଞ୍ଚ କଲେ ଓ ଆଉ ଦୁଇଜଣ କର୍ମଚାରୀଙ୍କୁ ପଠାଇ ସେମାନଙ୍କୁ ନିଜନିଜର ରୁମ୍ ପାଖରେ ପହଞ୍ଚାଇଦେଲେ। ସେମାନଙ୍କର ରୁମ୍ ଦୁଇଟି ପାଖାପାଖି ଥିଲା।

ସେତେବେଳକୁ ରାତ୍ରିଭୋଜନର ସମୟ ହୋଇଯାଇଥିଲା। ଯଦିଓ ସେମାନେ ଏୟାରପୋର୍ଟର ମୁଖ୍ୟ ଆଗମନ ଓ ପ୍ରସ୍ଥାନ ଲାଉଞ୍ଜରେ ଅନେକ ଭୋଜନାଳୟ ସବୁ ଦେଖିଥିଲେ, ହେଲେ ଏତେ ସବୁ ଲଗେଜକୁ କେଉଁଠି ଥୋଇଥାନ କରିବେ, ସେଇ ଚିନ୍ତାରେ ଖାଇବା କଥା ଭୁଲିଯାଇଥିଲେ। ଏବେ ଲଗେଜ୍ ସବୁ ନିଜ ରୁମରେ ରଖି ସେମାନେ ଟିକେ ଧୁଆଧୋଇ ହୋଇ ନିଜକୁ ସତେଜ କଲେ ଓ ତାପରେ ଖାଇବାକୁ ସେ ହୋଟେଲରେ ଥିବା ଭୋଜନାଳୟକୁ ଗଲେ। ସେଠି ସେମାନେ କିଛି ଖାଦ୍ୟ ସାମଗ୍ରୀ ଅର୍ଡର କରି ଅପେକ୍ଷାକଲେ। ହେଲେ ରାଜୁକୁ ବହୁତ ଜୋରରେ ଭୋକ ହେଉଥିଲା ଓ ସିଏ କାନ୍ଦିଲା। ତାକୁ କିଛି ଚିପ୍ସ୍ ଦେଇ ଓ ତାର ବେବି ଡ୍ରିଙ୍କ ଦେଇ ସୋନି ତା କାନ୍ଦିବା ବନ୍ଦକଲା।

ସେମାନଙ୍କର ଡାହାଣ ପାର୍ଶ୍ୱରେ ଥିବା ଟେବୁଲ୍ ନିକଟରେ ଦୁଇଜଣ ସ୍ତ୍ରୀ ଲୋକ ବସି ଖାଉଥିଲେ। ଜଣେ ମଧ୍ୟବୟସ୍କା ମହିଳା ଓ ୧୫–୧୬ ବର୍ଷର ଝିଅଟିଏ। ହଠାତ୍ ମହିଳା ଜଣକ ପମିକୁ ପଚାରିଲେ, "ଆପଣ ପମି ଅପା ନା ? ମୁଁ ଅରୁନ୍ଧତୀ। ନିଉଜର୍ସୀରେ ରହେ। ମନେପଡୁଛି ? ଆମେ ଆପଣଙ୍କ ଘରେ ଯାଇ ରହିଥିଲୁ।"

ଏବେ ପମି ଆଶ୍ଚର୍ଯ୍ୟ ହେଲା ଓ ଆନନ୍ଦିତ ମଧ୍ୟ। ଅରୁନ୍ଧତୀ କହିଲା, "ଆଜି ଆମ ଫ୍ଲାଇଟ୍ ରାତି ଗୋଟାଏ ବେଳେ ଅଛି। ସେଥିପାଇଁ ଆମେ ଆସି ଏ ହୋଟେଲରେ ବିଶ୍ରାମ କରୁଛୁ। ଏତେ ସମୟ ଆଉ କୋଉଠି ରହିଥାନ୍ତୁ ?"

ପମି ଓ ଅରୁନ୍ଧତୀ କଥାବାର୍ତ୍ତା ହେଲେ। ଅରୁନ୍ଧତୀ ତାର ଓଡ଼ିଶା ଯାତ୍ରାର କାରଣ ଜଣେଇଲା। "ଶ୍ୱଶୁର ଚାଲିଗଲେ। ଆମେ ସମସ୍ତେ ଯାଇଥିଲୁ, ହେଲେ ଅଲଗା ଅଲଗା ସମୟରେ। ଏବେ ଝିଅ ସହିତ ମୁଁ ଫେରୁଛି। ହେଲେ ମୋ ପୁଅ ଓ ଆକାଶ ଆଉ ଦୁଇ ସପ୍ତାହ ପରେ ଫେରିବେ।"

ଅରୁନ୍ଧତୀର କଥା ଶୁଣିବା ପରେ ସେ ହୋଟେଲରେ ରହିଥିବାରୁ ଯେଉଁ ଅଧିକ ୩୫୦ ଡଲାର୍ ସେମାନଙ୍କୁ ଖର୍ଚ୍ଚ କରିବାକୁ ପଡ଼ିଥିଲା, ସେ ଖର୍ଚ୍ଚର ଅବଶୋଷ ଆଉ ସେମାନଙ୍କ ମନରେ ରହିଲାନି। ଏବେ ସେମାନେ ଅନୁଭବ କଲେ ଯେ, ସେମାନଙ୍କର ସେ ଏୟାରପୋର୍ଟରେ ରହିଥିବା ହୋଟେଲରେ ରାତ୍ରିଯାପନ କରିବାର ନିଷ୍ପତ୍ତି ଠିକ୍ ନିଷ୍ପତ୍ତି ଥିଲା। ନହେଲେ ଏ ରାତିଟାରେ ଛୁଆଟାଙ୍କୁ ସାଙ୍ଗରେ ଧରି ଓ ଏତେ ଲଗେଜ୍ ସାଙ୍ଗରେ ଧରି ସେମାନେ କୁଆଡ଼େ କଣ କରିଥାନ୍ତେ ? ସବୁବେଳେ ଖର୍ଚ୍ଚକୁ ଡରିଡରି ସେମାନେ ଜୀବନରେ ବହୁତ ଦୁଃଖ ସହିଛନ୍ତି। ଅନ୍ତତଃ ଜୀବନରେ କିଛିଟା ଆରାମ ଓ ଶାନ୍ତି ତ ଦରକାର ?

ଅରୁନ୍ଧତୀ ଓ ତା' ଝିଅ ବିଦାୟନେଲେ। ସେମାନଙ୍କୁ କିଛି ସମୟ ପରେ ଯାଇ ଇମିଗ୍ରେସନ୍‌ରେ ଠିଆ ହେବାକୁ ପଡ଼ିବ।

କିଛି ସମୟ ପରେ ଅର୍ଡର କରିଥିବା ସମସ୍ତ ଖାଦ୍ୟ ପହଞ୍ଚିଗଲା। ହେଲେ ତରକାରୀ ସବୁ ରାଜ୍‌ ପାଇଁ ରାଗ ଥିଲା। ରାଜ୍‌ ଖାଲି ପରଟା ଖାଇ ଖୁସିହେଲା। ତାପାଇଁ ସେମାନେ ସେ କିଚେନ୍‌ରୁ କିଛି କ୍ଷୀର ବି ମଗେଇଲେ। ସମସ୍ତେ ଖାଇସାରି ସନ୍ତୁଷ୍ଟ ହୋଇ ନିଜନିଜର କୋଠରିକୁ ଫେରିଲେ। ରାଜ୍‌ କିଛି ସମୟ ଆସି ପମି ଓ ପ୍ରଣବଙ୍କ ରୁମ୍‌ରେ ଖେଳିଲା। ସିଏ ଖାଲି ପରଦା କଡ଼କୁ ଚାଲିଯାଉଥାଏ ଓ ତଳେ ଥିବା ବାସ୍କେଟ୍‌ ବଲ୍‌ କୋର୍ଟକୁ ଦେଖି ଖୁସି ହେଉଥାଏ।

ତାପରେ ସୋନି ତାକୁ ନେଇଗଲା। ପମି ଶୋଇବାକୁ ଚେଷ୍ଟା କଲା। ହେଲେ ନିଦ ଜମା ହେଉନଥାଏ। ଆସନ୍ତା କାଲି ସବୁ ଠିକ୍‌ଠାକ୍‌ ହୋଇଯାଉ। ସେମାନେ ସମସ୍ତେ ଭଲରେ ଭୁବନେଶ୍ୱରରେ ପହଞ୍ଚିଯାଆନ୍ତୁ; ସେତିକି ହିଁ କାମନା।

ଡ଼ିସେମ୍ବର ୨୬ ତାରିଖ ଦିନ ସକାଳୁ ଉଠି ସମସ୍ତେ ପାଞ୍ଚଟା ବେଳକୁ ପ୍ରସ୍ତୁତ ହୋଇଗଲେ। ହୋଟେଲର ଦୁଇଜଣ କର୍ମଚାରୀ ସେମାନଙ୍କ ଲଗେଜ୍‌ କାର୍ଟ ଧରି ସେମାନଙ୍କୁ ସାହାଯ୍ୟ କରିବାକୁ ଆସିଲେ। ହୋଟେଲ୍‌ କର୍ମଚାରୀ ଯାଇ ପ୍ରଥମେ ଯେଉଁ ବିସ୍ତାରର କର୍ମଚାରୀଙ୍କୁ ପଚାରିଲେ, ସିଏ ନିର୍ଦ୍ଦେଶଦେଲେ, ଯାଇ ଟିକେଟ୍‌ କାଉଣ୍ଟରରେ ଠିଆହେବାକୁ। ସେକଥା ଶୁଣି ସୋନି ଓ ତାର ସ୍ୱାମୀ ବ୍ରାୟାନ୍‌ ବଡ଼ ବିରକ୍ତ ହେଲେ। ପ୍ରଣବ ତ ସବୁଥିରେ ପମିର ଭୁଲ୍‌ ଦେଖନ୍ତି। ସିଏ କହିଲେ, "ମୁଁ କହୁଛି ଅନ୍ୟ ଏୟାର୍‌ଲାଇନ୍‌ ଖୋଜିକି ଟିକେଟ୍‌ କରିବା, ହେଲେ ତୋ ମାମାର ତ ଖାଲି ସେ ଇଣ୍ଡିଆନ୍‌ ଏୟାର୍‌ଲାଇନ୍‌ସରେ ମନ ଲାଗିଛି। ଏବେ ଭୋଗୁଥା ଯେତେ ଭୋଗିବାର।"

ପମି ସହିଗଲା। ସେ ସମୟରେ ଉତ୍କ୍ଷିପ୍ତ କି ବିରକ୍ତ ହେଲେ କିଛି ଭଲହେବାର ନାହିଁ। ବରଂ ଅନ୍ୟମାନେ ତୁମ ଉପରେ ଅସନ୍ତୁଷ୍ଟ ହେବେ ଓ ତମକୁ ଅଧିକ ହଇରାଣ କରିବେ। ଏମିତି ବିଚାର କରି ପମି ପ୍ରଥମେ ଯାଇ ଲାଇନରେ ଠିଆହେଲା। ସମସ୍ତେ ଯାଇ ତା ପଛରେ ଲାଇନରେ ଠିଆ ହେଲେ। ହେଲେ ଯେହେତୁ ସେମାନଙ୍କ ସହିତ ଶିଶୁଟିଏ ଥିଲା, ସେମାନଙ୍କୁ ଏକ ସ୍ୱତନ୍ତ୍ର ଲାଇନରେ ଠିଆହେବାକୁ କୁହାଗଲା। ହୋଟେଲର କର୍ମଚାରୀମାନେ କିନ୍ତୁ ସେମାନଙ୍କ ପ୍ରଚେଷ୍ଟା ଜାରି ରଖିଥାନ୍ତି ଓ ବିସ୍ତାରର କର୍ମଚାରୀଙ୍କ ସହିତ କଥାବାର୍ତ୍ତା ଜାରି ରଖିଥାନ୍ତି। ଜଣେ ବିସ୍ତାରର କର୍ମୀ ସେମାନଙ୍କ କଥା ବୁଝିପାରିଲେ ଓ ସେମାନଙ୍କୁ ସ୍ୱତନ୍ତ୍ର ଲାଇନ୍‌କୁ ନେଇ ସେମାନଙ୍କ ଲଗେଜ୍‌ ସବୁ ଚେକ୍‌ କରେଇଦେଲେ। ସେମାନଙ୍କ ପାଖରେ ତ ବୋର୍ଡିଙ୍ଗ୍‌ ପାସ୍‌ ଥିଲା, ହେଲେ ସେ କାଉଣ୍ଟରରେ ଆଉଥରେ ବୋର୍ଡିଙ୍ଗ୍‌ ପାସ୍‌ ଦେଲେ। ତାପରେ ସେମାନେ କ୍ୟାରିଅନ୍‌

ଲଗେଜ୍ ଚେକ୍ କରେଇ ଫ୍ଲାଇଟ୍ ପାଇଁ ଅପେକ୍ଷା କରି ରହିଲେ। ଠିକ୍ ସକାଳ ୭ଟା ବେଳେ ଫ୍ଲାଇଟ୍ ଦିଲ୍ଲୀ ଛାଡ଼ିଲା। ସ୍ୱସ୍ତିର ନିଃଶ୍ୱାସ ନେଲା ପମି। ଦିଲ୍ଲୀରୁ ଭୁବନେଶ୍ୱରକୁ ଥିବା ଦୁଇଘଣ୍ଟାର ଯାତ୍ରା ଖୁବ୍ ଭଲ ରହିଲା। ଫ୍ଲାଇଟରେ ୱାସିଂଟନ୍ ଡିସି ଅଞ୍ଚଳରେ ରହୁଥିବା ଜଣେ ସାଙ୍ଗ ଦେଖାହେଲା। ରାଜ୍ ସହିତ ଫ୍ଲାଇଟ୍ରେ ଖେଳି ସମୟ କେମିତି ବିତିଗଲା ଜଣା ପଡ଼ିଲାନି।

ସକାଳ ୯ଟା ବେଳକୁ ଫ୍ଲାଇଟ୍ ଭୁବନେଶ୍ୱରରେ ପହଞ୍ଚିବା ପରେ ସେମାନେ ଆସି ଲଗେଜ୍ ସଂଗ୍ରହ କରିବାକୁ ଅପେକ୍ଷାକଲେ। ପମିର ଭାଇ ଓ ଦିଅର ଉଭୟ ସେମାନଙ୍କୁ ନେବାକୁ ଆସିଥିଲେ। ସେମାନଙ୍କ ସହିତ ଆସି ଭାଇର ଘରେ ପ୍ରାୟ ୧୦ଟା ୧୫ ବେଳକୁ ସମସ୍ତେ ପହଞ୍ଚିଗଲେ।

ଦେଢ଼ବର୍ଷର ରାଜ୍ ସହିତ ଯେତେବେଳେ ଛୟାଅଶୀ ବୟସର ଅଜାଜାଙ୍କର ମିଳନ ହେଲା, ସେ ଦୃଶ୍ୟ ଅପୂର୍ବ ଥିଲା।

ତାପରେ ଟିକେ ଧୁଆଧୂଇ ହୋଇ ମଧ୍ୟାହ୍ନରେ ହେବାକୁ ଥିବା ବନ୍ଧୁମିଳନୀରେ ଯୋଗଦେବାକୁ ସମସ୍ତେ ପ୍ରସ୍ତୁତ ହୋଇଗଲେ।

ଏତେବଡ଼ ଅପ୍ରତ୍ୟାଶିତ ଘଟଣା ଘଟିଗଲା ସତ। ତେବେ ପମି ଓ ତା' ପରିବାର ଯେ ଏମିତି ଏକ ଘଡ଼ିସନ୍ଧି ମୁହୂର୍ତ୍ତରେ ଏକ ଭଲ ସିଦ୍ଧାନ୍ତ ନେଲେ, ସେ ନେଇ ପମି ବହୁତ ଖୁସି ଥିଲା। ସେଥିପାଇଁ ସିଏ ଈଶ୍ୱରଙ୍କୁ ମନେମନେ ଧନ୍ୟବାଦ ଦେଲା। ଠିକ୍ ସମୟରେ ମୁଣ୍ଡରେ ଠିକ୍ ବୁଦ୍ଧି ଭର୍ତ୍ତି କରିବାର କର୍ତ୍ତା ତ କେବଳ ଈଶ୍ୱର। ସେଦିନ ବନ୍ଧୁମିଳନୀରେ ସମସ୍ତ ସାଙ୍ଗଙ୍କୁ ଦେଖି, ତାଙ୍କ ସହିତ ଗପଶପ କରି ଓ ସମୟ କଟାଇ ପମି ଅତ୍ୟନ୍ତ ଆନନ୍ଦିତ ହୋଇଥିଲା। ବିମାନର ସମୟ ବଦଳିବାକୁ ନେଇ ଦୁଇଦିନ ତଳର ସମସ୍ତ ମାନସିକ ଚାପ ଏବେ ପଛରେ ରହି ଯାଇଥିଲେ। ଆଗରେ ରହିଥିଲା ବନ୍ଧୁ ଓ ପରିବାରବର୍ଗଙ୍କ ସହିତ ମିଶିବାର ସୁଖଦ ଚିନ୍ତା।

ଭିଡ଼

ଏତେ ଭିଡ଼ !

ଏ ଭିଡ଼ ଭିତରେ ଧାଡ଼ିରେ ଠିଆ ହୋଇହୋଇ ଗୋଡ଼ ବିନ୍ଧିଲାଣି ।

ଏବେ ଯୁଆଡ଼େ ଯାଅ, ସିଆଡ଼େ ଭିଡ଼ । ବିମାନବନ୍ଦରରେ ଏତେ ଭିଡ଼ ଯେ ଦୁଇ, ତିନି ଘଣ୍ଟା ଆଗରୁ ଯାଇ ନ ପହଞ୍ଚିଲେ, ଉଡ଼ାଣରୁ ବଞ୍ଚିତ ହେବାର ସମ୍ଭାବନା ରହେ । ଏମିତି କି ଦୋକାନ, ବଜାରରେ ବି ସେମିତି ବେଳେବେଳେ ଏତେ ଭିଡ଼ ଯେ, ମୁଣ୍ଡ ଗରମ ହୋଇଯାଏ । କାହାର ପକେଟମାର ହୁଏ ତ, କିଏ ନିଜ ୱାଲେଟ୍, ପର୍ସ ଛାଡ଼ି ମନେ ନରଖ୍ ଘରକୁ ଚାଲିଆସିଥାଏ । ସେ ଘଟଣା ବି ତନୁଜା ସହିତ କେତେଥର ଘଟି ସାରିଲାଣି । ଏବେ ପୂଜାପାର୍ବଣରେ ଯୁଆଡ଼େ ଯାଅ, ସବୁଠି ଭିଡ଼, ଧାଡ଼ିରେ ଠିଆ ହୁଅ, ଯେତେବେଳେ ତମର ପାଲି ଆସିଲା, ଭିତରକୁ ଯାଅ, ନହେଲେ ସେମିତି ଠିଆ ହୋଇ ରହିଥାଅ; କିଛି ଗୁଣ୍ଡା, ବଦମାସ ଲୋକ ଥିବେ, ଠେଲିପେଲି ଆଗକୁ ଯିବାର ପ୍ରୟାସରେ ଥିବେ, ଆଉ ଦୁର୍ବଳ ଲୋକଟି, ଭଲ ମଣିଷଟିଏ ସେଇ ପଛରେ ପଡ଼ି ରହିଥିବ ।

ଜଗନ୍ନାଥ ମନ୍ଦିରର ଭିଡ଼ ତ ବିଶ୍ୱବିଖ୍ୟାତ । ସେ ଭିଡ଼ ଭିତରେ ପୁଣି ପଣ୍ଡା ମାନଙ୍କର ହଜାର କଥା ଶୁଣିବାକୁ ପଡ଼େ । ଜୀବନରେ ତନୁଜା ପୁରୀ ରଥଯାତ୍ରା ଦେଖିବାକୁ କେବଳ ଥରେ ଯାଇଛି । ସେଇ ଥରର ଭିଡ଼ର ଅନୁଭୂତିରେ ସିଏ ଆଉ କେବେ ରଥଯାତ୍ରା ସମୟରେ ପୁରୀ ଯିବାକୁ ମନ ବଳାଏ ନାହିଁ । ତନୁଜା ଭାବେ, ଏ ସବୁ ମନ୍ଦିର ଯେବେ ତିଆରି ହୋଇଥିଲା, ସେତେବେଳର ଲୋକସଂଖ୍ୟା ଓ ଭକ୍ତଙ୍କ ସମାଗମକୁ ଲକ୍ଷ୍ୟ ରଖ୍ କରା ଯାଇଥିଲା । ଏବେ ସହସ୍ର ଗୁଣିତ ଲୋକସଂଖ୍ୟାର ଆବଶ୍ୟକତାକୁ ପୂରଣ କରିବାକୁ ସେସବୁ ପୁରାତନ ମନ୍ଦିର, ସୌଧର ନିର୍ମାଣ ବ୍ୟବସ୍ଥା

ସକ୍ଷମ ନୁହେଁ। କ୍ଷମତା ତୁଳନାରେ ଅଧିକ ବୋଝ ବୋହିଲେ, ଏସବୁ ସ୍କୁଲ୍‌ର ଭିତ୍ତି ଦିନେ ଦୁର୍ବଳ ହୋଇପଡ଼ିବ।

ପୃଥିବୀର ଲୋକ ସଂଖ୍ୟା ବଢ଼ୁଛି। ଛୋଟଛୋଟ ସହର ସବୁ ଏବେ ବଡ଼ ହୋଇ ବ୍ୟସ୍ତ ବହୁଳ ହୋଇଗଲେଣି। ଆଉ ପୁରୁଣା ସହରମାନେ ସବୁ ଚାରିଦିଗରେ କଳେବର ଲମ୍ବେଇ ବଢ଼ି ଚାଲିଛନ୍ତି। ତେଣୁ ସେଇ ଏକା ସହରରେ ହିଁ ଏବେ ଗୋଟିଏ ପଟରୁ ଆଉ ଗୋଟିଏ ପଟକୁ ଯିବାକୁ ଦୁଇ ତିନି ଘଣ୍ଟା ରାସ୍ତାରେ ବିତିଯିବା ଅସମ୍ଭବ ନୁହେଁ। ଗାଡ଼ି ମାନଙ୍କର ଭିଡ଼ ଦେଖିଲେ ତନୁଜା ଡରିଯାଏ। ଏମିତିରେ ସିଏ ବେଳେବେଳେ ପିଲାମାନଙ୍କୁ ସ୍କୁଲ କି ଶିଶୁ-ଯତ୍ନ କେନ୍ଦ୍ରୁ ଆଣିବାକୁ ଡେରିରେ ପହଞ୍ଚିଛି ଓ ସେଥିପାଇଁ ଶିଶୁ-ଯତ୍ନ କେନ୍ଦ୍ରକୁ ଫାଇନ୍ ଦେବାକୁ ପଡ଼ିଛି।

ଛୋଟ ବେଳୁ ହିଁ ତନୁଜାକୁ ଭିଡ଼କୁ ଯିବାକୁ ପସନ୍ଦ ନୁହେଁ। ଗାଆଁରେ ଭୋଜିଭାତରେ ଖୁଆପିଆ ସମୟରେ ଯେତେବେଳେ ଟିକେ ଗହଳି ହୁଏ, ସିଏ ସବୁବେଳେ ଶେଷକୁ ହିଁ ଅପେକ୍ଷା କରିଥାଏ। ଭିଡ଼ କମିଯାଉ। ଶେଷବେଳକୁ ଅଧା ଖାଇବା ଜିନିଷ ସବୁ ସରିଯାଇଥାଏ। ଘରେ ତାକୁ ସେଥିପାଇଁ କହନ୍ତି, "ବୋକୀଟା।" ତେବେ ଆବଶ୍ୟକ ପଡ଼ିଲେ ଭିଡ଼ର ସମ୍ମୁଖୀନ ହେବାକୁ ସିଏ ଡରେନି। ଭିଡ଼ ପାଇଁ ପ୍ରସ୍ତୁତି ରୂପେ ତା' ପାଖରେ ବହିଟିଏ ଥାଏ। ସିଏ ସେ ବହିଟିକୁ ପଢ଼ି ଭିଡ଼ ଜନିତ ସମସ୍ତ ମାନସିକ ଚାପକୁ ସନ୍ତୁଳିତ କରି ରଖେ। ଏ ପରିଣତ ବୟସରେ କିନ୍ତୁ ସିଏ ଭିଡ଼କୁ ଡରେ। ବିଶେଷତଃ ସାତ ବର୍ଷ ତଳେ, ନିୟୁର୍କ ସହରରେ ସେ ପ୍ରବଳ ଭିଡ଼ର ସ୍ରୋତରେ ନିଜର ସତ୍ତା ହରେଇବା ଭଳି ଅବସ୍ଥା ହେବାର ଅନୁଭବରୁ ସିଏ ଭିଡ଼କୁ ଯିବାକୁ ପସନ୍ଦ କରେନି। ଭାଗ୍ୟ ଭଲ ସିଏ ପଡ଼ି ଯାଇନଥିଲା; ନହେଲେ କଣ ହୋଇଥାନ୍ତା, କିଏ ଜାଣେ। ଏବେ ତ ସବୁ ପ୍ରକାରର ଘଟଣା, ସାଂସ୍କୃତିକ କାର୍ଯ୍ୟକ୍ରମ ସବୁ ୟୁ-ଟିଉବ୍ ଭିତରେ ସାଇତା ହୋଇ ରହୁଛି; ତେଣୁ କୌଣସି ଉତ୍ସବ, ମହୋତ୍ସବରେ ଭିଡ଼ର ସମ୍ଭାବନା ଥିଲେ, ତନୁଜା କହେ, "ମୁଁ ଘରେ ବସି ଟିଭିରେ ଦେଖିବି।"

ହେଲେ ସେଦିନ ସେମାନେ ନିଜ ଅଜାଣତରେ ଭିଡ଼ରେ ପଶିଗଲେ।

ହେ ଭଗବାନ! ଏ ଭିଡ଼ ଭିତରେ ପଶି ମସ୍ତବଡ଼ ଭୁଲ୍ କରିଦେଲେ ସେମାନେ। ବାହାରୁ ଜଣାପଡ଼ୁନଥିଲା। କିନ୍ତୁ ଭିତରେ ଭିତରେ ଯେ ଏତେଗୁଡ଼ିଏ ଧାଡ଼ି ଥିବ, ସେକଥା ଭିତରେ ପଶିବା ପରେ ଜଣାପଡ଼ିଲା। ସେ ଧାଡ଼ି ସବୁ ଏମିତି ଭାବେ ଥିଲା ଯେ, ପ୍ରଥମେ ପ୍ରବେଶ କରିବା ପରେ ଲାଗିବ, ହଁ, ୬-୭ଟା ଧାଡ଼ି ତ, ତାପରେ ମା' ଚାମୁଣ୍ଡେଶ୍ୱରୀଙ୍କ ଦର୍ଶନ ମିଳିଯିବ। କିନ୍ତୁ ନା, ଯେତେଯେତେ ଭିତରକୁ ସେମାନେ ଯାଉଥିଲେ, ସେତେସେତେ ଭିଡ଼ ଭିତରକୁ ପଶିଯାଉଥିଲେ।

ପ୍ରକାଶ କହିଲେ, "ଆଜି ଏଠି ଜଣାପଡ଼ୁଛି ୨ ଘଣ୍ଟା ବିତିଯିବ।"

ତନୁଜା କହିଲା, "ଏ ଭିଡ଼ ଭିତରେ ନ ପଶିଥିଲେ ହେଇଥାନ୍ତା। ହେଲେ ସୋମବାରଟାରେ ବି ଏତେ ଭିଡ଼ ବୋଲି କିଏ ବା ଭାବିପାରିବ ? ଏଇନେ ତ ଭିଡ଼ ଭିତରେ ଏତେ ସମୟ ଯିବ; ତାପରେ ମହାରାଜା ପ୍ୟାଲେସ୍ ଓ ପରେ ବୃନ୍ଦାବନ ଗାର୍ଡେନ ଦେଖିବାକୁ ସମୟ ହେବ କି ନା ଜଣା ନାହିଁ।"

ସୋନି ଓ ତାର ଆମେରିକାନ୍ ସ୍ୱାମୀ ବ୍ରାୟାନ୍ ସେମାନଙ୍କର ଦେଢ଼ବର୍ଷର ଶିଶୁପୁତ୍ର ଆଦି ପାଇଁ ଚିନ୍ତିତ ଥାଆନ୍ତି। ଭିଡ଼ ଏତେ ଥିଲା ଯେ, ଆଗ ଓ ପଛ ଲୋକ ସହିତ ଦେହ ଘଷି ହୋଇଯିବାର ସମ୍ଭାବନା ଥାଏ। ତେବେ ପ୍ରକାଶ ସବା ଆଗରେ ଓ ତନୁଜା ସବା ପଛରେ ରହି ସେମାନଙ୍କୁ ଟିକେ ନିଶ୍ୱାସ ମାରିବାକୁ ଫାଙ୍କା ସ୍ଥାନ ଦେଉଥାନ୍ତି। ସେ ଭିଡ଼ ଭିତରେ ବି କିଛି ଲୋକ ବିରାଟବିରାଟ ଚାଙ୍ଗୁଡ଼ିରେ ଫୁଲ, ଫଳ, ମିଠା ଓ ନଡ଼ିଆ ଦେବୀଙ୍କୁ ଅର୍ପଣ କରିବା ପାଇଁ ରଖିଥାନ୍ତି। ପ୍ରକାଶ ଭଲକଲେ, ଦେବୀଙ୍କୁ ଚଢ଼େଇବା ପାଇଁ ଖାଲି ଫୁଲମାଲା କିଣିଲେ, ଭୋଗ ନୁହେଁ। ନହେଲେ ସେ ଭୋଗ ଚାଙ୍ଗୁଡ଼ିକୁ ଏ ଭିଡ଼ ଭିତରେ ଧରି ରଖିବାର ଦାୟିତ୍ୱ ବି ସମ୍ଭାଳିବାକୁ ପଡ଼ିଥାନ୍ତା। ଆଦି ବେଳେବେଳେ ଅସମ୍ଭାଳ ହେଉଥାଏ ଓ ତାକୁ କେତେବେଳେ ବିସ୍କୁଟ୍ ଦେଇ ତ କେତେବେଳେ ପାଣିପିଆଇ ଶାନ୍ତ ରଖିବାକୁ ସମସ୍ତେ ପ୍ରୟାସ କରୁଥାନ୍ତି।

ସେ ଭିଡ଼ରେ ଠିଆ ହୋଇ ସେମାନେ ଗତକାଲିର ଭିଡ଼ କଥା ମନେ ପକାଉଥିଲେ ଓ ସେ କାହାଣୀ ଝିଅ ଜୁଆଁଇକୁ ଶୁଣାଉଥିଲେ। ଗତକାଲି ସେମାନେ ବାଙ୍ଗାଲୋରରେ ଇସ୍କନ୍ ମନ୍ଦିର ଯାଇଥିଲେ। ସେଠି ବି ସେମିତି ଭିଡ଼ ଥିଲା। ସେ ଭିଡ଼ ଭିତରେ ସେମିତି ଦୁଇଘଣ୍ଟା ବିତିଯାଇଥିଲା। ସେ ଭିଡ଼ରେ ପଶି ଦୁଇଘଣ୍ଟା ଠିଆହୋଇ ଠାକୁରଙ୍କୁ ମାତ୍ର ଗୋଟିଏ ମିନିଟ୍ ଦର୍ଶନ କରି ଫେରିବାକୁ ପଡ଼ିଥିଲା। ଇଏ କଣ ସତରେ ଦେବ ଦର୍ଶନ ? ଯେଉଁଠି ଠାକୁରଙ୍କୁ ଭଲକରି ଦେଖିବାକୁ ବି ତର ମିଳେନି। ପଛରୁ ଲୋକ ଠେଲୁଥାନ୍ତି। ଜଗିଥିବା ଗାର୍ଡମାନେ "ଆଗକୁ ଚାଲ" କହି ବାଡ଼ି ବୁଲୋଉଥାନ୍ତି, ଯେମିତି ଆଗକୁ ନଗଲେ ପାହାରଟିଏ ପକେଇଦେବେ। ଏମିତି ହିନସ୍ତା ହୋଇ ସେମାନେ ଠାକୁର ଦର୍ଶନ କରି ଫେରିଲେ। ଫେରିବାରେ ବି ସେମିତି ସ୍ୱାଧୀନତା ନାହିଁ। ସେମିତି ଭିଡ଼ରେ ଫେରିବା। ସେ ଫେରିବା ବାଟରେ ହଜାର ଷ୍ଟଲ୍ ସବୁ ପଡ଼ିଛି। କେଉଁଠି ଷ୍ଟେସନାରୀ ଜିନିଷର ଷ୍ଟଲ୍ ତ କେଉଁଠି ବିଭିନ୍ନ ଖାଦ୍ୟ ସାମଗ୍ରୀର ଷ୍ଟଲ୍। ହେଲେ ସେଠି କିଛି ଗୋଟିଏ କିଣି ପଇସାପତ୍ର ଦେବା ଗୋଟିଏ ରୀତିମତ କୌଶଳର କାମ, କାରଣ ଅନେକ ଗ୍ରାହକ ଏକାସାଙ୍ଗରେ ଜିନିଷ କିଣୁଥାନ୍ତି ଓ

ହିସାବପତ୍ର କରୁଥାନ୍ତି। ସେ ସମୟରେ କାହାର ପକେଟମାର ହେବା କି ଟଙ୍କାପଇସା ଏପଟସେପଟ ହେବା ଅତି ସହଜ କଥା। ସେଥିପାଇଁ ଅନେକ କିଛି କିଣିବାର ଇଚ୍ଛା ଥିଲେ ବି ସେ ଇଚ୍ଛାକୁ ଦମନ କରି ସେମାନେ ଆଗକୁଆଗକୁ ଚାଲିଥିଲେ। କେବଳ ଖାଦ୍ୟ ଷ୍ଟଲରୁ କିଛି ସିଙ୍ଗଡ଼ା ଓ ଆଲୁଚପ୍ କିଣି ଖାଇଥିଲେ ଓ ମିଠା କିଣି ସମସ୍ତଙ୍କ ପାଇଁ ଆଣିଥିଲେ। ସେ ସିଙ୍ଗଡ଼ାକୁ ଏମିତି ବିପର୍ଯ୍ୟସ୍ତ ଭାବେ ଧରିଧରି ଖାଇବାକୁ ପଡ଼ିଥିଲା ଯେ ସେ ବିଷୟ ଭାବି ଆଉ କେବେ ସେଭଳି ହୀନିମାନ ହୋଇ କୁଆଡ଼େ ଯିବନି ବୋଲି ତନୁଜା ଶପଥ ନେଇଥିଲା। ହେଲେ ଏମିତି ଯୋଗ ଦେଖ। ଗୋଟିଏ ଦିନ ନ ପୁରୁଣୁ ପୁଣି ସେମିତି ପରିସ୍ଥିତି ଆଜି ହେଲା। ଭାଗ୍ୟକୁ ଗତକାଲି ସେମାନେ ଦୁଇଜଣ କେବଳ ଯାଇଥିଲେ। ଝିଅ, ଜୁଆଁଇ କି ନାତି ଯାଇନଥିଲେ। ନହେଲେ ସେ ଛୋଟପିଲାଟା ସେ ଗହଳି ଭିତରେ ବଡ଼ ହିନସ୍ତା ହୋଇଥାନ୍ତା।

ମନ୍ଦିରର କାନ୍ଥକୁ ଲାଗି ଆଉ ଗୋଟିଏ ଧାଡ଼ି ଖୋଲିଗଲା। ସେଥିରେ ଲୋକମାନେ ଶୀଘ୍ର ଯାଇପାରୁଥାନ୍ତି। ପରେ ଜଣାପଡ଼ିଲା ସେ ଧାଡ଼ିରେ ଯିବା ପାଇଁ କିଛି ଅଧିକ ଟଙ୍କା। ଦେଇ ଟିକେଟ୍ କାଟିବାର ଥିଲା। ସେମାନେ ଏତେକଥା ବୁଝିନଥିଲେ। ବେଲେବେଲେ ଇଚ୍ଛା ହେଉଥିଲା ଧାଡ଼ିରୁ ବାହାରି ଫେରିଯିବାକୁ। ପୁଣି କେଉଁ କାରଣରୁ କେଜାଣି, ସମସ୍ତେ ସେ ଧାଡ଼ିରେ ବନ୍ଧା ହୋଇ ରହିବା ଭଳି ରହିଗଲେ ଓ ଆଗ ଲୋକକୁ ଅନୁସରଣ କରି ପଛେପଛେ ଚାଲିଲେ। ଜାନୁୟାରୀ ମାସରେ ମଧ୍ୟ ତାପମାତ୍ରା ଏତେ ଅଧିକ ଥିଲା ଯେ, ସମସ୍ତଙ୍କର ଝାଳ ବାହାରୁଥିଲା। ଶେଷରେ ପ୍ରାୟ ଦୁଇଘଣ୍ଟା ପରେ ସେମାନଙ୍କୁ ଠାକୁରାଣୀଙ୍କ ଦର୍ଶନର ସୁଯୋଗ ମିଳିଲା। ସିଏ ପୁଣି କିଛି ସେକେଣ୍ଡ ପାଇଁ। ପଛରେ ଏତେ ଲୋକ ଆଗକୁ ଯାଇ ଦର୍ଶନ କରିବାକୁ ଧସ୍ତାଧସ୍ତି ହେଉଥିଲେ ଯେ, କାଳେ ସେ ଠେଲାପେଲାରେ କିଏ ତଳେ ପଡ଼ିଯିବ, ଗୋଡ଼ହାତ ଖଣ୍ଡିଆ ହେବ, ସେସବୁ ଭାବି ସେମାନେ ଯେତେ ଶୀଘ୍ର ସମ୍ଭବ ଠାକୁରାଣୀଙ୍କୁ ଦେଖିଦେଇ ଫେରିଆସିଲେ। ଏବେ ମଧ୍ୟ ଠାକୁରାଣୀଙ୍କ ମୁହଁ ତନୁଜାର ମନେ ନାହିଁ।

କାଲି ଇସ୍କନ୍ ମନ୍ଦିରର ଠାକୁରଙ୍କ ଦର୍ଶନ ଭଳି ଆଜି ବି ମା ଚାମୁଣ୍ଡେଶ୍ୱରୀ ଠାକୁରାଣୀଙ୍କର ଏଭଳି ଦର୍ଶନ କରିବା ଅତି ଦୟନୀୟ ଦର୍ଶନ ଭଳି ମନେ ହେଉଥିଲା। ପଇଁତିରିଶି, ଛତିଶି ବର୍ଷ ତଳେ ସେଠି ଏମିତି ଭିଡ଼ ନଥିଲା। ସେତେବେଳେ ପ୍ରକାଶ ବାଙ୍ଗାଲୋରରେ ଚାକିରି କରୁଥିଲେ। ତନୁଜା ବମ୍ବେରେ କାମ କରୁଥିଲା। ହେଲେ ସିଏ ଯେତେବେଳେ ବାଙ୍ଗାଲୋର ଆସିଥିଲା, ସେମାନେ ଇସ୍କନ୍ ମନ୍ଦିର ଦର୍ଶନ କରିଥିଲେ; ଚାମୁଣ୍ଡେଶ୍ୱରୀଙ୍କ ଦର୍ଶନ ପାଇଁ ବି ଆସିଥିଲେ, ସେତେବେଳେ ଏମିତି

ଗହଳି ନଥିଲା । ଏଥର ଗହଳି ସାଙ୍କୁ ସେସବୁ ସ୍ଥାନକୁ ବ୍ୟବସାୟିକ ସ୍ଥଳୀରେ ମଧ୍ୟ ପରିଣତ କରିଦିଆଯାଇଛି । ଡ୍ରାଇଭର ଯେଉଁ ସ୍ଥାନରେ ଗାଡ଼ି ପାର୍କ କରିଥିଲା, ସେ ସ୍ଥାନରୁ ସେମାନଙ୍କୁ ପ୍ରାୟ ଦୁଇମାଇଲ୍ ଚାଲିଚାଲି ଯିବାକୁ ପଡ଼ିଲା । ସେ ପଥର ଦୁଇ ପାର୍ଶ୍ୱରେ ଅନେକ ଦୋକାନ ସବୁ ଥିଲା । ମନ୍ଦିରର ମୁଖ୍ୟ ଦ୍ୱାର ନିକଟରେ ପହଞ୍ଚିବା ପୂର୍ବରୁ ଦର୍ଶନ ପାଇଁ ଟିକେଟ୍ କାଟିବା କେନ୍ଦ୍ର ରହିଥିଲା ଓ ଜୋତା ରଖିବା ପାଇଁ ମଧ୍ୟ ଏକ କେନ୍ଦ୍ର ଥିଲା । ଜୋତା ରଖିବା ପାଇଁ ସେମାନେ ପ୍ରତି ଦଳକୁ ଗୋଟିଏ ଗୋଟିଏ ଅଖା ଥଲି ଦେଉଥିଲେ ଓ ସେ ଅଖାଥଲି ପାଇଁ ଗୋଟିଏ ଟୋକନ ଦେଉଥିଲେ । ସେମାନେ ଦର୍ଶନ ପାଇଁ ଟିକେଟ୍ କାଟିଲେ । ତାପରେ ଜୋତା ରଖିବା ପାଇଁ ମଧ୍ୟ ଟଙ୍କା ଦେଇ ଜୋତା ରଖିଲେ ଓ ଟୋକନ୍ ସଂଗ୍ରହକଲେ ।

ମନ୍ଦିରର ମୁଖ୍ୟ ଦ୍ୱାର ସାମନାରେ ଅନେକ କ୍ୟାମେରାମ୍ୟାନ୍ ସବୁ କ୍ୟାମେରା ଧରି ବୁଲୁଥାନ୍ତି । ଗୋଟିଏ କ୍ୟାମେରାମ୍ୟାନକୁ ଧରି ସେମାନେ ଗୋଟିଏ ଗ୍ରୁପ୍ ଫଟୋ ଉଠେଇଲେ । ସେ ଫଟୋଟି ସେମାନେ ଦର୍ଶନ ସାରି ସଂଗ୍ରହ କରିପାରିବେ ବୋଲି କହି କ୍ୟାମେରାମ୍ୟାନ୍ ଗୋଟିଏ ଟୋକନ୍ ମଧ୍ୟ ଦେଲା । ତାପରେ ସେମାନେ କିଛି ଫୁଲ କିଣି ଦର୍ଶନ ପାଇଁ ଉଦ୍ଦିଷ୍ଟ ଧାଡ଼ିରେ ଠିଆହେଲେ । ସେମାନେ ଧାଡ଼ିରେ ଠିଆହେବା ସମୟରେ ଦିନ ୧୧ଟା ବାଜିଥିଲା । ଦର୍ଶନ ସାରି ଫେରିବା ବେଳକୁ, ଗୋଟାଏ ବାଜିଲାଣି । ସେଇଠି ପଇଡ଼ ବିକ୍ରି ହେଉଥିଲା । ସେମାନେ ସମସ୍ତେ ଗୋଟିଏଗୋଟିଏ ପଇଡ଼ର ପାଣି ପିଇଲେ ଓ ତାପରେ ଫେରିବାକୁ ପ୍ରସ୍ତୁତ ହେଲେ, କାରଣ ସମସ୍ତଙ୍କୁ ବହୁତ ଭୋକ ହେଉଥାଏ । ପ୍ରକାଶ ଡ୍ରାଇଭରକୁ ୧୦–୨୦ ମିନିଟ୍ ଭିତରେ ପହଞ୍ଚୁଛନ୍ତି ବୋଲି ଡାକି ଜଣେଇଦେଲେ ଓ ତାପରେ ସମସ୍ତେ ଉଠେଇଥିବା ଫଟୋ ଓ ଜୋତା ସଂଗ୍ରହ କରି ଫେରିଆସିଲେ । ଆଉ ଅନ୍ୟ ସବୁ ବୁଲି ଦେଖିବାକୁ ଆଗ୍ରହ ରହିଲାନି କି ଶକ୍ତି ବି ରହିଲାନି । ସେଦିନ ପାଗ ଭଲ ଥିଲା । ଖରା ପ୍ରବଳ ଥିଲା ଓ ଗରମ ହେଉଥିଲା । ସୋନି ମନ୍ତବ୍ୟଦେଲା, "ଏଠି ସବୁ ଗ୍ରୀଷ୍ମଋତୁରେ ଲୋକମାନେ କେମିତି ଚଲୁଥିବେ କେଜାଣି ?

"ସେଇକଥା ମୁଁ ବି ଭାବୁଛି । ଫେବୃୟାରୀ, ମାର୍ଚ୍ଚରେ ହୁଏତ ଟିକେ ଚଳନୀୟ ରହିବ, ହେଲେ ଏପ୍ରିଲ, ମେ ମାସ ବେଳକୁ ତ ଏଠି ନିଆଁ ବର୍ଷା ହେଉଥିବ ।"

ସେମାନେ ଯେଉଁ ବାଟେବାଟେ ଯାଇଥିଲେ, ସେଇ ବାଟେବାଟେ ପାର୍କିଙ୍ ସ୍ଥାନକୁ ଫେରିଆସିଲେ । ଡ୍ରାଇଭର ପ୍ରସ୍ତୁତ ଥିଲା ଓ ସେମାନେ ଆଉ କିଛି ନଦେଖି ସିଧା ମହାଋଷ୍ଟର ପ୍ୟାଲେସ୍ ଦେଖିବା ଦିଗରେ ଚାଲିଲେ । ବାଟରେ ଯେଉଁଠି ଖାଇବା ପାଇଁ ଭୋଜନାଳୟ ଥିବ, ସେଇଠି ଖାଇଦେବେ । ବାଟରେ ସେମାନଙ୍କୁ ଏକ

ଭୋଜନାଳୟ ମିଳିଗଲା ଓ ସେଠି ସେମାନେ ସମସ୍ତେ ଅପରାହ୍ନ ଭୋଜନ କରି ମହୀଶୁର ପ୍ୟାଲେସ୍ ଦେଖିବାକୁ ଗଲେ।

ସେଇଟା ଥିଲା ୨୦୨୪ ମସିହା, ଜାନୁଆରୀ ମାସ ୮ ତାରିଖ ସୋମବାର। ତନୁଜା, ତା'ର ସ୍ୱାମୀ ପ୍ରକାଶ, ସେମାନଙ୍କର ଝିଅ ସୋନି, ଜୁଆଇଁ ବ୍ରାୟାନ୍ ଓ ସେମାନଙ୍କର ଦେଢବର୍ଷର ନାତି ଆଦି ସମସ୍ତେ ମିଶି ବାଙ୍ଗାଲୋରରୁ ମହୀଶୁର ସହର ବୁଲିବାକୁ ଯାଇଥିଲେ। ସେମାନଙ୍କର ଯୋଜନାରେ ଥିଲା ପ୍ରଥମେ ଚାମୁଣ୍ଡୀ ହିଲ୍ ଯାଇ ଚାମୁଣ୍ଡେଶ୍ୱରୀଙ୍କ ଦର୍ଶନ କରିବେ, ତାପରେ ମହୀଶୁର ପ୍ୟାଲେସ୍ ଦେଖିବେ, ଶେଷରେ ବୃନ୍ଦାବନ ଗାର୍ଡେନ୍ ଦେଖି ଫେରିବେ। ଇଚ୍ଛା କରିଥିଲେ ସେମାନେ ମହୀଶୁରରେ ଗୋଟିଏ ଦିନ ରହିପାରିଥାନ୍ତେ। ତେବେ ପାଖରେ ଏତେ ସମୟ ନଥିଲା। ତେଣୁ ବାଙ୍ଗାଲୋରରେ ଯେଉଁଠି ଝିଆରୀ ପାଖରେ ରହୁଥିଲେ, ସେଇଠାରୁ ଆସି ଗୋଟିଏ ଦିନ ମହୀଶୁର ବୁଲିବେ ବୋଲି ଯୋଜନା କରିଥିଲେ।

ଏବେ ମହୀଶୁର ପ୍ୟାଲେସରେ ପହଞ୍ଚୁପହଞ୍ଚୁ ସାଢେ ଦୁଇଟା ବାଜିଗଲାଣି। ସେଠି ଏମିତିରେ ଦେଖିବାକୁ ଗଲେ ଭିଡ଼ ନଥିଲା। ସେ ପ୍ୟାଲେସ୍ ୭୨ ଏକର ଜମିରେ ନିର୍ମିତ ଥିଲା। ତେଣୁ ସବୁ ଦେଖଣାହାରୀଙ୍କ ପାଇଁ ପ୍ରଶସ୍ତ ସ୍ଥାନ ରହିଥିଲା, ସୁନ୍ଦର ଉଦ୍ୟାନ ରହିଥିଲା ଓ ସିମେଣ୍ଟ ବେଞ୍ଚ ସବୁ ରହିଥିଲା। ସେମାନେ ଗେଟ୍ ନିକଟରେ ଟିକେଟ୍ କାଟିସାରିବା ପରେ ବୁଲିବାକୁ ବାହାରିଲେ। ଅନେକ ସୁନ୍ଦର କାରୁକାର୍ଯ୍ୟର ପ୍ରାସାଦ। ଯେତେ ଫଟୋ ଉଠାଇଲେ ବି ମନ ମାନୁନଥାଏ। ଇଚ୍ଛା ହେଉଥାଏ ସେସବୁ ସୌନ୍ଦର୍ଯ୍ୟକୁ ନିଜ ଦେହ ଓ ମନରେ ଧରି ବୋଲିଦେବାକୁ।

ତନୁଜା ଡି.ଏସ.ଏଲ୍ କ୍ୟାମେରା ଧରି ବୁଲୁଥିବାରୁ ତାକୁ ସବୁବେଳେ ସ୍ୱତନ୍ତ୍ର ଜାଞ୍ଚ ଦ୍ୱାର ଦେଇ ଯିବାକୁ ପଡୁଥିଲା। ସେଠି ବି ସେଇଆ ହେଲା। ତାକୁ ବ୍ୟାଗ୍‌ପ୍ୟାକ୍ ଖୋଲି ନିଜ କ୍ୟାମେରାକୁ ଦେଖେଇବାକୁ ପଡ଼ିଲା। ସିକ୍ୟୁରିଟି ଗାର୍ଡ କହିଲେ, "ତମେ କ୍ୟାମେରା ଭିତରକୁ ନେଉଛ ସତ, ହେଲେ ସେଥରେ ଫଟୋ ଉଠେଇବନି।" ତନୁଜା ବି ସେଭଳି ପ୍ରତିଶ୍ରୁତି ଦେଇ ଭିତରକୁ ଆସିଲା। ଏବେ ଆଦିକୁ ବୁଲିବାକୁ ଅନେକ ଜାଗା ମିଳିଗଲା। ସିଏ ଦୌଡ଼ିବାରେ ଲାଗିଲା। ତା ପଛେପଛେ ସମସ୍ତେ ଦୌଡ଼ିଲେ। ସେମାନେ ଯାହା ମଧାହ୍ନ ଭୋଜନରେ ଖାଇଥିଲେ, ସେଇଟା ଆଦି ଦେହରେ ଗଲାଣି। ତାର ତରଳ ଝାଡ଼ା ହେଲା ଓ ଡାଇପର ବଦଲେଇବାକୁ ପଡ଼ିଲା। ସେମାନେ ଏମିତି ବାହାରେ ବାହାରେ ବୁଲୁଥିଲେ। ହେଲେ ଅନେକ ବ୍ୟକ୍ତି ମୁଖ୍ୟ ରାଜପ୍ରାସାଦ ଭିତରକୁ ଯାଉଥିବାର ଦେଖି ସେମାନେ ମଧ ଯିବାକୁ ସ୍ଥିରକଲେ। ଭିତରକୁ ଯିବାପାଇଁ ଜୋତାକୁ ଜୋତା ସ୍ଥଳରେ ରଖି ଯିବାକୁ ପଡ଼ିଲା ଓ ଆଉଥରେ ଟିକେଟ୍ କାଟିବାକୁ ପଡ଼ିଲା।

ତେବେ ପ୍ୟାଲେସ୍ ଭିତରେ ପଶିବା ପରେ ଲାଗିଲା ସତରେ କେତେ ସୁନ୍ଦର କାରୁକାର୍ଯ୍ୟ ସେମାନେ ଦେଖିପାରିବାରୁ ବଞ୍ଚିତ ହୋଇଥାନ୍ତେ। ପ୍ୟାଲେସ୍ ଭିତରେ ପାଦ ଦେଲାପରେ ମନେହେଲା ଯେମିତି ଏକ ହିନ୍ଦୀ ଚଳଚିତ୍ର ଭଳି। ଏତେ ସୁନ୍ଦର କାରୁକାର୍ଯ୍ୟ ?

ପ୍ରଥମେ ସେମାନେ ଯାଇ ଦରବାର ହଲ୍‌ରେ ପହଞ୍ଚିଗଲେ। ଦରବାର ହଲ୍‌ର ସୌନ୍ଦର୍ଯ୍ୟରେ ମୋହିତ ହୋଇଗଲା ତନୂଜା। ଇଚ୍ଛା ହେଲା, ତା ଭିତରେ କେବଳ ସିଏ ଓ ତା' ପରିବାର ଥାଇ ଏକ ସୁନ୍ଦର ଫଟୋ ନିଅନ୍ତେ। ଏତେ ସୁନ୍ଦର କାରୁକାର୍ଯ୍ୟ ଦେଖି ସେ ଯୁଗର ଶିଳ୍ପୀ ମାନଙ୍କ ପ୍ରତି ଶ୍ରଦ୍ଧାରେ ତାର ହୃଦୟ ପୁରିଉଠିଲା। ତେବେ ସେ ସମୟରେ ଅନେକ ପରିଦର୍ଶକ ଥିଲେ ଓ ଗହଳି ଥିଲା। ସେଥିପାଇଁ ଯାହା ବି ଫଟୋ କି ଭିଡିଓ ନିଆଗଲା, ସେଥିରେ ଆଉ ଜଣେ କିଏ ଅଜଣା ବ୍ୟକ୍ତି ରହିଯାଉଥିଲେ। ଦରବାର ହଲ୍ ସଂପୂର୍ଣ୍ଣଭାବେ ଗୋଲାପି, ହଳଦିଆ ଓ ନୀଳ-ସବୁଜର ମିଶ୍ରଣ ରଙ୍ଗରେ ସଜ୍ଜିତ। ଏହାର ଚିତ୍ରିତ ସ୍ତମ୍ଭ ସମସ୍ତ ସମକକ୍ଷ ଭାବରେ ହଲ ମଧ୍ୟରେ ସ୍ଥାପିତ ହୋଇଥିଲା ଓ ହଲର ସୌନ୍ଦର୍ଯ୍ୟକୁ ପରିବର୍ଦ୍ଧିତ କରୁଥିଲା।

ଦରବାର ହଲ୍ ଭଳି ଅମ୍ବାବିଲାସ ମଧ୍ୟ ଅତି ସୌନ୍ଦର୍ଯ୍ୟମୟ ଥିଲା। ତେବେ ଏହାର ସୁନେଲି ସ୍ତମ୍ଭ ମାନଙ୍କରେ ଅଧିକ ସୁନା ବ୍ୟବହୃତ ହୋଇଥିବାରୁ ଏହା ଅତ୍ୟଧିକ ଚମକ୍ୟାର ଦିଶୁଥିଲା। ଅମ୍ବାବିଲାସର ଛାତ ବିଭିନ୍ନ ରଙ୍ଗରେ ସୁସଜ୍ଜିତ ହୋଇ ଖଞ୍ଜା ହୋଇଥିବା କାଚରେ ନିର୍ମିତ ଥିଲା। ସେଥିରେ ଆଲୁଅ ପଡ଼ି ରଙ୍ଗୀନ କାଚର ସୁନ୍ଦର ପ୍ରତିଫଳନ ହେଉଥିଲା। ସେ ପ୍ରତିଫଳନ ଓ ରଙ୍ଗକୁ ଦେଖି ଆଦି ବଡ଼ ଖୁସି ହେଉଥିଲା ଓ ସମସ୍ତଙ୍କୁ ଦେଖାଇ ବାରମ୍ବାର "ଲା-ଆ-ଇ-ଟ୍" କହୁଥିଲା। ସେ ଖୁସିରେ ସମସ୍ତେ ସାମିଲ ହେଉଥିଲେ ଓ ସେଇଭଳି ଛୋଟ ଶିଶୁର ସ୍ୱରରେ "ଲା-ଆ-ଇ-ଟ୍" କହୁଥିଲେ।

ଏମିତି ସୌନ୍ଦର୍ଯ୍ୟମୟ ରାଜପ୍ରାସାଦ ପରିଦର୍ଶନ କରିବାପରେ ଚାମୁଣ୍ଡେଇ ମନ୍ଦିରରେ ଧାଡ଼ିରେ ଠିଆହେବାର କ୍ଲାନ୍ତି ଅପସରି ଯାଇଥିଲା। ଆଉ ଗୋଟିଏ ମଜା କଥା ହେଲା, ରାଜପ୍ରାସାଦରେ ଏକ ପୋଟ୍ରେଟ୍ ଗ୍ୟାଲେରୀ ରହିଥିଲା, ଯେଉଁଥିରେ କି ପଞ୍ଚଦଶ ଶତାବ୍ଦୀରୁ ଏବେ ପର୍ଯ୍ୟନ୍ତ ସମସ୍ତ ରାଜା ଓ ରାଣୀଙ୍କର ଚିତ୍ର ସଂରକ୍ଷଣ କରି ରଖା ଯାଇଥିଲା। ସେଇ ଚିତ୍ର ମଧରୁ ଗୋଟିଏ ଚିତ୍ର ଦେଖି ସୋନି ଅଟକିଗଲା, "ମାମା ଦେଖତ, ଏ ଫଟୋରେ ଥିବା ନାରୀ ଜଣକ ଠିକ୍ ତମ ଭଳି ଦିଶୁଛନ୍ତି।" ସିଏ ଏମିତି କହିବାରୁ ପ୍ରକାଶ ଓ ବ୍ୟାୟନ୍ ମଧ ସେ ଫଟୋଟିକୁ ନିବିଷ୍ଟ ମନ ହୋଇ ଦେଖିଲେ। ସେମାନେ କହିଲେ, "ସତରେ ତ"। ପ୍ରକାଶ ମନ୍ତବ୍ୟଦେଲେ, "ହୁଏତ

ପୂର୍ବ ଜନ୍ମରେ ତୋ ମାମା ସେ ରାଜ ପରିବାରରେ ଜନ୍ମଗ୍ରହଣ କରିଥିଲା ।” ସେଇଠି ସେନି ତା’ ସେଲଫୋନରେ କିଛି ଫଟୋ ଉଠେଇଲା ।

ରାଜପ୍ରାସାଦ ଦର୍ଶନ ସାରି ସେମାନେ ବାହାରକୁ ଆସିଲେ । ସମୟ ସେତେବେଳକୁ ଅପରାହ୍ନ ଚାରିଟା ହୋଇଯାଇଥିଲା । ପ୍ରକାଶ କହିଲେ, “ଏବେ ତେବେ ଚାଲ, ବୃନ୍ଦାବନ ଗାର୍ଡେନ୍ ଯିବା ।” ତନୁଜା ରାଜିହେଲାନି । ସିଏ ପ୍ରତିବାଦ କଲା, “ଆମେତ ରାଜପ୍ରାସାଦର ଅନ୍ୟ ସବୁ ପଟ ବୁଲି ଦେଖିନାହାନ୍ତି । ସେସବୁ ନଦେଖି କେମିତି ଫେରିଯିବା ?”

ପ୍ରକାଶ ଉତ୍ତରରେ କଟାକ୍ଷ କରି କହିଲେ, “ତେବେ ତୁ ଏଠି ରହିଯା । ସବୁ ବୁଲିକରି ଦେଖ । ଆମେ ଯାଉଛୁ ବୃନ୍ଦାବନ ଗାର୍ଡେନ୍ ଦେଖିକରି ଆସିବୁ, ଫେରିଲା ବେଳକୁ ତତେ ନେଇଯିବୁ ।”

ତାଙ୍କ କଥା ଉପରେ ଗୁରୁତ୍ୱ ନଦେଇ ସେମାନେ କିଛି ସମୟ ରାଜପ୍ରାସାଦର ବଗିଚା ବୁଲିକରି ଦେଖିଲେ । ଯଦିଓ ଟିକେ ଗରମ ହେଉଥାଏ, ତଥାପି ଭଲ ଲାଗୁଥାଏ ।

ଏମିତି ହିଁ ଜୀବନ, କେତେବେଳେ ଖରା ତ କେତେବେଳେ ଛାଇ । କେଉଁଠି ଖୁସିର ଅନୁଭବ ତ କେଉଁଠି ଯନ୍ତ୍ରଣାର । ବଗିଚାର ଫୁଲଗୁଡ଼ିକୁ ଦେଖିଲା ପରେ ଗରମ, ଝାଳ, ଚାଲିବାର କ୍ଲାନ୍ତି, ସବୁ ଅବସାଦ ଯେମିତି ଚାଲିଗଲା । ଇଚ୍ଛା ହେଲା, ସେଇ ବଗିଚାରେ ଆହୁରି କିଛି ସମୟ କେବଳ ଦେଖିଦେଖି ବିତେଇଦେବାକୁ । ତେବେ ଘଣ୍ଟାରେ ଯେତେବେଳେ ୪ଟା ପଇଁଚାଳିଶି ହେଇଗଲା, ପ୍ରକାଶ ଅଥୟ ହେଲେ । “ଏବେ ଆମେ ଫେରିବା ।”

ସିଏ ଡ୍ରାଇଭର ସହିତ ଯୋଗାଯୋଗ କଲେ । ସେମାନେ ଫାଟକର ବାହାରକୁ ଆସିବା ପରେ ସେଇଠି ଡ୍ରାଇଭର ସହିତ ଭେଟ ହେଲା । ସେମାନେ ଗାଡ଼ି ପାଖକୁ ଆସିଲେ ଓ ଡ୍ରାଇଭର ବୃନ୍ଦାବନ ଗାର୍ଡେନ୍ ଅଭିମୁଖେ ଗାଡ଼ି ଚଲେଇଲା ।

ସେମାନେ ବୃନ୍ଦାବନ ଗାର୍ଡେନ୍‌ର ପାଖାପାଖି ହେବାବେଳକୁ ଆକାଶରେ ମେଘ ଘୋଟି ଆସିଥିଲା । ସନ୍ଧ୍ୟାବେଳ ଭଳି ଅନୁଭୂତ ହେଲା । ତଥାପି ଆସିଛନ୍ତି ଯେତେବେଳେ, ଟିକେ ଦେଖିଦେଇ ଯିବା ଉଚିତ । ଫାଟକ ପାଖରେ ଗହଳି ଥିଲା । ତେବେ ସେମାନେ ପ୍ରାୟ ଦଶମିନିଟ୍ ଭିତରେ ଟିକେଟ୍ କାଟି ଭିତରକୁ ଯାଇପାରିଲେ । ଭିତରେ ପଶିବା ବେଳକୁ ସମସ୍ତଙ୍କର ବ୍ୟାଗ୍ ଜାଞ୍ଚ କରାଯାଉଥିଲା । ସେଠି ଥିବା ମହିଳା ଗାର୍ଡ ଜଣକ ପଚାରିଲେ, “ଏ ବ୍ୟାଗ୍ ଭିତରେ କ୍ୟାମେରା ରଖିଛ କି ?”

ତନୁଜା କହିଲା, “ହଁ । ହେଲେ ଯଦି ନିୟମ ନାହିଁ, ତେବେ ମୁଁ ଏ କ୍ୟାମେରାରେ ଫଟୋ ଉଠେଇବିନି ।”

ଗାର୍ଡ଼ ଜଣେଇଲେ, "ତମେ ଫଟୋ ଉଠେଇପାରିବ। ତେବେ ୧୦୦ ଟଙ୍କା ଫିସ୍‌ ସେଥିପାଇଁ ଦେବାକୁ ପଡ଼ିବ।"

ତନୁଜା ଶହେ ଟଙ୍କା ଦେଇ କ୍ୟାମେରା ନେବାକୁ ଅନୁମତି ପାଇଲା। ତେବେ ସେ ଗାର୍ଡ଼ ଜଣକ ତାକୁ ରସିଦ୍‌ ଦେଲେନି କି ସମୟ ଅଭାବରୁ ସିଏ ମାଗିପାରିଲାନି।

ସନ୍ଧ୍ୟା ଆଗତ ପ୍ରାୟ। ତାରି ଭିତରେ ଯେତେ ବୁଲିହେଲା ସେମାନେ ବୁଲିଲେ ଓ ଫଟୋ ଉଠେଇଲେ। ତେବେ ବୃନ୍ଦାବନ ଗାର୍ଡ଼େନ୍‌ର ପ୍ରବେଶଦ୍ୱାରର ବାମ ପାର୍ଶ୍ୱର ଶେଷ ଭାଗରେ କିଛି କାମ ଚାଲିଥିଲା। ସେଠି ଆଉ ବଗିଚା ନଥିଲା କି ଫୁଲ ନଥିଲା। କେବଳ ଇଟା, ପଥର, ଗୋଡ଼ି, ମାଟି। ତେବେ ଠିକ୍‌ ସାଢ଼େ ୬ଟା ବେଲକୁ ବଗିଚା ସାରା ଆଲୋକିତ ହୋଇଉଠିଲା। ଏତେ ସୁନ୍ଦର ଦିଶିଲା ଯେ, ହୃଦୟ ପୂରିଉଠିଲା। କିନ୍ତୁ ସେସବୁ ସୌନ୍ଦର୍ଯ୍ୟକୁ ଅନୁଭବ କରିବାକୁ ଅଧିକ ସମୟ ନଥିଲା। ସେମାନଙ୍କୁ ସେଦିନ ବାଙ୍ଗାଲୋର ଫେରିବାକୁ ହେବ। ଦ୍ୱିତୀୟରେ କେଉଁଠି ଗୋଟିଏ ଖାଇବାକୁ ପଡ଼ିବ। ଆଦିକୁ ସେତେବେଲକୁ ବହୁତ ଜୋରରେ ଭୋକ ଲାଗିଲାଣି। ସିଏ ଖାଲି କାନ୍ଦୁଥାଏ। ତାକୁ ବୁଝେଇବାକୁ କିଛି ଖାଦ୍ୟ ଦେଲେ ସିଏ "ନା" କହି ଆହୁରି ରାଗୁଥାଏ। ତେଣୁ ସମସ୍ତେ ୭ଟା ବେଲକୁ ଗାର୍ଡ଼େନ୍‌ ଛାଡ଼ି ଫେରିଆସିଲେ। କିଛିବାଟ ଆସିବା ପରେ ଗୋଟିଏ ରେଷ୍ଟୁରାଣ୍ଟ ଦେଖି ଡ୍ରାଇଭର କାର୍‌ ରଖିଲା। ସେଠି ସମସ୍ତେ ଖାଇବେ ବୋଲି ସ୍ଥିର କଲେ। ସମସ୍ତଙ୍କୁ ପାଇଖାନା ଯିବାର ବି ଥିଲା। ସେଇଠି ବସିସାରି କିଛି ଖାଦ୍ୟ ଅର୍ଡ଼ର୍‌ କଲେ। ରେଷ୍ଟୁରାଣ୍ଟଟି ବାହାରକୁ ସୁନ୍ଦର ଦିଶୁଥାଏ ସିନା, ହେଲେ ଭିତରେ ଏତେଟା ଉଚ୍ଚକୋଟୀର ଲାଗିଲାନି। ସେମାନେ ବସୁବସୁ ମଶା ସବୁ ଆସି ଜବରଦସ୍ତ କାମୁଡ଼ିବାରେ ଲାଗିଗଲେ। ମଶାମାନଙ୍କୁ ଘଉଡ଼େଇବାକୁ ପଡ଼ୁଥାଏ। ଏମିତିରେ ପ୍ରଥମେ ଅର୍ଡ଼ର ଅନୁଯାୟୀ ଯେଉଁ ଖାଦ୍ୟ ଆସି ପହଞ୍ଚିଲା, ସେଇଟା କୋବି ମଞ୍ଚୁରିଆନ୍‌। ଭାରି ରାଗ ଥାଏ। ହେଲେ ଆଦିକୁ ଏତେ ଭୋକ ଲାଗୁଥିଲା ଯେ, ସିଏ ସେଇଟା ଖାଇବାକୁ ଚାହିଁଲା। ତାକୁ ନ ଦେବାରୁ, ଜୋରରେ କାନ୍ଦିଲା। ଶେଷରେ ତା ପାଇଁ ଖାଲି ଭାତ ଓ ଦହି ଆଣି ଖୁଆଇବାକୁ ଚେଷ୍ଟାକଲେ ବି ସିଏ ଖାଇଲାନି। ତାର ସେ ମଞ୍ଚୁରିଆନରେ ମନ ଲାଗିରହିଲା। ତାକୁ ଆଉ ଯାହା ଦେଲେ ବି ସିଏ ଖାଇବାକୁ ଚାହିଁଲାନି। ଏତେ ଛୋଟ ପିଲା, କିନ୍ତୁ ମଞ୍ଚୁରିଆନ୍‌କୁ ମନେ ରଖି ସିଏ ଯେଉଁ ଜିଦ୍‌ କଲା, ତାହା ନ ଦେଖିଲେ କିଏ ବିଶ୍ୱାସ କରିପାରିବେନି। ସେ ସମୟଟା ବଡ଼ କଠିନ ରହିଲା। ପିଲାଟିଏ ଅଥୟ ହୋଇ କାନ୍ଦିଲେ ସମସ୍ତଙ୍କ ମନ ଯାହା ରହିବା କଥା।

ଆଦିର କାନ୍ଦ ପାଇଁ ସମସ୍ତେ ଭଲରେ ଖାଇ ପାରିଲେନି। ରାତି ବି ଅଧିକ ହେଉଥିଲା ଓ ସମସ୍ତେ ଫେରିବାକୁ ଚାହୁଁଥିଲେ। ତେଣୁ ବଳକା ଖାଦ୍ୟ ସବୁ ପ୍ୟାକ୍‌

କରି ସମସ୍ତେ ଫେରିବାକୁ ପ୍ରସ୍ତୁତ ହେଲେ। ଗାଡ଼ି ଚାଲିବାରୁ ଆଦି ଶୋଇପଡ଼ିଲା। ଅନ୍ୟମାନେ ବି କ୍ଲାନ୍ତି ପାଇଁ ଝୁଲେଇବାରେ ଲାଗିଲେ। ତଥାପି ଡ୍ରାଇଭରକୁ ଜାଗ୍ରତ ରଖେଇବା ପାଇଁ ପ୍ରକାଶ ଚେଇଁ ରହିଲେ ଓ ଡ୍ରାଇଭର ସହିତ ବିଭିନ୍ନ ବିଷୟରେ କଥୋପକଥନ ଆରମ୍ଭ କରିଦେଲେ। ସେମାନେ ବାଙ୍ଗାଲୋରରେ ପହଞ୍ଚିବା ବେଳକୁ ରାତି ସାଢ଼େ ଏଗାରଟା ହୋଇଯାଇଥିଲା।

ତା' ପରଦିନ ଭୁବନେଶ୍ୱର ଫେରିବାର ଥିଲା। ସକାଳେ ଉଠି ସବୁ ସଜଡ଼ାସଜଡ଼ି କରିବେ ଭାବି ସମସ୍ତେ ଶୋଇବାର ପ୍ରସ୍ତୁତି ଆରମ୍ଭକଲେ। ପ୍ରଶାନ୍ତ ଭୋର ୫ଟାରେ ଉଠିବା ପାଇଁ ଆଲାରାମ୍ ଦେଇଦେଲେ।

ଶୋଇବା ପୂର୍ବରୁ ତନୁଜା କହିଲା, "ମତେ କୋଟିଏ ଟଙ୍କା ଦେଲେ ବି ମୁଁ ଆଉ ସେ ଭିଡ଼ ଭିତରକୁ ଯିବିନି। ଖାଲିଟାରେ ଗତକାଲି ଦୁଇଘଣ୍ଟା ଓ ଆଜି ଦୁଇଘଣ୍ଟା ଆମେ ସେ ଭିଡ଼ରେ ଠିଆ ହୋଇ ହିଁ ନଷ୍ଟକଲେ।"

ପ୍ରକାଶ ଉତ୍ତରରେ ହସିଦେଲେ। "ତୁ ତ ସବୁବେଳେ ସେମିତି କହୁ, ହେଲେ ପୁଣି ସେଇ କାମ କରୁ। ଆଜିକାଲି ଯୁଗରେ ତ ସବୁବେଳେ ଭିଡ଼। ଲୋକ ସଂଖ୍ୟା ଏତେ ପରିମାଣରେ ବୃଦ୍ଧି ପାଉଛି, ଭିଡ଼ ହେବନି କେମିତି ? କେଉଁ ଭିଡ଼ଠାରୁ କେତେ ଦୂରେଇ ରହିବୁ। ଦେଖ୍ଲୁ, ସବୁଆଡ଼େ ଏବେ ପ୍ରଚାରର କେତେ ଭିଡ଼। ହ୍ୱାଟ୍ସଆପରେ ଭିଡ଼; ୟୁ-ଟ୍ୟୁବରେ ଭିଡ଼; ଫେସ୍ବୁକରେ ଭିଡ଼; ଏମିତି କି ଇମେଲରେ ବି ଭିଡ଼। ଯାହାଠୁ ଯାହା ଅନ୍ଲାଇନରେ କିଣିଲ, ସିଏ ହଜାର ମେସେଜ୍ ପଠେଇଦେଉଛନ୍ତି। ଯାହାର ଯାହା ଇଚ୍ଛା ହେଲା, ଗାରେଇ ପକେଇ ହ୍ୱାଟ୍ସଆପରେ, ଫେସ୍ବୁକରେ ପ୍ରଚାରରେ ଲାଗିଛନ୍ତି। ଆଉ ଭାରତରେ ସବୁ ଦେବାଦେବୀଙ୍କ ପାଖରେ ଏମିତିରେ ତ ସବୁବେଳେ ହିଁ ଭିଡ଼। ଆମ ପୁରୀ ଜଗନ୍ନାଥ ମନ୍ଦିର ଭିଡ଼କୁ କଣ ଭୁଲିଗଲୁଣି ?"

"ଭୁଲିନି।"

"ତାହେଲେ କଣ ଆଉ କେବେ ଜଗନ୍ନାଥଙ୍କ ଦର୍ଶନ ପାଇଁ ପୁରୀ ମନ୍ଦିର ଯିବୁନି।"

"ସେକଥା ତ ମୁଁ କହିବିନି। ତେବେ ମୋ ମତରେ ଶାସନରେ ଥିବା ଅଧିକାରୀମାନେ ଏ ଭିଡ଼ର ବିକଳ୍ପ ଭାବିବା ଉଚିତ। ମାନେ ଧର, ଓଡ଼ିଶାରେ ଆଉ କେଉଁ ସ୍ଥାନରେ ଆଉ ଏକ ଜଗନ୍ନାଥ ମନ୍ଦିର ଗଢ଼ିବା ଉଚିତ, ଯାହାର ପରିସର ପୁରୀ ମନ୍ଦିର ପରିସର ଠାରୁ ଅଧିକ ଗୁଣ ରହିବ ଓ ସେଠି ଅଧିକ ଭକ୍ତ ମାନଙ୍କ ଦର୍ଶନର ସମସ୍ତ ଅତ୍ୟାଧୁନିକ ବ୍ୟବସ୍ଥା ରହିବ। ସେମିତି ହେଲେ ସମସ୍ତଙ୍କ ଧାର୍ମିକ ଭାବନାର ସମ୍ମାନ ରହିବ ଓ ସମସ୍ତଙ୍କ ପାଇଁ ଠାକୁର ଦର୍ଶନ ସହଜ ରହିବ।"

ପ୍ରକାଶ ପୁଣି ହସି କହିଲେ, "ତୁ ବୋଧହୁଏ ଭୁଲିଗଲୁଣି, କଷ୍ଟ କଲେ କୃଷ୍ଣ ମିଳେ। ତେଣୁ ଈଶ୍ୱର ଦର୍ଶନ ଯେତେ କଷ୍ଟକର ହେବ, ଫଳ ପ୍ରାପ୍ତି ସେତେ ସହଜ ହେବ। ବୁଝିଲୁ ତ।"

"ଆମ ହିନ୍ଦୁ ଦର୍ଶନକୁ ବୁଝିବା ବଡ଼ କଠିନ। ସମସ୍ତେ କହୁଥିବେ – ଈଶ୍ୱର ଆମ୍ଭରେ ଅଛନ୍ତି, ଈଶ୍ୱର ପବନରେ ଅଛନ୍ତି, ଫୁଲରେ ଅଛନ୍ତି, ମାଟିରେ ଅଛନ୍ତି, ଖୁଣ୍ଡରେ ଅଛନ୍ତି, ସିଏ ସର୍ବତ୍ର ବିଦ୍ୟମାନ। ତେବେ ସେ ସର୍ବ ସ୍ଥାନରେ ନ ଖୋଜି, ପୂଜା ନକରି ସମସ୍ତେ ମନ୍ଦିର ଯାଇ ଭିଡ଼ କରିବାକୁ ପଛାନ୍ତି ନାହିଁ।" – ଏମିତି ମନ୍ତବ୍ୟ ରଖି ତନୁଜା ଲାଇଟ୍ ଲିଭେଇ ଶୋଇପଡ଼ିଲା।

ଉପେକ୍ଷିତ

"ଜୀବନ ମୋହ ଶିଖାଏ; ସ୍ନେହ ଶିଖାଏ; ସ୍ୱାର୍ଥ ଶିଖାଏ। ଜୀବନ ଈର୍ଷା ଶିଖାଏ, ଦ୍ୱେଷ ଶିଖାଏ, ଦ୍ୱନ୍ଦ୍ୱ ଶିଖାଏ। ଜୀବନ ପ୍ରତିଦ୍ୱନ୍ଦିତା ଶିଖାଏ, କ୍ରୋଧ ଶିଖାଏ, ସମାଧାନ ଶିଖାଏ। ଏସବୁ ବିନା ଜୀବନ ଜିଇଁବା ଅସମ୍ଭବ। ଏସବୁ ବିନା, ମଣିଷ ତ ମୃତବତ୍ ହୋଇଯିବ।" ଏମିତି ଏକ ଯୁକ୍ତି ବାଢ଼ି ବସିଲା ରାଜେଶ, ପ୍ରଫେସର ରାଜେଶ ଦାସ। ନିମନ୍ତ୍ରିତ ସାଧ୍ୱୀ ରାଧାରାଣୀ ଦେବୀ କିଛି ସମୟ ସ୍ତବ୍ଧ ହୋଇଗଲେ। ଆଜି ପର୍ଯ୍ୟନ୍ତ ତାଙ୍କର ଜ୍ଞାନ ଉପରେ, ପ୍ରବଚନ ଉପରେ କେହି କେବେ ଏଭଳି ଅପମାନଜନକ ମନ୍ତବ୍ୟ ଦେଇନାହାନ୍ତି। ଆଉ ଆଜି ଜଣେ ଏମିତି ସାଧାରଣ ବ୍ୟକ୍ତି ତାଙ୍କ ସହିତ ଯୁକ୍ତି କରୁଛି। ମୁହଁରେ ନ କହିଲେ ବି ହାବଭାବରେ ତାଙ୍କର ଆକ୍ରୋଶ ଭାବ ପ୍ରତିଫଳିତ ହେଲା ଓ ସିଏ କିଛି ସମୟ ନୀରବ ରହିଲେ। ତାଙ୍କ ସହିତ ଆସିଥିବା ଆଶ୍ରମର ଶ୍ୟାମ ମହାରାଜ ମଧ୍ୟ ନୀରବ ରହିଲେ।

କିଛି ସମୟ ପୂର୍ବରୁ ରାଧାରାଣୀ ଦେବୀ ଜନତାଙ୍କୁ ନିବେଦନ କରିଥିଲେ, "ଜୀବନରୁ ମାୟା ଛାଡ଼ନ୍ତୁ; ମୋହ ଛାଡ଼ନ୍ତୁ; ସ୍ୱାର୍ଥ ଛାଡ଼ନ୍ତୁ; ଆସକ୍ତି ଛାଡ଼ନ୍ତୁ। ସବୁକିଛି କୃଷ୍ଣଙ୍କ ଚରଣରେ ସମର୍ପଣ କରିଦିଅନ୍ତୁ। ସବୁତ ତାଙ୍କର ଦାନ ନା। ତାଙ୍କୁ ସମର୍ପଣ କରିବାରେ ହେଲା କାହିଁକି? ସଙ୍କୋଚ କାହିଁକି?" ଏତିକିରେ ଉପସ୍ଥିତ ଜନତାଙ୍କ ମନରେ ଭକ୍ତିଭାବର ନିର୍ଝରିଣୀ ଝରିଲା ଓ ଉତ୍ପ୍ଲାବିତ ହୋଇ କୂଳ ଲଂଘିଗଲା। ସମସ୍ତେ ନିଜନିଜର ସଞ୍ଚୟ ମାନ ଆଶ୍ରମର ଦାନପାତ୍ରରେ ରଖିଦେଲେ। ଆଶ୍ରମର କର୍ମୀ ଜଣେ ସେସବୁ ସଂଗ୍ରହ କଲେ। ତାପରେ ରାଧରାଣୀ ଦେବୀ ଜନତାଙ୍କୁ ଆବାହନ କଲେ, "ମନରେ କିଛି ପ୍ରଶ୍ନ ଅଛି ତ, ବିନା ଦ୍ୱିଧାରେ ପଚାର।"

ସେଇକଥା ରାଜେଶ ସହିପାରିଲାନି। କଣ ଦରକାର ଥିଲା ବାପାଙ୍କର ଏମିତି ଏକ ଆୟୋଜନ? ନାତିର ଜନ୍ମଦିନରେ ସିଏ ଆଉ କିଛି ତ କରିପାରିଥାନ୍ତେ; ନା,

ଏମିତି ଏକ ସାଧୁ ମେଳା କଲେ, ଯେଉଁଥିରେ କି ଅର୍ଥ ନଷ୍ଟ, ସମୟ ନଷ୍ଟ, ପରିଶ୍ରମ ଅନେକ। ଅନ୍ୟମାନଙ୍କର ବି ଅର୍ଥ ନଷ୍ଟ ହେଲା। ଜଣକ ଦେଖାଦେଖି ସମସ୍ତେ ଦାନପାତ୍ରରେ ନିଜର ସଞ୍ଚୟ ଅଜାଡ଼ିଦେଲେ। ନହେଲେ ଅନ୍ୟମାନେ ଭାବିବେ କଣ ? ରାଜେଶର "ଆଚାର୍ଯ୍ୟ ଥିଲେ ବୋଲି" ଗଜଟି ମନେ ପଡ଼ିଗଲା। ଆଚାର୍ଯ୍ୟଙ୍କୁ ଦେଖେଇବା ପାଇଁ କେମିତି ଅନିଚ୍ଛା ସତ୍ତ୍ୱେ ବି ସମସ୍ତେ ଭିକାରୀକୁ ଦାନ କରିଗଲେ। ଭିକାରୀ ବିଷୟରେ ସେମାନଙ୍କର ସମସ୍ତ ମନ୍ତବ୍ୟ ୧୮୦ ଡିଗ୍ରୀ ଘୁରିଗଲା। ସେଦିନ ବି ବାପାଙ୍କୁ ଦେଖେଇବା ପାଇଁ ଓ ମିଡ଼ିଆବାଲାଙ୍କ ଦୃଷ୍ଟି ଆକର୍ଷଣ କରେଇବା ପାଇଁ ସମସ୍ତେ କିଛିକିଛି ଦାନ କଲେ। ରାଜେଶକୁ ସେଇଟା ଜମା ବି ଭଲ ଲାଗିଲା ନାହିଁ।

ହେଲେ ଏ ଦେଖେଇହେବା ସଂସ୍କୃତିକୁ ତ ଏଡ଼େଇଦେଇ ହେବନି। ଆଜିକାଲି ଏସବୁର ପ୍ରଚଳନ ଅନେକ ବଢ଼ିଗଲାଣି। ଲୋକ କିଛି ଦାନ କରିବା ପୂର୍ବରୁ କ୍ୟାମେରାମ୍ୟାନ୍, ଟିଭି ଲୋକଙ୍କୁ ଡାକି ପ୍ରଥମେ ଭିଡ଼ିଓ ଓ ଫଟୋଗ୍ରାଫିର ବ୍ୟବସ୍ଥା କରୁଛନ୍ତି। କିଏ ଯଦି ଭିକାରୀ ଭୋଜନ କଲେ ତ, ପ୍ରଥମେ ତାହାର ଭିଡ଼ିଓ କରିବେ। ବାଟରେ ଘାଟରେ ଯଦି କେଉଁଠି ଗଣ୍ଡଗୋଳ ହେଲା, ସେସବୁର ସମାଧାନରେ ମନ ନଦେଇ ଭିଡ଼ିଓ କରିବାରେ ସମସ୍ତେ ବ୍ୟସ୍ତ। ଏଣୁ ଏଭଳି ସୁଯୋଗ କାହିଁକି ଛାଡ଼ନ୍ତେ। ଛୁଆଟିଏ ରାସ୍ତାରେ ପଡ଼ିଗଲେ, ରକ୍ଷାକରିବା ଲୋକ କମ୍, କିନ୍ତୁ ଭିଡ଼ିଓ ନେବା ଲୋକ ଅଧିକ। ଏସବୁ ଏ ଯୁଗର ଖେଳ। ସମସ୍ତଙ୍କ ହାତରେ ରହିଥିବା ମୋବାଇଲର ଖେଳ। ସେଥିପାଇଁ ଆଜି ଆଶ୍ରମର ଅନେକ ଆୟ ହୋଇଗଲା।

ରାଜେଶ ଯେ ସଂପୂର୍ଣ୍ଣ ନାସ୍ତିକ, ସେମିତି ନୁହେଁ। ଈଶ୍ୱରଙ୍କ ଉପରେ ତାର ଅଗାଧ ଭକ୍ତି ଓ ଭରସା। ତେବେ ସିଏ ଏ ବାବା, ମାତା ମାନଙ୍କୁ ସହି ପାରେନାହିଁ। କାହିଁକି କେଜାଣି ବାପା ଡାକ୍ତର ହୋଇ ମଧ ଏ ସବୁରେ ବିଶ୍ୱାସ କରନ୍ତି।

ରୂପା ସେ ସମୟରେ ଆଶ୍ରମରୁ ଆସିଥିବା ସାଧୁମାନଙ୍କ ପାଇଁ ଜଳପାନର ବଦୋବସ୍ତ କରୁଥିଲା। ସିଏ ରାଜେଶର ପ୍ରଶ୍ନ କିଛି ଶୁଣିନଥିଲା। ପରେ ସିଏ ଶାଶୁଙ୍କ ଠାରୁ ସବୁ ଶୁଣିଲା। ରାତିରେ ପଚାରିଲା, "ତମେ ଏମିତି କାହିଁକି କହିଲ ? ବାପା ତାଙ୍କୁ ନିମନ୍ତ୍ରଣ କରିଥିଲେ। ସେମାନେ ଆମର ଅତିଥି ହୋଇ ଆସିଥିଲେ। ଅତିଥିଙ୍କୁ କଣ ଏମିତି କୁହାଯାଏ ? ବିଶେଷ କରି କୁନାର ଜନ୍ମଦିନଟାରେ ଏଇଟା ଭଲ ହେଲାନି।"

ରାଜେଶ ସେମିତି ସ୍ୱତଃପ୍ରଜ୍ଞ ରହି ଉତ୍ତରଦେଲା, "ରାଧାରାଣୀ ଦେବୀ ତ ପ୍ରଶ୍ନ ପଚାରିବାକୁ କହିଲେ। ଆଉ ମୁଁ ଗୋଟିଏ ପ୍ରଶ୍ନ ପଚାରିଦେଲି। ସେଥିରେ ଅସୁବିଧା କଣ ରହିଲା ? ମୋ ପ୍ରଶ୍ନ ତ ଅଯୌକ୍ତିକ ନଥିଲା କି ତାଙ୍କ ପ୍ରତି ଆକ୍ଷେପ ନଥିଲା।"

ରୂପା ମଧ୍ୟ ଭାବିଲା। ସତରେ ତ ରାଜେଶର ପ୍ରଶ୍ନ କିଛି ଅଯୌକ୍ତିକ ନଥିଲା। ଶ୍ୟାମ ମହାରାଜ ଓ ରାଧାରାଣୀ ଦେବୀ ସିନା ସନ୍ୟାସୀ ହେଲେ; ଏମିତି ପ୍ରବଚନ ଦେଇ ଅର୍ଥ ରୋଜଗାର କଲେ। ହେଲେ ରାଜେଶ ଓ ରୂପାଙ୍କ ଭଳି ମଣିଷମାନେ ଯିଏ ସଂଘର୍ଷ କରି ନିଜପାଇଁ ଏକ ବୃତ୍ତି ଖୋଜି ପାଇଛନ୍ତି, ସେମାନଙ୍କୁ ତ ମଣିଷ ଭଳି ବଞ୍ଚିବାକୁ ପଡ଼ିବ। ସେଥିରେ ଈର୍ଷା ତ ଆସିବ, କିନ୍ତୁ ଈର୍ଷା ଆସିଲେ ଯେ ଅନ୍ୟର କ୍ଷତି କରିବାକୁ ପଡ଼ିବ, ସେଥିରେ ସେମାନେ ବିଶ୍ୱାସ କରନ୍ତି ନାହିଁ। ବରଂ ଈର୍ଷା ଆସୁଥିବା ବ୍ୟକ୍ତି ଠାରୁ ଉପରେ ପହଞ୍ଚିବା ପାଇଁ ପ୍ରେରଣା ପାଇ ପରିଶ୍ରମ କରନ୍ତି। ସେଇଥିପାଇଁ ତ ଆଜି ସେମାନେ ନିଜନିଜ କର୍ମକ୍ଷେତ୍ରରେ ପ୍ରତିଷ୍ଠିତ।

ସେଇଭଳି ଈର୍ଷା ଆସିଲେ ତ ଜଣେ ମଣିଷ ଉପରକୁ ଉଠିପାରିବ। ସେଇଟା କଣ ଭୁଲ୍ ?

ପରେ ରାଜେଶ ନିଜର ପ୍ରଶ୍ନ ଉପରେ ଭାବିଲା। ସତରେ କଣ ସିଏ କିଛି ଅପମାନ ଜନକ ମନ୍ତବ୍ୟ ଦେଲା। ସିଏ ତ ସତ କଥା କହିଲା। ସ୍ୱାର୍ଥ ପାଇଁ ତ ମଣିଷ ପ୍ରେରଣା ପାଏ। ଶ୍ରେଣୀରେ ପ୍ରଥମ ହେବାର ସ୍ୱାର୍ଥ ଯଦି ମନ ଭିତରେ ନ ରହିବ, ତେବେ ପିଲା ଅକ୍ଲାନ୍ତ ପରିଶ୍ରମ କରିବ କାହିଁକି ? କାର୍ଯ୍ୟକ୍ଷେତ୍ରରେ ଯଦି ପ୍ରମୋଶନର ସ୍ୱାର୍ଥ ନ ରହିବ, ତେବେ ଜଣେ କର୍ମୀ ତ ସବୁବେଳେ ଠିକ୍ ଚାଲିବ, ତା'ର କାମରେ ଆଗ୍ରହ ରହିବନାହିଁ। ଏକଥା କଣ ସତ ନୁହେଁ ? ରାଜେଶ କେବେ କାହାକୁ ତଳେ ପକେଇ ଏପର୍ଯ୍ୟନ୍ତ ଉପରକୁ ଆସିନି; ଯାହା ତା' ଜୀବନରେ କରିଛି, ସବୁ ନିଜ ପରିଶ୍ରମରେ; ସେ ପରିଶ୍ରମ ପାଇଁ ସିଏ ପ୍ରେରଣା ପାଇଛି ଈର୍ଷାରୁ, ପ୍ରତିଦ୍ୱିଦ୍ୱିତାର ମନୋଭାବରୁ ଓ ସ୍ୱାର୍ଥ ଦୃଷ୍ଟିରୁ। ସେ ସ୍ୱାର୍ଥ ତାର ସ୍ତ୍ରୀ ଓ ପିଲାମାନଙ୍କୁ ସବୁ ସୁଖ, ସୁବିଧା ଦେବା ପାଇଁ; ବାପା ଓ ବୋଉଙ୍କୁ ସୁଖରେ ରଖିବା ପାଇଁ; ଭଉଣୀର ବାହାଘର କରିବା ପାଇଁ। ଏସବୁ କଣ ଭୁଲ୍ ?

ସେଦିନ ବାପା ରାଜେଶ ଉପରେ ଅସନ୍ତୁଷ୍ଟ ରହିଲେ। ସବୁ କାର୍ଯ୍ୟକ୍ରମ ସରିବାପରେ ସିଏ ବୋଉ ସହିତ ଯୁକ୍ତି କରୁଥିବାର ଶୁଣାଗଲା। "ପିଲାଟା ଏତେ ବଡ଼ ପ୍ରଫେସର୍ ହେଇଛି, ହେଲେ ଏତିକି ଶିଷ୍ଟାଚାର ନାହିଁ; ଏମିତି ଗୋଟିଏ ପ୍ରଶ୍ନ ପଚାରି ରାଧାରାଣୀ ଦେବୀଙ୍କର ଅପମାନ କଲା।"

ବୋଉ କିନ୍ତୁ ରାଜେଶ ପଟ ହୋଇ ମତାମତ ଦେଲା। "ହେଲେ ସିଏ ତ କିଛି ଭୁଲ୍ ପ୍ରଶ୍ନ ପଚାରିଲାନି। ସେମାନେ ସିନା ସାଧୁ, ସନ୍ତୁ ହେଲେ; ସମସ୍ତେ ଯଦି ତାଙ୍କ ଭଳି ହେବେ, ତାହେଲେ ଏ ଦୁନିଆ ଚାଲିବ କିମିତି ? ଆଉ ଦୁନିଆରେ ରହିଲେ, ନିଜ ପାଇଁ ନିଜେ ନକଲେ, ଆଉ କଣ କିଏ ଆସି କରିଦେଇ ଯିବ ? ତମେ କହୁନା।"

"ସେକଥା ଠିକ୍ ଯେ, ହେଲେ ଏତେ ଲୋକ ଗହଳିରେ ତାଙ୍କୁ ଏମିତି ଅପମାନ କରିବାଟା କଣ ଭଲହେଲା ?"

"ଏଇଟା ଅପମାନ କଥା କଣ ହେଲା ? ପ୍ରଶ୍ନଟିଏ ତ ପଚାରିଲା। ସେଥିରେ ମାନ, ଅପମାନ କଥା କୁଆଡୁ ଆସିଲା।"

ବୋଉକୁ ମନେମନେ ଧନ୍ୟବାଦ ଦେଲା ରାଜେଶ। ରାଜେଶ ବି ଭାବିପାରୁନଥିଲା ଏ କଥାରେ ଏମିତି ଅପମାନ କେମିତି ହେଇଗଲା ? ଏବେ ଏ ସବୁ ଲୋକଚରିତ୍ର ବୁଝିବା ବଡ଼ କଷ୍ଟକର ହୋଇଗଲାଣି। ଜଣେ ଭାବିକି କହୁଥିବ ଗୋଟିଏ କଥା, ଆଉ ଜଣେ ବୁଝିବ ଅଲଗା।

ଏତେ ସାମାନ୍ୟ କଥାଟିଏ। କିନ୍ତୁ ତା' ପରଦିନ ସେ କଥା ସବୁଆଡ଼େ ପ୍ରଚାରିତ ହୋଇଗଲା। "ସାଧ୍ୱୀଙ୍କୁ ଅପମାନ" ଶୀର୍ଷକ ବହନ କରି କେତେଗୁଡ଼ିଏ ଖବରକାଗଜରେ ଛପା ହୋଇଗଲା। ଏମିତି କି ଟିଭି ଚ୍ୟାନେଲରେ ବି ସମ୍ବାଦ ହୋଇ ବାହାରିପଡ଼ିଲା। ରାଜେଶ ଆଶ୍ଚର୍ଯ୍ୟ। ରୂପା ବି ଆଶ୍ଚର୍ଯ୍ୟ। ତା ପରଦିନ ଆମେରିକାର ସାଙ୍ଗ ଜଣେ ହ୍ୱାଟ୍ସଆପରେ ମେସେଜ୍ ପଠେଇଲା, "ଆରେ ରାଜେଶ, ଇଏ କଣ; ତୁ ଗୋଟିଏ ୟୁ-ଟିଉବ୍ ହିରୋ ହେଇଗଲୁଣି। ଅସଲ କଥା କଣ ? ସେ ସାଧ୍ୱୀଙ୍କୁ ତୁ କଣ ଏମିତି କହିଦେଲୁ ?"

ସତକୁ ସତ ଦେଖିବାବେଳକୁ କେତେକ ୟୁ-ଟିଉବରେ ସେ ଖବର ପ୍ରସାରିତ ହୋଇଛି। ସେସବୁରେ ଅନେକ ବ୍ୟକ୍ତିଙ୍କ ମନ୍ତବ୍ୟ ମଧ୍ୟ ମିଳିଛି। କିଏ ରାଜେଶକୁ "ହିରୋ" କହିଛି ତ କିଏ "ନାସ୍ତିକ" କହି ତିରସ୍କାର କରିଛି। ସେ ଖବର ଦୁଇ, ତିନି ଦିନରେ ୫ ଲକ୍ଷ ଲୋକ ଦେଖିଲେ। ଏବେ ସତରେ ରାଜେଶ ମନରେ ଭୟ ପଶିଲା। ଜଣେ ଭଲ ପ୍ରଫେସର ଭାବେ ତାର ଯେଉଁ ସୁନାମ ଅଛି, ଏଇ କଥା ପାଇଁ ଯେମିତି କିଛି ଅସୁବିଧା ନହୁଏ। ୟୁନିଭର୍ସିଟିରେ ଜାଣିଲେ କଣ ହେବ ? ଏ ପର୍ଯ୍ୟନ୍ତ ତା'ର ଅନେକ ସବୁ ଗବେଷଣା ସମ୍ବନ୍ଧୀୟ ଉପସ୍ଥାପନା ୟୁ-ଟିଉବରେ ରହିଥିଲା। ଏବେ ଏମିତି ଗୋଟିଏ ଖବର ତା' ନା' ସହିତ ଜୋଡ଼ି ହେଇଯିବ। ସେଦିନ ରାତିରେ ସେଇ ବଦନାମର ଚାପରେ ରାଜେଶ ଶୋଇପାରିଲାନି। ତା' ମନରେ ସତରେ ଛନକା ପଶିଗଲା। କାହିଁକି କେଜାଣି ତା' ଜୀବନରେ ଏମିତି ସବୁ ଘଟେ। ସାମାନ୍ୟ ଘଟଣାଟିଏ, ଏତେଦୂର ଚାଲିଯିବ ବୋଲି କିଏ ଜାଣେ ? ଆଜିକାଲିର ଖବରଦାତା ମାନେ ବି ଜଣେଜଣେ କିମ୍ଭୁତକିମାକାର ମଣିଷ ପାଲଟିଗଲେଣି। ସେମାନଙ୍କୁ କିଛି ଉପଯୁକ୍ତ ଖବର ମିଳୁନି ନା କଣ। ଏମିତି ଏକ ସାମାନ୍ୟ ଘଟଣାକୁ ବନେଇଟୁନେଇ ଏତେ ବଡ଼ କରୁଛନ୍ତି ?

ରୂପାର ବି ମନରେ ଛନକା ପଶିଲା । ସେମାନେ କେତେ ଖୁସିରେ ପୁଅର ଜନ୍ମଦିନ ପାଳିବାକୁ ଘରକୁ ଆସିଥିଲେ । ସବୁ କିଛି ବିଗିଡ଼ିଗଲା ।

ରାଜେଶ ୨୦ ବର୍ଷ ତଳର ସେ ଦୁର୍ଘଟଣା କଥା ମନେ ପକେଇ ଆହୁରି ଭୟଭୀତ ହୋଇଗଲା ।

କଲେଜରେ ତୃତୀୟ ବର୍ଷ ବିଜ୍ଞାନର ଛାତ୍ର ଥିଲା ସିଏ । ସେବର୍ଷ ସିଏ କଲେଜର ବକ୍ତୃତା ପ୍ରତିଯୋଗିତାରେ ପ୍ରଥମ ହେବାରୁ ଖବରକାଗଜରେ ତା ଫଟୋ ବାହାରିଥିଲା । ତେଣୁ ଗାଁକୁ ଯେବେ ଛୁଟିରେ ଗଲା, ସାଙ୍ଗମାନେ ସମସ୍ତେ ତାଠାରୁ ଭୋଜି ଖାଇବାକୁ ଓ ଖୁସି ମନେଇବାକୁ ବଣଭୋଜି ଯିବାକୁ ପ୍ରସ୍ତାବଦେଲେ । ସେମାନେ ରନ୍ଗିରିରେ ଭୋଜି କରିବାକୁ ସ୍ଥିରକଲେ । ସେତେବେଳେ ରନ୍ଗିରିକୁ ଆଜି ଭଳି ରାସ୍ତାଘାଟର ସୁବିଧା ନଥିଲା । ସମସ୍ତଙ୍କୁ ଚାଲିକି ଯିବାକୁ ପଡ଼ିବ । ସାଙ୍ଗରେ ଦୁଇଜଣ ଭାରିଆ ଯାଇଥିଲେ । ସେମାନେ ସବୁ ଖାଦ୍ୟ, ପାନୀୟ ଭାରରେ ବୋହି ନେଉଥିଲେ । ରନ୍ଗିରିରେ ତା' ସାଙ୍ଗ ଧଡ଼ିଆର ମାମୁ ଘର । ସିଏ ପ୍ରସ୍ତାବ ଦେଲା ଯେ, ଆଗଦିନ ରାତିରୁ ମାମୁ ଘରେ ପହଞ୍ଚିଯିବେ । ତାଙ୍କ ଘରେ ରହିବେ । ସକାଳୁସକାଳୁ କାଠ, ଖାଇବାପାଇଁ ଖଲିପତ୍ର ଓ ଅନ୍ୟାନ୍ୟ ଜିନିଷ ସେଇ ରନ୍ଗିରିରେ ଯୋଗାଡ଼ କରିବେ । ବଣଭୋଜି କରିବେ ଓ ଅପରାହ୍ନରେ ଫେରିଆସିବେ ।

ସେମାନେ ଯିବାବେଳକୁ ସଞ୍ଜ ନଇଁଗଲାଣି । ସେମାନଙ୍କୁ ଗୋଟିଏ ତୋଟା ଅତିକ୍ରମ କରି ଯିବାକୁ ପଡ଼ିଲା । ହଠାତ୍ ରାଜେଶର ଦୃଷ୍ଟିପଡ଼ିଲା, ସେ ତୋଟାରେ କିଏ ଜଣେ ଆମ୍ବଡ଼ାଳରେ ଝୁଲିଛି । କଲେଜରେ ପଢ଼ିଲେ ବି ହଠାତ୍ ଭୂତ, ପ୍ରେତର ଭୟ ପଶିଲା । ସିଏ ଡରିଗଲା ଓ ଧଡ଼ିଆକୁ କହିଲା । ସେମାନଙ୍କ ପାଖରେ ଟର୍ଚ ଥିଲା । ଧଡ଼ିଆ ଟର୍ଚ ପକେଇ ଦେଖିବା ବେଳକୁ ସିଏ ଗୋଟିଏ ଝିଅ ପିଲା । ଆମ୍ବଗଛରେ ରସି ଦେଇ ମରିବାକୁ ଚାହୁଁଥିଲା । ଠିକ୍ ତାର ମୃତ୍ୟୁ ପୂର୍ବରୁ ଏମାନେ ତାକୁ ଧରିଦେଲେ । ଅନ୍ୟ ସବୁ ସାଙ୍ଗ କହିଲେ, "ଆମେ କାହିଁକି ଏ ଝାମେଲାରେ ପଶିବା ? ଚାଲ ଆମେ ଚାଲିଯିବା । ସେ ଝିଅ ଯାହା କରୁଛି କରୁ ।"

ରାଜେଶ କିନ୍ତୁ ରାଜିହେଲାନି । "ସେ ଝିଅଟିର ମସ୍ତିଷ୍କ ବିକୃତି ଅଛି କି କଣ ? ଆମେ ତାକୁ ତା' ଘରେ ନେଇ ଛାଡ଼ିବା । ହୁଏତ ସିଏ ରନ୍ଗିରିରେ କାହାର ଝିଅ ହୋଇଥାଇପାରେ ?"

ସେମାନେ ସେ ଝିଅଟିକୁ ଗଛ ଡାଳରୁ ତଳକୁ ଆଣିବାରେ ସାହାଯ୍ୟକଲେ । ତାପରେ ପଚାରିଲେ, "ତମ ଘର କୋଉ ଗାଁରେ ?"

"ମୁଁ ଘରକୁ ଯିବିନି। ଆଜି ଏଠି ମରିବି। ତମେ ସବୁ ମତେ ଛାଡ଼ି ପଳେଇଯାଅ।"

"ଆମେ ତମକୁ ତମ ଘରେ ଛାଡ଼ିବୁ। କୁହ, ତମ ଘର କୋଉ ଗାଆଁରେ ଓ ବାପାଙ୍କ ନାମ କଣ ?"

ସେ ଝିଅ ଜିଦ୍ କଲା। ଜିଦ୍ କରିବାରୁ ରାଜେଶ ତାକୁ ଜବରଦସ୍ତ ଟେକି ଧରି ବୋହିଲା। ସେମାନେ ସେ ଝିଅକୁ ରନ୍‌ଗିରି, ଧଡ଼ିଆର ମାମୁ ଘରକୁ ନେଇଆସିଲେ। ଧଡ଼ିଆର ମାମୁ, ମାଇଁ ଏସବୁ ଦେଖ୍ ଛାନିଆ। "ଆରେ ଏ ଝିଅକୁ କିଏ କାହିଁକି ଆଣିଛ ? ଇଏ କିଏ ?"

ସେ ଝିଅ ରାଜେଶ ଆଡ଼େ ହାତ ଦେଖେଇ କହିଲା, "ଇଏ ମତେ ଜବରଦସ୍ତ ଆଣିଛନ୍ତି।"

ଏଇ କଥାଟା ଭଲରେ ଗଲାନି। ଧଡ଼ିଆର ମାମୁଙ୍କ ପଡ଼ୋଶୀ ଏକଥା ଶୁଣିଲେ। କଥାଟା ହଠାତ୍ ବ୍ୟାପିଗଲା। ରାତିଟାରେ ବି ବଡ଼ କୋଲାହଲ ଜମିଲା। ସମସ୍ତେ ରାଜେଶର ଚରିତ୍ର ଉପରେ ସନ୍ଦେହକଲେ। ଏ ପିଲାଟା କଲେଜପିଲା। ସହରରେ ପଢୁଛି। ତେଣୁ ଏସବୁ ଝିଅ ମାନଙ୍କ ସହିତ ସଂପର୍କ ରଖିବା ବି ହୁଏତ ତାର ନିତିଦିନିଆ କାମ। "ଛି, ଛି, ଆଜିକା ପିଲା ଗୁଡ଼ା କଣ ହେଲେଣି ଯେ ?"

କେହି କାହା କଥା ଶୁଣିବାକୁ ପ୍ରସ୍ତୁତ ନଥିଲେ। ସମସ୍ତେ ଗୋଟିଏ ହାତ୍ଥାରେ ରାଜେଶକୁ ଦୋଷ ଦେଇ ନିଜ ବୁଝିବା ଓ କହିବାର ଆକାଂକ୍ଷାକୁ ଚରିତାର୍ଥ କଲେ। ସେ ଝିଅଟି ଅଧିକ କିଛି କହିବାକୁ ଚାହିଁଲେ ବି ତାକୁ କହିବାକୁ ଦିଆଗଲାନି।

ରାତିରେ ସ୍ଥିର ହେଲା, ସେ ଝିଅଟି ଯାଇ ହାଇସ୍କୁଲର ଦିଦିଙ୍କ ସହିତ ସେ ରାତିଟା ରହିବ। ଦିଦି ତା' ଠାରୁ ତା ବାପା, ମାଙ୍କ ଖବର ବୁଝିବେ। ସକାଳ ହେଲେ ତା' ବାପା, ମାଙ୍କୁ ଜଣେଇ ଝିଅଟିକୁ ସେମାନଙ୍କ ଜିମା ଦିଆଯିବ। ରାଜେଶର ବାପାଙ୍କୁ ଡକେଇ ଏ କଥା ଜଣେଇ ଦିଆଯିବ। ଗାଁର ମୁଖିଆ ଏ ନିଷ୍ପତ୍ତି ଶୁଣେଇ ଚାଲିଗଲେ। ଧଡ଼ିଆର ମାମୁ ମଧ ରାଜେଶକୁ ଭୁଲ୍ ବୁଝିଲେ। ସେଦିନ ରାତିରେ ରାଜେଶ କିଛି ଖାଇଲାନି। ସେମାନେ ସମସ୍ତେ ବଣଭୋଜି କଥା ଭୁଲିଗଲେ। କେମିତି ଆସନ୍ତା କାଲି ସକାଳୁ ନିଜ ନିଜ ଘରକୁ ପ୍ରତ୍ୟାବର୍ତ୍ତନ କରିବେ, ସେଇ ଚିନ୍ତାରେ ରହିଲେ।

ସକାଳ ହେଲା। ସେ ଝିଅଟିର ବାପା, ମାଙ୍କ ଖବର ମିଳିଲା। ସେମାନଙ୍କୁ ଖବର ଦିଆଗଲା। ସେଦିନ ରାତିରେ ସେ ଝିଅଟିକୁ ଭୀଷଣ ଜ୍ୱର ହୋଇଥିଲା। ତେଣୁ ଅସୁସ୍ଥତା ପାଇଁ ଝିଅର ମାମୁ ଖବର ପାଇ ତାକୁ କଟକ ନେଇଗଲେ। ତାର ବାପା, ମା' ମଧ ରାଜେଶକୁ ଦୋଷୀ ସାବ୍ୟସ୍ତ କଲେ। ସେମାନେ ସବୁ ସାଙ୍ଗ ସେଦିନ ନିଜ

ଗାଁକୁ ଫେରିଆସିଲେ । ଆଉ ବଣଭୋଜି ହୋଇପାରିଲାନି । ଗାଁରେ ବି ରାଜେଶର ବହୁତ ଅପପ୍ରଚାର ହେଲା ।

ବୋଉ ଆଗରେ ରାଜେଶ ସବୁ ସତ କଥା କହିଲା । ବୋଉ ବିଶ୍ୱାସ କଲା । "ଏ ଦୁନିଆଟା ସେଇମିତି ପରା । ଯାହାର ଭଲ କରିବୁ, ସିଏ ଆସି ତୋ ମୁଣ୍ଡରେ ବିପଦ ହେଇକି ଠିଆହବ । ହେଉ ସେ ଝିଅଟି ଭଲ ହେଇଯାଉ । ସିଏ ତ ସତ କହିବ ନା ।"

ତେବେ ଗୋଟିଏ ସପ୍ତାହ ପରେ ସବୁକଥା ଜଣାପଡ଼ିଲା । ସେ ଝିଅଟିର ଟିକେ ମୁଣ୍ଡ ଦୋଷ ଥିଲା । ବିଶେଷତଃ ତା' ମା'ର ମରିବା ଦିନରୁ ସିଏ ଉଦାସୀନ ରହୁଥିଲା । ଘରେ ତାର ସାବତ ମା । ସେଥର ସିଏ ମ୍ୟାଟ୍ରିକ୍ ଫେଲ ହୋଇଥିଲା । ଘରେ ଗାଲି ଖାଇଥିଲା । ସାବତ ମା' ଗାଲିଦେଇ କହିଥିଲେ, "ଅଲକ୍ଷଣୀ, ଘରକାମରେ ତ ଶୂନ ଥିଲୁ, ଏବେ ପାଠରେ ଶୂନ । ତତେ କିଏ ବାହା ହବ କେଜାଣି ? ଶେଷକୁ ମୋ ମୁଣ୍ଡ ଖାଇବୁ । ତତେ କଣ ଟିକେ ଲାଜ ଅଛି ନା ସରମ ଅଛି । ମରିଯାଆନ୍ତୁ ହେଲେ, ଗୋଟିଏ କଣ୍ଢା ଯାଆନ୍ତା ।"

ଏତିକିରେ ସେ ଝିଅଟି ପ୍ରାଣତ୍ୟାଗ କରିବା ପାଇଁ ଜିଦ୍ କରି ଘର ଛାଡ଼ିଥିଲା ।

ବୟସର ଦୋଷ । ଚପଲ ମନର ନିର୍ଣ୍ଣୟ । ଜୀବନକୁ ବୁଝିବାରେ ଜ୍ଞାନ ଅପରିପକ୍ । ଝିଅଟିର ସେ ଚପଲ ମନ ପାଇଁ ରାଜେଶର ଦୋଷ ନ ଥାଇ ବି ସପ୍ତାହଟିଏ ତାକୁ ସମସ୍ତଙ୍କ ଘୃଣା ଓ ଗାଲିର ଶିକାର ହେବାକୁ ପଡ଼ିଥିଲା । ସମସ୍ତଙ୍କ ଦ୍ୱାରା ଉପେକ୍ଷିତ ହେଲା । ବାପାଙ୍କୁ ସିଏ ସବୁ ସତ କହିଥିଲେ ବି, ବାପା ବୁଝିନଥିଲେ । ସହରରେ ରହି, କଲେଜରେ ପଢ଼ି ରାଜେଶର ମତି ଠିକ୍ ରହୁନି ବୋଲି ମତାମତ ଦେଇଥିଲେ ।

ଈଶ୍ୱରଙ୍କୁ ଅନେକ ଧନ୍ୟବାଦ, ଝିଅଟି ତା ମାମୁଙ୍କୁ ସବୁ ସତକଥା କହିଥିଲା । ତା ମାମୁ ସେକଥା ସମସ୍ତଙ୍କୁ ଜଣେଇ ରାଜେଶର ପରିବାର ଠାରୁ କ୍ଷମା ମାଗିଥିଲେ । ସେଦିନ ପରଠାରୁ ତା ମାମୁ ତାକୁ ନିଜପାଖକୁ ନେଇଯାଇଥିଲେ । ସେଠି ସିଏ ପରବର୍ଷ ପରୀକ୍ଷା ଦେଇ ମ୍ୟାଟ୍ରିକ୍ ବି ପାସ୍ କରିଥିଲା ବୋଲି ଧଡ଼ିଆ ଖବର ଦେଇଥିଲା । ହେଲେ ରାଜେଶ ସେଇଦିନରୁ ଯେଉଁ ଶିକ୍ଷା ପାଇଲା, ସେଇଟା ତାର ଭବିଷ୍ୟତର ବଟିଘର ହୋଇ ରହିଲା ।

ତେବେ ସେତେବେଳର ଘଟଣା ଓ ଏ ସମୟର ଘଟଣା ଭିତରେ ଫରକ ଅଛି । ସେତେବେଳେ ମିଡ଼ିଆ ଏତେ ସକ୍ରିୟ ନଥିଲା କି ସମସ୍ତଙ୍କ ହାତରେ ମୋବାଇଲ୍ ନଥିଲା । ତେଣୁ ରାଜେଶର ଏ ଦୁର୍ଗତିର କୋହାଣୀ କେବଳ ସେଇ କେତୋଟି ଗାଁ ଭିତରେ ସୀମାବଦ୍ଧ ହୋଇ ରହିଥିଲା । ତାପରେ ତ ସବୁ ପରିଷ୍କାର ହୋଇଗଲା ।

କିନ୍ତୁ ଏବେ ସାମାନ୍ୟ ପ୍ରଶ୍ନଟିଏ ପଚାରି ସିଏ ଯେ ଏମିତି ଅସୁବିଧାରେ ପଡ଼ିଯିବ, ସେ ଧାରଣା ତାର ନଥିଲା ।

ରାଜେଶ ଗୀତ ଗାଏ । ତାର କେତୋଟି ଗୀତର ରେକର୍ଡ ମଧ ୟୁ-ଟିଉବରେ ଥିଲା । ସେଥିରେ ସମସ୍ତେ ପୂର୍ବରୁ ପ୍ରଶଂସାପତ୍ରରେ ମତାମତ ଦେଇ ତାକୁ ଉଚ୍ଚକୁ ଉଠେଇଥିଲେ । ଏବେ ସାଧ୍ୱୀଙ୍କୁ ଅସମ୍ମାନ କରିଥିବା ଖବର ପାଇ, ସେ ମଧରୁ କିଛି ପ୍ରଶଂସକ ହଠାତ୍ ନିନ୍ଦୁକ ପାଲଟିଗଲେ । ରାଜେଶ ଜଣେ ଅହଙ୍କାରୀ, ନାସ୍ତିକ ଓ ସ୍ୱାର୍ଥପର ମଣିଷ ବୋଲି ଅପପ୍ରଚାର କରାଯାଇ ତାର ବହୁତ ନିନ୍ଦା କରାଗଲା । ଏସବୁ ଏତେ ଶୀଘ୍ର ହୋଇଗଲା ଯେ, ଏ ସବୁର କଣ କେମିତି କରାଯିବ, ରାଜେଶ ବୁଝିପାରିଲାନି ।

ଏ ଘଟଣାର ସାତଦିନ ପରର କଥା । ସେମାନେ ଭୁବନେଶ୍ୱରରେ, ରୂପାର ସାନ ଭାଇ ବିଶ୍ୱରୂପର ଘରେ ଥାଆନ୍ତି । ଆଉ ଦୁଇଦିନ ପରେ ସେମାନେ ଭୁବନେଶ୍ୱର ଛାଡ଼ିବେ । ବିଶ୍ୱରୂପ ସେଦିନ ତା'ର ଜଣେ ବନ୍ଧୁ ଶ୍ରୀନାଥ ଓ ବନ୍ଧୁପତ୍ନୀ ଶାରଦାଙ୍କୁ ନିମନ୍ତ୍ରଣ କରିଥିଲା । ସେମାନେ ଆସି ରାତି ସାତଟା ବେଳକୁ ପହଞ୍ଚିଲେ । ରାତ୍ରଭୋଜନ ସମୟରେ ସେମାନେ ସବୁ ଏ ବିଷୟରେ ଆଲୋଚନା କଲେ । ଆଜିକାଲି ମିଡ଼ିଆର ଏ ଭୟାବହ ରୂପ ଓ ସାଧାରଣ ଜନତାର ସ୍ୱାଧୀନ ମତ ଓ ଚଳଣି ଉପରେ ଅନେକ ଆଲୋଚନା ଓ ପର୍ଯ୍ୟାଲୋଚନା ଚାଲିଲା ।

ଶ୍ରୀନାଥ କହିଲେ, "ଶାରଦା ଏଥିରେ ଆପଣଙ୍କୁ ସାହାଯ୍ୟ କରିପାରିବେ ।"

"କେମିତି ?"

"ସିଏ ଗୁଗୁଲ୍ ପାଇଁ ବାଙ୍ଗାଲୋର ଅଫିସରେ କାମ କରନ୍ତି । ସିଏ ଏମିତି ସବୁ ଅନେକ ଘଟଣାର ସମାଧାନ କରିଛନ୍ତି । ତେଣୁ ଆପଣ ବ୍ୟସ୍ତ ହୁଅନ୍ତୁନି । ଆଉ ଯେଉଁ ଦୁଇଦିନ ଭୁବନେଶ୍ୱରରେ ଅଛନ୍ତି, ଆରାମରେ ବୁଲାବୁଲି କରନ୍ତୁ ଓ ଉପଭୋଗ କରନ୍ତୁ ।"

ଶାରଦା କହିଲେ, "ମୁଁ ଆପଣଙ୍କ ପାଇଁ କିଛି ବି କରିପାରିଲେ ନିଜକୁ ଭାଗ୍ୟବତୀ ମନେକରିବି ।"

ରାଜେଶ ପଚାରିଲା, "ଆପଣ ଏମିତି କାହିଁକି କହୁଛନ୍ତି ? କାହିଁ ମୁଁ ତ ଆପଣଙ୍କର କିଛି ଗୋଟିଏ ବଡ଼ ଉପକାର କରିଦେବା ଭଳି ମୋର ମନେପଡୁନି ।"

ଶାରଦା ହସିଲେ । "ଆପଣଙ୍କ ପାଇଁ ମୁଁ ଆଜି ଜୀବିତ । ଏ ଜୀବନ ଆପଣଙ୍କ ଦାନ ।"

ରୂପା ମତାମତ ଦେଲା, "ସତରେ ? ରାଜେଶ ଏତେ ବଡ଼ ହିରୋ । କାହିଁ, ମୁଁ ତ କେବେ ଜାଣିନି କି ଶୁଣିନି ।"

ଶାରଦା ହସି କହିଲେ, "ଭାଇ ସେ ବିଷୟକୁ ଏତେଟା ଗୁରୁତ୍ୱ ଦେଇନଥିବେ। ତେବେ, ଭାଇଙ୍କର ସ୍ମୃତି ଉନ୍ମୋଚନ ପାଇଁ ମୁଁ କହୁଛି। ମୁଁ ସେଇ ଝିଅ, ଯିଏ ଦିନେ ଆମ୍ବ ଗଛରେ ରସି ଲଗେଇ ମରିବାକୁ ଯାଉଥିଲା। ଭାଇ ତାକୁ ସେ ତୋଟାରୁ ଜବରଦସ୍ତ ବୋହିନେଇ ବଞ୍ଚେଇ ଦେଇଥିଲେ।"

ଏବେ ରୂପା ବୁଝିଗଲା। ରାଜେଶ ସେ ବିଷୟରେ ତାକୁ ଅନେକ ଥର କହିଛି। ରାଜେଶ ବି ବୁଝିଗଲା।

ଶାରଦା ଜଣେଇଲେ, ମାମୁ ଘରେ ରହିବା ପରେ ସିଏ ପାଠରେ ଅଧିକ ଧ୍ୟାନ ଦେଇପାରିଲେ ଓ ସେଥ୍ପାଇଁ ଇଞ୍ଜିନିୟରିଙ୍ଗ ପଢି ଦକ୍ଷ ଇଞ୍ଜିନିୟର ହୋଇ ବାହାରିଲେ। ଏବେ ସୁଯୋଗ ଆସିଛି ରାଜେଶଙ୍କର ରୂଣ ପରିଶୋଧ କରିବା ପାଇଁ ଓ ସିଏ କରିବେ ନିଶ୍ଚୟ।

ରାତିରେ ଶୋଇବା ବେଳେ ରୂପା କହିଲା, "ଈଶ୍ୱର ସବୁ ଦେଖନ୍ତି। ଦେଖ ତ! ତମେ ଭଲ କାମଟିଏ କରି ଏତେ ଅପମାନିତ ଓ ଉପେକ୍ଷିତ ହୋଇଥିଲ। ତେବେ ଶାରଦାଙ୍କର ଆଜିର ଏ ପରିଚୟ ତମର ସେ ଭଲକାମର ଫଳ। ମୁଁ ସତରେ ତମ ପାଇଁ ବହୁତ ଗର୍ବିତ ଓ ଖୁସି ଅନୁଭବ କରୁଛି।"

"ମୁଁ ବି।" – କହି ରାଜେଶ କଡ଼ ଲେଉଟାଇଲା।

"ସାଧ୍ୱୀଙ୍କୁ ପ୍ରଶ୍ନ କରି ତମେ ମଧ୍ୟ ଭଲ କାମ କରିଛ। ଅନ୍ତତଃ କିଛି ଲୋକ ତ ସେ ବିଷୟରେ ଚିନ୍ତା କରିବେ। ସେ କାମର ଫଳ ଓଲଟା ଭଳି ଏବେ ପ୍ରତ୍ୟୟ ହେଉଛି ସିନା, ଦିନେ ସିଏ ସୁନା ହୋଇ ଫଳିବ।"

"ଶାରଦାଙ୍କୁ ଦେଖ୍ ମୋ ମନରେ ସେ ବିଶ୍ୱାସ ଆସିଯାଇଛି।" – ଏମିତି କହି ରାଜେଶ ସୁଖନିଦ୍ରାରେ ଶୋଇପଡିଲା।

ଆମ୍ବ ବଉଳ

ଆଜି ବି ସେମିତି ଆମ୍ବ ବଉଳର ବାସ୍ନାରେ ତନୁଜାର ସାରା ଶରୀର ମହକିଗଲା । ଏ ଭିତରେ ଏତେ ସବୁ ବସନ୍ତ ବିତି ଯାଇଥିବା ସତ୍ତ୍ୱେ ବି ଲାଗିଲା, ତା' ଗାଆଁର ବସନ୍ତ ସେମିତି ଅଛି । ଆମ୍ବ ବଉଳର ବାସ୍ନା ବି ସେମିତି ଅଛି । କେବଳ ଅଭାବ ଅଛି ବଉଳର, ଯାହା ସହିତ ସିଏ ଦିନେ ବଉଳ ବସିଥିଲା ।

ଏତେ ବର୍ଷ ଆମେରିକାରେ ରହିଗଲା ପରେ, ଆମ୍ବ ବଉଳର ବାସ୍ନା ତା' ପାଇଁ ଏକ ଦୁର୍ଲ୍ଲଭ ପଦାର୍ଥ ହୋଇଯାଇଥିଲା । ତାପରେ ସେମାନେ ଯେଉଁ ମେରୀଲାଣ୍ଡ ରାଜ୍ୟରେ ରୁହନ୍ତି, ସେଠି ଆମ୍ବ ବଉଳ ଦୁଷ୍ପ୍ରାପ୍ୟ କହିଲେ ଚଳେ । ସିଏ ଯେ ଏହା ଭିତରେ ଓଡ଼ିଶା ଆସିନି, ସେମିତି ନୁହେଁ । ତେବେ ଆସିଲେ ଅଧିକାଂଶ ସମୟ ସହରରେ ହିଁ ବିତିଯାଏ; କେବେ କଟକ ତ କେବେ ଭୁବନେଶ୍ୱର । କେବେ ଦିଲ୍ଲୀ ତ କେବେ ବାଙ୍ଗାଲୋର । ଦ୍ୱିତୀୟ କଥା ହେଲା, ଏବେ ଗାଆଁରେ ତା' ପରିବାରର ପ୍ରାୟତଃ କେହି ରହନ୍ତିନି । ଘରଟା ସେମିତି ମୂକସାକ୍ଷୀ ଭଳି ପଡ଼ିଥାଏ; କାଳେ କିଏ କେତେବେଳେ ଆସିଯିବେ ।

ହେଲେ ଏ ବର୍ଷ ଆମ୍ବ ବଉଳ ଧରିଥିବା ସମୟରେ ଗାଆଁକୁ ଆସିବାର ଗୋଟିଏ ତାତ୍ପର୍ଯ୍ୟ ଥିଲା । ସେ ତାତ୍ପର୍ଯ୍ୟ ତା' ବଉଳକୁ ନେଇ । ବଉଳର ସ୍ମୃତିକୁ ନେଇ ।

ଅନେକ ବର୍ଷ ତଳେ, ଆମ୍ବ ବଉଳକୁ ଆଣି ଦିହେଁ ପରସ୍ପରକୁ ଖୁଆଇ ବଉଳ ବସିଥିଲେ । ତାପରେ ତନୁଜାର ଘରକୁ ଆସି ପଖାଳରେ ସେଇ ଆମ୍ବ ବଉଳକୁ ପକାଇ ବାଇଗଣ ଭଜା, ଆଳୁ ଭର୍ତ୍ତା ଓ ବଡ଼ିଚୁରା ଲଗେଇ ପଖାଳ ଖାଇଥିଲେ । ପଖାଳରେ ଆମ୍ବ ବଉଳ ପଡ଼ିଲେ, ତା'ର ସ୍ୱାଦ ଅଧିକ ବଢ଼ିଯାଏ । ତନୁଜାର ଖୁଡ଼ି ବଳେଇ ବଳେଇ ଖୁଆଉଥିଲେ । କହୁଥିଲେ, "ମଲା, ତମେ ତ ସବୁ ପିଲା ଅଛ; ଯେତେ ଇଚ୍ଛା ସେତେ ଖାଇଯିବ । ତାହେଲେ ସିନା ବଳ ହେବ ।"

ବଉଳ କହିଲା, "ନାଇଁ ଖୁଡ଼ୀ, ମୋ ବୋଉ ମତେ ଖୋଜୁଥିବ। ମୁଁ ଯାଏ। ଏତେତ ଖାଇଲିଣି। ପେଟ ପୂରିଗଲାଣି।"

ତନୁଜା କହିଲା, "ଜାଣିଲ ଖୁଡ଼ୀ, ଆଜି ଆମେ ଦୁହେଁ ବଉଳ ବସିଲୁ। ତେଣୁ ମୁଁ ଆଉ ତା' ନାଁ ନେବିନି କି ସିଏ ମୋ ନାଁ ନେବନି। ତମେ ଏକଥା ମନେରଖିବ। ମୁଁ ଯେତେବେଳେ ବଉଳ ବୋଲି କହିବି, ତମେ ବୁଝିଯିବ।"

ଖୁଡ଼ୀ ମୁଣ୍ଡ ଟୁଙ୍ଗାରି "ହଁ" କହିଥିଲେ। ତାପରେ ତନୁଜା ବଉଳ ସହିତ ଆର ସାହିକୁ ଯାଇ ତାଙ୍କ ଘରେ ତାକୁ ଛାଡ଼ିଦେଇ ଆସିଥିଲା। ସେ ବଉଳର ନାଁ ଥିଲା ପାର୍ବତୀ, ଡାକ ନାଁ ପାର।

ନିଜ ମା' ପେଟର ଭଉଣୀ ସହିତ ବି କଳି ଝଗଡ଼ା ହୁଏ। ହେଲେ ପାର ସହିତ ତନୁଜାର ଝଗଡ଼ା ସେ ଗାଁରେ କେହି କେବେ ଶୁଣିନଥିବେ କି ଦେଖିନଥିବେ। କ୍ଷୀର, ନୀର ଭଳି ଦୁଇଜଣଙ୍କ ଭିତରେ ଅନେକ ସ୍ନେହ, ମମତା। ଦୁହେଁ ଗୋଟିଏ ସ୍କୁଲରେ ପଢ଼ନ୍ତି। ତନୁଜା ପାଠରେ ବିଚକ୍ଷଣ; ହେଲେ ପାର ପାଠରେ ସେତେ ବିଚକ୍ଷଣ ନୁହେଁ। ତେବେ ଗୀତ, ନାଚ, ନେତୃତ୍ୱରେ ପାର ବିଚକ୍ଷଣ। ମୋଟ ଉପରେ ଦୁଇଜଣ ଦୁଇଜଣଙ୍କ ଗୁଣର ପରିପୂରକ। ସେମାନେ ଅଲଗା ଅଲଗା ସାହିରେ ରୁହନ୍ତି। ତେଣୁ ବେଳେବେଳେ ସାହି ପିଲାମାନଙ୍କ ଭିତରେ ଛୋଟଛୋଟ ପ୍ରତିଦ୍ୱନ୍ଦିତା ଲାଗିଯାଏ। ଭାଲୁକୁଣୀ ଓ୍ଷାରେ କେଉଁ ସାହିର ମେଢ଼ ଭଲ ହେବ। ଦୋଳ ପୂନେଇଁରେ କେଉଁ ସାହିର ବିମାନ ଭଲରେ ସଜା ହେବ। ତେବେ ସେସବୁ ତନୁଜା ଓ ପାର ମଧ୍ୟରେ ଫାଟ ସୃଷ୍ଟି କରିପାରନ୍ତିନି।

ଓଡ଼ିଶାର ଗାଁ ଗହଳିରେ ବାରମାସରେ ତେର ପରବ। ସବୁ ପରବରେ କେତେବେଳେ ପାର ତାଙ୍କ ଘରକୁ ତନୁଜାକୁ ଡାକିନିଏ ତ କେତେବେଳେ ତନୁଜା ପାରକୁ ଡାକିନିଏ। ତନୁଜାର ମା' ସବୁବେଳେ ବାହାର କାମରେ ବ୍ୟସ୍ତ ରହିଯାନ୍ତି। ତନୁଜାର ଖୁଡ଼ୀ ହିଁ ତନୁଜା କଥା ବୁଝନ୍ତି। ତାଙ୍କର ଦୁଇଟି ପୁଅ; ଝିଅ ନଥିଲେ। ସାରା ଘରେ ତନୁଜା ଗୋଟିଏ ବୋଲି ଝିଅ। ତେଣୁ ମା' ଘରେ ନଥିଲେ ବି ଖୁଡ଼ୀ ତାର ସବୁ ଇଚ୍ଛା ପୂରଣ କରନ୍ତି। ସେଇଭଳି ପାରକୁ ବି ସିଏ ଆପଣେଇ ନିଅନ୍ତି ଓ ତନୁଜା ଭଳି ସ୍ନେହ ଦେଖାନ୍ତି।

ଯେତେବେଳେ ବିଲରେ ସୋରିଷ ଫୁଲ ଫୁଟିଆସେ, ଦୁଇ ସାଙ୍ଗ ସୋରିଷ ଖେତକୁ ଯାଇ ଫୁଲ ତୋଳି ଆଣନ୍ତି। ଖୁଡ଼ୀ ସେ ଫୁଲର ପତରପୋଡ଼ା ତିଆରି କରନ୍ତି ଓ ଦୁଇ ସାଙ୍ଗ ଖୁସି ହୋଇ ଖାଆନ୍ତି। ସେଇ ସୋରିଷ ଖେତ ଦିନେ ପାର ପାଇଁ କାଳ ହେଲା।

ପାରର ସାହିରେ ଗୋଟିଏ ବାଲୁଙ୍ଗା ପିଲା ରହୁଥାଏ; ତା ନାଁ ହେଲା କନିଷ୍କ। ସେ ସମୟରେ ଲୋକମାନେ ସରଳ ଥିଲେ। ତେବେ ଜଣେଜଣେ ବାଲୁଙ୍ଗା ପିଲା ମଧ୍ୟ ଥାଆନ୍ତି। କନିଷ୍କର ବାପା କଲିକତାରେ କାମ କରନ୍ତି। ଘରେ କେବଳ ମା' ଓ ଜେଜେମା ରହନ୍ତି। କନିଷ୍କକୁ ଅତି ଗେହ୍ଲା କରି ତା' ଜେଜେମା ତାକୁ ଖରାପ କରିଦେଲେ। ପାଠଶାଠରେ ମନ ରଖେନି। ତେଣୁ ସ୍କୁଲରେ ମାଡ଼ ଖାଏ। ଥରେ ପଞ୍ଚମ ଶ୍ରେଣୀରେ ସାର୍ ଗୋଟିଏ ପ୍ରଶ୍ନ ପଚାରିଥିଲେ। ସର୍ତ୍ତ ରଖିଥିଲେ ଯିଏ ପ୍ରଶ୍ନର ଉତ୍ତର ନ ଦେଇପାରିବ, ସିଏ ପ୍ରଶ୍ନର ଉତ୍ତର ଦେଇଥିବା ପିଲାଠାରୁ କାନମୋଡ଼ା ଖାଇବ। ସେଇଥିପାଇଁ ତନୁଜାଠାରୁ କନିଷ୍କ କାନମୋଡ଼ା ଖାଇଥିଲା। କାନମୋଡ଼ା ଖାଇ ସିଏ ରାଗିକରି ରହିଥିଲା ଓ କେମିତି ପ୍ରତିଶୋଧ ନେବ ଭାବୁଥିଲା।

ତା ପରବର୍ଷ ସେମାନଙ୍କ ସ୍କୁଲ ବଦଳିଗଲା। କନିଷ୍କ ବାଳକମାନଙ୍କ ପାଇଁ ଉଦ୍ଦିଷ୍ଟ ହାଇସ୍କୁଲରେ ପଢ଼ିଲା ଓ ତନୁଜା ଏବଂ ପାର ବାଳିକା ବିଦ୍ୟାଳୟରେ ପଢ଼ିଲେ। ସେତେବେଳେ ମାଇନର ସ୍କୁଲ ଓ ହାଇସ୍କୁଲ ଗୋଟିଏ ସ୍କୁଲରେ ଥିଲା ଓ ସେ ସ୍କୁଲକୁ ହାଇସ୍କୁଲ ନାମରେ ନାମିତ କରାଯାଉଥିଲା। ସେମାନଙ୍କ ବୟସ ବଢ଼ିଲା। କିଶୋରୀରୁ ଯୁବତୀ ହୋଇଯିବା ପରେ ସେମାନଙ୍କ ଉପରେ କେତେଟା ସାମାଜିକ ଚଳଣି ଲାଗୁ ହୋଇଗଲା। ତଥାପି ଦୁଇଜଣଙ୍କର ସୋରିଷ ଫୁଲ ଫୁଟିଲେ ସୋରିଷ ଖେତକୁ ଯିବା ବନ୍ଦ ହୋଇନଥିଲା। ଖୁଡ଼ୀ ଉପଦେଶ ଦିଅନ୍ତି, "ଭାଇଙ୍କ ଭିତରୁ ଜଣକୁ ସାଙ୍ଗରେ ନେଇକି ଯିବ; ଫୁଲ ନେଇ ପଲେଇ ଆସିବ। ବେଲେବେଲେ ସେମାନେ ସେମିତି କରନ୍ତି, ପୁଣି ବେଲେବେଲେ ଦୁଇଜଣ ଏକା ଚାଲିଯାଆନ୍ତି।

ସେତେବେଲକୁ ଦୁଇଜଣଙ୍କୁ ଚଉଦ ବର୍ଷ ହୋଇଥାଏ। ଦୁଇଜଣ ସୋରିଷ ଖେତରେ ବୁଲୁଥାନ୍ତି। ଗୁଣୁଗୁଣୁ ହୋଇ ଗୀତ ଗାଉଥାନ୍ତି ଓ ବେଲେବେଲେ ଲୁଚକାଲି ଖେଲ ଖେଲୁଥାନ୍ତି। ଏମିତି ସମୟରେ କେତେବେଲେ ଆସି କନିଷ୍କ ତନୁଜାକୁ ମାଡ଼ିବସିଲା। ତନୁଜା ପାଟିକରି ଚିକ୍କାର କରିବାରୁ, ପାର ଆସି ପହଞ୍ଚିଗଲା ଓ ତନୁଜାକୁ ରକ୍ଷା କରିବାକୁ ଚେଷ୍ଟା କଲା। ହେଲେ କନିଷ୍କର ବଳ ସେମାନଙ୍କ ତୁଳନାରେ ଅଧିକ। ସିଏ ପାରକୁ ଧମକଦେଲା। ହେଲେ ପାର ନ ଶୁଣିବାରୁ, ତନୁଜାକୁ ଛାଡ଼ି ପାରକୁ ଧରି ଟେକିନେଲା ଓ ଜୋରରେ ଦଉଡ଼ିଯାଇ କେଉଁଠ ଲୁଚିଗଲା। ତନୁଜା ସେ ସୋରିଷ ଖେତ ସାରା ଖୋଜି ତାକୁ ପାଇଲାନି। ତାପରେ ପାଖ ଖେତରେ ଖୋଜି ମଧ୍ୟ ପାଇଲାନି। ଏମିତି ଖୋଜିଖୋଜି ବୁଲୁଥିବା ବେଲେ ଦାଦାଙ୍କ ପୁଅ ବୁଲା ଆସି ପହଞ୍ଚିଲା। ସେମାନଙ୍କର ଏତେ ଡେରି କାହିଁକି ହେଉଛି ବୋଲି ଖୁଡ଼ୀ ତାକୁ ପଠେଇଥିଲେ। ବୁଲା ଆସିବାରୁ ତନୁଜା ତାକୁ ସବୁ କହିଲା ଓ ସେ କନିଷ୍କକୁ ଧରିକି କେମିତି ପାନେ

ଦିଆଯିବ, ସେ ପରାମର୍ଶ ଦେଲା । ତାପରେ ସେମାନେ ଖୋଜିଖୋଜି ପାରକୁ ପାଇଲେ । ହେଲେ ପାରର ଅବସ୍ଥା ଭଲନଥିଲା । କନିଷ୍କ ପଲେଇଯାଇଥିଲା ।

ସେଇଦିନରୁ ସବୁକିଛି ବଦଳିଗଲା । ପାରକୁ ତା' ମାମୁଙ୍କ ପାଖକୁ ଦିଲ୍ଲୀକୁ ପଠେଇ ଦିଆଗଲା । ତନୁଜାର ସ୍ୱାଧୀନତା ଉପରେ କଟକଣା ଲଗାଗଲା । ବୁଲା ତାର ଗାର୍ଡ ହୋଇ ରହିଲା ।

ସେଇଦିନଠାରୁ କନିଷ୍କ ଉପରେ ପ୍ରତିଶୋଧ କେମିତି ନିଆଯିବ, ସେନେଇ ତନୁଜା ଚିନ୍ତା କରିଆସୁଥିଲା । ଜେଜେମା ବୁଝାଉଥିଲେ, "ଦେଖ, ସିଏ ପୁଅପିଲାଟା, ତା'ର ତ କିଛି ହେବନି । ଗାଆଁରେ ଯଦି ନିଶାପ ବସେ, ଓଲଟା ତୋର ଓ ପାରର ଅଧିକ ବଦନାମ ହେବ । ତେଣୁ ସବୁଠୁ ଭଲ ନିଜେ ସାବଧାନ ରହିବା । ବଢ଼ିଲାକୁଢ଼ିଲା ଝିଅ, ଟିକେ ବଦନାମ ହେଇଗଲେ, ସାରା ପରିବାରର ଇଜ୍ଜତମହତ ମାଟିରେ ମିଶିଯିବ ।" ତନୁଜା ସେସବୁ ବିଷୟରେ ପ୍ରତିବାଦ କରିବାକୁ ଇଚ୍ଛା କରୁଥିଲେ ବି ତା' ସହିତ କେହି ନଥିଲେ । ସେଇଦିନଠାରୁ କନିଷ୍କକୁ ଗାଁରେ ଦେଖିଲେ ତନୁଜାର ମୁଣ୍ଡ ଉପରକୁ ରକ୍ତ ଚଢ଼ିଯାଏ ଓ ତା' ମନରେ ପ୍ରତିଶୋଧର ଅଗ୍ନି ଜଳିଉଠେ । ମନେମନେ ସିଏ ଦୌପଦୀଙ୍କ ଭଳି ଶପଥ ନେଇଥିଲା, "କନିଷ୍କ ମରିବାଦିନ ମୁଁ ମାଂସ ରାନ୍ଧିକି ସାରା ଗାଁରେ ଭୋଜି ଦେବି ।"

ତାପରେ ଆଉ ତନୁଜାକୁ ଗାଁ ଭଲ ଲାଗିଲାନି । ଆମ୍ବ ଗଛରେ ବଉଳ ହେଲେ, ତା'ର ମହକ ତା ତନ୍ତ୍ରୀରେ ବି ପ୍ରବେଶ କରେ । ତେବେ ସିଏ ଉଲ୍ଲସିତ ହୋଇପାରେନି । ବଉଳକୁ ଝୁରିହୁଏ । କନିଷ୍କର ମୃତ୍ୟୁ ପାଇଁ ସିଏ ଠାକୁରଙ୍କୁ ବି ଅନେକ ଡାକିଛି । ଅଜବଅଜବ କଥା ବି ଭାବିଛି କନିଷ୍କର ମୃତ୍ୟୁକୁ ନେଇକି । ସେତେବେଲେ ତାର ପ୍ରେତ ମାନଙ୍କ ଉପରେ ବିଶ୍ୱାସ ଥିଲା । କୋଉ ଗୋଟିଏ ପ୍ରେତ କନିଷ୍କକୁ ଖାଇଯାଆନ୍ତା କି ? ତାକୁ ବିଜୁଲି ଚଢ଼କ ମାରନ୍ତା କି ? ତାକୁ ସରୀସୃପ ଆଘାତ କରନ୍ତା କି; ତାକୁ କିଛି ବଡ଼ ଧରଣର ରୋଗ ହୁଅନ୍ତା କି ? ଏମିତି ଅନେକ କିଛି । ହେଲେ କନିଷ୍କର କିଛି ହୁଏନି । କନିଷ୍କର ବଦମାସୀ କାର୍ଯ୍ୟ କାରନାମା ସବୁବେଲେ ଶୁଣାଯାଏ । କୋଉ ନୂଆ ବୋହୂ ବାଡ଼ିକୁ ପରିସ୍ରା କରି ଯାଇଥିଲା, ଉଠି ଦେଖେ ତ କନିଷ୍କ ତା' ପଛରେ ଆସି ଉଭା । କେଉଁ ଝିଅଟିଏ ସ୍କୁଲରୁ ଏକୁଟିଆ ଫେରୁଥିଲା, କନିଷ୍କ ତାକୁ କୁଣ୍ଢେଇ ପକେଇଲା । ଏମିତି ସବୁ କଥା । ହେଲେ, "ଆଲୋ ସଖୀ, ଆପଣା ମହତ ଆପେ ରଖ" ଛଳରେ ସମସ୍ତେ ଫୁସ୍‌ଫାସ୍ ହୁଅନ୍ତି, କିନ୍ତୁ ନିଶାପ ବସେନି କି କନିଷ୍କ ଉପରେ କିଛି ବି ଦଣ୍ଡାଦେଶ ହୁଏନି । ବରଂ ତା' ଜେଜେମା ଆହୁରି ଫୁଲେଇ ହେଇ ଗାଁ ସାରା କହିବୁଲେ, "ମଲା, ମୋ ନାତିଟା

ଭେଣ୍ଡିଆ ହେଇଗଲାଣି ତ। ତମେ ସବୁ ସେଥିପାଇଁ ଜଳୁଛ, ତାକୁ ଦେଖ୍ ସହି ପାରୁନା। ତା' ନାଁରେ ଏତେକଥା ଲଗେଇକ୍ୱ‌ଟେଇ କହୁଛ।"

ବଉଳ ଆଉ ତାଙ୍କ ଗାଁକୁ କେବେ ଫେରିଲାନି। ତା' ମନରେ କନିଷ୍କ ପାଇଁ ଯେଉଁ ଆଘାତ ଲାଗିଲା, ଶରୀରରେ ଯେଉଁ କାଳିମା ଲାଗିଲା, ସେଥିପାଇଁ ତାକୁ ସେ ଗାଁକୁ ଆସିବାକୁ ଡରଲାଗେ। ହେଲେ କନିଷ୍କର କିଛି ହେଲାନି। କିଛିଦିନ ପରେ ସିଏ ବାହାସାହା ହୋଇ ଗାଁର ନେତା ହୋଇଗଲା। ସମସ୍ତେ କନିଷ୍କ ବାବୁ କହି ତା ପଛରେ ଦଉଡୁଥିଲେ। କନିଷ୍କକୁ ବାହା ହୋଇଥିବା ନାରୀଟି ପ୍ରତି ମନେମନେ ଅନୁଗ୍ରହ ଜାଗେ। ହେଲେ ହୃଦୟ ଭିତରେ ଥିବା ପ୍ରତିଶୋଧର ଭାବନା କେବେ ପ୍ରଶମିତ ହୁଏନି।

ବଉଳ ସହିତ ବି ଆଉ ତନୁଜାର ଭେଟ ହୋଇନି। ଦିଲ୍ଲୀରେ ସିଏ ହାଇସ୍କୁଲ ପରେ ଗୋଟିଏ ହିନ୍ଦୁସ୍ତାନୀ ସଙ୍ଗୀତ ସ୍କୁଲରେ ଭର୍ତ୍ତି ହୋଇଥିଲା ବୋଲି ବୁଲା କହୁଥିଲା। ତେବେ ଝିଅଙ୍କ ପାଇଁ ତ ହଜାର କଟକଣା। ହାଇସ୍କୁଲ ପରେ ତନୁଜାକୁ କଲେଜ ଓ ବିଶ୍ୱବିଦ୍ୟାଳୟରେ ବି ଅନେକ ସଂଘର୍ଷ କରି ପଢିବାକୁ ପଡ଼ିଛି। ସେଇ ସଂଘର୍ଷ ଭିତରେ ସିଏ ନିଜକୁ ବି ଭୁଲିଯାଇଥିଲା। ସେତେବେଳେ ତ ଏମିତି ମୋବାଇଲ ଫୋନ୍‌ର ପ୍ରଚଳନ ନଥିଲା କି ଗାଁରେ ବି ଘରେଘରେ ଟିଭି ନଥିଲା। ଖଣ୍ଡେ ଚିଠି ପାଇବାକୁ କେତେଦିନ ଲାଗିଯାଉଥିଲା। ପୁଣି ଗାଁରେ ଗୁଡ଼ିଏ ଲୋକ ଥାଆନ୍ତି, ଅନ୍ୟର ଚିଠିକୁ ବି ଚୋରେଇ ନେଇ ରଖିଦିଅନ୍ତି।

ଯେଉଁଦିନ ତନୁଜା ଗାଁ ଛାଡ଼ି କଟକରେ କଲେଜରେ ପଢିବାକୁ ଆସିଲା, ନିଜର ଭାଗ୍ୟକୁ ଧନ୍ୟ ମନେକରିଥିଲା। ଏବେ ତାକୁ ସେ ପୋଡ଼ାମୁହାଁ କନିଷ୍କକୁ ଛାତି ଫୁଲେଇ ଗାଁ ଦାଣ୍ଡରେ ବାଟ ଚାଲିବାର ଦେଖିବାକୁ ପଡ଼ିବନି। କେବେକେବେ ଛୁଟି ହେଲେ, ସିଏ ମାମୁଘର ଗାଁକୁ ଚାଲିଯାଏ। ହେଲେ, ନିଜେ ଜଣେ ଝିଅ ହେବାର ପରିଧି ଭିତରେ ରହେ। ମନେମନେ ଭାବେ ବଡ଼ ହୋଇ ସିଏ ଗୋଟିଏ ପୋଲିସ ଅଫିସର ହେବ, ନହେଲେ ପୋଲିସ୍ ଅଫିସରର ସ୍ତ୍ରୀ। ତାହେଲେ, କନିଷ୍କ ଭଳି ଲୋକଙ୍କୁ ନେଇ ଜେଲ ଭିତରେ ଠୁଙ୍କିଦେବ। ପୁଣି ବେଳେବେଳେ ଭାବେ ଗୋଟିଏ ଆଇ.ଏ.ଏସ୍ ଅଫିସର ହେବ। କନିଷ୍କକୁ ଧୂଳିସାତ୍ କରିଦେବ। ସେଥିପାଇଁ ପଢାପଢିରେ ଅଧିକ ଧାନ ଦିଏ। ଅନ୍ୟ ଝିଅଙ୍କ ଭଳି ଏଣୁତେଣୁ କଥାରେ ମୁଣ୍ଡ ପୂରାଏନି। ସେଇଥିପାଇଁ ସିଏ ସବୁ ବିଷୟରେ ଭଲ ମାର୍କ ରଖିଲା, ସବୁବେଳେ ଫାଷ୍ଟକ୍ଲାସ ପାଇଲା ଓ ଜେ.ଏନ୍.ୟୁରେ ମାଷ୍ଟରସ କରିବାକୁ ଗଲା। ସେଠି ଭେଟହେଲେ ଆଦିତ୍ୟ। ତାପରେ ଆରମ୍ଭହେଲା ପ୍ରେମ, ବିବାହ ଓ ଉଚ୍ଚଶିକ୍ଷା ପାଇଁ ଆମେରିକା ଆଗମନ।

ଆମେରିକାରେ ଅନେକ ବର୍ଷ ଧରି ଜୀବନ ସଂଘର୍ଷରେ ବ୍ୟସ୍ତ ରହିଗଲା। ମା' ହେବା ପରେ ତନୁଜାର ମନସ୍ତତ୍ତ୍ୱରେ ମଧ ଅନେକ ପରିବର୍ତ୍ତନ ଆସିଥିଲା। ସିଏ ଅଧିକ ଧୈର୍ଯ୍ୟଶୀଳା, ମମତାମୟୀ ଓ ସହୃଦୟୀ ହୋଇଗଲା। ହେଲେ ବି କନିଷ୍କକୁ କେବେବି କ୍ଷମା କରିପାରିନଥିଲା। ଆମେରିକାରେ ଅନେକ ନୂଆ ସାଙ୍ଗସାଥୀ ହୋଇଗଲେ। ଜୀବନରେ କେତେ ଯେ ସବୁ ପରିବର୍ତ୍ତନ ଆସିଗଲା, ସେ କଥାର ହିସାବ କରିବାକୁ ବି ସମୟ ମିଳେନି। ସବୁ ଯେମିତି ଯନ୍ତ୍ରବତ୍ ହୋଇଯାଏ। ସକାଳୁ ଉଠିବା, ନିତ୍ୟକର୍ମ ସାରିବା, ପିଲାଙ୍କୁ ପ୍ରସ୍ତୁତ କରି ସ୍କୁଲ୍ ପଠେଇବା, ନିଜ କାମକୁ ଯିବା, ରୋଷେଇ କରିବା, ଘର ସଫା, ସପ୍ତାହ ଶେଷରେ ବଜାର ସଉଦା, ସାଙ୍ଗସାଥୀ ଓ ସଂପର୍କର ନାନା ଔପଚାରିକତା ପାଳନ କରିକରି ମସ୍ତିଷ୍କ ପୂର୍ଣ୍ଣ ହୋଇଗଲା, ପରିପୂର୍ଣ୍ଣ ହୋଇଗଲା। ପିଲାଦିନ, ବଉଳ, ସେସବୁ କଥା ସ୍ମୃତିରେ ଥାଏ ସିନା, ହେଲେ ସ୍ମୃତିରୁ ବାହାର କରି କିଛିଟା ସମୟ ତା' ସହିତ ବିତାଇବା ପାଇଁ ସମୟ ମିଳେନି।

ମେରୀଲାଣ୍ଡରେ ଯେଉଁ ଋତୁକୁ ବସନ୍ତ ଋତୁ କୁହାଯାଏ, ସେତେବେଳେ ପ୍ରଥମେ ଟୁଲିପ୍ ଫୁଲ ଫୁଟେ। ତାପରେ ଚେରି ଫୁଲ ଫୁଟି ନିଜର ସୌନ୍ଦର୍ଯ୍ୟ ବିଛାଇଦିଏ। ହେଲେ କିଛିଦିନ ଭିତରେ ହିଁ ସେ ଚେରିଫୁଲ ଆଉ ଫୁଲ ହୋଇ ରହେନି, ପତ୍ରରେ ପରିଣତ ହୋଇଯାଏ। ତାପରେ ଫୁଟେ ଆଜାଲିଆ ଫୁଲ; ଧଳା, ନାଲି, ନୀଳ, ହଳଦିଆ, କେତେ ସବୁ ରଙ୍ଗରେ କିଛିଦିନ ପାଇଁ ସୌନ୍ଦର୍ଯ୍ୟରେ ଭରି ରହେ, ପୁଣି ପତ୍ରରେ ପରିଣତ ହୋଇଯାଏ। ବିଶ୍ୱର ଉଷ୍ଣତା ବୃଦ୍ଧି ପାଇଁ ଏବେ ଆଉ ପ୍ରକୃତିର ଋତୁ ଉପରେ ଆଗଭଳି ନିୟନ୍ତ୍ରଣ ରହୁନି। ତେବେ ବସନ୍ତ ଆସିଲେ, ଫୁଲର ପରାଗ ଆଲର୍ଜି ପାଇଁ ତନୁଜା ଘରେ ବନ୍ଦ ହୋଇ ରହେ, ବାହାରକୁ ବାହାରିବାକୁ ସାହସ କରେନି। ସେତେବେଳେ ତନୁଜାର ନିଜ ଗାଁର ବସନ୍ତ ଋତୁ ମନେପଡ଼େ, ବଉଳ ମନେପଡ଼େ, କୋଇଲିର କୁହୁତାନ ମନେପଡ଼େ।

ଏବେ ପିଲାମାନେ ସମସ୍ତେ ବଡ଼ ହୋଇଗଲେଣି। ଘର ଛାଡ଼ି ନିଜନିଜ ଅଧ୍ୟାପନାରେ ବ୍ୟସ୍ତ। ବୁଲା ଦୁଇମାସ ତଳେ ଫୋନ୍ କରି ଜଣେଇଥିଲା, "କନିଷ୍କ ମରିଗଲା।"

ତନୁଜାର ଆନନ୍ଦ କହିଲେ ନ ସରେ। କନିଷ୍କ ଭଳି ଜଣେ ମଣିଷର ତ ବହୁତ ପୂର୍ବରୁ ମରିବାର ଥିଲା। ତାର ମୃତ୍ୟୁ ପାଇଁ ଈଶ୍ୱରଙ୍କୁ କେତେ ପ୍ରାର୍ଥନା କରିନି ସେ। ବଉଳ ବି ପ୍ରାର୍ଥନା କରିଥିବ ନିଶ୍ଚୟ। ତା' ପାଇଁ ବଉଳ ଅପମାନିତ ହୋଇ ତା' ନିଜ ଗ୍ରାମରୁ ନିର୍ବାସିତ ହେଲା। ତନୁଜା ହାଇସ୍କୁଲରେ ଦୁଇବର୍ଷ କାଳ ବଉଳ ବିନା କଟେଇଲା। ବଉଳ ସହିତ ଏତେ ବର୍ଷର ଦେଖା ନହେବା ବି ସେଇ କନିଷ୍କ ପାଇଁ। ଶେଷରେ ତାର ମୃତ୍ୟୁ ହେଲା।

ଖୁସିରେ ଗଦ୍‌ଗଦ୍ ହୋଇ ତନୁଜା ପଚାରିଲା, "କେମିତି ମଲା ସିଏ ? କଣ ହେଲା ?"

ବୁଲା ଉତ୍ତର ଦେଲା, "ରାତିରେ କଟକରୁ ଗାଁକୁ ଫେରୁଥିଲା। ବାଟରେ ଆକ୍‌ସିଡେଣ୍ଟ୍ ହୋଇଗଲା।"

ଅନ୍ୟ କାହା କଥା ହୋଇଥିଲେ ତନୁଜା "ଆହା, ରୁ‌ଟୁ" କହିଥାନ୍ତା। କିନ୍ତୁ କନିଷ୍କ ଯେ ମଲା, ସେଇ ଘଟଣାରେ ସିଏ ଖୁସି ଥିଲା। ଏବେ ତାକୁ ଗାଁକୁ ଯିବାକୁ ଖରାପ ଲାଗିବନି। ଏବେ ସିଏ ବଉଳର ସାହିକୁ ଯାଇ ଆରାମରେ ବୁଲିପାରିବ। ତାକୁ ଲାଗିଲା ଯେମିତି କନିଷ୍କର ଡ୍ରାଇଭର୍ ଭୀମସେନ ସାଜି କନିଷ୍କର ଜାନୁ ଭାଙ୍ଗିଛି ଓ ଦୁର୍ଯୋଧନ ଭଳି ଖଳମତି କନିଷ୍କର ରକ୍ତରେ ତନୁଜା ତାର ଅଜଡ଼ା କେଶ ବାନ୍ଧୁଛି।

ଏମିତି ଭାବୁଥିବାରୁ ତା' ନିଜକୁ ଖରାପ ଲାଗିଲା। ଗାଜାରେ ଯୁଦ୍ଧ ଚାଲିଛି, ପ୍ରତିଦିନ ହଜାରହଜାର ଲୋକ ମରୁଛନ୍ତି। କେତେ ବାଲୁତ ପିଲା ଅନାଥ ହେଉଛନ୍ତି, କେତେ ସ୍ତ୍ରୀ ଲୋକ ବିଧବା ହେଉଛନ୍ତି; କେତେ ଜନନୀ ସନ୍ତାନ ଦୁଃଖରେ ଲୁହ ଢାଳୁଛନ୍ତି। ଯୁଦ୍ଧ ବିରୁଦ୍ଧରେ ତାର ବେଲେବେଲେ ପ୍ରତିବାଦ ଆସେ। ତେବେ ମହାଭାରତର କାହାଣୀ ମନେପକେଇ ସିଏ ଯେତେବେଲେ ଦ୍ରୌପଦୀଙ୍କୁ ଭାବେ, ସେତେବେଲେ ମହାଭାରତ ଯୁଦ୍ଧ ବିରୁଦ୍ଧରେ ତାର ପ୍ରତିବାଦ ଉ‌ଠେନି, ବରଂ ଯୁଦ୍ଧ ସପକ୍ଷରେ ଅସ୍ତ୍ର ତୋଳିଧରିବାକୁ ତା' ମନରେ ଜାଗରଣ ସୃଷ୍ଟି ହୁଏ।

କନିଷ୍କର ମୃତ୍ୟୁରେ ସିଏ ସତରେ ଖୁସି ଥିଲା। ତେଣୁ ଆସନ୍ତା ଫେବୃୟାରୀ ମାସରେ ଓଡ଼ିଶା ଗଲେ ଗାଁକୁ ଯାଇ ପାଞ୍ଚଦିନ ରହିବ ବୋଲି ମନେମନେ ସ୍ଥିର କରି ନେଲା। କନିଷ୍କ ବିନା ଗାଆଁଟା ତାକୁ ବହୁତ ଭଲ ଲାଗିବ।

ବଉଳ ସହିତ ଭେଟ ହୁଅନ୍ତା କି ?

ହେଲେ ବଉଳ ଏବେ କୋଉଠି ଥିବ ?

୨୦୨୪ ମସିହା ଫେବୃୟାରୀ ମାସ, ୧୪ ତାରିଖ। ସରସ୍ୱତୀ ପୂଜା ଚାଲିଥିଲା। ପାଖ ଗାଁର କ୍ଲବ୍ ଘରେ ହେଉଥିବା ପୂଜା ଜୋରରେ ଶୁଣା ଯାଉଥିଲା। ଛାତ ଉପରେ ଲୁଗା ଶୁଖାଇବାକୁ ଯାଇଥିଲା ତନୁଜା। ଛାତକୁ ଲମ୍ବି ଆସିଥିବା ଆମ୍ବ ଗଛର ଶାଖାରେ ବଉଳ ଧରିଥିଲା। ସେ ବଉଳରୁ କିଛି ଛିଣ୍ଡେଇ ଶୁଙ୍ଘିଲା ତନୁଜା। "ଆଃ, କି ବାସ୍ନା ?" ବଉଳର ସ୍ମୃତି ଭାସିଆସିଲା। ପିଲାଦିନ କଣ ଆଉ ଫେରିଆସିବ ? ତନୁଜାର ଚେତନା ଓଲଟା ପ୍ରଶ୍ନ କଲା, "ସତରେ ତନୁଜା, ତୁ କଣ ସେ ପିଲାଦିନ ଫେରିଆସିବାକୁ ଚାହୁଁ ?"

ସତକଥା ହେଲା, ତନୁଜା ସେ ପିଲାଦିନକୁ ଫେରିଆସିବାକୁ ଚାହେଁନି। ଯେଉଁ

ଗୋଟିଏ ଝିଅର ସ୍ୱାଧୀନତା ଉପରେ ଅଜସ୍ର କଟକଣା ଲଗାହୁଏ; ଯେଉଁଠି ଗୋଟିଏ ଦୁଷ୍ଟ ପୁଅପିଲାକୁ ଶାସନ ବଦଳରେ, ପ୍ରଶ୍ରୟ ଦିଆଯାଏ, ଯେଉଁଠି ଗୋଟିଏ ଝିଅକୁ ପାଟି ଖୋଲି ନିଜ ପ୍ରତିବାଦ ଜଣେଇବାକୁ ବି ବାରଣ କରାଯାଏ, ସେଇଭଳି ସମୟକୁ କଣ ସତରେ ତନୁଜା ଫେରିଯିବାକୁ ଚାହେଁ? କେବେ ନୁହେଁ। ଆମେରିକାରେ ଏତେଦିନ ରହିବା ପରେ ତନୁଜା ବୁଝିଛି ଆମ୍ଭସମ୍ମାନ କଣ, ସ୍ୱାଧୀନତା କଣ, ସବୁ କାମ କରି ପାରିବାର ସନ୍ତୋଷ କଣ। ସିଏ ବର୍ତ୍ତମାନର ତନୁଜାକୁ ହିଁ ଭଲପାଏ, ଯିଏ ସ୍ୱାଧୀନ, ଯିଏ ରୋଜଗାର କ୍ଷମ, ଯିଏ ଏକାଏକା ସାତ ସମୁଦ୍ର, ତେର ନଈ ସେପାରିରେ ଥିବା ଦେଶରୁ ନିଜ ଦେଶକୁ ଯାତ୍ରା କରିପାରେ। ଯିଏ ସବୁ ସୁବିଧା, ଅସୁବିଧାରେ ପରସ୍ଥିତି ସହିତ ଖାପ ଖୁଆଇ ଚଳିପାରେ। ତେବେ ହଁ, ବଉଳ ସହିତ ବିତେଇଥିବା ସମସ୍ତ ଦିନକୁ ସିଏ ଭଲପାଏ; ସ୍ମରଣ କରେ ଓ ସେସବୁ ଦିନକୁ, ବଉଳର ସ୍ମୃତିକୁ ଭଲପାଏ।

ହଠାତ୍ କିଏ ଜଣେ ଆସି ତନୁଜାର ଆଖି ବନ୍ଦ କରି ଧରିଲା। "ଆରେ କିଏ?" ତନୁଜା ପଚାରିଲା।

"ମୋ ପାଟି ବାରି କହ୍ତ ମୁଁ କିଏ?" – ଗୋଟିଏ ନାରୀ କଣ୍ଠର ସ୍ୱର।

"ଭାଉଜ?"

"ନା"।

"ଡ଼ଲି ଅପା।"

"ନା। ଜଣାପଡ଼ୁଛି ତୁ ଆମେରିକାରେ ରହି ତୋର ମୁଣ୍ଡ ବିଦେଶିଆ ହେଇଗଲାଣି। ନହେଲେ ଏତେ ବୋକୀ ତ ତୁ ନଥିଲୁ।"

"ହେ, ମୋ ଆଖି ଛାଡ଼ ତ ପ୍ରଥମେ। ହଉ ହେଲା, ମୁଁ ବୋକୀ, ସ୍ୱୀକାର କଲି।"

ସେ ନାରୀ ଜଣକ ଯେବେ ତନୁଜାର ଆଖି ଛାଡ଼ିଦେଲେ, ତନୁଜା ନିଜ ଆଖିକୁ ବିଶ୍ୱାସ କରିପାରିଲାନି। ତା' ସାମନାରେ ତା' ବଉଳ ଥିଲା।

ଦୀର୍ଘ ଚାଲିଶୀ ବର୍ଷ ପରେ ଦୁଇବନ୍ଧୁ ପୁଣି ମିଶିଲେ। ବଉଳକୁ ଚିହ୍ନିବାରେ କିଛି ବି ଅସୁବିଧା ହେଲାନି। ତନୁଜା କହିଲା, "ଜାଣିଲୁ ବଉଳ, ତତେ ମୁଁ ବହୁତ ମନେପକୋଉଥିଲି।"

"ମୁଁ ବି। ଭାବୁଥିଲି, ଏବେ ତ ସେ କନିଷ୍ଠ ନାହିଁ। ଆଉ ସେଭଳି ସମୟ ନାହିଁ। ଆମେ ଦୁଇଜଣ ଏବେ ମୁକ୍ତ ଭାବେ ଗାଁ, ବିଲ, ବାଡ଼ି ସବୁ ବୁଲିବୁଲି ଦେଖିବା ଓ ଆମ ସମୟକୁ ସାଉଁଟିବା।"

ଖୁଡ଼ୀ ଉପରକୁ ଆସି ଦୁଇଜଣଙ୍କୁ ଖାଇବାକୁ ଡାକିନେଲେ ।

ବଉଳ କହିଲା, "ଖୁଡ଼ୀ, ଆମକୁ ପଖାଳ ଦିଅ । ଆଉ ତା' ସହିତ ବାଇଗଣ ଭଜା, ବଡ଼ିଚୁରା ଓ ଆଳୁ ଭର୍ତ୍ତା ।"

ବୁଲାର ସ୍ତ୍ରୀ କହିଲା, "ମୁଁ ବାଢ଼ିଦେଉଛି ଅପା । ବୋଉ ବସିଥାନ୍ତୁ ।"

ଖୁଡ଼ୀ କହିଲେ, "ନାଇଁ ବୋହୂ, ମୁଁ ବାଢ଼ିଦେବି । ସେ ଦୁଇଜଣଙ୍କର ବଉଳ ବସିଥିବା ଦିନକୁ ଫେରେଇଆଣିବା ପାଇଁ ।"

ଘୋଡ଼ା ଦୌଡ଼

ଏ ସମୟର ଜୀବନ ଯେମିତି ଏକ ଘୋଡ଼ାଦୌଡ଼। ସମସ୍ତେ କେମିତି ଏକ ପ୍ରଲୋଭନ ପଛରେ ଦୌଡ଼ୁଛନ୍ତି। ଆଗରେ ରହି କେହି ଜଣେ ସେ ଲୋଭନୀୟ ବସ୍ତୁ ଧରି ଡାକ ଛାଡ଼ିଛି, "ଆସ ଆସ। ଦୌଡ଼ି ଆସ। ଯେତେ ଶୀଘ୍ର ତୁମେ ଦୌଡ଼ିପାରିବ, ସେତେ ଶୀଘ୍ର ତୁମେ ଏ ପ୍ରଲୋଭନର ବସ୍ତୁ ନିକଟରେ ପହଞ୍ଚି ପାରିବ। ଯଦି ଗତି ଧୀର କରିଦେଲ, ତେବେ ତୁମ ଆଗରୁ ଆଉ କେହି ଆସି ଏ ପଦାର୍ଥ ନିଜ ଅକ୍ତିଆରକୁ ନେଇଯିବ।" ସେଇଭଳି ପ୍ରଲୋଭନରେ ଦୌଡ଼ୁଥିଲେ ସେମାନେ; ଅଙ୍କିତ୍ ଓ ଅର୍ଜନା। ଛୋଟବେଳୁ ହିଁ ସେମାନଙ୍କ ପିତାମାତାଙ୍କର ଚାପ, ସ୍କୁଲରେ ଭଲ ପଢ଼ିବା ଦରକାର। ଶ୍ରେଣୀରେ ପ୍ରଥମ ହେବା ଦରକାର। ବକ୍ତୃତା ପ୍ରତିଯୋଗିତାରେ ପ୍ରଥମ ହେବା ଦରକାର। ସଙ୍ଗୀତ ପ୍ରତିଯୋଗିତାରେ ପ୍ରଥମ ହେବା ଦରକାର। ରଚନା ପ୍ରତିଯୋଗିତାରେ ପ୍ରଥମ ହେବା ଦରକାର। ଏମିତି ଝୁଙ୍କ ଲାଗିଥିଲା ସେମାନଙ୍କ ମନରେ କି ସେମାନେ କେବଳ ପ୍ରଥମ, ପ୍ରଥମ, ପ୍ରଥମ ସେଇ ନିଶାରେ ଦୌଡ଼ୁଥିଲେ। ଜିତିଥିଲେ ଅନେକ ଥର। କେବେକେବେ ଦ୍ୱିତୀୟ ହେଲେ, ପ୍ରଶ୍ନ ଆସୁଥିଲା, "ଏମିତି ତ ହେବାର ନୁହେଁ। ଏମିତି କାହିଁକି ହେଲା?" ତାପରେ ଆହୁରି ଚାପ। ତାଲିମ୍ ଦେବା ପାଇଁ ସ୍ୱତନ୍ତ୍ର ଶିକ୍ଷକ ନିଯୁକ୍ତି। ଏମିତି କେତେ କଣ?

ଅର୍ଜନା ପ୍ରଥମେ ପ୍ରଥମେ ଯୁକ୍ତି କରୁଥିଲା। "ଯଦି ବାଲେଟ୍ ନାଚ ଶିଖୁଚି ତ ସେଇଟା ଶିଖିବି। ମୁଁ ତେବେ ଭାରତନାଟ୍ୟମ୍ କାହିଁକି ଶିଖିବି।" ମା' କହୁଥିଲେ, "ଏତେ ଅଳସୁଆଟା ତୁ? ଦେଖୁଛୁ ତ ମହାନ୍ତି ବାବୁଙ୍କ ଝିଅକୁ। କଣ ନ କରୁଥିଲା ସିଏ। ବାଲେଟ୍, ଭାରତନାଟ୍ୟମ୍ ସାଙ୍ଗକୁ ଓଡ଼ିଶା ଯାଇ ଓଡ଼ିଶୀ ବି ଶିଖୁଥିଲା। ତା' ସାଙ୍ଗକୁ ଡାକ୍ତର ହେଲା। କଣ କମ୍ କଥା। ଆଉ ତୁ ଏବେଠାରୁ ଏତେ ଅଳସୁଆ ପଣ ଦେଖାଉଛୁ।"

ଅର୍ଚ୍ଚନା କହୁଥିଲା, "ସିଏ ସିଏ, ମୁଁ କାହିଁକି ତାଙ୍କ ଭଳି ହେବି ? ମୁଁ ମୋ ଭଳି ହେବି। ମତେ ଯାହା ଭଲଲାଗିବ ସେଇଟା କରିବି। ଜୋର ଜବରଦସ୍ତ କିଛି କରିବିନି।"

ବାପା ଶୁଣି ଦେଇଥିଲେ। କହିଲେ, "ଅର୍ଚ୍ଚୁ, ଇଏ ସବୁ ସଙ୍ଗ ଦୋଷ। ଏମିତି କଥା ତୁ କାହାଠାରୁ ଶିଖୁଛୁ ? ମଣିଷ ମନ ସବୁବେଳେ ନିମ୍ନଗାମୀ। ତାଙ୍କୁ ଜୋର ଜବରଦସ୍ତ ନକଲେ, ସମସ୍ତେ ବେକାର ହେଇ ବୁଲିବେ। ଖାଲି ଖାଇବେ, ପିଇବେ, ଅୟସ କରିବେ, ଟିଭି ଦେଖିବେ; କେହି କିଛି କାମ କରିବେନି। ଏମିତି ହେଲେ, ଏ ସଂସାର ଟିଷ୍ଟିବ କେମିତି ? ସମସ୍ତେ ଖାଲି ମଉଜ କରିବେ। ହେଲେ ସେ ମଉଜ ପାଇଁ ଅର୍ଥ, ଆଉ ସରଞ୍ଜାମ ଆସିବ କୋଉଠୁ ?"

ଏମିତ ଘରେ ଅନେକ ଯୁକ୍ତି ତର୍କ ହୁଏ। ଅଙ୍କିତ୍ କେବେ ଯୁକ୍ତି କରେନି। ପ୍ରତିଦ୍ୱନ୍ଦିତା କରିବା ଯେମିତି ତା'ର ସଉକ। ତାକୁ ପ୍ରତିଦ୍ୱନ୍ଦିତା କରିବାକୁ ଭଲଲାଗେ। ସିଏ ଯେଉଁଥିରେ ପଶେ, ସବୁଥିରେ ଆଗରେ ରହେ। ବାପା, ମା' ତାକୁ ବହୁତ ଗେହ୍ଲା କରନ୍ତି। ସାଙ୍ଗସାଥୀ ଦେଖାହେଲେ, ଅଙ୍କିତ୍‌କୁ ନେଇ କେତେ ବଡ଼ବଡ଼ କଥା କହନ୍ତି। "ଅଙ୍କିତ୍ ଏଥର କ୍ଲାସ ଚାମ୍ପିଆନ୍ ହେଲା। ଅଙ୍କିତ୍‌ର ପ୍ରୋଜେକ୍ଟ୍ ନାସା ବୈଜ୍ଞାନିକଙ୍କ ଦ୍ୱାରା ପ୍ରଥମ ବିବେଚିତ ହେଲା। ଅଙ୍କିତ୍ ସ୍ପେଲିଙ୍ଗ୍ ବି ରେ ପ୍ରଥମ ହେଲା।"

ଅର୍ଚ୍ଚନା ଅଙ୍କିତ୍ ଠାରୁ ପାଞ୍ଚ ବର୍ଷ ସାନ। ଛୋଟ ଥିବାବେଳେ ବାପା, ମା'ଙ୍କ ଚାପରେ ସବୁ ଠିକ୍‌ଠାକ୍ କରୁଥିଲା। ବାପା, ମା' ମଧ୍ୟ ତାକୁ ନେଇ ଅନେକ ଗର୍ବ ପ୍ରକାଶ କରୁଥିଲେ। ହେଲେ କଲେଜରେ ସିଏ ନିଜକୁ ସ୍ୱାଧୀନ କରିବାକୁ ଚେଷ୍ଟା କଲା। ମେଡିକାଲ୍ ପଢ଼ିବାର ଲକ୍ଷ୍ୟ ନେଇ ତ କଲେଜରେ ପଶିଥିଲା। କିନ୍ତୁ ସବୁ କୋର୍ସ ବଦଲେଇଦେଲା। ପଢ଼ିଲା ପବ୍ଲିକ୍ ପଲିସି। ବାପା, ମା' ଅନେକ ଦୁଃଖ ପ୍ରକାଶ କଲେ। ପବ୍ଲିକ୍ ପଲିସି ପଢ଼ିବାଟାକୁ ସେମାନେ ଅର୍ଚ୍ଚନାର ବିଫଳତା ବୋଲି ଧରିନେଲେ। ତେବେ ସେମାନେ ପୁଅର ସଫଳତା ନେଇ ଅନେକ ଖୁସି ଥିଲେ। ତେଣୁ ଅର୍ଚ୍ଚନାର ବିଫଳତା, ସେମାନଙ୍କ ମନରେ ଯେଉଁ କ୍ଷୋଭ ସୃଷ୍ଟି କରିଥିଲା, ସେଇଟା ଅଙ୍କିତ୍ ପାଇଁ ସନ୍ତୁଲିତ ହୋଇ ରହିଲା।

ଅର୍ଚ୍ଚନା ନିଜ ଜୀବନରେ ଖୁସି। ପବ୍ଲିକ୍ ପଲିସିରେ ସିଏ ଏତେ ଭଲ କଲା ଯେ, ଦୁଇ ବର୍ଷ ଅକସଫୋର୍ଡ଼ରେ ପଢ଼ିବା ପାଇଁ ତାକୁ ବୃତ୍ତି ମିଳିଲା। କଲେଜର ତୃତୀୟ ଚତୁର୍ଥ ବର୍ଷ ସିଏ ପଢ଼ିବା ପାଇଁ ଅକସଫୋର୍ଡ଼ ଚାଲିଗଲା। ସେଇଠି ଭେଟିଲା ଜଣେ ବ୍ରିଟିଶ ଓଡ଼ିଆ ଛାତ୍ର ଅଭିନବ ମହାନ୍ତିଙ୍କୁ। ପ୍ରେମ ହୋଇଗଲା। ଚତୁର୍ଥ ବର୍ଷ କଲେଜ ଶେଷ କରିବା ପରେ ସେମାନେ ବିବାହ ମଧ୍ୟ କଲେ ଓ ସେଇଠି ଉଭୟ ପି.ଏଚ୍.ଡ଼ି ମଧ୍ୟ ସମାପ୍ତ କଲେ। ଏବେ ଉଭୟ ବଡ଼ ବଡ଼ ଫାର୍ମରେ କାର୍ଯ୍ୟରତ।

ଅଙ୍କିତ୍ କିନ୍ତୁ ତଥାପି ଦୌଡ଼ୁଥିଲା। ମେଡ଼ିକାଲ୍ ପାଠ ଶେଷ ପରେ ରେସିଡ଼େନ୍ସି; ରେସିଡ଼େନ୍ସି ପରେ ଫେଲୋସିପ୍, ତାପରେ ତାକୁ ଗୋଟିଏ ଭଲ ହସ୍ପିଟାଲରେ ଚାକିରି ମିଳିଗଲା। ଫୋନ୍ କରି ଅର୍ଚ୍ଚନା କହେ, "ଭାଇ, ଆଉ କେତେ ଦୌଡ଼ିବୁ। ଏବେତ ଚାକିରି ହେଲା। ବାହା ହୋଇଯା। ଗୋଟିଏ ଜୀବନସାଥୀ ବାଛ। ଜୀବନରେ ଟିକେ ଉପଭୋଗ ତ କର।"

ଅଙ୍କିତ୍‌କୁ କିନ୍ତୁ ସମୟ ନାହିଁ। ସିଏ ରୋଗୀ ଦେଖିବା ସହିତ ଗବେଷଣା ମଧ୍ୟ କରୁଛି। ଜୀବନରେ ଶିଖିବାର ଯେମିତି ଅନ୍ତ ନାହିଁ। ସେ ଶିଖିବା ଭିତରେ ଆଉ କା' ସହିତ ସଂପର୍କ ଗଢ଼ିବା ପାଇଁ ସମୟ କେଉଁଠୁ ଆସିବ ଯେ? ଏବେ ବାପା, ମା' ଅନେକ ପ୍ରସ୍ତାବ ଆଣନ୍ତି। ଅଙ୍କିତ୍‌କୁ ପଚାରନ୍ତି। ଅଙ୍କିତ୍ ସମୟ ନଥିବାର କାରଣ ଦେଖେଇ ସେସବୁ ଏଡ଼େଇ ଦେଇଯାଏ।

ଏବେ ଅଙ୍କିତ୍‌କୁ ପଇଁଚାଳିଶି ବର୍ଷ ହେବ। ବାପା, ମା'ଙ୍କ ମନରେ ଛନକା ପଶିଲା। ପୁଅଟା ଆଉ ଅଭିଆଡ଼ା ହୋଇ ରହି ଯିବନି ତ?

ଅର୍ଚ୍ଚନାର ଦୁଇଟି ପୁଅ, ଝିଅ; ସମ୍ଭବ ଓ ସମ୍ଭାବନା। ଏଇ ନାମ ଦୁଇଟି ତାର ଶାଶୁ ବାଛିଛନ୍ତି। ଏବେ ସମ୍ଭବକୁ ୧୩ ବର୍ଷ; ସମ୍ଭାବନାକୁ ୧୦। ସେମାନେ ଯେବେ ଅଜା, ଆଇଙ୍କ ପାଖକୁ ଆସନ୍ତି, ଅଜା, ଆଇ ବେଳେବେଳେ ଅଭ୍ୟାସ ବଶତଃ ସବୁ ଶିଖିବୁ, ସବୁ ଜାଣିବୁ, ସବୁଥିରେ ପ୍ରଥମ ହେବୁ ଉପଦେଶ ଦିଅନ୍ତି। ଅର୍ଚ୍ଚନା କିଛି କହେନାହିଁ। କେବଳ ହସିଦିଏ। ଏବେ ଦୁଇବର୍ଷ ହେଲା କିନ୍ତୁ ବାପା, ମା' କାହିଁକି ସେମିତି କିଛି କହୁନାହାନ୍ତି। ଅର୍ଚ୍ଚନା ଏମିତିରେ ଥରେ ପଚାରିଦେଲା, "ବାପା, ତମର ଏମିତି ପରିବର୍ତ୍ତନ କେମିତି ହେଲା? ତମେ ତ ଆଉ ସବୁଥିରେ ସବୁବେଳେ ପ୍ରଥମ ହେବାର ଉପଦେଶ ଦେଉନ। କାହିଁକି?"

ବାପା କାନ୍ଦକାନ୍ଦ ହୋଇଗଲେ। "ଜାଣେନିରେ ମା'। ସେମିତି ସବୁବେଳେ କହିକହି ହୁଏତ ଅଙ୍କିତ୍ ଏମିତି ହୋଇଗଲା। ସବୁବେଳେ ସିଏ ସେ ଉଚ୍ଚଆଶା ପଛରେ ପଡ଼ିଲା। ଏବେ ତା' ମୁଣ୍ଡରେ ପଶିଛି ପୃଥିବୀର ସବୁଠାରୁ ଭଲ ହସ୍ପିଟାଲ୍ ସିଏ ଖୋଲିବ। ସେଥିପାଇଁ ଏମ୍.ବି.ଏ. କୋର୍ସ କଲା। କୋର୍ସରେ ଭଲ ମଧ୍ୟ କଲା। ଏବେ ସେ ହସ୍ପିଟାଲ୍ ପାଇଁ ବିଭିନ୍ନ ଯୋଜନା ଚାଲିଛି। ସେଥରେ ତାକୁ ଫୁରୁସତ୍ କାହିଁ?"

ଅର୍ଚ୍ଚନା ଆଶ୍ଚର୍ଯ୍ୟ ହେଲା। "ହେଲେ ଭାଇ ମୋତେ ତ କିଛି କହିନି। ଆମେ ତ ପ୍ରାୟ ମେସେଜ୍ କରୁ; କଥା ହେଉ।"

ମା' ଉତ୍ତର ଦେଲେ। "ସିଏ କହିବ କଣ? କୌଣସି ବିଷୟରେ ଶତକଡ଼ା

ଶହେ ଭାଗ କିଛି ସିଦ୍ଧାନ୍ତ ନହେଲେ ସିଏ କଣ କିଛି କାହାକୁ ଜଣାଏ ? କେବଳ ତୋ ବାପା ତାକୁ ଗୋଟିଏ ବାହାଘର ପ୍ରସ୍ତାବ ଦେଲେ ଯେ, ସିଏ ଆଡ଼େଇ ଦେଇ ଜଣେଇଲା ହସ୍ପିଟାଲ୍ କରିବାକୁ ବ୍ୟସ୍ତ ଅଛି ବୋଲି। ତା' ସାଙ୍ଗ ଅର୍ଜୁନର ପୁଅ ଏବର୍ଷ କଲେଜ ଗଲା। ତା' ହାଇସ୍କୁଲ ଗ୍ରାଜୁଏସନକୁ ଯାଇଥିଲୁ। ଅଙ୍କିତ୍ ବାହାସାହା ହୋଇଥିଲେ, ତା' ପୁଅ ବି ଆଜି କଲେଜ୍ ଯାଉଥାଆନ୍ତା। ସବୁ ଆମ ଭାଗ୍ୟ।"

ଅର୍ଚ୍ଚନା ବାପା, ମା'ଙ୍କୁ ବୁଝେଇଲା। ଭାଇ ତ ପ୍ରଥମରୁ ସେମିତି। ଏବେ ହସ୍ପିଟାଲ୍ ନ ହେବା ପର୍ଯ୍ୟନ୍ତ ତାକୁ ତ ନିଦ ହେବନି। ସିଏ ନା' ଭଲରେ ଖାଇବ, ନା ଶୋଇବ। ତମେ ବ୍ୟସ୍ତ ହୁଅନି। ମୁଁ ତା' ପଇଁଚାଳିଶି ବର୍ଷ ଜନ୍ମଦିନରେ ତାକୁ ସରପ୍ରାଇଜ୍ ଦେବି ବୋଲି ଯୋଜନା କରିଛି। ପାର୍ଟି ହେବ ଗେଲର୍ଡ଼ ହୋଟେଲରେ। ମୁଁ ତାକୁ କହିଛି ମୋ ଚାଳିଶି ବର୍ଷର ଜନ୍ମଦିନ ପାର୍ଟି ବୋଲି, ଅଭିନବ ଯୋଜନା କରିଛନ୍ତି। ସେଇଟି ତାକୁ ଆମେ ସମସ୍ତେ ବୁଝେଇବା।"

ଏମିତିରେ ଅଙ୍କିତ୍ ଓ ଅର୍ଚ୍ଚନା ଉଭୟଙ୍କ ଜନ୍ମ ମାସ ଏପ୍ରିଲ। ଅଙ୍କିତ୍ର ଏପ୍ରିଲ ୧୪ ତାରିଖ, ପଣା ସଂକ୍ରାନ୍ତି ଦିନ ଜନ୍ମଦିନ। ଅର୍ଚ୍ଚନାର ଏପ୍ରିଲ ୮ ତାରିଖ ଦିନ। ସେମାନେ ଛୋଟ ଥିବା ବେଳେ, ବାପା, ମା' ସେମାନଙ୍କ ଜନ୍ମଦିନ ଗୋଟିଏ ଦିନରେ ପାଳନ କରୁଥିଲେ। ଉଭୟଙ୍କର ସାଙ୍ଗସାଥୀ ଆସୁଥିଲେ।

ଅର୍ଚ୍ଚନା ଓ ଅଭିନବ ବଡ଼ ପାର୍ଟିର ଯୋଜନା କରିଛନ୍ତି। ସେଥିରେ ସାମିଲ୍ ହେବେ ସେମାନଙ୍କର ପିଲାଦିନର ସାଙ୍ଗସାଥୀ ମାନେ। ସେତେବେଳେ ସେମାନଙ୍କ ପଡ଼ୋଶୀରେ ରହୁଥିବା ପରିବାର ସମସ୍ତ। ଅର୍ଚ୍ଚନା ଓ ଅଙ୍କିତ୍ଙ୍କର ସମସ୍ତ ସାଙ୍ଗ ପ୍ରାୟତଃ ବିବାହିତ ଓ ସନ୍ତାନ, ସନ୍ତତିଙ୍କର ପିତାମାତା, କେବଳ ଅଙ୍କିତ୍କୁ ଛାଡ଼ି।

ଅର୍ଚ୍ଚନା ଦିନ ଗଣୁଛି। ଅଙ୍କିତ୍ କଥା ଦେଇଛି; ତା'ର ଏକମାତ୍ର ଅଳିଅଳି ଭଉଣୀର ଜନ୍ମଦିନ ସିଏ ଯେମିତି ହେଲେ ଆଟେଣ୍ଡ କରିବ।

ଗେଲର୍ଡ଼ ହୋଟେଲର ପାର୍ଟି ହଲ୍ ସରଗରମ୍ ହୋଇଉଠିଛି। ଓଡ଼ିଆ, ଇଂରାଜୀ ଓ ହିନ୍ଦୀ ଗୀତର ଡିଜେ ବାଜୁଛି। ସମସ୍ତେ ପରସ୍ପରକୁ ବହୁତ ଦିନ ପରେ ଭେଟି ଅନେକ ଖୁସି। ଅନେକ ରକମର ଖାଦ୍ୟ ଓ ପାନୀୟ ଭରି ରହିଛି। ସମସ୍ତେ ଗପଶପରେ ମଜ୍ଜିଛନ୍ତି। ରାତି ଆଠଟା ବାଜିଲାଣି। ଅଙ୍କିତ୍ କାହିଁ ? ଅଙ୍କିତ୍ର ଛଟା ବେଳେ ପହଞ୍ଚିବା କଥା। ଦୁଇଘଣ୍ଟା ଲେଟ୍। ବାପା, ମା, ଅର୍ଚ୍ଚନା ସମସ୍ତେ ଫୋନ୍ କରୁଛନ୍ତି, ଟେକ୍ସଟ୍ କରୁଛନ୍ତି; ହେଲେ ଉତ୍ତର ନାହିଁ।

ବାପା ଅଙ୍କିତ୍ର ଜଣେ ଡାକ୍ତର ସାଙ୍ଗଙ୍କୁ ଫୋନ୍ ଲଗେଇଲେ। ଭାଗ୍ୟକୁ ସେ ସାଙ୍ଗ ଧରିଲା। ଆଉ ଯାହା ଜଣେଇଲା, ବାପା ଶୁଣି ସେଇଟି ସ୍ତବ୍ଧ ହୋଇ ରହିଗଲେ।

ଅଙ୍କିତ୍ ହସ୍ପିଟାଲରେ ଡିଉଟି କରୁଥିଲା। ହଠାତ୍ ପଡ଼ିଗଲା। ତା' ମୁଣ୍ଡରେ ଜୋରରେ ଆଘାତ ଲାଗିଛି। ଏବେ ଆଇ.ସି.ୟୁରେ ଅଛି। ବାପା ଅର୍ଚ୍ଚନାକୁ ଜଣେଇ ମା'ଙ୍କ ସହିତ ମିଶି ହସ୍ପିଟାଲ୍ ଅଭିମୁଖେ ଯାତ୍ରା କଲେ। ଜଣେ ସାଙ୍ଗକୁ ଅବସ୍ଥା ସମ୍ଭାଳିବାକୁ ଓ ସମସ୍ତଙ୍କ ଖିଆପିଆ ଦାୟିତ୍ୱ ଦେଇ ଅର୍ଚ୍ଚନା ଓ ଅଭିନବ ମଧ୍ୟ ହସ୍ପିଟାଲ୍ ଗଲେ।

ଭାଇକୁ ଆଇ.ସି.ୟୁରେ ଦେଖି ଅର୍ଚ୍ଚନା ସମ୍ଭାଳି ପାରିଲାନି। ଏଇ ତାର ଭାଇ; ସବୁଥିରେ ସ୍ମାର୍ଟ ଓ ଅଗ୍ରଣୀ। ତା' ସହିତ ରୂପରେ କନ୍ଦର୍ପ ବୋଲି କହିଲେ ଅତ୍ୟୁକ୍ତି ହେବନାହିଁ। ତାର ପୁଣି ଏମିତି ଅବସ୍ଥା ? "ହେ ଭଗବାନ, ମୋ ଭାଇର କିଛି ସିରିୟସ୍ ହୋଇ ନଥାଉ। ସିଏ ଭଲ ହୋଇଯାଉ।" ଠାକୁରଙ୍କ ପାଖରେ କେତେ ପ୍ରାର୍ଥନା କଲା ଅର୍ଚ୍ଚନା।

ଅଙ୍କିତ୍‌ର ଜଣେ ସାଙ୍ଗ ଯିଏ କି ସେଇ ହସ୍ପିଟାଲର ଡାକ୍ତର ଓ ଅଙ୍କିତ୍‌ର ଚିକିତ୍ସା କରୁଥିଲେ, ସିଏ ଆସି ଜଣେଇଲେ, "ଅଙ୍କିତ୍ ବହୁତ ପରିଶ୍ରମ କରୁଛନ୍ତି। ରାତି ଅନିଦ୍ରା ରହୁଛନ୍ତି। ଗତ କିଛିଦିନ ହେବ, ସିଏ ଭଲରେ ଶୋଇନଥିଲେ। କଣ ଗୋଟିଏ ବିଷୟରେ ଚିନ୍ତିତ ଥିବାର ଜଣା ପଡ଼ୁଥିଲେ। ହୁଏତ ତାଙ୍କ ଶରୀର ସେସବୁ ଚାପ ସହିପାରିଲାନି। ସେଥିପାଇଁ ପଡ଼ିଗଲେ କି କଣ ? ମୁଣ୍ଡରେ ଆଘାତ ଲାଗିଥିଲା। ହେଲେ ବ୍ୟସ୍ତ ହେବାର କିଛି ନାହିଁ। ସିଏ ଭଲ ହୋଇଯିବେ। ଭାଗ୍ୟବଶତଃ ଏ ଦୁର୍ଘଟଣା ହସ୍ପିଟାଲରେ ଘଟିଲା ଓ ସିଏ ସାଙ୍ଗେସାଙ୍ଗେ ଚିକିତ୍ସା ପାଇଲେ। ତେବେ ତାଙ୍କୁ କିଛିଦିନ ବିଶ୍ରାମ ଦରକାର। ସମ୍ପୂର୍ଣ୍ଣ ବିଶ୍ରାମ। ଆପଣମାନେ ସେତିକି ତାଙ୍କୁ ବୁଝେଇବେ।"

ଅଙ୍କିତ୍‌କୁ ସୁସ୍ଥ ହେବାକୁ ପାଖାପାଖି ପନ୍ଦର ଦିନ ଲାଗିଗଲା। ସିଏ ହସ୍ପିଟାଲରେ ଥିବାବେଳେ ତାକୁ ତା' ସାଙ୍ଗମାନଙ୍କ ସହିତ ସେମାନଙ୍କ ପିଲାମାନେ ମଧ୍ୟ ଦେଖା କରିବାକୁ ଆସୁଥିଲେ। ସେମାନଙ୍କୁ ଦେଖି ସିଏ ଖୁସି ହେଉଥିଲା। ମନରେ ହଠାତ୍ ଧାରଣା ପଶିଲା, "ମୁଁ ତ ପଛରେ ପଡ଼ିଯାଇଛି। ଆଗେଇଲି ଆଉ କେଉଁଠି ? ମୋର ସାଙ୍ଗମାନେ ପରିବାର ଗଢ଼ି ସନ୍ତାନ, ସନ୍ତତି ସୃଷ୍ଟି କରିଛନ୍ତି; ସେମାନେ କଥା କୁହନ୍ତି, ସେମାନେ ସୁଖ ଦିଅନ୍ତି; ସେମାନେ ଜୀବନରେ ପୂର୍ଣ୍ଣତା ଆଣନ୍ତି। ହେଲେ ମୁଁ କଣ ପୂର୍ଣ୍ଣ ?"

ଭାବନା ମଝିରେ ପୁଣି ନିଜ ସ୍ୱପ୍ନର ହସ୍ପିଟାଲ୍ କଥା ମନେ ପଡ଼ିଗଲା। ସିଏ କାହାକୁ ଫୋନ୍ କରିବାକୁ ଉଦ୍ୟତ ହେଲା। ବାପା ଫୋନ୍ ଛଡ଼େଇ ନେଲେ। କହିଲେ, "ତୁ ଅସୁସ୍ଥ, ନିଜେ ତ ଡାକ୍ତର, ତତେ ଆଉ ବୁଝେଇବି କଣ ? ଏବେ ତୋର ଚିନ୍ତାମୁକ୍ତ ରହିବା ଦରକାର। କିଛିଦିନ ସବୁ କାର୍ଯ୍ୟରୁ ମୁକ୍ତ ରହି ବିଶ୍ରାମ ନେବା ଦରକାର।"

"ହେଲେ ବାପା, ସେ ହସ୍ପିଟାଲ୍ କଥା ମୁଁ ଯଦି ନ ବୁଝିବି, ସିଏ ବହୁତ ଡେରି ହୋଇଯିବ ଓ ଯାବତୀୟ ଅସୁବିଧା ବାହାରିବ।"

"ବାହାରୁ। ସେ ଚିନ୍ତା ତୋର ଏବେ କରିବାର ଆବଶ୍ୟକତା ନାହିଁ। ତୋର ଯେଉଁ ସାଙ୍ଗମାନେ ତୋ ସହିତ ସଂଶ୍ଲିଷ୍ଟ ଅଛନ୍ତି, ସେମାନେ ବୁଝିବେ।"

"ହେଲେ ବାପା, ପାର୍ଥ ମୁଖାର୍ଜୀ ତେବେ ମୋ ଆଗରୁ ତା' ହସ୍ପିଟାଲ୍ ଆରମ୍ଭ କରିଦେବ। ଏବେ ତ ମୋ ଅସୁସ୍ଥତା ନେଇ ସିଏ ଖୁସି ଥିବ। କାରଣ ଏହି ସମୟର ସୁଯୋଗ ନେଇ, ସିଏ ନିଜ ହସ୍ପିଟାଲ୍ ପାଇଁ ଭଲ ସ୍ଟାଫ୍ ଓ ଡାକ୍ତର ମାନଙ୍କୁ ବାଛି ନିଯୁକ୍ତି ଦେବ।"

"ହେଲା। ପାର୍ଥ ମୁଖାର୍ଜୀର ହସ୍ପିଟାଲ ଆଗେ ଖୋଲିଯିବ। କଣ ହୋଇଯିବ ତେବେ ?"

"ବାପା, ତମେ ଏମିତି କହୁଛ ? ପାର୍ଥର ହସ୍ପିଟାଲ୍ ପାଖ ସହରର ଫାଷ୍ଟ ହସ୍ପିଟାଲ୍ ହେବ। ମୋ ହସ୍ପିଟାଲ୍ ସେକେଣ୍ଡ। ତମେ ବୁଝୁଛ ତ ?"

"ପାର୍ଥ ତୋ ଠାରୁ ଅନେକ ସବୁ ଜିନିଷରେ ଆଗରେ ଅଛି। ସେକଥା ତୁ ସ୍ୱୀକାର କରିନେ। ତାର ପରିବାର ଅଛି। ତାର ସ୍ତ୍ରୀ ଅଛି ଓ ପନ୍ଦର ବର୍ଷର ଝିଅଟିଏ ଅଛି। ତୋର ପାର୍ଥ ବିଷୟରେ ଭାବିବା ଦରକାର ନାହିଁ। କେବଳ ନିଜ ବିଷୟରେ ଭାବେ।"

ଅଙ୍କିତ୍ ତଟସ୍ଥ ହୋଇ ବାପାଙ୍କୁ ଚାହିଁରହିଲା।

ବାପା ପୁଣି କହିଲେ, "ନିଜର କଣ ଦରକାର, ନିଜେ କଣ ଚାହୁଁ, ନିଜର ଖୁସି, ଏବେ ସେ ବିଷୟରେ ଭାବେ। ଅନ୍ୟ ଜଣେ କିଛି କରିଦେଇ ଆଗକୁ ବଢ଼ିଗଲା ବୋଲି ପ୍ରତିଦ୍ୱଦିତା କରିବାର ବୟସ ଇଏ ନୁହେଁ। କେବଳ ପ୍ରତିଯୋଗିତା ପାଇଁ କୌଣସି କାମ କଲେ ସେଥିରେ ସଫଳତା ମିଳେନି। ଯେଉଁ କାର୍ଯ୍ୟରେ ହୃଦୟ ଜଡ଼ିତ ଥାଏ, ସେହି କାର୍ଯ୍ୟ ହିଁ ସଫଳତା ଆଣେ, ସୁଖ ଆଣେ, ପୂର୍ଣ୍ଣତା ଆଣେ।"

ଅର୍ଜ୍ଜୁନା ଭାବୁଥିଲା, "ସତରେ ବାପା କେତେ ବଦଳି ଯାଇଛନ୍ତି। ଏ ଯେଉଁ ଦୌଡ଼ ଭାଇ ଦୌଡୁଛି, ବାପା ହିଁ ତ ଶିଖେଇଥିଲେ। ଆଜି କହୁଛନ୍ତି, ସେ ଦୌଡ଼ିବା ଭୁଲିଯା। ଜୀବନରେ ଦୌଡ଼ିବା ବିନା ଆଉ କିଛିର ଆବଶ୍ୟକତା ରହିଛି।"

ଭାଇ ଯେବେ ଆସି ଘରେ କିଛିଦିନ ରହିଲା, ଅର୍ଜ୍ଜୁନା ମଧ୍ୟ ଛୁଟି ନେଇ ଦୁଇ ସପ୍ତାହ ଭାଇର ସେବା କରିବାକୁ ରହିଲା। ଅଭିନବ ମଝିରେ ମଝିରେ ଆସୁଥିଲେ। ଜଣେ ନର୍ସ ପ୍ରତିଦିନ ଆସି ଭାଇକୁ ଚେକ୍ କରୁଥିଲେ। ହସ୍ପିଟାଲରୁ ଜଣେ ଲେଡ଼ି ଡାକ୍ତର ମଧ୍ୟ ମଝିରେ ମଝିରେ ଆସି ଭାଇକୁ ଚେକ୍ କରୁଥିଲେ। ସିଏ ଭାରତୀୟ

ବଂଶୋଭବ, ଗୁଜୁରାଟୀ । ତାଙ୍କ ନାଁ ଲୋପା । ଅର୍ଚ୍ଚନା ସହିତ ସାଙ୍ଗ ହୋଇଗଲେ । ଦୁଃଖସୁଖ ହୁଅନ୍ତି । ଅର୍ଚ୍ଚନାର ପୁଅ ଥରେ ଆସିଥିଲା । ଲୋପା ପଚାରିଲେ, "ଅପଣଙ୍କର ଗୋଟିଏ ପୁଅ ?" ଅର୍ଚ୍ଚନା କହିଲା, "ନାଁ, ମୋର ଝିଅଟିଏ ମଧ ଅଛି । ଆଉ ଆପଣଙ୍କର ?"

"ମୁଁ ଏପର୍ଯ୍ୟନ୍ତ ବାହା ହୋଇନି । କାମରୁ ଫୁରୁସତ୍ ମିଳିନି । ମାର୍ଚ୍ଚ ୧୫ ତାରିଖରେ ମୋତେ ୩୫ ବର୍ଷ ପୂରିଲା । ଜନ୍ମଦିନରେ ମା' କହିଲେ, ଟିକେ କାମରୁ ଫୁରୁସତ୍ ନେଇ ବାହା ହେବା ବିଷୟରେ ଭାବେ । ହେଲେ ଭାବିଲେ କଣ ହେଇଯିବ ? ମିଷ୍ଟର ପରଫେକ୍ଟ ମିଳିବା ଦରକାର ନା ?"

"ମୋ ଭାଇକୁ ବାହା ହୋଇଯାଉନ ? ଅବଶ୍ୟ ତା' ସହିତ ତମ ବୟସର ୧୦ ବର୍ଷ ପାର୍ଥକ୍ୟ ରହିବ । ହେଲେ ମୋ ଭାଇ ସହିତ ତମ ଜୋଡ଼ି ଖୁବ୍ ମାନନ୍ତା । କିଛି ଭାବିବନି ଏମିତି କହିଲି ବୋଲି ।"

ଲୋପା ଲାଜେଇଗଲେ ।

ଏମିତି ଥଟ୍ଟାମଜା ତ ଚାଲୁଥିଲା । ଅର୍ଚ୍ଚନା ଦିନେ ଏକଥା ଅଙ୍କିତ୍‌କୁ ପଚାରିଦେଲା । "ଦେଖ ଭାଇ, ତୋର କେତେ ଯନ୍ ନେଉଛନ୍ତି କହ ତ ? ତୁ ଆଉ ସେମିତି ନ ଦୌଡ଼ି ଟିକେ ସେଟ୍‌ଲ୍ ହେଇଯା । ମୁଁ ତ କହିବି ତମ ଦୁଇଜଣଙ୍କ ଜୋଡ଼ି ଖୁବ୍ ସୁନ୍ଦର ଦିଶିବ ।"

ଅର୍ଚ୍ଚନା ଏ କଥା, ବାପା ଓ ମାଙ୍କୁ ମଧ ଜଣେଇଲା ।

ଏ ଘଟଣାର ୪୫ ଦିନ ଭିତରେ ଦୃଶ୍ୟ ପରିବର୍ତ୍ତନ ହୋଇଗଲା । ଏବେ ଅଙ୍କିତ୍ ସଂପୂର୍ଣ୍ଣ ସୁସ୍ଥ । ଲୋପା ରାଜି ହୋଇଛନ୍ତି । ଅଙ୍କିତ୍ ମଧ ରାଜି । ଗେଲର୍ଡରେ ପୁଣି ଥରେ ପାର୍ଟିର ଆୟୋଜନ କରାଗଲା । ସେଇଟା ଥିଲା ଲୋପା ଓ ଅଙ୍କିତ୍‌ଙ୍କର ନିର୍ବନ୍ଧ ପାର୍ଟି । ଏବେ ଆଉ ନ ଦୌଡ଼ି ଲୋପାଙ୍କ ସହିତ ଛନ୍ଦି ହୋଇ ରହିବାର ପ୍ରତିଜ୍ଞା କରୁଥିଲେ ସହରର ବିଶିଷ୍ଟ ସର୍ଜନ ଡାକ୍ତର ଅଙ୍କିତ୍ ପଟନାୟକ ।

BLACK EAGLE BOOKS

www.blackeaglebooks.org
info@blackeaglebooks.org

Black Eagle Books, an independent publisher, was founded as
a nonprofit organization in April, 2019. It is our mission to
connect and engage the Indian diaspora and the world at large
with the best of works of world literature published on a
collaborative platform, with special emphasis on
foregrounding Contemporary Classics and New Writing.

www.ingramcontent.com/pod-product-compliance
Lightning Source LLC
Chambersburg PA
CBHW050340110726
47899CB00007B/2579